D1390258

Moralité douteuse

Bonnie MacDougal

Moralité douteuse

FRANCE LOISIRS

Titre original : *Out of Order.*

Traduit de l'anglais par Jacques Martinache.

Édition du Club France Loisirs,
avec l'autorisation des Presses de la Cité.

France Loisirs,
123, boulevard de Grenelle, Paris
www.franceloisirs.com

© Bonnie MacDougal Kistler, 1999.
© Presses de la Cité, 2001, pour la traduction française.
ISBN : 2-7441-4174-7

1

Ils allaient en meute, six jeunes mâles puissants et sauvages, courant d'un pas élastique, flanc contre flanc, une brume glacée tournoyant à leurs pieds, des panaches d'haleine chaude coulant de leurs gueules. Entre les talus de neige grise, saupoudrée de cendres, qui s'élevaient des deux côtés de la route, ils couraient en formation parfaite, silencieux, comme guidés par quelque phéromone d'eux seuls perceptible.

Cam roulait sur l'étroite route de campagne. Elle ralentit quand l'un des jeunes fit soudain un écart dans sa direction. Il brandit quelque chose, longue ellipse au clair de lune, et l'abattit sur la boîte aux lettres plantée au bord du trottoir.

Cam passa en phares. Six adolescents et une batte de base-ball apparurent devant elle, figés en un instantané de vandalisme juvénile, et se dispersèrent la seconde d'après comme sous l'impact d'un rayon laser.

— Des gosses, grommela-t-elle.

Il était déjà tard, elle avait les nerfs tendus. Elle avait passé les deux heures précédentes dans une frénésie de toilette, s'habillant et se déshabillant, nouant ses cheveux et les libérant, appliquant avec soin un maquillage pour l'enlever aussitôt après, jusqu'à ce que finalement

7

Doug marmonne que cela ferait mauvaise impression d'arriver en retard à une soirée donnée en leur honneur. Cam craignait que cela fasse plus mauvaise impression encore d'arriver séparément mais elle avait insisté pour qu'il parte sans l'attendre.

En regardant les jeunes garçons plonger dans les broussailles, elle se félicitait maintenant de sa décision. Si Doug avait assisté au massacre de la boîte aux lettres, il se serait senti obligé de s'arrêter et d'intervenir. C'était dans sa nature : s'il pouvait faire quelque chose, il le faisait. Et surtout, s'il savait quelque chose, il le disait. Il n'aurait jamais gardé le silence sur l'identité de l'adolescent qui venait de briser la boîte aux lettres, et qui aurait dû être en train de passer les canapés à la réception de ce soir : Trey Ramsay, treize ans, fils de leur hôte, le sénateur Ashton Ramsay.

Garder un secret était en revanche une vieille habitude pour Cam, et elle traita cette information comme elle traitait la plupart des autres : elle l'archiva.

Un peu plus loin, ses phares se reflétèrent sur une camionnette sombre arrêtée sur le bord de la route. Appuyé à la portière, un homme parlait dans un téléphone portable. Pour prévenir la police, supposa Cam, qui se sentit soulagée qu'on lui retire la responsabilité de cette affaire. L'homme portait un jean et un blouson de ski, tenue plutôt respectable pour un vendredi soir dans les environs de Wilmington. Mais il y avait quelque chose de curieux dans sa posture, quelque chose de louche dans la façon dont il se détourna à son approche. Elle regarda dans le rétroviseur quand elle l'eut dépassé. Un moment, il lui parut aussi fort et sauvage que les loups de la meute ; un moment, elle se demanda s'il n'était pas plus dangereux qu'eux.

Un moment seulement. Elle était au seuil d'une vie nouvelle, et nul jeune délinquant gâté, nul inconnu mystérieux ne l'empêcherait de l'aborder.

Une lune froide de février brillait sur la neige immaculée des champs et les haies centenaires qui marquaient les limites des vieilles propriétés de Greenville. C'était la région de grands domaines du nord du Delaware où, deux siècles plus tôt, une tribu de Franco-Américains, venue fonder une colonie utopique, avait fini par fabriquer de la poudre à canon. Aujourd'hui, la compagnie DuPont étendait sa domination sur tout le Delaware. Si, comme on le prétend, six degrés d'éloignement de parenté seulement séparent deux personnes quelconques au monde, il n'y en avait qu'un ou deux entre DuPont et n'importe quel fils ou fille du Delaware. Cam sourit en prenant conscience qu'elle faisait elle aussi partie de cette famille désormais, au titre de belle-fille du Delaware.

Les lumières étincelaient au bout de l'allée des Ramsay. Cam franchit la grille, contourna un rond-point de buissons enneigés jusqu'au perron de la maison. C'était un manoir lugubre et croulant, mais Cam trouva qu'il brillait ce soir comme un palais. Ce soir, les Ramsay donnaient une soirée en l'honneur des jeunes mariés avec ce que Cam supposait être la crème de la bonne société du Delaware.

Voyant un voiturier accourir, elle se défit fébrilement de sa parka en goretex et la lança sur la banquette arrière. Sa robe du soir sans bretelles en velours et satin lui avait coûté deux mois de salaire. Après cette folie, il ne lui était rien resté dans son budget pour un manteau habillé.

— Bonsoir, mademoiselle, lui dit le jeune homme en ouvrant la portière.

Elle hésita une seconde, le temps d'un battement de cœur et d'un frisson convulsif, avant de glisser une épaule nue dans l'air froid de la nuit.

Les deux piliers flanquant l'entrée portaient gravée la lettre V, V comme Victoire, aurait prétendu le sénateur Ramsay, mais ce V était l'initiale de Vaughn. Dans le couple, c'était Margo Vaughn Ramsay qui avait l'argent et le manoir était la maison de ses ancêtres. Cam pressa la sonnette, prépara son sourire ; l'instant d'après, Margo ouvrit la porte toute grande.

— Campbell chérie ! s'exclama-t-elle, inspectant la rue avant de tirer son invitée à l'intérieur. Enfin, vous voilà !

Margo était enveloppée de plusieurs mètres de brocart vert et or vaguement coupés en kimono. Sa chevelure gris acier, relevée en chignon, était traversée par une baguette d'ivoire. Quand Cam avait fait sa connaissance, elle portait un ensemble en soie à la Mao, tenue curieuse pour le jour de Noël, mais Doug avait expliqué plus tard que Margo avait passé son enfance en Extrême-Orient avec son diplomate de père, et qu'elle en avait gardé un penchant pour tout ce qui venait d'Asie.

— Mrs Ramsay, désolée d'être en retard.

— Pas du tout. Personne n'est en retard excepté Ash, répondit Margo, ses sourcils noirs se fronçant au-dessus d'yeux gris durs et de hautes pommettes. Le train. Encore.

Doug lui avait expliqué cela aussi : le sénateur louait une cellule de moine sur Capitol Hill et rentrait à la maison le week-end. « Le club du Mardi-au-Jeudi », telle était l'appellation désobligeante par laquelle on désignait ces parlementaires, bien que, selon Doug, Ramsay respectât strictement l'horaire lundi-vendredi.

— Écoutez, tout le monde ! C'est Campbell, enfin !

Un brouhaha s'éleva et, quand les invités commencèrent à envahir le hall, Cam sentit son vieux sentiment d'insécurité la pincer de nouveau. Les hommes étaient en smoking ; les femmes, toutes blondes et coiffées au carré, portaient d'austères robes noires, alors qu'elle se présentait en robe de bal blanche éblouissante, ses longs cheveux tombant sur son dos. Une fois de plus, elle s'était trompée de toilette, une fois de plus, elle était déplacée. Mais elle se rappela aussitôt qu'elle était ce soir l'invitée d'honneur, et qu'il convenait cette fois de se faire remarquer.

Un pianiste jouait du Gershwin dans le salon, à gauche ; un babil de conversations s'échappait de la bibliothèque, à droite, tandis que dans le hall une nuée d'invités se pressait autour d'elle.

— Ravi, jeune dame, lui dit quelqu'un. Enchanté.

— Tous nos vœux de bonheur !

Une femme osseuse lui saisit les mains.

— J'étais impatiente de faire votre connaissance !

Margo fit les présentations :

— Campbell, Maggie Heller...

— Doug nous a tellement parlé de vous ! déclara Maggie avec effusion. (Elle était surexcitée et excessivement maigre, comme si son métabolisme brûlait les calories plus vite qu'elle ne pouvait les enfourner.) Nous l'adorons, vous savez. Tous nos vœux de bonheur !

Margo l'arracha à Maggie Heller pour l'entraîner vers un homme à la peau grêlée, aux joues creusées de profondes rides verticales.

— Voici quelqu'un que vous devez absolument rencontrer. Norman Finn.

— Félicitations ! lança-t-il.

11

Lorsqu'il fit un pas vers elle, une odeur de tabac monta de son smoking. Cam lui serra brièvement la main, rebutée par les relents de fumée et par le mot — « félicitations » — qui lui avait toujours semblé à double tranchant.

— Enchantée, Mr Finn.

— Non, Finn. Tout le monde m'appelle Finn.

— Finn, répéta-t-elle d'un ton hésitant.

Cam sursauta en sentant quelqu'un s'approcher trop près derrière elle. Se retournant, elle découvrit une caméra vidéo zoomant sur son visage. Curieux, pensa-t-elle en détournant la tête, seules les photos sont utilisables pour les pages des rubriques mondaines. Margo continua à l'entraîner et Cam continua à serrer des mains, à murmurer des « ravie, enchantée », tandis que les visages défilaient devant elle et que le pianiste interprétait 'S Wonderful.

— Quel merveilleux événement ! s'extasia quelqu'un. Nous regrettons simplement que vous ne vous soyez pas mariés ici.

— Oui, pourquoi nous avoir privés de noce ? se plaignit quelqu'un d'autre.

Cam sourit, fournit une explication : comme elle-même n'avait pas de famille et que la mère de Doug ne pouvait se déplacer, ils avaient résolu de se marier en toute simplicité, une cérémonie civile en Floride avec uniquement la mère et la tante de Doug comme témoins, suivie d'une lune de miel à Saint-Barth.

— Je suis sûre que c'était charmant, intervint Margo, mais Ash et moi avons décidé que si nous ne pouvions pas avoir de noce dans le Delaware, nous aurions au moins une réception en l'honneur des mariés !

— Excellente chose, approuva l'homme au visage grêlé. Cela nous donne l'occasion de vous examiner.

Cam lui jeta un regard dubitatif. Elle ne savait pas ce

qu'il voulait dire, ni même ce qu'il faisait là. Il y avait quelque chose d'inquiétant en lui, une impression de pouvoir brutal, comme s'il était le régisseur d'une plantation ou le patron d'un casino.

— Campbell, quel nom ravissant ! clama la femme surexcitée.

— Merci.

Une seconde plus tard, Cam fit la grimace — *mauvaise réponse*, bien qu'assez appropriée, finalement, s'ils étaient au courant.

— Vous êtes avocate à Philadelphie ?

— Oui. Chez Jackson, Rieders & Clark.

— La firme qui a racheté le cabinet de Doug l'année dernière, annonça Finn à la foule.

Les lèvres de Cam s'arrondirent sur un démenti faussement indigné :

— Pas racheté, Mr Finn. Notre maison a *fusionné* avec celle de Doug.

— Je dirais que la fusion est faite, maintenant, fit-il observer avec un rire vulgaire.

— Avez-vous l'intention de demander votre inscription au barreau du Delaware ? voulut savoir un invité.

— Je l'ai déjà fait l'été dernier. Et je l'ai obtenue ! repartit Campbell d'un ton effronté.

— Quelle est votre spécialité ?

— Je suis une simple associée. Je fais ce qu'on me demande.

— Mais dans quelle branche ? insista-t-il.

Le sourire de Cam s'estompa.

— Droit de la famille, avoua-t-elle.

— Ahhh ! fit l'homme avec un hochement de tête entendu. Dans notre cabinet, nous appelions ça « relations domestiques ». Jusqu'à ce qu'une de nos clientes en conclue que cela signifiait que son mari couchait avec la bonne !

13

— Oui, je me souviens, Owen, fit un homme derrière lui. Et je parie qu'elle avait raison !

Les invités s'esclaffèrent, Cam eut un sourire forcé.

— Attendez un peu, dit Finn. Doug nous a raconté que vous travaillez dans la recherche de biens.

— En effet, répondit-elle, recouvrant un peu d'assurance. Je pratique beaucoup ce genre de recherches. Veiller à l'application des jugements, retrouver les biens que le défendeur aurait pu dissimuler.

— Le lien est évident, souligna une invitée. Personne ne dissimule mieux ses biens qu'un homme en instance de divorce.

— C'est ce que veut dire « recherche de biens » ? dit Finn. Moi qui espérais que Campbell nous aiderait pour nos collectes de fonds...

La remarque provoqua de nouveaux rires et acheva de dérouter la jeune mariée.

Finn s'approcha, enveloppé d'une infecte odeur de cigarette, et proposa :

— Margo, laissez-moi poursuivre les présentations. Je vois là quelques créatures que Campbell doit absolument connaître.

— Mais je vous en prie, Finn.

La maîtresse de maison lâcha le bras de Cam et se retourna aussitôt pour s'occuper de ses invités.

— Ah ! vous voilà ! s'écria-t-elle. Cela fait combien de temps ? Oui, je sais, encore ce train !

D'autres noms, d'autres visages se succédèrent tandis que Finn faisait traverser le hall à Campbell. « Owen Willoughby... Webb Black... Carl Baldini — vous savez, Baldini Construction ?... Chubb Heller, vous avez déjà fait la connaissance de sa femme, Maggie, je crois... Ron March... Comme dans le procureur Ronald March ? Exactement... John Simons, parce que dans tout parti, il faut un banquier compréhensif... »

14

Cam hochait la tête et souriait, mal à l'aise. Aucun de ces noms ne lui était familier, bien qu'elle eût potassé la rubrique mondaine de Wilmington pendant des mois. Elle s'efforça de capter des bribes de conversation autour d'elle, entendit les bavardages habituels du mois : les derniers films projetés au multiplex, le dernier scandale sexuel à la Maison-Blanche, le dernier affrontement avec Saddam Hussein. Un échange plus vif avait lieu derrière elle : « Les chiffres ont l'air bons. Tu as vu le sondage, hier ? Ouais mais sans fric, qu'est-ce qu'on peut faire... ? »

La voix de Margo s'éloignait, et sa sonorité aiguë se perdit dans un effet Doppler quand sa propriétaire gagna l'arrière de la maison.

— Oui, Jesse l'attend à la gare... Trey ? Je ne sais pas, il doit être en haut. Probablement en train de chercher quelque chose à se mettre. Tous ses vêtements sont devenus trop petits, tellement il pousse en ce moment !

Finn vira de bord et fit passer Cam à travers un groupe d'invités pour la conduire à un vieil homme avachi dans un fauteuil roulant.

— Jonathan, c'est la femme de Doug, dit-il en forçant sa voix. Campbell, je vous présente Jonathan Fletcher.

Enfin un nom qu'elle s'attendait à entendre ce soir. Jonathan Fletcher, millionnaire de troisième ou quatrième génération, appartenait à l'aristocratie du Delaware.

— Très honorée, Mr Fletcher.

Le vieillard la lorgna sous ses épais sourcils blancs, garda le silence.

— Campbell, c'est un nom de famille ? s'enquit une femme derrière le fauteuil à roulettes.

— Oui, répondit Cam. C'était le nom de jeune fille de ma mère.

15

Du coin de l'œil, elle vit Margo décrocher le téléphone posé sur une console, près de l'escalier.

— Ça sonne écossais, commenta Fletcher dans un grondement de basse qui fit trembler les fanons de ses bajoues.

Cam lut sur les lèvres de Margo, qui parlait à l'autre bout du hall : « ... me demandais si tu as vu Trey quelque part, ce soir... »

— Cent pour cent garanti.

— Vous n'avez pas l'air écossaise, déclara Fletcher avec un reniflement soupçonneux. Irlandaise, plutôt.

Elle renversa la tête en arrière, fouettant l'air de sa chevelure.

— Allons donc, mon brrave meussieur, fit-elle avec un accent qui fit s'esclaffer tout le vestibule.

Le pianiste, vif d'esprit, enchaîna sur *They All Laughed*[1].

Margo raccrocha. L'ossature de son visage apparut un instant avant que ses traits ne se détendent de nouveau en un sourire.

— D'où êtes-vous originaire, Campbell ? demanda quelqu'un.

— De Pennsylvanie. Comté de Lancaster.

— Oh ! mais racontez donc le reste ! réclama Margo en retraversant le hall d'un pas si rapide que les fils d'or de sa robe étincelèrent. Campbell a été élevée par sa grand-mère, après la mort de ses parents, aux Philippines. Vous vous rendez compte ? Ils y étaient missionnaires.

Jonathan Fletcher haussa ses sourcils laineux.

— Morts comment ?

— Dans un massacre perpétré par les musulmans, répondit Cam.

Devant l'expression horrifiée des invités, elle ajouta :

---

1. « Ils ont tous ri. » *(N.d.T.)*

— Mais il y a presque trente ans de ça. Je n'étais qu'un bébé.

Finn se pencha à l'oreille de Fletcher.

— C'est du dix-huit carats, cette histoire, vous savez.

Le vieillard approuva de la tête, finit par détourner de Campbell ses yeux chassieux et demanda à Margo :

— Où est passé ton mari ?

— Je te l'ai dit, Jonathan. Le train...

— Où est passé le mien ? fit Cam, d'un ton presque aussi ronchon que Fletcher.

Les invités se remirent à rire tandis que Finn la dirigeait vers la bibliothèque.

La pièce aux boiseries sombres et aux doubles rideaux épais était meublée d'un assortiment disparate de sofas Chesterfield et de paravents de soie japonais. Lors de ses précédentes visites, elle lui avait paru sinistre, mais, ce soir, un feu craquait dans la cheminée, les lampes brillaient sur les tables et les appliques sur les murs, et un Doug Alexander incandescent flamboyait au centre de cette débauche de lumière.

D'un examen objectif de son apparence, il ressortait comme un individu moyen, voire banal. Tout en lui était moyen : cheveux châtains et yeux marron ni clairs ni foncés, taille moyenne, corpulence moyenne, avec cependant une légère voussure professorale des épaules. Mais il émanait de lui une aura qui éclairait une pièce et il illuminait en ce moment la bibliothèque. Il leva la tête et, découvrant Cam dans l'encadrement de la porte, lui envoya un message du regard : *Ça va ?* Elle lui répondit d'un sourire : *Très bien, formidable.*

Elle le contemplait du seuil de la pièce. Toute sa vie, elle avait été une solitaire, mais elle était maintenant la moitié d'un couple, elle ne serait plus jamais seule.

Un bras se glissa autour de sa taille, une voix chuchota à son oreille :

— Attention, trésor. Tu as presque l'air folle d'amour.

— J'ai une nouvelle pour toi, Nathan, répliqua-t-elle, pivotant dans un tourbillon de satin blanc. Je suis folle d'amour. Qu'est-ce que tu fais ici ? demanda-t-elle.

Elle se hissa sur la pointe des pieds pour serrer contre elle le grand Noir, recula pour le considérer d'un œil soupçonneux.

— Moi ? fit-il en redressant son nœud papillon rouge d'un air offensé. J'allais te poser la question.

C'était précisément ce qu'elle avait voulu dire : Nathan Vance était un moins que rien comme elle. C'était le fondement même de leur amitié. Ils s'étaient retrouvés en fac de droit, comme tous les inadaptés, Cam pauvre orpheline blanche, Nathan fils d'une famille aisée mais noire.

— Non, vraiment, comment tu t'es fait inviter ? insista-t-elle.

— Un, j'ai fait mes études avec toi. Deux, j'ai travaillé à Philadelphie avec toi. Trois, je bosse maintenant à Wilmington avec Doug, énuméra-t-il en comptant sur ses doigts. Et quatre, je suis le seul au monde à pouvoir me réclamer d'une amitié avec le marié et la mariée. Je prétends donc, en toute humilité, que personne ne mérite plus que moi d'être ici.

Campbell saisit alors la source du sentiment de malaise qu'elle éprouvait ce soir. Ce n'était pas un raout de la bonne société de Wilmington ; il n'y avait personne de l'Association pour le bal des Beaux-Arts, ni du comité d'organisation du Rallye, ni des Concerts symphoniques. Dans la bibliothèque, un homme étrange tapotait l'épaule de Doug et Cam entendit une autre bribe de conversation : « Tu as lu son papier sur les échanges commerciaux ? Beaucoup de bonnes idées, là-dedans... »

Elle remarqua que Nathan regardait par-dessus son épaule et le vit redresser le torse. Se retournant, elle découvrit Norman Finn qui s'approchait d'eux.

— Finn, j'aimerais vous présenter mon ami, Nathan Vance...

— Je connais Nathan. Comment va le travail, jeune homme ?

— Très bien, monsieur. Content de vous voir.

Des avocats, pensa Cam en les regardant se serrer la main. Bien sûr, ils devaient tous être avocats. C'était une liste d'invités assez logique pour une soirée en l'honneur du mariage de deux avocats, donnée par l'ancien attorney général[1] de l'État. Mais ses oreilles perçurent une autre bribe encore : « Ouais, les adhésions sont en hausse, mais pour ce qui est des fonds collectés... »

Ses épaules nues frissonnèrent quand une rafale d'air froid s'engouffra dans le hall : le sénateur James Ashton Ramsay franchit la porte, plus grand que nature.

— Margo ! rugit-il tandis que toutes les têtes se tournaient vers lui. On dîne quand ? Je meurs de faim !

Des acclamations fusèrent et Campbell se plaqua contre un mur pour laisser la troupe des invités se précipiter vers le nouveau venu, chacun revendiquant une poignée de main et une remarque personnelle du sénateur. C'était un personnage imposant, grand et large de poitrine, avec un nez aquilin et une crinière blanche qui lui avait valu son surnom : le Lion du comté de New Castle. Il défit son manteau, le laissa tomber sur une chaise en bambou et se jeta dans la foule.

— Salut, Finn ! Owen, Sarah, content de vous voir ! Maggie, comment ça va, ma fille ? Ron, tout va bien ?

— Bienvenue à la maison, sénateur ! lança Finn.

1. Équivalent du ministre de la Justice. (N.d.T.)

19

Les autres reprirent la formule, comme si Ramsay ne rentrait pas chez lui tous les vendredis soir.

— Bienvenue à la maison, sénateur ! Bienvenue !

— Je suis heureux de vous voir ! répondit-il à tous. Merci d'être venus !

Campbell comprit enfin. Elle avait sous les yeux ce que Doug appelait les gens du Parti. Le Parti était une religion pour lui : il payait la dîme, assistait régulièrement aux grand-messes et s'infligeait bien des choses au nom de la foi.

Il se fraya un chemin vers elle à travers la foule et elle alla à sa rencontre.

— Chéri...

— Une seconde.

Souriant, il passa devant elle.

— Ah ! voilà mon garçon ! s'exclama Ramsay.

Un chemin s'ouvrit entre eux, de nouvelles acclamations s'élevèrent quand les deux hommes échangèrent des tapes dans le dos.

La porte se rouvrit, laissant cette fois passer une blonde artificielle en manteau de vison noir.

— Et voilà Meredith ! fit Ramsay en l'attirant à l'intérieur avant de la faire passer au centre de la foule, devant lui. Je vous présente Meredith Winters. Je l'ai kidnappée pour le week-end, je compte sur vous pour lui faire bon accueil.

Jesse Lombard, factotum du sénateur depuis des lustres, se glissa derrière eux à temps pour rattraper le vison quand la blonde le fit tomber de ses épaules.

— Qui est-ce ? murmura Cam à Nathan tandis que Jesse portait discrètement les manteaux en haut.

— Stratège politique. Elle était journaliste de télévision à San Francisco ; maintenant, elle dirige la campagne de Phil Sutherland dans le Maryland.

— Waoh !

Sutherland était un nom que même une agnostique politique comme Cam connaissait. Il avait commandé la division blindée de l'opération Tempête du désert, il était l'auteur d'une autobiographie à succès, le producteur d'une émission de radio très populaire, le père d'un programme d'assistance scolaire qui s'était révélé si performant dans le centre de Baltimore qu'il servait de modèle à une douzaine d'initiatives similaires dans toute l'Amérique. Sa tentative de se faire élire au Sénat constituait l'une des campagnes les plus suivies dans le pays.

— Ce n'est pas un peu tôt pour faire appel à ce genre de consultant ? s'étonna Cam. Ramsay ne se représente pas avant quatre ans...

Nathan la regarda sans répondre.

— Margo ! tonna le sénateur. Où es-tu ? Est-ce que quelqu'un va se décider à me mettre un verre de quelque chose dans la main, que je puisse porter un toast ?

Aussitôt, quatre serveurs en gants blancs surgirent de la cuisine et fendirent la foule, un plateau chargé de flûtes au-dessus de la tête. Margo apparut sur leurs talons, se faufila jusqu'à son mari. Il lui donna un baiser sonore puis saisit un verre sur le plateau le plus proche.

— Votre attention, tous ! réclama-t-il.

Comme le brouhaha ne faiblissait pas, il monta sur les premières marches de l'escalier. Le pianiste cessa de jouer, mais le bruit et l'excitation se prolongèrent un moment encore tandis que les invités formaient un demi-cercle au pied de l'escalier. L'homme à la caméra se posta au premier rang et continua à filmer.

— Bonsoir, mes amis, dit le sénateur quand il eut

enfin obtenu le silence. Je suis heureux de vous voir tous ici en cette merveilleuse occasion. Fier aussi, et je vais vous dire pourquoi. Vous connaissez tous Doug Alexander. Certains d'entre vous ont aussi connu son père, Gordon Alexander, un homme que j'ai eu la chance d'avoir pour meilleur ami. Nous l'avons perdu trop tôt. Beaucoup trop tôt. Quand Dorothy est tombée malade à son tour, Doug n'était encore qu'un adolescent mais il a fait face à l'adversité avec un courage que nombre d'adultes n'auraient pas montré. Il ne s'est jamais laissé abattre, il a soigné Dorothy avec dévouement. Aucune mère n'aurait pu souhaiter un meilleur fils. Ses professeurs l'aimaient, ses entraîneurs ne pouvaient pas se passer de lui. Quant à moi, s'il ne s'asseyait pas à ma table le dimanche, la semaine n'était pas bonne.

» Doug est devenu en grandissant le genre d'homme qui donne toujours le meilleur de lui-même et qui ne se contente jamais non plus du second choix. Il a fréquenté les meilleures écoles, il a été engagé par le meilleur cabinet juridique de la ville... Désolé, Owen, dit-il à un invité qui eut un haussement d'épaules beau joueur, le tien est bon aussi, mais je dois parler franchement, et il n'a fait que de l'excellent travail depuis son inscription au barreau. Pas un grand programme immobilier auquel il n'ait participé. L'aménagement du port, les programmes d'industrialisation qui sont sortis de terre ces dix dernières années : chaque fois, Doug Alexander a travaillé d'arrache-pied en coulisses pour les faire aboutir. Les habitants de notre État lui doivent beaucoup, et je n'ai pas besoin de dire à ceux qui sont présents ici ce soir ce que le Parti lui doit. Militant loyal et dévoué, il s'est battu pendant des années pour nos candidats.

22

» Pourtant, il manquait quelque chose à ce jeune homme. Et cette lacune nous a plus d'une fois conduits, Margo et à moi, à désespérer de lui...

Quelques invités échangèrent des regards perplexes.

— Mais il est ainsi fait qu'il lui faut le meilleur aussi quand il s'agit de choisir une épouse, poursuivit Ramsay.

Des rires soulagés retentirent, le visage de Campbell s'empourpra.

— Il lui a fallu un moment mais il a trouvé une perle... (Ramsay s'interrompit pour scruter la foule.) Attendez, où est passée la mariée ? Campbell, où êtes-vous ?

— Vas-y, souffla Nathan à l'oreille de Cam.

Des applaudissements crépitèrent quand elle fut propulsée vers Doug et le bas de l'escalier.

— Ah ! la voilà. Vous pouvez tous constater ses attraits, mais je tiens à vous dire qu'elle est en plus intelligente, déterminée, et qu'elle forcera ce jeune gaillard à rester vigilant pour le reste de sa vie !

Doug lui pressa la main sous les rires et les applaudissements.

— Nous ne pourrions pas être plus fiers de Doug Alexander s'il était notre propre fils, continua Ramsay. Mais nous savons aussi que nous serons plus fiers de lui encore. Car j'ai ce soir l'honneur et le privilège de vous annoncer... merci, Norman Finn, de me laisser ce plaisir, que Doug Alexander est le candidat de notre parti pour les élections de novembre à la Chambre des représentants des États-Unis !

Cam sentit ses jambes se dérober sous elle quand Doug se libéra pour serrer des mains avec un sourire éblouissant. Ramsay le fit monter à côté de lui, lui passa un bras autour des épaules.

23

— Mes amis, je vous demande de porter un toast à Doug Alexander ! Notre futur représentant à la Chambre !

— Doug Alexander ! beugla la foule.

Les doigts de Campbell se crispèrent sur le pied de sa flûte tandis que les invités avalaient d'un trait leur champagne.

— Allez le rejoindre, lui enjoignit une voix surgie d'un nuage de parfum floral.

Cam se retourna, découvrit les traits durs de la blonde, Meredith Winters, qui lui prit son verre.

— Allez, vite, ça coûte la peau des fesses, ces came-ramen...

Cam se dirigea en titubant vers l'escalier. Lorsque Doug tendit le bras, elle s'y agrippa comme une femme tombée par-dessus bord.

Il fit ensuite un petit discours et, malgré la brume qui tourbillonnait autour d'elle, Cam sut qu'il l'avait préparé par écrit et répété. Il se répandit en remerciements pour le sénateur, qu'il considérait comme un second père. Personne n'aurait pu avoir en grandissant un meilleur modèle qu'Ash Ramsay. Il fit un vibrant éloge de Margo, qui l'avait toujours chaleureusement accueilli chez elle. Il était profondément ému et honoré de la confiance que le Parti lui témoignait ce soir. Il remercia plus particulièrement Norman Finn, qui lui avait donné maintes occasions de s'impliquer dans les activités du Parti, de changer véritablement la vie des Delawariens. Rien ne le rendrait plus fier que de poursuivre ce travail à Washington.

— Comme la plupart d'entre vous le savent, j'ai fait du plein emploi dans le Delaware ma priorité. Je ne veux pas dire par là faire passer des noms de la liste des chômeurs sur les feuilles de paie de McDonald. Je veux parler de vrais emplois, avec de vrais avantages. Des emplois qui requièrent de hautes capacités et vous permettent d'élever une famille...

Doug s'interrompit, eut un sourire désarmant et reprit :

— Mais en dépit de mon attachement au plein emploi, il y a un citoyen du Delaware qui est en activité depuis trop longtemps, et à un poste qui excède de loin ses capacités. Je le déclare avec tristesse : je crois que le moment est venu pour lui de s'inscrire au chômage. L'homme dont je vous parle, c'est...

Il leva les bras comme un chef d'orchestre et tous les invités braillèrent en chœur :

— Hadley Hayes !

Doug attendit que les rires et les applaudissements retombent puis reprit un ton plus bas :

— Vous savez, j'ai cru que c'était le plus beau jour de ma vie quand cette femme extraordinaire qui se tient à côté de moi a accepté de devenir mon épouse. Mais je me suis rendu compte de mon erreur, parce que le plus beau jour de ma vie, je l'ai connu il y a deux semaines, quand elle a levé les yeux vers moi et a dit « oui ».

Cam leva là encore les yeux vers lui, sidérée que l'homme qui avait péniblement bredouillé sa demande en mariage puisse afficher ainsi ses sentiments devant des inconnus.

— Aujourd'hui, avec ma femme à mes côtés, et mes amis autour de moi, je me rends compte que je me suis trompé deux fois et que les plus beaux jours de ma vie sont devant moi, que je les connaîtrai quand nous remporterons cette élection et que nous poursuivrons notre marche jusqu'à Washington !

Nathan Vance se mit à frapper des mains en cadence, les autres l'imitèrent. Doug se tourna vers Cam, lui donna un long baiser passionné tandis que les hourras retentissaient dans l'étroit vestibule et résonnaient dans la tête de la jeune femme.

Dehors, à deux kilomètres de là, une longue file de jeunes garçons déambulait sans but dans Sentry Bridge Road. La poussée d'adrénaline du saccage de la boîte aux lettres était retombée et ils riaient à présent en jouant à se faire des croche-pieds. Jon Shippen, qui marchait en tête, plongea la main dans une poche et se retourna avec un sourire pour montrer sa prise aux autres : un joint piqué dans la planque de son frère. Il l'alluma, tira une bouffée ; l'odeur douceâtre, écœurante, se mêla à celle de la fumée de feu de bois qui flottait déjà dans l'air froid de la nuit.

Trey attendit son tour au bout de la file. C'était son moment préféré quand, après une virée, ses sens étaient en alerte. Tout prenait plus de netteté. La lumière avait un éclat qui lui faisait remarquer des choses qui d'habitude lui échappaient : le léger tremblement des aiguilles de pin ; la neige fondue de la route se cristallisant en glace quand la température chutait ; les cent différentes nuances de noir dans le ciel. S'il devait peindre la nuit, il utiliserait des verts si sombres, si profonds qu'ils vireraient au noir. Il appellerait son tableau Greenville, la nuit, forcément.

Jason traînait la batte dans la neige, laissant derrière lui comme une trace d'animal blessé à une patte. Il la tendit à Trey quand le joint lui parvint. Il ne restait plus qu'un mégot d'un centimètre qu'il dut tenir avec une précision d'horloger pour le porter à ses lèvres. Trey prit la batte, suivit la trace des yeux... jusqu'à une voiture qui roulait lentement derrière eux, phares éteints.

— Merde, murmura-t-il en pressant le bras de Jason.

Tout à coup, les phares s'allumèrent, la sirène se mit à hurler et les lumières à tourner sur le toit.

Les jeunes qui se trouvaient devant Trey s'égayèrent. Il plongea vers le bas-côté de la route, roula dans la neige, se faufila à quatre pattes entre les buissons d'une haie. Parvenu de l'autre côté, il se remit debout d'un bond, courut à travers champs. Entendant Jason haleter derrière lui, il ralentit pour laisser son ami le rattraper puis ils continuèrent à fuir côte à côte jusqu'à une autre haie. Ils se coulèrent à plat ventre sous un enchevêtrement de branches. Trey releva une mèche de cheveux noirs tombée devant ses yeux, regarda à travers la haie. Martins Mill Road semblait déserte.

— On les a semés ! s'esclaffa Jason.

Trey inspecta la route. Les sirènes mugissaient encore au loin, mais il n'y avait plus de voiture en vue. Il roula sur le flanc, regarda le champ : les traces qu'ils avaient laissées dans la neige ressemblaient à une file de fourmis noires escaladant des dunes de sable blanc.

Jason s'allongea sur le dos, tira une cigarette de sa poche, l'alluma.

— T'en veux une ?

Trey ne répondit pas. Les sirènes se turent brusquement et il rampa sur quelques mètres pour regarder de nouveau la route. À droite, là où Martins Mill croisait Sentry Bridge, il distingua la forme floue d'une voiture arrêtée entre l'endroit où il se trouvait et sa maison. Ce qui signifiait qu'il devrait refaire le chemin à travers champs jusqu'à Sentry Bridge puis contourner Chaboullaird et retrouver Martins Mill plus bas.

Accroupi, il s'apprêtait à s'élancer quand un faisceau de lumière balaya les traces de leurs pas dans le champ.

Trey fila d'un côté, Jason de l'autre. Au moment où Trey traversait la haie, les phares de la voiture de flics garée au croisement s'allumèrent. Il tourna à gauche, détala sur le bas-côté de la route, mais c'était sans espoir. La neige collait à ses pieds, la sirène se rapprochait.

— Hé, par ici !

La tête de l'adolescent pivota vers la gauche. Un homme se tenait près d'une camionnette garée dans une allée. La portière latérale était ouverte et l'homme lui faisait signe.

Trey ne perdit pas de temps en questions. Il remonta l'allée, se rua dans le véhicule, la portière se referma derrière lui. Il se retrouva dans un espace séparé des sièges avant par un grillage. Une minute plus tard, la portière avant gauche s'ouvrit, se referma, l'homme baissa la tête sous le volant. Il ne prononça pas un mot, Trey non plus.

La sirène se rapprocha. Pendant quelques secondes, la rampe lumineuse d'une voiture de ronde projeta un reflet dansant rouge et bleu sur la tôle nue de l'intérieur de la camionnette. Trey s'aplatit sur le plancher, resta immobile tandis que la lumière passait, que la sirène s'éloignait lentement.

— Pff ! lâcha-t-il en se redressant. Merci, vieux. J'ai une dette envers vous, dit-il en saisissant la poignée de la porte coulissante. Vous m'ouvrez ?

L'homme mit le contact, le moteur démarra avec un grondement sourd.

— Hé ! protesta Trey.

Il se demanda s'il fallait en dire plus. Les voisins passaient leur temps à se mettre en quatre pour rendre service à sa famille. Le type avait probablement l'intention de le ramener chez lui. Mais, après être sorti de l'allée en marche arrière, l'homme partit dans la mauvaise direction.

— Hé !

Trey essaya les portières arrière. Elles étaient ver-
rouillées elles aussi. Il retourna à l'avant, cria à travers
le grillage :

— Vous savez qui est mon père ?

L'homme regarda par-dessus son épaule, fixa le jeune
garçon dans les yeux.

— Ouais, répondit-il, je le sais.

2

Une demi-heure s'écoula avant que Campbell puisse
lâcher la main de Doug et se réfugier dans la partie
arrière de la maison. Elle essaya d'abord le jardin
d'hiver mais quelqu'un était passé avant elle et y avait
laissé une odeur de fumée froide qui lui donna de
nouveau la nausée. Le personnel du traiteur avait réqui-
sitionné la cuisine mais la pièce voisine était vide,
éclairée uniquement par le feu allumé dans la cheminée.

C'était le petit salon, le coin intime et familial où Ash
regardait *Meet the Press* à la télévision, où Margo pei-
gnait des éventails, où Trey jouait à la Nintendo, les
pieds sur une table. C'était là qu'ils s'étaient tous ras-
semblés le jour de Noël, quand Doug l'avait amenée
chez les Ramsay pour la première fois. Ce jour-là aussi,
un feu brûlait dans la cheminée, et elle s'était sentie en
sécurité, assise près de lui sur le vieux canapé défoncé.
C'était ainsi qu'elle imaginait sa vie auprès de Doug :
chaleur et sécurité.

Elle tremblait. Les bras serrés sur sa poitrine, elle
s'approcha du feu, se tourna pour laisser la chaleur lui
caresser le dos. Au-dessus du canapé, sur le mur d'en

face, était accrochée une photo de famille. Scène d'extérieur : Ash et Margo se tenant par la taille sous un soleil éclatant, Trey devant eux, tournant la tête pour adresser à son père un sourire espiègle. C'était alors un gamin de dix ou onze ans, avec des cheveux blond clair, un regard plein de malice et un saupoudrage de taches de rousseur sur le nez et les joues. Campbell connaissait bien cette photo : elle était devenue l'affiche de la campagne de Ramsay aux dernières élections. Son adversaire menait dans les sondages en lançant des attaques à peine voilées sur l'âge du sénateur quand apparut l'affiche et son message implicite : si Ramsay était assez jeune pour être le père d'un aussi fringant galopin, il avait à coup sûr assez de vigueur pour jouer son rôle au Sénat. Il remporta le siège avec un écart de dix points.

L'enfant de la photo ressemblait cependant fort peu à l'adolescent dont Campbell avait fait la connaissance à Noël, celui-là même qu'elle avait vu se comporter en voyou une ou deux heures plus tôt. Les taches de rousseur avaient disparu ; les cheveux, plus foncés, effleuraient les épaules ; la bouche était boudeuse, le regard rétif. Une chance que ce ne soit pas une année électorale pour Ramsay, pensa-t-elle.

Cette réflexion lui rappela pour *qui* c'était une année électorale, et elle se laissa tomber sur les ressorts fatigués du vieux sofa.

Il devait y avoir une erreur. Doug était un bon militant, mais pas de l'étoffe dont on fait les candidats. C'était un avocat spécialisé dans l'immobilier, un homme aux façons tranquilles, satisfait de sa petite clientèle. Charmant, certes, mais uniquement à cause de sa modestie. Il n'était pas de ces m'as-tu-vu à la poignée de main facile qui recherchent constamment la lumière des projecteurs. D'ailleurs, n'y avait-il pas une filière à suivre : d'abord le comité de gestion des écoles, puis le conseil municipal, et le parlement de l'État ? Doug ne s'était jamais présenté à rien.

Elle se raidit et se leva en entendant des murmures dans le couloir. Quelqu'un fit tinter un trousseau de clefs, ouvrit et referma la porte de derrière. Cam s'approcha de la fenêtre, vit une silhouette sortir sur la véranda, s'avancer dans la lumière. La bande blanche de tissu cicatriciel barrant le gris des cheveux ras lui fit reconnaître Jesse Lombard, l'homme à tout faire du sénateur. Il remonta en boitant l'allée non déneigée menant au garage ; une minute plus tard, le vieux break bleu de Ramsay en émergea en marche arrière.

Enfin, pensa Campbell. L'information qu'elle avait archivée un peu plus tôt avait dû parvenir aux parents par les canaux officiels. La police avait téléphoné, les Ramsay envoyaient Jesse récupérer l'agneau égaré. L'homme adéquat pour ce genre de boulot, estimat-elle. Lombard était un ancien flic. Après le Vietnam, il était entré dans la police de l'État et avait gravi tous les échelons pour finir chef des inspecteurs de Ramsay dans les services du procureur général. Après l'élection de son patron au Sénat, il avait repris ses fonctions dans la police mais un an plus tard, au cours d'une arrestation mouvementée, une balle lui avait endommagé le cerveau, lui laissant des problèmes moteurs de la jambe et du bras gauches, ainsi qu'une contraction sporadique de la joue gauche. Retraité, il touchait une pension d'invalidité et un salaire versé par le Sénat.

Le break tourna le coin de la maison, Cam retourna s'asseoir sur le canapé et recommença à fixer les flammes. Dans la pièce de devant, une douzaine d'invités entonnèrent *Strike Up the Band*. Ash Ramsay attaqua le refrain de sa voix de basse et, quand la voix

31

aiguë de Doug se joignit à elle, Cam fut parcourue d'un frisson.

Tout était sa faute à elle. Pour une raison ou une autre, elle s'était convaincue que son mariage la ferait entrer dans un monde de prestige et de privilège sans qu'elle renonce pour autant à l'anonymat qu'elle avait pris tant de soin à préserver. À l'université, elle s'arrangeait pour conjuguer notes élevées et profil bas ; chez Jackson, Rieders & Clark, elle faisait tout pour réussir, rien pour se distinguer. Son unique but était d'avoir une vie à elle, avec la sécurité que confère un certain statut social. Ce statut, Doug l'avait déjà atteint et Cam avait commis l'erreur de croire que c'était la seule chose qu'il désirait lui aussi.

En regardant les flammes lécher les bords de la cheminée, elle songea à sa propre campagne, celle qui l'avait conduite ici. Après deux semaines de mariage, elle pouvait être franche avec elle-même : elle avait jeté son dévolu sur Doug le soir même où ils s'étaient rencontrés, et elle avait mené campagne avec plus de détermination qu'un candidat à n'importe quel mandat électif n'en avait jamais montré.

Ils s'étaient connus l'été précédent, alors qu'elle était assistante sur un divorce, à Wilmington, face à un ténor du barreau de New York. Il avait l'épouse, elle avait le mari, et le mari avait un salaire annuel d'un million de dollars comme directeur d'une compagnie de cartes de crédit.

En Amérique, rares étaient les procès impliquant de grosses sommes d'argent qui n'avaient pas un lien avec une firme du Delaware, et les avocats étrangers à la ville ne cessaient de débarquer à Wilmington avec leurs clients et leurs tombereaux de paperasse. Les « porte-documents », aurait-on pu les surnommer. Les tribunaux du Delaware n'érigeaient qu'une mince barrière devant leur porte : tout avocat exerçant hors de l'État devait s'associer à un avocat local, règle à laquelle on donnait aussi le nom de loi-du-plein-emploi-pour-les-gens-du-cru.

Cet été-là, Jackson, Rieders & Clark décidèrent de faire mieux. Plutôt que s'associer à un cabinet de Wilmington, ils *deviendraient* un cabinet de Wilmington. Cashman & Alexander était une vénérable maison, forte de douze collaborateurs et de quatre-vingts ans d'expérience, respectable, respectée... et au bord de la faillite. L'encre du nouvel accord de partenariat était à peine sèche quand Campbell débarqua de Philadelphie.

Le travail l'amena à rester seule un soir dans les bureaux du cabinet autrefois connu sous le nom de Cashman & Alexander. Elle était assise dans une salle de réunion, à une longue table ovale couverte d'un millier de feuilles de papier et d'une centaine de volumes de jurisprudence. L'associé principal dont elle était la collaboratrice dînait avec le client et lui avait laissé une liste de tâches à remplir : dépositions à sélectionner et à noter ; pièces à conviction à localiser et à étiqueter ; quatre motions différentes à préparer et rédiger. Le juge n'en lirait aucune durant le feu du procès, mais toutes contrarieraient la partie adverse et obligeraient un de leurs associés à travailler tard le lendemain.

Il était huit heures passées, Cam se sentait épuisée et prête à mordre quand la pièce fut soudain plongée dans le noir.

— Hé ! protesta-t-elle.

Aussitôt la lumière revint. Un homme se tenait dans l'encadrement de la porte, une main sur l'interrupteur, l'air surpris.

— Désolé, je ne savais pas qu'il y avait quelqu'un...

33

— Maintenant, vous le savez.

— Vous devez faire partie de l'équipe de Philadelphie ?

Elle répondit d'un hochement de tête, se replongea dans son travail.

— Vous avez dîné ?

Avec humeur, elle répliqua :

— Je n'ai pas le temps de dîner, et je n'aurai pas le temps de dormir non plus si on ne me laisse pas finir.

Lorsqu'elle releva la tête, quelques minutes plus tard, il avait disparu.

Elle releva de nouveau la tête quand une délicieuse odeur lui titilla les narines. L'homme avait réapparu et tenait à la main un récipient en carton portant le nom Green Room, restaurant chic et cher installé en face, dans l'hôtel DuPont.

— La spécialité du jour, dit-il. Veau au marsala.

Elle le fixa en silence. C'était un petit geste de gentillesse, mais si inattendu qu'elle en restait sans voix.

— J'espère que vous aimez ça, ajouta-t-il, un regard incertain dans ses doux yeux marron.

— Oui. Merci.

Il posa le carton sur la table et, quand l'arôme du plat parvint à Cam, elle fut prise d'une faim dévorante.

— On peut mettre ça sur le compte du client ? s'enquit-elle.

— Je ne crois pas.

Elle plissa les yeux comme pour réclamer une explication.

— J'ai été un jeune associé surchargé, moi aussi, dit-il en souriant. Alors, je me permets de vous l'offrir. En souvenir du bon vieux temps.

Au moment où il se retournait, elle remarqua qu'il n'avait plus sa veste ni sa serviette.

— Je croyais que vous rentriez chez vous.

— Je viens de me rappeler un travail à finir, répondit-il. Je suis au bout du couloir, si vous avez besoin de quoi que ce soit.

Il était près de deux heures quand Campbell termina. Le couloir était totalement obscur, l'homme qui lui avait apporté à dîner devait être parti depuis longtemps. Le corps ankylosé, elle se leva, entreprit de rassembler ses notes, mais la fatigue la rendait maladroite et elle fit choir une pile de recueils de jurisprudence qui heurtèrent le plancher avec fracas. Avec un soupir las, elle se pencha pour les ramasser. Quand elle se redressa, il était de nouveau là, se frottant les yeux pour en chasser le sommeil et proposant de la raccompagner à son hôtel.

L'hôtel n'était qu'à deux rues du bureau. Cam avait fait dans sa vie des trajets bien plus dangereux mais elle accepta d'un signe de tête, prit l'ascenseur avec lui jusqu'au rez-de-chaussée, signa avec lui le registre de sécurité et sortit avec lui dans la nuit d'été.

Dehors, l'avenue était calme, plus fraîche maintenant, le soleil étant couché depuis longtemps. Pas d'étoiles dans le ciel mais Cam préférait ça. Un ciel de nuit clair lui semblait toujours trop vaste, insondable, alors qu'un couvert nuageux la réconfortait, lui donnait l'impression d'être enveloppée dans une couverture douillette.

Ils traversèrent en diagonale, coupèrent par le long rectangle de pelouse si mal à propos appelé Rodney Square. Il s'étirait le long d'une pente escarpée dont le tribunal occupait le pied et l'hôtel DuPont — douze étages de Renaissance italienne — le sommet. Le lit auquel elle aspirait depuis des heures l'y attendait, mais, marchant à pas lents dans l'air parfumé du parc, elle s'aperçut qu'elle n'était plus aussi pressée de se coucher.

Il s'appelait Doug Alexander, lui dit-il. Il avait beaucoup entendu parler d'elle par Nathan Vance — en bien, uniquement — et il était heureux de faire enfin sa connaissance. Il travaillait au secteur Immobilier et s'occupait beaucoup de financement public. Il était de Wilmington mais sa mère invalide vivait maintenant en Floride et il n'avait pas d'autre famille à proximité.

Dans la partie supérieure du parc, une volée de larges marches terminait la montée de King à Walnut Street. Au milieu de l'escalier, un homme en bronze chevauchait un étalon au galop. Doug s'arrêta, désigna la statue.

— Vous connaissez l'histoire de Caesar Rodney ?

Non, fit-elle de la tête.

— Il fut notre premier et notre plus grand patriote. L'un des trois délégués du Delaware au Deuxième Congrès continental. Lors du vote capital de juillet, seuls les deux autres délégués, Read et McKean, étaient en séance. McKean était pour la Déclaration d'indépendance, Read contre. Sachant que Rodney partageait sa position, McKean lui envoya un messager. Rodney sella sa monture, chevaucha toute la nuit, cent trente kilomètres sous l'orage, et arriva juste à temps pour faire basculer le vote du Delaware en faveur de l'indépendance.

— Comme Paul Revere, fit remarquer Campbell. Mais sans l'aiguillon des troupes britanniques à ses trousses.

— C'est un aiguillon moral qui poussait Rodney. On avait besoin de lui, il a répondu présent. Cela compte beaucoup à mes yeux. Et voyons les choses sous cet angle : si le Congrès n'avait pas voté pour l'indépendance, Paul Revere n'aurait jamais eu à accomplir sa longue chevauchée nocturne.

Il était deux heures du matin, Cam devait être au

tribunal à neuf heures, et elle se laissait seriner une leçon d'histoire et de civisme. Cela aurait dû lui paraître bébête. Elle ne connaissait personne qui fût aussi peu cynique, aussi candide. C'était probablement le type le moins cool qu'elle ait rencontré ; elle aurait dû lui clouer le bec et partir d'un pas irrité. Au lieu de quoi, elle s'assit sur une marche et l'écouta lui raconter l'histoire du Delaware. Quand il fit passer son regard de Caesar Rodney à elle, Cam en sentit toute l'intensité. Et elle lui bâilla au nez.

Doug fut plus gêné qu'elle.

— Regardez l'heure qu'il est, dit-il avec un coup d'œil chagriné à sa montre. Et je suis là à discourir...

Il se leva, lui tendit la main.

C'est à ce moment-là que tout arriva. Épuisée, Cam avait probablement baissé sa garde sentimentale, parce qu'à cet endroit même, au pied de la statue équestre de Caesar Rodney, elle tomba amoureuse de Doug Alexander.

— Ah ! vous êtes là, fit une voix de gorge qui annonçait l'entrée de Margo Ramsay dans le petit salon.

Campbell se leva gauchement.

— Excusez-moi, il me fallait un moment pour...

— Chh, dit Margo en la faisant rasseoir et en s'effondrant à côté d'elle. Moi aussi j'ai besoin d'un moment de calme. Ça tourne à la folie, là-bas.

Elle allongea ses jambes sur la table basse, posa une main parcheminée sur celle de la jeune femme.

Cam était restée trop longtemps sans mère, et ce simple geste lui donna envie d'enfouir son visage au creux de l'épaule de Margo et de sangloter pour se libérer de tous ses ennuis. Mais, bien entendu, elle ne pouvait parler de ses ennuis à personne, surtout pas à

Margo Ramsay, et les deux femmes gardèrent un long moment le silence, écoutant le chahut des gens du Parti et le craquement des bûches dans la cheminée.

— Il voulait vous faire la surprise, j'imagine, dit enfin Margo. C'est pour ça qu'il ne vous en a pas parlé avant. Il a dû balancer entre vous surprendre et vous laisser le temps de vous préparer, et la surprise lui a paru préférable.

— Je doute qu'on ait jamais assez de temps pour se préparer à une chose pareille, repartit Cam avec un rire triste.

— Oh! vous seriez étonnée du pouvoir qu'a le temps!

— Il panse toutes les blessures, c'est ça?

— Oui. Et il vous permet de vous adapter à quasiment n'importe quoi.

Les yeux de Campbell quittèrent les flammes. Au-dessus de la cheminée était accroché le portrait d'une jeune femme, fragile beauté aux cheveux clairs et au regard voilé. La première fois que Cam était entrée dans cette pièce, elle avait remarqué que Doug semblait fasciné par ce tableau, et elle s'était fait un devoir de découvrir qui il représentait. La jeune femme du portrait était Cynthia, la fille des Ramsay, qui avait grandi avec Doug et aurait été à son bras ce soir s'il y avait eu un ordre naturel des choses. C'est ce qu'on attendait d'eux, et ce vœu — celui de leur entourage, à défaut du leur — se serait sans doute réalisé si Cynthia, défoncée aux amphètes, n'avait enroulé sa voiture autour d'un poteau téléphonique par une nuit froide dix ans plus tôt.

— Non, dit Margo d'un ton sec. Je sais à quoi vous pensez, vous vous trompez.

— Elle lui aurait tellement mieux convenu, s'entendit répondre Cam en rougissant.

— Absolument pas. Je vous ai observée, chérie. Vous êtes dure, résistante. Alors que Cynth... (Le regard de Margo se porta à son tour sur le portrait.) Elle était charmante, et si gentille ! (Elle se mordit la lèvre, émit un soupir tremblé.) Mais elle ne savait pas faire face à l'adversité. Plier et se redresser, comme vous. Elle ne pouvait que se briser.

« Cynth. » Le nom rappela à Cam les jacinthes, ces fleurs au parfum entêtant dont la tige peine à porter une masse de pétales trop lourde.

Margo se tamponna le coin des yeux.

— Ash disait la vérité tout à l'heure, vous savez. Nous avons hésité à présenter la candidature de Doug jusqu'à ce qu'il vous amène ici à Noël. Vous étiez le plus beau cadeau que nous pouvions espérer.

— Mais, Mrs Ramsay, je viens d'un monde différent. Je ne connais pas ces gens...

— Chérie ! Vous ne comprenez donc pas que c'est justement un avantage ? Vous n'avez pas de bagages. Cynth en aurait eu, et combien encombrants ! Comment Doug aurait-il pu espérer prendre ses distances par rapport à Ash si Cynth avait été à votre place ce soir ?

Margo releva le menton de Campbell, se pencha pour la regarder dans les yeux.

— Vous êtes une denrée rare, ces temps-ci : une femme sans passé, poursuivit-elle.

Cam détourna la tête.

— C'est que je ne m'attendais pas...

— Oh ! Doug aurait dû vous prévenir. Je le vois bien, maintenant. Il vous faudra du temps pour vous faire à cette idée. Mais vous en aurez ! Quand Doug annoncera sa candidature, les choses se mettront en branle, et vous vous rendrez compte du rôle que vous pouvez jouer.

L'esprit de Cam se mit en branle quand Margo parla d'une autre annonce. Cela voulait dire que celle du bas de l'escalier n'avait rien d'officiel et qu'elle avait encore le temps de dissuader Doug.

— Merci beaucoup, Mrs Ramsay, dit Cam en se levant et en lissant le devant de sa robe. Je crois que je ferais mieux de retourner là-bas, maintenant.

— À la bonne heure ! Voilà comment il faut réagir ! déclara Margo en agitant un poing osseux.

À cinquante kilomètres de là, Gloria Lipton était à son poste de secrétaire au siège silencieux et obscur de Jackson, Rieders & Clark. C'était son moment préféré, le vendredi soir à neuf heures, quand le bourdonnement frénétique de la ruche cessait enfin. Il n'y avait plus que le silence des couloirs déserts, le ronron d'ordinateurs que plus personne ne se donnait la peine d'éteindre.

Les jeunes secrétaires idiotes étaient parties sur le coup de cinq heures. Vives et bruyantes, elles s'étaient entassées en gloussant dans les ascenseurs. Ces écervelées ne restaient jamais au bureau après l'heure à moins d'en avoir reçu l'ordre de leur patron, assorti de l'assurance d'un règlement en heures supplémentaires. Non, ces demoiselles avaient mieux à faire. Se précipiter chez elles pour passer des tenues collantes en polyester et aller dans les boîtes montrer leur nombril à de jeunes butors en jean crasseux et chaussures de travail.

C'était tellement différent quand Gloria était une jeune secrétaire. Elle sortait elle aussi, avec ses amies de l'agence, mais toutes portaient gants et chapeau, avec un raffinement discret. Les soirées auxquelles elles assistaient étaient élégantes, les hommes qu'elles ramenaient parfois chez elles étaient diplomates, voire parlementaires. À cette époque, personne n'avait besoin de vider des sachets de poudre dans le verre des filles ; le pouvoir que détenaient ces hommes était un aphrodisiaque suffisamment puissant.

C'était une autre ville, un autre temps. Gloria elle-même ne portait plus ni gants ni chapeau pour aller au travail, et les hommes puissants qui l'entouraient aujourd'hui n'avaient plus le pouvoir de déclencher une guerre ou une dépression économique. Ils se contentaient d'entamer des poursuites et de souffrir de dépression. Elle s'efforçait néanmoins de maintenir le niveau de ses propres exigences. Elle portait chaque jour des perles et des tailleurs stricts, elle tenait parfaitement son bureau et ses dossiers, elle restait à son poste chaque soir jusqu'à ce qu'elle soit sûre que Mr Austin n'avait plus besoin d'elle.

Il avait toujours besoin d'elle le vendredi soir, bien que lui-même partît à six heures, parce que c'était le jour où Gloria rangeait le bureau et les dossiers de son patron. C'était le seul moment où elle pouvait vraiment le faire car il passait la plupart de son temps en réunions derrière sa porte close. Être le président d'un grand cabinet juridique était un travail ardu et délicat ; on attendait du *primus inter pares* qu'il tienne la bride à une centaine d'associés indociles, et il n'y serait jamais parvenu sans elle.

Gloria passa dans le bureau d'Austin, s'assit dans son fauteuil. D'abord elle lut lentement et mémorisa chaque note confidentielle avant de les ranger sous clef. Puis elle récupéra la cassette du dictaphone enfoui sous une montagne de rapports.

Trois points seulement, ce soir, découvrit-elle de retour à son bureau, les écouteurs sur les oreilles : une lettre à la partie adverse dans une affaire de fraude sur des titres ; une note à tous les associés pour leur rendre

41

compte — en les gonflant légèrement — des bénéfices du dernier trimestre ; enfin un message pour elle : « Gloria, pourriez-vous commander des fleurs pour Campbell Smith ? Je viens d'apprendre qu'elle s'est mariée il y a deux semaines. »

Campbell Smith — le nom ne lui disait rien. Elle prit l'annuaire de la firme, feuilleta les pages glacées jusqu'à ce qu'elle trouve sa photo. Ah oui, elle se souvenait, maintenant : une fille avec une épaisse chevelure rebelle veinée d'or et des jupes qui s'arrêtaient vingt bons centimètres au-dessus du genou, ce qui n'était guère une tenue correcte pour une avocate de Jackson, Rieders & Clark. Selon l'annuaire, Miss Smith, diplômée de l'université du Michigan, appartenait au secteur Droit de la famille de la firme depuis près de quatre ans.

Gloria fit glisser ses lunettes de lecture au bout de son nez et examina la photo plus attentivement. Il y avait quelque chose de familier dans ce visage, plus que n'auraient pu l'expliquer de brèves rencontres dans l'ascenseur. Cette fille avait l'air délurée, mais peut-être qu'avec les cheveux relevés, une chemisier blanc bien repassé et un collier de perles...

La secrétaire cligna des yeux quand l'image se forma dans son esprit. Était-ce possible ? Non, bien sûr. Voilà ce qui arrivait à force de penser aux jours anciens à Washington : ses yeux lui jouaient des tours.

Elle referma l'annuaire, griffonna une note lui rappelant de commander les fleurs lundi matin puis s'emmitoufla pour rentrer chez elle à pied.

Cinquante étages plus bas, un vent froid soufflait en rafales dans les rues de Center City. Quelques hommes d'affaires couraient vers la station de métro de Market Street tandis que des couples téméraires se dirigeaient bras dessus bras dessous vers les restaurants de Chestnut et Walnut. Mais, au sud de Walnut, les lumières s'estompaient, les rues devenaient silencieuses. Gloria marchait d'un pas vif, l'esprit débordant de perspectives joyeuses. Samedi lui offrait une semaine entière de cassettes enregistrées à regarder, et dimanche, le merveilleux dimanche, elle pourrait se plonger dans *Face the Nation, Meet the Press* et *Firing Line*. Il n'y avait pas observateur plus passionné des affaires internationales que Gloria Lipton. Si le droit était son métier, la politique était son violon d'Ingres, et elle s'estimait fine mouche dans les deux domaines.

Dans la 18e Rue Sud, un homme s'escrimait sur la portière de sa voiture tout en tenant une longue boîte en équilibre sous son bras. Il leva la tête de son trousseau de clefs en entendant les pas de Gloria, et elle le salua d'un hochement de tête réservé. Il sourit en retour d'un air aimable, ouvrit la portière arrière et posa la boîte sur la banquette.

Des roses, pensa Gloria quand elle passa devant lui. Un galant homme. Et comme il se tenait droit ! On voyait rarement une posture aussi correcte, ces temps-ci. Voilà le genre d'homme pour lequel une secrétaire devrait se pomponner, se dit-elle en s'éloignant.

Les fleurs la firent repenser à Campbell Smith. C'était vraiment étrange que la photo de cette fille lui ait rappelé...

Un coup violent dans les jambes la fit basculer vers le trottoir. Un os se brisa dans son poignet quand elle tenta d'arrêter sa chute, et son front heurta durement le béton. Étourdie, elle se retourna, vit une batte de base-ball décrire un arc vers sa tête. Elle ouvrit la bouche pour crier mais un nuage noir de souffrance explosa dans sa tête et la réduisit au silence.

Elle reprit conscience en sentant une douleur à la base du crâne. Ses paupières s'ouvrirent, elle cligna un moment des yeux pour en chasser le brouillard, distingua au-dessus d'elle le plafond et la fenêtre d'une voiture. Elle était étendue sur la banquette arrière. Elle tenta de se soulever sur les coudes mais la douleur dans sa tête semblait la clouer aux coussins. Puis elle sentit des mains sur ses cuisses, la pression chaude d'une pénétration entre ses jambes, et cessa de lutter. Elle comprenait, maintenant. Il n'y avait pas de quoi s'alarmer. Elle était vieille fille, mais pas vierge. Si elle ne se débattait pas, si elle ne regardait pas son agresseur dans les yeux, ce serait rapidement terminé.

Les choses ne se passèrent pas comme elle le prévoyait. L'homme ne grognait pas et ne se vautrait pas sur elle comme un porc. Il y avait quelque chose de froid et de méthodique dans ses mouvements, et il semblait ne pas prendre plus de plaisir qu'elle à ce qu'il faisait. Alors, pourquoi ? Elle finit par sentir la giclée chaude, entendit l'homme soupirer, comme s'il était soulagé que ce soit terminé. Mais ce n'était pas terminé, bien sûr, et elle se prépara pour l'étape suivante : une expulsion sans ménagement sur le trottoir. Elle se souleva à demi pour lui faciliter la tâche.

— Reste couchée, lui ordonna-t-il. Et ferme bien les yeux.

Naturellement, elle les ouvrit tout grands, juste à temps pour voir l'éclair blanc de la lame avant qu'elle ne lui tranche la gorge.

44

3

De l'autre bout de la pièce, Meredith Winters assista au retour de la femme du candidat. Se glissant de côté entre les invités, Cam s'approcha de Doug avec un sourire éclatant, passa son bras sous le sien. Il lui adressa un regard tendre avant de reprendre son allocution :

— Je préfère l'appellation de programme d'emplois. La politique commerciale est peut-être la cause de la situation, mais le manque d'emplois véritables, c'est ça, le problème, et c'est là-dessus que nous devons concentrer notre attention...

Il ferait mieux de concentrer son attention sur sa femme, pensa Meredith. À vingt pas, elle décelait tous les symptômes de l'épouse peu enthousiasmée par la carrière politique de son mari.

— Meredith, nous sommes très flattés que vous envisagiez de participer à la campagne dans notre petit État, dit Norman Finn, qui se tenait à côté d'elle.

— Pour moi, il n'est pas petit, corrigea-t-elle au moment où Ramsay les rejoignait. Statistiquement, le Delaware est le microcosme de l'Amérique. Du Nord industriel prospère aux éleveurs de poulets du Sud en difficulté, en passant par les problèmes de villes comme Wilmington, vous avez quasiment une coupe du pays. Ajoutez à cela que vous ne détenez qu'un siège à la Chambre. Comme la circonscription couvre tout l'État, il faut mener cette campagne comme si c'était une élection sénatoriale. Et comme toute campagne nationale doit être menée comme une campagne locale... (Elle s'interrompit pour émettre un rire cristallin.) Messieurs, c'est un rêve de stratège que nous avons là.

— La dame a potassé ses dossiers, Ash, fit observer Finn.

45

— Je vois, je vois.

— J'ai étudié les résultats de *votre* dernière élection, sénateur, reprit Winters. Marge très impressionnante. Le sénateur Tauscher ne s'est jamais approché de ces chiffres.

— Vous avez raison, confirma-t-il, ravi.

Elle l'observa attentivement pendant qu'il expliquait pourquoi il avait fait un bien meilleur score que son collègue du Delaware.

— ... la politique commerciale paraît déconnectée de la vie quotidienne, poursuivait le candidat à l'autre bout de la pièce. Nous devons la ramener au niveau du vécu. Il faut l'écrire ici en grandes lettres au tableau noir : cette politique a coûté à l'Amérique des centaines de milliers d'emplois...

Pas mauvais, jugea Meredith. Un peu trop bon chic bon genre à la George Bush, peut-être, mais elle pouvait corriger ce défaut en s'appuyant sur ses autres qualités. Il avait un enthousiasme naïf un rien péquenot qui donnait encore bien sur la plupart des auditoires, et il possédait aussi un peu de cet art clintonien magique de concentrer toute son attention lorsqu'il écoutait, de se montrer captivé par tout ce que son interlocuteur avait à dire. Et c'était la règle numéro un en politique : faites croire aux gens qu'ils sont importants, ils vous retourneront le compliment au centuple.

— Bill Gates se vante, se *vante* ! du nombre d'emplois de concepteurs de logiciels délocalisés en Inde. Où, soit dit en passant, le gouvernement fournit les locaux, l'énergie électrique, les connexions satellites, et les avantages fiscaux. Un emploi rémunéré soixante mille dollars à Seattle ira à un programmeur de Calcutta qui en gagne six mille. Et Gates présente ça comme une bonne chose ! Bonne à court terme pour

Microsoft, peut-être. Mais désastreuse pour l'Amérique...

Pas mal, se répéta Meredith. Un milliardaire monopoliste installé à l'autre bout du pays faisait un excellent épouvantail sur lequel taper. Elle adressa un hochement de tête approbateur au sénateur tandis qu'Alexander se dirigeait de nouveau vers le vieil homme en fauteuil roulant. Quand Ramsay fut appelé ailleurs, elle prit Finn par le coude.

— Qui est cet homme à qui Doug est en train de parler ?

— Mmm ? fit-il en se retournant. Oh ! c'est Jonathan Fletcher ! Donateur et collecteur de fonds très important.

Au cas où ils auraient échappé à la stratège, il répéta les mots clés :

— Très important.

— Ah.

— C'est lui qui tenait le plus à ce que nous fassions passer un examen serré à la femme de Doug. Mais on dirait qu'elle a fait sa conquête.

Meredith hocha la tête, sidérée que ces types puissent considérer l'épouse comme un atout dans la campagne. Ils ne comprenaient pas, ils ne comprenaient jamais quand il s'agissait des femmes de candidats. Les électeurs ne souhaitaient pas qu'elles soient intelligentes ou ambitieuses, et cette fille ajoutait à ces deux tares une troisième : elle était sexy. Même dans cet accoutrement ridicule de jeune fille de la bonne société, c'était manifestement une bombe, avec cette bouche en arc de Cupidon, cette chevelure luxuriante et ébouriffée, ces courbes pleines. Il n'y avait pas assez de bleu marine et de tailleurs Chanel au monde pour atténuer une telle sensualité.

Meredith accepta un autre canapé, rumina le problème. Une seule solution : la grossesse. L'épouse aurait bien du mal à paraître intelligente et sexy avec un gros ventre. Elle calcula les mois. De fin février à début novembre. Parfait, s'ils s'y mettaient tout de suite.

Une espèce d'agitée s'approcha de Finn.

— Oh ! bonsoir, Maggie ! Vous connaissez Meredith Winters ?

— N-non, bredouilla la femme. Enfin, si ! Je me demandais, est-ce que vous pourriez m'accorder un autographe ?

Meredith feignit l'étonnement :

— Moi ? Oh ! bien sûr, si vous voulez !

Elle écrivit obligeamment son nom tandis que Maggie ne pouvait plus s'arrêter :

— J'ai tout lu sur vous dans le *Post* ! Ce serait tellement formidable de travailler avec vous pour cette campagne ! J'espère que vous vous en occuperez !

— Savoir que des personnes comme vous y participeront fait certainement pencher la balance dans ce sens.

Il y avait toujours des gens comme elle, bien sûr, des groupies politiques qui se portaient volontaires pour n'importe quelle corvée mineure dans l'espoir d'un tête-à-tête de deux minutes avec le candidat. Meredith avait rencontré des centaines de Maggie, femmes peu sûres d'elles qui essayaient de prouver leur valeur en s'attelant à des questions auxquelles elles ne comprenaient rien. Maggie devait être le type même de la militante dévouée qui déifie le candidat du Parti et diabolise l'adversaire, sans jamais comprendre combien peu de choses les séparent. Meredith connaissait ce genre de personnes ; elles constituaient la colonne vertébrale du Parti.

Cela lui rappela la règle numéro deux en politique :

ne jamais sous-estimer le pouvoir des imbéciles dans un groupe nombreux.

Ramsay se dirigeait de nouveau vers eux, et elle se creusa la cervelle pour trouver un sujet qui permettrait au sénateur de briller pendant qu'elle continuerait à étudier discrètement le candidat. La solution lui apparut au moment où il se postait sur le flanc de Maggie Heller.

— Sénateur, j'ai vu que votre commission s'est de nouveau attelée à ce projet de réforme sur la responsabilité pénale...

— Oui, nous l'avons soumis au judiciaire la semaine dernière.

— De quoi s'agit-il ? demanda Maggie, s'immisçant dans la conversation.

— D'une réforme des lois sur la responsabilité en matière de produits, répondit Ramsay. Limiter les sanctions, libérer le fabricant de toute responsabilité quand le produit a plus de quinze ans d'âge, etc.

— Oh ! fit Maggie.

Elle ouvrit la bouche d'un air incertain, et son regard se porta nerveusement sur Meredith, qui devina qu'elle mourait d'envie de demander : « Nous sommes pour ou contre ? »

— Vous avez voté pour, la dernière fois, n'est-ce pas, sénateur ? rappela la stratège, mettant fin aux souffrances de Maggie.

— Avec près des deux tiers de mes collègues.

— Ce qui n'a pas suffi pour empêcher un veto du président, si je me souviens bien.

— Oh ! répéta Maggie, clignant des yeux. Alors, pourquoi la ressort-on ? Elle est différente, maintenant ?

— C'est le Congrès qui est différent, expliqua Meredith. Ce qui signifie qu'on joue une partie tout à fait nouvelle. (De la tête, elle indiqua le candidat.) Peut-on présumer que Doug Alexander soutient la réforme comme vous, sénateur ?

— Hou là, doucement, protesta-t-il sans hausser le ton. Comme vous venez de le souligner, c'est un nouveau match. Je ne sais même pas comment je frapperai quand viendra mon tour de batte. Quant à Doug..., ajouta-t-il en portant fièrement le regard sur l'autre bout du salon, il est entièrement libre.

Campbell demeura accrochée au bras de Doug le reste de la soirée, souriant, jusqu'à trembler des mâchoires, de toutes les formules de félicitations qui — elle le savait maintenant — étaient à double tranchant. Après minuit, quelques couples dégagèrent le centre du tapis et réclamèrent une danse. Avec une moue adorable, Cam entraîna Doug sur la piste. Une salve d'applaudissements crépita quand les jeunes mariés s'avancèrent, et le pianiste attaqua *The Man I Love*.

Elle noua les bras autour du cou de son mari, pressa sa joue contre son épaule, et, tandis qu'ils oscillaient lentement en rythme, les pensées de Cam défilaient à toute allure. Elle apprenait ce soir la leçon que tout politicien doit finir par tirer : on ne peut jamais arrêter de mener campagne. Elle avait gagné sa campagne pour épouser Doug ; cette soirée aurait dû célébrer sa victoire. Au lieu de quoi, elle marquait l'ouverture de la bataille suivante : la campagne pour le garder.

— Tu es si belle, ce soir, murmura-t-il à son oreille. Regarde comme tu es encore bronzée. On dirait que le soleil de Saint-Barth t'a embrassé le corps.

— Mmm, à mon avis, tu l'as embrassé plus que le soleil...

— Je m'en souviens, dit-il avec un rire bas.

Malgré les plis de satin qui les séparaient, elle remuait des hanches assez près de celles de Doug pour sentir les effets du trouble qu'elle provoquait en lui. Il s'éclaircit la gorge et murmura d'une voix rauque :

— Je meurs d'envie de te ramener à la maison.

Pas besoin d'annonce officielle, la campagne de Cam pouvait démarrer immédiatement. Avec une lueur polissonne dans le regard, elle se hissa sur la pointe des pieds pour lui souffler à l'oreille :

— Alors, fais-le.

Leurs arrivées séparées à la soirée imposaient des départs séparés, et le voiturier amena d'abord la Honda de Campbell. Dès qu'elle eut quitté l'allée des Ramsay et fait quelques centaines de mètres sur la route, elle s'arrêta, prit sa parka à l'arrière. Elle frissonnait si violemment qu'elle eut toutes les peines du monde à enfiler les manches et se battait encore avec la fermeture à glissière quand des phares l'aveuglèrent. Elle passa en codes et, lorsque la voiture venant en sens inverse fit de même, elle reconnut Jesse Lombard au volant du break des Ramsay.

Il ralentit pour inspecter la Honda au passage, Cam lui adressa un signe de la main. Elle constata avec étonnement qu'il était seul. Lorsqu'il avait quitté la maison, trois heures plus tôt, elle avait présumé qu'il ramènerait Trey. Où était le jeune garçon ? Encore en train de faire le vandale avec ses copains ? Ou enfermé dans une cellule au poste de police ? Elle ne pouvait croire que les flics boucleraient le fils de n'importe quel citoyen pour vandalisme, encore moins celui du sénateur Ashton Ramsay. Mais il y avait peut-être une procédure à respecter. Jesse devait peut-être rentrer informer le sénateur du sort de son fils, Ramsay devait décrocher

51

lui-même le téléphone et faire quelques promesses de renvoi d'ascenseur pour obtenir sa libération.

Après que Jesse lui eut adressé un petit salut, Cam réussit enfin à fermer sa parka et réintégra ses pénates.

Lesquelles se trouvaient à trois kilomètres de là, dans une maison qui avait appartenu pendant trente ans aux parents de Doug, et dont les jeunes mariés étaient maintenant propriétaires en vertu de l'acte que la mère de Doug avait signé en guise de cadeau de mariage. Cette maison était de la même génération que celle des Ramsay, avec la même allure aristocratique délabrée, mais en moins aristocrate et en plus délabrée pour les Alexander. Elle était entourée d'un terrain de deux hectares envahi de broussailles, avec sur le derrière une volée de dépendances décrépites : un garage pour une seule voiture, un atelier, une cabane à outils et au fond, dans les vestiges du vieux jardin, un pavillon d'été en ruine.

Elle se gara, courut dans le froid jusqu'à la porte de la cuisine. À l'intérieur, elle accrocha sa parka et alluma les lumières. On avait peu entretenu la maison depuis la mort du père de Doug, et le mobilier se limitait aux meubles de bric et de broc dont sa mère ne voulait pas en Floride, à quelques autres que le couple avait amenés avec lui. La meilleure pièce était le bureau de Doug. Cam y fit du feu, alluma le lampadaire près du canapé en cuir. En haut, dans leur chambre, elle fit aussi du feu et rabattit les couvertures du lit. D'une ruade, elle expédia ses chaussures dans le placard mais garda sa robe, signe qu'elle n'était pas encore prête à se coucher et qu'ils devaient parler d'abord. De retour dans la cuisine, elle prépara du café dans le même dessein puis attendit près de la fenêtre et affûta mentalement ses arguments.

Elle commencerait par quelques concessions : la nouvelle de sa candidature était incroyablement excitante, elle était fière de lui. Quel bonheur d'être mariée à un mari à qui on faisait un tel honneur. Mais justement, ils *venaient* de se marier. C'était leur année de lune de miel et elle ne pouvait supporter l'idée d'être très souvent séparée de lui dans les neuf mois à venir. Et il ne s'agissait que de la campagne. S'il gagnait, ou plutôt *quand* il aurait gagné, et qu'il partirait pour Washington, elle ne pourrait se résoudre à être une femme du week-end comme Margo Ramsay. Elle ne pouvait pas non plus aller vivre à Washington avec lui, pas à ce stade de sa propre carrière, pas dans leur situation financière présente. Il fallait absolument rénover la maison : des travaux essentiels comme la toiture, les huisseries, la plomberie et l'installation électrique. Les revenus de Doug avaient fondu ces dernières années avec le déclin de son cabinet, et il devait aussi subvenir aux besoins de sa mère. Quant à Cam, ses perspectives de carrière étaient incertaines, et elle avait ses propres frais. Pouvaient-ils réellement se permettre qu'il prenne une année sabbatique pour faire campagne et, quand il gagnerait, sauraient-ils s'adapter au salaire moins important d'un parlementaire ? Sans parler du loyer d'un studio à Washington et des billets de train hebdomadaires.

Le gravier de l'allée crissa ; quelques secondes plus tard, Doug poussa la porte, saisit Campbell et la fit tournoyer dans la cuisine.

— Cam ! C'est formidable, non ? Tu te rends compte ?

Les doigts de Doug étaient comme des glaçons sur son dos, et sa bouche lui parut à peine plus chaude quand il l'écrasa sur la sienne. Elle rit, essaya de se dégager.

— Mon cœur, tu es gelé ! Attends de te réchauffer. J'ai préparé du café...

Mais il la serra plus étroitement contre lui et l'embrassa de nouveau.

— Doug..., fit-elle, essayant d'échapper aux mains glacées.

— Seigneur, grogna-t-il en enfouissant son visage au creux du cou de Cam. Seigneur, quelle soirée !

Ses doigts trouvèrent la fermeture Éclair et il rabattit le haut de la robe sur les hanches de Cam, puis la fit glisser jusqu'à ce qu'elle ne soit plus vêtue que de sa culotte en dentelle et de ses bas. Les mains de Doug emprisonnèrent ses seins.

— Seigneur, répéta-t-il, la voix rauque, en se penchant pour lui mordre les lèvres.

Elle se rendit compte qu'il planait encore et qu'il faudrait plus que quelques protestations pour le faire redescendre. En outre, Cam avait des scrupules : on ne peut pas prendre un homme dans ses filets en jouant à la petite chatte sensuelle pour se transformer en chatte ménagère distante une fois mariée. Plus tard, décida-t-elle. Ils discuteraient plus tard.

Elle se fit souple et docile dans ses bras. Il la souleva de la flaque de satin répandue à ses pieds.

— Chéri, dit-elle en riant quand il passa dans l'entrée, laisse-moi au moins...

Il lui ferma la bouche d'un baiser, la porta en haut dans la chambre, la déposa sur le lit, lui ôta ses derniers vêtements et la pénétra d'un seul mouvement coulé.

Étendue sur le dos, Cam s'étonna de l'aisance de son rythme. Quand elle lui avait fait pour la première fois les honneurs de son lit, en automne, Doug était un amant timide, gauche, craignant toujours de lui faire mal ou d'aller trop loin. Elle s'attribua la responsabilité de ce changement : elle avait fait de lui le maître de son corps à elle ; il y croyait.

Il s'était plus ou moins passé la même chose à la soirée, quand les gens du Parti l'avaient choisi pour candidat.

Elle ouvrit les yeux, contempla d'un œil morne les crevasses étoilant le plâtre du plafond. Ce serait non seulement dur mais cruel de le faire redescendre de tels sommets. Doug n'y était pour rien si son mariage avec Cam excluait pour lui une carrière politique, mais c'était lui qui en souffrirait.

Elle lui caressa les cheveux, promena ses lèvres sur son visage et sur son cou tandis qu'il accélérait le mouvement. Bien qu'insensible à ce qui se passait en dessous de sa tête, elle veillait à savoir où Doug en était, et elle poussa au bon moment le cri qu'il attendait. L'instant d'après, il jouit avec une exclamation.

Maintenant, pensa-t-elle, quand ils demeurèrent enlacés, immobiles. Avant qu'il s'endorme. Mais pas ici. Elle devait trouver un prétexte pour le faire descendre, lui servir une tasse de café et se blottir contre lui devant la cheminée. Le sentant basculer déjà dans le sommeil, elle s'éclaircit la voix.

— Doug, mon cœur... ?

Le téléphone posé sur la table de chevet émit une sonnerie stridente qui le fit sursauter. Il décrocha.

— Ouais, marmonna-t-il. Margo ? Qu'est-ce qui se passe ? (Il se redressa, balança les jambes hors du lit.) Bien sûr... Non, j'arrive tout de suite.

Campbell se hissa sur un coude au moment où il raccrochait.

— Qu'est-ce qu'il y a ?

— Trey n'est toujours pas rentré, répondit-il avec un regard perplexe. Ils pensent qu'on l'a kidnappé.

4

Trey s'éveilla avec un violent sursaut. Son cœur ricocha un moment dans sa poitrine jusqu'à ce qu'il se rappelle où il était : à l'arrière d'une camionnette. Il leva la tête, se traita de tous les noms : il n'aurait pas dû s'endormir, il aurait dû rester vigilant, prêt à tenter de s'évader dès que l'occasion se présenterait. Mais il faisait chaud dans le véhicule. Il avait ôté son blouson, s'en était servi comme oreiller et, bercé par le bruit du moteur, s'était assoupi malgré lui.

La camionnette était arrêtée, c'était sans doute ce qui l'avait réveillé. Il faisait encore noir dehors et des lampes à vapeur de sodium projetaient une lumière ambrée sur un parking désert. Il se redressa, constata qu'il n'y avait plus personne au volant, se jeta sur la portière latérale puis sur celle de l'arrière. Fermées à clef toutes les deux.

Il se laissa retomber sur le plancher. Quel naze il faisait ! Un enfant de cinq ans sait qu'on ne doit jamais monter dans la voiture d'un inconnu. Lui, il s'y était précipité et il avait même dit merci. Pour couronner le tout, il avait braillé : « Vous savez qui est mon père ? » : si le type n'avait pas déjà une bonne raison de le kidnapper, il lui en avait donné une, et sans se faire prier !

Il roula sur le côté, se retrouva le nez sur un sac en toile noire. Il se releva, ouvrit la fermeture Éclair, regarda à l'intérieur : des chaussettes, des sous-vêtements, quelques chemises de flanelle. Ni revolver, ni couteau, ni téléphone portable. Mais ses doigts se refermèrent sur un nécessaire à raser. Il l'ouvrit, trouva le rasoir. Juste un modèle jetable en plastique, mais ça pourrait peut-être servir. Il le glissa dans la poche de sa chemise avant de refermer le sac.

La porte latérale coulissa en gémissant ; Trey recula si précipitamment qu'il se cogna l'arrière du crâne contre la tôle.

— Hé, du calme ! fit une voix dans un rire.

C'était l'homme, le kidnappeur. Il se tenait dans l'encadrement, les mains sur les montants, bloquant toute tentative de fuite.

— Faim ? demanda-t-il.

Trey acquiesça d'un hochement de tête.

— Viens. On parlera là-bas. Prends ton blouson, il fait froid, dehors.

Trey enfila le vêtement, sauta sur le macadam. Ils étaient sur le parking d'un péage, devant un restaurant. Les lumières lui montrèrent clairement son ravisseur pour la première fois. La quarantaine, blouson de ski vert, jean et grosses godasses. Rien d'effrayant dans sa tenue, mais, avec cette barbe de deux jours, même son sourire avait quelque chose de menaçant. Il referma la portière, prit Trey par le bras, fourra son autre main dans la poche du blouson. Il a un flingue, pensa Trey avec un pincement de peur.

Ils franchirent les doubles portes en verre du restaurant, dont la salle était quasiment vide. Deux hommes solitaires sirotaient un café au comptoir ; un couple occupait un box, une femme dont le maquillage avait coulé, un homme parlant d'une voix braillarde, pâteuse. S'y ajoutaient une serveuse, une caissière, et probablement un cuisinier.

L'homme dirigea Trey vers un box du fond, loin des autres clients, puis lâcha le bras de l'adolescent et s'assit en face de lui, de manière à pouvoir continuer à braquer son arme sur lui, certainement.

La serveuse s'approcha d'un pas lent.

— Bonjour, les gars ! Vous avez choisi ?

— Moi, oui. Et toi, Jamie ?

Trey fixa le Formica de la table sans répondre.

— Il est encore à moitié endormi. Je vais commander pour nous deux. Vous servez déjà le petit déjeuner ?

— On n'a pas arrêté.

— Alors, des saucisses et des œufs. Deux de chaque. Un café pour moi, un verre de lait pour mon ami.

Mon ami ? Trey leva un regard désespéré vers la serveuse.

— OK, je vous apporte vos boissons tout de suite.

Elle s'éloigna ; l'homme planta les coudes sur la table et se pencha en avant.

— Jamie, laisse-moi t'expliquer ce qui se passe...

— Je m'appelle pas Jamie, fit Trey d'une voix étranglée.

L'homme inclina la tête sur le côté, eut une grimace.

— Désolé. Je ne sais pas pourquoi, je croyais. Comment on t'appelle, alors ? Jim ?

— Trey.

— Pardon ?

— On m'appelle Trey.

L'homme parut surpris.

— Comment ça se fait ?

— Trouvez vous-même, bougonna le jeune garçon.

La serveuse revint avec le café et le lait, repartit. Trey se redressa : il avait une idée.

— Faut que j'aille aux toilettes.

— Bien sûr, dit l'homme en quittant son siège. Moi aussi.

Trey se leva d'un air abattu, la main de l'homme lui emprisonna de nouveau le coude.

À la caisse, une femme aux cheveux gris comptait la recette en faisant craquer chaque billet et en remuant silencieusement les lèvres. Trey s'arrêta devant elle.

— Madame, aidez-moi ! Ce type m'a enlevé !

La caissière fit passer son regard de l'homme à l'adolescent, eut une moue désapprobatrice.

— Dommage que tu sois le portrait craché de ton père, dit-elle avant de se remettre à compter.

— Allez, viens, ordonna le ravisseur en entraînant le garçon vers les toilettes.

— L'âge difficile, commenta la caissière comme ils s'éloignaient.

— À qui le dites-vous ! s'esclaffa l'homme.

Il ne riait plus quand la porte des toilettes se referma derrière eux. Trey recula vers le fond de la salle.

— Jamie... *Trey*. Écoute-moi.

L'adolescent jeta des regards paniqués autour de lui, le mur des cabinets, celui des urinoirs, le miroir au-dessus des lavabos. L'homme avança vers lui, et le miroir les prit brièvement dans son cadre en une sorte d'instantané.

— Faut vraiment que j'y aille ! s'écria Trey.

Il se rua dans l'un des cabinets, tira le verrou, s'adossa à la porte et se couvrit le visage des mains.

— Trey, je suis désolé, s'excusa l'homme de l'autre côté de la porte. Je n'aurais jamais dû t'enlever en pleine rue comme ça, mais je ne trouvais pas d'autre moyen, et je n'avais pas le temps de t'expliquer...

— Non, le coupa le garçon.

Il avait le visage couvert de sueur. L'instantané pris par le miroir prenait lentement forme dans son esprit comme une photo Polaroïd. Il vit apparaître sa propre silhouette reculant vers le fond de la salle, celle de l'homme s'approchant de lui.

— Écoute-moi, je m'appelle Steve Patterson et...

Trey plaqua ses mains sur ses oreilles.

— Non. Arrêtez.

— ... je suis ton père.

Sur le Polaroïd, leurs visages devinrent plus nets, et

la ressemblance aussi, jusqu'à ce qu'elle lui brûle les yeux, qu'elle s'imprime dans son cerveau comme une marque au fer rouge.

— Non ! Mon père, c'est Ash Ramsay ! Le sénateur James Ashton Ramsay Junior. Je suis James Ashton Ramsay III, et vous pouvez pas être mon père parce que je suis pas un enfant adopté ! Personne m'a jamais dit que j'étais adopté !

Il y eut un silence terrible de l'autre côté de la porte.

— Alors, vous êtes personne pour moi ! cria Trey dans un sanglot. Personne !

Il n'entendit pas le verrou craquer et, quand la porte céda soudain derrière lui, il bascula en arrière. L'homme le rattrapa et tomba avec lui sur le sol dallé. Tout devint flou lorsque les yeux de Trey s'emplirent de larmes. Les bras de l'homme étaient autour de lui. Il aurait voulu se libérer mais il ne put que baisser la tête et cacher ses yeux.

— Personne ! répéta-t-il d'une voix gémissante.

L'homme n'écoutait pas. Il le serrait contre lui et le berçait en murmurant :

— Oh ! mon Dieu, je te demande pardon, Jamie ! Je te demande pardon.

Les lumières illuminaient encore la maison des Ramsay mais ce fut cette fois Jesse Lombard qui vint ouvrir. Son visage exprima sa déception quand il découvrit Doug et Cam. Il s'écarta pour les laisser entrer.

— Du nouveau ? demanda Doug.

Lombard secoua la tête. Un muscle se contracta sur sa joue gauche et Cam se rappela avoir entendu dire que la tension exacerbait son tic. Il se retourna, les conduisit vers la pièce du fond à travers les vestiges de la soirée : verres, assiettes et serviettes jonchant le salon, restes du buffet occupant encore la table de la salle à manger. À en juger par l'état de la cuisine, les Ramsay avaient renvoyé le personnel du traiteur avant qu'il ait pu nettoyer.

En suivant Lombard, Campbell sentit croître son sentiment de culpabilité. Elle aurait dû prévenir les parents dès qu'elle avait reconnu Trey dans la meute, elle aurait dû faire ce que Doug aurait fait : sauter de la voiture, enjoindre Trey de venir avec elle. Au minimum, comme Doug le lui avait seriné pendant le trajet, elle aurait dû l'avertir dès son arrivée à la soirée. Il avait raison, bien sûr, bien qu'il se trompât sur son mobile : il s'imaginait qu'elle n'avait rien dit par désir inconscient de protéger Trey. Il ne la connaissait pas encore assez pour savoir qu'elle stockait les informations comme un avare accumule les pièces d'or.

Dans le petit salon, le feu s'était réduit à des braises orange. Les Ramsay se tenaient chacun à un bout de la pièce et regardaient par les fenêtres.

— Je refais un tour dehors, annonça Jesse.

— Oui, allez-y, murmura le sénateur.

Tandis que Jesse s'éloignait en boitant, Margo se retourna et la peau de son visage se tendit lorsqu'elle découvrit Cam.

— Oh ! Campbell, ce n'était pas la peine de venir aussi...

La jeune femme lut le sous-titre : elle ne faisait pas encore partie de la famille, pas assez en tout cas pour être concernée par cette affaire.

— Cam a une information qui pourrait vous aider, expliqua Doug en poussant sa femme dans la pièce.

— J'ai vu Trey hier soir, déclara-t-elle. En venant ici. Il était avec des copains dans Martins Mill Road...

— À quelle heure ? demanda Ramsay.

Dans le même temps, Margo s'écriait :

61

— Quels copains ?

— Vers huit heures. Le seul autre garçon que j'aie reconnu, c'est celui qui était ici le jour de Noël. Un brun...

— Jason Dunn ? avança le sénateur.

— Oui, c'est ça.

Les épaules de Margo s'affaissèrent.

— J'ai déjà téléphoné à Jason, fit-elle d'un ton morne. Il n'a pas vu Trey depuis la sortie du collège.

Elle retira la baguette d'ivoire qui retenait son chignon, et quand ses cheveux gris, libérés, tombèrent sur ses épaules, elle parut soudain son âge, et même plus. Cam songea qu'il devait être difficile d'avoir un enfant si tard, de ranger les vitamines Pierrafeu à côté des tablettes d'œstrogène dans l'armoire à pharmacie, de ne plus se souvenir du tout comment fonctionne l'esprit d'un gosse.

— Est-ce que je pourrais rappeler Jason ? s'enquit Campbell.

— Chérie, Margo a déjà...

— Ils étaient en train de faire des bêtises, argua-t-elle. C'est pour cette raison que Jason n'est pas prêt à reconnaître qu'il se trouvait là-bas.

— Quoi ? Qu'est-ce qu'ils faisaient ? voulut savoir Margo.

Ramsay passa devant elle, feuilleta l'annuaire.

— Tenez, dit-il, montrant le numéro à Campbell.

Quelqu'un décrocha à la deuxième sonnerie.

— Ouais ?

Comme celle de Trey, la voix de Jason était grave et dénuée d'expression, comme si la moindre manifestation d'émotion risquait de la faire basculer de nouveau dans le soprano.

— Jason ? Campbell Alexander. Je suis une amie des

Ramsay. Trey n'est pas rentré chez lui ce soir, il faut absolument nous dire où tu l'as vu pour la dernière fois.

— Hé ! je l'ai déjà expliqué à sa mère. Je l'ai pas revu après les cours...

— Écoute, Jason, je t'ai vu, ce soir, contra Campbell.

Elle tourna le dos aux Ramsay, baissa la voix :

— Je suis au courant pour les boîtes aux lettres, alors, si tu ne veux pas que je donne aux flics des noms et des adresses, arrête le pipeau. Compris ?

— Euh... Attendez une minute.

Murmures à l'autre bout de la ligne. La mère avait dû entrer dans la pièce, et Jason s'efforçait de la convaincre de ressortir. Il revint en ligne :

— Bon, d'accord, on a tous filé quand on a entendu les sirènes. Trey, il est redescendu dans Martins Mill. Y avait un mec garé dans son allée qui l'a appelé et lui a dit de monter dans sa voiture. Et puis ils ont démarré.

— Qui était-ce ? Quelqu'un du collège ?

— Non, un vieux. Enfin, d'âge mûr, je veux dire.

— Comment tu sais que c'était son allée ?

— Ben, il y était garé.

— C'était quoi, sa voiture ?

— Je sais pas. Comment on appelle ça ? Pas un monospace ni un break, plutôt un machin de plombier.

— Une camionnette ?

— Ouais.

— Quelle couleur ?

— Je me rappelle pas.

C'était inutile. Cam se souvenait, elle, de la camionnette noire arrêtée sur le bas-côté de la route, de l'homme qui s'appuyait à la portière, un téléphone portable à la main.

— Et ils sont partis ensemble ?

— Ouais. Trey est monté à l'arrière, le type a descendu Martins Mill.

Cam raccrocha, se prépara avant d'affronter les Ramsay. Elle ne savait que leur dire. Les hypothèses les plus horribles se bousculaient dans son esprit : Trey enlevé par un maniaque sexuel, par des terroristes internationaux, ou kidnappé pour une rançon, et peut-être déjà mort. Les pires craintes de ses parents pouvaient se confirmer, et Cam était celle qui aurait pu empêcher leur concrétisation.

— Il y avait un homme près d'une camionnette garée dans l'allée d'une maison de Martins Mill. Il a attiré Trey, il l'a emmené. Jason les a vus partir. Et j'ai bien peur d'avoir vu ce même homme moi aussi un peu plus tôt.

Elle s'attendait à ce qu'ils s'effondrent, mais Margo garda le silence et l'expression de Ramsay se durcit.

— À quoi ressemblait-il ?

— Trente-cinq ans, par là. Un mètre quatre-vingts. Des cheveux bruns, un peu longs.

— Vous avez vu son visage ?

Cam hésita, chercha des adjectifs, mais ceux qui lui venaient à l'esprit — nerveux, louche, inquiétant — n'étaient d'aucune utilité. Elle acquiesça.

Ramsay pivota vers sa femme.

— Margo, où est... ?

Elle traversait déjà la pièce pour fouiller le tiroir d'un secrétaire.

— Excusez-moi, sénateur, mais ne pensez-vous pas qu'il faudrait...

— Tiens, dit Margo.

Elle tendit quelque chose à son mari, qui le passa aussitôt à Campbell.

C'était la photo de trois étudiants en maillot de football rouge. Cam la tint à la lumière et se demanda un moment si les Ramsay n'avaient pas perdu la tête, finalement. Puis elle remarqua le garçon de droite. Il avait une douzaine d'années de moins et arborait un large sourire, mais c'était bien l'homme qu'elle avait vu sur la route, cela ne faisait aucun doute. Elle leva les yeux.

— Oui, c'est lui, fit-elle, étonnée.

Margo poussa un gémissement, pressa ses bras contre ses flancs ; Ramsay fixa un point du tapis devant lui. Un moment s'écoula. Cam observa le couple d'un œil perplexe, finit par se tourner vers Doug.

— C'est lui, n'est-ce pas ? soupira-t-il. Son père.

— Quoi ? s'exclama Campbell.

Doug ne lui répondit pas, Ramsay non plus. Le sénateur agrippa les accoudoirs d'un fauteuil et s'y effondra.

— Vous vous y attendiez ? demanda Doug.

— Bien sûr que non ! rétorqua Margo.

Elle lança un regard noir à son mari, traversa la pièce d'un pas rageur et se tint devant la fenêtre, les poings serrés. Ramsay releva la tête, contempla le dos de sa femme.

— Nous avions reçu des lettres, avoua-t-il.

— Qu'est-ce qu'il veut ? De l'argent ?

— Mon Dieu non ! répondit le sénateur avec un rire amer. Rien d'aussi simple.

— Cela saute aux yeux, non ? s'écria Margo. C'est Trey, qu'il veut.

D'une toute petite voix, elle ajouta :

— Et il l'a, maintenant.

Cam avait l'impression d'être l'élève la plus bête de la classe. Pas un instant elle ne s'était doutée que Trey était un enfant adopté, et même maintenant, faisant passer son regard du portrait du garçon à celui de la fille, elle devait reconnaître qu'elle n'aurait jamais deviné. Lentement, l'experte en droit familial reprit le dessus et elle déclara :

— C'est quand même un crime. Enfin, s'il a perdu tout droit parental...

— C'est le cas, confirma Ramsay.

— Alors, c'est la même chose que si Trey avait été enlevé par un inconnu. Il faut appeler la police. Non, pas la police, se reprit-elle, étonnée que ce détail juridictionnel lui ait échappé même un court instant, le FBI.

— Nous ne pouvons pas faire ça, déclara Ramsay.

Margo se retourna.

— Ash, et Ron March ? En qualité d'attorney général, il s'occupe du FBI, non ?

— Pas exactement. Pas directement. Nous ne pouvons pas courir ce risque, Margo.

Médusée, Campbell interrogea Doug du regard.

— Le scandale, lui expliqua-t-il. Les journaux s'en donneraient à cœur joie. Sans parler de l'opposition.

— En outre, ce n'est pas comme si le garçon courait un danger, plaida Ramsay en regardant sa femme. Nous savons qu'il ne lui fera aucun mal.

— Oui, je suppose, finit-elle par reconnaître.

Il joignit les mains et reprit :

— Donc, nous gardons cette affaire pour nous. Doug ?

— Bien sûr.

Les deux hommes échangèrent un coup d'œil que Campbell n'eut aucun mal à interpréter : Doug devait s'assurer du silence de sa moitié.

Le sénateur se frotta les yeux, passa les doigts des deux mains dans sa crinière. Vieux et fatigué, le Lion du comté de New Castle n'avait plus ni dents ni griffes.

— Nous devons régler ça nous-mêmes. Nous engagerons quelqu'un, nous ferons des recherches...

— Je sais qui vous devriez engager, dit Doug. Elle est devant vous.

Bouche bée, Cam entendit Ramsay s'étonner lui aussi :

— Campbell ?

— C'est sa spécialité. Rechercher des gens.

— Rechercher des biens, rectifia-t-elle, bien que l'un impliquât généralement l'autre.

— Elle a fait ça cent fois, elle a accès aux meilleures informations, argumenta Doug. Je peux lui ouvrir un compte duquel elle déduira le montant de ses heures, sans que personne d'autre soit au courant. Cet arrangement restera strictement entre nous.

Ramsay regarda Margo, qui eut un hochement de tête résigné. Il se tourna vers Campbell.

— Vous accepteriez, Cam ? Inutile de souligner ce que cela signifierait pour nous.

Doug la suppliait des yeux. Inutile de souligner ce que cela signifierait pour lui. En plus de l'affection et du soutien que lui témoignait déjà le sénateur, il aurait sa gratitude éternelle. Mais cette fois encore, ce fut le sentiment de culpabilité de Campbell qui la décida. Non seulement à cause de ce qu'elle avait fait aux Ramsay, mais aussi à cause de ce qu'elle s'apprêtait à faire à Doug. Ses rêves de gloire allaient bientôt s'évanouir, elle pouvait bien lui accorder cette faveur.

— Bien sûr, dit-elle. Je ferai tout mon possible.

La porte de derrière s'ouvrit, Jesse Lombard apparut sur le seuil. Répondant aux regards pleins d'espoir qui l'interrogeaient, il secoua tristement la tête.

— C'est ce que nous pensions, Jesse, l'informa le sénateur.

Lombard redressa son corps d'infirme.

— Vous voulez que...

— Non, non. Campbell le recherchera pour nous.

— J'aurai besoin de renseignements..., commença Cam.

— Nous allons vous laisser, dit Doug.

Il posa une main sur l'épaule de Jesse, l'entraîna dans

la cuisine. En allant s'asseoir près du sénateur, Cam entendit les deux hommes s'attaquer au rangement et songea à la gentillesse et à la perspicacité de son mari : ce dont Jesse avait le plus besoin en ce moment, c'était se sentir utile.

Ce dont elle avait le plus besoin, elle, c'était d'informations. Pendant l'heure qui suivit, elle s'efforça d'en obtenir des Ramsay. Ils étaient assis côte à côte sous la photo de famille transformée plus tard en affiche électorale, et Cam ne put que percevoir l'ironie de la chose : le galopin qui avait permis au sénateur de remporter la victoire était en définitive le galopin de quelqu'un d'autre.

Ce quelqu'un s'appelait Steve Patterson, et le couple n'avait plus entendu parler de lui une seule fois après la signature des documents d'adoption. Jusqu'au jour où ils avaient reçu une lettre. Elle était arrivée peu après la dernière réélection de Ramsay, en novembre dernier, et avait été suivie de trois ou quatre autres, la plus récente pendant les fêtes de Noël. Ils les avaient malheureusement toutes détruites — colère ou crainte que Trey les découvre, Campbell n'aurait su dire. Chacune d'elles était manuscrite, longue d'une page ou deux, mais ni Ash ni Margo ne se rappelaient ce que Patterson leur avait écrit en dehors du fait qu'il voulait reprendre son fils. Dans chacune d'elles, il réclamait une réponse et donnait une adresse à Rehoboth Beach — ils ne se rappelaient pas la rue —, station balnéaire sur la petite portion de côte atlantique du Delaware.

Campbell tenta de leur soutirer plus de détails sur Patterson, mais ils étaient trop épuisés ou trop désemparés pour lui en fournir. Il avait fait des études à Cornell mais ils ignoraient s'il y avait obtenu un

diplôme. Ils croyaient se souvenir qu'il étudiait l'architecture.

— Et la mère biologique de Trey ? Vous pensez qu'il
est resté en contact avec elle ?

Peut-être, mais ils en savaient encore moins sur elle.
Ils ne se rappelaient même pas son nom.

Il était près de quatre heures du matin quand
Campbell et Doug retrouvèrent leur lit. Le feu était
mort, les draps glacés. À peine avaient-ils commencé
à les réchauffer de leur corps que Cam s'extirpa des
couvertures pour mettre son réveil.

— Pour quoi faire ? demanda Doug en l'attirant de
nouveau contre lui.

— Il vaut mieux que je passe demain au bureau voir
ce que je peux trouver sur Patterson avec l'ordinateur.

— Tu rentreras vers quelle heure ?

— Début d'après-midi ?

— Je serai sûrement encore au lit.

— Très bien, dit-elle en se pelotonnant contre lui.
C'est là que je te veux.

Le rire de Doug lui caressa le cou. Juste avant de
basculer dans le sommeil, elle lui demanda :

— Chéri, pourquoi tu ne m'avais jamais dit que Trey
était un enfant adopté ?

— Je ne sais pas, répondit Doug. (Il bâilla, resserra
son bras autour d'elle.) C'est ça, le mariage, non ?

— Quoi ?

— Découvrir les secrets de l'autre.

— Ah ? fit Cam.

Les yeux grands ouverts, elle entendit la respiration
de Doug devenir plus profonde et plus lente.

— Bon, dit-elle à l'obscurité.

5

Le lendemain, Campbell fit en voiture les cinquante kilomètres séparant la maison du centre de Philadelphie. Chaque matin, depuis qu'elle vivait avec Doug, une pancarte plantée à l'entrée de la ville lui posait la même question : UNE BLESSURE QUI NE GUÉRIT PAS ? APPELEZ LE CENTRE CROZER.

Elle se gara dans un parking à six dollars la journée, parcourut à pied le reste du trajet. L'immeuble où elle travaillait était une tour de cinquante étages, gainée de verre réfléchissant, semblable aux lunettes noires des flics de l'autoroute. Ce matin, il reflétait les sommets de l'architecture du centre sous des nuages bas et menaçants.

Le garde du week-end se tenait comme d'habitude derrière le comptoir du hall d'entrée, mais il était flanqué de deux policiers en uniforme, et deux autres flics encadraient la rangée d'ascenseurs.

— Qu'est-ce qui se passe ? voulut savoir Campbell.

Le garde haussa les épaules en lui tendant le registre à signer.

Elle griffonnait son nom quand l'un des policiers s'approcha pour le déchiffrer.

— Z'êtes Campbell Smith ? demanda-t-il d'un ton sec.

— Oui, pourquoi ?

— Suivez-moi.

Elle lança un regard au garde, qui se contenta de la fixer en écarquillant les yeux.

— Qu'est-ce qui se passe ? répéta-t-elle.

Le policier la dirigea vers un ascenseur, appuya sur le bouton du cinquantième étage.

— Le lieutenant Thaddeus veut vous voir.

— Pourquoi ? Dites-moi ce qui se passe...

Il ne répondit pas.

Quand les portes se rouvrirent, il lui fit signe de sortir de la cabine et de descendre le couloir vers l'aile de la direction. Deux hommes se tenaient devant la porte du bureau de Clifford Austin : un autre agent en uniforme et un Noir large d'épaules engoncé dans un costume ajusté.

Le policier qui avait accompagné Cam lança du bout du couloir :

— Voilà Campbell Smith, lieutenant !

L'homme au costume se tourna vers elle. Il avait une mâchoire en galoche, le crâne dégarni et des yeux attentifs.

— Lieutenant Thaddeus, se présenta-t-il sans tendre la main. Vous êtes Miss Smith ?

— Oui, pourquoi ?

Du menton, il fit signe aux uniformes de les laisser.

— Mais enfin, qu'est-ce qui se passe ?

Il la considéra un moment avant de répondre :

— Une de vos collègues s'est fait tuer hier soir.

— Oh non ! Qui ?

— Gloria Lipton.

Le nom ne lui disant rien, Campbell secoua la tête puis se rappela soudain :

— Mon Dieu, la secrétaire de Cliff Austin ?

— C'est ça.

Cam regarda le poste de travail de Gloria. Tout était en ordre sur le bureau : clavier et moniteur sans un grain de poussière, agrafeuse, ciseaux, rouleau de Scotch soigneusement alignés. Sur les cloisons, des photos de ses patrons successifs posant en compagnie de Lyndon Johnson, de Gerald Ford et d'un Ted Kennedy très juvénile. Sur chacune d'elles figurait la même

71

jeune femme arborant un tailleur strict, un chapeau et un sourire nerveux.

Thaddeus alla se placer à côté du bureau.

— Vous vous rappelez quand vous l'avez vue pour la dernière fois, hier ?

Elle fronça les sourcils.

— Je ne me rappelle pas l'avoir vue hier.

Il la considéra un moment, fit glisser vers elle un classeur à anneaux. C'était l'annuaire des avocats de la firme, compilation de photos et de bios sur papier glacé, utilisée à l'occasion à des fins de marketing mais destinée en réalité à permettre aux avocats de se reconnaître l'un l'autre. Cam se pencha pour voir ce que le lieutenant lui montrait et constata que l'annuaire était ouvert à la page de sa propre photo. Dessous, un Post-it jaune portait un grand point d'interrogation rouge.

Déroutée, Campbell se redressa.

Thaddeus lui indiqua cette fois l'écran du moniteur de Gloria, sur lequel était collé un autre Post-it avec ces mots : *Campbell Smith.*

— Je ne comprends pas...

— Essayez.

— Je-je ne vois pas. Je ne la connaissais pas. Je n'ai aucune idée de...

— Campbell, qu'est-ce que vous faites ici ?

Elle se retourna, découvrit Clifford Austin, le président de Jackson, Rieders & Clark. C'était un homme de soixante ans, haut front en forme de dôme et air guindé. Même le samedi matin, il s'infligeait un costume trois-pièces avec une chaîne de montre en or barrant le bas du gilet.

— J-je ne sais pas, bégaya-t-elle, relevant nerveusement une mèche de cheveux. Votre secrétaire a noté mon nom, je n'ai pas d'explication...

— Moi, j'en ai une, dit-il avec humeur au lieutenant. J'ai appris hier le mariage de Campbell et j'ai demandé à Gloria de lui envoyer des fleurs au nom du cabinet.

Cam se sentit parcourue d'une onde chaude de soulagement, jeta quand même un coup d'œil à Thaddeus pour avoir confirmation. D'un signe de tête, il la congédia abruptement et elle redescendit le couloir d'un pas pressé.

De justesse, pensa-t-elle, le cœur battant, quand les portes de l'ascenseur se refermèrent. Elle s'en était tirée de justesse.

La cabine s'arrêta au quarante-sixième étage, qui abritait le secteur Droit de la famille. Droit *antifamille* aurait été plus adéquat, estimait-elle, pour désigner la dislocation, sanctionnée par l'État, des rapports entre mari et femme, parents et enfants. Elle n'avait jamais souhaité se spécialiser dans ce domaine, mais les secteurs plus prestigieux — litiges, impôts, financement des sociétés — imposaient aux associés de se disputer les places. Refusant la compétition, elle avait atterri là, par défaut.

Elle ouvrit la porte de son antre de trois mètres sur trois, jeta son manteau sur une chaise et s'assit derrière son bureau. Ses mains tremblaient encore et elle prit un crayon, le fit tourner entre ses doigts en s'exhortant au calme. Sur l'une des étagères du mur d'en face, la photo de Doug lui souriait. Lentement, elle se détendit et finit par lui rendre son sourire. Gloria Lipton n'était rien pour elle, mais Doug était toute sa vie. Si elle voulait le garder, elle ferait mieux de se concentrer sur ce qui l'avait amenée au bureau un samedi matin : Steve Patterson.

Campbell commença par une technique bas de gamme en consultant l'annuaire. Patterson était un nom assez courant, mais Rehoboth n'avait qu'une population permanente réduite, et les possibilités se limitaient à trois : Stephen, Steven et S. La dernière correspondait sans doute à une femme[1], et Cam décida de l'éliminer tout de suite. Elle composa le numéro, demanda Steve.

— Vous faites erreur, répondit, comme elle s'y attendait, une voix féminine.

Elle essaya ensuite Stephen et demanda de nouveau Steve.

— Bonjour, Mr Patterson, dit-elle à l'homme qui prit la communication. Je m'appelle Camille Smith, des services comptabilité de l'université Cornell...

— M'intéresse pas.

— Non, attendez, selon l'audit que nous venons de terminer, vous auriez droit à un remboursement de cinq mille dollars sur frais d'études.

— Oh ? fit l'homme, dont la voix monta d'une demi-octave.

— Si vous pouviez nous confirmer vos années d'inscription...

— Euh, de 92 à 96, je crois.

Pas mal essayé, mais ce n'était pas son homme. Elle raccrocha, appela Steven. Une voix enregistrée répondit : « Le numéro que vous avez demandé n'est plus attribué. Veuillez vérifier... »

Le moment était venu de passer au high-tech. Elle se tourna vers l'ordinateur, mit un CD-ROM contenant l'annuaire inversé, celui par numéros de téléphone, du Delaware. Le numéro dudit Steven correspondait à *Steven A. Patterson, 132 Lake Drive, Rehoboth Beach.* Elle consulta l'annuaire de l'année précédente, obtint

---

1. Aux États-Unis, pour éviter d'être harcelées au téléphone, les femmes vivant seules ne donnent souvent que l'initiale de leur prénom dans l'annuaire. *(N.d.T.)*

les mêmes renseignements, mais rien pour l'année d'avant.

Campbell se brancha *on-line*, tapa son mot de passe pour être admise sur l'un des services de base de données auxquels le cabinet était abonné. Il rassemblait des informations fournies par des dizaines de milliers d'agences de crédit, compagnies d'assurances, services d'immatriculation et archives de tribunaux. Cam demanda des renseignements sur *Steven A. Patterson, 132 Lake Drive, Rehoboth Beach, Delaware*. S'il avait utilisé cette adresse pour faire immatriculer un véhicule, réclamer une indemnité à une compagnie d'assurances, ou même acquitter une taxe sur les chiens, la base de données l'aurait dans ses filets.

C'était le cas. En cinq minutes, elle fournit à Cam un *print-out* sur lequel figuraient la date de naissance de Patterson — 3 avril 1964 — son numéro de Sécurité sociale, un numéro d'immatriculation dans le Delaware pour un Ford Explorer 1995, et un compte en banque à la Prime Trust Bank.

Cam consulta de nouveau l'annuaire, cette fois pour la Prime Trust Bank, appela l'agence de Dover.

— Allô, ici, Camille Smith, du garage Plymouth Dodge D'Allessandro. C'est pour une vérification de solvabilité.

Elle donna le nom et le numéro de compte de Patterson, déclara qu'il voulait faire un versement comptant de deux mille dollars sur une voiture d'occasion.

— Désolée, dit l'employée, ce compte a été fermé.

— Quand ?

Cliquetis de clavier.

— Le 17.

Mardi dernier. Campbell raccrocha. Compte en banque fermé, contrat téléphonique résilié : manifestement, Patterson n'avait pas kidnappé Trey sur un coup de tête. Elle revint on-line, demanda les titres de propriété pour le 132 Lake Drive. Une minute plus tard, la réponse apparut sur l'écran. Les propriétaires étaient George et Marcia Westover, avec une adresse principale à Rittenhouse Square, Philadelphie. À cinq cents mètres de la tour où elle se trouvait. Cam fut si surprise par la coïncidence qu'elle chercha aussitôt leur numéro de téléphone et le composa.

— George Westover ? fit-elle à l'homme qui décrocha.

— Lui-même.

— Camille Smith, de la Prime Trust Bank du Delaware. Je...

— Désolé, ça ne m'intéresse pas, la coupa-t-il avant de raccrocher.

Cam plissa le front. Les télédémarcheurs bousillaient le travail d'investigation ; il devenait de plus en plus difficile d'obtenir quoi que ce soit au téléphone. Elle recomposa le numéro.

— Allô ?

— Ne raccrochez pas, s'il vous plaît. J'appelle au sujet de Steve Patterson.

Un silence, puis :

— Rappelez-moi votre nom ?

— Camille Smith, de la Prime Trust. Mr Patterson avait un compte chez nous jusqu'à mardi dernier.

— Et alors ?

— Nous avons découvert une erreur d'imputation en sa défaveur. Malheureusement, Mr Patterson ne nous a pas transmis sa nouvelle adresse. Peut-être vous l'a-t-il laissée...

— Comment avez-vous eu mon nom ?

— Mr Patterson nous l'a donné comme référence pour ouvrir son compte.

Un petit rire déplaisant s'éleva à l'autre bout de la ligne.

— Écoutez, jeune demoiselle... Smith, c'est ça ? J'ai débuté dans la banque il y a trente ans et je n'ai jamais entendu parler d'un établissement financier qui exige des références pour l'ouverture d'un compte. Je n'ai jamais entendu parler non plus d'une banque qui s'efforce de retrouver le titulaire d'un compte cinq jours seulement après sa fermeture, et certainement pas par téléphone, un samedi matin. Si vous cessiez de raconter n'importe quoi pour me dire de quoi il s'agit réellement ?

Campbell se félicita d'être tombée sur un bavard pompeux, dont le petit discours lui avait donné le temps d'inventer une autre histoire. Elle envisagea le numéro de la femme délaissée, joué avec des trémolos dans la voix, mais George Westover semblait être un personnage trop insensible pour se soucier qu'elle ait le cœur brisé. Il valait mieux broder un peu plus près de la vérité.

— Je m'excuse, Mr Westover. Je m'appelle Campbell Alexander, je suis avocate, je travaille pour le cabinet Jackson, Rieders & Clark. Mr Patterson pourrait être un témoin important dans une affaire dont je m'occupe, j'ai besoin d'en discuter avec lui d'urgence.

— Quelle affaire ?

— Désolée, je ne suis pas autorisée à en parler.

— Eh bien, moi, je ne me sens pas autorisé à vous donner son adresse. Que je ne connais d'ailleurs pas. Laissez-moi quand même votre numéro ; si Steve appelle, je lui transmettrai le message.

Ne voyant aucune raison de ne pas le communiquer, Cam récita le numéro de son bureau, ajouta ceux de la voiture et de la maison pour faire bonne mesure.

— Mr Westover, j'espère que vous parviendrez à

persuader Mr Patterson de l'urgence de cette affaire, dit-elle, espérant en fait persuader Westover d'appeler rapidement Patterson.

— Mademoiselle, si jamais il me téléphone, j'essaierai de le persuader qu'il n'a absolument aucune obligation envers une personne qui se livre à des subterfuges grossiers pour parvenir à ses fins. Toutefois, comme Steve est l'un des hommes les plus honorables qu'il m'ait été donné de rencontrer, je pense qu'il s'en remettra à son propre jugement.

Il la sermonnait, il voulait lui faire honte mais il ne réussit qu'à éveiller sa curiosité.

— Mr Westover, je dois dire que je n'ai jamais rencontré de logeur aussi solidaire de son locataire.

— Logeur ? s'insurgea-t-il. Ma petite demoiselle, vous n'avez pas potassé votre sujet.

Il raccrocha et Cam entama aussitôt une nouvelle recherche. Cinq minutes plus tard, elle était rouge de honte. George Westover était vice-président de Bradley & Hunsinger, l'une des plus grosses banques d'investissement de Philadelphie.

Elle laissa sa tête retomber en arrière, fit tourner son fauteuil. Depuis qu'elle avait quinze ans, elle n'agissait jamais sur un coup de tête mais elle avait appelé Westover sans réfléchir, gâchant toute chance de lui soutirer des renseignements. La probabilité d'un coup de fil de Patterson était nulle. Même si Westover transmettait le message, même si Patterson gobait son histoire de témoignage, il était trop occupé avec Trey pour donner des coups de téléphone. Et s'il découvrait les liens de Cam avec les Ramsay, elle serait bien la dernière personne à qui il aurait envie de parler.

Elle tambourina un moment des doigts sur son bureau puis se pencha en avant et réclama à son logiciel une autre recherche. *Abigail Zodtner Johnson,* tapa-t-elle, suivi de toutes les permutations possibles des trois éléments. Date de naissance : *09/12/47*. Numéro de sécurité sociale : *199-56-1039*.

C'était un essai qu'elle faisait presque chaque fois qu'elle utilisait cette base de données, une sorte de test de foi, peut-être, ou d'étendue des capacités de l'appareil. Aujourd'hui comme chaque fois, l'essai échoua et la réponse s'inscrivit sur l'écran : *L'objet de la recherche n'a pu être trouvé.*

Un coup à la porte la fit se redresser.

— Oui ?

Clifford Austin se tenait sur le seuil de la pièce.

— Vous avez un moment, Campbell ?

— Euh, oui, bien sûr, répondit-elle en se levant.

Président d'un cabinet juridique de deux cent cinquante avocats, Austin descendait rarement voir les subalternes n'ayant que quatre ans de maison. Cam débarrassa un siège de la paperasse qui l'encombrait, battit en retraite derrière son bureau.

— Je désire m'excuser pour ce qui vient d'arriver là-haut, dit-il en s'asseyant en face d'elle. Ça va ? Vous aviez l'air un peu chamboulée.

— Oh... C'était juste à cause de la nouvelle de la mort de Gloria. Je veux dire, quelle chose horrible...

Raide sur sa chaise, Austin hocha la tête avec une expression lugubre.

— Vous savez ce qui s'est passé ? demanda-t-elle.

— On a retrouvé son corps dans une cage d'escalier de la 22e Rue, près de Pine. Violée, semble-t-il. La gorge... (Il s'interrompit pour éclaircir la sienne.) La gorge tranchée.

— La police a une idée de...

— Aucune. Pas de témoins, pas d'arme du crime, pas d'empreintes. Les techniciens ont retrouvé des fibres textiles, de quoi relever une empreinte génétique, mais sans suspect sur qui faire des tests comparatifs...

Il laissa la phrase en suspens et, dans le silence qui suivit, le téléphone sonna. Campbell appuya sur une touche pour aiguiller l'appel sur son répondeur mais le silence se prolongea. Elle sentit croître sa nervosité. Cliff Austin ne rendait pas de visites de politesse aux collaborateurs du cabinet, et elle ne pensait pas qu'il était venu simplement pour partager avec elle les détails macabres du meurtre de Gloria.

Il fit passer son poids d'une fesse à l'autre.

— Je tenais à vous présenter tous mes vœux de bonheur pour votre mariage, Campbell. J'ai félicité Doug dès que j'ai appris la nouvelle, hier. Une union placée sous de bons auspices, j'en suis convaincu.

Maintenant elle comprenait : Jackson, Rieders & Clark avait une règle antinépotisme qui interdisait l'embauche d'avocats liés par le sang ou par alliance à un associé de la firme. Le but était de prévenir les factions et le favoritisme, la création de minidynasties dans la maison. On lui donnait le nom de règle de Malloy, en l'honneur d'un ancien associé qui avait eu huit fils. Austin était venu s'assurer que Cam avait conscience que la règle s'appliquait à elle, bien que son embauche eût précédé l'entrée de Doug dans le cabinet.

— Merci, Cliff, répondit-elle avec chaleur, soulagée que ce fût là l'objectif de sa visite. Je regrette seulement de devoir quitter la firme. Le délai est de soixante ou quatre-vingt-dix jours ?

Il agita une main en l'air.

— Pas question que vous nous quittiez, Campbell. Nous vous considérons plus que jamais comme une collaboratrice précieuse.

— Mais la règle de Mal...

— Vous serez l'exception.

Avec un sourire crispé, Austin se leva et sortit, laissant Cam fixer la porte d'un œil perplexe.

Le voyant rouge clignotant sur son téléphone lui rappela la communication qu'elle avait déroutée et elle appuya sur un bouton pour écouter le message.

« Salut, désolé de t'avoir ratée, fit la voix chaude de Doug, apaisante comme un baume. Owen Willoughby vient de m'inviter à déjeuner au Green Room et je passerai probablement au bureau ensuite, alors, pas la peine de te dépêcher de rentrer pour moi, d'accord. Sois prudente en voiture, la météo prévoit de la neige. Je t'aime. »

Un avocat, Owen Willoughby, un restaurant très prisé de Wilmington, le Green Room : pendant quelques secondes, Cam se laissa croire qu'il ne s'agissait que d'un déjeuner entre confrères. Toutefois, Willoughby était aussi un dirigeant du Parti, et le Green Room se trouvait dans le hall de l'hôtel DuPont, où Meredith Winters était descendue pour le week-end.

Cam appela la maison mais il était trop tard ; Doug était déjà parti.

Elle contempla un moment les renseignements que l'ordinateur avait fournis sur Patterson et sur le 132 Lake Drive, fit de nouveau pivoter son fauteuil et regarda le ciel au sud. Rien n'annonçait la neige et il n'était que midi. Elle avait le temps d'aller à Rehoboth Beach et de rentrer à temps pour un dîner tranquille avec Doug, suivi enfin, espérait-elle, d'une petite conversation au coin du feu.

Trey regardait défiler le bas-côté de la route. D'accord, il était adopté, et alors ? Il s'en était toujours douté, probablement, et ça expliquait beaucoup de choses. Par exemple qu'il ait les parents les plus âgés de l'univers, qu'ils aient attendu vingt ans entre leurs deux enfants, que son vieux le mate parfois comme s'il était le gosse du voisin qui aurait oublié de rentrer chez lui. OK, il n'allait pas se prendre la tête pour ça. Qu'est-ce que ça changeait, de toute façon ?

Le plus dur à encaisser, c'était l'idée que ce type à côté de lui, le type en jean et Ray Ban, qui lui, était jeune et même assez cool dans son genre, que ce mec était son père et qu'il s'imaginait qu'il pouvait se pointer comme ça un jour en disant : « Salut, t'es à moi, monte dans la voiture, on rentre à la maison. »

C'était ce qui lui nouait la gorge et lui rendait les yeux brûlants.

Il était assis à l'avant de la camionnette, maintenant, sur le siège dont le nommé Steve — qui a un père appelé Steve ? — avait bouclé la ceinture, simplement parce qu'il était resté un moment sans le faire lui-même. Trey avait la tête tournée vers la fenêtre, le corps tordu, la gorge pressée par la sangle.

— Envie de parler ? demanda Steve pour la troisième fois.

Trey ne répondit pas, ce qui aurait dû suffire comme réponse.

Ils avaient emprunté l'autoroute du New Jersey, contourné New York, traversé une bonne partie du Connecticut avant de tourner à gauche en direction du Massachusetts. Ils entamaient leur cinquième heure de silence quand la neige s'était mise à tomber. Steve tendit la main vers la radio, capta une station locale où le type de la météo annonçait d'une voix monocorde que la tempête se trouvait au dessus des Berkshires et se dirigeait vers le sud.

— Nous allons passer au travers, on dirait, commenta Steve.

Comme Trey ne répondait toujours pas, il changea

82

de fréquence jusqu'à ce qu'il trouve de la musique rock. Steve aimait surfer comme lui de station en station et il lui arrivait même de fredonner en même temps que Smashmouth ou les Beastie Boys, ce qu'aucun père n'était censé faire. Trey se tourna vers lui juste assez longtemps pour le foudroyer du regard puis se remit à contempler le bas-côté.

— Je suis désolé, déclara Steve pour la neuvième ou dixième fois. Si je m'étais douté, jamais je...

Il s'excusait de ce qui n'était pas sa faute, pas de ce dont il était responsable.

Vers midi, il quitta la nationale, tourna à droite après la bretelle et se dirigea vers une aire de stations-service et de fast-food. Arrêt déjeuner, supposa Trey, qui décida de prétendre qu'il n'avait pas envie de manger, alors qu'en fait il crevait la dalle. Finalement, ils n'avaient pas pris de petit déjeuner, et Trey n'avait pas vraiment dîné non plus la veille, rien qu'un sachet de chips chez Jason et deux tacos au Sept-Onze. Mais pas question de bouffer avec ce mec, il ne lui ferait pas ce plaisir.

Il aperçut sur la droite un groupe de silhouettes sombres se détachant sur la neige et constata, quand ils s'en approchèrent, qu'il s'agissait d'une bande de jeunes jouant au hockey sur un étang gelé. On est samedi, se rappela-t-il. Lui aussi aurait pu être en train de faire du hockey, sauf que la glace n'était jamais assez épaisse dans le Delaware pour jouer dehors, ce qui signifiait qu'il fallait avoir accès à une patinoire, ce qui signifiait qu'il fallait faire partie d'un club, et il avait laissé tomber deux ans plus tôt, juste après le banquet pères-fils. Son vieux n'assistait jamais aux matches mais il avait promis de ne pas manquer le banquet. Il avait même tiré quelques ficelles à la dernière minute pour que la date convienne mieux à son emploi du temps. Il n'était pas encore rentré quand le moment de partir était venu, et c'était finalement Jesse qui avait conduit Trey au restaurant en assurant qu'il y amènerait ensuite le sénateur directement de la gare. Trey avait mangé seul près d'une chaise vide, fixant vainement la porte. Son vieux n'était pas venu.

Mais ce mec non plus, pensa-t-il en jetant un coup d'œil à Steve. Au moins, le vieux avait une excuse. C'était quoi, l'excuse de ce type ?

Ils passèrent devant une demi-douzaine de restaurants et quand ils finirent par tourner, ce fut pour s'engager dans le parking d'une agence Hertz.

— J'ai pensé qu'on pourrait changer de voiture, dit Steve en coupant le contact. C'est quoi, ton genre de caisse ? Coupé sport ?

Trey garda le silence. Là non plus, pas question de lui faire ce plaisir.

Steve ouvrit sa portière.

— Je vais voir ce qu'ils ont. Je ne serai pas long.

Il descendit, poussa la porte de l'agence, et il fallut une bonne minute à Trey pour se rendre compte de ce qui se passait.

Il bondit hors de la camionnette, traversa quatre voies de nationale et courut vers un bosquet, au bout d'un champ. La neige tombait dru ; ses traces seraient recouvertes avant longtemps, et Steve n'aurait aucune idée de la direction qu'il avait prise. Trey irait... où ? Pas à la maison, pas maintenant. À Boston, peut-être. Ou à New York. Ouais, New York. Facile de disparaître à tout jamais dans la plus grande ville de la planète.

Son blouson était ouvert et la neige s'insinuait à l'intérieur, glissait le long de ses côtes, mais il ne pouvait pas s'arrêter pour le fermer, parce qu'il entendait maintenant Steve crier derrière lui.

Trey n'était plus qu'à une centaine de mètres du bois, mais il avait du mal à courir sur cette neige poudreuse qui collait aux semelles de ses Nike. Ça irait quand même, il avait de l'avance, et aucun père ne pouvait rattraper un fils de treize ans.

— Jamie ! Attends ! S'il te plaît !

Les cris étaient à présent tout proches ; l'instant d'après, le monde bascula, Trey tomba à plat ventre dans la neige.

Inutile de résister, Steve le tenait bien, et la vague de désespoir qui monta en Trey lui fit plus mal que le plaquage. Il resta immobile, respirant à peine, jusqu'à ce que Steve le tourne sur le dos.

— Bon Dieu ! haleta-t-il, j'ai pas couru comme ça... depuis la fac. Laisse-moi le temps... de reprendre mon souffle...

Il roula sur le côté et, les coudes dans la neige, prit quelques longues inspirations avant d'ajouter :

— T'as... t'as des amis à Worcester ou dans le coin ?

Trey le regarda sans rien dire.

— Où tu courais, comme ça ?

— N'importe où ! cracha l'adolescent. Loin de vous.

Steve essaya de s'en tirer par un rire, comme si c'était une plaisanterie.

— Tu m'aurais abandonné ici ?

— Pourquoi pas ? répliqua Trey d'un ton méprisant. Vous m'avez bien abandonné, vous.

— Jamie... Trey, je veux dire. C'est ce que tu crois ? Que je t'ai abandonné ?

Le jeune garçon contemplait le ciel et sentait la neige lui mouiller le dos, les jambes.

— Regarde-moi, dit Steve. (Comme Trey ne bougeait pas, il lui prit le menton et le força à tourner la tête vers lui.) Je n'ai jamais voulu t'abandonner. On t'a *volé* à moi. Et il m'a fallu treize ans pour te retrouver.

La neige fondait sous le corps de Trey, qui avait l'impression de s'enfoncer dans un bain d'eau glacée.

— Sans déconner ? lâcha-t-il enfin.

— Je le jure devant Dieu.

Le monde bascula de nouveau.

— Oh !

Ce fut tout ce qu'il trouva à dire.

— Viens, dit Steve, qui se leva et l'aida à se mettre debout. On va trouver un motel, tu prendras une douche chaude et tu mangeras quelque chose après.

— De la pizza ?

— C'est comme si tu l'avais.

6

Rehoboth Beach, station balnéaire située à cent cinquante kilomètres au sud de Wilmington, s'étendait sur un cap couvert de pins séparant la Delaware Bay, au nord, et Rehoboth Bay, au sud. Bien qu'elle ne pût rivaliser avec la côte de Jersey comme lieu de vacances favori des Philadelphiens, elle était assez populaire pour que le trafic, un vendredi du mois d'août, se transforme en un long embouteillage. Mais, en ce samedi de février, Cam put maintenir l'aiguille du compteur près du cent sur presque tout le trajet. Elle ne s'arrêta qu'une fois, à une boutique de fleuriste de Dover, où elle acheta un bouquet de lis à trente dollars. À deux heures et demie, elle quittait la route 1 et roulait vers l'Atlantique.

Le ciel bas avait la couleur des draps élimés qui pendent sur les fils dans les villes minières, et lorsque l'océan surgissait brièvement devant elle, il était du même gris terne. Un vent rugissant fouettait l'eau, faisant naître des vagues blanches écumantes qui montaient et se brisaient sur la plage de sable gris.

Les deux côtés de Rehoboth Avenue étaient bordés de boutiques et de restaurants, certains protégés par des planches, tous fermés pour la saison. Une ville estivale en hibernation. La Honda de Campbell était la seule voiture, et il n'y avait pas un piéton en vue. Cam avisa cependant de la lumière dans une vitrine, devant elle, et quand elle distingua une enseigne d'agence immobilière, elle s'arrêta. Le vent tira sur sa parka et ulula à ses oreilles lorsqu'elle descendit de voiture. Quelque part, un volet claquait contre une fenêtre. Une pluie froide se mit à tomber. Cam releva sa capuche et courut vers l'agence.

— Oui, bonjour, fit une voix de femme de la pièce du fond. Je suis à vous tout de suite.

— Prenez votre temps, répondit Campbell.

Elle examina le présentoir de brochures, repéra un plan de la ville, s'en empara et ressortit. Le visage de la femme de l'agence apparut à la fenêtre quand Cam remonta en voiture, mais elle feignit de ne pas le remarquer et s'installa derrière le volant pour étudier le plan. Deux minutes plus tard, elle démarra, laissant la femme perplexe.

Elle mit ses essuie-glaces, tourna à gauche, traversa un quartier de rues bordées d'arbres, de bicoques modestes louées trois mille dollars par semaine de Memorial Day à Labor Day[1], vides le reste de l'année. La route s'incurva et quand elle longea Silver Lake, toute modestie s'évanouit. Les maisons étaient vastes, luxueusement aménagées, quelques-unes avec un embarcadère ouvrant sur le plan d'eau. Un panneau lui

---

1. Du 30 mai au premier lundi de septembre. *(N.d.T.)*

confirma que la route faisant le tour du lac s'appelait Lake Drive.

C'était bien le dernier endroit où elle aurait cherché Patterson. Elle l'avait d'abord imaginé dans une baraque de pêcheur branlante puis, après avoir parlé à Westover, elle l'avait mentalement réinstallé dans un appartement en copropriété en bord de mer. Mais jamais dans une rue aussi chic.

La route suivait une langue de terre entre le lac et l'océan. Les numéros défilèrent — 82, 88, 106 — jusqu'à une immense villa de trois étages, de construction récente à en juger par l'état du revêtement extérieur en bois de cèdre. Une large véranda la ceignait de colonnes et de balustrades blanches.

Campbell ne connaissait rien à l'architecture — et s'en souciait fort peu, jusque-là — mais elle se dit soudain que ce devait être la plus belle maison du monde. Elle ne parvint pas à en détacher ses yeux quand elle passa devant, et se trouvait déjà cent mètres plus loin lorsqu'elle se rendit compte qu'elle avait manqué le 132. Elle fit demi-tour. En approchant de la superbe maison, elle concentra cette fois son attention sur la boîte aux lettres 132.

Elle engagea l'avant de la voiture dans l'allée, contempla la façade jusqu'à ce qu'une rafale de vent fasse trembler la Honda sur ses essieux. Campbell prit le bouquet, le fourra sous sa parka, bondit hors de la voiture et monta les larges marches du perron.

Une fois à l'abri du vent, elle ressortit le bouquet et le tint en évidence devant elle avant de presser la sonnette. Pas de réponse. Elle appuya une seconde fois, regarda par une des lucarnes encadrant la porte. Un plafond à voûte en berceau s'élevait à six ou sept mètres ; un vaste plancher brillant filait vers tout un mur de portes-fenêtres donnant sur l'océan. L'espace était totalement dégagé. Et vide : pas de meubles, aucun signe de vie. Comme si le lieu n'avait jamais été occupé.

Elle sonna de nouveau, lança d'un ton guilleret :

— Un bouquet pour vous ! Y a quelqu'un ?

Toujours pas de réponse. Elle essaya la poignée de la porte — fermée — retourna dans la rue, ouvrit la boîte aux lettres. Vide. Elle revint sur la véranda, en fit le tour, s'arrêtant à chaque fenêtre pour regarder à l'intérieur, mais partout c'était la même chose : des pièces magnifiques et vides. Parvenue côté océan, elle dut tourner le dos et rentrer la tête dans les épaules pour se protéger du vent. Un demi-cercle de verre haut d'un étage s'incurvait devant cette partie de la maison. Au premier, c'était probablement une aile de la grande suite ; en bas, la pièce du petit déjeuner. Un espace immense, avec des baies vitrées du sol au plafond, comme une serre anglaise, une pièce magnifique et élégante dans une maison superbe, raffinée. Un instant, elle s'imagina y buvant le café du matin en regardant le soleil se lever sur l'Atlantique. Bel effort d'imagination pour une fille élevée dans un mobile home derrière une station-service. Elle poursuivit son exploration.

Dans la pièce suivante, la cuisine, elle repéra quelques signes de vie : deux tabourets près d'un comptoir central au plateau de granite, une note maintenue par un aimant sur le devant du réfrigérateur. Elle plissa les yeux de l'autre côté de la fenêtre, mais l'écriture était trop petite pour qu'elle pût la déchiffrer à cette distance.

Elle continua le long de la série de portes-fenêtres jusqu'à un autre espace à voûte en berceau. Devant une gigantesque cheminée de pierre, un futon occupait une partie du plancher, à bonne distance d'un vaisselier et d'un bureau informatique orphelin de son ordinateur. Cam essaya chacune des poignées, mais toute la rangée de portes était fermée.

Découragée, elle s'adossa au revêtement de cèdre, laissa le vent lui cingler le visage. Manifestement, c'était un boulot pour les autorités. La police, elle, pouvait lancer un avis de recherche sur le Ford Explorer de Patterson, forcer une des portes et aller lire la note du frigo, fouiller toute la maison. Deux procédures classiques et faciles qui étaient interdites à Campbell.

Elle ne comprenait toujours pas pourquoi les Ramsay se refusaient à appeler le FBI après qu'un homme étrange eut enlevé leur fils dans la rue. Le fait qu'il fût le père biologique de l'enfant ne changeait rien à l'affaire. Ils ne le connaissaient pas, ils ignoraient s'il était fou, violent ou cupide. Et si jamais les journalistes avaient vent de l'affaire, ils ne pourraient que leur témoigner de la sympathie en de telles circonstances.

Le vent connut une accalmie assez longue pour permettre à Cam d'entendre un bruit de voiture. Passant un œil au coin de la maison, elle vit un coupé Mercedes argent tourner dans l'allée de la villa voisine. Elle posa les fleurs sur le sol de la véranda, s'élança sous la pluie. Une seconde plus tard, elle revint sur ses pas, ôta sa parka, la dissimula derrière un bac à fleurs.

— Ho-ho, s'il vous plaît ! appela-t-elle en courant entre les dunes.

L'homme qui tirait un sac à provisions du coffre de la Mercedes se retourna quand elle débola dans l'allée, frissonnante et hors d'haleine.

— Ex-excusez-moi, haleta-t-elle. Je suis Cammy Smith, la nouvelle locataire des Westover, à côté. Je n'arrive pas à y croire : je me retrouve bloquée dehors, j'ai oublié la clef à l'intérieur... !

La quarantaine distinguée, l'homme avait des yeux doux, une touche d'argent à chaque tempe.

— Avec un temps pareil ! Entrez donc.

Il la précéda dans l'allée, ouvrit la porte d'une autre maison somptueuse, de style méditerranéen, celle-là, murs de stuc et sols dallés. Il flottait à l'intérieur une odeur d'ail et de basilic.

— Oh ! non, je ne veux pas vous déranger ! fit-elle, hésitant sur le seuil. Je me demandais seulement si les Westover ne vous auraient pas laissé une clef...

— Gary ? appela une voix à l'autre bout du couloir. Tu n'as pas oublié les praires ?

Un homme plus jeune apparut, s'arrêta net en découvrant Cam.

— Oh, salut !

Un jean et un débardeur blanc mettaient en valeur son corps mince. La chemise rouge qu'il portait autour de la taille lui faisait une sorte de pagne.

— Derek, dit son compagnon plus âgé en fermant la porte, je te présente...

— Cammy Smith. Excusez mon intrusion, je suis la nouvelle locataire de la maison voisine, j'étais en train de décharger ma voiture quand le vent a claqué la porte. Je me suis retrouvée à la rue.

— Oh ! merde ! fit Derek.

— Je me demandais si George et Marcia ne vous auraient pas laissé une clef, au cas où...

— Désolé, dit Gary, qui se déchargea du sac dans les bras de Derek. Nous ne les connaissons pas très bien.

Cam se mordit la lèvre.

— Quelle idiote je fais ! Quoique, avec tout ce qui m'arrive en ce moment, j'aurais dû m'y attendre.

Elle soupira d'un air misérable, passa une main dans ses cheveux mouillés.

— Asseyez-vous donc un moment près du feu, proposa Gary. Vous sécherez, au moins.

— Et que diriez-vous d'un thé bien chaud ? s'enquit Derek.

— Ce serait merveilleux.

— Allez vous installer, j'en ai pour une seconde.

Il tourna le coin vers la droite, laissant le soin à Gary de conduire Cam à la salle de séjour. Un feu brûlait dans un âtre ocre brun, une grande baie vitrée s'ouvrait sur l'océan. Gary s'assit dans une causeuse recouverte de suède, croisa les jambes.

— Vous venez de loin ?

Cam posa les fesses au bord d'un fauteuil placé face à la vue.

— Mmm, acquiesça-t-elle. De Philadelphie.

— Ce n'est pas vraiment la saison pour louer une villa, fit-il observer.

— Ouais, convint-elle avec un haussement d'épaules accablé, mais j'ai besoin d'être seule un moment. George... c'est un ami de mon père, George a pensé que ça me ferait peut-être du bien de passer deux ou trois mois ici.

Derek entra dans la pièce avec deux tasses fumantes, fronça les sourcils en entendant la fin de la phrase.

— Une histoire d'homme, on dirait.

— Ça se voit tant que ça ? fit Cam avec un petit rire. Je dois avoir l'air d'une éclopée.

— Vous avez l'air très bien, la rassura-t-il. Cammy, c'est ça ? (Il lui donna son thé, alla s'asseoir dans la causeuse avec Garry.) Simplement, je connais bien les symptômes.

Elle porta la tasse à ses lèvres avant de risquer :

— Une chance que la maison soit libre. Le locataire précédent vient de déménager, non ?

Les deux hommes échangèrent un regard.

92

— Je ne savais pas qu'ils la louaient, dit Gary.

Cam but une autre gorgée pour se donner le temps de trouver un autre biais.

— Je crois pourtant que George a parlé de quelqu'un... un nommé Patterson...

— Oh! Steve, vous voulez dire? Tu sais, Gary, l'architecte...

— Ah oui, celui qui a refait la maison.

— Mais je comprends pourquoi vous l'avez pris pour un locataire : il a habité là tout le temps qu'il a travaillé sur la maison, expliqua Derek. Un an, presque.

— Waoh, il a dû la refaire de fond en comble !

— Ça a coûté cher, commenta Gary. Trois mois rien que pour les plans, sûrement.

— Mais le plus étonnant, c'est qu'il a réalisé une bonne partie des travaux lui-même, ajouta Derek. Un type bourré de talent. Et très, très sympa.

La façon dont il forçait sur l'éloge conduisit Campbell à se demander si Steve Patterson n'était pas homosexuel lui aussi. Cela expliquerait pas mal de choses : son désir de se débarrasser d'un enfant qui était manifestement une erreur, son long séjour dans une station « gay », voire la loyauté farouche de George Westover à son endroit.

Gary tourna vers Derek un sourcil interrogateur.

— Comment se fait-il que tu le connaisses si bien ?

— Tu m'as laissé seul ici pendant une semaine quand tu es parti pour Washington, répondit Derek d'un ton malicieux.

Gary éclata de rire, posa une main conciliante sur le genou de son ami.

— Qu'est-ce que vous faites à Washington ? voulut savoir Campbell.

— Le plus vil des métiers, j'en ai peur.

93

— Avocat ?

— Plus méprisable encore. Plus bas qu'homme politique.

— Ah, lobbyiste.

— Bien vu, la complimenta-t-il avec un sourire.

Elle finit sa tasse, la posa sur un dessous de verre en marbre.

— Je crois que je vais me plaire ici. Apparemment, vous y passez la semaine seul sans problème, dit-elle à Derek. L'architecte y vivait seul aussi...

— Oh ! non, il y était avec son amie ! Comment déjà ? Beth, je crois.

Première hypothèse réfutée. Cam se tourna de nouveau vers la fenêtre.

— En tout cas, il a fait un travail remarquable. Dommage que je ne puisse pas en profiter.

— Désolé de ne pouvoir vous aider, dit Gary. Mais vous pouvez vous servir de notre téléphone, si vous voulez.

— Merci. Je vais appeler les Westover.

Ils lui indiquèrent l'appareil de l'entrée. Cam composa le numéro de sa messagerie au bureau, interpréta des aveux pleurnichards de sa propre stupidité suivis d'un appel au secours.

— Oh merci ! dit-elle au silence. Je vous retrouve là-bas dans deux heures.

Derek et Gary attendaient dans le vestibule quand elle raccrocha.

— George m'apporte une autre clef à Wilmington, annonça-t-elle en se dirigeant vers la porte. Merci beaucoup, vous êtes très gentils.

Elle repartit en courant sous la pluie. À mi-chemin de la maison des Westover, elle se retourna afin de leur adresser un signe de la main mais ils avaient déjà

94

refermé leur porte. Elle fit le tour de la maison pour aller reprendre sa parka, laissa les fleurs sur la véranda, petit hommage personnel à la beauté de la villa.

Avant de quitter la ville, Cam s'arrêta à la bibliothèque, passa un quart d'heure à feuilleter les pages jaunes de l'annuaire local, puis une demi-heure dans sa voiture à appeler toutes les sociétés de matériaux de construction à cinquante kilomètres à la ronde. Elle en trouva trois qui avaient eu Steve Patterson pour client. Redevenue Camille Smith — directrice du secteur crédit de BâtiMat — elle raconta qu'elle avait reçu de Mr Patterson un chèque non provisionné. Une erreur, probablement, mais elle n'avait ni son adresse ni son numéro actuels.

Ses trois interlocuteurs non plus, et ils déclarèrent tous que Patterson avait honoré ses factures sans problème.

Cam fixa un moment son pare-brise, où la pluie faisait place à la neige fondue. Elle avait appris pas mal de choses. Elle savait où Patterson avait vécu l'année précédente, et pourquoi. Elle savait qu'il créait des structures d'une beauté époustouflante et les réalisait de ses propres mains. Qu'il était estimé aussi bien des vieux banquiers rassis que des jeunes homos branchés. Qu'il avait une petite amie et un fils. Mais elle n'avait aucune idée de l'endroit où il les avait emmenés.

Les avait emmenés ? Elle se redressa derrière son volant quand l'idée lui vint que la femme qui partageait le futon avec Patterson partageait peut-être aussi sa cavale.

Pour ce genre d'enquêtes, Cam avait une devise qui se résumait à trois mots : Cherchez la femme. Les hommes qu'elle traquait dans son travail parvenaient en général à brouiller leur piste, mais, neuf fois sur dix, leur femme ou leur copine laissait des petits cailloux blancs qui permettaient de remonter jusqu'à eux. Il y avait eu une célèbre affaire de ce type à Philadelphie dans les années 1980. Un jeune cadre dynamique qui arrondissait ses revenus grâce au trafic de coke avait disparu avec sa femme et son gosse après sa libération sous caution et avait si soigneusement effacé ses traces qu'un an de recherches d'une côte à l'autre n'avait rien donné. Mais sa femme n'avait pu rompre aussi facilement les liens familiaux. Elle écrivait souvent à sa mère et, bien qu'elle suivît les recommandations de son mari pour l'envoi du courrier, elle se montrait moins prudente quant à son contenu. Dans une de ses lettres, interceptée par le FBI, elle décrivit l'anniversaire de l'enfant, fêté dans un restaurant d'une chaîne qui ne comptait alors que quelques établissements dans le pays. Le FBI concentra ses efforts sur ces secteurs et trouva le fugitif en quelques semaines.

Steve Patterson effaçait peut-être ses traces, mais il y avait une chance pour que sa petite amie ait laissé un ou deux cailloux blancs derrière elle.

Première étape, essayer de savoir qui elle était. « Beth, je crois », avait dit Derek. Beth Jecrois. Presque aussitôt, une autre possibilité lui traversa l'esprit. Elle délaissa son portable pour une cabine téléphonique, composa le numéro des Ramsay. Jesse Lombard décrocha. Quand il annonça à son patron qui appelait, le sénateur lui demanda de lui passer la communication dans la bibliothèque.

— Campbell ? fit-il une minute plus tard de sa voix de basse.

— Bonjour, sénateur. Rien de nouveau de votre côté ?

— Non. Et vous ?

Elle lui résuma ce qu'elle avait glané puis ajouta :

— À moins que vous n'ayez changé d'avis et que vous ne soyez disposé à prévenir les autorités...

— Pas question.

— Alors, je ne vois qu'une autre piste à explorer. La mère biologique de Trey. Elle est peut-être restée en contact avec Patterson, elle est peut-être même avec lui en ce moment.

— J'en doute.

— J'aurai besoin de consulter les documents d'adoption...

— On ne peut y avoir accès.

— Sénateur, fit-elle avec une pointe d'agacement. Je parle de votre exemplaire, pas des dossiers du tribunal.

— Ah ! Attendez une seconde... Oui, Jesse ?

Quand Ramsay revint en ligne, les trois minutes correspondant aux pièces que Campbell avait mises dans l'appareil étaient presque écoulées.

— Je vous rappelle plus tard, annonça-t-il.

— Je ne vois pas quelle autre...

— Je vous téléphone demain.

Il neigeait quand elle reprit la direction du nord et la route était glissante. Avec une voiture légère et quatre pneus usés, Campbell n'osait pas dépasser le soixante. Il était près de huit heures lorsqu'elle tourna dans Martins Mill Road pour les cent derniers mètres avant l'écurie.

Cinq centimètres de neige recouvraient la route et l'allée de la maison. Cam freina doucement avant de s'y engager, l'arrière de la Honda partit en dérapage. Elle enfonça la pédale de frein, ce qui ne fit qu'aggraver les choses. Elle contrebraqua mais trop tard : les quatre roues patinèrent sur la route, la voiture se retrouva dans le fossé.

Elle essaya tous les trucs qu'elle connaissait — en première, en marche arrière — mais dut se rendre à l'évidence : ni en accélérant à fond, ni en imprimant à la voiture un mouvement de bascule, elle ne parviendrait à ramener la voiture sur la chaussée ce soir. Elle demeura un moment prostrée derrière le volant puis coupa finalement le contact et, pataugeant dans la neige, remonta lentement l'allée.

La maison était obscure. Cam pressa l'interrupteur de la cuisine, appela :

— Doug ? Tu es rentré, chéri ?

Il n'y avait pour l'accueillir que le fond humide et froid de l'air. Elle chercha un mot que son mari lui aurait laissé, ne trouva qu'un message confié au répondeur en milieu d'après-midi : « Cam, mon cœur, pourrais-tu nous rejoindre ce soir au Wilmington Country Club pour le dîner ? Nous y serons toute une bande. Si tu ne peux pas, ne m'attends pas, je rentrerai probablement tard. Je t'aime. »

Toute une bande. Encore le Parti, bien sûr, ce qui signifiait qu'elle ne pouvait se permettre de ne pas y aller. Elle appela le club, eut une hôtesse qui lui passa un directeur adjoint qui la pria de patienter. Au bout de cinq minutes, il revint en ligne pour lui annoncer :

— Désolé, Mrs Alexander, mais votre mari vient de se lever pour prononcer une allocution. Est-ce que je lui demande de vous rappeler plus tard ?

— Non. Merci quand même.

Elle raccrocha, regarda par la fenêtre de devant. De l'autre côté de la route, sa voiture était coincée dans le fossé. Et elle, après deux semaines et demie de mariage, passait déjà le samedi soir en solitaire. Risible.

Cam enfila une robe de chambre et, chaussée de pantoufles, déambula d'une pièce à l'autre, s'arrêtant à chaque fenêtre pour contempler la neige. À dix heures, fatiguée d'arpenter la maison, elle monta, alluma un feu dans la chambre et se coucha en chien de fusil devant la cheminée, dans l'espoir que la dureté du plancher, sous la carpette, l'empêcherait de s'endormir. Mais la chaleur l'engourdit. Fermant les yeux, elle laissa ses pensées dériver puis sombra dans le noir.

Elle tenait le téléphone à la main sans être sûre de l'avoir entendu sonner.

— Allô ? murmura-t-elle tandis que ses yeux se fermaient de nouveau.

— Campbell Alexander ? fit une voix d'homme, jeune, un rien voilée.

— Mmm ?

— Steve Patterson.

Les yeux de Cam se rouvrirent aussitôt.

— Mr Patterson, je... je..., bafouilla-t-elle en se levant. Mr Westover vous a appelé ?

— Il ne sait pas comment me joindre. Je lui ai téléphoné pour savoir si les flics me recherchaient. J'ai découvert que c'est vous, et non eux, qui me recherchez.

— Oui, enfin... Merci de m'appeler.

— Je n'avais pas l'intention de le faire. Jusqu'à ce que Trey m'explique qui vous êtes.

La première réaction de Campbell fut la surprise : Trey n'avait guère émis plus qu'un grognement lorsqu'on les avait présentés. Sa seconde réaction fut la consternation : si Patterson savait qui elle était, il ne lui restait plus aucune petite ruse derrière laquelle se cacher.

99

— Alors, vous devez savoir pourquoi je veux vous parler...

— Je ne crois pas que vous désiriez me parler, répliqua-t-il. Ni vous ni les Ramsay. S'ils avaient voulu le faire, ils auraient répondu à mes lettres. Ou décroché au moins une fois le téléphone en seize mois.

— Mr Patterson...

— Tout ce qu'ils veulent savoir, c'est où j'ai emmené mon fils. C'est ce que vous essayez de découvrir, d'accord ?

Cam serra le téléphone sans répondre.

— Mais vous n'irez pas plus loin dans vos recherches, lui prédit Patterson. Vous n'arriverez pas à nous trouver.

Elle regardait tomber la neige en écoutant le père de Trey. Il avait un timbre de voix quasi hypnotique, et elle dut faire un effort pour répondre :

— Ce n'est pas seulement ça. Ils sont désespérés, ils se demandent si Trey n'a rien.

— Oh ! je vous en prie ! Ils ont laissé ce gosse mal tourner. Je ne crois pas à leur numéro de parents angoissés.

— Et vous, qu'est-ce que vous me faites ? Le numéro de la sagesse parentale ? rétorqua-t-elle. Après vingt-quatre heures d'expérience ?

Cam fut elle-même étonnée par la sécheresse de sa repartie, plus étonnée encore quand Patterson réagit par un rire. Un rire doux, réticent et un peu triste.

— Bon, vous pouvez dire aux Ramsay qu'il va bien, répondit-il au bout d'un moment.

— Il est près de vous ? Je peux lui parler ?

— Il dort.

— Vous pouvez le réveiller ?

— Qui est la voix de la sagesse parentale, maintenant ? Croyez-moi, une fois que vous avez convaincu un gosse de se coucher, la dernière chose au monde que vous ayez envie de faire, c'est le réveiller.

Baissant le ton, Patterson ajouta :

— Surtout après la journée qu'il a eue.

Cam s'engouffra dans la brèche :

— Vous voyez ! Il ne va pas bien !

— Hé ! n'importe qui aurait du mal à encaisser tout ça en une journée ! Mais allez faire vos reproches aux Ramsay. Ce n'est pas moi qui ai menti à Trey pendant treize ans.

— Peut-être que si je lui parlais...

— N'insistez pas.

— Je vous en prie..., fit Cam avant d'abattre son dernier atout : Sa mère est malade d'anxiété.

Après un silence, Patterson lâcha d'une voix changée :

— Sa mère est morte.

Un déclic, puis le téléphone bourdonna furieusement dans la main de Campbell.

7

Le dîner s'éternisait — cinq plats et six discours entrecoupés de longs temps morts — mais à minuit, enfin, les chaises s'écartèrent des tables en grinçant, les invités se levèrent dans un craquement d'articulations. Meredith Winters récupéra son manteau au vestiaire et, fendant la foule, se dirigea droit vers la porte cochère du Country Club. Sous la neige qui continuait à tomber, elle resserra son vison autour d'elle.

Une Lincoln noire décrivit une boucle dans le parking, s'arrêta à l'entrée. Norman Finn se pencha au-dessus de la banquette pour ouvrir la portière à la conseillère.

— Merci, lui dit-elle en se glissant à l'intérieur.

— De rien.

Il alluma une cigarette, descendit la longue allée entre les rangées d'arbres bien alignés, passa devant les greens enneigés du terrain de golf puis tourna en direction du centre de Wilmington. Meredith entrouvrit sa fenêtre, regarda défiler le paysage. Seigneur, un vrai désert, ce coin. Jamais on n'aurait cru, sur cette route solitaire, que Philadelphie n'était qu'à un jet de pierre, et Baltimore un peu plus loin seulement dans l'autre direction.

— Une soirée réussie, estima Finn.

— Oui, répondit-elle sans s'engager, parce qu'elle savait qu'il cherchait précisément à ce qu'elle le fasse.

Ça marchait comme ça : dès qu'un stratège politique en vue acceptait de diriger une campagne, le candidat acquérait du jour au lendemain une crédibilité, et les dons commençaient à pleuvoir, assez du moins pour payer le stratège. La politique fonctionnait en boucle.

— Comme ça, vous dirigez la campagne de Sutherland dans le Maryland...

— Oui.

— Une étoile montante, Sutherland.

— Il n'a plus à monter très haut, fit-elle observer d'un ton acerbe. C'est déjà une figure nationale, et un vrai coffre-fort, pour ce qui est des contributions financières.

— Une campagne facile, alors, conclut-il avec un clin d'œil.

Voyant où il voulait en venir, elle répondit en riant :

— Pas du tout. Il affronte un sortant qui en est à son deuxième mandat. Et je n'ai pas besoin de vous énumérer les avantages du sortant. Quatre-vingt-dix-huit pour cent des sortants gardent leur siège.

— Ouais. Les gens votent pour celui qui leur est familier, je suppose.

— Pas seulement. Pensez aux moyens dont les sortants disposent. Les indemnités de secrétariat, la franchise postale, l'utilisation gratuite des studios de télé et de radio de Capitole Hill pour leurs nouveaux clips. Et l'avantage principal : la possibilité d'échanger des faveurs pendant leur mandat contre une contribution à leur prochaine campagne.

Elle marqua un temps d'arrêt avant d'ajouter :

— Hadley Hayes a tout ça pour lui, vous savez.

— Vous ne laisserez quand même pas ces menus détails vous dissuader de diriger la campagne de Doug ? Ça vous fait peur ?

— Rien ne me fait peur, Finn, déclara-t-elle avec un sourire.

Au bout de quelques minutes, la silhouette du centre de Wilmington se profila devant eux. Comme Washington, c'était une ville de bâtiments bas ; à la différence de Washington, elle avait les dimensions d'un point minuscule sur une carte.

— Parlez-moi de Jonathan Fletcher, sollicita-t-elle.

Le vieil homme en fauteuil à roulettes ne s'était pas montré au dîner mais son nom était sur toutes les lèvres.

Les yeux de Finn se portèrent sur le rétroviseur quand il coupa deux voies pour tourner à droite.

— Jon ? Je pourrais vous dire beaucoup de choses à son sujet. Mais il y en a une seule que vous avez besoin de savoir. Il est incontournable.

Haussant les sourcils, Meredith demanda :

— Vous pouvez compter sur lui ?

— Ouaip. Ash y veillera.

— Mmm. Le sénateur a fait une promesse très généreuse, ce soir.

— Il la tiendra.

Meredith considéra cette réponse pendant que Finn allumait une autre cigarette.

— Quel est au juste l'intérêt du sénateur dans la candidature de Doug ?

— Il l'a expliqué. Il a de l'estime pour Doug. Il croit en lui.

— Et... ?

— Et... (Finn haussa les épaules.) Certains pensent que Hadley Hayes se présentera contre Ash aux prochaines sénatoriales.

— Aaah, fit-elle, renversant la tête contre le dossier du siège. La menace ne sera pas bien grande pour le sénateur si Hayes perd contre Doug et doit attendre quatre ans sur la touche.

— Non.

— Ni si Hayes est obligé de dilapider son trésor de guerre pour garder son siège de représentant. Tant qu'il est obligé de dépenser gros, l'avantage est le même pour Ramsay, que Doug gagne ou qu'il perde...

— Hé ! personne ne souhaite la défaite de Doug !

Meredith Winters en doutait.

— J'ai été étonnée que le gouverneur ne soit pas venu ce soir. Ni hier, d'ailleurs.

Le Delaware ne comptait que quatre personnalités occupant des fonctions de réelle importance : les deux sénateurs, Ramsay et Tauscher ; l'actuel membre de la Chambre des représentants, Hadley Hayes ; et le gouverneur, Sam Davis. Depuis des générations, les électeurs du Delaware répartissaient égalitairement ces fonctions entre les deux partis. Ramsay et Davis appartenaient au même camp, ce qui signifiait que le gouverneur aurait dû se montrer pour soutenir la candidature de Doug.

Finn haussa de nouveau les épaules.

— Sam est un homme très occupé.

Meredith hocha la tête. C'était bien ce qu'elle pensait.

Le long rectangle couvert de neige de Rodney Square leur apparut. Finn ralentit, s'arrêta devant les portes de l'hôtel, passa un bras par-dessus le dossier du siège et se tourna vers la conseillère.

— Qu'est-ce que vous en pensez, Meredith ?

Elle tendit la main vers la poignée au moment où le portier s'approchait.

— J'ai encore besoin d'être convaincue. Parce que, indépendamment de ce que fait le Parti, je ne soutiens que des gagnants.

Elle avait une chambre dans une petite suite décorée d'antiquités sombres et de gravures florales. La pièce lui parut plus exiguë encore que la veille et Meredith prit mentalement note : si elle acceptait cette campagne, le budget devrait inclure une suite plus grande. Elle ôta ses chaussures, se précipita dans la salle de bains. Soirée de travail typique : cinq club-sodas, et pas un instant pour aller aux toilettes.

Après quoi, elle se pencha vers le miroir pour un examen quasi clinique des poches qu'elle avait sous les yeux, de la peau relâchée le long de la mâchoire. Elle avait quarante-deux ans, et si son visage était encore son plus précieux auxiliaire, sa valeur nette déclinait de toute évidence. Dix ans plus tôt, on voyait en elle la nouvelle Diane Sawyer, mais les possibilités de carrière nationale ne s'étaient jamais vraiment concrétisées. Cinq ans plus tard, les gens avaient même commencé à se demander combien de temps elle tiendrait encore comme présentatrice du journal sur une chaîne locale.

C'était la rançon que payaient les femmes dans ce métier. Personne ne se souciait de l'élasticité de la peau de Dan Rather, et les cheveux de Ted Koppel étaient un sujet de plaisanterie, pas un argument dans la négociation du renouvellement de son contrat. La tension avait commencé à marquer le visage de Meredith, et lorsqu'elle s'était évanouie un jour, après un régime de plus pour maintenir son poids au niveau agréé par la caméra, elle avait compris qu'il était temps de choisir une autre carrière. Elle disposait de deux talents essentiels : savoir construire une image médiatique, savoir amener les hommes à faire ce qu'elle leur demandait. La politique était une voie naturelle pour elle.

Jusque-là, elle avait plutôt bien réussi. Elle avait des relations, une maison d'un million de dollars à Georgetown. Mais elle n'était pas parvenue au but qu'elle s'était fixé, et en étudiant son reflet dans la glace, elle n'avait que trop conscience que le temps lui était compté. La prochaine élection présidentielle aurait lieu dans deux ans seulement. Si elle n'avait pas un candidat dans cette course, elle n'en aurait jamais.

Elle éteignit la lumière de la salle de bains, retourna dans le salon de la suite, qui donnait sur Rodney Square, et demeura un moment à se demander si la vue justifiait neuf mois de séjour à Wilmington. Elle écarta l'un des rideaux pour regarder au-delà du parc, long d'un pâté de maisons. Il était entouré d'édifices publics et de sièges sociaux : tribunal, bibliothèque, société de cartes de crédit. Impressionnants et sinistres. Qu'elle gagne ou qu'elle perde, elle mourrait d'ennui dans ce bled.

Elle avait besoin d'un verre, un vrai, maintenant. Quand elle se détourna de la fenêtre pour aller au minibar, une forme surgit de derrière les rideaux et se jeta sur elle.

Un bras la saisit par la taille, une main se plaqua sur sa bouche, étouffant le cri dans sa gorge. Elle se figea, mais ses yeux cherchèrent fébrilement dans la pièce une arme ou un moyen de s'échapper. Un rire résonna à son oreille et elle se retrouva libre.

Meredith se retourna, s'arrêta net en découvrant l'épaisse tignasse blonde.

— Bret ! souffla-t-elle.

Elle leva un bras pour le gifler, se rappela au dernier moment qui il était et porta la main à sa propre poitrine. Les yeux sombres du jeune homme pétillaient d'amusement.

— Je vous ai fait peur, merveilleuse Meredith ?

— Qu'est-ce que vous fichez ici ? Comment êtes-vous entré ?

Il agita l'index.

— Vous n'avez pas besoin de le savoir. Votre règle, vous vous souvenez ? La fin justifie les moyens uniquement si vous n'êtes pas obligé d'en savoir trop sur les moyens.

Elle se rappela alors que Bret se trouvait dans le QG de campagne « Sutherland au Sénat » le jour où elle avait énoncé cette règle devant un nouveau groupe de militants.

— Votre père sait que vous êtes ici ?

Il secoua la tête avec son sourire de voyou exaspérant.

— Vous n'avez pas encore compris comment ça marche ? Je protège les fesses de papa, il ne s'occupe pas des miennes.

— Ah, ouais ? Qui s'en occupe, alors ?

— J'ai l'impression que ça ne vous déplairait pas, comme boulot, repartit Bret avec un sourire espiègle.

107

Le visage de Meredith se ferma. Elle alla au minibar, prit des petites bouteilles de vodka et de tonic, réfléchit en préparant son verre à la réaction qu'il convenait d'avoir. Elle songea d'abord à un « Comment osez-vous ! » indigné, puis à un « C'est ce que vous vous imaginez » méprisant. Elle se retourna, le toisa froidement en buvant une première gorgée. Vingt-quatre ans à peine, un charme irrésistible, et une façon de se dandiner qui montrait qu'il en avait conscience. Il avait la même allure militaire que son père, et seul un trouble de l'attention l'avait empêché de suivre les traces paternelles en entrant à West Point.

— Parce que vous croyez qu'une belle paire de fesses donne le droit de faire irruption dans la chambre de quelqu'un ? finit-elle par répliquer.

Il lorgna un moment la silhouette de Meredith : apparemment, il n'avait aucun mal à fixer son attention, en ce moment.

— Je parie que les vôtres ont souvent eu cet effet.

— Comment osez-vous ! s'exclama-t-elle, oubliant toutefois de mettre de l'indignation dans sa voix.

Lorsqu'il s'approcha, elle oublia aussi de le repousser. Il confisqua le verre, le posa, puis il la prit par les épaules et, quand il l'embrassa, elle sentit un picotement lui traverser tout le corps. Bret était trop jeune, la situation trop dangereuse.

— Et s'il l'apprend ?

— Il n'en saura rien.

Elle ferma les yeux quand les lèvres du jeune homme glissèrent vers son oreille.

— Supposons qu'il l'apprenne ?

— Papa est comme vous : il y a des choses qu'il préfère ignorer. Et ma vie sexuelle en fait partie.

Elle se dégagea, décrocha le téléphone.

— Vous l'appelez ? demanda-t-il, soudain inquiet.

— Non. Je prends des dispositions pour que vous passiez la nuit ici.

Le visage de Bret s'éclaira ; il s'approcha à nouveau d'elle.

— Meredith Winters, au 807, annonça-t-elle à la réception. Vous avez une autre chambre libre ? À un autre étage ?

Un bref accès de frustration le fit grimacer, mais, quand elle raccrocha, il riait de nouveau.

— Dormez bien, lui recommanda-t-elle en l'entraînant vers la porte. Demain, je vous emmènerai à un brunch du Parti.

— Je m'étais juré que, d'une façon ou d'une autre, je prendrais le petit déjeuner avec vous demain, dit Bret. (Il prit une mine attristée en sortant dans le couloir.) Dommage que ce soit l'autre.

— Rendez-vous dans le hall à dix heures.

Elle voulut fermer la porte mais il se pencha et l'embrassa de nouveau, un baiser torride qui la laissa haletante.

— Dormez bien, vous aussi, la taquina-t-il.

Elle se recula pour fermer la porte et, tandis qu'elle mettait la chaîne de sûreté, elle l'entendit s'éloigner en riant.

8

Campbell entendit un murmure à son oreille, sentit un visage se nicher au creux de son cou. Elle roula sur elle-même, découvrit le soleil qui pénétrait par les fenêtres, et Doug qui lui souriait.

— Ah enfin ! dit-il en lui embrassant le bout du nez. Paresseuse.

— Mmm.

Elle tendit les bras pour s'étirer avec délices, acheva le geste en enlaçant son mari.

— Quoique, après la performance de cette nuit, ta fatigue ne me surprenne pas, ajouta-t-il.

Comme il avait la joue pressée contre celle de Cam, il ne put voir son expression étonnée. Peu à peu, le souvenir de ce qu'ils avaient fait cette nuit lui revint, comme un rêve. Elle dormait profondément lorsqu'il s'était glissé dans le lit, l'attirant dans le monde irréel et brumeux situé entre veille et sommeil. Ses yeux étaient restés fermés mais son corps s'était ouvert, avec une frénésie qui la faisait maintenant rougir.

— Comment ça s'est passé hier ? s'enquit-il. Tu as déniché quelque chose ?

Pour une raison ou une autre, elle n'eut pas envie de lui parler du coup de téléphone de Patterson, de répéter à voix haute des mots qui avaient résonné dans sa tête toute la nuit.

— J'ai une ou deux pistes.

— Bien, murmura Doug en la serrant plus étroitement.

Cam jugea le moment enfin arrivé, le moment qu'elle attendait et qu'elle redoutait depuis vendredi soir. Elle passa les doigts dans ses cheveux.

— Doug chéri ?

— Cam chérie ? dit-il, imitant ses inflexions pour la taquiner.

— On pourrait parler de la campagne ?

— Absolument, acquiesça-t-il, redevenant aussitôt sérieux. Je suis ravi de l'intérêt que tu y prends.

Mauvais départ.

— Tu sais, j'ai quelques réserves à émettre.

Il attendit.

— Sur le plan financier, ce sera difficile, poursuivit-elle.

Non, ce n'était pas l'ouverture qu'elle avait prévue. Elle s'efforça fébrilement de faire marche arrière :

— Nous venons de nous marier...

Trop tard. Il se redressa en riant.

— Décidément, tu planais, cette nuit. Tu n'as pas entendu un mot de ce que je t'ai dit.

— Non, mais...

— Tu aurais dû être là. C'était le moment le plus merveilleux de ma vie. Ash s'est levé au bout de la table...

— Il était là ?

Cam aurait plutôt pensé qu'il resterait chez lui à se tordre les mains de désespoir. Au lieu de quoi, il faisait des discours politiques pendant que Steve Patterson, lui, se souciait du sommeil de son fils.

— Oui. Il s'est levé, et il s'est engagé devant tout le monde à collecter deux millions de dollars pour ma campagne !

Il fallut un moment à Cam pour absorber le chiffre.

— Deux millions ?

— Oui, je sais. C'est incroyable !

— Comment ? demanda-t-elle, pour s'empêcher de demander *pourquoi*. Je veux dire, comment rassembler une somme pareille ?

— Les donateurs sont prêts à mettre sur un sortant de l'argent qu'ils ne risqueraient pas sur un nouveau venu, expliqua Doug. (Il se laissa retomber sur l'oreiller, glissa les mains sous sa nuque.) Ash leur demandera de faire un don au Parti, et le Parti m'attribuera la part du lion sur les fonds recueillis.

— Avec ce système, les dons ne sont pas limités, il me semble.

— Exact.

— Je croyais qu'on allait l'interdire.

Il eut un grognement de mépris.

— La loi ne passera jamais. Même les parlementaires qui soutiennent publiquement la proposition s'efforcent en coulisses de la torpiller. Et les lobbyistes... (Il eut un rire dur.) Les lobbyistes bossent à plein temps pour l'enterrer. Cette réforme les mettrait au chômage.

Cam le regarda. Depuis quand riait-il de cette façon ?

— Hou, là, tu as vu l'heure ? s'alarma-t-il. (Il se redressa, posa les pieds par terre.) Je prends une douche en vitesse, les autres ne vont pas tarder à arriver pour un brunch de travail.

— Quoi ? s'écria Cam, qui fit littéralement un bond dans le lit. Mais le désordre, Doug ! Et il n'y a rien dans le frigo...

— Du calme. Maggie Heller s'occupe de tout. Ce sera comme ça à partir de maintenant, chérie. Tu n'as plus à t'occuper de rien.

Cam récurait encore les comptoirs de la cuisine quand Maggie arriva avec trois étudiants et quatre sacs à provisions. Deux des jeunes se mirent immédiatement à déblayer la neige de l'allée ; la troisième suivit Maggie dans la cuisine.

— Ah, la voilà ! s'exclama Maggie. Campbell, j'étais justement en train de parler de vous à Gillian...

Gillian était une agréable jeune fille en jupe écossaise, aux cheveux blonds maintenus en arrière par un ruban de velours. Elle était en seconde année à l'université du Delaware, dit-elle à Cam d'une voix douce, et bien qu'elle n'eût encore voté à aucune élection, elle savait que Doug Alexander était le meilleur candidat à se présenter au Congrès depuis... depuis toujours.

112

Cam s'échappa pendant qu'elles déballaient les provisions mais n'alla pas plus loin que le bureau de Doug, au bout du couloir. Avec sa voiture dans le fossé, elle n'avait aucune chance de quitter la maison sans se faire remarquer pour se rendre à son propre bureau. D'ailleurs, pensa-t-elle en se laissant tomber dans le fauteuil de Doug, elle avait déjà exploré toutes les pistes possibles sur Steve Patterson. La vraie mère de Trey était morte, avait-il déclaré, avec dans la voix une émotion qui ne laissait aucun doute sur sa sincérité. L'actuelle petite amie, Beth Jecrois, n'était donc pas la mère, ce qui signifiait que le dossier d'adoption — à supposer qu'elle puisse y avoir accès — ne permettrait pas à Cam de la retrouver.

Les voitures commencèrent à arriver, des portières s'ouvrirent et se refermèrent dans l'allée. Du bureau de Doug, Campbell entendit des bruits de pas, un brouhaha de voix dominées par celle de son mari : « ... je préfère parler de programme d'emplois, répétait-il. En 1960, le secteur industriel représentait quarante pour cent des emplois du Delaware. Savez-vous à combien nous en sommes aujourd'hui ? Seize pour cent... »

Elle se rappela un autre dimanche matin, peu après leur rencontre, quand elle l'avait aidé à rédiger un rapport pour un dossier quelconque du Parti. Vêtue d'une des chemises de Doug, elle avait tapé ses notes pendant qu'il lui mordillait le cou et murmurait des choses comme « Peut-être un paragraphe séparé, pour cette phrase » ou « On peut mettre cette ligne en gras ? ». Résultat final, une étude bourrée de statistiques rébarbatives et de conclusions incertaines. Pas un instant elle n'avait imaginé qu'elle aidait à composer un manifeste.

Cam revint à ses propres notes, entoura de rouge le nom de Beth. *Cherchez la femme*, se rappela-t-elle. Beth était la femme actuelle dans la vie de Patterson, qu'elle soit ou non la mère de Trey.

Le bourdonnement de voix du couloir s'éloigna en direction de la salle à manger, d'où lui parvenaient des tintements de vaisselle et d'argenterie.

Comment découvrir l'identité de Beth ? George Westover était une source possible, et Cam regarda le téléphone en se demandant quelle ruse pourrait marcher cette fois. Une bonne Samaritaine ayant trouvé un objet de valeur — un bijou, peut-être — et souhaitant le restituer à sa propriétaire légitime. Ou une journaliste d'*Architectural Digest* désirant faire un article sur la rénovation du 132 Lake Drive, avec portrait en gros plan de l'architecte.

Elle savait que ça ne marcherait pas, qu'elle déguise sa voix ou qu'elle charge quelqu'un d'autre de téléphoner pour elle. Westover ne tomberait pas dans le panneau si peu de temps après la bourde de la veille. Il faudrait attendre des semaines avant que ses soupçons s'estompent suffisamment pour qu'il communique les informations qu'il possédait sur Beth. À supposer qu'il sache quoi que ce soit.

Quoi d'autre ? Patterson avait peut-être fourni à sa compagnie d'assurances le nom de son amie comme chauffeur occasionnel de sa voiture. Demain matin, Cam appellerait le service des immatriculations en prétendant avoir eu un accrochage avec une femme conduisant ce véhicule. Mais les chances d'aboutir semblaient minces, et impossibles à tenter avant lundi, de toute façon.

Que pouvait-elle faire aujourd'hui ? Retourner à Rehoboth Beach, interroger les voisins, trouver des gens que Steve et Beth avaient fréquentés, des commerçants dont ils auraient été les clients ? Mais elle se rappela les rues désertes et les volets clos de la ville en

114

hibernation, sa voiture immobilisée dans le fossé. Elle raya cette idée de sa liste.

La voix de Doug s'éleva de nouveau : « ... nous avons délocalisé hors du pays des millions d'emplois. Nous avons donné aux industriels étrangers un accès illimité au plus riche marché de la planète, sans chercher à obtenir la réciproque... »

Elle s'efforça de ne pas l'entendre, prit conscience, avec un pincement au cœur, que quelques jours plus tôt elle aurait au contraire tendu l'oreille pour ne rien perdre de ce qu'il disait.

Les roues d'une autre voiture crissèrent sur les dalles de l'allée. En découvrant Nathan derrière le volant, Campbell se leva avec un cri de joie. Enfin quelqu'un qu'elle connaissait, qu'elle appréciait, et qui ne serait que trop heureux de la rejoindre dans sa cachette pour échanger avec elle des plaisanteries assassines sur tous ces gens du Parti.

Elle sortit dans le couloir pour aller lui ouvrir, mais il franchissait déjà le seuil en compagnie de Norman Finn.

— Bonjour, Campbell, la salua Finn. Je disais justement à Nathan comme c'est horrible, cette secrétaire de chez vous qui s'est fait tuer.

— Horrible, oui.

— Vous avez vu comment les journaux en parlent ? dit Nathan. « Le meurtre de la secrétaire de Center City. » Mauvais pour Philadelphie. La ville a déjà perdu une bonne partie de ses ressources fiscales avec le départ de l'industrie lourde. Si les secrétaires ne s'y sentent plus en sécurité, il ne faudra pas attendre longtemps avant que les banques et les cabinets juridiques plient bagage aussi.

Finn hocha la tête d'un air sombre.

— Il faut veiller à ce que ça n'ait pas de répercussions ici à Wilmington

— Bonne idée. Former une commission...

— Avec des femmes qui travaillent.

— Vous voulez que je m'en occupe ? proposa Nathan.

— Non, je m'en charge. Tu as déjà assez de pain sur la planche cette année. À ce propos, dit Finn en repartant vers la salle à manger, il y a plein de gens qui t'attendent, là-bas au fond.

— J'arrive, promit Nathan.

Il ôta son manteau, Cam le rangea dans le placard de l'entrée, déjà plein de laine humide et de cuir raide appartenant à des gens qu'elle ne connaissait pas. Elle se tourna de nouveau vers Nathan en se demandant s'il n'était pas un inconnu lui aussi, finalement.

— Tu fais tout ce que tu peux pour te faire bien voir de ces types, on dirait, non ?

— Moi aussi, je suis content de te voir, dit-il de sa voix traînante. Tu m'as manqué, hier soir au Country Club.

— Parce que tu y étais ? (Elle tenta de masquer sa surprise par une plaisanterie.) Nathan, Doug votera de toute façon pour que tu deviennes associé, tu n'as pas besoin de faire autant de lèche.

Il alla rejoindre les autres en riant.

Campbell se sentit trahie en le regardant s'éloigner. Abandonnée par son meilleur, son plus vieil ami. Les longues amitiés étaient un luxe qu'elle s'autorisait rarement ; avec une durée de près de sept ans, ses relations amicales avec Nathan constituaient un record.

Elle retourna dans le bureau, relut ses notes. *Cherchez la femme.* Mais impossible de chercher une femme dont on ne connaît même pas le nom. Cette fois, sa devise menait à une impasse.

Morte. *Sa mère est morte.*

116

L'idée lui vint qu'il y avait une autre femme à chercher. Morte ou vivante, la vraie mère de Trey avait peut-être laissé une piste qui conduirait à Patterson. Ses parents, par exemple. Ils avaient peut-être gardé le contact avec Patterson. Ou ils connaissaient ses parents à lui.

Ce qui la ramenait au dossier d'adoption, le document que le sénateur Ramsay était censé chercher quand il ne participait pas à une réunion politique.

Au moins, il ne participait pas à celle-là.

Le brouhaha de voix quitta la salle à manger pour le living et, lorsque le volume diminua, Campbell devina que la réunion de travail avait commencé. Elle descendit le couloir à pas de loup, se glissa dans la salle à manger. On avait débarrassé la table, ne laissant que du café et des petits pains. Cam se servit, se dirigea vers la cuisine mais entendit d'autres voix de l'autre côté de la porte : la brigade de bénévoles de Maggie Heller était encore au travail. Cam resta dans la salle à manger pour manger discrètement son petit déjeuner près de la fenêtre.

La file de voitures débordait de l'allée pour longer le bas-côté de la route, devant la maison. Elle considéra les marques et les modèles, s'essaya au petit jeu consistant à deviner à qui appartenait quoi. La camionnette garée près de la porte de derrière était sûrement à Maggie ; la Chevrolet de Nathan, elle la connaissait, ça ne comptait pas ; elle avait l'impression d'avoir déjà vu le Range Rover vert et pensait qu'il appartenait à Webb Black, un vieil ami de Doug, maigre et anxieux, également avocat à Wilmington. La Lincoln noire, elle aurait parié n'importe quoi qu'elle était à Norman Finn. Il prenait des risques à conduire ce genre de voiture sur des routes enneigées mais c'était probablement un homme qui aimait prendre des risques, Doug Alexander était là pour le prouver.

Un soupir lui échappa.

— Je sais qui vous êtes, chantonna une voix à son oreille.

Elle se retourna si vivement qu'elle renversa du café et se brûla la main. Un homme jeune la regardait avec un sourire candide. Cam recula jusqu'à ce que le bord de l'appui de fenêtre lui cisaille les reins.

— Vous êtes la femme de Doug. Campbell, c'est ça ?

— Oui. Oui, c'est ça.

Il avait des cheveux blonds qui lui cachaient le front — comme les surfers dans les vieux films des années 1950 — et faisaient un contraste saisissant avec ses yeux noirs.

— Salut. Je suis Bret Sutherland.

— Phil Sutherland... ?

Il confirma d'un hochement de tête.

— J'ai tout de suite deviné qui vous étiez. Meredith Winters fait de vous une description parfaite.

— À savoir ?

— Une apparition qui s'efforce d'être invisible.

Elle rougit, gênée par le compliment, et par la facilité avec laquelle on la déchiffrait.

— Tout ça est un peu nouveau pour moi, j'en ai peur.

— Ma mère déteste ça aussi, lui confia-t-il. Je crois qu'elle aimerait mieux revivre « Tempête du désert » que participer à une autre réunion politique. Vous savez ce qu'elle fait après chaque dîner auquel mon père la traîne ?

— Non.

— Elle vomit.

Des talons claquèrent dans le couloir, Maggie Heller entra, tout excitée.

118

— Ah, Bret, vous voilà ! Meredith se demandait où vous étiez passé. Campbell, vous connaissez Bret ?

— Nous venons de faire connaissance, répondit Cam.

Elle posa sa tasse sur la table, s'essuya les doigts à une serviette.

— C'est tellement formidable de vous avoir avec nous, Bret ! s'extasia Maggie. Votre père est un homme merveilleux, nous l'admirons tous beaucoup !

— Moi aussi.

— Ce que ça a dû être, grandir près de lui !

— Un honneur, assura-t-il. Et un privilège.

— Vous le pensez vraiment, on dirait.

— Bien sûr. Non seulement mon père est un grand homme mais c'est le héros de ma vie.

Il parlait avec ferveur et sans la moindre trace d'embarras. Campbell l'écoutait, abasourdie que quelqu'un appartenant à sa propre génération puisse exprimer de tels sentiments envers un parent. Bret dut sentir son regard car il se tourna vers elle et lui sourit.

— Je suis persuadé que Mrs Alexander pense la même chose de son candidat.

Elle rougit de nouveau.

— À ce propos, intervint Maggie, vous devez vous faire inscrire sur le registre électoral du Delaware, Campbell. Je vous ai apporté un formulaire.

— Merci beaucoup.

— J'allais oublier ! fit Maggie en tirant une disquette de la poche de son cardigan. Le dossier que Doug m'a demandé. Vous pouvez le mettre en lieu sûr ?

— Qu'est-ce que c'est ?

— La liste des électeurs. Je les ai classés de manière qu'on puisse y trouver facilement n'importe quel nom...

Une salve d'applaudissements en provenance du séjour lui fit rouler de grands yeux.

— Bret, il faut qu'on y retourne ! le pressa-t-elle.

Il adressa à Cam une moue sans enthousiasme avant de se retourner pour suivre Maggie avec un grand sourire.

Cam essuya le café répandu et s'apprêtait à se réfugier de nouveau dans le bureau quand elle entendit la voix de Doug annoncer que Webb Black serait le président de sa campagne et John Simons le trésorier.

— ... comme conseiller juridique, j'ai d'abord pensé à Campbell, poursuivit-il, et puis je me suis dit, non, il vaut mieux que l'un de nous deux ramène une paie à la maison cette année...

Cam eut l'impression de rapetisser sous l'avalanche de rires qui s'ensuivit.

— Alors, j'ai décidé de choisir quelqu'un qui n'a pas grand-chose d'autre à faire cette année, à part facturer trois mille heures de travail à ses clients. Quelqu'un qui ne peut pas refuser non plus. Mon ami et collègue, Nathan Vance. Bienvenue à bord, Nathan.

Nouveaux applaudissements.

— Voilà donc notre bureau, continua Doug. En ce qui concerne les bénévoles, l'irremplaçable Maggie Heller a bénévolement accepté de coordonner leurs activités.

Campbell monta l'escalier en titubant, suivit le couloir du premier jusqu'à la salle de bains, se pencha au-dessus de la cuvette et vomit.

Une demi-heure plus tard, assise sur le perron de la véranda, frissonnant sous sa parka, elle prenait de lentes inspirations pour calmer au moins son estomac. Entendant la porte s'ouvrir derrière elle, elle ferma les yeux et fit le vœu que ce soit Doug : il avait perçu sa

détresse, il venait la réconforter et, puisqu'elle le souhaitait, il avait décidé de renoncer à la politique et de
renvoyer tous ces gens.

— Salut, beauté.

Elle ne bougea pas, ne tourna même pas la tête
quand Nathan s'approcha d'elle. Sa rancœur n'avait
aucun sens, elle le savait. Nathan n'était pas son mari,
seulement son ami. Mais il était son seul ami, c'était
le problème.

Il porta les yeux au-delà de la pelouse, s'esclaffa en
découvrant la voiture de Campbell dans le fossé.

— Maintenant, je comprends pourquoi tu n'es pas
venue au dîner, hier soir.

— Et moi je sais maintenant pourquoi tu y étais,
rétorqua-t-elle. Conseiller juridique de la campagne,
hein ?

— Ouais, qu'est-ce que tu en dis ?

— C'est pour cette raison que tu avais demandé ton
transfert à Wilmington ? le questionna-t-elle soudain.
(Après la fusion des deux cabinets, Nathan avait été le
premier à se porter volontaire pour une mutation, décision qui avait stupéfié Cam, à l'époque.) Pour entamer
une carrière politique dans le Delaware ?

— Ouais.

Cette fois, elle se tourna pour le dévisager. Il haussa
les épaules.

— Petite mare, gros poissons, se justifia-t-il. À
Philly[1], nous étions trop de frères à nous disputer les
places. Je n'aurais jamais réussi à percer.

Campbell était médusée. Non seulement elle n'avait
pas même soupçonné la passion de Doug pour la politique mais elle ignorait totalement que Nathan, son
meilleur ami, s'y intéressait aussi.

1. Philadelphie. *(N.d.T.)*

121

— Tu aurais dû venir hier soir, Cam. Il faut rester en tête du peloton pour éviter de se faire lâcher.

— Je n'aurais pas pu venir. Même si on m'avait prévenue à temps.

— Personne n'a été prévenu longtemps à l'avance. Ça se joue comme le basket de rue, de la pure improvisation...

D'un ton irrité, elle lui lança :

— Tu devrais travailler un peu plus tes métaphores, Nathan...

Il eut un petit rire, se pencha pour l'aider à se lever.

— Viens, on va tirer ta petite caisse jap du fossé.

Les mains dans les poches, elle descendit l'allée avec Nathan en faisant grincer ses chaussures sur les dalles déneigées.

— Doug m'a appris la grande nouvelle, dit-elle. L'argent...

— Impressionnée ?

— Consternée, plutôt. Enfin, quoi, il y a combien d'électeurs enregistrés dans cet État ? Trois cent, quatre cent mille ?

— Ça se joue sur moins que ça. Comme ce n'est pas une année d'élection présidentielle — ni même sénatoriale dans le Delaware —, il y aura moins de deux cent mille votants.

— Deux millions de dollars pour deux cent mille votes...

— C'est même pire si tu rentres dans les détails. Dans toute élection, où que ce soit, sept pour cent des électeurs déterminent réellement le résultat parce que tous les autres votent pour le parti dans lequel ils se sont fait enregistrer. Au bout du compte, ça se joue sur quoi ? quatorze mille bulletins ?... Et il faut se représenter que le vieux Hadley dépensera autant que nous.

— On en arrive à quatre millions de dollars pour

quatorze mille votants, fit Cam, qui s'interrompit le temps d'un rapide calcul. Près de trois cents dollars par tête. Nathan, tu ne crois pas qu'ils préféreraient empocher l'argent et se passer d'élections ?

Il rit de nouveau.

— Je ne comprends pas, reprit-elle. Pourquoi tous ces gens soutiennent-ils Doug ? Il suffit que le Parti désigne quelqu'un pour que tout le monde le considère comme le type le plus formidable au monde ?

— Il se trouve que c'est mon opinion sur Doug. Il a des idées vraiment originales, Cam. Des propositions qu'aucun militant dans la ligne n'a le courage de formuler, encore moins de mettre en application.

— Tu pensais déjà ça de lui avant que le Parti lui accorde son onction ?

Une porte claqua derrière eux ; Norman Finn s'avança sur la véranda, alluma une cigarette.

— Quand on parle du loup..., murmura Cam avec une grimace.

— Rappelle-toi la formule d'Emerson : « Un parti politique est un élégant incognito destiné à épargner aux gens le tracas de penser par eux-mêmes. »

— Exactement ! Ils ne savent même pas qui est Doug. Tant que le Parti le soutient, ils s'en fichent !

— Ouais. Tu vois là le filtre cognitif à l'œuvre.

— Le quoi ?

— Tu n'as pas du tout fait de sciences po, à Michigan ? C'est le nom qu'on donne au processus psychologique qui gouverne toute la politique. Le filtre cognitif, ou écran perceptif. Une fois que tu as décidé de t'aligner sur un parti ou un candidat, tu projettes sur lui tes propres convictions et tu rejettes tout ce qui ne cadre pas. C'est pour ça que les clintoniens n'ont jamais pris la peine de lire les transcriptions des déclarations de Gennifer Flowers. Ou que les reaganiens ont refusé

123

de s'intéresser à l'affaire Iran-Contra. Ça fonctionne comme un mécanisme d'autoprotection. Ton cerveau bloque tout ce qui ne colle pas avec l'image que tu te fais de ton candidat.

— Nathan, écoute-toi. C'est horrible, ce que tu dis. Tu t'en rends compte ?

Il la prit par le bras, l'entraîna vers la route.

— Allez, Cam. Tu étais plutôt brillante en fac de droit. Ne joue pas les demeurées.

— Qu'est-ce que c'est censé signifier ?

— On dirait une vierge idiote qui veut faire l'amour mais ne sait pas qu'elle doit perdre son pucelage pour ça.

Campbell se libéra. Arrivée à la voiture, elle s'assit derrière le volant, claqua la portière. Nathan fit le tour de la Honda, posa les mains sur le pare-chocs avant. Cam démarra, emballa le moteur, passa en marche arrière. Nathan poussa en même temps qu'elle embrayait ; en quelques secondes, les quatre roues de la voiture se retrouvèrent sur la route.

Cam baissa sa vitre au moment où Nathan sortait du fossé et elle lui assena :

— J'ignorais totalement que Doug avait l'intention de se présenter.

Il la regarda, frotta ses mains l'une contre l'autre pour les nettoyer.

— Alors, c'est toi qui ne sais pas qui il est.

Elle redémarra, frôla Nathan pour garer la voiture. Finn, qui les observait de la véranda, lui adressa un petit signe de victoire.

À cinq heures, Maggie Heller rassembla ses troupes et quitta la maison dans un ultime débordement d'énergie qui laissa à Campbell l'impression qu'une tornade venait de passer et qu'on pouvait enfin remonter de la cave. Les autres invités partirent l'un après l'autre, et Cam se tint dans le vestibule pendant que Doug les reconduisait. Meredith Winters fut la dernière.

— Peut-être à la fin de la semaine, dit-elle en se dirigeant vers la porte. D'ici là, je devrais avoir fini mes recherches.

— Recherches sur quoi ? demanda Doug avec un sourire. Je peux peut-être vous épargner une perte de temps.

Elle le regarda dans les yeux.

— Je veux être sûre que vous pouvez gagner.

Le sourire du candidat disparut.

— Laissez-moi vous dire une chose. Si je ne pensais pas pouvoir gagner, je me retirerais tout de suite.

Cam attendit qu'il la raccompagne jusqu'à la Range Rover de Webb. Quand il revint enfin, que la porte se referma derrière lui pour de bon, elle se coula dans ses bras.

— Ça s'est bien passé, non ? dit-il.

Elle se serra contre lui.

— Mmm.

— Tu as vu l'heure ! fit Doug au bout d'un moment. Il faut que j'appelle Ash avant qu'il parte pour la gare.

— Je dois lui parler, moi aussi. Tu me le passeras quand tu auras fini ?

— Bien sûr, répondit-il.

Une heure plus tard, Doug ressortit de son bureau sans avoir appelé Cam.

— Ash n'avait plus le temps, il devait courir après son train, expliqua-t-il. Mais il m'a laissé un message pour toi. Ils ne trouvent plus leur exemplaire du document d'adoption.

— Oh !

— Il pense que ça ne te mènerait nulle part, de toute façon. Tu sais quoi ? Il déjeune aujourd'hui avec Fletcher. Apparemment, nous avons tous les deux fait grosse impression à Jon vendredi soir. Et tu sais ce que cela signifie.

Il la souleva, la fit tourner à travers la pièce puis se laissa tomber sur le canapé en la maintenant contre lui. Étourdie, vaincue, elle s'effondra sur Doug en songeant qu'elle ne parviendrait jamais à le faire changer d'avis. Sur un plateau de la balance, l'ambition personnelle de Doug, deux millions de dollars et une charretée de loyaux militants du Parti. Sur l'autre, elle. Seulement elle.

Il n'y avait rien qu'elle pût faire pour rétablir l'équilibre, rien qu'elle pût dire. Sauf la vérité, et c'était s'engager dans une impasse.

9

Ils reprirent la route le dimanche matin, s'arrêtèrent une première fois à l'aéroport de Portland pour rendre la Mustang de location et récupérer l'Explorer de Steve au parking longue durée, une seconde fois à Freeport, où ils passèrent une heure dans un magasin L.L. Bean. Steve prenait des vêtements sur les étagères et les lançait à Trey par piles : chemises de flanelle et vestes polaires, jeans et pantalons goretex, bottes étanches, parka molletonnée.

— On va où ? Au pôle Nord ?

— On s'y croirait quelquefois quand le vent se lève,

répondit Steve en poussant l'adolescent dans une cabine. Vas-y, essaie-les.

La facture se monta à plus de huit cents dollars, qu'il régla en tirant de sa poche une épaisse liasse de billets.

Ils écumèrent un autre magasin pour les sous-vêtements puis achetèrent un peigne et une brosse à dents dans un drugstore.

— Tu te rases déjà ? demanda Steve, lui passant une main sur la joue.

Mortifié, Trey se détourna mais se ressaisit aussitôt et repartit :

— Le crâne seulement, de temps en temps.

Steve éclata de rire, essaya de l'attraper et ils chahutèrent un moment dans l'allée jusqu'à ce que la caissière se racle la gorge d'un air désapprobateur.

Ils retournaient à l'Explorer avec leurs paquets quand Steve fit halte et indiqua du menton la cabine téléphonique du coin de la rue.

— Dernière occasion.

Trey la regarda un moment, finit par lâcher :

— Tu lui as dit, à Campbell Alexander ? Que je vais bien ?

— Ouais, je l'ai fait.

— Alors, j'ai plus rien à leur dire.

— Tu es sûr ?

— J'en suis sûr, affirma le garçon.

Ils entassèrent les paquets à l'arrière, repartirent vers le nord. Ils seraient arrivés dans quelques heures, prédit Steve. Du moins, à Baxter Bay, où attendait le bateau qui les amènerait à leur destination.

— Un bateau à moteur ?

— Ce serait un peu long à la rame. L'île se trouve à vingt kilomètres au large.

— Waoh !

Trey étudia la carte jusqu'à ce qu'il l'eût repérée, petit

127

éclat de terre flottant comme un bateau fantôme devant la côte du Maine. Si minuscule que, faute de place, son nom était écrit dessous, dans un encadré. Maristella Island. Le bout du monde.

— Personne y vit sauf toi ? C'est vrai ?

— C'est vrai. Mais la population est sur le point d'augmenter de cinquante pour cent.

Cinquante pour cent ? s'étonna Trey. Ah oui, il y avait Beth, aussi. « Une amie », avait dit Steve, ce qui, pour Trey, signifiait qu'ils baisaient ensemble. « Qui s'essaie à l'écriture », avait ajouté Steve, ce qui était moins clair pour l'adolescent.

— Comment t'as trouvé cet endroit ?

— Ce sont les gens qui me l'ont trouvé.

Trey tourna la tête. Steve avait baissé le pare-soleil et mis des lunettes noires.

— T'es célèbre ?

— Manifestement pas, puisque tu poses la question.

— Tu sais bien ce que je veux dire.

— J'ai eu quelques bonnes critiques. J'ai gagné un ou deux concours. Pour ce que ça vaut.

— Waoh ! s'exclama de nouveau Trey.

En fin d'après-midi, ils quittèrent la 1 pour une route qui descendait en serpentant vers un village côtier de maisons en bois à cheminées de briques. Au bout de la route, le port s'ouvrit devant eux. Au-delà s'étendait tout l'océan, noir, étincelant sous le soleil froid. Au-dessus, des mouettes s'élevaient et piquaient dans un ciel bleu pâle. Des bateaux de pêche regagnaient le quai ; des pères et des fils en gros cirés jaunes s'interpellaient, lançaient des filins.

— Il est là, dit Steve en tendant le bras vers le bas.

Amarré au wharf, un six-mètres en fibre de verre d'un

blanc éblouissant dansait comme un jouet parmi les grosses embarcations.

— Cool, fit Trey.

Steve descendit dans le bateau, fourra sous la bâche les sacs L.L. Bean que lui passait son fils et tira de l'un d'eux la parka neuve.

— Change-toi maintenant. Sinon, tu auras les fesses gelées pendant la traversée.

— Nan, ça ira.

Ils retournèrent à la voiture, sortirent du port, roulèrent quelques centaines de mètres jusqu'à une vieille et vaste maison perchée au bord de la digue, derrière une pancarte annonçant BED AND BREAKFAST. Steve fit le tour, se gara au parking, recula jusqu'à ce que son pare-chocs effleure la digue.

— Beth a passé quelques jours ici pendant que j'explorais le coin, expliqua Steve. Les proprios lui ont dit qu'on pouvait laisser la voiture ici.

Il prit un tournevis dans la boîte à gants, descendit, alla à l'arrière, revint avec la plaque d'immatriculation. Il la fourra dans son sac en toile, accrocha le sac à son épaule.

Ils retournèrent au port à pied en longeant la digue. Trey inspectait l'océan en se demandant si l'on pouvait voir l'île. Vingt kilomètres au large, c'était incroyable. Une rafale de vent le transperça et il serra les dents pour les empêcher de claquer.

Mais il n'avait pas froid, il était trop excité pour avoir froid.

— Je suis jamais monté sur une vedette.

— Jamais ?

— Jesse m'a emmené pêcher une ou deux fois en barque, mais jamais dans un bateau à moteur. Il disait qu'il en avait trop fait au Vietnam.

— Il était dans la marine ?

129

— Ouais. La marine des Eaux-Brunes, il appelait ça. Une unité spéciale qui patrouillait dans les rivières. Un jour, ils sont tombés dans une embuscade, toute la flottille. Jesse a été le seul survivant.

— Mince, fit Steve.

Ils marchaient l'un près de l'autre d'un même pas.

— Tu passais beaucoup de temps avec ce type ? reprit-il après un silence.

— Jesse ? Pas mal, ouais. Il était toujours dans le coin. Un moment, il avait même sa chambre dans la maison, mais comme il réveillait tout le monde parce que le Vietnam lui donnait des cauchemars, ils lui ont fait construire une piaule au-dessus du garage.

— Comment il était avec toi ?

— Qu'est-ce que tu veux dire ?

Quand ils parvinrent au wharf, une autre rafale les cingla, si froide que Trey dut cette fois tourner le dos au vent pour se protéger.

— Il te traitait bien ? demanda Steve en descendant l'échelle.

Trey le suivit, sauta par-dessus le plat-bord.

— Ouais, bien sûr.

— C'était quelqu'un à qui tu pouvais parler ?

— Comme un copain, tu veux dire ?

Steve contempla l'océan.

— Oui. Quelque chose comme ça.

— Non, sûrement pas. Il faisait partie du personnel.

— Et alors ?

— Alors, le personnel sait qu'il y a des limites à ne pas franchir. Il fait juste ce qu'on lui demande.

Steve prit sous la bâche la parka neuve de Trey et la lui lança.

— Tu sais quoi ? Tu fais partie du personnel, maintenant. Enfile ça. Tout de suite.

Le garçon fit la moue mais s'exécuta.

130

Steve mit le moteur en marche et le bateau sortit lentement du port. Quand ils furent passés devant les dernières bouées du chenal, Steve accéléra. La vedette se souleva de l'eau et fonça vers le large.

Trey pivota sur son siège, plaça ses mains en visière au-dessus de ses yeux et regarda la terre s'éloigner jusqu'à ce qu'il n'y ait plus rien à voir. Il fit un tour complet sur lui-même. L'océan s'étendait dans toutes les directions. Steve rabattit le capuchon de la parka sur la tête du garçon, lui fit signe de l'attacher. Le tissu molletonné étouffait le rugissement du moteur et les bruits de la mer. C'était une sensation curieuse : comme s'il était blotti dans un cocon mais filait quand même vers la plus grande aventure de sa vie.

L'île apparut enfin, renflement bas sur l'horizon. Clignant des yeux, Trey finit par distinguer le cap escarpé qui descendait vers une côte rocheuse, côté sous le vent. L'île faisait huit cents mètres de long, lui avait dit Steve, mais seulement une centaine à son point le plus large, étroit doigt de terre surgi de l'eau. Il avait dit aussi que Maristella signifiait « étoile de la mer », et Trey voyait le soleil se refléter sur la silice du sable et les rochers. Il imagina, la nuit, au clair de lune, une galaxie flottant sur l'océan.

Ils amarrèrent le bateau à un quai en eau profonde, à la pointe sud de l'île. Trey suivit les longues enjambées de Steve sur une passerelle en planches menant à un chemin de terre qui traversait un bois de sapins. Trente mètres plus loin, il réapparaissait sur le flanc d'une colline. Au sommet se dressait la maison, dominant l'océan. C'était une vieille bâtisse en bois, avec des lignes de toit plongeantes, et une sorte de tour s'élevant vers le ciel.

— Néo-gothique, commenta Steve. Hideux, non ?

— Moche de chez moche, confirma Trey d'un ton joyeux en songeant qu'elle avait l'air d'un manoir hanté.

— On verra ce qu'on peut y faire.

Une lumière brillait à l'intérieur. Quand ils arrivèrent en haut de la colline, la porte s'ouvrit, une femme sortit, serrant un châle autour d'elle. Petite, elle avait des cheveux blond filasse, les épaules tombantes.

— Enfin ! cria-t-elle. Je vous attends depuis des heures !

— Désolé, on a dû faire quelques courses, répondit Steve, montrant les sacs en guise de preuve.

Il lui donna un baiser rapide en franchissant le seuil, poussa le garçon devant lui.

— Beth, je te présente Trey.

Elle ébaucha un sourire, s'arrêta, tourna vers Steve un visage perplexe.

— Trey ? Mais je croyais...

— Jamie, c'est cool aussi, déclara Trey.

Le soleil déclinait au-dessus du continent quand Steve conduisit l'adolescent à sa chambre. L'escalier principal s'élevait majestueusement vers les premier et deuxième étages. Au deuxième, Steve ouvrit une porte sur un autre escalier plus étroit et plus raide. Tout en haut, il ouvrit une autre porte sur une pièce d'environ cinq mètres carrés, dont chacun des quatre murs était percé d'une fenêtre.

Trey se rendit compte qu'ils étaient dans la tour, la pièce la plus froide de la maison, facile. Il baissa les yeux. La terrasse semblait creusée dans le granite et suspendue en l'air, dix mètres plus bas. De la terrasse une paroi à pic tombait dans l'océan, trente mètres plus bas encore. Les vagues se brisaient sur les rochers, projetant de l'écume comme un geyser.

— Impressionnant, dit le garçon en se tournant vers une autre fenêtre, où un soleil orange sombrait dans un ciel zébré de rose. C'est ma chambre ?

— Si elle te plaît.

Il feignit de réfléchir puis haussa les épaules et répondit :

— Oh ! ça ira.

Steve feinta un plaquage, Trey plongea, roula en travers du lit et se releva de l'autre côté dans un grand éclat de rire.

Une heure plus tard, étendu sur ce même lit, un bout de crayon et une feuille de papier à la main, il tentait de restituer l'impression que lui avait faite l'île quand il l'avait vue surgir de l'eau pour la première fois. Le bois d'épicéas était assez bien rendu par de lourdes lignes sombres figurant les arbres ; la maison se dressait comme il le fallait au sommet de la colline, mais il cherchait encore à capturer les ondulations de la lumière sur l'océan quand Steve entra dans la pièce.

— Mon Dieu.

Trey se retourna, vit que son père le regardait avec une expression étrange.

— Qu'est-ce qu'il y a ?

— Je peux voir ton dessin ?

— C'est juste pour passer le temps, se déroba le garçon, rougissant.

— S'il te plaît.

Il lui tendit la feuille de mauvaise grâce ; Steve l'étudia un moment avant de déclarer :

— Tu as l'œil de ta mère.

— Hein ?

— Tu vois les choses comme elle. Regarde, dit-il en s'asseyant à côté de lui sur le lit. Là, le jeu du soleil sur la surface de l'eau...

— Ouais, je sais. Je suis nul pour les reflets.

— Elle les aurait dessinés exactement comme toi. C'est stupéfiant.

— Elle était artiste ?

— Elle aurait pu l'être. Mais elle pensait comme toi qu'elle était nulle.

Trey gloussa, se laissa tomber en arrière sur le lit, les bras derrière la tête. Pour la première fois, il remarqua un renfoncement carré dans le plafond, juste au-dessus de lui.

— Qu'est-ce que c'est ?

Steve leva les yeux.

— La trappe qui mène au belvédère.

— Hein ?

— Vieille tradition des régions côtières. Une plate-forme sur le toit, pour observer les navires en mer. Mais surtout, n'y monte pas. Le bois est pourri. Il faut refaire complètement le plancher. Ou alors supprimer le belvédère.

— Non, garde-le.

— C'est toi le patron, dit Steve.

Il s'approcha, ébouriffa les cheveux du garçon.

— Ça va, tu te sens bien ? lui demanda-t-il.

— Super.

— Vraiment ?

— Vraiment.

— Alors, je te laisse dormir un peu. Où est ton linge sale ? Il doit puer le fauve après trois jours.

— Là, par terre.

Trey leva vaguement une main, roula sur le ventre et écrasa son oreiller. Steve récupéra les vêtements épars et se dirigeait vers la porte quand quelque chose tomba par terre avec un claquement. Trey ouvrit les yeux, reconnut l'objet une seconde avant que Steve le ramasse. C'était le rasoir jetable subtilisé dans la camionnette.

— Attends, je peux expliquer. Je te l'ai pris hier matin. À ce moment-là, je savais pas...

— Je comprends.

Steve lâcha les vêtements sales et, les mains dans les poches, alla à la fenêtre orientée vers le continent. Il faisait trop sombre pour qu'il distingue quoi que ce soit, mais il y demeura immobile, fixant le vide.

— Je suis désolé, dit Trey.

— Je ne veux pas que tu sois désolé. Ni que tu te sentes effrayé, ou menacé.

— Je me sens bien, je t'assure. Seulement, hier...

— Écoute, je sais que je ne t'ai pas laissé le choix, l'autre soir. Comment aurais-je pu ? De toute façon, tu n'aurais pas pu choisir, tu ne me connaissais pas. Mais maintenant...

Steve revint au lit, aida Trey à se lever.

— Viens, je veux te montrer quelque chose.

Il le précéda dans l'escalier de la tour, ouvrit une porte au deuxième étage, alluma. La pièce n'était meublée que d'une chaise et d'une table sur laquelle était posé un poste émetteur récepteur.

— Notre lien avec le monde extérieur.

— Ouais ?

Steve s'assit, les coudes sur les genoux, les mains jointes.

— J'ai enfreint la loi quand je t'ai emmené, rappela-t-il, levant les yeux vers Trey. Une loi avec laquelle je ne suis pas d'accord, mais c'est quand même la loi, et je l'ai violée. Beaucoup de gens estimeraient que je n'avais aucun droit de t'emmener. Beaucoup de gens m'enverraient en prison pour ça. Si jamais tu penses un jour la même chose, fit-il en montrant le poste, voilà ton billet de retour.

— Hé, arrête ! fit Trey, reculant vers la porte. J'ai pas besoin de savoir ça...

— Approche et écoute attentivement, dit Steve en tendant la main vers un bouton. Ça, c'est pour le mettre en marche. Il est déjà réglé sur la fréquence des appels d'urgence. Tu vois ? Tu appuies sur cet autre bouton pour émettre.

— Arrête, je te dis !

Trey sortit précipitamment de la pièce, monta l'escalier en courant et se jeta sur son lit.

Steve suivit plus lentement, n'alla pas plus loin que la porte. Il accrocha ses doigts recourbés au chambranle, garda un moment le silence et finit par murmurer :

— Tu as le choix, maintenant. Mieux, même.

Il éteignit la lumière, adressa ses derniers mots à l'obscurité :

— Tu as toutes les cartes en main.

Les lumières s'allumaient, trouaient l'obscurité du dimanche soir à mesure que les résidents de Washington rentraient de leur circonscription, de leur voyage officiel aux frais du contribuable, de leur escapade du week-end. Meredith Winters prit un taxi à la gare d'Union Station et, sur la banquette arrière, regarda la ville s'illuminer comme un arbre de Noël. Moins de deux cents kilomètres séparaient Wilmington de la capitale, mais on se serait cru dans un autre monde. La neige du samedi ne s'était pas aventurée aussi loin au sud, et les rues étaient recouvertes de cette même croûte sale que Meredith avait laissée derrière elle le vendredi.

Le taxi s'arrêta le long du trottoir, devant une maison

de ville obscure. Elle était haute de deux étages, étroite et profonde, hypothéquée jusqu'aux fenêtres du premier. Sur le perron s'empilaient les éditions du dimanche du *Times*, du *Post*, du *Tribune* et, en souvenir du bon vieux temps, de l'*Examiner*. Un stagiaire du bureau avait été chargé de passer les prendre pendant l'absence de Meredith. Manifestement, il ou elle n'avait pas fait son travail, ce qui signifiait qu'une tête allait rouler le lendemain.

Une fois entrée, Meredith effleura un interrupteur et un flot de lumière douce baigna la maison, du vestibule au haut de l'escalier. La décoration, exquise et discrète, s'appuyait sur des tissus naturels et des boiseries artisanales, des meubles Gustav Stickley et des tapis de sisal. C'était inhabituel dans une ville portée aux dorures et au chintz, mais son caractère cent pour cent américain avait un effet positif sur ses clients, comme sa cave de grands crus californiens. Doug Alexander aurait aimé cette maison, lui qui prônait d'acheter américain.

Cette réflexion lui donna une idée et, quand elle arriva à son bureau, elle prit sur une table un *think-pad* grand comme sa main.

— Message à la campagne Alexander, articula-t-elle près de l'appareil. La femme doit se débarrasser de sa voiture japonaise d'importation.

En haut, elle fit couler son bain, ajouta à l'eau quelques gouttes d'huile parfumée au gardénia puis se déshabilla et se glissa dans la baignoire avec un soupir de lassitude. Encore un week-end épuisant, mais pas perdu. Elle y croyait de plus en plus, à la campagne Alexander. L'homme montrait peut-être l'intransigeance d'un croisé dans le domaine de la politique commerciale, mais il faisait preuve d'une admirable souplesse sur les autres questions. Elle pouvait travailler avec un candidat dans ces dispositions.

Elle tendit la jambe pour fermer le robinet avec ses orteils, se laissa retomber avec délices dans les bulles soyeuses. Même la femme d'Alexander l'inquiétait moins. Aujourd'hui, elle n'avait manifesté aucun désir de contrôler la campagne, son mari, ni même son propre intérieur. En fait, si elle continuait à être aussi effacée, il faudrait lui faire suivre un stage d'affirmation de soi avant le début de la campagne.

Le téléphone sonna. Meredith jeta un coup d'œil à la pendule posée au bord du lavabo encastré. Exactement à l'heure. Il était prévisible comme l'aube. Elle tendit la main vers le téléphone de la salle de bains.

— Allô ?

— Je suis en bas.

— Je t'attendais, ronronna-t-elle.

Elle s'essuya, enfila un peignoir, descendit et ouvrit le verrou de la porte de derrière. Le temps qu'il franchisse la porte, elle était passée dans le living et lui avait servi son scotch.

Il était vêtu de noir des pieds à la tête : l'idée qu'il se faisait du camouflage nocturne en agglomération. Il se défit de son manteau de cuir et le jeta sur un fauteuil avec son bonnet de laine noire, puis accepta l'offrande du verre et des lèvres de Meredith.

— Je t'ai manqué ? minauda-t-elle.

Il répondit d'un grognement, but une gorgée de whisky. Les futilités sentimentales l'agaçaient ; c'était un homme d'action, pas un phraseur. Il remarqua le peignoir, la peau humide.

— Tu as commencé sans moi, c'est ça ?

Avec un sourire aguicheur, elle répondit :

— Il me faudrait beaucoup d'avance pour être à ta hauteur dans ce domaine.

L'avantage de coucher avec un homme qui avait toujours vécu entouré de lèche-bottes, c'était qu'il prenait ce genre de déclaration pour argent comptant. Il avala d'un trait le reste de son verre, la prit par la main et l'entraîna vers l'escalier.

Comme amant il n'était pas généreux mais généralement vigoureux, et, selon l'expérience de Meredith, l'un compensait souvent l'autre. Ce soir, toutefois, il fut lent à se mettre en route, rapide à conclure. Étendue entre ses bras, après l'amour, elle ne pouvait empêcher ses pensées de revenir sans cesse à Bret. Quel délicieux cadeau il aurait fait ! Une folie secrète, comme des friandises dissimulées dans un tiroir du bureau.

Non, plutôt comme un sachet de cocaïne. Bret était un danger pour elle, un danger dont elle devait se tenir à l'écart.

— Tu as la tête ailleurs, ce soir, fit-il observer.

— Ah ? Elle est restée dans le Delaware, je suppose.

Il se redressa avec une moue bougonne, alluma la lampe de chevet.

— Je ne vois pas pourquoi tu es allée te perdre là-bas.

— Il faut absolument que je cornaque plus d'un candidat cette année.

— Pourquoi ? Tu es suffisamment payée, non ?

— Ça n'est jamais assez. En plus, il faut que je fasse connaître mon nom, c'est comme ça que ça marche, dans ce boulot.

Comme il gardait son air renfrogné, elle se nicha plus près de lui, fit courir ses ongles sur sa poitrine.

— L'avantage du Delaware, c'est que je n'ai pas à aller loin. Ni à rester longtemps séparée de toi.

— Il est comment, ce type ? l'interrogea-t-il d'un ton bourru. Tu aimes son allure ou pas ?

— Je ne sais pas encore. Je commence à croire qu'il peut gagner, mais le plus important, c'est que personne ne partage apparemment mon avis.

Il lui lança un coup d'œil soupçonneux.

— Et ça te branche ?

— Ça me branche si j'ai raison et si les autres ont tort. Si nous arrivons à obtenir le battage qu'à mon avis on peut avoir, la campagne fera les titres de la presse nationale. (Elle lui coula un regard rusé entre ses cils.) Et la réputation d'une certaine conseillère que nous connaissons et adorons tous deux...

Il s'esclaffa, lui donna une tape sur le postérieur.

— J'aimerais bien voir ce type qui essaie de te prendre à moi !

Elle roula par-dessus son corps pour prendre la cassette vidéo de la réception de vendredi soir.

— Tiens, tu peux le regarder en couleurs pendant que je me douche.

Meredith glissa la cassette dans le magnétoscope et se réfugia dans la salle de bains avant qu'il remarque ses fesses pendantes. Elle avait vingt ans de moins que lui, mais quelque chose dans l'équation sexuelle donnait le droit aux hommes d'être critiques à cet égard. Probablement parce qu'ils pouvaient toujours trouver quelqu'un de plus jeune encore.

Elle se baigna pour la seconde fois de la soirée et, quand elle revint à la chambre, il était habillé, assis sur le lit, le boîtier de télécommande à la main.

— Viens ici une minute, dit-il, fixant l'écran.

Elle se colla contre lui, lui mordilla le lobe de l'oreille, mais il ne réagit pas à la caresse, appuya sur le bouton *Play*.

— Regarde...

C'était le grand moment au pied de l'escalier du sénateur, quand le candidat faisait signe à sa femme, perdue dans la foule, de le rejoindre. Elle s'avança avec cette allure gauche — Dan Quayle sous les projecteurs — qui avait été la sienne toute la soirée.

— C'est quoi, ça ? grogna-t-il.

— L'épouse du candidat. Campbell Smith.

— Qu'est-ce que tu sais d'elle ?

— Pas grand-chose. Ils ne m'ont pas encore communiqué leurs bios.

— Contente-toi de me dire ce que tu *sais*.

La sécheresse du ton la fit se raidir.

— Elle est avocate dans l'un des grands cabinets de Philadelphie. Quelqu'un m'a raconté qu'elle a perdu ses parents très jeune et qu'elle a été élevée par sa grand-mère, en Pennsylvanie. Pourquoi ces questions ?

— Il y a quelque chose en elle de familier.

— Quoi ?

— Je n'arrive pas à mettre le doigt dessus.

Il se pencha pour nouer ses lacets, se redressa et la toisa de sa taille imposante.

— Trouve-moi tout ce que tu peux sur elle. Ça me reviendra peut-être.

— D'accord.

Il prit son pistolet sur la table de chevet, le remit dans son étui, au creux de ses reins.

— Tu ne peux pas rester un peu plus longtemps ?

Meredith attendait toujours qu'il ait rengainé son arme pour lui soumettre l'invitation. Cela diminuait les risques qu'il l'accepte.

— Non, j'ai rendez-vous avec Bret au Clyde's pour prendre un verre.

Elle se leva d'un bond.

— Tu ne lui as pas dit que tu venais ici, au moins ?

Il eut une grimace irritée. La question était trop stupide pour qu'il l'honore d'une réponse.

— S'il te retrouve à cette heure-ci à Georgetown, il pourrait...

— Il pourrait mais il ne le fera pas. Ce garçon ne fait

jamais rien sans mon consentement, au cas où tu ne l'aurais pas remarqué.

— Oui, sûrement, murmura-t-elle.

— Viens, raccompagne-moi.

Elle descendit avec lui jusqu'à la porte de derrière, mais, cette fois, elle éteignit la lumière en traversant le vestibule, et quand le général Phil Sutherland l'embrassa sur le seuil, ce fut dans l'obscurité totale.

10

UNE BLESSURE QUI NE GUÉRIT PAS ? l'interrogea à nouveau la pancarte quand elle entra dans Philadelphie lundi matin, et cette fois Campbell répondit : Oui, mais personne ne le saura jamais si je la recouvre soigneusement d'un pansement.

Elle trouva Grant Peyton en conversation avec la secrétaire qu'ils se partageaient. Assise à son bureau avec des mines de grand-mère, Helen regardait le jeune associé engloutir le buffet de pâtisseries maison qu'elle disposait chaque lundi matin le long de la cloison basse par-dessus laquelle il se penchait.

— Oh ! Campbell, fit-elle, vous êtes au courant pour Gloria Lipton ?

— Oui. C'est affreux.

Grant fit tomber de la main des miettes collées à ses lèvres.

— Je disais justement à Helen qu'à partir de maintenant je l'accompagnerais chaque soir jusqu'à l'arrêt du bus.

La secrétaire eut un sourire si radieux que Cam s'abstint de faire remarquer qu'il n'y aurait personne pour l'escorter jusque chez elle quand elle descendrait du bus, dans un quartier bien plus dangereux que Center City.

— C'est gentil.

Elle pénétra dans son bureau, alluma son ordinateur. Toute la matinée, une bribe de conversation avait tourné dans son esprit : « Si je ne pensais pas pouvoir gagner, je me retirerais tout de suite. » Elle était allée se coucher découragée, hier soir, mais s'était réveillée ce matin avec cette phrase dans la tête. Il y avait quelque chose là-dedans, elle le savait, et cela ressemblait curieusement à de l'espoir.

Elle se mit en ligne. Aujourd'hui les recherches seraient politiques, un domaine nouveau pour elle, mais les techniques devaient être les mêmes.

Par où commencer ? Après une seconde de délibération, elle tapa *Hadley Hayes* dans la case RECHERCHE.

Mardi soir, après avoir rangé la voiture au garage, Doug monta d'un pas lent les marches menant à la porte de derrière. Il donna à Cam un baiser soucieux tandis qu'elle l'aidait à défaire son manteau dans la cuisine.

— La journée s'est bien passée ? s'enquit-elle.

— Ça a été...

Il prit le courrier sur le comptoir, feuilleta la pile d'enveloppes sans y accorder grand intérêt.

— Webb avait organisé un déjeuner à son bureau pour que je puisse solliciter certains de ses associés, et Owen a fait la même chose ce soir avec un pot à son cabinet, expliqua-t-il.

— Qu'est-ce que ça a donné ?

— Je ne sais pas. J'ai fait mon boniment, ils ont posé quelques questions, et c'est à peu près tout. Je n'ai pas obtenu un seul engagement ferme, avoua Doug en plissant le front. Ces gars-là devraient constituer le noyau de mes partisans. Ils sont avocats à Wilmington comme moi, ils sont associés de divers dirigeants du Parti et ont investi toute leur vie dans l'économie de cet État. Ce devrait être facile de les convaincre. S'ils n'agitent pas le drapeau, qui le fera ?

C'était la première fois qu'il descendait quelque peu du nuage sur lequel il lévitait depuis sa désignation, le vendredi précédent. Cam eut un pincement de cœur en le voyant aussi abattu, mais sentit en même temps ses propres espoirs renaître. Il était dans les meilleures dispositions possibles pour ce qu'elle avait l'intention de faire.

— Je suis désolée, mon cœur. Nous allons faire un bon repas et tu vas essayer de te détendre.

Il remarqua alors les odeurs alléchantes flottant dans la cuisine, le fond sonore de musique classique dans la salle à manger, le body noir et le pantalon en soie ample de sa femme.

— Wouah ! s'écria-t-il. Qu'est-ce qu'on fête ?

— Notre anniversaire, dit-elle, affectant un ton acerbe.

Il s'esclaffa.

— Mais c'est vrai ! persista-t-elle. Vingt jours aujourd'hui. C'est seulement quand on est mariés depuis une éternité qu'on compte en années, ajouta-t-elle en s'approchant de Doug, son visage levé vers le sien. Nous, nous comptons encore en jours...

Il l'embrassa.

— Mmm. Et quelquefois même en heures.

Elle le conduisit dans la salle à manger, dont la table, une vieillerie en acajou que la mère de Doug leur avait laissée, pouvait accueillir dix invités. Cam l'avait couverte d'une des plus belles nappes en lin de la

144

grand-mère de son mari et décorée de bougies. La place de Doug était au haut bout de la table, celle de Cam à sa droite.

Elle retourna à la cuisine chercher le soufflé au saumon. Quand elle revint, Doug avait ôté sa veste et sa cravate et fait glisser son assiette en face de celle de Campbell.

— Je veux te voir, expliqua-t-il avec un sourire.

En s'asseyant à la table reconfigurée, elle eut l'impression qu'elle s'apprêtait à prendre la déposition de Doug, ou lui la sienne, peut-être. Cela contribua à lui rappeler qu'il s'agissait de boulot, pas de plaisir.

— À nous, dit-il, levant son verre.

Elle fit en sorte que le vin coule et que la conversation soit aussi légère que le soufflé pendant qu'ils mangeaient l'entrée, mais, après avoir apporté le plat de résistance, elle demanda en prenant sa fourchette :

— Davis a encore combien de temps à passer dans son fauteuil de gouverneur ?

— Deux ans, répondit Doug en coupant un morceau de caneton.

— Ensuite, la Constitution lui interdit de briguer un nouveau mandat ?

— Mmm, fit-il, savourant sa première bouchée. Cam, c'est fabuleux.

— Il n'a que cinquante ans, non ? Qu'est-ce qu'il compte faire ?

— Je ne sais pas. Les possibilités ne manquent pas pour un homme qui a ses capacités et son expérience.

— Tu crois ? Moi, je n'en vois que trois. Il peut affronter Tauscher pour le siège de sénateur. Ou attendre deux ans et hériter de celui de Ramsay, à supposer que celui-ci ne décide pas de le garder pour lui. Ou alors ne pas attendre et se présenter à la Chambre.

Doug posa sa fourchette, regarda Cam.

— Si Davis songe à la Chambre, poursuivit-elle, est-ce que le Parti veut vraiment te faire élire pour te reprendre ton siège dans deux ans et le donner à Davis ?

— Ils m'ont désigné, non ?

— Bien sûr, parce qu'ils ne peuvent pas laisser Hadley Hayes se présenter sans adversaire. Il a déjà collecté un million de dollars pour la campagne de cette année. S'il n'est pas obligé de dépenser cet argent, il disposera d'un redoutable trésor de guerre contre Davis dans deux ans.

— Cam, dit-il en la dévisageant, d'où tu sors tout ça ?

C'était le fruit de deux jours de recherches pendant lesquels elle avait surfé d'un site à l'autre, glanant toutes les informations disponibles sur Hadley Hayes dans les banques de données des journaux et maga-zines, dans le *Congressional Record,* les comptes rendus des réunions de commission, les transcriptions de ses discours et interventions. Elle avait consulté ses com-muniqués de presse, ses lettres aux électeurs, les bilans financiers de sa campagne. Elle avait ensuite effectué les mêmes recherches sur Sam Davis et résumé le tout dans un mémorandum de vingt et une pages, qui se trouvait pour l'heure dans sa serviette.

— J'ai beaucoup réfléchi, déclara-t-elle, rassemblant ses forces pour assener la mauvaise nouvelle. Chéri, j'ai bien peur que le Parti ne te présente uniquement afin que tu chauffes la place pour Davis.

Il la regarda longuement, émit un rire étonné.

— Campbell, tu m'impressionnes. Il y a des membres du comité directeur qui n'ont pas encore compris ça.

Elle écarquilla les yeux.

— Tu le savais ?

— Accorde-moi quand même un peu d'intelligence...

— Ça ne te gêne pas ? Ils font de toi l'agneau sacri-ficiel, non ?

— Ne t'inquiète pas, dit-il, reprenant sa fourchette. Ce n'est pas ce qui se passera.

— Mais si Davis...

— Il trouvera un autre siège à briguer.

— Qu'est-ce qui te fait penser ça ?

— J'ai l'intention de m'emparer du siège de Hayes avant que Sam n'essaie de le lui prendre.

— Sans le plein soutien du Parti...

— J'ai deux stratégies pour contourner l'obstacle. Premièrement, je peux convaincre Sam de viser plutôt le siège de Tauscher. Après tout, c'est celui qu'il désire vraiment. S'il me soutient pour la Chambre, je le soutiens pour le Sénat dans deux ans.

— Il marcherait ?

— Il reste à le convaincre que Tauscher est vulnérable.

— Et si tu n'y parviens pas ?

Doug sourit.

— Alors je devrais convaincre le Parti que Sam est lui-même assez vulnérable.

Elle le regarda dévorer son caneton jusqu'à la dernière miette.

Le sien, Cam le jeta à la poubelle sans y avoir touché. Les choses ne se passaient pas selon son plan et elle avait besoin de se ressaisir. Non, elle avait besoin d'antisèches. Elle ouvrit sa serviette, y prit le mémorandum et le cacha sous son bras avant de retourner dans la salle à manger avec la salade.

— La vraie question, ce n'est peut-être pas la vulnérabilité de Sam mais celle de Hadley Hayes, attaqua-t-elle en se rasseyant à la table. J'ai peur qu'elle ne soit quasi inexistante...

Doug rejeta l'assertion en secouant la tête.

— C'est un dinosaure, il n'a pas eu une idée neuve depuis trente ans. Il ne fait que rabâcher le même couplet sur la défense et la sécurité nationales. Il n'a pas reçu la note annonçant que la guerre froide est finie et que nous l'avons gagnée...

— C'est un discours qui plaît beaucoup à Dover, ne l'oublie pas. La base aérienne emploie près de sept mille personnes et, comme Hayes est membre de la sous-commission sur les programmes de construction militaire, il a apporté un nombre d'emplois encore plus grand dans la région.

— Tu as fait des recherches, on dirait...

Elle acquiesça de la tête, feuilleta son mémorandum.

— Hayes a remporté sa dernière réélection avec une avance de trente points. Un sondage général Gallup effectué l'année dernière lui attribue un taux d'opinions favorables de 82 %. Un des plus élevés de tout le Congrès. Chéri... il jouit d'une immense popularité !

Doug fronçait les sourcils de l'autre côté de la table.

— Je peux voir ?

Il lui prit le document des mains, regarda la couverture.

— Qu'est-ce que c'est ? demanda-t-il au bout d'un instant.

— Simplement quelques notes que j'ai rassemblées. Sur Hadley Hayes et ses chances d'être réélu...

— Hé ! tu t'y mets, j'ai l'impression ! Moi qui craignais que tu ne partages jamais mon intérêt pour les affaires publiques...

— Non, Doug, je...

Il leva la main pour la réduire au silence, tourna la première page et commença à lire. Au bout d'un moment, il oublia la salade, posa sa fourchette et se tourna à demi sur sa chaise pour poursuivre sa lecture.

Cam se leva, déboucha une autre bouteille de vin et

148

remplit leurs verres. Elle but le sien à petites gorgées nerveuses. Un silence pesant se fit dans la pièce. Se rendant compte que le CD était fini, elle se leva pour en mettre un autre, un pot-pourri enjoué de vieux airs folkloriques anglais, revint s'asseoir.

Doug lisait toujours et elle essaya de deviner à son expression à quel endroit du mémo il était parvenu. La première partie traitait de la popularité de Hayes, de ses principaux soutiens, de son trésor de guerre. La seconde était une analyse statistique des avantages du sortant. La dernière consistait en des réflexions sur le taux d'échec de candidats n'ayant jamais exercé une fonction élective.

C'était cette partie qu'elle aurait voulu pouvoir réviser maintenant. Elle y présentait les faits avec froideur, voire avec cruauté. À moins d'être aidé par les caprices de l'actualité ou une solide fortune personnelle, un candidat sans antécédents n'avait aucune chance de gagner.

Quinze minutes s'écoulèrent avant que Doug referme le document. Il regarda les feuilles de salade dans son assiette, la lueur des bougies à travers le vin auquel il n'avait pas touché. Il souleva son verre, l'avala d'un trait.

— C'est ce que tu penses de moi ? dit-il.

— Non ! Cela n'a rien à voir avec toi. Je parle seulement du peu de chances que n'importe qui dans ta position aurait de battre Hayes cette année.

— Je ne suis pas n'importe qui.

— Non. Tu es l'homme que j'aime. Et je ne peux pas supporter l'idée qu'on puisse te blesser.

Elle n'avait jamais été plus sincère, mais la pensée de tout ce qu'elle lui cachait encore lui fit baisser les yeux et fixer la nappe blanche.

— Tu ne peux pas ? fit-il avec douceur. Eh bien, tu sais quoi ? Je *suis* blessé.

— Mais tu as dit toi-même que tu ne te présenterais pas si tu pensais ne pas pouvoir gagner.

— Justement : je pense que je peux. Tu es la seule qui sois d'un avis contraire.

Il repoussa sa chaise et quitta la pièce, le mémo roulé dans son poing.

Au bout d'un moment, Cam alla arrêter la musique.

L'horloge sonna un autre quart. Cam regarda les aiguilles du cadran en regrettant de ne pouvoir les faire tourner à l'envers, les ramener au moment où elle avait laissé Doug prendre le document. Elle débarrassa la table, nettoya la cuisine mais, après que quinze autres minutes se furent écoulées, elle n'y tint plus.

Doug était assis à son bureau. Bien qu'il eût sans doute entendu les pas de Cam dans le couloir, il ne releva pas la tête, et les larmes qu'elle retenait depuis un moment lui montèrent aux yeux.

— Doug, fit-elle d'une voix étranglée, je suis désolée.

Il secoua la tête.

— Non, c'est ma faute. Margo m'avait prévenu — elle en avait fait tout un plat, en fait. J'aurais dû t'en parler avant. Je le vois bien, maintenant. J'aurais dû te laisser du temps pour t'habituer.

Il la regarda, ouvrit les bras.

— Viens, dit-il.

Elle s'élança à travers la pièce pour se blottir contre lui, sur ses genoux, sentit sa force et sa chaleur autour d'elle. Elle aurait volontiers laissé un autre quart d'heure passer en silence mais il lui demanda :

— Qu'est-ce qui te fait peur ?

— Je ne sais pas.

150

— Allez, explique-moi.

Cam prit une longue inspiration avant de plonger :

— Le fanatisme, peut-être. On commet des actes horribles à cause du fanatisme politique. Comme du fanatisme religieux. Mais personne ne prend le temps d'y réfléchir parce que les gens sont tous entraînés par la frénésie de leur cause. Chaque fois que j'assiste à une convention présidentielle, je vois des délégués s'agiter et brailler comme sous l'effet d'un orgasme de groupe. Chaque fois je me dis : c'est trop important, les décisions devraient être prises selon une procédure faisant appel à la raison et à l'intelligence. Ces gens devraient être assis autour d'une table de conférence devant un document résumant leur position au lieu de crier et de souffler dans des mirlitons.

— C'est pour le spectacle. J'ai été délégué à la dernière convention, je peux te dire que les vraies décisions ont bien été prises dans une salle de conférences.

— C'est encore pire, alors, non ?

Il ne répondit pas à cela, il pensait à autre chose :

— Tu as raison, cependant. C'est comme une religion. Mais est-ce qu'il ne vaut pas mieux que les gens aient quelque chose à quoi ils puissent croire ?

— Même s'ils croient aux sacrifices humains ? Au génocide ? objecta Campbell.

Il se renversa en arrière, la considéra longuement.

— Je sais d'où ça vient, dit-il enfin. De tes parents, n'est-ce pas ?

Elle se figea.

— Quoi ?

— Leur vocation de missionnaires. Ils t'ont abandonnée pour répondre à leur vocation, ils ne sont jamais revenus. Tu as peur, si je suis ma vocation comme ils l'ont fait, de me perdre moi aussi...

151

— Oh ! fit-elle, pressant sa joue contre celle de Doug. Peut-être.

— Je comprends, mon amour, reprit-il en lui caressant les cheveux. Mais ça ne se passera pas comme ça pour nous. Tu ne me perdras pas, je te le promets.

Elle lui dissimulait son visage, mais elle ne put lui cacher le frisson qui la parcourut.

— Froid ?

— Un peu.

Il resserra ses bras autour d'elle.

— Difficile à croire qu'il y a dix jours seulement, nous étions sur la plage de Saint-Barth.

— Mmm.

— Il faudra y retourner, un de ces jours.

— Cela me ferait tellement plaisir, dit-elle.

Elle eut une inspiration : ils iraient là-bas en novembre, avant la cohue de la période des fêtes, pendant la semaine des élections, et elle ferait tout pour qu'il ne pense pas à la course dans laquelle il ne serait pas engagé.

— Cam, si seulement tu pouvais comprendre ce que cela signifie pour moi, participer à cette élection...

— Explique-le-moi.

— Cela remonte à mon père. Il le voulait si fort.

— Que tu sois élu au Congrès ?

— Pas moi, lui. C'était l'ambition de sa vie, et il a travaillé dur pour la réaliser. Chaque année, il militait pour les candidats du Parti, il versait des contributions que nos moyens ne nous permettaient pas vraiment. Mais jamais il n'a été payé de retour. Une année, j'avais dix ans, il a tout fait pour obtenir l'investiture du Parti, il a failli la décrocher mais, finalement, ils l'ont accordée à un de ses amis.

» Papa s'est jeté dans la campagne à corps perdu, sans rancœur et, le jour de l'élection, il m'a emmené

152

distribuer des tracts pour notre candidat. Il pleuvait ce jour-là mais nous sommes restés à inviter chaque électeur qui passait à voter pour lui. Quand la pluie a tourné au déluge, tous les autres militants ont plié bagage, mais pas mon père.

» Vers la fin de la journée, une équipe de télévision s'est installée devant le bureau de vote, notre candidat est arrivé avec sa femme pour mettre son bulletin dans l'urne devant les caméras. "Paul, comment ça va ?" a crié mon père. Le type s'est tourné vers nous — ruisselants de pluie, nous agitions nos pancartes détrempées —, il nous a adressé un signe de la main et est entré dans le bureau de vote sans un mot. Seigneur, je sens encore comme j'ai eu froid ce jour-là.

— Oh ! mon chéri ! dit Cam submergée par une vague de tendresse et d'amour. Alors, cette élection, c'est en quelque sorte une quête de justice pour ton père ?

— Hein ? fit Doug. (Il changea de position, secoua la tête.) Non, la vérité, c'est que le Parti avait probablement raison. Mon père n'était pas vraiment assez bon pour être candidat. Moi, je le suis, c'est toute la différence.

Elle se redressa.

— Cam, je suis capable de changer le mode de penser des gens. Je suis capable de réaliser quelque chose de concret pour eux, quelque chose qui durera bien après les os que nous leur donnons à ronger dans le budget de cette année. Tu comprends ? fit-il en lui prenant le menton et en la faisant se tourner vers lui. Tu comprends pourquoi je dois me présenter ?

— Je crois, oui. Mais je te demande une faveur.

— Tout que tu voudras.

— Laisse-moi un peu plus de temps. Pour me faire à cette idée. N'annonce pas ta candidature tout de suite.

153

— D'accord. Si tu m'accordes toi aussi une faveur.

— Dis.

Il allongea le bras vers la paperasse encombrant son bureau.

— Signe ce formulaire d'enregistrement d'électeur. Comme ça, je serai au moins sûr d'avoir une voix, fit-il en riant.

Elle se leva, prit la feuille qu'il lui tendait. Les cases réservées au nom et autres informations personnelles étaient vierges. Seule celle de l'affiliation à un parti ne l'était pas.

— J'ai toujours été inscrite comme indépendante, murmura-t-elle.

Il lui tendit un stylo.

— On ne peut pas rester éternellement à cheval sur la barrière.

Elle baissa les yeux vers lui, remarqua la tension de son regard : il attendait quelque chose d'elle. C'était une épreuve, et elle ne pouvait se dérober si peu de temps après leur première querelle. Elle remplit le formulaire, griffonna sa signature au bas de la feuille.

Doug ayant quelques coups de téléphone à donner, Cam le laissa seul, finit de ranger la cuisine puis traîna la poubelle dehors sur le trottoir pour le ramassage du mercredi matin.

Elle leva les yeux vers le ciel, net et clair ce soir-là, presque incroyablement clair pour un lieu situé au cœur du rayonnement urbain de l'Eastern Seaboard. Elle resta immobile et regarda les étoiles s'allumer une par une, minuscules points lumineux dans l'immense nuit noire. Sans qu'elle en prenne conscience, son esprit dériva vers les questions qui d'ordinaire l'effarouchaient, celles pour lesquelles il n'y avait pas de réponses — où va l'univers, comment *peut*-il poursuivre indéfiniment son expansion, que sommes-nous, qu'y a-t-il d'autre ?..., des questions ne menant nulle part sinon à un vide terrifiant.

Il y avait eu un temps où de telles questions ne l'effrayaient pas, bien des années plus tôt, quand elle pensait savoir comment aborder tous les grands mystères de l'univers. À cette époque, le ciel était dans son esprit une carte à deux dimensions sur laquelle elle pouvait tracer des repères comme un navigateur expérimenté. Mais, une nuit, ces dimensions s'étaient gauchies, les repères s'étaient érodés, et Cam n'avait plus jamais été sûre de rien.

Elle avait dix ans cet été-là. *Harriet l'Espionne* était son livre favori et elle passait des heures à écouter en cachette la conversation des adultes, à relever des numéros de plaques d'immatriculation, à griffonner des notes codées dans des cahiers de rédaction qui devenaient des dossiers ultra-secrets. C'était une m'as-tu-vu précoce qui mémorisait des quantités énormes de faits et les régurgitait devant des gens sidérés comme d'autres petites filles font des claquettes ou récitent des poésies.

Ce soir-là, elle et sa sœur Charlene mangeaient des glaces sur le perron, en chemise de nuit. Leur mobile home reposait sur des parpaings au sommet d'une colline entourée d'étendues d'herbes hautes. En bas, la vallée était sillonnée par quatre voies de route nationale, mais les faisceaux des phares ne parvenaient pas jusque là-haut et le rugissement des moteurs diesels n'était qu'un grondement faible et lointain. Là-haut, les criquets chantaient plus fort que les camions, et les étoiles brillaient dans le ciel.

Cam les montra à Charlene en débitant leur nom à toute allure : l'étoile polaire, bien sûr, mais aussi Erakis, Delta Cephéi, Enif, Antarès, Spica, elle pouvait en identifier des dizaines. Charlene était une enfant peu éveillée qui ne s'intéressait à rien en dehors de son monde de perception tactile. Fascinée par les contours amenuisés de sa glace, elle ne leva même pas la tête pour regarder ce que Cam lui montrait dans le ciel.

C'était bien des années avant que Campbell comprenne que Charlene avait peu de plaisirs dans la vie et que c'était une torture pour elle d'être l'élève la plus lente de l'école, tourmentée par les professeurs, cible des ricanements des autres enfants, contrainte d'aller chaque jour dans un endroit où chaque jour elle échouait, rentrant chaque soir à la maison où une sœur brillante l'aidait à faire ses devoirs, mais non sans lui lancer : « Tu vois ? C'est fastoche ! »

Cam ne le comprenait pas, alors. Irritée par l'inattention de son auditoire, elle lâcha une salve d'insultes : Charlene était trop grosse et trop bête pour voir plus loin que le bout de son gros nez, elle passerait le reste de sa vie dans une pièce puante à ne rien faire d'autre qu'engraisser comme une truie.

Des larmes tremblèrent au bord des paupières de Charlene, qui se rua à l'intérieur du mobile home. Par la fenêtre grillagée, Cam entendit les plaintes de sa sœur et les vagues murmures de son père lui conseillant de ne pas faire attention à Cammy, conseil qu'il suivait lui-même assez bien. Mais, un moment plus tard, la porte gémit sur ses gonds et leur mère sortit.

Elle le faisait rarement. Elle tenait les livres de comptes pour la station-service et travaillait à la table de la cuisine à la lumière d'une fausse lampe Tiffany. Chaque soir, après avoir terminé, elle rangeait les livres

156

et restait assise à la table dans le noir, où seul le rougeoiement de la cigarette qu'elle avait toujours aux lèvres ou à la main signalait sa présence. Un soir, elle brûla par inadvertance la manche de la blouse blanche de Cam quand celle-ci vint l'embrasser pour lui dire bonne nuit. Pendant deux ans, Cam dut porter cette blouse au trou révélateur, stigmate de fille de fumeuse invétérée.

Sa mère alluma une cigarette en s'asseyant près d'elle sur le perron. Elle était alourdie par une grossesse cet été-là, aigrie aussi. Cam se prépara aux remontrances lasses qu'elle subissait toujours quand elle s'en prenait à Charlene, mais sa mère la surprit en disant : « Tu te trompes, tu sais. Trois des points que tu as montrés ne sont pas du tout des étoiles. Ce sont des satellites. »

Elle les désigna et les nomma : Landat 1, Explorer 12, Soyouz 7. Bouche bée, Cam écouta sa mère parler de « Spy in the Sky », programme gouvernemental de photo-reconnaissance des années 1960, des lanceurs et des satellites Keyhole, des capsules éjectées et récupérées, des téléscopes Starlight, d'imagerie thermique, de définition si nette qu'on pouvait non seulement identifier la marque et le modèle d'une voiture mais aussi lire les chiffres de sa plaque d'immatriculation.

« Comment tu sais tout ça ? » avait demandé Cam.

D'une chiquenaude, sa mère jeta sa cigarette qui, tel un météore, balafra la nuit d'une lueur rouge avant de tomber sur le gravier et de s'anéantir dans un grésillement. « Je n'ai pas toujours été comme ça, tu sais, dit-elle en se levant péniblement. J'étais autre chose, avant. » Elle leva son visage vers le ciel, et il fut un bref instant éclairé par la lueur des étoiles avant qu'elle se tourne et rentre dans le mobile home.

Ce fut ce soir-là que Cam perdit ses repères dans le ciel.

Étendue dans le lit, elle écoutait l'horloge découper le temps en tranches régulières de quart d'heure en quart d'heure. Doug dormait paisiblement à côté d'elle du sommeil profond des êtres satisfaits. Owen et Webb avaient été rassurants, au téléphone : des engagements en sa faveur étaient imminents. Et malgré la promesse qu'il avait faite d'accorder à Cam un peu plus de temps, elle savait que le sujet de sa candidature était clos. Sa propre signature sur le formulaire d'enregistrement avait fermé la porte. Demain, Maggie Heller l'inscrirait et le nom de Cam figurerait sur la liste des électeurs du comté de New Castle.

Elle ouvrit soudain les yeux dans le noir, jeta un coup d'œil à Doug, se glissa hors du lit, sortit de la chambre à pas de loup et descendit dans le bureau. La disquette de Maggie Heller se trouvait encore sur le sous-main, là où elle l'avait laissée dimanche.

Cam alluma l'ordinateur, y inséra la disquette, fit apparaître le document sur l'écran. C'était une liste de noms, d'adresses et d'appartenances politiques, classés par grands blocs alphabétiques. Apparemment, Maggie avait scanné les listes de chaque district de l'État sans ordre particulier. Un moment, Cam fut découragée par la perspective de devoir faire défiler quatre cent mille électeurs, puis elle se rappela que Maggie s'était vantée qu'on pouvait y retrouver facilement n'importe quel nom.

Cam tapa une demande de recherche au nom de Steve Patterson. Son intuition se révélait juste : il vivait dans le Delaware lors de la dernière élection présidentielle, et s'il avait jamais eu envie de voter, ce devait être à ce moment-là. Comme elle s'y attendait, il s'était fait enregistrer. Mais deux informations seulement figuraient avec son nom : l'adresse de Lake Drive, qu'elle connaissait déjà, et l'appartenance à un parti : aucune.

Elle retourna au début de la liste, tapa une autre demande de recherche, cette fois en partant de l'adresse. L'ordinateur la ramena à l'endroit où elle se trouvait l'instant d'avant, au nom de Steve A. Patterson. Pas bon, pensa-t-elle, et la recherche avait déjà parcouru plus de la moitié du bloc de noms rangés par ordre alphabétique. Elle appuya de nouveau sur RECHERCHE, regarda l'écran. Un nouveau nom apparut : *Elizabeth Logan Whiteside.*

11

« Cherchez la femme. » Ce qu'elle fit dès le lendemain matin.

Elizabeth Logan Whiteside était née le 12 septembre 1967 et avait enseigné jusqu'en juin 1996 dans le district scolaire de New London, Connecticut. Il n'y avait pas trace depuis d'un autre emploi ni d'un compte courant, mais elle avait conservé une carte de crédit émise par une banque.

Au coup de téléphone qu'elle donna au centre de cartes bancaires, un ordinateur répondit en la priant de taper le numéro de la carte puis lui offrit plusieurs options. Cam choisit de parler à un employé du service clientèle.

— Vous pouvez m'aider ? dit-elle quand une voix humaine se fit entendre sur la ligne. Je n'arrive pas à retrouver ma carte, je ne sais pas si je l'ai simplement égarée ou si quelqu'un me l'a volée.

— Nom ? fit l'être humain.

— Oh... pardon. Elizabeth Whiteside.

— Pour des raisons de sécurité, pouvez-vous me donner le nom de jeune fille de votre mère ?

Cam prit sa respiration, tenta sa chance :

— Logan.

— Un instant.

Elle attendit en se demandant si son coup de poker n'allait pas lui retomber dessus et si la prochaine voix humaine qu'elle entendrait ne serait pas celle d'un membre des services de sécurité. Mais ce fut l'employé du service clientèle qui revint en ligne :

— La dernière opération sur ce compte portait sur un montant de dix-neuf dollars quatre-vingt-quinze *cents*. Au bénéfice d'AOL.

Cam devina qu'il s'agissait du versement mensuel pour l'abonnement au service on-line, se rappela le bureau informatique resté dans la maison de Lake Drive.

— Non, ça c'est un retrait automatique. Qu'est-ce qui a été retiré avant ?

— Deux cent soixante-cinq dollars soixante-dix-neuf *cents*. Au bénéfice d'Eddie Bauer.

Cam réfléchit.

— Où ?

— Rehoboth Beach, Delaware.

Raté.

— Mmm, fit-elle, gagnant du temps. Je ne suis pas sûre. Et encore avant ?

— Mille huit cent quatre-vingt-neuf dollars. Pour le Vaste Monde informatique de Jim, Wilmington, Delaware.

Elle hésita de nouveau, se demanda comment expliquer qu'elle ne se rappelait pas un achat de deux mille dollars, conclut que c'était impossible.

— Oh oui ! je me souviens, maintenant. Non, c'est

160

moi qui ai fait tous ces retraits, je crois que j'ai simplement égaré ma carte. Merci quand même.

Elle raccrocha et réfléchit, le menton au creux de la main. Rien dans les récentes opérations bancaires de Beth Whiteside n'indiquait une destination. Eddie Bauer pouvait signifier équipement de camping mais aussi sweaters et jeans. Et un ordinateur pouvait s'utiliser n'importe où.

Toutefois, Beth avait déjà un PC et un abonnement on-line avant de quitter la ville, ce qui amena Cam à s'interroger : avait-elle acheté un deuxième ordinateur au Vaste Monde de Jim, ou avait-elle remplacé le premier ? Et en ce cas, qu'était devenu l'ancien ?

Elle revint à son propre ordinateur, lui demanda un rapport sur la santé financière du Vaste Monde de Jim. Comme le nom le suggérait, l'établissement avait un unique propriétaire et gérant répondant au nom de James Rice. Il était autorisé à vendre toutes les grandes marques mais — ce qui n'avait rien d'étonnant dans un marché dominé par les grandes surfaces — Jim avait recours à un truc pour accrocher le client : il faisait des reprises.

— Bonjour, dit Cam quand Jim en personne répondit à son coup de fil. Ici Elizabeth Whiteside, je vous ai acheté du matériel la semaine dernière...

— Bien sûr, je me souviens. Vous avez échangé votre PC contre un portable. Vous en êtes contente ?

— Tout à fait. Mais vous savez quoi ? J'ai oublié de noter le modèle de mon vieil ordinateur et je vais en avoir besoin pour ma déclaration d'impôts. Est-ce que par hasard...

— Une seconde... (Bruit de paperasse.) Voilà, je l'ai. C'est un HP Pavilion 7090.

— Oui, c'est ça. Oh ! et j'aurai besoin aussi du numéro de série, je pense !

— OK, dit Jim avant de réciter les chiffres.

— Merci infiniment. Une chance pour moi que vous gardiez trace des reprises. Je parie que quelqu'un vous a racheté mon PC tout de suite.

Dans un rire, il grommela :

— J'aurais bien voulu ! Non, il est encore là, par terre.

— Vraiment ? fit Cam en s'avançant au bord de son siège. Je disais justement hier à une amie que je l'ai vendu et elle regrettait que je ne le lui aie pas proposé d'abord...

— Envoyez-la-moi. Je lui ferai un prix.

Quatre-vingt-dix minutes plus tard, Campbell repartait du Vaste Monde de Jim avec l'ancien ordinateur de Beth Whiteside dans le coffre de sa voiture. Ce n'était pas la première fois qu'elle mettait la main sur le matériel informatique d'une « cible », mais c'était la première fois qu'elle le faisait sans une autorisation du tribunal et une équipe de shérifs adjoints. Quand les représentants de l'ordre frappaient à la porte d'un particulier avec un exploit de saisie-exécution, celui-ci se hâtait de fourrer tout l'argent liquide à portée de main dans son caleçon, puis il effaçait tous les fichiers financiers de son ordinateur. Ce que le gars ignorait, c'est qu'en effaçant un fichier il ne faisait qu'en supprimer le nom du répertoire, les données demeurant sur le disque dur.

Cam avait examiné l'appareil de Beth Whiteside assez longtemps pour avoir confirmation que tous les fichiers avaient bien été supprimés, mais elle était prête à parier que Beth n'en savait pas davantage que l'utilisateur moyen sur les ordinateurs.

Elle prit la route 202 en direction de la banlieue ouest

de Philadelphie, emprunta ensuite un itinéraire compliqué qui la fit passer sous des ponts de chemins de fer et des rocades avant de l'amener à un ensemble de bâtiments en brique à toit plat. Elle roula lentement dans le parking des élèves jusqu'à ce qu'elle repère le véhicule qu'elle cherchait : une camionnette équipée d'une antenne démesurée, portant sur un flanc le logo de Grateful Dead et un portrait en pied de Jerry Garcia sur l'autre.

Cam se gara, traversa la rue, franchit la porte principale du lycée, se dirigea vers le bureau situé au fond du hall. La jeune femme assise derrière le comptoir se leva et s'enquit :

— Que puis-je faire pour vous ?

— Il faut que je voie Joe Healy, tout de suite.

— Vous êtes ?

— Sa mère.

Devant le regard dubitatif de l'employée, Cam précisa en levant le menton d'un cran :

— Sa belle-mère, et nous avons une urgence de caractère familial. Je dois le ramener tout de suite à la maison.

— Quel genre d'urgence ?

— Sa grand-mère est morte ce matin, répondit Cam, qui précisa aussitôt, pour couper court à toute question : Sa *vraie* grand-mère.

Dix minutes plus tard, elle avait en sa possession une autorisation de faire quitter l'établissement à un adolescent. Elle se faufila dans les couloirs entre des garçons et des filles uniformément vêtus de jeans informes et de chemises écossaises, entendit les cris, les sifflets et les crissements du caoutchouc sur du bois annonçant la

163

proximité d'une salle de sport. Elle poussa les doubles portes, découvrit une douzaine de ballons de basket : une moitié frappant le parquet sur un rythme rapide, l'autre volant à travers le terrain. Sur un coup de sifflet aigu, l'entraînement s'interrompit, tous les garçons braquèrent leur regard sur elle. Le sifflet retentit de nouveau et Cam, se tournant dans la direction du bruit, avisa un homme trapu en survêtement.

— Excusez-moi ! lui cria-t-elle, brandissant la feuille remise par l'employée comme s'il s'agissait un insigne du FBI. Je suis venue chercher Joe Healy.

Des cris moqueurs montèrent du groupe de garçons et l'un d'eux lança :

— Yo, Healy. Tu t'emmerdes pas, mec.

— Healy, approche ! aboya le prof. Et les autres, fermez-la !

Un adolescent efflanqué aux longs cheveux blond sale s'extirpa du groupe en traînant les pieds. Son visage n'exprima qu'une légère curiosité quand il vit Campbell.

— Qu'est-ce qui se passe ?

— Joe, j'ai de mauvaises nouvelles, j'en ai peur, dit-elle, essayant de lui faire comprendre du regard la situation. Dépêche-toi de prendre tes affaires, papa t'attend dans la voiture.

— Pas maintenant, m'man ! protesta-t-il, jouant son rôle en en faisant beaucoup trop. Qu'est-ce qu'il y a, encore ?

— C'est grand-mère. Dépêche-toi.

— Oh non ! gémit-il en se frappant la poitrine. Pas grand-mère !

— Joe, fit-elle sèchement. Nous n'avons pas toute la journée.

164

Cinq minutes plus tard, Joe Healy sortait des vestiaires en jean et T-shirt Grateful Dead.

— Qu'est-ce qu'il y a ? demanda-t-il, pour de bon cette fois.

— Récupération de données. Sur disque dur de PC.

Ils quittèrent le bâtiment, traversèrent la rue pour retourner au parking, Cam marchant d'un pas vif vers sa Honda, Joe se dirigeant tranquillement vers sa camionnette. Elle ouvrit le coffre de son véhicule, il déverrouilla les portières du sien et, ensemble, ils portèrent l'ordinateur de Beth Whiteside à l'intérieur de la camionnette où flottait une odeur de fumée froide de marijuana.

Joe Healy était un adolescent de dix-sept ans, un flemmard, un cancre, un fan de Grateful Dead — et aussi de la fumette, semblait-il. C'était par ailleurs un génie de la restauration de mémoire informatique. À l'intérieur de sa camionnette s'alignaient des étagères chargées de contrôleurs de disques, d'unités d'entraînement, de moniteurs, de modems et de câbles. Au fond, il avait installé un établi sur lequel il posa l'ordinateur de Beth. Il le brancha sur une batterie, le relia à un moniteur et à un clavier.

— Qu'est-ce que vous cherchez ? demanda-t-il tandis que le PC se mettait à bourdonner.

— Tout ce que l'utilisatrice a sauvegardé sur le disque dur, ainsi qu'un inventaire de tous les logiciels installés. Ah ! elle surfait peut-être aussi sur le Net, alors essaie de trouver la cache...

C'était quelque chose qu'elle avait appris de Joe dans le cadre d'une affaire de pension alimentaire et de garde d'enfants, l'année précédente. Cam représentait une cliente contre son ex-mari, qui n'avait pas respecté ses engagements financiers. Dans l'espoir d'avoir un peu plus de poids dans la bataille pour la garde des enfants, Cam avait envoyé le shérif saisir certains biens de l'ex-mari pour couvrir les arriérés de pension, et parmi ces biens se trouvait un ordinateur. Cam avait fait appel à Joe, qui était revenu bredouille d'une exploration des fichiers de compte mais avait décroché le gros lot avec la cache Internet.

Comme Joe l'avait expliqué à Cam, un internaute ne se contente pas de jeter un bref coup d'œil aux données qui lui parviennent par le cyberespace. Chaque fichier est automatiquement chargé et sauvegardé sur le disque dur, que l'utilisateur le veuille ou non. Quand la cache est pleine, les données sont automatiquement effacées selon le principe : premier arrivé premier supprimé, mais, entre-temps, chaque fichier demeure en mémoire.

Joe avait récupéré vingt fichiers stockés dans la cache Internet du mari, provenant tous d'un site de pornographie hard. Le mari avait rapidement réglé les arriérés de pension et cédé les droits de garde des enfants à la cliente de Campbell.

— Ça a l'air simple, dit Joe en appliquant sa magie à l'appareil. Il vous le faut pour quand ?

Elle lui jeta un regard peiné.

— Je pensais que c'était évident. Il me le faut tout de suite.

— Impossible.

— Mais tu viens de dire que ça a l'air simple.

— Ouais, mais j'ai un exam de maths au prochain cours, argua Joe.

Il éteignit l'unité centrale, qui s'arrêta de bourdonner dans un soupir.

— Tu peux le faire reporter, ton exam, plaida Cam, regardant désespérément l'ordinateur débranché. Tu as une excuse.

— Ouais, mais pas très bonne.

— Pourquoi ?

— Ma grand-mère est déjà morte trois fois cette année.

Cam marchanda sur le parking et ils finirent par se mettre d'accord : Joe travaillerait sur l'ordinateur de Beth après les cours et transmettrait le soir même sur celui de Cam cc qu'il aurait trouvé.

Helen n'était pas à son poste lorsque Campbell retourna au bureau. Elle se pencha par-dessus la cloison basse pour prendre son courrier, découvrit plusieurs cartons et piles de dossiers sur le sol. C'était inhabituel pour quelqu'un d'aussi ordonné que la secrétaire. Cam souleva le rabat d'une des caisses, fut surprise de voir le visage de Gloria Lipton qui la regardait.

— Je peux vous aider ? fit la voix de Helen derrière elle.

— Oh ! salut, dit Cam. Qu'est-ce que c'est que ce fatras ?

— Les affaires de Gloria, répondit tristement la secrétaire. Mr Austin m'a demandé d'y jeter un coup d'œil. À son ordinateur aussi, ajouta-t-elle en indiquant un PC posé par terre près de la rangée de classeurs.

— Pour quoi faire ?

— Trouver quelqu'un à qui envoyer tout ça. Un ami, un parent éloigné.

— Elle n'avait pas de famille ?

— Elle n'avait personne, la pauvre. Oh ! à propos..., fit la secrétaire en cherchant quelque chose dans les papiers encombrant son bureau. Vous avez reçu une lettre de la fondation Harriet M. Welsch. Ça devrait vous intéresser...

Le nom évoqua vaguement quelque chose à Cam, qui

167

prit la lettre que lui tendait Helen. Elle était adressée à Campbell Alexander — curieux qu'on lui donne déjà son nom de femme mariée — et déclarait qu'en raison de son remarquable travail dans le domaine du droit de la famille la fondation serait honorée de la recevoir au sein de son conseil d'administration.

Cam plissa les yeux d'un air soupçonneux. Le seul travail qu'elle accomplissait dans le domaine du droit familial concernant l'argent — soit en percevoir, soit éviter d'en verser —, elle devina que la seule chose que la fondation serait honorée de recevoir, c'était *son* argent.

— Pourquoi est-ce que ça m'intéresserait ?

— Eh bien, j'ai pensé... parce que la fondation s'occupe de... Regardez l'en-tête : « Pour soutenir et guider les jeunes filles sans mère ». Comme vous avez perdu votre mère très jeune, je me suis dit...

Cam replia la lettre, la lui rendit.

— Je n'ai jamais connu ma mère, Helen. On ne peut pas perdre ce qu'on n'a jamais eu.

— Oui, mais je pensais que...

— Je ne crois pas. Rien d'autre au courrier ?

Une expression blessée passa sur le visage joufflu et bienveillant de la secrétaire.

— Oui, dit-elle, baissant les yeux. Je vous l'apporte tout de suite.

Cam passa dans son bureau, mit son ordinateur en marche. Quelques minutes plus tard, Helen entra, déposa une pile de courrier dans la corbeille ARRIVÉE.

— N'oubliez pas, il faut que vous remplissiez votre feuille horaire pour samedi, rappela-t-elle à Cam en ressortant.

— Ah ! c'est vrai, merci.

Samedi, c'était le jour où elle avait fait des recherches en ligne sur Steve Patterson, et Doug était censé lui donner un numéro de client sur lequel elle imputerait le temps passé. Elle décrocha le téléphone de son poste, appela celui de Doug à Wilmington.

— Bureau de Doug Alexander.

La voix n'était ni celle de Doug ni celle de sa secrétaire.

— Nathan ? fit Cam après un moment de perplexité.

— Salut. Justement, nous allions t'appeler.

— *Nous* ?

— Doug. Écoute, il se passe des choses, ici. Jonathan Fletcher donne un dîner ce soir.

Cam gémit intérieurement : encore une soirée avec les gens du Parti.

— Tu sais ce que cela signifie, poursuivit Nathan. Fletcher va annoncer le montant de sa contribution. Alors, tu fonces à la maison et tu te changes.

— Où est Doug ?

— Dans le couloir. J'ai fait un saut dans le bureau quand j'ai entendu son téléphone sonner. On se retrouve chez Fletcher, d'accord ? Tu t'habilles mais tu n'en fais pas trop.

— Je ne crois pas que je pourrai venir.

Nathan garda un moment le silence, et elle entendit Doug rire à l'arrière-plan.

— Tu commets une erreur, la prévint Nathan.

— Passe-moi mon mari, répliqua-t-elle d'un ton sec.

Nathan la mit en attente et elle dut patienter près de cinq minutes avant que Doug prenne la ligne.

— Campbell ? Tu es sûre que tu ne peux pas ?

— Désolée, mais je viens enfin d'avoir une piste pour Steve Patterson, il faut que je la remonte tout de suite.

— C'est une bonne nouvelle.

— Oui. À propos, tu m'as ouvert un nouveau dossier ?

— Zut ! j'ai oublié. Voilà ce qu'on va faire : je te

donne un numéro que tu pourras utiliser jusqu'à ce que je te t'ouvre un dossier... (Bruit de paperasse.) C'est le 893420-004...

— OK, dit-elle en notant.

— Tu me manqueras, ce soir, murmura-t-il.

— Toi aussi. Je t'aime.

— Moi aussi.

Cam prit sa feuille horaire et acheva de remplir la colonne *Samedi*. Mais, après avoir inscrit le numéro, elle le considéra attentivement. Les six premiers chiffres servaient à identifier le client ; 004 signifiait que le cabinet s'occupait d'au moins trois autres affaires pour cette personne. Ce qui voulait dire qu'Ash Ramsay était plus qu'un ami et un mentor pour Doug. C'était aussi un client.

Elle n'aurait pas dû être étonnée. Elle avait entendu Ramsay vanter les mérites du cabinet de Doug, « le meilleur de la ville », et s'il était prêt à collecter deux millions de dollars pour la campagne de Doug, il ne devait pas rechigner non plus à lui jeter de temps à autre un os juridique.

Elle ne pouvait cependant s'empêcher de se demander de quels os il s'agissait.

Cam se tourna vers son ordinateur, ouvrit le dossier le plus précieux de la firme : sa liste de clients. Elle tapa le numéro 893420, le programme se faufila parmi les données et atterrit sur *Ramsay, James Ashton Jr*. Dessous figurait le nom du responsable du client, *Douglas J. Alexander,* puis une liste de quatre affaires ; une association dans une opération immobilière, un problème fiscal, un litige réglé cinq ans plus tôt, et enfin celle que Cam s'attendait plus ou moins à trouver : *procédure d'adoption.*

Le fichier avait été ouvert treize ans plus tôt, avant même que Doug ait quitté la faculté de droit, mais quand il était devenu responsable du client Ramsay, tous les fichiers existants avaient été transférés à son nom. Cela expliquait pourquoi il n'avait pas été surpris que Trey soit un enfant adopté : il connaissait le dossier depuis longtemps.

Cela n'expliquait pas, en revanche, pourquoi il lui avait menti en affirmant que les Ramsay ne retrouvaient pas le dossier.

Le code inscrit sur l'écran indiquait que le fichier se trouvait aux archives. Cam fit apparaître le dossier *Formulaires administratifs*, fit défiler la liste jusqu'à ce qu'elle trouve celui qu'elle voulait : *Demande de récupération de documents aux archives*. Elle tapa le nom du client et le numéro du fichier ; quand elle parvint à la case *À envoyer à*, elle hésita, réfléchit puis tapa : *Jackson, Rieders & Clark, 1821 Market Street, Philadelphia, Pennsylvania 19103. À l'att. de : Alexander*. L'employé du site remarquerait que le responsable du fichier et le destinataire étaient la même personne, Alexander, et enverrait le document sans se poser de questions. Ici, au bureau, on le transmettrait automatiquement à Alexander Campbell.

Elle tapa sur une autre touche pour transmettre sa demande au service Archives.

Et le regretta presque aussitôt. Après seulement trois semaines de mariage, voilà qu'elle faisait des choses dans le dos de Doug et fouillait dans ses dossiers.

Non, ce n'était pas *son* dossier, c'était celui du cabinet, et Cam travaillait dans ce cabinet, elle avait été chargée par le client de s'occuper d'une affaire étroitement liée. Doug aurait dû lui transmettre dès le début le dossier d'adoption.

Elle se faisait du souci, pourtant. Et s'il découvrait qu'elle avait mis la main sur le dossier ? Comment réagirait-il ?

Probablement comme elle avait elle-même réagi en découvrant qu'il le lui avait caché.

Et elle se sentit très mal.

Cam était encore à son bureau lorsque le téléphone sonna, à sept heures du soir.

— Courrier, fit une voix.

— Joe ?

— Ouvrez votre e-mail et chargez les textes.

Elle coinça le téléphone entre cou et épaule, fit pivoter son fauteuil vers l'ordinateur.

— Qu'est-ce que tu as trouvé ? C'est prometteur ?

— Ça dépend de ce que vous cherchez, gloussa-t-il. Si c'est pour plaider la folie, je crois que vous avez de quoi faire.

— Qu'est-ce que tu veux dire ? demanda-t-elle.

Le message apparut et Cam cliqua sur l'icône pour lancer le chargement.

— Je veux dire que cette meuf, elle est entamée grave. Oubliez pas de charger aussi ma facture.

Cam alla prendre un café pendant le chargement puis se rassit devant son terminal et commença à parcourir ce que Joe lui avait envoyé. Les seuls logiciels installés sur l'ordinateur de Beth Whiteside étaient un écran de veille, un traitement de texte et AOL. Les seules pages récupérées par Joe étaient celles qu'elle avait sauvegardées sur son disque dur pendant l'utilisation de son traitement de texte, et celles qui avaient été automatiquement stockées dans la cache Internet. Cam commença par les documents du traitement de texte et il ne lui fallut qu'une minute pour comprendre la plaisanterie de Joe sur « plaider la folie ». Les premières pages étaient apparemment des notes de recherche sur les programmes de recyclage écologique, les déchets non biodégradables et les sites d'enfouissement. Mais elles étaient suivies par des fragments de texte incohérents, faisant d'étranges références à un mouton et à un rat.

Campbell étudia laborieusement ces fragments et, une demi-heure plus tard, un rire lui échappa. Beth Whiteside avait écrit un livre pour enfants sur un jeune mouton nommé Agnelet : ledit Agnelet refuse de ranger sa chambre et se cache sous le lit pour couper aux remontrances de sa mère. Les moutons qui couvrent le sol sous le lit offrent un camouflage idéal. Après avoir vainement cherché Agnelet, Mme Mouton décide de ranger elle-même la chambre et, lorsqu'elle nettoie sous le lit, le petit mouton est emporté avec les moutons de poussière et finit dans la poubelle. La mésaventure se poursuit par un voyage en benne, une périlleuse glissade sur le site d'enfouissement, où Agnelet devient l'ami d'un rat des rues qui lui apprend tout ce qu'il faut savoir sur la crise du traitement des ordures en Amérique et la nécessité urgente de garder la planète propre, en commençant par sa chambre. Finalement, le petit mouton réussit à rentrer chez lui et promet à sa mère de ne plus laisser de désordre dans sa chambre.

— Seigneur ! soupira Campbell, agacée d'avoir perdu tant de temps sur un texte totalement inutile pour elle.

Elle passa à l'autre série de documents. Les premiers étaient, semblait-il, des propositions à diverses maisons d'édition. Suivaient des lettres personnelles, dont plusieurs aux *Chers Papa et Maman*, sans indication de nom ni d'adresse — petites notes enjouées donnant des nouvelles sur divers amis et parents. Certaines mentionnaient Steve, qui était très occupé. Toutes se terminaient par *Je vous aime*, et l'une d'elles ajoutait en **P.S.** : *Steve a fini la maison, elle est magnifique ! (Comme vous pouvez le voir sur la photo.) Il en a une autre en perspective, nous nous installerons là-bas dans une semaine ou deux. Je ne connais pas encore l'adresse exacte, mais je vous la communiquerai bientôt.* La lettre n'était pas datée.

Cam continua à progresser péniblement parmi les textes : d'autres lettres à des éditeurs, des relances de propositions restées sans réponse, une autre lettre personnelle :

Chers Carol et Elliott,
Ce fut vraiment un plaisir de faire votre connaissance, la semaine dernière, et de loger dans votre charmante petite auberge. J'ai beaucoup apprécié votre hospitalité et votre compagnie pendant que Steve était occupé dans l'île.
Nous serons de retour mardi prochain mais nous resterons une nuit seulement, le temps de préparer le bateau. Steve me prie de vous dire combien il vous est reconnaissant de votre aide, en particulier pour la voiture.
Merci encore et à très bientôt !

Cam sentit naître en elle un petit frisson d'excitation. Steve et Beth avaient logé dans une auberge, quelque part près d'une île, et projeté d'y retourner. Une des lettres à papa-maman lui avait appris que Steve avait trouvé un autre travail, et cette lettre indiquait qu'il avait été « occupé dans l'île ». C'était ça, son nouveau travail ? Mais la lettre n'était pas datée, elle pouvait avoir été écrite des mois plus tôt. Et même en la relisant, Cam ne décela aucun indice sur l'endroit où l'auberge pouvait être.

Elle fit défiler les documents dans l'espoir de tomber sur un fichier qui contiendrait les adresses des lettres, mais elle ne trouva rien de tel et arriva au bout de ce que Joe avait récupéré dans le traitement de texte.

Elle passa au dossier que l'adolescent avait intitulé *Surf et Sauvegarde,* qui contenait le matériel stocké dans la cache Internet. Elle trouva des pages du Web pour des maisons d'édition auxquelles Beth avait écrit, et pour une association d'auteurs pour enfants. Il y avait aussi des sites de guides de loisirs, de nombreuses agences touristiques, avec des pages pour des stations thermales ou de ski, des cartes de parcs nationaux et de pistes de randonnée, des guides pour des dizaines d'hôtels, de restaurants et de campings. S'il y avait quelque part une flèche indiquant une destination, elle était perdue sous cette avalanche d'informations. C'était comme consulter l'annuaire ligne par ligne dans l'espoir de tomber sur le nom d'un ami perdu de vue depuis longtemps.

Le moral de Doug se révéla aussi bas que celui de Cam, ce soir-là. Le dîner de Jonathan Fletcher ne lui avait pas apporté ce qu'il escomptait, l'unique objectif de la soirée étant apparemment de fournir au millionnaire une nouvelle occasion d'examiner le postulant à la candidature. Fletcher ne s'était toujours pas engagé, ni sur son vote ni avec son carnet de chèques.

— Je préfère de loin affronter un lobby ou un conseil d'administration ! gémit-il lorsqu'elle lui ouvrit la porte. Au moins, là, tout se passe ouvertement. Tu sais ce qu'ils veulent, tu sais combien ils sont prêts à payer pour l'obtenir. Mais avec Fletcher... Il n'a besoin de rien ni de personne. Tu sais ce qu'il dit attendre d'un candidat ? Un bon caractère et une poignée de main ferme. Bon Dieu !

Il lui rapporta le reste des mauvaises nouvelles pendant qu'ils se déshabillaient pour se mettre au lit. Une assistante de Meredith Winters avait téléphoné dans la journée pour réclamer des données biographiques supplémentaires. Meredith n'était pas disponible quand Doug avait demandé à lui parler directement. D'après l'assistante, elle était encore indécise.

— La mayonnaise ne prend pas, conclut-il. Les ingrédients ne veulent pas se mélanger.

Assis au bord du lit, les épaules affaissées, il tournait le dos à Cam. C'était la seconde fois de suite qu'il rentrait abattu, et elle ressentit pour lui un élan de tendresse. Elle s'agenouilla derrière lui, entreprit de masser les muscles contractés de son cou.

Il ne lui avait pas vraiment menti, décida-t-elle. Il avait simplement dit : « Ils n'arrivent pas à mettre la main sur le dossier d'adoption. » Quand les mains de Cam glissèrent sur ses épaules, il soupira, laissa sa tête rouler en arrière. Au pis, pensa-t-elle, il avait omis certains faits, et Cam était mal placée pour le lui reprocher. Du bout des doigts, elle lui massa les tempes, se pencha en avant pour lui caresser l'oreille.

— À propos de se mélanger..., chuchota-t-elle.

Il tourna vers elle un visage où un sourire s'épanouissait lentement.

Elle se rendit au travail sur un nuage le lendemain matin. L'écran de veille de son ordinateur lui offrit en guise d'accueil une scène apaisante de poissons orange nageant rêveusement dans une mer bleue. L'image allait parfaitement avec son humeur et elle sourit à la photo de Doug en s'asseyant. Mais, dès qu'elle toucha le clavier, la mer bleue disparut, remplacée par les profondeurs insondables de la mémoire de l'ordinateur de Beth Whiteside.

Les informations qu'elle renfermait étaient trop nombreuses et probablement sans intérêt. Beth Whiteside avait sans doute surfé au hasard sur le Net pour tromper l'ennui. Ses explorations de sites d'agences touristiques n'étaient peut-être rien de plus que des voyages imaginaires pour compenser le manque d'attention de Steve, la solitude dans la maison de Rehoboth Beach.

Cam fit défiler plusieurs pages, revint à la lettre de Beth aux deux aubergistes, Carol et Elliott. C'était apparemment sa seule piste, et elle essaierait de la suivre, même si cela impliquait de consulter ligne à ligne une masse de données.

Au bout d'un quart d'heure, pourtant, elle se découragea. La montagne à escalader était trop haute, c'était comme chercher un nom dans la liste des quatre cent mille électeurs du Delaware...

Maggie Heller apparut soudain dans son esprit, brandissant sa disquette et affirmant qu'on pouvait y retrouver facilement n'importe quel nom.

« Idiote ! » s'invectiva-t-elle tandis que ses doigts voletaient au-dessus des touches. Elle transforma le fichier *Surf et Sauvegarde* de Joe en un document de traitement de texte puis tapa une demande de recherche : *Carol et Elliott.*

L'objet de la recherche n'a pu être trouvé, répondit l'appareil.

Elle prit sa respiration, fit une autre tentative. *Elliott et Carol.* Cette fois encore l'ordinateur bourdonna, parcourut en bipant des millions de données et se posa sur une page intitulée *Guide des Bed and Breakfast de la côte du Maine.* Au milieu de l'écran elle repéra aussitôt *Bed and Breakfast de la Digue, Baxter Bay, Maine.*

Le curseur clignotait sur la ligne située juste en dessous, celle qui indiquait le nom des propriétaires : *Elliott et Carol Rubin.*

12

Campbell prit l'avion pour Portland dans l'après-midi et loua une voiture à l'aéroport. Lorsqu'elle quitta la grand-route pour descendre vers le village de Baxter Bay, le soir tombait en même temps qu'une légère neige. Elle alluma ses phares, et les flocons, brillant étrangement dans leur faisceau, se transformèrent aussitôt en un essaim de moustiques en cristal suspendus dans une solution lumineuse.

Baxter Bay était à la fois un site touristique estival et un véritable village de pêcheurs et, à la différence de Rehoboth Beach, ce n'était pas une localité en hibernation. Il y avait des hommes sur les quais, des femmes dans les rues, des lumières dans les boutiques et les maisons devant lesquelles Cam passait. L'enseigne d'un restaurant annonçait dans un clignotement *À la Soupe de palourdes.*

S'éloignant du port, elle suivit la route de la digue sur quelques pâtés de maisons jusqu'à une pancarte fixée sur un poteau en bois et éclairée par un projecteur : Bed and Breakfast de la Digue. Derrière s'élevait une maison de deux étages. Campbell suivit la flèche indiquant le parking situé à l'arrière, se gara entre deux voitures.

Il faisait nuit. Elle sortit de la voiture, la longea à tâtons pour aller prendre sa valise dans le coffre.

— Miss Smith ? appela une voix d'homme.

— Oui, c'est moi, confirma-t-elle.

Le parking fut soudain inondé de lumière.

— J'arrive tout de suite pour prendre vos bagages.

— Ne vous donnez pas cette peine. Je n'ai qu'une petite valise.

Elle referma le coffre et, se tournant vers la maison, découvrit la calandre d'un Ford Explorer.

— Faites attention où vous posez le pied dans l'allée, prévint la voix masculine. Je l'ai salée, mais il reste peut-être une ou deux plaques de glace...

— Oui, merci.

Baissant la tête, Cam se faufila entre les voitures jusqu'à l'arrière de l'Explorer. Il était garé contre un mur de soutènement et une couche de neige recouvrait le pare-chocs. Cam glissa la main dans l'interstice, chercha la plaque d'immatriculation. Ne la trouvant pas, elle ramena sa main, ôta son gant et fit une nouvelle tentative. Cette fois, ses doigts sentirent le bord d'un cadre vide.

— Quelque chose qui ne va pas ? demanda un homme derrière elle.

— Oh... bonsoir, fit-elle. Je viens de perdre une boucle d'oreille. Je pensais l'avoir entendue tomber là derrière mais... Je crois que j'aurai plus de chance de la retrouver demain matin.

— Je la chercherai moi-même de bonne heure, promit l'homme en tendant la main. Je suis Elliott Rubin.

— Enchantée. Camille Smith.

Il prit la valise, guida Cam le long de l'allée traîtresse et, parvenu au bâtiment, poursuivit les présentations en indiquant la femme qui se tenait en haut du perron :

179

— Carol, mon épouse.

— Bienvenue au Bed and Breakfast de la Digue, dit-elle.

Les Rubin firent entrer Campbell et la précédèrent dans un couloir central qui traversait toute la maison en passant devant une cuisine aux éléments en pin, une salle à manger avec une longue table de ferme, et deux salons, chacun avec une cheminée où brûlait un feu de bois.

— C'est rare que nous ayons des clients en cette saison, fit remarquer Carol en conduisant Cam vers l'escalier.

— Je suis ici pour le travail, pas pour le plaisir, j'en ai peur.

— Oui, c'est ce que vous avez dit au téléphone.

Elliott, qui fermait la marche avec la valise, demanda :

— Qu'est-ce que vous faites ?

— Je suis éditrice. Je publie des livres pour enfants.

— Comme c'est intéressant ! dit Carol. Nous connaissons quelqu'un qui essaie de faire publier un livre pour enfants.

— Je lui souhaite bonne chance, répondit Cam d'un ton sombre. C'est dur de percer sur ce marché. J'ai parfois le cœur brisé de devoir refuser des histoires merveilleuses. Mais nous ne pouvons publier qu'un nombre limité d'ouvrages, vous savez.

— Oh ! Je ne me rendais pas compte de ça.

Quand ils furent au premier étage, Elliott ouvrit une porte et montra la chambre à Campbell : courtepointe au crochet, lit à baldaquin tendu de draps Laura Ashley, et banquette de fenêtre d'où l'on pouvait admirer la baie.

— Vous voulez vous joindre à nous pour le dîner ?

proposa Carol. Rien d'extraordinaire au menu, mais nous serions heureux d'avoir votre compagnie.

— Merci, mais j'ai rendez-vous à la *Soupe de palourdes*. Vous connaissez ?

— Bien sûr. C'est au bout de la rue. Vous avez dû passer devant...

— Hé ! fit Elliott, pointant un doigt si brusquement vers Cam qu'elle faillit avoir un mouvement de recul. Vous êtes certaine d'avoir perdu une boucle, dehors ? Parce que vous avez les deux, là.

Elle porta les mains à ses deux lobes, eut un rire embarrassé.

— Oh ! Je dois m'être trompée. Désolée.

— Pas de problème. Je suis content de ne pas avoir à chercher demain.

— Moi aussi.

Les Rubin la laissèrent et elle ferma la porte, traversa la pièce pour s'agenouiller sur la banquette. La neige continuait à tourbillonner doucement dehors. Derrière les flocons chatoyants, le ciel était aussi noir que l'eau. Aucune lumière, pas même les piqûres d'aiguille des étoiles, ne l'éclairait. Un Explorer sans plaques, une connaissance écrivant des livres pour enfants : c'était forcément plus qu'une coïncidence. Campbell touchait au but, elle le savait. Steve Patterson se trouvait quelque part de l'autre côté de cette eau noire, et Cam regarda la neige tomber en un rideau tremblant jusqu'à l'heure du dîner.

À huit heures moins le quart, elle revint à pied du restaurant et entra par la porte de derrière, comme les Rubin le lui avaient recommandé. Il ne neigeait plus. Campbell était réchauffée par la soupe aux palourdes qu'elle avait prise au dîner, mais fatiguée d'être restée seule à une table pendant une heure et demie. Assis dans le salon sud, de part et d'autre de la cheminée, ses hôtes levèrent vers elle des visages souriants quand elle apparut sur le seuil.

— Je peux donner un coup de téléphone avec ma carte ? J'ai besoin d'appeler au bureau, dit Cam d'une voix lasse.

— Mais bien sûr. Il y a un téléphone dans votre chambre si...

— Ah bon ? Je dois absolument joindre ma secrétaire avant qu'elle rentre. (Elle consulta sa montre.) Il est presque huit heures, elle va partir d'une minute à l'autre.

— Oui, allez-y. Dans le couloir.

— Merci.

Elle composa son propre numéro à Philadelphie, fit débiter la communication sur sa carte.

— Mary, Dieu merci, vous êtes encore là ! Il a dû y avoir un malentendu. Elle n'est pas venue, annonça-t-elle à son répondeur, haussant le ton de quelques décibels. Je l'ai attendue plus d'une heure... Vérifiez encore une fois, s'il vous plaît. Je tombe raide morte si elle m'a attendue dans un autre restaurant... Quoi ? Vous en êtes sûre ? Pas moyen de la joindre ?... Non, l'adresse du Delaware n'est plus bonne, elle n'y habite plus depuis des semaines... Elle a bien dû nous donner un moyen de la joindre ici...

Campbell s'interrompit assez longtemps pour entendre les Rubin échanger des murmures dans le salon.

— Merde ! reprit-elle. Vous savez ce que ça signifie ? Nous n'aurons qu'un jour pour conclure avec l'illustrateur. Si nous n'avons pas sa signature et celle de l'auteur avant demain, le livre ne paraîtra pas.

Elle marqua une autre pause, soupira :

— Bon, on n'y peut rien. Réservez-moi un billet d'avion pour demain matin... Oui, d'accord. À demain.

Quand elle raccrocha, les Rubin se tenaient près d'elle, les yeux brillants.

— Mon Dieu, c'est incroyable ! s'exclama Carol. Je pense que nous connaissons la personne que vous cherchez !

— Non, non, bougonna Cam.

— Beth Whiteside ?

— Oui ! s'écria-t-elle.

Beth Whiteside avait logé au Bed and Breakfast de la Digue — dans la chambre même de Cam, en fait — un mois plus tôt environ, pendant que son ami se renseignait sur un nouveau travail. Ils étaient là-bas en ce moment, d'ailleurs, tous les deux, à douze milles de la côte, sur un bout de terre privé, l'île de Maristella. Déserte pendant des années, l'île avait récemment été achetée, et l'ami de Beth refaisait la maison pour les nouveaux propriétaires. Il n'y avait pas le téléphone là-bas, mais Elliott donna quelques coups de fil et joignit un nommé Al, qui répondit qu'il était d'accord pour conduire Cam sur l'île le lendemain matin.

La température monta de trois ou quatre degrés dans la nuit, et le lendemain, à son lever, le soleil n'était qu'une lueur pâle derrière un mur visqueux d'épais brouillard blanc. Elliott ne cessait de quitter la table du petit déjeuner pour aller à la fenêtre.

— De la purée de pois, déclara-t-il pour la troisième fois.

Le téléphone sonna, il alla décrocher dans le couloir.

— Oui, ne quitte pas. (Il se pencha pour passer la

tête par la porte.) C'est Al, dit-il à Campbell. Il demande si vous voulez toujours y aller.

— Maintenant ou jamais, claironna-t-elle.

Derrière son bol, Carol haussa les sourcils en direction de son mari pour le dissuader d'intervenir.

Après le petit déjeuner, Cam utilisa le téléphone du couloir pour appeler son bureau en attendant Al.

— Bonjour, Helen, c'est moi, annonça-t-elle quand sa secrétaire décrocha. Des messages ?

— Oui... Votre mari a téléphoné hier soir pour vous prévenir qu'il a dû partir pour Washington. Il sera à l'hôtel Hay-Adams, il vous demande de le rejoindre là-bas si vous pouvez.

Cam garda le silence.

— Allô ? fit Helen au bout d'un moment. Tout va bien ?

— Autre chose ?

— Attendez... Oui, un vieux dossier envoyé par les archives. « Adoption Ramsay », d'après l'étiquette.

Entendant des voix derrière elle, Campbell se retourna et vit Carol ouvrir la porte à un homme trapu portant une barbe poivre et sel. Elle leur tourna le dos, se pencha au-dessus du téléphone.

— Vous pourriez le parcourir rapidement, Helen ?

— Voyons. Il s'agit d'une procédure... « Cour familiale du comté de New Castle, Delaware. Demande d'adoption... » Les requérants sont James Ashton Ramsay Jr et Margo Vaughn Ramsay, sa femme. Attendez, est-ce que ce n'est pas...

— Si. Qu'est-ce que ça dit d'autre ?

— « Demande au tribunal par la présente... » etc., « adoption d'un enfant de sexe masculin né le 16 septembre 1984 à Genève, Suisse, consentement des parents biologiques ci-joint... »

— Jetez un coup d'œil aux pièces jointes.

184

— Oui... La première s'intitule « Renonciation aux droits parentaux et consentement à l'adoption » : « Le soussigné, Steven A. Patterson, père biologique d'un enfant de sexe masculin né à Genève... »

— Camille ? appela Carol du bout du couloir. Al est là pour vous conduire au bateau.

— J'arrive tout de suite ! répondit Cam. Helen, il y a un autre formulaire de renonciation ?

— Un instant, je regarde... Oui : « La soussignée, Cynthia Vaughn Ramsay, mère biologique d'un enfant de sexe masculin né à... »

— Cynthia ?

— On ferait mieux d'y aller...

Le nommé Al était maintenant près de Campbell mais elle ne trouvait rien à dire, ni à lui ni à Helen. Elle raccrocha sans un mot.

La sortie du port fut lente et périlleuse. Penché par-dessus le plat-bord, Al dirigeait le bateau dans le chenal, d'une balise à l'autre. Assise à côté de lui, Campbell écoutait les *bip* du sonar et le clapotis de l'eau contre la coque. Le cri aigu d'une mouette s'éleva à proximité, mais elle ne pouvait voir ni l'oiseau ni quoi que ce soit d'autre à travers le mur blanc impénétrable. La brume déposait sur sa peau une fine pellicule d'eau, salée comme des larmes.

Ils finirent par quitter le chenal et, comme ils gagnaient la haute mer, le soleil apparut derrière le brouillard. On eût dit un écran éclairé par-derrière, sur lequel les pensées tourbillonnant dans la tête de Cam semblaient se projeter. Elle revoyait le portrait de Cynthia au-dessus de la cheminée et la photo de Trey au-dessus du sofa, non pas frère et sœur, comme elle l'avait cru, mais mère et fils. Elle revoyait Steve Patterson en

185

maillot de footballeur, et cette photo se changea en image de Steve et Cynthia, jeunes tourtereaux, amoureux en détresse. Puis tout se fondit pour faire place à l'affiche électorale de Ramsay, le trio Ash, Margo et Trey, le mensonge de deux générations heureuses là où il y en avait en fait trois.

Voilà donc ce qui était arrivé pour empêcher que se réalise l'ordre idéal d'un mariage entre Doug et Cynthia. C'était la raison pour laquelle Doug était resté célibataire treize ans de plus, la raison pour laquelle Cynthia, bourrée de drogue, avait plié sa voiture autour d'un poteau téléphonique par une nuit froide et sombre. Elle était tombée amoureuse de l'homme qu'il ne fallait pas, elle avait aggravé son erreur en étant enceinte.

Le secret dont les Ramsay craignaient la révélation, ce n'était pas que Trey fût un enfant adopté, mais qu'il fût le fils illégitime de Cynthia. L'histoire était pourtant vieille comme le monde : des parents prenaient chez eux l'enfant de leur fille et l'élevaient comme le leur. Cela se faisait en général ouvertement, sans qu'il y ait de problème. Le mystère, en l'occurrence, c'était le secret. Pourquoi les Ramsay renonçaient-ils plus volontiers à Trey qu'au secret de sa naissance ?

« Ce n'est pas moi qui lui ai menti pendant treize ans », avait affirmé Steve Patterson. Mais lui aussi avait renoncé à Trey. Il avait signé les papiers et disparu, alors qu'il aurait pu faire ce que beaucoup de jeunes hommes faisaient depuis des temps immémoriaux : épouser la fille et se débrouiller de leur mieux. Soit ça, soit payer l'avortement. En tout cas, il avait eu le choix.

Cette question en amenait une autre : Pourquoi Doug n'avait-il pas épousé Cynthia et élevé l'enfant comme le sien ? Il aurait du même coup obtenu la femme pour laquelle il était fait et gagné la gratitude éternelle des

Ramsay. Cynthia, aujourd'hui vivante, se tiendrait à ses côtés, et Trey serait le petit galopin des affiches électorales de Doug.

Se tournant vers elle, Al remua les lèvres mais aucun son n'en sortit.

— Quoi ? cria-t-elle.

Il mit une main en coupe autour de sa bouche.

— Je disais, ce n'est plus très loin !

Il tendit le bras devant lui. Le brouillard se levait comme un rideau de gaze montant dans le ciel et, soudain, un rayon de soleil tomba sur une toute petite île. Al réduisit l'allure jusqu'à ce que le moteur n'émette plus qu'un grondement sourd, porta une paire de jumelles à ses yeux.

— La voilà, dit-il. Maristella.

L'étoile de la mer, songea Campbell.

— Je peux regarder ? sollicita-t-elle.

Il lui passa les jumelles, avec lesquelles elle inspecta l'île. Un quai en eau profonde, un épais bosquet de résineux, une large prairie couverte de neige montant vers un promontoire rocheux au sommet duquel s'accrochait une vaste maison délabrée.

Quelque chose bougea dans son champ de vision et elle ramena les jumelles en arrière, les braqua sur deux silhouettes se tenant dans une flaque de lumière, à l'une des extrémités de la maison. Cam tourna la mollette de mise au point jusqu'à ce que l'image devienne nette. Son pouls s'accéléra. L'une des silhouettes était grande, brune ; l'autre plus petite et plus frêle, avec de longs cheveux blonds agités par le vent. Ensemble, elles démontaient un appentis. Patterson arrachait les planches avec un pied-de-biche, Trey les ramassait et les empilait.

Sous le regard de Cam, Patterson posa l'outil, appela Trey. Quand l'adolescent s'approcha de lui, son père lui ébouriffa les cheveux puis releva sa capuche et lui caressa le menton. Trey s'éloigna et, tandis que Steve, souriant, le suivait des yeux, une rafale de vent fit voler follement ses cheveux autour de son visage.

Steve se tourna brusquement vers l'océan. Il cria quelque chose à Trey, qui lâcha la planche qu'il portait et courut vers la maison.

Le bois de pins barra la vue de Cam quand Al fit passer le bateau devant une côte rocheuse avant de l'engager dans une crique. Une autre embarcation était à quai, mais Cam n'eut pas le réflexe de noter mentalement le numéro d'immatriculation peint au pochoir sur l'arcasse. Steve Patterson descendait l'allée à grands pas pour venir à leur rencontre.

Al arrêta le moteur et un grand silence se fit quand il dirigea le bateau vers le quai. Patterson attrapa l'amarre qu'Al lui lança, l'attacha à un pilotis.

— Bonjour, dit-il. Qu'est-ce qui vous amène par ce mauvais temps ?

Al eut un geste du pouce.

— La dame, là, a besoin de vous voir.

Patterson se tourna vers Campbell, qui vit apparaître dans ses yeux une lueur méfiante. Elle lut dans son regard qu'il devinait qui elle était. Elle y vit aussi sa détermination à résister, à se battre s'il le fallait. Il a abandonné Trey il y a treize ans, maintenant, il l'a repris et le revendique avec d'autant plus de force, pensa-t-elle.

— Je vous connais ? lui demanda-t-il.

— Non.

Le mot était sorti dans un coassement, et elle s'éclaircit la voix avant de poursuivre :

— Je me suis trompée, je crois. Ce n'est pas ici que je voulais venir.

— Mais vous aviez dit Maristella..., intervint Al.

— C'est ma faute, je me suis trompée, répéta Campbell. (Elle se tourna vers Patterson, qui se tenait, immobile et tendu, au bout du quai.) Désolée de vous avoir dérangé.

Il la dévisagea un moment puis se pencha pour détacher l'amarre.

Al relança le moteur et mit le cap à l'ouest. Lorsque le bateau prit de la vitesse, le vent souleva les cheveux de Cam et les fit flotter derrière elle comme une bannière. Une corne de brume lointaine poussa sa plainte lugubre. Campbell se força un moment à regarder devant elle puis, n'y tenant plus, se retourna.

Resté sur le quai, Patterson la suivit des yeux jusqu'à ce que le brouillard l'enveloppe de nouveau.

Vers cinq heures, dans l'avion qui la ramenait à Philadelphie, Campbell utilisa l'Airfone de son siège pour appeler de nouveau la chambre de Doug au Hay-Adams. Cette fois, elle obtint une réponse mais c'était une voix d'homme qui lui était inconnue.

— Doug est là ?

— Oui, qui le demande ?

— Sa femme.

Elle attendit, en écoutant un brouhaha de rires et de conversations, que Doug prenne la ligne.

— Campbell ? Où es-tu ?

— Sur le chemin du retour. Qui est avec toi ? Qu'est-ce qui se passe ?

— Nous faisons la fête. Il y a Webb, bien sûr ; Nathan est descendu aussi, et nous sommes avec deux types extraordinaires du comité national. Je suis impatient que tu fasses leur connaissance.

— Qu'est-ce que vous fêtez ?

— En premier lieu, le projet de réforme du financement des campagnes a été enterré aujourd'hui...

Doug éclata de rire tandis qu'un concert d'acclamations s'élevait derrière lui.

— Ah ?

— Et nous avons une autre grande nouvelle, chérie.
Meredith Winters vient de signer : elle sera de la campagne.

Avec un temps de retard, Campbell répondit :

— C'est formidable. Mais n'oublie pas, tu as promis
que nous discuterions...

— Bien sûr. Rien ne se fera sans toi, Campbell. Nous
sommes ensemble à cent pour cent, dans cette affaire.

— Très bien, dit-elle d'une voix étranglée.

— Et toi ? Ta piste a donné quelque chose ?

— Hmm ? dit-elle, fixant des yeux le siège de devant.
Euh, non. Non, je n'ai pas eu de chance.

13

— Parlez-moi de votre femme.

Les yeux de Doug passèrent de sa propre image dans
le miroir à celle de Meredith, qui se tenait à côté de lui,
puis au tailleur qui rangeait mètre à ruban et craie à
l'autre bout de la pièce.

C'était pour Doug la fin d'une longue matinée, la fin
d'une séance de travail épuisante aussi pour Meredith,
mais les résultats étaient là : Doug Alexander, non seulement une nouvelle voix pour le peuple, mais un
homme entièrement nouveau. Il était maintenant l'heureux propriétaire d'une douzaine de costumes neufs,
habilement coupés et rembourrés pour redresser et

élargir ses épaules voûtées ; le possesseur, encore un peu mal à l'aise, d'une superbe chevelure mise en valeur par une coupe et un brushing haute coiffure ; et bientôt, espérait-elle, s'il faisait ses exercices, le détenteur détendu d'un très léger accent du Sud.

Ce dernier atout était le plus ardu à acquérir.

« Mon Dieu, avait-il maugréé après avoir entendu l'enregistrement de sa propre voix modifiée par un procédé électronique, vous me faites parler comme quelqu'un du Sud...

— Rien qu'un soupçon d'accent. Et uniquement parce que quatre-vingts pour cent de votre État, toute la partie située sous le canal Chesapeake-Delaware, est, d'un point de vue démographique, aussi Sud que Tidewater, Virginie.

— D'accord, mais la partie située au-dessus du canal est aussi Nord que New York, et il se trouve que j'en suis originaire. Comme la majorité de la population, ajouterai-je.

— Vous avez raison, bien sûr, mais dites-moi, où attendez-vous l'opposition la plus forte ?

— Au sud du canal », avait-il concédé dans un soupir, et il avait pris les cassettes du professeur de diction pour les ranger dans sa serviette.

— Que voulez-vous savoir ? demanda-t-il à Meredith tandis que le tailleur prenait congé avec une courbette obséquieuse.

— J'ai entendu dire que ses parents sont morts alors qu'elle était toute jeune ?

Il se tourna de côté pour étudier son nouveau profil dans le miroir.

— C'est exact. Ils sont partis pour les Philippines comme missionnaires alors qu'elle était encore un bébé. Sa grand-mère s'est occupée d'elle pendant leur absence, qui ne devait durer qu'un an environ. Mais en

1968, lors d'un soulèvement musulman, une centaine d'Occidentaux ont été massacrés et ses parents faisaient partie des victimes.

— C'est horrible, compatit Meredith. Quel genre de missionnaires ? ajouta-t-elle aussitôt.

— Hmm, fit-il, tournant la tête. À dire vrai, je n'en sais trop rien.

Elle leva une main.

— Un conseil. N'utilisez jamais cette expression, « À dire vrai ». Elle implique que rien de ce que vous avez dit avant ne l'était.

Il s'éloigna du miroir avec un petit rire d'autodé-rision.

— Je vois...

— Quel était le nom de la grand-mère ?

— Attendez que je réfléchisse..., dit-il en ôtant la veste du costume neuf, avant de l'accrocher au portant avec les autres. Une Smith ? Oui, Smith. C'était la mère du père de Cam.

— Elle est morte quand ?

— Cam n'avait que dix-sept ou dix-huit ans. Détail intéressant, dit-il en enfilant la veste avec laquelle il était venu, Cam n'est jamais allée à l'école. Sa grand-mère lui a servi de préceptrice. Cam a dû faire des pieds et des mains pour entrer en fac sans diplôme de fin d'études secondaires.

— Comment elle a payé ses études ?

— Sa grand-mère lui avait laissé un petit héritage. Pour le reste : emprunts, bourses, et petits boulots d'étudiant. Une histoire digne d'Horatio Alger, vous ne trouvez pas ? Une pauvre orpheline qui lutte pour réussir sans l'aide de personne...

— En effet, approuva Meredith.

La porte de la salle de réunion s'ouvrit et elle lança un coup d'œil irrité au vieil homme qui entrait :

Richard Portwell, le fondateur du cabinet, en semi-retraite mais toujours son patron en titre.

— Bonjour, bonjour, fit-il de ce ton de professeur distrait qui était une de ses affectations favorites. (Vêtu de tweed renforcé aux coudes, il tenait dans sa main gauche le fourneau d'une pipe non allumée.) Me suis dit que je pourrais passer saluer notre tout dernier candidat...

Meredith serra les mâchoires.

— Richard Portwell, Doug Alexander.

— Ravi de faire votre connaissance, assura Doug, sourire aux lèvres, main tendue.

Elle tenta de lui faire signe de ne pas gaspiller son charme. Portwell détenait encore une part substantielle des actions du cabinet mais il n'avait pas conseillé un seul candidat important depuis 1976, date à laquelle — ce n'était pas une coïncidence — il avait eu sa dernière idée originale. Son unique fonction consistait maintenant à se lamenter sur l'éthique actuelle des campagnes électorales tout en s'octroyant la part du lion des profits que le cabinet en tirait.

— Ai entendu parler de vous, marmonna-t-il, agitant la pipe en direction de sa bouche. En bien.

— Oui, et il est en de bonnes mains, déclara Meredith d'un ton appuyé.

Cette fois, il agita la pipe en direction de la jeune femme et glissa à Doug :

— C'est la meilleure, vous savez.

— Je le sais.

— Doug s'apprêtait à partir, intervint Meredith. Il déjeune avec le sénateur Ramsay.

— Ash ? Oh ! transmettez-lui mes amitiés !

— Je n'y manquerai pas.

— Ravi d'avoir fait votre connaissance...

193

Portwell hésita, et deux suppositions, aussi déplorables l'une que l'autre, vinrent à l'esprit de Meredith : ou il avait oublié le nom de Doug, ou il allait lui donner du « mon brave ».

— Je vous souhaite un bon combat, dit-il finalement. « Une fois encore sur la brèche[1] », eh ?

Meredith frémit : c'était encore pire que ce qu'elle avait craint.

— Nous en étions où ? fit-elle après le départ de Portwell. Ah oui, Campbell. Dites-moi, vous envisagez d'avoir des enfants ?

Doug se renversa en arrière, lâcha un rire.

— Nous ne sommes mariés que depuis un mois. C'est un peu tôt pour parler d'enfants, vous ne croyez pas ?

Elle eut un grognement approbateur, traversa la pièce en direction du téléphone, décrocha.

— Certains pensent que c'est aussi un peu tôt pour vous lancer dans l'arène nationale. Et notre boulot consiste à les faire changer d'avis... Allô, Webb ? Si vous avez fini avec le budget, nous, nous sommes prêts.

Elle raccrocha et se tourna juste à temps vers Doug pour voir s'allumer dans ses yeux une lueur de compréhension.

Webb Black arriva à l'heure dite pour emmener Doug à leur déjeuner avec Ramsay. Sa ponctualité était un des nombreux aspects de sa personnalité qui déplaisaient à Meredith. Il avait une mentalité étriquée et raide, un comportement passif, manquant d'assurance, alors qu'elle aurait voulu pour diriger la campagne un fonceur, un esprit créatif. Le fait qu'il connût tous les

---

1. Citation de *Henry V,* de Shakespeare. *(N.d.T.)*

gens importants du Delaware n'était pas important pour elle : les relations ne comptent pas si vous n'avez pas le talent nécessaire pour les exploiter. Norman Finn avait choisi Black pour ce boulot et elle savait pourquoi : parce qu'on pouvait le chapeauter. Mais c'était elle qui chapeautait la campagne, maintenant, et Black ne lui convenait pas du tout.

— Je suis contente que vous ayez pu venir avec Doug, cette fois, Webb, assura-t-elle en les accompagnant jusqu'à l'ascenseur. Nos experts financiers tenaient beaucoup à vous rencontrer...

— Ils n'ont jamais rien fait pour moi, grommela-t-il.

— On se revoit très bientôt, éluda-t-elle.

La porte coulissa, Meredith poussa les deux hommes vers la cabine.

— Bon déjeuner, messieurs. Ah ! Doug, ajouta-t-elle, une main sur le bord de la porte, n'oubliez pas de demander à votre secrétariat de me faxer le CV et le dossier personnel de Campbell. Aujourd'hui. Nous devons rédiger une bio officielle pour elle aussi.

La porte se referma au moment où il répondait :

— Pas de problème.

Les bureaux du cabinet Portwell & Associés occupaient deux étages d'un immeuble de la rue K, le troisième et le quatrième. Ils étaient décorés comme le club masculin très fermé qu'était autrefois la politique, avec des tapis d'Orient, du cuir vieilli, des coffrets à cigares, et même un crachoir en cuivre que Meredith évitait toujours soigneusement quand elle passait dans le couloir. Un jour — bientôt, espérait-elle —, quand le cabinet serait à elle, elle le referait de fond en comble. Plus d'acajou ni de lambris. Un décor tourné vers

l'avenir, adapté au nouveau millénaire, comme l'intérieur d'un vaisseau spatial ou d'un biodôme.

Elle parcourut les couloirs jusqu'à son bureau où
Marcy, son assistante, attendait pour lui remettre la
cassette vidéo.

— Déjeuner ? l'interrogea Meredith en passant
devant elle.

— Il arrive.

La salle de projection était la plus petite des nombreuses salles de réunion du cabinet. Elle n'abritait que
quelques chaises alignées d'un côté d'une table, devant
un mur d'écrans de télévision et d'appareils électro-
niques. Meredith ferma la porte, battit des jambes pour
défaire ses chaussures et enfonça ses orteils avec
délices dans l'épaisse moquette. C'était devenu son
déjeuner d'affaires préféré : une heure seule avec un
sandwich, les jambes allongées sur la table. Elle glissa
la cassette dans un magnétoscope, éteignit la lumière,
se rassit au moment où le visage de Phil Sutherland
envahissait l'écran pour le début de leur premier clip
TV encore à l'état de brouillon.

Il figurait sur tous les plans, à chacune des trente-six
secondes de la bande qu'ils avaient réalisée ensemble.
Ce n'était pas la présentation habituelle mais Meredith
comprenait l'idée : Sutherland était en soi son meilleur
argument publicitaire. Son image était parfaite — pas
besoin de rembourrage spécial pour ses épaules —, sa
façon de parler aussi, malgré son refus de suivre les
cours d'élocution du professeur de Meredith. Sur ce
point, elle n'avait pas essayé de le faire changer d'avis :
la voix de Sutherland était déjà trop connue pour qu'on
y touche.

Doug Alexander était en revanche un produit
inconnu, et ce qu'il perdait en notabilité, il le compensait en malléabilité. Meredith était de plus en plus

196

convaincue que c'était avec lui qu'elle établirait sa réputation, cette année.

On frappa à la porte. Le déjeuner, enfin.

— Entrez !

Un serveur en veste blanche pénétra à reculons dans la pièce en tirant un chariot. Meredith appuya sur le bouton *Pause*, fit basculer ses jambes de la table.

— Qu'est-ce que c'est que tout ça ?

Elle s'attendait à un garçon livreur portant un sac en papier maculé de taches de gras.

— Lé déjeuner de la *señorita* Winters ? dit l'homme avec un accent transformant le nom en « Ouinterse ».

— Oui.

— Aussi pour *el señor* Bret Sutherland, dit-il, se retournant dans un mouvement théâtral.

— Espèce de clown !

Elle se renversa en arrière avec un petit sourire narquois qu'elle garda aux lèvres quand il se pencha pour l'embrasser.

— J'ai l'impression qu'on nous observe, murmurat-il.

Sur l'écran, Phil Sutherland tendait un doigt vers eux.

Meredith se redressa, fit rouler le chariot entre Bret et elle, l'inspecta : une bouteille de vin français, un bouquet de roses thé, et deux sandwiches au thon.

— Vous avez fait des folies, ironisa-t-elle.

Il tira une chaise à lui, la plaça en face d'elle.

— Je garde des mets plus raffinés pour le jour où vous céderez enfin.

— Pas dans votre réfrigérateur, j'espère. Ils finiront par pourrir et empesteront votre maison.

— Ha ! Vous êtes plus près de céder que vous ne le pensez.

— Laissez tomber, Bret.

197

Au moment même où elle prononçait ces mots, elle savait qu'il n'en ferait rien. Depuis qu'elle avait repoussé ses avances — elle était peut-être la première, qui sait ? —, il s'obstinait à la poursuivre, c'était devenu une obsession. Il surgissait inopinément dans les réunions auxquelles elle devait assister, il trouvait des prétextes pour lui apporter des choses, il lui envoyait même des fleurs. Meredith n'osait imaginer sur quel budget il inscrivait ces dépenses. Elle avait tout fait pour le décourager — regards glaciaux, coups de téléphone interrompus brutalement, menaces de tout dire à son père —, mais cela ne faisait apparemment que l'inciter à continuer.

Il déboucha le vin, remplit leurs verres.

— À la victoire, dit-il.

— La seule victoire à laquelle je bois est celle de Phil Sutherland.

Le tour que cette phrase avait pris en sortant de ses lèvres la fit grimacer et elle se hâta d'avaler une gorgée de vin.

— Puisque vous êtes là, jetez donc aussi un coup d'œil à ça.

Elle pressa le bouton *Play*, la bande redémarra, et Bret, docile, se tourna vers l'écran. Mais même assis tranquillement à côté d'elle comme maintenant, il l'attirait. C'était l'effet du bonbon défendu, elle le savait. Ou plutôt du sachet de coke. Non, même pas de la coke. Il serait pour elle comme de l'héroïne injectée dans ses veines. Quelques doses de Bret et elle se retrouverait dans une ruelle, transformée en épave.

Un autre spot de trente secondes défila sur l'écran. Cette fois, Sutherland s'en prenait à l'opposition du sortant aux crédits alloués à la Défense, avec une allusion subtile au fait qu'il n'avait pas fait son service militaire. Meredith griffonnait une note approbatrice au moment où Sutherland enchaînait sur « menace pour la sécurité nationale ».

— Merde, murmura-t-elle en appuyant sur le bouton *Pause*.

Bret la regarda.

— Quoi ?

Elle se passa distraitement une main dans les cheveux.

— J'ai un adversaire dans le Delaware, vous savez, Hadley Hayes, dont c'est le refrain préféré : « Menace pour la sécurité nationale. » Nous avons l'intention de retourner ça contre lui. Toute notre campagne critique repose sur cette idée : montrer qu'il n'est qu'un vieux traîneur de sabre usé. Et voilà que Phil Sutherland entonne le même refrain... !

Elle but un peu de vin, écrivit sur son bloc-notes en se demandant comment concilier l'attaque de Sutherland contre son sortant avec l'attaque d'Alexander contre le sien.

— Attendez un peu, dit Bret.

Agacée, elle agita la main pour le faire taire, continua à écrire.

— Attendez, répéta-t-il d'une voix tendue. Ce n'est pas un refrain, pour lui.

— Je ne voulais pas...

Il se leva d'un bond, se mit à arpenter la pièce.

— Il ne dit pas ça seulement pour la forme, et il n'est pas non plus à la solde de l'industrie d'armement. Il est sincère. Putain, il a vraiment *vécu* ça.

Elle se renversa sur le dossier de sa chaise, regarda Bret. C'était un mystère pour elle : Comment avait-il pu assister en grandissant à toutes les combines et magouilles de Sutherland sans en être souillé ? Une année de journalisme politique avait suffi pour que Meredith perde son innocence, mais celle de Bret demeurait intacte. Pour lui, il n'y avait pas de multiples nuances de gris, rien que du blanc et du noir, et son père était à coup sûr du côté blanc. Seigneur ! pensa-t-elle, étonnée, qu'est-ce que je ne donnerais pas pour retrouver une heure seulement la naïveté et la simplicité d'esprit de Bret !

— Vous savez quoi ? Vous avez raison.

Elle se redressa, biffa de son bloc les idées à demi formées qu'elle venait de noter.

— Nous ne changerons pas un mot ! affirma-t-elle.

Il eut un sourire, se pencha pour l'embrasser de nouveau.

— Allons, fit-elle en le repoussant. Je dois finir de visionner ces spots et les redonner au montage avant trois heures.

Il recula en titubant, la main sur le cœur en une parodie tragi-comique d'homme blessé, puis tomba à genoux et s'approcha ainsi de la chaise de la jeune femme.

— Vous dînez avec moi ce soir ? S'il vous plaît, méritante Meredith ?

— D'accord, d'accord !

À quoi pensais-tu ? hurla-t-elle dans sa tête quand, après avoir raccompagné Bret à l'ascenseur, elle retourna à son bureau d'angle. Il n'y avait pas un restaurant en ville où ils pouvaient manger sans que l'un ou l'autre, et encore plus sûrement les deux, soient reconnus. Ce qui signifiait dîner chez elle. Ce qui signifiait presque inévitablement dessert au lit. Autant chercher une ruelle et s'ouvrir les veines tout de suite.

Marcy, qui était au téléphone, annonça :

— Mr Pfeiffer sur la 1.

Bret fut aussitôt oublié.

200

— *Gary* Pfeiffer ? Passez-le-moi.

Meredith alla s'asseoir devant son ordinateur et fit apparaître le profil de Pfeiffer avant de décrocher.

— Gary ? Comment allez-vous ? ronronna-t-elle. (Ses yeux scrutèrent l'écran jusqu'à ce qu'elle eût trouvé l'entrée pour *Conjoint.*) Et comment va Eileen ? Je ne vous ai pas vus depuis des siècles, tous les deux...

— Nous sommes en pleine forme. Et très occupés. Comme vous, je présume.

La voix de Pfeiffer coulait de l'appareil comme de l'argent liquide. Argent : c'était le mot qui lui venait toujours à l'esprit quand elle pensait à lui. Il avait une magnifique crinière argentée aux tempes, des yeux gris argent, et il roulait même en Mercedes argent, mais il évoquait surtout pour elle les acceptions monétaires du terme. Pfeiffer représentait l'AAAJ — Association des avocats américains pour la justice —, qui distribuait des millions de dollars d'aide aux campagnes politiques. En 1996, elle avait versé 2,5 millions de dollars au seul Président, soit plus que tous les retraités, médecins, enseignants, fonctionnaires, personnalités des médias et du spectacle réunis. *Y compris* Geffen et Spielberg. Pas étonnant qu'on qualifiât l'AAAJ de « troisième parti politique ».

— Cela semble bien parti pour des élections de milieu de mandat assez palpitantes, non ?

Une lueur se mit à danser dans les yeux de Meredith. Les doigts croisés, elle espérait un coup de téléphone de Pfeiffer depuis que Phil Sutherland avait annoncé sa candidature au Sénat.

— Je ne peux pas parler pour les autres cabinets de la ville, mais nous avons des candidats assez costauds, répondit-elle.

— C'est ce que j'ai entendu dire. En fait, c'est pour cette raison que je vous appelle. Je crois savoir que vous avez déniché une fois de plus un candidat inattendu dans le Delaware. Alexander, c'est bien ça ?

La lueur s'éteignit dans les yeux de la conseillère. Elle espérait que Doug resterait totalement inconnu jusqu'à ce qu'il rende publique son intention de se présenter.

— D'où tenez-vous cette information ?

— Meredith, notre association compte cinquante-six mille membres. Vous devez bien vous douter que nous en avons un ou deux à Wilmington.

Elle fut un peu rassérénée par cette réponse : au moins la fuite provenait des troupes de Doug, pas des siennes. Elle acheva de recouvrer son calme en multipliant cinquante-six mille par deux mille dollars, la contribution maximale autorisée par personne. Cent douze millions ! La somme lui donna le tournis. Et le plus sidérant, c'était que Pfeiffer pouvait distribuer quelque chose d'approchant si l'envie lui en prenait, parce que les membres de l'AAAJ avaient vraiment les moyens de faire ce genre de contribution. Aucun syndicat ne détenait un tel pouvoir.

— Le Delaware, c'est de la petite bière, à votre niveau, Gary. Rien que pour la Chambre des représentants, vous avez plus de quatre cents autres élections à suivre, sans compter une trentaine d'affrontements pour le Sénat...

— Ne vous inquiétez pas pour moi. Je les suis toutes sans exception. Mais votre Alexander m'intéresse. Quelques-uns de mes membres pourraient envisager de le soutenir.

Le cœur de Meredith se mit à battre plus vite.

— Est-ce que j'ai entendu un « si » à la fin de la phrase ?

— Bien entendu, nous aimerions le voir prendre position contre cette dernière tentative de réforme du droit en matière de responsabilité pénale.

Elle se frappa le front. Son déjeuner avec Bret devait lui avoir ramolli le cerveau, elle n'avait pas vu où Pfeiffer voulait en venir.

— Le projet sera soumis ce trimestre. Il sera transformé en loi ou torpillé avant même qu'Alexander prête serment.

— « Torpillé » a notre préférence. Et l'un de ceux qui peuvent nous aider à atteindre cet objectif, c'est naturellement Ash Ramsay.

— Oh ! dit-elle, la lumière se faisant définitivement dans son esprit. Vous pensez que Doug a ce genre d'influence sur Ramsay ?

— Je n'en sais rien. Mais ce serait une bonne chose pour lui s'il l'avait.

— Je ne sais même pas quelle est la position de Doug sur la question, se couvrit-elle en parcourant ses notes.

— La campagne n'en est qu'à ses débuts, et lui aussi. Il a tout le temps de se forger une opinion réfléchie. Après avoir pesé le pour et le contre.

Elle trouva ce qu'elle cherchait : Doug était en faveur de la réforme. Elle aurait dû s'en douter. Il estimait que la législation sur la responsabilité du fabricant handicapait les industriels américains et les plaçait dans une position désavantageuse par rapport à leurs concurrents étrangers.

— Et vous, que pensez-vous au juste ? s'enquit Meredith.

Pfeiffer émit un petit bourdonnement satisfait à l'autre bout de la ligne.

— Mmm. Je pense que cinq cent mille, ça sonne plutôt bien.

Cinq cent mille dollars ! Le quart de leur objectif total de collecte de fonds. Mais, pour les obtenir, il fallait non seulement convaincre Doug de changer de position mais aussi convaincre Ramsay, qui avait déjà voté une fois pour la réforme. Maintenant qu'elle y songeait, est-ce qu'il n'avait pas déclaré récemment que son choix n'était pas encore arrêté ?

— Je ne sais pas, Gary. Si vous disposez d'autant d'argent, pourquoi ne pas le verser à ceux qui doivent voter sur cette loi ? Ramsay lui-même, par exemple...

— Ce serait un peu trop voyant, vous ne croyez pas ? dit Pfeiffer avec un petit rire. Il ne faudrait pas attendre trois jours avant que le *Wall Street Journal* publie un article avec en encadré les contributions reçues par chaque parlementaire pour voter contre le projet.

— Ahhh ! tandis qu'avec Doug, personne ne fera le rapport. Vous êtes habile, Gary.

— Il faut bien. Sinon, ce serait des gens comme *vous* qui dirigeraient cette ville.

À la fin de la communication, Meredith se renversa dans son fauteuil et réfléchit. Si elle parvenait à présenter la question sous un jour un peu différent, Doug en viendrait peut-être à voir la réforme comme un projet favorable aux grandes firmes et préjudiciable aux travailleurs, auquel cas il devrait être heureux de s'y opposer. Surtout avec une carotte d'un demi-million de dollars.

— Nous venons de recevoir ce fax pour vous, dit Marcy, pénétrant dans le bureau avec une épaisse liasse de feuillets. Des informations concernant une nommée Campbell Smith.

Meredith tendit le bras vers les documents. C'était le dossier personnel que Doug avait promis de lui envoyer.

— Faites venir Bill Schecter, s'il vous plaît.

Schecter apparut dans l'encadrement de la porte cinq minutes plus tard et attendit debout que Meredith

finisse de dicter quelques notes. C'était un quinquagé-
naire à l'air propre et net de chef boy-scout. Il avait
passé la plus grande partie de sa vie active au Service
des candidatures du FBI, procédant à des enquêtes sur
le passé des postulants. Il avait pris sa retraite après
vingt ans de service et travaillait maintenant pour
Portwell & Associés. Il portait le titre de directeur de
recherches, mais ses fonctions étaient les mêmes qu'au
Bureau fédéral : il enquêtait soigneusement sur les
candidats et leurs adversaires, sur les familles et les
relations des uns et des autres.

— J'ai un nouveau boulot pour vous, Bill, lui
annonça Meredith en lui tendant le fax. Il me faut une
enquête approfondie sur cette personne : Pennsylvanie,
Michigan, et tout ce qui pourrait se présenter.

— Je mets ça sur quel budget ?

— Partagez entre Sutherland et Alexander.

— C'est qui, Alexander ?

— Notre nouveau héros, voyons, Bill. Essayez un
peu de vous tenir au courant.

14

Cam se gara sur le parking situé derrière le Holiday
Inn du centre de Wilmington et descendit de voiture
d'un mouvement hésitant. Bien qu'il ne fût que sept
heures, il faisait noir comme en pleine nuit. Quelques
jours plus tôt, l'air avait une tiédeur qui promettait le
printemps, mais il tombait ce soir une neige glacée.
Neige de sucre, comme disait Mrs Smith, la dernière
neige de mars, qui annonçait le début de la récolte du
sirop d'érable. La vieille femme avait vécu toute sa vie

sur les mêmes vingt hectares, dont rien ne lui était inconnu. Même vers la fin, quand son esprit s'embrumait et que le temps perdait pour elle toute linéarité, elle était restée une mine d'informations sur son lopin de terre, un véritable almanach paysan.

Près de douze ans s'étaient écoulés depuis sa mort, mais Campbell se rappelait encore tout ce qu'elle avait appris avec elle. Elle pouvait, en regardant un pot de miel, dire s'il poussait du sarrasin ou du trèfle dans les champs qui entouraient les ruches. Elle pouvait, en remarquant un arbre lourdement chargé de pommes de pin, prédire que l'hiver serait froid. Son séjour chez Mrs Smith avait été une sorte d'interruption dans sa vie, une période de calme et d'isolement pendant laquelle elle avait pu reprendre son souffle et réfléchir. Neuf mois de dur labeur et de plaisirs simples, où toute chose était exactement ce qu'elle semblait être.

Aujourd'hui, c'était le contraire. Son identité même était un mensonge, et elle se voyait contrainte de tisser fil après fil pour consolider le centre de sa toile d'araignée. Mais, depuis quelque temps, la tension sur les fils devenait trop forte ; si elle augmentait encore, toute la toile s'écroulerait.

Campbell sentait cette tension depuis qu'elle avait demandé à Al de faire demi-tour à Maristella. De retour au Bed and Breakfast de la Digue, elle avait donné aux Rubin la première explication qui lui passait par la tête : son bureau avait appelé, le budget était supprimé, il n'y avait plus assez d'argent pour publier le livre, et il aurait été trop cruel d'annoncer à Beth qu'elle avait failli décrocher la timbale. Les Rubin, tout hochements de tête solennels et compatissants, n'auraient pas le cœur non plus d'apprendre la vérité à Beth.

Cam avait suscité le même genre de réaction le lendemain en informant les Ramsay : Patterson avait réussi à effacer totalement ses traces. Une piste avait mené Cam en Nouvelle-Angleterre mais s'était terminée en cul-de-sac à Portland. Elle était terriblement navrée, elle ne pouvait rien faire de plus.

« Ce n'est pas pire que ce à quoi nous nous attendions », avait commenté le sénateur.

Cam avait senti sa gorge se serrer en voyant Margo sangloter doucement dans la manche de son kimono. Les Ramsay avaient déjà perdu un enfant ; maintenant, à cause d'elle, ils en perdaient un autre. Un moment, elle avait hésité, vacillant sur la frontière indécise entre bien et mal, vérité et mensonge. Un moment, elle avait été sur le point de tout révéler. Jusqu'à ce que Doug intervienne :

« Qu'est-ce que vous avez dit au collège de Trey ? À ses amis ? »

Margo avait levé vers lui des yeux étonnamment secs.

« Que nous l'avons envoyé dans un établissement en Suisse. Mon amie Liesl a écrit une lettre au proviseur. Tout a l'air très officiel. »

La Suisse, avait pensé Cam, le lieu de naissance de Trey, et elle n'avait pas ajouté un mot.

Le lendemain, elle était passée au bureau local du sénateur et avait demandé à consulter de vieilles coupures de presse en prétendant qu'elle voulait s'en inspirer pour rédiger sa propre bio. La secrétaire lui avait remis un gros dossier et, en quinze minutes, Cam avait trouvé ce qu'elle cherchait.

En 1985, peu après que Ramsay eut entamé son premier mandat au Sénat, un magazine local avait publié un reportage sur sa maison et sa famille, avec photos de Margo tenant leur bébé miracle dans ses bras. Le journaliste expliquait son absence de la campagne électorale, l'année précédente : du fait des risques que présentait cette grossesse tardive, elle s'était confiée aux soins d'une spécialiste de Genève, une obstétricienne de renommée mondiale, Liesl Dorfmann, qui était par ailleurs une vieille amie de la famille.

Une très bonne amie, avait pensé Cam. Qui servait encore aujourd'hui de couverture aux Ramsay.

Cam gravit la colline jusqu'à Market Street. Wilmington était une ville différente le soir, une fois les banquiers et les avocats en costume sombre partis pour leur banlieue résidentielle. Après le coucher du soleil, il y régnait une atmosphère *bluesy*, interlope, pleine de rires étouffés et de bruits de pas traînants : un ivrogne dans une entrée, une bande de jeunes en quête de drogue dans les petites rues. Cette partie du centre avait été interdite aux voitures afin d'y aménager un grand centre commercial, projet de rénovation urbaine qui avait fait long feu. Quelques restaurants marchaient à peu près bien le midi mais fermaient à quinze heures, et tous les autres commerces étaient fermés pour la nuit, ou pour de bon.

Campbell s'arrêta sous un réverbère, jeta de nouveau un regard perplexe sur le morceau de papier qu'elle tenait à la main. Doug avait omis de lui donner le nom du restaurant dans le message qu'il avait laissé à Helen ; il lui demandait seulement de la retrouver à huit heures à cette adresse. Ils n'avaient jamais mangé dans ce quartier, mais, ces derniers temps, Doug était plein de surprises. Cam tapota nerveusement son sac à main. Ce soir, elle avait une surprise pour lui.

Elle suivit du regard les numéros inscrits au-dessus des portes, sentit un pincement au creux de l'estomac en arrivant à celui qu'avait donné Doug. Ou il s'était trompé d'adresse, ou Helen avait mal noté, parce que ce n'était pas un restaurant mais une boutique abandonnée, avec des vitrines sales, sans même une pancarte défraîchie indiquant ce qu'on y vendait autrefois. Les épaules de Campbell s'affaissèrent et elle repartit d'un pas lent en direction de sa voiture.

— Cam, attends !

Doug courait dans la rue. Elle se retourna et s'élança vers lui, transportée de joie.

— Quelle chance que tu te sois rendu compte de ton erreur ! dit-elle. Je ne savais pas comment te joindre, et l'idée que tu resterais à m'attendre...

— Erreur ? Il n'y a pas d'erreur.

Elle lui lança un regard interrogateur tandis qu'il l'entraînait vers la boutique abandonnée et en ouvrait la porte.

— *Surprise !*

L'endroit fut soudain inondé de lumière, des dizaines de gens surgirent de tous côtés et les entourèrent. Cam cligna des yeux, voulut reculer, mais le bras de Doug, derrière elle, la poussa en avant. Elle posa un regard abasourdi sur tous ces gens qui lui souriaient comme des débiles.

— C'est réussi, Doug ! lança quelqu'un. Vous l'avez vraiment surprise !

Cam connaissait cette voix et, se tournant dans la direction d'où elle provenait, elle découvrit Maggie Heller, coiffée d'un chapeau en papier, portant à sa bouche un mirliton qui se déroula comme une langue de lézard. À sa droite se tenaient Nathan Vance et, derrière lui, Webb Black.

— Doug, qu'est-ce qu'il se passe ? chuchota-t-elle.

— Elle demande ce qui se passe ! s'exclama-t-il en lui ôtant son manteau.

209

— Cam, ne me dis pas que c'est tellement traumatisant pour toi d'avoir trente ans aujourd'hui que tu l'as complètement occulté, fit Nathan.

Trente ans aujourd'hui, se répéta-t-elle lentement, puis elle se rappela la date. Le 13 mars. Un vendredi 13, pour être précis.

Doug sourit et l'embrassa.

— Bon anniversaire, Campbell.

Il y eut une salve d'applaudissements puis Maggie Heller dirigea les chœurs pour un vibrant « Joyeux Anniversaire ». À la fin de la chanson, Gillian, la jolie petite étudiante qui les avait aidés pour le brunch quelques semaines plus tôt, apparut avec un chariot supportant un gâteau illuminé de bougies. Elle ressemblait ce soir à Alice au pays des merveilles, avec sa robe chasuble bleue et son bandeau de velours assorti.

— Faites un vœu ! cria quelqu'un.

Doug tint les cheveux de Cam en arrière, elle ferma les yeux, se pencha et éteignit d'un coup les trente bougies.

Les acclamations fusèrent, quelqu'un d'autre lança :

— Bravo ! Maintenant, on est sûr que Doug va gagner !

Le sourire de Cam s'estompa sous les applaudissements.

Cependant que Maggie s'attaquait au gâteau avec un couteau à découper, Cam examina le lieu. C'était bien une ancienne boutique, comme elle l'avait deviné, mais elle n'était pas abandonnée. Deux rangées de bureaux s'étiraient de la porte à la pièce du fond. Les classeurs poussés contre les murs n'avaient pas encore été sortis de leurs caisses en carton, et les téléphones posés sur les bureaux demeuraient dans leur emballage de plastique.

— Qu'est-ce que c'est que cet endroit ? finit-elle par demander à Doug.

Gillian s'approcha de lui pour lui offrir une part de gâteau et un sourire timide. Il passa l'assiette à Campbell, tendit la main pour en prendre une autre.

— C'est la seconde partie de la surprise. Cam, tu es ici au siège de la campagne « Alexander au Congrès » !

Sous les acclamations, elle eut l'impression que c'était elle qui venait de disparaître dans le terrier du lapin.

— Formidable, non ? C'est Nathan qui nous l'a trouvé.

Nathan Vance s'avança avec un sourire suffisant.

— Et j'ai une surprise pour *toi*, Doug. Marge Kenneally a donné son accord aujourd'hui.

— Bien joué, mon gars ! claironna Doug, qui leva le bras pour frapper dans la main de Nathan. Beau boulot !

— Qui est Marge Kenneally ? demanda Cam.

— Un membre du Sénat du Delaware. Elle a accepté de se présenter contre Doug dans la primaire, répondit Nathan.

Elle se tourna vers son mari.

— Tu es content que quelqu'un se présente contre toi ?

Il secoua la tête en la regardant tendrement, prélude patient et quelque peu condescendant à une explication :

— Elle fait ça pour me rendre service. S'il n'y avait pas d'autre candidat, il n'y aurait pas de primaire. Il me faut absolument un adversaire bidon.

— Pourquoi ?

— Parce que le montant des contributions individuelles est plafonné à mille dollars par élection, poursuivit-il sur un ton un peu moins patient. En l'absence

211

de primaire, les personnes soutenant ma campagne ne pourront verser que mille dollars chacune. Avec Marge en lice, la somme grimpe à deux mille dollars.

— Sans compter la publicité gratuite, ajouta Nathan. Si tu fais quatre-vingt-quinze pour cent des voix à la primaire, la presse parlera d'un raz-de-marée et ne prendra pas la peine de préciser que Marge ne faisait que remplir ses obligations envers le Parti.

Doug approuva d'un hochement de tête.

— Il faudra absolument lui témoigner notre reconnaissance. Rappelle-moi de le faire après l'élection, Nathan.

— Compte sur moi.

Campbell posa son assiette sur l'un des bureaux qu'aucun papier n'encombrait encore et toucha le coude de son mari.

— Chéri ? Je peux te parler une minute ?

— Maintenant ?

— S'il te plaît.

D'un signe de tête, il indiqua la pièce du fond et, l'air contrarié, suivit Campbell.

— Excusez-moi, tout le monde, cria-t-il par-dessus son épaule, la jeune mariée veut me parler en particulier !

Elle eut envie de rentrer sous terre en entendant les rires qui les accompagnèrent.

Doug appuya sur l'interrupteur, la lumière éclaira une table entourée de douze chaises encore enveloppées de plastique. Cam ferma la porte.

— Qu'est-ce qu'il y a ? demanda-t-il. Il faut retourner à la...

— Tu n'aurais pas dû faire ça.

Le regard de Doug s'adoucit. Il s'approcha d'elle, prit son visage entre ses mains.

— Pourquoi ? Tu mérites une fête plus que n'importe qui.

— Ce n'est pas ce que je veux dire. (Elle se dégagea, s'écarta de lui.) Tu n'aurais pas dû louer ce local. Tu n'aurais pas dû acheter tout ce mobilier. Tu n'aurais pas dû faire appel à Marge Machin-Chose. Tu avais promis...

Le visage de Doug se ferma.

— J'ai tenu ma promesse. J'ai dit que je n'annoncerais pas ma candidature et je ne l'ai pas annoncée. Mais en attendant, il y a des choses à faire. Tu ne peux pas me demander de rester les deux mains dans les...

— Si, je peux ! Tu avais promis que tu ne te présenterais pas si je n'étais pas d'accord.

— Je n'ai jamais dit ça.

Le visage de Campbell perdait lentement toute couleur.

— Bon Dieu, c'est quoi, ton problème ? murmura Doug d'un ton dur. La plupart des autres femmes seraient folles de joie. Elles n'essaieraient pas de me coller un boulet au pied à la première occasion.

Elle lui tourna le dos, plongea la main dans son sac et y prit une enveloppe.

— Le voilà, mon problème.

Il fixa un moment l'enveloppe d'un regard intrigué, l'ouvrit, en tira une photo. C'était une photo en couleurs de Campbell, étendue, nue et provocante, sur un lit aux draps de satin noir froissés.

Une expression de stupéfaction ravie passa sur les traits de Doug. Il pensait manifestement qu'elle lui offrait un cadeau.

— Cam, waoh ! s'exclama-t-il avant de revenir à des considérations plus terre à terre. Tu crois que c'était raisonnable ? Je veux dire, où tu l'as fait faire ?

— À Ann Harbor, Michigan, rétorqua-t-elle. En 1991.

Il leva les yeux de la photo.

— Qu'est-ce que tu viens de dire ?

— J'étais fauchée. J'avais besoin d'argent pour acheter des bouquins et des tickets de repas. Ce type faisait de la pub sur les tableaux d'affichage du campus. Il payait cinq cents dollars, et pour moi, c'était une fortune, à l'époque. Alors, j'ai posé pour lui. Il a pris une douzaine de photos comme celle-là.

— Où... ? fit Doug en se laissant tomber sur une chaise, dont l'emballage de plastique gémit sous son poids. Qu'est-ce qu'il en a fait ?

— Je l'ignore. Je suppose qu'il les a vendues à des magazines spécialisés...

— Tu n'as jamais essayé de savoir ?

— Je voulais simplement oublier cette histoire. Et j'y étais parvenue, d'ailleurs, jusqu'à...

Il remit la photo dans l'enveloppe, referma le rabat avec soin.

— Doug, je suis désolée, dit-elle, tombant à genoux à côté de sa chaise. Si j'avais été au courant de tes ambitions politiques, je t'aurais tout raconté avant notre mariage, je te le jure. Mais je ne me doutais pas : jamais tu n'y as fait allusion...

— Tu avais ton secret et moi le mien, repartit-il avec un rire creux. Il se trouve qu'ils sont incompatibles. Photos pornos et politique.

Elle prit la main de Doug, qui demeura raide et sans vie entre les siennes.

— Je suis navrée.

— Qui est au courant ? Nathan ?

— Non, grands dieux, non. Je n'en ai parlé à personne.

— Comment il t'a payée, ce... photographe ?

— En liquide.

— Tu lui as donné ton nom ?

214

— Pas le vrai.

Il se leva brusquement.

— Alors, qu'est-ce qui te lie à ces photos ? Rien.

— Doug ! C'est *moi* dessus, tout le monde peut s'en rendre compte. Tu t'en es rendu compte tout de suite.

— Qui peut prouver que c'est toi ? Le monde est plein de sosies. Si quelqu'un déterre cette histoire, nous nierons, tout simplement. (Il se mit à aller et venir le long de la table.) D'ailleurs, il est peu probable que ça arrive. Le type n'a peut-être même jamais vendu les photos. Et quelle chance y a-t-il pour qu'un pornographe à la petite semaine du Michigan suive une élection se déroulant dans le Delaware ?

Cam le regarda avec de grands yeux.

— Aussi mince soit-il, tu serais prêt à me faire courir ce risque ? À m'exposer à ça ?

— Hé ! c'est toi qui t'es exposée !

Elle le fixa longuement.

Des cris joyeux s'élevèrent dans l'autre pièce et il alla à la porte.

— Range ça, dit-il en montrant l'enveloppe restée sur la table. Ash ! s'exclama-t-il avant que la porte se referme derrière lui. Merci d'être venu !

Ils rentrèrent à la maison chacun dans sa voiture, montèrent dans la chambre et se dévêtirent en silence.

Doug réduisit la lumière et s'allongea sur le dos à cinquante centimètres de sa femme. Elle attendit un moment puis se rapprocha lentement de lui, promena l'extrémité de ses doigts sur la poitrine de Doug, monta vers sa mâchoire. Les muscles de son cou et de ses épaules se contractèrent et il ne fit pas un geste pour la toucher. Ravalant ses larmes, Cam laissa sa main descendre, la glissa sous la ceinture du caleçon de Doug.

215

Elle le caressa doucement, et la raideur passa de son cou à son bas-ventre. Quand enfin elle l'entendit gémir, elle leva la tête en quête d'un baiser.

Mais, au lieu de l'embrasser, il la prit aux épaules et la plaqua sur le lit.

Elle comprit. Elle s'était avilie à ses yeux, ce soir. Jamais plus il ne la verrait, jamais plus il ne la toucherait avec le même respect adorateur qu'avant. Elle savait que ce serait peut-être le prix à payer, mais elle n'avait pas songé qu'elle devrait le payer, qu'elle eût obtenu ou non ce qu'elle désirait.

Elle comprit autre chose aussi. Tous les contrats étaient rompus, à présent. Doug ne se sentirait plus obligé de discuter de quoi que ce soit avec elle. La révélation du secret de Cam lui donnait toute latitude pour prendre seul ses décisions. Cam avait tiré ce soir sa dernière cartouche, Doug avait réussi à parer le coup, la laissant totalement désarmée : plus d'objections à soulever, plus d'analyses politiques à lui soumettre, plus de mots doux ou de cajoleries pour l'amener à penser comme elle.

Il parvint à un orgasme rapide et sans joie, roula sur le côté avec un frisson.

Il n'y avait même plus de rapports sexuels.

Lorsqu'elle finit par s'endormir, cette nuit-là, elle fit un rêve dans lequel elle nageait sous l'eau dans une mer sombre et houleuse. Elle battait des bras à en avoir mal mais, comme tout était obscur autour d'elle, elle ne savait pas si elle avançait. Elle ne savait pas même pourquoi elle se démenait autant. Lentement, un rai de lumière apparut devant elle et Cam aperçut une côte. Loin, très loin. Hors d'haleine, elle ouvrit la bouche, emplit ses poumons d'un flot d'eau froide et noire, baissa de nouveau la tête et continua à nager vers la lumière.

Elle se noyait mais elle continuait à nager.

Doris Palumbo poussa un soupir quand le téléphone sonna et que le bébé se remit à pleurer. Pendant trois quarts d'heure, elle avait arpenté la pièce en le tenant dans ses bras ; tout était à recommencer. Elle prit l'enfant dans le couffin, le cala d'une main au creux de son épaule, décrocha de l'autre.

— Allô ? cria-t-elle.

— Pourrais-je parler à Doris Palumbo, s'il vous plaît ?

Elle caressa le dos du bébé jusqu'à ce que ses vagissements se réduisent à de légers sanglots hoquetants.

— Oui, qu'est-ce que vous voulez ?

— Mrs Palumbo, je m'appelle Helen Nagy, je travaille pour le cabinet Jackson, Rieders & Clark, de Philadelphie.

Les garçons regardaient un dessin animé en bas et Doris tendit l'oreille pour écouter la chamaillerie qui venait d'éclater entre eux.

— De quoi il s'agit ?

— Vous connaissiez Gloria Lipton, je crois ?

— Gloria ? fit Doris si surprise qu'elle cessa de tapoter le dos de Megan, qui émit aussitôt un gémissement de protestation. Oui, pourquoi ? C'est une de mes plus anciennes amies.

En bas, la querelle des garçons s'envenimait, et Doris s'approcha de l'escalier pour leur signifier :

— Silence, les enfants, grand-mère téléphone !

Faisant danser le bébé contre elle, Doris répéta dans l'appareil :

— Pourquoi ? Il lui est arrivé quelque chose ?

— Je suis désolée, Mrs Palumbo. Elle est morte.

Le bord du lit toucha le creux de ses genoux et elle tomba assise si soudainement que le bébé se tut.

— Oh ! mon Dieu... Elle... elle était si jeune. De quoi elle est morte ? Elle était malade ?

— Elle a été assassinée.

— Oh ! fit Doris en serrant les bras dans un réflexe, le bébé poussant aussitôt un cri. Pardon, Megan, ma petite chérie... Qui a fait ça ? Pourquoi ?

— Apparemment, elle a été tuée au hasard dans la rue. La police n'a aucune piste.

— Je n'arrive pas à y croire. Pauvre Gloria !

Des cris retentirent en bas. Collant le téléphone contre sa poitrine, Doris gronda :

— Vous allez vous taire ? Je suis au téléphone !

— Mrs Palumbo, je vous appelle parce que nous essayons de retrouver un parent, des amis à prévenir. J'ai trouvé votre nom dans son carnet d'adresses...

— Gloria n'avait plus de famille. Quant aux amies, c'était nous quatre : Gloria, moi, Abby Zodtner et Joan Landis. Mais ça doit bien faire dix ou quinze ans qu'on a perdu la trace d'Abby, et je ne suis plus en contact avec Joan. Oh ! mon Dieu, est-ce que ça veut dire qu'il n'y a personne pour l'enterrer ? Qu'est-ce qu'elle va devenir ?

— Gloria a laissé ses affaires en ordre, dit la femme. Elle avait pris des dispositions pour son enterrement, tout était réglé d'avance.

— C'est bien d'elle, ça. Elle était très organisée.

— Vous avez l'adresse de Mrs Zodtner et de Mrs Landis ?

— Non, elles ne s'appellent pas comme ça, c'étaient leurs noms de jeunes filles. Voyons, Abby s'est mariée avec un certain Johnson. Et le mari de Joan avait un de ces drôles de noms anglais, Trueblue, Trueblood,

218

quelque chose comme ça. Je ne sais pas où ils ont atterri : on l'envoyait dans le monde entier, Trueblood. Abby, elle vivait là-haut en Pennsylvanie, près d'Altoona, peut-être. Mais comme je vous disais, ça remonte à loin.

— Merci, Mrs Palumbo.

— Merci de m'avoir prévenue.

Doris raccrocha, resta un moment assise, sous le choc, puis se rendit compte que — miracle — le bébé s'était endormi sur son épaule. Elle se leva avec précaution, le recoucha doucement dans le couffin.

En bas, Dylan et Joshua se disputaient l'unique crayon couleur chair de la boîte. Ils n'étaient que cousins mais passaient tellement de temps ensemble qu'ils se querellaient comme des frères. Doris descendit à temps pour attraper le poing de Dylan avant qu'il ne s'abatte sur Joshua.

— Ça suffit, maintenant, ordonna-t-elle. Vous allez goûter.

Elle les installa à la table de la cuisine avec un verre de jus de pomme et un nombre égal de bretzels pour chacun. Le menton dans les mains, elle les surveilla en songeant au passé. Cela faisait longtemps qu'elle et ses amies s'étaient perdues de vue, mais dans les années 1960, elles étaient inséparables. Les Quatre Secrétaires, les surnommait Abby. Abby était la jolie fille du groupe, Joan la gentille, Gloria l'ambitieuse, et Doris la mère poule au grand cœur. En réalité, jolies, gentilles, ambitieuses, elles l'étaient toutes, et elles étaient toutes venues à Washington avec du cœur à revendre. Elles étaient arrivées dans la capitale le même mois — juin 1966 —, avaient fait leur stage ensemble et avaient fini par habiter ensemble aussi, un avantage quand on travaille pour un organisme tellement secret qu'on n'a même pas le droit de prononcer son nom. Elles avaient tout en commun, quatre filles du fin fond de l'Amérique rurale, fraîchement sorties du collège, chacune la plus brillante de sa classe. Lucides, professionnelles, prêtes à faire leur devoir envers leur pays, elles poursuivaient aussi des objectifs personnels. À une époque où le reste de l'Amérique, jeans et cheveux longs, manifestait contre la guerre du Vietnam, elles portaient des gaines, des coiffures bouffantes, et sortaient avec des attachés militaires. Elles avaient toujours un œil sur le bloc de sténo, l'autre sur le mari idéal.

Aucune d'elles n'atteignit son but. Abby, qui avait eu les meilleures perspectives — elle était sortie avec un parlementaire, bon sang —, avait soudain fait ses bagages pour rentrer chez elle épouser son petit copain de lycée. Joan avait épousé un Anglais terriblement sophistiqué qu'elle prenait pour un attaché d'ambassade et dont elle apprit plus tard qu'il n'était qu'employé. Quant à Doris, elle avait fait la connaissance d'un *marine* un jour qu'elle portait un message à la Maison-Blanche. Il avait l'air si séduisant dans son grand uniforme que, trois semaines plus tard, ils étaient partis ensemble pour Elkton. Il s'était révélé beaucoup moins séduisant en civil après avoir quitté l'armée, et de toute façon, au bout de quatre ans, il avait aussi quitté Doris. Enfin il y avait Gloria, qui ne s'était jamais mariée. Elle disait qu'elle n'avait pas rencontré d'homme digne de ses exigences. Maintenant, elle ne le rencontrerait jamais, pensa tristement Doris.

À six heures, comme personne n'était encore venu chercher les enfants, Doris fit chauffer une boîte de spaghettis pour les garçons. À sept heures, elle les baigna tous les trois et leur mit les pyjamas qu'elle gardait chez elle pour ce genre de contretemps. À huit heures, Chrissie appela : elle avait fini tard au travail, et l'un des types de la comptabilité l'avait invitée à dîner, alors, maman, est-ce que ça t'embêterait de garder Dylan et Megan ? Cela n'embêtait pas Doris, qui savait mieux que quiconque qu'une divorcée avec deux enfants doit saisir toutes les occasions qui se présentent. Dawn téléphona cinq minutes plus tard. Elle avait travaillé tard elle aussi, elle n'avait pas le courage de faire quinze kilomètres en voiture pour venir chercher Josh, est-ce que sa grand-mère pouvait le ramener ?

Doris enfila des combinaisons de ski sur les pyjamas, fit monter les enfants dans la voiture et démarra au moment où la neige commençait à tomber. Elle se mit à chanter la comptine préférée des garçons : « Le chat dit au chameau dans un chapeau, le chat dit au chameau, Qu'est-ce qu'on fait, maintenant ? »

— Encore, grand-mère ! s'écria Josh à la fin de la chanson. Encore !

Doris recommençait à chanter quand quelque chose dansa dans son champ de vision. Elle regarda dans le rétroviseur, vit une lumière bleue clignoter derrière elle. Avait-elle roulé trop vite ? Non, elle ne pensait pas avoir dépassé la vitesse limite, mais il n'y avait pas d'autre voiture sur la route : ce ne pouvait être que pour elle.

Le véhicule banalisé la dépassa et son chauffeur fit signe à Doris d'obliquer vers la station de pesage pour camions. Une pancarte indiquait que la station était fermée mais la grille était restée ouverte, et Doris suivit la voiture. Quand elle stoppa, elle s'arrêta derrière.

— Où on est ? demanda Dylan en se redressant. C'est pas la maison de Josh.

— Le policier, là-devant, veut me parler, répondit Doris.

Joshua défit sa ceinture de sécurité, se glissa entre les sièges pour voir.

— Il va t'arrêter, grand-mère ?

— Bien sûr que non, chéri.

L'agent descendit de voiture, rajusta sa casquette avant de se diriger vers Doris. Elle baissa sa vitre.

— Bonsoir, qu'est-ce qui se passe ?

— Descendez de voiture, madame, s'il vous plaît.

Elle se dit qu'un de ses stops ne marchait peut-être pas et qu'il voulait le lui montrer. Elle releva la vitre pour que les enfants n'attrapent pas la mort, essaya de se rappeler si elle était à jour côté contrôle technique.

— Qu'est-ce qui se passe, monsieur l'agent ? répéta-t-elle en sortant de la voiture.

Quelque chose surgit de l'obscurité et s'abattit sur la joue de Doris. Stupéfaite, elle ouvrit la bouche, le souffle coupé. L'homme la frappa de nouveau et elle sentit des os craquer, des vaisseaux sanguins exploser dans sa figure. Un troisième coup la fit tomber en arrière. Elle se rattrapa à l'aile de la voiture, tenta de se redresser, mais il la saisit par le bras et la plaqua contre le gravier glacé.

Des cris étouffés s'élevèrent dans la voiture.

— Pas ici, s'il vous plaît, hoqueta-t-elle quand il lui écarta les jambes. Pas devant les enfants.

Il coupa court à ses supplications en pressant durement un bras contre sa gorge.

— Tiens-toi tranquille, murmura-t-il. Et tais-toi.

La nuit se referma sur elle. Dans le grand silence qui suivit, elle n'entendit plus que les voix faibles de ses petits-enfants et le martèlement de leurs petits poings contre la vitre.

Comme des ailes de papillons de nuit battant au carreau d'une fenêtre, pensa-t-elle confusément tandis que
son sang coulait sur le gravier.

15

Rien n'avait changé. C'était toujours la même grand-
route à quatre voies traversant la vallée, le même
numéro de sortie, le même panneau *Station-service* qui
incitait les automobilistes à prendre la bretelle pour
faire le plein. Cette pancarte, c'était l'unique chose qui
avait permis à la station Johnson de subsister, comme
Campbell l'avait appris à huit ou neuf ans, un jour
qu'aucun véhicule ne s'arrêtait devant les pompes. Cent
fois dans la journée, son père avait marché jusqu'à la
bretelle pour guetter des voitures qui n'arrivaient
jamais. Le soir, il avait fait monter Cam dans la
camionnette, avait roulé jusqu'à la bretelle suivante
pour prendre la grand-route puis était remonté jusqu'à
leur sortie et avait ralenti. Des traces de dérapage mar-
quant la chaussée se terminaient là où aurait dû être le
panneau. Il s'était garé sur le bas-côté et, de la camionnette, Campbell l'avait vu examiner la plaque en fer
gondolée gisant par terre. Il aurait pu prévenir les services routiers qui, une semaine ou deux plus tard,
auraient envoyé une équipe. Mais il avait chargé le panneau dans la camionnette et était retourné au garage.
Cam l'avait regardé le souder et le redresser à coups de
marteau. Elle était au lit quand il était reparti pour la
grand-route, et, le lendemain matin, elle avait été
réveillée par le sifflement hydraulique familier des

semi-remorques ralentissant pour obliquer vers la station-service.

Vingt ans plus tard, c'était elle qui ralentissait et obliquait vers la station. Elle en était à sa troisième tentative. Voyant que, cette fois, personne ne la suivait sur la rampe d'accès, elle pénétra dans la station, s'arrêta devant les pompes. Le vent froid de mars hurlant dans la vallée la frappa de plein fouet quand elle descendit de voiture. Elle glissa l'extrémité du tuyau de la pompe dans l'orifice du réservoir, fit le gros dos pour lutter contre le vent qui agitait follement ses cheveux.

Rien n'avait changé : le bureau et les deux ateliers jumeaux du garage, les toilettes de chaque côté, dames à droite, messieurs à gauche, le mobile home derrière, sur la colline, et l'enseigne aux lettres fanées annonçant encore, au-dessus de la porte : Garage Charles Johnson. Tout était si semblable à autrefois qu'elle s'attendait presque à voir Darryl s'approcher de son pas nonchalant, poser un coude sur le toit de la voiture et lui demander : « Qu'est-ce que je peux faire pour toi, beauté ? »

Mais Darryl avait été licencié treize ans plus tôt, et toutes les pompes étaient maintenant en self-service.

La jeune femme rondelette aux cheveux blond brillant assise derrière le comptoir leva la tête et tira une bouffée de sa cigarette lorsque Campbell entra dans le bureau. Par la porte de l'atelier s'échappaient des cliquetis d'outils et de la musique country diffusée par la radio. Elle se dirigea vers le présentoir fixé au mur, y prit une carte routière et feignit de l'étudier. L'odeur de tabac se mêlait à celle de l'essence et de la graisse, et Cam se mit à respirer par la bouche pour ne pas être prise de haut-le-cœur.

Tête baissée, elle coula un regard à la jeune femme du comptoir. Cam aussi s'asseyait autrefois sur ce tabouret pour faire ses devoirs après l'école tout en tenant la caisse. Darryl prenait l'argent liquide dehors mais devait lui apporter les cartes de crédit. Elle sentait son estomac se serrer quand il s'approchait d'elle de sa démarche indolente ; ses mains devenaient maladroites quand il la regardait passer la carte dans l'appareil. Il avait vingt ans, elle quatorze, et il la tripotait des yeux. Quand elle eut quinze ans, les mains de Darryl se mirent aussi de la partie.

La jeune femme assise tranquillement derrière le comptoir ne montrait pas la même agitation que Cam autrefois à la même place. Elle a l'air heureuse, pensa Cam. Il n'y a rien pour la troubler, rien pour faire couler les larmes de frustration qu'elle-même avait versées enfant.

— Je peux vous aider à trouver votre route ? proposa la jeune femme en faisant tourner son tabouret.

Cam jeta un coup d'œil aux pompes désertes avant de répondre :

— Oui, merci.

Elle s'approcha, déplia la carte sur le comptoir. La jeune femme posa sa cigarette au bord du cendrier, se pencha en avant.

— Où c'est que vous voulez aller ?

Sa tête frôlant celle de la caissière, Campbell murmura :

— Charlene, c'est moi.

Lentement, sa sœur se redressa.

— Oh ! Mon Dieu.

— S'il te plaît, ne prononce pas mon nom. Il y a qui, là-derrière ?

— Personne. Juste le père. Attends une seconde... (Charlene se laissa glisser au bas de son siège, fit quelques pas vers la porte de l'atelier.) Hé, p'pa ? appela-t-elle d'une voix tendue. Tu peux venir ?

Campbell regarda de nouveau dehors. La Nissan qu'elle avait louée était toujours la seule voiture garée devant les pompes.

Un homme apparut sur le seuil du bureau avec un demi-sourire. Son ventre s'arrondissait au-dessus de la ceinture de son pantalon maculé de graisse, mais toute chair semblait avoir quitté son visage, ne laissant que des rideaux de peau pendante et vide sous son menton. Son sourire s'effaça quand Cam se redressa, et il eut soudain l'air d'un homme vieilli par les soucis.

— Ben, ça, alors, fit-il. T'es devenue une vraie femme, Cammy.

— Dis pas son nom, souffla Charlene.

— D'accord.

— Comment vas-tu ? demanda Campbell d'une voix tremblante.

— Bien, bien. Faut pas se plaindre. Hé ! les filles, vous voulez monter à la maison ? Je garde la boutique, Charlene. Allez-y, mangez un morceau, toutes les deux.

Il passait déjà derrière le comptoir et Charlene se dirigeait déjà vers la porte, se comportant tous deux comme si Cam revenait simplement après une longue absence pour de joyeuses retrouvailles familiales.

— Je ne peux pas faire ça, lança-t-elle d'un ton sec.

Charlene et son père échangèrent un regard puis se tournèrent de nouveau vers Cam.

— Je suis venue vous dire quelque chose. J'aimerais pouvoir aussi rester avec vous un moment mais je ne veux pas qu'on sache...

Elle s'interrompit et Charlene acheva pour elle :

— Que t'es de la famille.

— T'en fais pas, la rassura le père. Personne apprendra rien par nous. On a jamais rien dit.

— Est-ce qu'ils continuent à venir ici ?

— Oh ! bien sûr ! Quelqu'un passe une fois par an

226

à peu près pour nous faire sentir qu'ils continuent à nous surveiller.

Treize ans, pensa Cam. Jackson, Rieders & Clark avait une salle pleine de dossiers aussi vieux ou même plus ; ce n'était probablement rien pour le FBI de maintenir un dossier ouvert aussi longtemps.

Charlene, qui la fixait des yeux, lâcha inopinément :

— Tu te fais éclaircir les cheveux ?

— Je me fais quoi ? Oh non ! Mais j'aime la couleur de tes cheveux, c'est très joli. Vous avez l'air en forme. Tous les deux, ajouta-t-elle en se tournant vers le visage pendouillant de son père.

— Toi aussi, répondit-il. Comme ta mère.

Campbell baissa de nouveau les yeux vers la carte tandis que le mot gisait entre eux, tel un animal écrasé sur une route : on fait un écart pour l'éviter, on essaie de passer sans tacher ses roues de sang.

— Mon Dieu ! s'exclama soudain Charlene en remarquant l'alliance de sa sœur, t'es mariée !

— C'est de ça que je suis venue vous parler.

— Ben, pour une nouvelle, fit le père, rayonnant. C'est formidable, formidable. Comment il s'appelle ?

— Il vaut mieux que vous l'ignoriez.

Des freins gémirent dehors et tous se raidirent. C'était un bruit familier pour chacun d'eux, il signifiait qu'il ne leur restait pas beaucoup de temps. Tête baissée, Cam expliqua rapidement :

— Voilà, il veut faire de la politique, et il se pourrait que certaines personnes fouillent dans mon passé, qu'on vienne vous poser des questions...

— Il est riche ? s'exclama Charlene.

— Non, pas du tout.

— Te bile pas, dit le père. Si quelqu'un vient, on répondra comme on l'a toujours fait. Tu t'es sauvée de

227

la maison quand t'avais quinze ans, on t'a pas revue depuis. On a jamais eu de nouvelles.

Cam approuva de la tête. Les deux premières parties de la phrase étaient justes, la troisième l'était presque. En tout cas, c'était la version sur laquelle ils s'étaient mis d'accord des années plus tôt.

— Il se peut qu'on vous montre une photo, reprit-elle. Une photo de moi maintenant.

Charlene écrasa sa cigarette dans le cendrier.

— Tu veux qu'on réponde qu'on te reconnaît pas ?

— Oui, mais ça ne suffira pas vraiment...

Le père devina :

— Tu veux que je déclare carrément : « C'est pas ma fille » ?

Campbell le regarda. C'était exactement ce qu'elle désirait, et il avait prononcé les mots sans ressentiment. Sans aucune expression. Elle se demanda s'il aurait renié Charlene aussi facilement. Il avait été un père affectueux, une présence bienveillante dans l'enfance de Cam, mais Charlene avait toujours eu sa préférence.

« Il a peur de toi, disait sa mère. Il ne sait pas quoi faire d'une fille aussi intelligente. »

« Mais toi aussi tu es intelligente », avait un jour fait remarquer Campbell.

Le père de Cam avait sans doute cru compenser : Charlene pouvait être sa petite citrouille parce que Cam était clairement la fille adorée de sa mère. Cette adoration était lourde à porter et Cam l'aurait volontiers échangée contre l'amour plus simple de son père.

— Oui, merci, murmura-t-elle.

Un semi-remorque était à l'arrêt devant la pompe de gazole au bout de la station. Campbell replia la carte, prit son porte-monnaie dans son sac ; au moment où elle tendait à Charlene un billet de vingt dollars, elle éprouva le besoin de nouer un lien avec ces gens qui la laissaient si facilement partir.

— Vous recevez bien l'argent que je vous envoie ? Les mandats ?

Charlene écarquilla les yeux.

— Ça vient de toi ? On croyait que c'était m'man !

Le silence se fit dans le bureau. Dehors, le chauffeur du camion sautait de sa cabine.

— Qu'est-ce... qu'est-ce qui vous faisait croire ça ? demanda Cam à voix basse.

— Je sais pas, répondit Charlene. Les timbres venaient d'un peu partout, alors on pensait... Et pour mes cadeaux d'anniversaire, les cartes étaient toujours signées Mary Mack...

Cam regarda sa sœur. « Miss Merri-mac-mac-mac », leur chantait leur mère quand elles étaient enfants. Il y avait quelque chose dans la répétition de la dernière syllabe qui ravissait la petite Charlene. « Chante encore, maman ! » réclamait-elle.

— Je ne t'ai jamais envoyé de cadeaux, marmonna Campbell. Rien que des mandats.

— Alors, le reste venait bien de maman. En tout cas, merci pour l'argent. C'était gentil de ta part.

— Vraiment gentil, renchérit le père.

Une rafale de vent froid s'engouffra dans la pièce quand la porte s'ouvrit derrière Campbell.

— Alors je suis la 80 en direction de l'ouest ? dit-elle. Et j'arrive à Du Bois...

— C'est ça, répondit son père après un temps d'hésitation. Encore une trentaine de kilomètres.

— Merci beaucoup.

Elle se retourna, passa devant le chauffeur.

— Au revoir. Soyez prudente, dit Charlene.

— Merci, fit Cam, dont la voix s'étrangla quand elle ouvrit la porte. Vous aussi.

Elle roula sur la grand-route en direction de l'ouest jusqu'à ce qu'elle soit sûre que le semi-remorque ne la suivait pas, puis elle sortit et repartit dans l'autre sens par une route secondaire qui serpentait vers Altoona. Un tourbillon de souvenirs arrachés à sa mémoire submergea son esprit. Cinq minutes dans la station-service avaient effacé tout ce qui s'était passé en treize ans. Elle était redevenue une adolescente, sur le point de franchir le seuil d'une vie nouvelle.

Darryl Pollack était un vaurien, tout le monde le savait sans que la mère de Cam ait besoin de le répéter à longueur de journée. C'était la raison pour laquelle Cam devait comparer chaque jour le montant de l'argent qu'il avait encaissé avec le débit affiché par les pompes ; c'était la raison pour laquelle son père ne quittait jamais le garage avant qu'elle rentre de l'école et s'occupe du bureau. Elle le savait si bien que pas une fois elle ne baissa sa garde en ce qui concernait l'argent.

Il avait des hanches étroites, des yeux aux paupières lourdes et des cheveux blond sale coiffés en catogan. Entre deux clients aux pompes, il était censé travailler à l'atelier mais, chaque fois que le père de Cam n'était pas là, il se glissait dans le bureau derrière elle, s'appuyait à l'encadrement de la porte et la regardait. « Salut, V.D.P. », disait-il. Elle se retournait, s'exclamait, « Quoi ? », mais il ne répondait jamais et se contentait de promener lentement les yeux sur la poitrine de Cam, qui était encore quelque chose de nouveau et d'étrange pour elle.

Il lui fallut deux ou trois semaines pour trouver le courage de lui demander ce que V.D.P. signifiait.

« Voie directe pour la prison », répondit-il avec un grand sourire.

Elle ne savait pas non plus ce que cela voulait dire mais elle était trop fière pour poser de nouveau la question.

Un jour, il assortit son regard concupiscent de cette remarque :

« J'parie qu'ils sont même pas vrais... »

Elle devina de quoi il parlait, mais elle était trop jeune pour savoir remettre un homme à sa place d'un regard ou d'un mot cinglant. Indignée, elle protesta :

« Bien sûr que si !

— Prouve-le. »

Elle rougit si violemment qu'elle eut l'impression que sa tête allait éclater mais elle ne détourna pas les yeux et ce fut finalement Darryl qui s'éloigna, avec un balancement de hanches qui acheva d'embraser l'adolescente qu'elle était.

À partir de ce jour, il s'enhardit, s'approchant plus près, lui frôlant parfois la nuque, sans cesser de fixer ses seins. Cam se mit à penser au regard de Darryl quand elle se déshabillait le soir. Cela la troublait de savoir que son corps obsédait Darryl ; elle avait l'impression d'exercer un pouvoir magique sur lui.

Un jour qu'il lui répétait « Prouve-le » pour la centième fois, elle déglutit et répliqua : « Vérifie toi-même. »

Il n'hésita pas. Fourrant ses mains sous le chemisier, il la caressa si longtemps et si fort que ses tétons lui piquaient encore quand elle s'assit à table pour dîner ce soir-là.

« Qu'est-ce que tu as ? lui demanda sa mère.

— Rien.

— Je te trouve bien silencieuse.

— C'est un crime ?

— Ce n'est pas à cause de ce Larry, j'espère ? Celui qui n'arrête pas de téléphoner ici ?

231

« — Tu veux dire celui à qui tu n'arrêtes pas de raccrocher au nez ?

— Tu n'as pas de temps à perdre avec les garçons. »

Cam haussa les épaules, poussa ses petits pois vers le bord de son assiette. Air connu : les garçons étaient une distraction idiote, il valait mieux passer son temps à étudier.

Les yeux de sa mère ne la quittaient pas.

« C'est ce voyou de Darryl ? Il t'a embêtée ? »

Cam prit une expression d'ennui. Avoir des secrets était déjà une vieille habitude pour elle. Depuis la petite enfance, elle gardait dans un coin de son esprit les pensées trop précieuses pour être partagées avec les gens.

« Je ne le remarque même pas, soupira-t-elle.

— Je n'aime pas que tu ailles travailler là-bas avec lui, dit la mère. Il ne vaut rien, ce garçon. D'ailleurs, ajouta-t-elle en se tournant vers le père de Cam, ses études passent en premier. »

Il mâcha un instant avant de répondre :

« Elle n'a que des A en classe. Je vois pas ce qu'elle pourrait faire de mieux.

— J'ai bien l'intention qu'elle fasse beaucoup mieux. Plus elle passera de temps sur ses devoirs, plus elle aura de chances d'être admise dans une bonne université.

— Et moins on en aura de pouvoir payer ses études. À moins que *toi*, tu descendes tenir la caisse l'après-midi. »

C'était entre eux un vieux sujet de discorde. La mère de Campbell plissa les lèvres et se tut.

Ce soir-là, Cam se déshabilla dans la salle de bains et se contempla dans le miroir. Darryl avait laissé ses empreintes digitales sur tous les endroits où il l'avait touchée. Son ventre, ses seins étaient couverts de taches de graisse. Comme s'il avait imprimé sa marque sur son corps. Elle songea qu'elle lui appartenait, à présent.

Apparemment, il le pensait aussi. Il entrait dans le bureau avec une carte de crédit et glissait une main sous la blouse de Cam pendant que le client attendait. Il la faisait asseoir sur le tabouret, jambes écartées, et frottait son bas-ventre contre elle en l'embrassant. Il lui caressait les cuisses, montant chaque jour un peu plus haut. Chaque soir, elle se déshabillait devant la glace et constatait que les marques se rapprochaient du but.

« Je peux te faire prendre ton pied, tu sais », lui dit-il un jour, et elle était si naïve qu'elle répondit : « Prendre mon pied entre mes mains ? »

Elle découvrit de quoi il parlait quelques jours plus tard, quand un client entra et demanda une courroie de ventilateur. Le père de Cam n'était pas là pour s'occuper de lui — il était allé à Johnstown chercher un carburateur —, mais le client résolut de trouver la courroie lui-même. Il examinait les étagères, à l'autre bout de la pièce, quand elle sentit la main de Darryl se faufiler sous sa jupe. Elle ouvrit de grands yeux mais n'osa pas protester ou le repousser, pas avec le client à quelques mètres d'eux. Les doigts de Darryl passèrent sous l'élastique de sa culotte.

« À quelle heure vous pensez que Bud sera de retour ? s'enquit le client.

— Oh ! vers cinq heures ! » répondit-elle d'une voix tremblante.

Il hocha la tête, s'accroupit pour inspecter l'étagère du bas. Darryl se mit à caresser Cam, qui s'agrippa au comptoir à deux mains pour rester droite. Imperceptiblement, elle commença à se frotter contre sa main.

« Ah voilà ! » fit le client en se redressant, un ruban de caoutchouc à la main.

Darryl retira ses doigts, retourna à l'atelier, tandis que le client approchait du comptoir.

Cam crut qu'elle allait mourir. Elle expédia la vente le cœur battant, la chair frémissant entre ses jambes. Mais le client avait envie de bavarder : Elle était en classe avec sa fille Linda, non ? Elles se voyaient souvent ? Cam marmonna une vague réponse en rendant la monnaie. Comme il allait partir, un paquet de chewing-gum attira son attention, et Cam dut rouvrir sa caisse et rendre une deuxième fois la monnaie avant qu'il sorte enfin.

« Ça t'a plu, hein ? fit Darryl derrière elle d'un ton moqueur.

— Oh ! mon Dieu ! » s'étrangla-t-elle.

Il regarda son visage en finissant de la caresser et, quand le premier orgasme de sa vie la fit hoqueter, il eut un sourire de triomphe.

Elle devait lui donner aussi du plaisir, elle l'avait compris avant même qu'il la harcèle à ce sujet. Pourtant, il l'arrêta quand elle voulut insinuer une main dans sa salopette. Il n'était pas un gosse, il ne se contenterait pas d'attouchements de gosse. Il était un homme, il ferait ça comme un homme. Elle comprenait ? Ou elle voulait que ça s'arrête tout de suite entre eux ?

Elle n'aurait pu arrêter, même pour le salut de son âme. Il avait déclenché en elle une véritable frénésie. Elle ne mangeait plus, ne dormait plus, assistait aux cours dans un brouillard. Certains jours, elle était tellement excitée par la perspective de le retrouver qu'elle jouissait dès qu'il la touchait. « Je savais que tu serais facile », lui dit-il, ce qu'elle prit pour un compliment.

Il vint la chercher un soir à la bibliothèque où elle avait dit à sa mère qu'elle resterait pour travailler. C'était un soir d'automne étoilé, et Cam courut vers la voiture de Darryl comme si elle se précipitait vers l'amour et l'aventure.

Ils quittèrent la ville, prirent une vieille route de bûcherons s'enfonçant dans les bois. Il se gara, indiqua de la tête la banquette arrière et Cam descendit, se retrouva dans une forêt de rêve dont les arbres étiraient leurs branches pour effleurer le ciel. Elle entendit les bruits de la nuit, respira une forte odeur d'aiguilles de pin et de feuilles moisies.

Elle s'assit sur la banquette arrière, attendit que Darryl l'embrasse, mais il lui lança : « Grouille un peu, enlève tes fringues ! »

Elle ne demandait pas mieux. Après les attentions qu'il lui avait prodiguées, elle était devenue fière de son corps, elle voulait le dévoiler pour lui comme un cadeau. Mais, ce soir-là, il était trop occupé par ses propres vêtements et ne la regarda même pas se déshabiller. Il promena ses mains sur elle, rien qu'une fois, rapidement, puis la renversa sur la banquette et lui écarta les jambes.

« Attends, dit-elle. Tu ne devrais pas mettre quelque chose ?

— Des trucs de môme, ça. Je sais ce qu'il faut faire. »

Il entra en elle et, une minute plus tard, ressortit. « Oh ! ma biche ! » gémit-il et il se répandit sur son ventre.

Campbell resta immobile, blessée en partie par la violence de la pénétration, en partie par la frustration qu'elle éprouvait, et totalement déroutée.

Ce ne fut pas différent la fois d'après, ni celles qui suivirent. Pendant des semaines, Darryl avait été obsédé par l'idée de la faire jouir derrière la caisse enregistreuse, mais dès qu'il avait pu prendre son plaisir, il avait perdu tout intérêt pour celui de Cam. Elle continuait à faire ce qu'il voulait — il l'avait marquée, elle lui appartenait, croyait-elle —, mais la passion s'estompait, laissant place au doute. Elle le trouvait parfois exaspérant, remarquait ses fautes de grammaire et ses ongles sales. Elle commençait à sentir les premiers assauts de la honte quand une voiture pleine de copains de Darryl s'arrêta un jour à la station-service.

Ils étaient quatre, bruyamment soûls à cinq heures de l'après-midi, qui sifflèrent et poussèrent des cris quand Darryl vint les servir. L'un d'eux tendit le cou pour plonger le regard dans le bureau.

« Hé ! c'est elle ? La petite mignonne là-bas ?

— Qui ? fit un autre. Celle qu'il se tape ? »

Figée sur son tabouret, Campbell attendit la réponse de Darryl.

« Ouais. Qu'est-ce que je vous avais dit ? Elle est super, hein ? »

Elle n'attendit pas qu'il vienne lui apporter l'argent. Après avoir fermé la caisse, elle sortit du bureau et prit le sentier menant au mobile home. Avant même qu'elle ouvre la porte-moustiquaire, le visage de sa mère apparut dans l'ombre derrière le grillage métallique.

« Qu'est-ce que tu as ? On dirait que tu viens de voir un fantôme. »

Cam s'arrêta, une main sur la balustrade de la véranda.

« Non, je... je... » commença-t-elle.

Son estomac lui monta dans la gorge. Pliée en deux, elle vomit un flot de bile dans le gravier.

Sa mère la soutint pour la faire entrer, lui passa un gant de toilette frais sur le visage et accepta ses explications sans poser de question : Cam était soudain devenue allergique à l'essence. En respirer les vapeurs lui donnait la nausée.

Elle n'eut plus jamais à tenir la caisse de la station-service.

À Altoona, Campbell retourna à l'agence rendre la Nissan qu'elle avait louée puis fit quelques centaines de mètres à pied avant de louer une Ford dans une autre agence. Elle reprit la direction du sud par la 220.

C'était la route qu'elle avait suivie treize ans plus tôt, mais, à l'époque, il lui avait fallu une semaine pour faire le même trajet puisqu'elle était à pied et qu'elle se cachait dans les bois chaque fois qu'elle repérait une voiture de police. Son plan consistait à gagner en auto-stop un endroit chaud où elle pourrait passer l'hiver, mais chaque matin, quand elle se réveillait, une couche de givre recouvrait déjà son manteau, et elle savait qu'elle n'arriverait jamais assez vite dans le Sud. Elle avait donc décidé de se réfugier dans une grande ville où le béton la réchaufferait la nuit. Il y avait Pittsburgh à l'ouest, Philadelphie à l'est, et la première voiture qui la prit au péage se dirigeait vers l'est. Ce fut donc Philadelphie.

Cam n'était pas allée très loin dans cette voiture parce que, arrivé à Harrisburg, le chauffeur s'était arrêté sur une aire de repos et avait réclamé une turlute en guise de paiement. Dans la lutte frénétique qui avait suivi, le coude de Cam lui avait brisé le nez, un flot de sang en avait jailli. Tandis que l'homme poussait des cris, elle s'était ruée hors du véhicule, elle avait dévalé le talus et couru sans s'arrêter jusqu'à ce qu'elle parvienne à une autre route.

Treize ans plus tard, roulant sur la même route, elle inspecta toutes les aires de repos mais ne reconnut pas celle où l'homme avait fait halte. Elle gardait de ce jour précis comme de toute cette période un souvenir confus. Son cerveau, engourdi par le froid et la faim, envahi par la peur et la culpabilité, n'enregistrait plus rien. Il ne lui restait en mémoire que des impressions, floues et pâles, comme sur une pellicule surexposée.

Il était six heures et demie quand elle arriva à Lancaster, l'heure des visites était passée. Elle prit une chambre dans un motel sur la route 30, se rendit à pied au restaurant amish voisin, où les clients s'asseyaient à de longues tables et se passaient les plats comme dans un repas de famille. Elle y entra avec appréhension, craignant d'être obligée de faire la conversation, mais, dans cet endroit, manger était une chose sérieuse, et chacun le faisait dans un silence recueilli.

Après le repas, elle retourna à sa chambre et tenta de joindre Doug. Il y avait trois numéros à essayer, maintenant — la maison, le bureau, le QG de la campagne —, mais chez eux elle obtint le répondeur, au bureau la messagerie vocale, et au QG Gillian.

Aucun des trois ne put lui dire où Doug se trouvait. Elle laissa trois fois le même message : elle avait une déposition inattendue à New York et ne serait pas à la maison avant demain.

Elle ne prit pas la peine de consulter sa propre messagerie, qui ne devait contenir que des protestations, des rappels de délais non respectés. Cam négligeait son travail depuis des jours, et sa négligence frôlait maintenant l'incurie professionnelle. Assise dans sa petite chambre de motel, elle se demanda quelle pourrait être sa défense si on la mettait, ou plutôt *quand* on la mettrait, en accusation. Elle n'avait pas l'excuse habituelle du manque de temps. Depuis que Doug s'absentait aussi souvent, tout ce qu'elle avait, c'était du temps. Le manque d'intérêt, alors ? Son patron serait peut-être sensible à l'argument d'une profonde détresse affective, mais quelle cause pouvait-elle alléguer ? Elle avait déjà perdu une famille. Combien de parents devait-elle supprimer pour couvrir ses traces ?

Vers neuf heures, ayant l'impression que les murs se refermaient sur elle, elle prit son manteau et sortit. L'air de la nuit était froid, humide ; une couche de rosée recouvrait déjà les voitures dans le parking et les chaises en aluminium disposées devant chaque porte.

Elle monta dans la Ford, prit la route qu'elle avait faite à pied autrefois. Une semaine après avoir échappé au chauffeur à Harrisburg, elle n'était parvenue qu'à Elisabethtown, ville distante de cent vingt kilomètres de Philadelphie, et trop petite pour qu'elle puisse s'y fondre. Au bout de quelques jours, elle attirait déjà les regards méfiants des commerçants locaux dont les entrées de boutique l'abritaient, la nuit. Déjà les voitures de police ralentissaient en la dépassant quand elle marchait dans les rues. Il était temps de déguerpir mais Cam avait peur de recommencer à agiter le pouce sur la grand-route, elle avait aussi trop faim, trop froid pour repartir à pied à travers la campagne.

Une semaine avant Thanksgiving, elle avait craqué et téléphoné à la maison. Elle était prête à faire pénitence ; elle avouerait tout, elle resterait cloîtrée dans sa chambre, n'importe quoi pour être de nouveau au chaud, l'estomac plein. Mais ce fut Charlene qui répondit, et le peu qu'elle savait et pouvait articuler avait suffi à convaincre Campbell qu'elle ne pourrait plus jamais retourner chez elle.

Le lendemain, alors qu'elle fouillait les poubelles derrière un restaurant, elle avait trouvé la page petites annonces du journal local. Assise par terre dans la ruelle, elle avait lu les offres d'emploi en grignotant des petits pains rassis, puis elle était passée d'une cabine téléphonique à une autre jusqu'à ce qu'elle en trouve une où un *quarter* était coincé dans la fente. Elle avait appelé et, n'ayant rien pour noter, s'était fait répéter l'adresse. Elle était sortie de la ville, avait marché dix kilomètres et était arrivée avec deux heures de retard devant la porte de Hazel Smith.

« Je suis Cammy Johnson, avait-elle annoncé, trop épuisée pour songer à mentir. J'ai téléphoné pour la place. »

Appuyée au cadre d'aluminium de son déambulateur, Hazel Smith avait examiné l'adolescente dans le jour déclinant. Une odeur de feu de bois s'échappait de la cheminée. Cam avait les pieds gelés dans ses chaussures en toile et mourait d'envie de les claquer sur le sol pour les réchauffer, mais elle se tenait immobile, aussi droit qu'elle le pouvait. L'annonce parlait de travaux de la ferme en plus de la cuisine et du ménage : Cam devait avoir l'air forte.

La vieille femme avait ouvert la porte grillagée, hoché lentement la tête. « J'ai du jambon, avait-elle dit enfin. Et des pommes de terre à l'eau. » Tournant son déambulateur dans l'autre sens, elle avait ajouté : « Essuie tes pieds. »

Quand la ferme apparut sur la droite, Campbell ralentit, se gara sur le bas-côté de la route. Dans la vieille bâtisse distante d'une trentaine de mètres, seule une faible lumière brillait à une fenêtre du rez-de-chaussée. Après la mort de Mrs Smith, la ferme avait été vendue à un amish qui avait supprimé l'électricité et le téléphone avant d'y faire venir sa famille. C'était

Cam qui l'avait attendu sur la véranda de devant pour lui remettre les clefs. Manifestement, l'homme ne savait pas comment se comporter avec elle : une fille sans famille qui portait un T-shirt moulant, laissait ses cheveux tomber sur ses épaules et partait faire des études dans un autre État. Il ne demandait qu'une chose : qu'elle s'en aille avant que sa femme et ses enfants arrivent avec le buggy. Il avait pris les clefs sans la regarder, sans même lui effleurer la main.

Elle descendit de voiture et, tandis qu'elle regardait la maison, la lueur de la lampe à pétrole monta lentement à l'étage puis disparut. On se couche tôt à la campagne. Cam avait dû s'habituer vite. Pendant deux jours, Mrs Smith lui avait permis de ne faire quasiment que manger et dormir, mais, ensuite, Cam avait dû se charger de tous les travaux de la ferme. Juste après l'aube, nourrir les animaux, traire les chèvres et ramasser les œufs, baratter le lait, puis mettre de l'eau à chauffer pour le thé et préparer les flocons d'avoine du petit déjeuner. Le ménage prenait ensuite le reste de la matinée car Mrs Smith, comme ses voisins mennonites, rangeait la propreté au premier rang des vertus juste après la dévotion. L'après-midi, il fallait fendre du bois l'hiver, s'occuper du potager au printemps, ramasser le miel l'été, puis c'était l'heure de commencer à préparer le dîner. Cam tombait de fatigue à la fin de la journée.

Trois mois plus tôt, Mrs Smith s'acquittait encore seule de toutes ces tâches. « La fin de la vie est comme le commencement, disait-elle. D'un jour à l'autre, quasiment, on cesse d'être un tas de chair rose incapable de quoi que ce soit pour devenir un être humain qui marche et qui parle. Et du diable s'il ne nous arrive pas exactement l'inverse à la fin. » En novembre, elle était encore capable de se faire à manger et de se déplacer avec son déambulateur. En janvier, elle était clouée au lit, et le déambulateur, désormais inutile, avait été remisé dans un placard. En mars, devenue incontinente, elle avait dû mettre des couches et, en mai, elle présentait Campbell comme sa petite-fille à tous ceux qui passaient à la ferme.

Cam n'avait jamais su si Mrs Smith le croyait vraiment ou si cette fiction était plus facile à vivre que le souvenir de la mort de l'unique petit-enfant qu'elle eût jamais eu, massacré à l'autre bout du monde. Quoi qu'il en soit, la vieille femme semblait puiser quelque réconfort dans la situation et disait, lorsque Cam apportait le plateau du thé : « Vous connaissez ma petite-fille, Cammy, je crois ? Dieu la bénisse, je ne sais pas ce que je ferais sans elle. » C'était aussi un réconfort pour Cam : jamais elle n'aurait pu inventer meilleure couverture.

Le lendemain matin, elle quitta le motel et traversa la ville pour se rendre à la maison de retraite. C'était un ensemble de bâtiments bas en brique, perché en haut d'une colline au bout d'une longue allée incurvée. Dans le hall d'entrée, une réceptionniste était assise derrière un bureau.

— Laissez-moi vérifier, dit-elle avant de tapoter en fredonnant sur le clavier de son ordinateur. Ah, voilà ! Oui, vous pouvez le voir, la famille n'a mis aucune restriction aux visites.

Elle appuya sur un bouton pour faire venir une fille de salle qui conduisit Cam au foyer.

La salle, qui sentait fort le désinfectant, et plus faiblement l'urine, était équipée de sièges en vinyle et peuplée

242

de vieillards en peignoir de bain et fauteuil roulant. Quelques-uns d'entre eux déchiffraient péniblement le journal du matin, mais la plupart somnolaient devant l'écran géant d'un poste de télévision sur lequel passait *Regis et Kathie Lee*. Les deux infirmières présentes dans la pièce étaient les seules à regarder l'émission.

— Hé, Harold ! dit la fille de salle. Cette jolie jeune dame est venue vous voir.

Plusieurs hommes tournèrent la tête pour regarder Cam, mais pas le vieillard assis dans un fauteuil à roulettes au bord du groupe entourant le poste. Il était en conversation avec Regis ou Kathie Lee, ou avec quelque compagnon invisible, et ne s'interrompit pas pour s'intéresser à la nouvelle venue.

— Harold, répéta la fille de salle, vous m'entendez ? Je viens de dire que vous avez de la compagnie.

— Non, vous n'avez pas dit ça, répliqua le vieil homme. N'essayez pas de me tromper. Vous avez dit : « Cette jolie jeune dame est venue vous voir. »

— Harold ! soupira la fille de salle, levant les yeux au plafond.

— Merci, dit Campbell. Ça ira, maintenant. Je prends la suite.

Elle tira une chaise près du fauteuil roulant. Les infirmières, captivées par le poste, ne lui prêtaient aucune attention, et si deux ou trois pensionnaires la regardaient de l'autre bout de la salle, elle comptait sur la diminution des facultés auditives du grand âge pour avoir un peu d'intimité.

— Bonjour, Mr Detweiler, vous vous souvenez de moi ?

— Cette imbécile qui voudrait me rouler, marmonna le vieillard. Elle peut se lever de bonne heure, je vous le dis. Pendant soixante ans, mon travail a consisté à me rappeler exactement ce que disaient les gens. Mot pour mot.

— Je suis Cam Smith. Vous connaissiez ma grand-mère, Hazel Smith ?

Cette fois, il se tourna vers elle, mais la cataracte voilait ses yeux et le visage de Cam demeurait hors de son champ de vision nette.

— C'était une cliente ?

— Oui, Mr Detweiler. Vous l'avez beaucoup aidée.

— Vous savez combien de clients j'ai eu pendant que j'exerçais ? Allez-y, dites un nombre.

— Mille ?

— Bah ! fit-il, postillonnant. Plutôt cinquante mille.

— Alors, vous ne vous souvenez pas d'elle ?

— Bien sûr que si. Je me souviens de tous mes clients, jusqu'au dernier. Il faut que je me lève de bonne heure...

Il détourna les yeux et la phrase s'acheva en un marmonnement que Cam dut se pencher pour saisir :

— ... libre de tout gage et hypothèque...

À trois mètres d'eux, un autre vieillard tourna la page de son journal avec un soupir.

— Hazel Smith, répéta Campbell. Elle est morte il y a douze ans, je n'étais qu'une adolescente. Vous m'avez été d'un grand secours, Mr Detweiler. Vous vous êtes occupé du testament de ma grand-mère. Vous vous souvenez ?

Il aurait dû. Il avait touché presque autant en honoraires que Cam comme héritière de la ferme.

— J'avais la meilleure clientèle du comté, dit-il. Tout le monde s'adressait à moi. Je m'occupais de leurs testaments, de leurs transactions immobilières. Je les tirais même d'affaire quand ils avaient des ennuis avec la loi.

— Oui, vous m'avez aidée à vendre la ferme de ma

grand-mère. Après la signature, vous m'avez même conduite à l'aéroport.

C'était ce dont elle se souvenait le mieux. « Ma fille, vous êtes au seuil d'une nouvelle vie », lui avait déclaré Detweiler quand elle était descendue de sa voiture avec une valise cabossée et un billet pour Detroit.

Il s'était remis à marmonner et elle se pencha pour l'écouter.

— ... lègue par le présent document...

Cam parcourut la pièce des yeux en cherchant un autre moyen d'éprouver la mémoire de l'ancien avocat sans prendre le risque de trop la rafraîchir. Sur l'écran, l'émission avait fait place à un spot publicitaire, et l'une des infirmières, détachant son regard du poste, remarqua l'expression de Campbell.

— Ne vous en faites pas trop, dit-elle d'un ton compatissant. Il a aussi ses bons jours.

Cam sourit. C'était précisément ce qu'elle craignait.

On ne pouvait attendre d'un homme qui avait eu cinquante mille clients et qui souffrait de la maladie d'Alzheimer qu'il ait des souvenirs très nets. De plus, il était peu probable que quiconque prenne la peine de venir le voir.

Le problème, c'était que n'importe qui pouvait le faire. Pas de restrictions aux visites : n'importe qui pouvait venir demain et trouver Harold Detweiler « dans un bon jour », alerte et lucide, prêt à faire fonctionner sa mémoire.

— Mes parents ont été tués aux Philippines, reprit-elle à voix basse dès la fin du spot publicitaire. C'est ma grand-mère qui m'a élevée. Après sa mort, vous avez trouvé mon certificat de naissance dans ses papiers. Campbell Smith, vous vous rappelez ? Vous m'avez aidée à me faire immatriculer à la Sécurité sociale, à

245

obtenir une équivalence de diplôme de fin d'études secondaires...

— Philippines, marmotta Detweiler, Hazel Smith. (Il releva soudain la tête.) Vous ne lui ressemblez pas beaucoup.

— Non, je ressemble à ma mère. Elle s'appelait Alice Campbell, elle avait épousé Matthew, le fils de Hazel Smith. Je suis leur fille, Campbell. Vous vous souvenez ?

Il se mit à hocher la tête. Cam retint son souffle et attendit que la mémoire revienne à Detweiler en se demandant si la forme que ses souvenirs prendraient corroborerait ou infirmerait son histoire.

— Oh ! oui, je me souviens maintenant ! Vous avez eu un accident sur la 322. Fracture de la clavicule, c'est bien ça ? Je me suis occupé des démarches auprès de l'assurance. Dix-huit mille dollars, que je vous ai obtenus. C'est bien ça ?

Elle lâcha sa respiration en un rire léger.

— Oui. Oui, c'est ça. Et je suis simplement passée pour vous remercier.

— De rien, ma petite dame.

Elle se leva, prit la main de Detweiler et la serra pour lui dire au revoir puis se dirigea vers la porte.

— Mes amitiés à Hazel ! lui lança-t-il avant qu'elle sorte.

En quittant Lancaster, Campbell prit la direction de l'est. Elle s'arrêta près de Downingtown pour rendre la Ford et récupérer sa Honda avant de retourner à Philadelphie. On était mardi après-midi ; elle avait manqué un jour et demi au bureau sans fournir d'explication. Mais quand elle arriva en ville, sa nervosité fit place à un calme inexplicable. Elle avait effacé ses traces du mieux qu'elle pouvait, la suite ne dépendait plus d'elle.

Et qui sait ? Ses efforts se révéleraient peut-être inutiles. Ni Meredith Winters ni un QG de campagne n'engageaient Doug à quoi que ce soit. Il pouvait encore se retirer de la course, il le ferait peut-être. Il ne tenait pas particulièrement à chauffer la place pour Davis, le gouverneur, il se présentait pour gagner. Pourtant, jusqu'à ce jour, Davis avait répondu à ses ouvertures par des platitudes ou des phrases à double sens. Doug pouvait s'éveiller à tout instant aux réalités de la politique.

Une fois qu'il en aurait pris conscience, elle parviendrait à tout arranger entre eux, elle en était certaine. Elle lui dirait la vérité sur la photo, sur le studio de Philadelphie où elle avait posé nue la semaine d'avant. Il comprendrait. Il serait bien obligé de comprendre.

Elle trouva son bureau exactement dans l'état où elle pensait le trouver. Des piles de dossiers vacillant sur sa table, le voyant *Messages* de son téléphone clignotant follement, son fauteuil couvert de Post-it réclamant son attention immédiate. Elle avait déjà son plan : solliciter le report de la déposition, débiter mille mea-culpa au client, et se plonger dans le travail jusqu'à ce qu'elle puisse voir de nouveau la surface de son bureau.

Mais d'abord... d'abord, elle avait une chose à faire.

Elle se tourna vers l'ordinateur, lança ce bon vieux programme de recherches, tapa *Abigail Zodtner, Abby Zodtner, Abby Johnson, Abigail Zodtner Johnson,* et ajouta même cette fois *Mary Mack.*

« Où es-tu ? » murmuraient ses doigts, petite voix solitaire criant dans le cyberespace. « Tu es là ? »

« Maman ? Tu m'entends ? »

16

Le mercredi 18 mars, la direction de Meyerwood, pièces détachées de machines, annonça qu'elle fermait son usine de Middletown, Delaware, et délocalisait la fabrication à Hermosillo, Mexique.

Le jeudi 19 mars, Doug Alexander montait sur une tribune installée en face des grilles de l'entreprise et annonçait sa candidature au Congrès des États-Unis.

Il avait devant lui une fanfare de cinq musiciens, trois cameramen de télévision, un carré de reporters de la presse écrite, une troupe de gens du Parti et de notables locaux, une brigade de distributeurs de tracts bénévoles et un auditoire de cinq cents ouvriers renfrognés qui franchissaient à pas lents les portes de l'usine. Au-dessus de lui claquait une banderole : *Doug Alexander. Il remettra l'Amérique au travail.*

Le slogan était le fruit des cogitations de Meredith Winters, comme le choix du lieu. Il fallait toujours un public enthousiaste pour lancer une campagne, et tant mieux si ce public était en plus ulcéré par la politique commerciale des États-Unis.

Derrière lui, sur la tribune, Campbell portait un ensemble en lainage rose et un masque terrifié qui lui collait au visage.

Quand les ouvriers s'approchèrent, Doug leva les bras pour faire taire la fanfare. Après un moment de silence étonné, il prit la parole :

— Je remarque sur vos visages une expression que j'ai vue, que nous avons tous vue trop souvent ces derniers temps dans ce pays. Et je crois savoir ce qu'elle signifie. Vous vous demandez comment cela peut vous arriver à vous. Vous avez fait du bon travail dans cette usine, vous avez fait gagner de l'argent à la compagnie, alors comment est-ce possible ? Et qu'est-ce que vous allez devenir ? Vous vous demandez si vous réussirez à trouver un autre emploi, comment vous allez nourrir votre famille. Certains d'entre vous se demandent même si ce n'est pas leur faute.

» Je ne peux pas répondre à toutes ces questions, mais je peux répondre à la dernière. Ce n'est pas votre faute. C'est la faute de la compagnie Meyerwood !

Doug avait maintenant l'attention des ouvriers, qui firent passer leur boîte à déjeuner d'une main à l'autre et s'arrêtèrent pour l'écouter.

— Mais ce n'est pas seulement la faute de l'entreprise ! C'est aussi celle du gouvernement des États-Unis ! Ces trente dernières années, ce gouvernement — votre gouvernement — a envoyé nos emplois à l'étranger. Délibérément.

C'était un discours qu'il avait déjà prononcé, sous une forme ou sous une autre, mais aujourd'hui, avec le public et le lieu adéquats, la force de ses convictions faisait vibrer sa voix.

Il parla des milliards dépensés pour des programmes de reconversion insensés alors que cet argent aurait pu contribuer à maintenir des usines en vie. Il parla des firmes prospères qui ne cherchaient qu'à devenir plus riches encore, des centaines de lobbyistes étrangers qui régalaient des congressistes américains.

— Appelons les choses par leur nom. Ce n'est pas une nouvelle économie mondiale, c'est la guerre. Une guerre commerciale, une guerre économique, mais qui menace notre mode de vie aussi gravement que l'Allemagne nazie autrefois.

» Il est temps que quelqu'un livre cette guerre pour vous. Il est temps que les travailleurs américains se fassent entendre au Congrès ! Élisez-moi en novembre, je me battrai pour vous. Aidez-moi à remettre l'Amérique au travail !

Cam eut un mouvement de recul quand la foule se répandit en acclamations et qu'une grappe de ballons s'éleva dans l'air.

La fanfare se remit à jouer, et Doug descendit de la tribune, serra les mains qui se tendaient vers lui. Cam le suivit d'un pas hésitant jusqu'à ce que Nathan Vance lui harponne le bras.

— Tu viens avec moi, dit-il en l'entraînant vers sa voiture.

— Je ne dois pas accompagner Doug ? s'étonna-t-elle.

Elle s'assit à côté de lui, et le seul fait de se renverser sur le siège et de mettre une portière entre elle et la foule lui procura un soulagement physique.

— Il n'a pas besoin de toi pour le moment. Souris et fais des signes...

Il appuya sur un bouton pour baisser la vitre de Cam et, au moment où elle tournait la tête pour suivre ses instructions, le flash d'un appareil photo lui explosa au visage.

Nathan s'engagea sur la route. Quand ils furent loin de la foule, il remonta la vitre de Cam.

— Franchement, reprit-il, il vaut mieux qu'on ne te voie pas trop aujourd'hui. Si ton expression se refroidit encore un peu, on pourra patiner dessus sans problème.

— Je fais de mon mieux, repartit-elle.

— Je sais bien. Mais on devra bosser pour que ton mieux s'améliore, dit-il en lui tapotant le genou.

La peau noire de sa main contrastait bizarrement avec la jupe rose de Campbell, mais c'était le rose qui était déplacé. On avait livré l'ensemble chez elle la veille, de la part de Meredith Winters. Cam ne portait jamais de rose mais elle avait mis l'ensemble ce matin sans se plaindre.

— C'est pour ça que je me suis proposé pour te raccompagner, poursuivit-il. Il y a plusieurs choses que nous devons voir ensemble. D'abord, ta voiture.

— Ma quoi ?

Après une seule journée de campagne, elle souffrait déjà d'audition diminuée par exposition à un bruit excessif.

— Ta Honda. Ça la fout mal : le candidat fait de grands discours sur le déséquilibre de la balance commerciale et le déclin de l'industrie des États-Unis pendant que sa femme se balade dans une petite voiture japonaise. Tu connais Tom Biscardo ? Il dirige la concession Ford de Concord Pike. Nous avons rendez-vous avec lui ce matin. Il est membre du Parti, Tom. Il te fera un prix...

— Attends un peu. Ma Honda sort de l'usine de Marysville, Ohio. C'est une voiture de fabrication américaine, bon sang ! Alors que ton, ton engin, fit-elle en tendant les bras vers le tableau de bord de la Chevrolet Tahoe, vient du Mexique, si je me souviens bien. Et la Ford de Doug ? Elle a été assemblée dans l'Ontario...

— Si ça ressemble à un canard, si ça marche comme un canard et qu'il est écrit Honda dessus, c'est forcément une voiture japonaise. Alors que Chevrolet et Ford... on ne peut pas faire plus américain.

— Mais c'est une distinction fallacieuse !

Il la regarda.

— Tu ne comprends pas, hein, Cam ? L'image *est* la réalité, du moins en politique. La seule chose qui compte, c'est que les électeurs vont penser que tu conduis une voiture importée du Japon. Alors, nous devons te trouver autre chose avant qu'on te photographie au volant de ta Honda.

251

Cam garda le silence en songeant à toutes les photos qu'on avait déjà prises d'elle ce jour-là.

— Point suivant. Certains pensent que tu devrais changer de coiffure.

Cela ne la surprit pas. Doug avait déjà subi un changement de look total, et après la livraison du tailleur rose, la veille, elle s'était dit que quelqu'un allait bientôt se mettre au travail sur elle. Étonnée cependant que ce soit Nathan, elle lui lança un regard mauvais.

— Hé ! je ne suis que le messager ! se défendit-il en levant une main. Ne m'arrache pas la tête.

Elle se tourna vers la fenêtre. Après tout, un nouveau look était peut-être exactement ce qu'il lui fallait. Des cheveux courts, teints en noir, et peut-être même un visage complètement remodelé par la chirurgie faciale...

— Point trois, continua Nathan. Ça te dirait de travailler dans les bureaux de Wilmington ?

— Pourquoi ?

— Parce qu'un homme qui veut devenir l'unique représentant du Delaware ne peut avoir une femme qui ne met presque jamais les pieds dans cet État, voilà pourquoi. Ce serait mieux si tu travaillais à Wilmington.

— Pour Jackson, Rieders & Clark ?

— Bien sûr, pour qui d'autre ?

— Pour le cabinet qui m'offrira un boulot une fois que je serai virée.

— Kess tu m'dis, là ?

Les tentatives de Vance pour adopter le parler populaire des Noirs manquaient toujours leur cible de manière risible, mais cette fois, Campbell n'esquissa même pas un sourire.

— Je suis censée être déjà partie. Règle de Malloy contre le népotisme, rappelle-toi. En plus, je n'ai pas travaillé sérieusement depuis le début de cette histoire de candidature. L'autre jour, j'ai dépassé le délai pour présenter une déposition au tribunal. J'ai sollicité un *nunc pro tunc,* mais mon adversaire proteste et le juge pourrait se montrer sévère et refuser ma demande. J'aurai de la chance si mon client ne nous intente pas un procès.

Nathan éclata de rire.

— Je parle sérieusement, dit Cam. Je vais me faire virer, ce n'est qu'une question de temps. Je serai probablement aussi rayée du barreau.

Il tendit le bras, lui tapota l'épaule.

— Al-lô ! Message pour Campbell Smith. Il se trouve que ton mari se présente au Congrès. Comme dans « Congrès des États-Unis ». Tu me captes ? Écoute-moi bien, maintenant. Tu es mariée à un type que tout le monde a envie de connaître, ce qui signifie que tout le monde cherche à te faire plaisir. J'en ai déjà parlé à Cliff Austin, il va se mettre en quatre pour te trouver une place. Tu auras un nouveau bureau tranquille à Wilmington, et tu conserveras aussi ton placard à Philly, pour ce que ça vaut. Et tu peux oublier la règle de Malloy, parce que, eux, ils l'ont déjà oubliée, tu peux en être sûre !

— Pourquoi est-ce toi qui en as parlé à Austin ?

— Ce ne sera annoncé que ce soir, mais je te donne la primeur : tu as devant toi le nouveau président du comité Alexander au Congrès.

— Webb Black... ?

— N'était pas taillé pour ce boulot.

— Mais toi, tu l'es...

Nathan accueillit la remarque avec un haussement d'épaules.

— Et Doug est manifestement aussi de cet avis,

sinon il n'aurait pas fait ce coup à un ami de vingt ans...
poursuivit-elle.

— Fais attention à ce que tu dis, Cam.

— Pas la peine, tout le monde le fait pour moi.

— Tu veux bien suivre le programme, s'il te plaît ?

— Je ne le comprends pas, le programme. Pas du
tout. Bon Dieu, Nathan, pourquoi tu fais ça ? Qu'est-ce
que ça t'apporte ? Qu'est-ce que ça apporte à Doug ?

— La même chose, à l'un comme à l'autre. Le
pouvoir.

— Le pouvoir ? Doug est associé dans un cabinet
juridique important. Qu'est-ce qu'il lui faut de plus ? Et
toi, tu es parti pour accéder rapidement au rang d'associé. D'ici à quelques années, tu gagneras deux cent
mille dollars par an. Qu'est-ce que le pouvoir peut t'apporter que l'argent ne t'apporte pas déjà ? Et sans toutes
ces complications.

Il prit son temps : un coup d'œil dans le rétroviseur,
un long regard silencieux au paysage qui défilait.

— Je pourrais te faire un discours sur la possibilité
de faire entendre sa voix et de changer les choses, finit-
il par répondre. Mais comme je suis le seul véritable
ami que tu aies dans cet État, je préfère te dire la vérité.
D'après toi, je suis bien parti pour devenir rapidement
associé ? Peut-être, peut-être pas. Cela dépend de ce
qu'une bande de Blancs assis autour d'une table en pen-
seront le moment venu. Et même si je deviens associé,
il faudra que j'apporte des clients au cabinet, et cela
dépendra d'autres Blancs assis à d'autres tables. Tu
comprends ce que je veux dire ? J'aurai beau être aussi
bon que possible, il y aura toujours une bande de
Blancs qui pourront me virer.

— Oh ! Nathan, gémit-elle. Pas le coup du racisme,
pas toi ! Tu es le fils d'un expert-comptable, le rejeton
d'une famille installée dans une banlieue résidentielle

depuis trois générations, un ancien de Yale qui sait parfaitement naviguer. Tu as bénéficié de dix fois plus d'avantages qu'un gosse blanc moyen. Tu n'as jamais souffert de discrimination une seule fois dans ta vie.

— Tu ne sais pas de quoi j'ai souffert, répliqua Vance froidement.

Elle le regarda en se demandant s'il était possible qu'elle en sache aussi peu sur lui que lui sur elle.

— D'accord, je suis désolée. Mais en admettant que ce soit vrai, est-ce que le Parti n'est pas autre chose qu'une autre bande de Blancs ?

— Une bande de Blancs qui a le pouvoir de décider des nominations au plus haut niveau. Si je les caresse dans le sens du poil, j'obtiendrai peut-être une sinécure au ministère de la Justice. Voire une robe de juge.

— Tu fais tout ça pour obtenir un *poste* ?

— Hé ! ma caille, juge fédéral à vie, c'est un peu plus qu'un poste.

Ils roulèrent un moment en silence, puis Campbell reprit :

— Je crois que, finalement, j'aurais préféré le discours sur faire entendre sa voix et changer les choses.

— Écoute, on a tous les deux cherché à obtenir quelque chose de Doug, rétorqua-t-il. Et je n'en ai pas plus honte que toi.

Elle ne répondit pas, mais, en se tournant pour regarder le bas-côté de la route filer de l'autre côté de sa vitre, elle se rendit compte que c'était ça, son problème. Elle, elle en avait honte.

Nathan ne prononça plus un mot jusqu'à ce qu'il engage la voiture dans l'allée de Campbell.

— Tu veux entrer te changer avant d'aller chez le concessionnaire ?

Cam regarda la maison, ne fut pas sûre qu'elle aurait un jour de nouveau envie d'y entrer. Elle secoua la tête.

— Bon, alors, tu prends ta voiture et tu me suis ?

Elle regarda sa Honda, secoua de nouveau la tête.

— Cam, fit-il entre ses dents, qu'est-ce qu'elle a de si important, cette caisse ?

— Rien. Je n'ai pas envie d'aller là-bas, c'est tout. Tiens..., fit-elle en tirant ses clefs de voiture de son sac pour les lui tendre. Vas-y, toi.

— Il faut aussi que tu choisisses la nouvelle.

— Fais-le pour moi. Je suis sûre que tu trouveras quelque chose de bien.

— Cam, soupira-t-il. Je suis ton ami, rappelle-toi.

— Oui, je sais, dit-elle en ouvrant la portière. Le seul que j'aie.

Elle monta les marches de la véranda. Un moment plus tard, elle entendit la Honda démarrer derrière elle et s'éloigner.

Elle descendit de la véranda, passa devant le garage et s'avança dans le jardin à l'abandon. Il y avait un vieux banc de pierre pris dans les ronces, et elle le dégagea en partie pour s'y asseoir. Un vent froid poussa les feuilles tombées à terre vers un buisson mort et fit frissonner Cam sous la veste de son tailleur.

On était à la mi-mars, le mois hésitait encore entre l'hiver et le printemps. La veille le soleil brillait, mais, aujourd'hui, il pouvait aussi bien neiger. À mille kilomètres au sud, c'était déjà le printemps ; à cinq mille kilomètres à l'ouest, c'était l'été perpétuel, et Cam aurait pu partir pour un endroit où elle n'était jamais allée, se retrouver sans famille, sans amis ni histoire personnelle.

Elle se demanda si elle en était capable, tout plaquer pour recommencer une nouvelle vie ailleurs. Elle l'avait déjà fait, et elle n'avait que quinze ans, à l'époque. Ce devrait être plus facile, maintenant. Cette fois elle aurait de l'argent, en tout cas quelques milliers de dollars, de quoi prendre le train ou l'avion, de quoi passer quelques semaines dans un motel isolé avant de trouver du travail et un appartement. Elle savait tout maintenant sur la façon de se procurer des papiers ; elle pourrait se constituer une nouvelle identité sans le secours d'une gentille vieille dame à la mémoire dérangée.

Son regard tomba sur la voiture de Nathan garée dans l'allée. Si elle allait au lac Tahoe ? Magnifiques montagnes, avait-elle entendu dire, et des tas de gens de passage parmi lesquels se perdre. Elle prendrait la voiture de Nathan — il ne porterait pas plainte, pas tant qu'elle serait mariée à Doug —, elle se rendrait à un aéroport, Pittsburgh, par exemple, elle laisserait la Tahoe en stationnement interdit pour qu'on la retrouve rapidement. Elle paierait son billet en liquide, s'installerait près d'un hublot et regarderait le sol tomber sous elle et disparaître.

Serrant les bras autour de sa poitrine pour se protéger du froid, elle restait immobile sur le banc de pierre. Il lui avait été plus facile de tout abandonner à quinze ans parce que la vie qu'elle connaissait alors n'avait jamais vraiment semblé lui appartenir. Aujourd'hui, elle menait la vie pour laquelle elle s'était battue pendant treize ans. Campbell Smith, de Greenville, femme de Douglas Alexander, membre du barreau de Pennsylvanie et de celui du Delaware. Elle s'était investie dans cette vie. Elle y avait ses attaches : avec Doug, par les liens du mariage ; avec sa carrière, par les serments prononcés devant le tribunal ; et même avec cette maison, par son nom inscrit sur l'acte de propriété. Du moins, le nom dont elle se servait maintenant.

Elle leva les yeux, regarda autour d'elle et prit

conscience que ce jardin envahi d'herbes lui apparte-nait. Comme la ferme de Mrs Smith, c'était un lieu qu'elle pouvait revendiquer pour sien.

Une tache de jaune à l'autre bout du jardin attira son attention et elle quitta le banc pour s'en approcher. C'était un crocus perçant un matelas de feuilles mortes. Campbell s'agenouilla et, en poussant les feuilles moi-sies, dégagea une dizaine d'autres fleurs jaunes, blan-ches et mauves, toutes épanouies malgré le manteau de feuilles mortes et les années d'abandon. Avançant à quatre pattes, elle continua à creuser, dégagea des tiges vertes, vibrantes de jonquilles se glissant par les fissures du sol gelé. Soudain, il y en eut partout, des centaines de jonquilles se frayant un chemin vers le printemps dans la terre froide.

Cam courut à la cabane à outils, fouilla dans le bric-à-brac jusqu'à ce qu'elle trouve une faux rouillée, retourna dans le jardin et s'attaqua aux herbes hautes et aux broussailles. Le squelette du vieux jardin prit forme dans son esprit et elle imagina comment il était autre-fois : une masse ondulante de rhododendrons géants, une bordure serpentine d'arbrisseaux et de plantes vivaces, un massif de roses, une tonnelle de glycine menant à une pelouse rectangulaire, menant elle-même à un jardin d'hiver octogonal tout au bout du jardin. Cam balançait la faux et des années de végétation folle tombaient à ses pieds. Elle ratissa jusqu'à en avoir des ampoules aux mains et, peu à peu, se forgea une image de ce que le jardin pourrait redevenir. De ce qu'elle pourrait le faire redevenir.

Il était près de quinze heures et elle mettait en tas branches et broussailles quand Nathan Vance s'arrêta dans l'allée et descendit d'une voiture qu'elle ne connaissait pas.

— Cam, appela-t-il en s'approchant prudemment. Ça va ?

— Très bien.

D'une main couverte de terre, elle releva une mèche tombée sur son visage. Les yeux de Nathan passèrent de la veste crottée à la jupe déchirée.

— Je t'ai pris cette Ford Contour. Plutôt bien, non ?

Elle jeta un bref coup d'œil au véhicule.

— Formidable. Merci.

— Euh..., fit-il, se dandinant d'un pied sur l'autre. On se retrouve toute une bande au QG. Tu veux te changer et m'accompagner ?

Elle fit non de la tête, retourna à son tas de broussailles.

— J'ai décidé de faire revivre ce vieux jardin. Il pourrait redevenir très beau, tu ne crois pas ?

— Si, sûrement, acquiesça Vance, qui promena autour de lui un regard dubitatif. Mais tu sais, tu pourrais engager quelqu'un pour le faire.

— Je veux le faire moi-même.

Elle craqua une allumette, la jeta sur le tas de feuilles et, appuyée au manche de son râteau, regarda le feu prendre.

Nathan avait l'air consterné, et elle sourit en songeant qu'à ses yeux elle devait ressembler à la Folle de Rochester, qui dansait et caquetait dans son grenier tandis que brûlait Thornfield.

Comme elle contemplait les flammes, l'idée lui vint que la folie pouvait être une autre façon de s'échapper. Son corps resterait ici tandis que son esprit s'enfuirait. Elle deviendrait la Folle de Greenville, et personne ne lui demanderait plus jamais de monter sur une tribune.

La perspective était séduisante, mais, au fond d'elle-même, Campbell savait que ça ne marcherait pas. On

259

ne choisissait pas la folie, c'était elle qui vous choisissait. Cam savait aussi qu'elle constituait le dernier refuge, et elle n'en était pas encore là.

Ce serait un travail gigantesque que redonner forme à deux hectares de terrain à l'abandon depuis vingt-cinq ans, mais elle en était capable. Elle resterait et mènerait son projet à bien, dût-elle y passer des mois. Tout le printemps, tout l'été et une partie de l'automne. Jusqu'en novembre.

17

Trey ramassa une poignée de cailloux sur la plage et les lança l'un après l'autre vers l'océan en cherchant à réaliser le ricochet parfait à trois rebonds. Beth était dans le bateau, les yeux rouges et gonflés. Steve, l'expression fermée, descendit à l'embarcadère avec le dernier sac de la jeune femme.

— Viens m'aider à larguer les amarres ! cria-t-il à Trey.

L'adolescent jeta le reste de ses cailloux, qui tombèrent dans l'eau avec un crépitement de bouquet de feu d'artifice. Il sauta sur le quai, détacha le filin.

— Retourne à la maison et restes-y jusqu'à mon retour ! lui recommanda Steve par-dessus le bruit du moteur.

— OK ! répondit Trey en lui lançant le filin. Bon voyage !

Beth tourna la tête pour faire face au vent.

Le garçon les regarda s'éloigner. Ils partaient ainsi chaque samedi matin et revenaient chaque samedi après-midi avec des livres, des cassettes vidéo et des provisions pour la semaine. Cette fois, Steve reviendrait seul.

Trey monta le sentier en courant. Ces deux derniers mois, sa vie avait été plutôt cool ; maintenant, elle serait idéale. Maintenant, ils allaient pouvoir faire ce dont ils s'étaient jusque-là contentés de parler, comme gagner la côte en kayak, ou descendre la falaise en rappel, autant de projets qui faisaient s'égosiller Beth : « Oh ! Steve, non ! Tu vas te tuer ! » Comme Steve était trop sympa pour lui dire de se mêler de ses oignons, elle finissait toujours par emporter le morceau.

Après le bois, il traversa la prairie jusqu'à la crique de la pointe nord de l'île, où les phoques aimaient prendre des bains de soleil. Trois jeunes femelles se hissaient en se tortillant sur le grand rocher plat. Les mains en coupe autour de la bouche, Trey émit une sorte de son de trompe. Il pensait avoir assez bien imité le cri du phoque mais deux des femelles le snobèrent, et la troisième lui adressa un regard dédaigneux qui semblait lui signifier qu'il devait encore faire des efforts.

C'était la rengaine de Beth : « Tu dois faire des efforts, Trey », lui serinait-elle chaque fois qu'il torchait une rédac. Elle était trop vieille pour comprendre que ce n'était pas une question d'efforts mais d'attitude. Steve prétendait qu'elle était prof, qu'elle savait ce qu'elle faisait, mais en fait, c'était en *maternelle* qu'elle avait enseigné, et elle lui appliquait le même programme qu'à ses moutards, jusqu'à la peinture avec les doigts et la sieste, quasiment. Pour elle, un cours d'anglais consistait à lui faire lire *L'Appel de la forêt* puis à lui faire remplir un questionnaire lui demandant le nom du chien.

Trey mourait d'ennui pendant les deux heures qu'il devait passer chaque jour avec elle, et il s'en plaignait

261

longuement quand il était avec Steve. « Tu penses pas que tu exagères un peu ? » avait fini par dire Steve, retenant un sourire lorsque son fils avait pris la voix de Beth pour chantonner : « Et nous connaissons la réponse à cette question, n'est-ce pas que nous la connaissons ? »

« Hé ! si tu me crois pas, viens voir par toi-même ! » avait lancé Trey.

Le lendemain matin, Steve l'avait pris au mot et s'était glissé dans la salle à manger tandis que Beth discourait d'une voix monotone sur l'équilibre des trois pouvoirs. « Ne vous arrêtez pas pour moi, avait-il chuchoté en s'asseyant au bout de la table. Faites comme si je n'étais pas là. »

Raide sur son siège, Trey avait écouté avec une expression d'intérêt poli, mais Beth, perdant le fil de ses notes, avait affirmé que le mandat d'un sénateur était de quatre ans au lieu de six, puis avait terminé l'heure en demandant à Trey de lire à voix haute le reste du chapitre.

Ce soir-là, traînant dans le couloir devant leur chambre, Trey avait entendu une bonne partie de leur discussion à ce sujet : « Ça ne marchera jamais si tu viens me surveiller tout le temps », s'était plainte la jeune femme. Ce à quoi Steve avait répondu : « Beth chérie, ça ne marche déjà pas maintenant. »

Le lendemain matin, au petit déjeuner, Steve avait annoncé que Beth avait besoin de plus de temps pour écrire et que Steve se chargerait pour un temps des cours d'anglais et d'histoire.

« Super ! » s'était exclamé l'adolescent.

Prenant son bol de café, Beth avait quitté la table.

Le premier livre que Steve lui avait demandé de lire était *Alive*, l'histoire d'une équipe de sportifs qui avaient survécu à un accident d'avion dans les Andes en mangeant leurs morts. Il lui avait également raconté l'histoire, vraie aussi celle-là, de pionniers d'un convoi de chariots qui, bloqués dans une passe montagneuse, étaient devenus cannibales. Cela avait conduit à une leçon d'histoire sur l'expansion vers l'Ouest et le destin manifeste des États-Unis, puis à une leçon de biologie sur l'instinct de survie, et à une discussion philosophique libre : Jusqu'où peut-on aller pour sauver sa peau ?

Les phoques levèrent la tête quand le ciel devint gris et, arquant leur cou informe, se laissèrent maladroitement glisser du rocher pour regagner l'eau. Le vent faisait moutonner l'océan et Trey tira de ses poches un crayon et une feuille de papier pour tenter de rendre en quelques minutes la morsure du vent et le froid des embruns. Pas mal, estima-t-il en tenant son dessin devant lui. Pas totalement à chier.

Il rentra dans la maison, se prépara un en-cas : une assiette de chips de maïs à la sauce piquante et au fromage fondu. Il avait l'habitude de se faire à manger — la plupart du temps, chez les Ramsay, il n'y avait que lui et Jesse à l'heure des repas — et avait découvert qu'il préférait sa cuisine à celle de Beth. Steve aussi, sûrement, parce que, au bout de quelques jours, c'était lui et Trey qui préparaient tous les repas.

Beth avait entamé une campagne de petites attaques sournoises. Si, entrant dans le salon, elle les trouvait devant un jeu de société, elle demandait d'un ton exagérément détaché : « Ça avance, les plans de la maison, Steve ? » Et quelle que soit la réponse, elle s'étonnait :

« Seulement ? Tu allais beaucoup plus vite pour Rehoboth... »

Trey avait finalement compris qu'elle était jalouse de lui, et sa légère antipathie pour elle s'était transformée en haine profonde. Pendant les dernières semaines, ils s'étaient livré une véritable guerre, affrontements à qui crierait le plus fort quand Steve ne pouvait les entendre, hostilité larvée quand il se trouvait à portée de voix. Finalement, la veille, ils s'étaient carrément disputés devant lui.

C'était Beth qui avait commencé. Comme Trey était descendu dîner vêtu d'une chemise sale, elle avait regardé avec insistance les taches de nourriture qui en maculaient le devant.

« J'ai rien d'autre à mettre, avait-il grogné. T'as pas lavé mon linge depuis une semaine !

— Tu ne me l'as pas donné à laver !

— Tu m'as pas dit de le faire.

— Parce qu'il faut que je te le dise ?

— Tu pourrais me lâcher un peu ?

— Quoi ? »

Steve était intervenu d'une voix calme :

« Beth...

— T'es tout le temps sur mon dos !

— Moi ? C'est toi qui es toujours...

— Beth ! » avait répété Steve, plus sèchement.

Comme elle tournait vers lui des yeux furieux, il avait ajouté : « Détends-toi un peu, tu veux ? »

Jetant sa serviette sur la table, elle avait quitté la pièce.

Le plus beau de l'histoire, c'est que Steve ne l'avait pas suivie.

Le lendemain matin, il avait annoncé la nouvelle à Trey : Beth ne supportait pas l'isolement de la vie sur l'île, elle rentrait au Connecticut.

Après avoir englouti ses *nachos*, il chercha quelque chose à faire. C'était facile d'occuper la journée quand Steve était là, mais, aujourd'hui, Trey passait d'une pièce à l'autre en s'ennuyant presque autant que dans le Delaware. Il pensa tout à coup à une chose qu'il avait envie de faire depuis son arrivée, la seule pour laquelle il devait attendre que Steve ne soit pas dans les parages.

Il monta à sa chambre quatre à quatre, grimpa sur le lit, tendit les bras vers la trappe du plafond, ne put qu'effleurer le loquet du bout des doigts. Il sortit complètement un tiroir de sa commode, le renversa sur le lit et monta dessus. La douzaine de centimètres que cela ajoutait à sa taille lui suffit. Il défit le loquet, poussa la trappe jusqu'à ce qu'elle tourne sur ses gonds. Une rafale de vent froid s'engouffra dans l'ouverture. Trey saisit le bord de la trappe, fit un rétablissement pour se hisser sur la plate-forme.

Le plancher gémit quand il se mit debout et chercha des yeux les endroits pourris dont Steve avait parlé. Ils étaient faciles à repérer, faciles à éviter. Sa bouche s'ouvrit toute grande lorsqu'il fit lentement le tour du belvédère : la vue était impressionnante. On découvrait toute l'île, de la crique des phoques, au nord, à l'embarcadère, au sud. Trey alla du côté de l'océan, se pencha par-dessus le parapet. Sous les deux étages de la maison, la falaise tombait à pic dans l'eau.

Les vagues se brisaient sur les rochers en grosses gerbes blanches ; les mouettes planaient sous Trey qui, de son perchoir, les voyait étendre leurs ailes et les orienter pour prendre les courants aériens. Le vent agitait ses cheveux et cinglait ses joues, mais il s'en rendait à peine compte. La tête hors du belvédère, il regardait les oiseaux piquer vers l'eau. Leurs cris portés par le vent montaient jusqu'à lui, aigus et lugubres.

Soudain le vent lui apporta un autre bruit. Il se

redressa, tourna vivement sur lui-même. Steve était de retour, il courait vers la maison.

Trey se laissa glisser dans sa chambre, referma la trappe. Il était encore en train de remettre ses affaires dans le tiroir quand Steve se rua dans la pièce.

— Jamie ! cria-t-il en le saisissant par les bras. Tu n'as rien ? Bon Dieu, qu'est-ce que tu faisais là-haut ?

Trey se dégagea.

— J'étais juste monté jeter un coup d'œil. Il y a pas de quoi faire un drame...

— Un drame ? Le bois est pourri ! Je t'avais dit de ne pas y aller !

L'expression de Steve était presque drôle, comme s'il était inconcevable que Trey pût envisager de faire quelque chose qu'on lui avait interdit.

— Pas si pourri que ça. Quelques trous ici et là, c'est tout...

— Non, ce n'est pas tout ! Je t'avais dit de ne pas y aller !

— Bon, ça va.

La mine boudeuse, Trey finit de ranger ses affaires dans le tiroir, le glissa de nouveau dans la commode. Quand il se retourna, Steve continuait à l'observer.

— Qu'est-ce que faisaient les Ramsay quand tu désobéissais ?

— Rien.

— Ouais, fit Steve d'un ton dégoûté. Ça se voit. Je passe pour cette fois, mais écoute-moi bien, Jamie. Il y a des règles dans cette maison. Si tu me désobéis à *moi*, tu en subiras les conséquences.

— Tu n'as pas à me dire ce que je dois faire.

Steve prit Trey par le menton, l'obligea à lui faire face.

— Oh si ! Je ne suis ni ton copain, ni ton domestique. Je suis ton père. Tu n'as pas intérêt à l'oublier.

266

Il le lâcha, lui donna une légère tape sur la joue et se dirigea vers l'escalier.

— Viens, on va déjeuner.

— J'ai pas faim, bougonna Trey.

— Comme tu voudras.

Trey se jeta sur son lit et passa une heure à fixer la trappe d'un œil rageur. Il se prenait pour qui, ce type qui débarquait de nulle part et décidait de ce qu'il avait le droit de faire ? « Je ne suis pas ton copain », il avait dit, sauf qu'il en avait donné une imitation plutôt bonne pendant trois mois. Et maintenant, d'un seul coup, il voulait jouer les pères stricts. S'il s'imaginait que *lui* jouerait les fils obéissants, il avait une surprise qui lui pendait au nez.

C'était une expression de Jesse — « une surprise qui lui pend au nez » — et Trey pensa avec nostalgie à son vieux compagnon. Jesse avait toujours été son ami. Un meilleur ami que Steve, car lui au moins il savait où était sa place et il y restait. Toute sa vie, il avait obéi aux ordres, d'abord dans la Marine, puis dans la police de l'État, et maintenant au service de son vieux. Jesse n'avait jamais essayé une seule fois de dire à Trey ce qu'il devait faire. Il cherchait plutôt à savoir ce qu'il voulait que *lui* fasse.

Au bout d'une heure, Trey remarqua comme la maison était calme sans Beth. Il ne s'était jamais rendu compte qu'elle faisait autant de bruit, soit quand elle chantait faux sous la douche, soit quand elle appelait Steve de sa voix à la saccharine : « Chéri, tu as une minute ? » Ça lui prenait la tête. Non, elle ne lui manquerait pas.

Pour la première fois, l'idée le traversa qu'elle manquerait peut-être à Steve. C'était peut-être pour ça qu'il avait réagi comme un con : parce qu'il venait de rompre avec sa copine. À la réflexion, Steve avait fait ça pour lui, et Trey n'était pas certain qu'il aurait lui-même fait un tel sacrifice pour qui que ce soit.

Il se leva, descendit, trouva Steve en train d'installer les pièces du jeu d'échecs dans la bibliothèque.

— Tu as envie de faire une partie ?

— Ouais, peut-être, répondit Trey en s'asseyant.

— Je t'ai préparé un sandwich, dit Steve, montrant l'assiette posée près du coude de Trey.

— Merci.

Il prit le sandwich, mordit dedans — pain, viande et moutarde, ce qu'il préférait — puis fit son ouverture.

Le 7 mai, une cérémonie à la mémoire de Gloria Lipton se déroula dans la salle d'apparat de Jackson, Rieders & Clark, au cinquantième étage. L'événement était remarquable à deux titres : primo, le cabinet n'avait jamais organisé de cérémonie pour quelqu'un qui n'était pas au moins avocat ; secundo, Gloria était morte et enterrée depuis plus de deux mois. La cérémonie se tenait à la demande de la psychologue à qui le cabinet avait fait appel. Cela apporterait à tous ses membres, estimait-elle, le sentiment de conclusion qui leur était jusque-là refusé, faute d'élucidation du meurtre.

Clifford Austin prononçait déjà son allocution devant le personnel assemblé quand Campbell arriva. Elle entra furtivement par la porte de derrière, essaya de s'asseoir sans se faire remarquer, sentit quelque chose sur la chaise. Elle se souleva, tira de sous son postérieur un petit livret. *Gloria Lipton, In Memoriam.*

Une main lui tapota l'épaule. Cam se retourna, découvrit un trio de collègues aux sourires épanouis.

— Salut, Cam, murmura l'un d'eux. Content de te revoir.

— Tu vas bien ? s'enquit un autre. On ne te voit plus !

Elle sourit, se tourna de nouveau vers le devant de la salle. Il était vrai qu'ils la voyaient rarement : elle ne venait plus que le mardi et le jeudi aux bureaux de Philadelphie, maintenant. Il était vrai également que tout le monde lui témoignait des égards excessifs depuis que Doug avait annoncé sa candidature.

Normalement, le mardi et le jeudi auraient dû être ses jours d'anonymat, alors que le lundi, le mercredi et le vendredi étaient réservés à sa vie publique. Ces jours-là, elle travaillait au bureau de Wilmington entre meetings, cocktails et réunions du Parti. Ces jours-là, elle portait des talons bas, des tailleurs sévères, et coiffait ses cheveux en chignon. (Après moult expérimentations et une téléconférence avec Washington, il avait été décidé que Campbell ne se ferait pas couper les cheveux, finalement. Le chignon, avaient décrété les collaborateurs de Meredith, était une coiffure à la fois sage et sophistiquée qui lui donnait au moins cinq ans de plus.) Le mardi et le jeudi, quand elle travaillait à Philadelphie, elle remettait ses jupes courtes et ses hauts talons et laissait ses cheveux flotter sur ses épaules.

Elle les laissa présentement tomber devant son visage pour se mettre à l'abri des regards curieux tandis qu'elle feignait de lire l'*In Memoriam*. C'était une brochure assez épaisse — genre programme de théâtre, la publicité en moins —, qui relatait en mots et en photos la vie de Gloria Lipton.

À la tribune, Cliff Austin évoquait avec douleur sa longue et productive association avec Gloria, son dévouement infaillible pour le cabinet en général et lui-même en particulier. Lui succédèrent plusieurs amies de la défunte parmi les secrétaires. Celle de Cam, Helen

269

Nagy, raconta une anecdote drôle et gentille sur la fois où Gloria n'avait pas voulu laisser Mr Rieders partir pour la cour d'appel parce que ses chaussures n'étaient pas cirées. Il prétendait qu'il n'avait plus le temps, mais Gloria avait confisqué les notes de son patron jusqu'à ce qu'il consente à faire venir le cireur dans son bureau. Finalement, la décision de la cour d'appel lui avait été favorable, et Gloria s'en était attribué tout le mérite.

Une autre secrétaire aux cheveux gris souligna l'intérêt de Gloria pour ce qui se passait dans le monde. Sans jamais reculer devant la controverse, elle était toujours prête à partager avec d'autres sa sagesse et son expérience. Elle était devenue célèbre pour ses lettres aux journaux, au Président, au gouvernement ou à divers parlementaires, selon ce que la situation réclamait.

— Et si Gloria était encore avec nous, poursuivit la secrétaire en minaudant, je ne doute pas qu'un certain associé de nos bureaux de Wilmington aurait le privilège de recevoir ses conseils journaliers.

Des rires fusèrent, tous les yeux se tournèrent vers Cam, qui n'eut pas le choix : levant la tête, elle adressa à la foule un sourire resplendissant.

Après la cérémonie, elle retourna à son bureau et tria le courrier resté sur la table de sa secrétaire. Douze lettres pour Grant Peyton, une seule pour elle. Deux mois plus tôt, c'eût été l'inverse. Elle avait si peu de travail ces temps-ci qu'elle aurait aussi bien pu prendre un congé officiel, comme Doug et Nathan.

Elle emporta l'enveloppe dans son bureau, l'ouvrit. La lettre ne concernait même pas le travail, c'était encore un appel à contribution financière sous couvert d'une invitation à entrer au conseil d'administration de la fondation Harriet M. Welsch. *Chère Mrs Alexander, en reconnaissance de vos éminents travaux dans le domaine du droit de la famille, nous serions très honorés...*

Mrs Alexander... La formule lui semblait encore étrange. Elle se souvint que la première lettre de la fondation utilisait déjà la même, alors qu'elle n'était mariée que depuis deux semaines et que personne d'autre ne l'appelait encore ainsi.

Elle comprenait maintenant leur intérêt pour elle. Ce n'était pas de l'argent qu'ils voulaient, en définitive, c'était son mari. Ils savaient depuis le début à qui elle était mariée, que cet homme avait des ambitions politiques, et ils voyaient un avantage à établir un lien avec lui à travers elle.

Elle chiffonna la lettre, la jeta dans la corbeille à papier.

Comme il restait encore quelques lueurs de jour lorsque Campbell rentra à la maison, elle alla droit au jardin.

Son débroussaillage de mars avait révélé l'architecture originale du lieu. Quand mars bascula dans avril, les couleurs et les textures commencèrent à se révéler à leur tour. Chaque matin avant de monter dans sa voiture, chaque soir en rentrant, Cam faisait le tour du jardin. Chaque jour lui offrait quelque chose de nouveau à contempler. C'était comme un cadeau sur lequel le jardin avait peiné pendant son absence pour la surprendre et la ravir à son retour. Ce soir-là, elle repéra quelque chose de nouveau au bord d'une allée incurvée. D'épaisses tiges vertes fibreuses dépassaient de la terre de deux ou trois centimètres. Les feuilles présentaient une texture bulbeuse. Un funkia tardif ?

s'interrogea-t-elle. Elle se releva, se dirigea vers la maison pour consulter ses ouvrages de référence.

— Ah ! te voilà ! lui cria Doug de l'allée goudronnée. Je me demandais où tu étais passée...

Il portait une chemise en tricot et un pantalon kaki, tenue décontractée dans laquelle elle le voyait rarement ces temps-ci. Elle ralentit ses pas.

— Doug... tu es rentré tôt.

— Je suis à la maison depuis des heures.

— Pourquoi ? Il est arrivé quelque chose ?

Il la regarda d'un air étrange.

— Tu as oublié quel jour on est ?

— Mon Dieu ! fit-elle, passant mentalement en revue son emploi du temps. J'ai sauté une réunion ?

— Oui, dit-il d'un ton grave. Une réunion ici. Avec moi, ajouta-t-il en refermant ses bras autour d'elle et en l'attirant contre lui. C'est notre anniversaire, murmura-t-il. Trois mois aujourd'hui. (Il s'écarta d'elle, les yeux pétillants.) Tu sais, c'est seulement quand on est mariés depuis une éternité qu'on compte en années. Nous, nous comptons encore en mois.

C'était sa réplique, maintenant : « Et quelquefois même en jours. » Elle laissa échapper un rire tremblé. Lui enlaçant la taille, il la dirigea vers le perron.

— Entre. J'ai préparé un dîner de fête. J'ai pensé que nous pourrions passer une soirée tranquille à la maison.

Elle leva les yeux vers lui, surprise et émue, tandis qu'ils gravissaient les marches ensemble et pénétraient dans la cuisine.

— Bonsoir, Mrs Alexander, chantonna Gillian, la jeune étudiante, en s'écartant du fourneau.

— Bonsoir, répondit Cam, abasourdie.

— Gillian est venue m'aider à faire la cuisine,

272

expliqua Doug comme la jeune fille baissait timidement les yeux sous son bandeau de velours noir.

— Oh ! tu n'aurais pas dû, Doug !

— Mais c'est moi qui ai voulu ! s'exclama Gillian. Je veux faire tout ce que je peux pour aider Doug dans sa campagne.

Il prit le porte-documents de Cam et suggéra :

— Si tu montais te rafraîchir pendant qu'on termine ?

Vingt minutes plus tard, Gillian était partie et Doug servait le vin dans la salle à manger. La table était mise avec la nappe en lin de la grand-mère, éclairée par des bougies. Il se posta derrière Cam pour tenir sa chaise quand elle s'assit, l'embrassa sur la joue.

— Je reviens tout de suite.

Elle parcourut la pièce des yeux. C'était une reprise du dîner d'anniversaire qu'elle avait monté pour lui en février. Gillian s'était mal exprimée — le dîner de ce soir n'avait rien à voir avec la campagne de Doug —, mais Cam se rappela qu'elle poursuivait un objectif caché, ce soir de février, et elle ne put s'empêcher de se demander si Doug n'en avait pas un lui aussi ce soir.

Il franchit la porte à battants de la cuisine avec les assiettes, les posa, s'assit en face de Campbell.

— Tu es au courant ? demanda-t-il en dépliant sa serviette. Pour Hadley Hayes ?

— Non. Qu'est-ce qu'il y a ?

— Tu te rappelles Vasquez, le représentant du Texas mort le mois dernier ?

— Oui ?

— Il a laissé un siège vacant à la Commission de la Chambre sur les recherches militaires. Et devine qui va l'occuper ? Hadley Hayes.

273

Cam le regarda avec circonspection par-dessus la table en tentant d'estimer quelle direction son humeur prenait.

— Oh ! fit-elle. Je suis désolée.

— Désolée ? C'est formidable pour nous ! Tu ne vois pas ?

— Non, je... Pourquoi ?

— Cette nomination fournit à Hayes le site de lancement idéal pour toutes ses conneries démodées sur l'état de préparation de l'armée. Avant longtemps, il proposera de nouveau l'adoption de Star Wars, le système de défense antimissiles...

— Et c'est une bonne chose ?

— Bien sûr ! Un, il sera comme un gosse avec un nouveau jouet. Si captivé qu'il ne se souviendra probablement plus qu'il doit se faire réélire en novembre. Et deux, il fera mon jeu sur cette question. Nous pourrons le décrire comme le dinosaure qu'il est tout en mettant le paquet sur les problèmes réels de la vie quotidienne...

— C'est formidable.

Doug se renversa sur sa chaise avec un sourire satisfait.

— J'ai une autre bonne nouvelle. Jonathan Fletcher a finalement sauté le pas et annoncé sa contribution aujourd'hui. Devine combien.

Cam secoua la tête : elle ne savait pas jouer aux devinettes.

— Deux cent mille dollars !

— Super. Je suis contente.

Il lui sourit et prit sa fourchette. Cam baissa les yeux vers son assiette.

— Qu'est-ce que c'est ?

— Veau au marsala.

Elle leva vers Doug des yeux embués. C'était le plat

qu'il lui avait apporté au bureau dans un carton du Green Room le soir où ils avaient fait connaissance. Le soir où il avait attendu jusqu'à deux heures du matin pour la raccompagner à son hôtel. Le soir où elle était tombée amoureuse de lui.

— Je t'aime, dit-elle d'une voix nouée.

— Je t'aime, moi aussi. Tu m'as manqué, ces dernières semaines.

— Oui, nous avons eu une vie très mouvementée, ces derniers temps...

— Mais pas ce soir. Ce soir, c'est seulement toi et moi.

Il lui fit l'amour tendrement, avec de douces caresses, des murmures fervents. C'était, elle le savait, une récompense pour sa bonne conduite de ces dernières semaines : parce qu'elle s'était habillée comme on le lui demandait, parce qu'elle était allée là où on l'envoyait, parce qu'elle s'était sagement tenue là où on l'avait placée. Elle n'éprouvait aucune rancœur. Après tout, si elle avait l'impression d'avoir épousé un inconnu, il devait ressentir la même chose. Le serrant dans ses bras, pressant sa joue contre la sienne, elle accorda le rythme de ses hanches à celui de Doug, en une longue montée sensuelle vers l'orgasme. Ils jouirent ensemble — une des rares fois depuis qu'ils étaient amants — et le plaisir les laissa haletants d'étonnement.

Cam demeura ensuite sans bouger, la tête sur la poitrine de Doug, les yeux ouverts dans le noir. Elle savait qu'il ne dormait pas lui non plus parce qu'il lui passait les doigts dans les cheveux.

— Faisons un enfant, proposa-t-il tout à trac.

— Mmm, approuva-t-elle. Je brûle de m'y mettre.

— Alors, n'attendons pas, dit-il, se redressant sur un coude. On commence maintenant. Demain. Le plus tôt possible.

— D'où te vient cette soudaine ardeur ? demanda-t-elle avec un sourire.

— De toi ! De nous. Je t'aime, Cam. Je suis impatient de te voir enceinte, dit-il, posant une main sur le ventre de Campbell. Je suis impatient de voir notre bébé dans tes bras.

— Il ne vaudrait pas mieux attendre après l'élection ?

— Non. Absolument pas. Ça ne compromettrait pas mes chances d'être élu. À dire vrai, ça les augmenterait plutôt...

— Comment ça ?

— Eh bien, tu sais, l'image du père de famille, tout ça. Beaucoup d'électeurs acceptent encore très difficilement une épouse qui sort des normes traditionnelles. Si tu es enceinte pendant la campagne, ça contrebalancera le reste.

— Je vois...

— Qu'est-ce que tu en dis ? (Il se pencha pour l'embrasser, puis se redressa avec un sourire.) Je suis prêt à faire ma part.

Elle sentit l'impatience avec laquelle il attendait sa réponse.

— Je ne sais pas, chéri..., commença-t-elle.

— Et n'oublions pas les photos.

— Quoi ?

— Les photos de toi, nue. Supposons que quelqu'un les retrouve. Il aura du mal à faire croire que c'est bien toi si tu as l'air d'une jeune madone. Tu vois, mon cœur, ce serait aussi dans ton intérêt.

Bien que son corps fût encore couvert de sueur d'avoir fait l'amour, elle se sentit soudain glacée.

— Oui, je vois.

— Alors, on le fait ?

Elle acquiesça d'un hochement de tête.

Il s'endormit peu après, si profondément qu'il ne remua même pas lorsqu'elle balança les jambes hors du lit. Elle alla dans la salle de bains, ouvrit l'armoire à pharmacie et y prit sa plaquette de pilules contraceptives. Trois mois plus tôt, devant un autre lavabo, elle avait réfléchi en regardant ces mêmes pilules. C'était le premier matin de leur lune de miel à Saint-Barth et elle voulait tellement avoir un bébé de Doug qu'elle avait failli jeter les pilules dans les toilettes. L'unique considération qui l'avait arrêtée, c'était l'état de leurs finances, et les vagues références de Doug à « plus tard ».

Elle examina dans le miroir son reflet aux yeux cernés, souleva le couvercle d'une boîte de boules de coton et cacha la plaquette tout au fond.

18

Le cerveau de Meredith fut réveillé en sursaut par les stridulations insistantes d'un bipeur électronique près de sa tête. Un bras se tendit pour saisir l'appareil sur la table de nuit et elle ouvrit les yeux, furieuse, au moment où la lampe de chevet s'allumait.

— Qu'est-ce que tu fais ici ? gronda-t-elle.

Si tôt le matin, elle avait une voix de vieille. Elle se retourna, se cacha la tête sous l'oreiller avant qu'il ait le temps de remarquer qu'elle avait aussi un visage de vieille.

— Tu ne te souviens pas ? fit-il en riant.

— Qu'est-ce que tu fais *encore* ici ? Je t'avais dit que tu ne pouvais pas rester toute la nuit.

La tête sous l'oreiller, elle l'entendit prendre le téléphone et, dans une succession de *bip*, composer un numéro à dix chiffres.

— Bonjour, papa. Qu'est-ce qui se passe ?

Meredith tressaillit. Sutherland se trouvait dans l'ouest du Maryland cette semaine — c'était la seule raison pour laquelle elle avait autorisé Bret à rester — mais si son téléphone était équipé d'un système d'identification du correspondant, s'il jetait un coup d'œil au numéro inscrit sur l'écran, il s'apercevrait forcément que c'était celui de Meredith. Elle avait prévenu Bret de ne pas utiliser cette ligne mais il était comme un gosse sur une moto : le danger constituait la moitié du plaisir. Bien qu'elle fût la seule, naturellement, à connaître la gravité de ce danger. Pour la centième fois, elle se répéta que c'était de la folie, qu'elle devait arrêter tout de suite.

— Ne t'en fais pas, disait Bret. Je vais là-bas ce soir. Je lui ferai entendre raison.

Elle roula sur le côté, souleva un coin de l'oreiller pour le regarder. Il avait les cheveux ébouriffés par le sommeil mais les yeux vifs et brillants.

— Hé ! tu as vu ce spot, hier soir ? De la dynamite, si tu veux mon avis... Ouais. (Il inclina la tête en direction de Meredith, sourit.) Cette Winters, c'est vraiment quelqu'un... Oui, d'accord. Je te rappelle à ce moment-là.

Il raccrocha, bascula du lit et disparut. Elle rampa jusqu'au bord, regarda : complètement nu, il faisait des tractions par terre, et la vision de son corps fit naître une chaleur dans son ventre.

— Tu es suicidaire, tu le sais, ça ?

Il ramena un bras derrière son dos, le maintint dans cette position pendant dix tractions puis changea de bras et recommença à compter.

— À qui tu vas faire entendre raison ?

Il s'allongea sur le dos, se mit à fermer et à ouvrir les poings près de ses oreilles.

— Un type complètement jeté en Virginie. Un réserviste qui a été rappelé pour l'opération Tempête du désert et qui s'imagine maintenant que le pays doit lui assurer un revenu pour le restant de ses jours. Il a d'abord fait le coup du syndrome de la guerre du Golfe, mais comme ça n'a pas marché, il essaie maintenant de faire chanter mon père.

— Le faire chanter ? À propos de quoi ?

— Va savoir, répondit Bret en se levant d'un mouvement souple.

Meredith se redressa dans le lit, tendit le bras vers sa robe de chambre.

— Si tu n'en sais rien, qu'est-ce qui te fait croire qu'il te suffit d'aller là-bas pour qu'il arrête de...

Il se jeta sur le lit, empoigna Meredith et écrasa sa bouche sur la sienne jusqu'à ce qu'elle ait le souffle coupé.

— Je t'ai arrêtée, toi, non ?

— C'est ça, ton plan ? lui lança-t-elle, sarcastique, quand elle fut de nouveau capable de parler. Le réduire au silence par tes baisers ?

— J'improviserai.

Elle se dirigea vers la douche en espérant à demi qu'il la suivrait, mais, après l'avoir attendu dix minutes dans la cabine, elle ferma les robinets et sortit de la salle de bains enveloppée d'une serviette.

Bret, déjà habillé, décrochait son manteau en fonçant vers la porte.

— C'est la première fois que je fais fuir un homme aussi vite, dit-elle, piquée.

— On se retrouve à Baltimore.

— Baltimore ?

Il lui lança le *Post* et descendit l'escalier quatre à quatre.

Une demi-heure plus tard, Meredith roulait vers Baltimore.

Dans un silence rageur, elle regardait la pluie ruisseler sur les vitres de sa voiture. Le périphérique était embouteillé sur trois kilomètres jusqu'au raccordement avec l'I-95, la réception de son portable était nulle : il n'y avait rien d'autre que le bruissement des essuie-glaces et les banalités du chauffeur pour la distraire des titres calamiteux de la presse matinale.

Le *Post* était plié sur le siège à côté d'elle comme un enfant mutant, un monstre qu'elle refusait de regarder. Elle n'avait pas *besoin* de le regarder. Les mauvaises nouvelles avaient tendance à se graver dans son cerveau dès qu'elle les avait lues. Et mauvaise, la nouvelle l'était, sans aucun doute. Aussi mauvaise que possible. Sutherland serait la source des fuites de 1968 au Pentagone.

Selon une très mauvaise plaisanterie, deux sortes de scandales seulement pouvaient ruiner la carrière d'un homme politique : être surpris au lit avec une fille morte, ou avec un garçon vivant. Mais il existait bel et bien une troisième faute, tout aussi rédhibitoire : trahir son pays. Pour un candidat comme Sutherland, qui plaçait l'amour de la patrie au-dessus de tout, ce scandale serait fatal.

1968. Comment pouvait-on attendre d'elle qu'elle contrôle des événements survenus trente ans plus tôt ?

280

Elle se rappelait à peine la présidence de Lyndon Johnson, encore moins les faits qui avaient conduit à son effondrement. Et Tim Robson, le journaliste qui avait pondu cette abomination et qui avait au moins dix ans de moins qu'elle, ne s'en souvenait probablement pas davantage. Mais la source de l'article, Dean McIverson, lui-même ancien reporter au *Post*, avait soixante et onze ans. Meredith n'avait pas entendu parler de lui depuis si longtemps qu'elle le croyait mort.

Comme son portable. Elle l'ouvrit pour faire une nouvelle tentative et, miracle, l'appel passa cette fois, quoique dans une mer de friture.

— Marcy, Dieu soit loué ! s'exclama-t-elle quand son assistante décrocha. Des nouvelles du général ?

— Il a quitté Cumberland, il est en route. Il vous retrouvera au bureau à Baltimore. Vers dix heures, espère-t-il.

— Dix heures ?

Meredith jeta un coup d'œil à sa montre et grogna. Cela signifiait encore une heure et demie de supputations tourmentées. Sutherland n'accepterait jamais de parler de cette affaire sur son propre portable. Même quand les nouvelles étaient bonnes, il soupçonnait ses ennemis de le mettre sur écoute. Après ce qui venait de se passer, Meredith inclinait à le croire.

— Passez-moi Brian.

— Vous voulez dire Ryan ?

— Oui, peu importe. Oh ! Marcy...

— Oui ?

— Je veux que tous les téléphones du bureau appellent le numéro de Tim Robson au *Post* sans arrêt. Je veux embouteiller sa ligne. Personne ne doit réussir à le joindre ce matin.

— Je m'en occupe tout de suite.

Une minute plus tard, Meredith interrogeait son jeune stagiaire :

— Brian, vous avez quoi ?

— J'ai trouvé les coupures de presse. Je les envoie par fax à Baltimore.

— Qu'est-ce qu'elles racontent ?

— Je n'ai pas encore bien saisi toute l'histoire...

— Ça ne fait rien.

Où avait-elle la tête ? Si elle ne pouvait se souvenir des machinations tramées derrière la guerre du Vietnam, comment un stagiaire de vingt-deux ans en aurait-il eu la moindre idée ?

— Passez-moi Richard, soupira-t-elle.

Portwell était peut-être un vieil imbécile pompeux, un caillou dans sa chaussure, il constituait aussi la source d'informations la plus rapide dont elle disposait sur cette période.

— Allô, Richard, comment allez-vous ? claironna-t-elle quand elle l'eut en ligne. Je suis si contente d'avoir réussi à vous joindre. C'est une des nombreuses occasions où j'ai besoin de votre sagesse et de votre expérience.

— Oui, j'ai lu l'article. Ça me rappelle de vieux souvenirs, je dois dire.

— Je suis un peu perdue. Il s'agit de l'affaire des documents du Pentagone ?

— Grands dieux non ! Cette histoire est antérieure à Daniel Ellsberg et elle porte sur un sujet totalement différent. Les documents dérobés par Ellsberg indiquaient que le Pentagone avait soigneusement dissimulé l'ampleur de la guerre. Ce que McIverson insinue est bien plus grave.

— Vous pouvez m'éclairer ?

— Volontiers, répondit Portwell, articulant avec une lenteur qui la fit grincer des dents de frustration. Le contexte, d'abord. Il faut se replacer en 1968 : nous étions au Vietnam depuis 61 et nos pertes s'élevaient à quinze mille hommes. Une vague énorme d'opposition à la guerre montait dans le pays, vous vous en souvenez, j'en suis sûr. Mais ce que vous ne vous rappelez peut-être pas, ce sont les importantes dissensions suscitées dans l'armée par ce que les militaires considéraient comme l'incapacité de Johnson à mener la guerre comme une guerre. En particulier quand il a entamé une désescalade des hostilités afin de couper l'herbe sous le pied de Gene McCarthy. Vous me suivez jusqu'ici ?

— Je m'efforce de ne pas vous perdre.

Agacée, elle se représenta Portwell en veste de tweed et pantalon de flanelle, tirant pensivement sur sa pipe.

— Au début de 1968, la rumeur a commencé à circuler que le Pentagone était en désaccord total avec la Maison-Blanche sur ce point. Le bruit a même couru qu'un groupe d'officiers de haut rang mettait au point des scénarios de prise en main de la direction des hostilités.

Meredith laissa échapper un rire étonné.

— Vous voulez dire une junte militaire ?

— Bien sûr, les choses n'en sont jamais venues là. J'essaie seulement de souligner l'énormité de l'enjeu.

— Qu'est-ce que McIverson vient faire là-dedans ?

— Il était l'un des reporters vedettes du *Post* dans les années 60. À l'époque, Woodward et Bernstein couvraient encore les chiens écrasés. En mars 1968, McIverson écrit une série d'articles sur l'opposition croissante du Pentagone à Johnson, et il étaie ses allégations d'extraits de documents secrets.

— Qu'il prétend tenir de Phil Sutherland.

— Exactement. Le Pentagone a tout nié, y compris l'authenticité des documents, mais l'histoire n'en a pas moins sapé le peu de soutien dont Johnson jouissait encore dans l'opinion. En quelques jours, sa position s'effondre et, le 31 mars, il prononce le célèbre discours dans lequel il renonce à se faire réélire. Mais il réussit quand même à rire le dernier, pourrait-on dire, puisque dans cette même allocution, il annonce la cessation de tous les bombardements au-delà du 20e parallèle.

— Sa façon de faire un doigt d'honneur au Pentagone...

— À peu près. Les militaires étaient fous de rage, naturellement. McIverson s'attribue tout le mérite de l'histoire, vous savez. Quoique, à la réflexion, je ne l'aie jamais entendu se targuer d'avoir fait élire Richard Nixon !

Portwell riait encore de sa plaisanterie quand Meredith lui demanda :

— Où est McIverson, maintenant ? Qu'est-ce qu'il est devenu ?

— Il a quitté la vie active depuis des années. Mauvaise santé, je crois.

— Mmm, fit Meredith.

Elle se tourna vers la vitre noyée d'eau au moment où les rouages se mettaient à cliqueter dans son cerveau. Soixante et onze ans, mauvaise santé, sénilité précoce ?

— Merci beaucoup, conclut-elle. Je savais que je pouvais compter sur vous. Vous pourriez me passer Bill Schecter ?

— Certainement. Attendez... c'est ce type du FBI ?

— Il travaille pour nous, maintenant, Richard.

— Oh ! Meredith ! dit-il avec dégoût. Je vois ce que vous manigancez. Vous allez tuer le messager parce que la nouvelle qu'il apporte ne vous plaît pas. Mais cela n'a jamais rien résolu.

— Sauf si le messager a inventé la nouvelle.

284

— Ou si vous parvenez à faire croire qu'il l'a inventée.

— Cela revient au même, Richard.

Elle attendit. Au bout d'une minute, la ligne sonna occupé. Portwell avait raccroché ou, plus vraisemblablement, il avait cafouillé en essayant de transférer l'appel. Elle composa le numéro de Schecter, lui expliqua ce qu'elle attendait de lui : pas le temps de mener une enquête sur le terrain, juste une recherche rapide dans les dossiers.

Soulevant une gerbe d'eau, la voiture s'arrêta devant le bureau de la campagne « Sutherland au Sénat » où l'un des jeunes membres de l'équipe guettait son arrivée. Il ouvrit un parapluie, courut vers elle quand elle descendit.

— Des nouvelles de Bret ? demanda-t-elle en marchant vers la porte à grandes enjambées.

Il eut un hochement de tête prudent.

— Quoi ? fit-elle.

La pomme d'Adam du jeune collaborateur remua quand il déglutit péniblement.

— Il a perdu les pédales, Miss Winters. Il n'arrête pas de hurler...

Elle put l'entendre elle-même dès qu'elle mit le pied à l'intérieur.

— C'est qui, ce connard ? beuglait Bret. Il se prend pour qui ? Bon, on lui téléphone. Toi ! Appelle-le. Oui, toi !... Eh bien, cherche !

Meredith lança son manteau au jeune collaborateur et, se guidant à la voix de Bret, se dirigea vers la pièce du fond.

— Il s'en tirera pas comme ça ! braillait-il de l'autre côté de la porte. Il s'imagine qu'il peut débarquer de nulle part, trente ans après ? Bordel de merde...

Lorsqu'elle entra dans la salle de réunion, quelque

chose lui frôla la tête et se brisa contre le mur. Elle regarda les morceaux de porcelaine éparpillés à ses pieds puis leva les yeux vers Bret, qui avait encore le bras en position de lancer. La demi-douzaine d'autres personnes assises à la table le fixaient avec des mines gênées et impuissantes.

— Bon, ça suffit, dit-elle. Piquer une crise n'aidera absolument pas votre père.

Enjambant les débris, elle s'assit à sa place, salua de la tête les membres de l'équipe. Bret se laissa tomber sur une chaise avec une expression de pure angoisse.

— Enfin, c'est pas normal ! argua-t-il. Il n'y a pas une règle qui dit que les journalistes ne révèlent pas leurs sources ? Meredith, vous avez été journaliste, elle existe, cette règle ?

Elle éprouva un étrange serrement de cœur en le regardant, un sentiment qu'elle aurait pu qualifier de tendresse si ce n'était en réalité de la faiblesse. Elle avait un faible pour Bret, non seulement pour sa beauté, ses prouesses sexuelles, mais aussi pour son exubérance et sa naïveté de jeune homme. Les gens parlaient de faiblesse comme si c'était une bonne chose alors qu'il s'agissait en fait de *vulnérabilité,* un défaut de la cuirasse par lequel on pouvait être grièvement blessé.

— Nous ne révélons nos sources ni à la police, ni aux procureurs, ni aux grands jurys, répondit-elle d'un ton froid. Pas même si on nous menace d'emprisonnement pour outrage à magistrat. Parce que tant que nous faisons ce métier, nous voulons signifier à nos informateurs qu'ils peuvent avoir confiance en nous. Mais si nous sommes à la retraite, si nous n'avons aucun espoir de traiter un jour avec une autre source ? Ça devient : « Sensationnel ! Toute la vérité sur l'affaire Machin ! »

Bret vira au cramoisi.

Une secrétaire entra avec une pile de feuillets.

— Ce fax vient d'arriver pour vous, Miss Winters. Les articles de McIverson. J'en ai fait des copies.

Meredith prit un exemplaire, distribua le reste.

— Nettoyez ça, s'il vous plaît, dit-elle avec un geste vague en direction de la tasse brisée, par terre.

Le groupe lut les articles pendant que la secrétaire balayait les morceaux de porcelaine. Dès qu'elle eut quitté la pièce, Bret lança ses feuilles sur la table.

— Admettons que ce soit vrai. Et alors ? Il a eu raison ! La guerre du Golfe l'a prouvé. Ça ne sert à rien de faire la guerre à moitié. Pensez à toutes les vies qui auraient été sauvées si quelqu'un l'avait écouté, dans les années 60 ! (Il reprit les feuilles, les jeta en l'air.) C'est un acte héroïque qu'il a fait !

— Vous pensez que c'est la façon dont nous devons présenter la chose ? demanda Meredith.

— Absolument ! Pourquoi pas, si c'est la vérité ?

Elle haussa les épaules.

— Les gens se font une drôle d'idée des héros. Curieusement, ils pensent que les informateurs et les mouchards n'en font pas partie.

Il écarquilla les yeux et elle se hâta de poser une main sur la sienne.

— Bret, il y a des tas d'actes héroïques secrets qui ne supporteraient pas la lumière du jour. Ils n'en sont pas moins héroïques. Cela signifie simplement qu'ils doivent rester secrets.

Il la regardait sans comprendre, avec un air blessé et buté. Il était comme un animal sauvage pris au piège, trop affolé par la peur et la souffrance pour accepter l'aide de qui que ce soit tentant de le délivrer. Mais elle soutint son regard en lui pressant la main, et une lueur de compréhension finit par s'allumer dans ses yeux.

Les autres, autour de la table, échangeaient des

regards entendus. Meredith retira brusquement sa main de celle de Bret Sutherland.

— Quelqu'un pourrait me rappeler où Phil était affecté en 1968 ?

— Il venait de passer deux ans au Vietnam, répondit un collaborateur. Il avait le grade de capitaine, à l'époque. On l'a envoyé au Pentagone comme aide de camp du général Hutchins.

— Un instant, sollicita Meredith, tendant la main vers l'Interphone. Brian ? dit-elle quand elle eut obtenu le stagiaire, quelle a été la réaction officielle du Pentagone aux articles de McIverson ?

— Démenti. Les militaires ont affirmé que les documents étaient des faux. Mais il y a un détail curieux : McIverson les a mis au défi de laisser un expert examiner leurs machines à écrire et comparer leurs caractères à ceux des documents. Ils ont refusé : secret défense et, en outre, ont-ils ajouté, il y a trop de machines à écrire au Pentagone, ce serait une perte de temps ridicule.

Meredith appuya sur un bouton pour mettre fin à la communication.

— OK, je vois trois scénarios possibles. Un, les documents sont authentiques et quelqu'un les a refilés à McIverson. Deux, McIverson les a fabriqués de toutes pièces. Trois, quelqu'un d'autre les a fabriqués et les a refilés à McIverson. Dans les cas un et trois, nous courons le risque que ce quelqu'un soit Phil.

— Je vote pour le deux, dit un collaborateur en prenant une voix horrifiée.

— Bill Schecter sur la quatre ! cria la secrétaire.

Meredith appuya sur le bouton.

— Bill, qu'est-ce que vous avez sur McIverson ?

— Il a fait une brillante carrière au *Post*. Prix Pulitzer, talent salué dans tout le pays, etc. En 1971, il a quitté le journal pour réaliser un vieux rêve : naviguer en solitaire dans le Pacifique Sud. Il a posé pour les photographes à son départ de San Diego, puis trois mois plus tard, quand il est arrivé à Tahiti. En 1972, il a trouvé du boulot au *Cleveland Plain Dealer* ; en 1974, il a annoncé qu'il prenait sa retraite.

— C'est tout ?

— C'est tout, confirma Schecter. Sauf que pendant ses trois mois de navigation en solitaire dans le Pacifique Sud...

— Ouais ?

— Il faisait aussi partie des pensionnaires d'un centre de désintoxication pour alcooliques à Richmond.

— Le fils de pute ! lâcha Bret.

— Merci, Bill, dit Meredith. Envoyez-moi les documents par fax.

— C'est comme si c'était fait.

Elle parcourut la tablée du regard.

— Bon, McIverson est un alcoolo et un truqueur de première classe. On se procure ces photos des mers du Sud, on envoie quelqu'un en prendre quelques autres du centre de désintoxication de Richmond. Un vieux soûlard en robe de chambre d'hôpital, par exemple, pour que tout le monde comprenne bien ce que nous voulons dire. Ann, dit-elle en se tournant vers l'attachée de presse de la campagne. Tu me dresses la liste de nos meilleurs amis dans les médias et nous déciderons à qui envoyer tout ça.

L'attachée de presse se mordit la lèvre.

— Vous croyez qu'on peut vraiment se servir de ça ? McIverson a écrit ses articles sur le Pentagone en 1968. Il a fait sa cure trois ans plus tard.

Bret lui lança un regard furieux.

— Et alors ? On est trente ans plus tard, et il s'en sert contre nous !

— C'est précisément ce que je veux dire...

Il y eut du bruit dans l'antichambre et le visage de Bret prit une expression soulagée.

— Il est là, dit-il.

Le général Sutherland fit son entrée, les mâchoires serrées, un imperméable trempé sur les épaules. Il était suivi par le collaborateur qui l'avait accompagné la veille dans la partie ouest de l'État. Un instant, Meredith éprouva un sentiment de compassion amusée pour le jeune homme. Les trois heures qu'il venait de passer avaient dû être un enfer.

Sutherland se débarrassa de son imperméable et s'assit, impassible, au haut bout de la table.

— Où en sommes-nous ?

Meredith lui fit un résumé de la situation en quelques minutes puis demanda :

— Racontez-nous, général. Vous étiez au Pentagone en 1968. Ces articles ont dû provoquer une certaine agitation.

— Ça, vous pouvez le dire. L'armée a procédé à une enquête interne approfondie. J'ai été interrogé ainsi qu'une centaine d'autres personnes. Nous avons tous été mis hors de cause. Il n'y avait eu ni machination, ni fuites. À propos, nos propres experts ont comparé les caractères des documents de McIverson et ceux des machines à écrire de nos services : ils ne correspondaient pas.

— Pourquoi ne pas avoir publié un communiqué de presse pour en faire état ?

— Parce que McIverson aurait demandé une contre-expertise et nous n'aurions jamais pu accepter ça.

— Alors, c'est réglé, dit Bret en se levant. Nous

démentons, et nous bousillons la réputation de McIverson, comme Meredith vient de l'expliquer.

— Attendez, intervint l'attachée de presse. Admettons que McIverson ait inventé cette histoire. Pourquoi la ressortir trente ans plus tard ?

Bret se tourna brusquement vers elle.

— Pour torpiller notre campagne, qu'est-ce que vous vous imaginez ?

— Mais dans quel but ?

— On s'en fout, bordel !

— *Bret*, lâcha le général d'un ton sec.

Le silence se fit dans la pièce.

— Assieds-toi, calme-toi, et surveille ton langage devant les dames.

— Oui, père, marmonna Bret, qui se rassit à la table.

— Pour répondre à votre question, Ann, reprit le général, McIverson est un journaliste de la presse écrite et je passe très souvent à la radio. Pour les membres de l'establishment médiatique, les débats à la radio, c'est la peste. Ils n'aiment pas que les gens se forgent une opinion sans le prétendu « filtre cognitif » de la presse écrite. En donnant ses sources, McIverson fait d'une pierre deux coups : il a droit à un quart d'heure supplémentaire de célébrité, et il gagne le respect de ses confrères en s'attaquant au forum public dont l'audience connaît aujourd'hui le plus fort taux de croissance.

Meredith se laissa aller contre le dossier de sa chaise avec un sourire étonné. Parfois, Sutherland était encore capable de l'impressionner.

Le groupe s'attela à la mise en branle de l'opération : où et quand tenir la conférence de presse, à qui transmettre les informations sur McIverson. Les fax affluèrent en nombre du bureau de Meredith, les coups de téléphone submergèrent la ligne, les reporters se succédant pour obtenir une réaction à chaud du QG de Sutherland.

À onze heures, ils reçurent le coup de téléphone qu'ils attendaient.

— Ann ? appela la secrétaire du pas de la porte. Tim Robson, pour toi.

L'attachée de presse tourna un regard incertain vers Meredith Winters.

— Vas-y, prends-le. Mais dis-lui que tu n'as pas encore lu le *Post*. Dis-lui que tu réserves les lectures amusantes pour le week-end.

Ann hocha la tête, quitta la pièce.

Meredith sentit que Sutherland l'observait. Il savait qu'elle cherchait à gagner du temps, il savait ce que cela signifiait.

— Hé ! tout le monde, cria-t-elle par-dessus le brou-haha, vous pourriez nous laisser une minute ?

Il y eut un moment de remue-ménage tandis que la salle de réunion se vidait puis Meredith se retrouva enfin seule avec Sutherland.

— J'ai une question à te poser, dit-elle.

— La réponse est non.

— Non, ce n'est pas cette question-là que je te pose, Phil. Tout ce que je veux savoir, c'est la chose suivante : Si nous démentons les allégations de McIverson, est-ce qu'il y aura autre chose que sa parole pour nous contredire ?

Sutherland la gratifia d'un de ses rares sourires et se leva.

— C'est la question que je croyais que tu m'avais posée en premier, dit-il en ouvrant la porte.

L'affaire mourut d'elle-même pendant les deux cycles d'actualité qui suivirent. Le dimanche matin, Dean

McIverson était de retour chez les alcoolos ; le lundi matin, le *Post* publiait une rétractation sur le papier de Robson. Une rafale d'articles et d'analyses couvrit cet événement notable, mais, le lundi soir, l'affaire avait fait long feu.

Meredith organisa une petite fête dans ses bureaux dès la fin du bulletin d'informations de vingt-trois heures. Comme elle tenait le coup depuis cinq jours en dormant et mangeant peu, le champagne lui monta instantanément à la tête. D'étourdie elle passa à larmoyante, et vers minuit et demi elle fit un discours dégoulinant de sensiblerie sur l'équipe extraordinaire qui la secondait, discours dont elle savait, en le prononçant, qu'elle le regretterait le lendemain matin.

Sutherland avait disparu. Elle le chercha dans les couloirs obscurs et finit par le trouver dans la salle de projection, télécommande en main, devant un écran où Doug Alexander annonçait sa candidature.

— Phil, dit-elle avec une moue qu'elle espéra encore séduisante sur son visage de quarante-deux ans marqué par la fatigue, on donne cette fête pour toi, et tu t'éclipses...

— Ne nous racontons pas d'histoires, Meredith. Elle est pour *toi*, cette fête.

— Alors, raison de plus.

Elle se tut, incapable de se rappeler où elle voulait en venir avec cette remarque. Aucune importance, de toute façon : Sutherland était fasciné par l'écran, et plus particulièrement par la jeune femme en tailleur rose.

— Bill Schecter a enquêté sur elle, déclara Meredith en approchant une chaise de celle de Sutherland. Elle est irréprochable. Tu as vu le dossier : tout y est, en remontant jusqu'à son certificat de naissance. Il est impossible que vos chemins se soient croisés.

— Je le sais, répondit-il, en ramenant la bande en arrière. Mais il y a quelque chose chez cette fille...

Il appuya sur le bouton *Play* et le visage de Campbell Smith emplit de nouveau l'écran.

Meredith passa un bras autour du cou de Sutherland, lui massa l'épaule.

— Phil, tu viens d'éviter un boulet de canon. Détends-toi un peu, s'il te plaît.

Il sourit, se tourna vers elle pour lui plaquer un baiser sur la bouche.

— Si tu rentrais chez toi ? suggéra-t-il. Je t'y retrouve dans... disons trois quarts d'heure.

— Je t'attendrai.

Elle se leva, oscilla brièvement sur ses jambes puis recouvra l'équilibre et sortit de la pièce.

Elle réclama sa voiture, souhaita bonne nuit à tout le monde et prit l'ascenseur pour descendre dans le hall faiblement éclairé. Comme son chauffeur n'était pas encore arrivé, elle s'accorda un moment pour tirer son poudrier de son sac et examiner son visage dans le petit miroir. Seigneur ! un désastre. Elle avait les yeux rouges, son maquillage avait coulé, et elle ne disposait que de trois quarts d'heure pour se faire ravissante. « La journée d'une femme n'est jamais finie », aurait dit sa mère, ou peut-être : « Pas de repos pour les braves. » Bien que, même dans ses rêves les plus délirants, sa mère n'eût jamais pu imaginer comme elle travaillait dur. Meredith plissa les lèvres, eut envie de rentrer sous terre en voyant les rides profondes qui partaient de sa bouche, poussa un cri quand un autre visage apparut dans le miroir près du sien. Elle se retourna, la main sur la poitrine.

— Bret, je t'en *prie,* arrête de t'approcher de moi furtivement comme ça.

— C'est toi qui t'es approchée furtivement, murmura-t-il en se pressant contre elle, et tu as volé mon
cœur pendant que je regardais ailleurs.

— Seigneur ! soupira-t-elle, dans quelle chanson
country tu as piqué cette phrase ?

Il sourit, et Meredith eut l'impression que son cœur
allait fondre. Elle détourna la tête quand sa voiture s'arrêta devant la porte.

— Oh ! voilà mon chauffeur !

— Je te retrouve chez toi.

— Non ! fit-elle, criant presque.

Voyant le regard de Bret se voiler, elle tendit le bras,
lui caressa la joue.

— Pas ce soir, chéri. Je suis vannée.

Elle sortit de l'immeuble en courant, monta dans la
voiture. Au moment où le chauffeur démarrait, elle se
retourna pour voir Bret planté sur le trottoir comme un
enfant malheureux. Elle sentit un sanglot se former
dans sa gorge. Se renversant sur la banquette, elle
ferma les yeux. C'est le champagne, se dit-elle, le champagne et cinq jours à courir sans arrêt. Elle n'était pas
en train de tomber amoureuse de lui, elle n'était pas
idiote à ce point.

Elle ne *pouvait* pas l'être.

19

Mai céda la place à juin mais il y avait désormais des
repères de temps différents, et ils étaient tous inscrits
sur un tableau géant en mélamine accroché à un mur
du quartier général de la campagne : onze semaines
s'étaient écoulées depuis que Doug avait annoncé sa

candidature ; trois mois le séparaient de la primaire, cinq de l'élection. Le premier samedi de juin était souligné en rouge : ce serait le jalon le plus important à ce jour de sa collecte de fonds, un dîner à cinq cents dollars par tête, auquel on attendait la participation non seulement du sénateur Ash Ramsay mais aussi du sénateur de l'Ohio John DeMedici, le favori du Parti pour les primaires présidentielles de l'an 2000.

Campbell lisait au lit, ce jeudi soir, quand elle entendit les pas de Doug dans l'escalier. Il était presque minuit, le dîner aurait lieu dans deux jours seulement et il travaillait tard tous les soirs dans une attente fiévreuse. Elle éteignit prestement la lampe et se coula sous les couvertures.

Feindre le sommeil ne la sauverait cependant pas davantage que tous les autres soirs du mois précédent. Doug s'écroula sur le lit, attira Cam contre lui. Il était trop fatigué pour faire l'amour, elle le sentait dans son dos, dans ses épaules, mais elle sentait aussi sa détermination. Il voulait un bébé, ou tout au moins une épouse enceinte, et si cela passait par des rapports sexuels toutes les nuits, il ferait l'effort. C'était devenu un rituel, comme la pilule que Cam continuait à prendre chaque matin.

Il termina rapidement — c'était plus une corvée qu'un plaisir —, l'embrassa sur la joue en se retirant d'elle.

— Qu'est-ce que c'est ? dit-il, touchant l'endroit que ses lèvres venaient d'effleurer.

Elle essuya ses larmes du dos de la main.

— Je ne sais pas.

— Je sais, dit Doug, roulant sur le côté. Je suis déçu, moi aussi. (Il tapota son oreiller et y fit son trou pour s'endormir.) Mais ne t'inquiète pas. Nous y arriverons ce mois-ci.

Dès qu'il fut endormi, elle se leva et descendit.

La lumière des étoiles passait par les fenêtres sans rideaux et tombait en cercles pâles sur le plancher nu. Elle parcourut les pièces dans le noir, passant d'une flaque de lumière à la suivante, regardant à travers chaque panneau de verre noir. Elle se tint un long moment devant la fenêtre de derrière pour contempler le jardin qui l'avait aidé à tenir ces derniers mois. Mais, dans la nuit, tout était noir, elle ne pouvait distinguer les fleurs des mauvaises herbes.

Elle alluma une lampe dans le salon, s'assit avec l'encyclopédie du jardinage. Commençant par la lettre A, elle lut les entrées l'une après l'autre pendant une heure, mémorisa les noms latins de chaque arbre, arbuste ou fleur poussant en Amérique du Nord, l'exposition et la nature du sol requises, l'arrosage. Elle abrutit son esprit par une débauche de détails.

Il était une heure et demie quand le téléphone sonna sur la table à côté d'elle. Elle décrocha avant qu'une seconde sonnerie ne réveille Doug.

— Campbell ? C'est vous ? fit une voix de femme.

— Oui ?

— Douglas est là, s'il vous plaît ?

— Mrs Ramsay ?

— Oh ! mon Dieu, quelle heure est-il ? Il dort, n'est-ce pas ? Je suis désolée, je ne sais pas ce qui m'est passé par la tête...

— Il est arrivé quelque chose ?

— C'est Trey... On l'a retrouvé !

Cam se leva.

— Quoi ? Comment ?

— Il a appelé la police. Il a déclaré qu'il avait été enlevé. J'ai reçu un coup de téléphone du FBI du Maine me demandant s'il l'un de nos enfants avait disparu. Je ne savais pas quoi répondre. Officiellement, Trey est en pension à l'étranger.

— Qu'est-ce que vous avez dit ?

— Rien. J'ai raccroché ! Jesse n'est pas là, j'ai essayé de joindre Ash mais ça ne répond pas à son appartement, ni au bureau. Je n'ai aucune idée de l'endroit où il pourrait se trouver, il n'avait rien sur son agenda, ce soir. Oh mon Dieu, je ne sais pas quoi faire... !

— Tout ira bien, Mrs Ramsay. Essayez de vous calmer.

— C'est Margo ? fit Doug, apparu soudain derrière elle et lui prenant le téléphone. Margo ? Qu'est-ce qui se passe ? (Il écouta un moment.) Ne vous inquiétez pas, je vais le trouver. Jesse est là ?... C'est vrai, j'oubliais. Écoutez, je viens tout de suite. Ne faites rien, ne parlez à personne avant mon arrivée.

Il raccrocha et Campbell le suivit dans le bureau. Il feuilleta les pages de son carnet d'adresses, composa un numéro.

— Allô, Kitty ? Doug Alexander. Pardon d'appeler si tard mais je dois parler à Ash. C'est urgent.

Il s'assit au bord du bureau, attendit.

— Ash ? Des ennuis. Margo vient d'avoir un coup de fil du FBI. Il semblerait que Trey ait pris contact avec leur bureau du Maine, ils ont appelé Margo pour vérifier... Rien. Elle a raccroché. Je pense qu'on pourra attribuer ça au choc... Ouais. Dans combien de temps pouvez-vous... ? D'accord, je pars tout de suite.

Il raccrocha, se leva.

— Je ne comprends pas, dit Cam du seuil de la pièce. C'est une bonne nouvelle, non ?

— À condition qu'elle ne s'ébruite pas dans de mauvaises conditions.

Comme il se dirigeait vers la porte, elle lui barra le passage.

— Qui est-ce, Kitty ?

Il la prit par les épaules, l'embrassa.

— Il vaut mieux garder ça pour toi, répondit-il en la poussant doucement sur le côté.

Ce fut une autre expédition nocturne, mais la maison des Ramsay était cette fois plongée dans l'obscurité. Faute de clair de lune, Cam et Doug trébuchèrent en montant les marches du perron. Il chercha la sonnette à tâtons, la pressa, et ils entendirent son écho rouler à l'intérieur. Comme personne ne répondait, il sonna de nouveau, puis frappa à la porte. Finalement, il leva un bras, passa les doigts le long du linteau jusqu'à ce qu'il trouve la clef.

— Margo ? appela-t-il en poussant la porte.

Il appuya sur un interrupteur, alluma une paire d'appliques fixées de chaque côté du vestibule. Ils restèrent un moment immobiles, l'oreille tendue, mais toujours pas de réponse.

— Je vais voir en haut, décida Doug en se dirigeant vers l'escalier.

Cam descendit le couloir, traversa la cuisine. Une faible lumière s'échappait du salon et elle en suivit la lueur jusqu'à une petite lampe posée sur la table à côté du vieux sofa. Margo y était assise en kimono argent, ses cheveux gris pendant sur ses épaules. Elle tenait un livre ouvert sur son giron mais contemplait le mur au-dessus de la cheminée.

— Mrs Ramsay ?

— Oh ! fit-elle sans tourner la tête. Campbell. Vous êtes là.

— Oui, et Doug aussi.

— Il n'a pas été fait d'après nature, vous savez.

— Quoi ?

299

— Le portrait de Cynthia. Elle était déjà morte. Le peintre a travaillé d'après une photo. Celle-là. Vous voyez ?

Elle indiquait le livre, qui était en fait un album ouvert sur une photographie de Cynthia Ramsay.

— Il a quand même fait un portrait merveilleux, poursuivit-elle. Il a parfaitement su rendre sa personnalité, vous ne trouvez pas ? Sa pureté.

— Doug a parlé au sénateur, Mrs Ramsay. Ash est en route, il arrive. Tout ira bien.

— Oh ! je ne crois pas ! dit-elle, refermant l'album avec un bruit sourd. Ils ont rappelé, vous savez. Les types du FBI, ils ont rappelé. Ce n'est pas leur faute, bien sûr, ils ne connaissent pas le protocole. Personne ne leur a dit que je n'ai pas le droit de parler en mon nom.

Un bruit de pas dans l'escalier attira son regard. L'instant d'après, Doug entra dans la pièce.

— Ah ! vous voilà. (Il s'agenouilla près de Margo, prit les mains de la vieille femme dans les siennes.) Ash est en route, il va tout arranger.

Margo secoua la tête avec un rire creux.

— Quoi ? fit-il, coulant un regard à Campbell.

— Mrs Ramsay a eu une deuxième conversation avec le FBI.

— Bon Dieu ! jura-t-il. (Un éclair de colère passa dans ses yeux avant qu'il se tourne de nouveau vers l'épouse du sénateur.) Margo, qu'est-ce que vous leur avez dit ? Réfléchissez soigneusement, maintenant.

— Parce que je ne l'ai pas fait avant ? rétorqua-t-elle, libérant ses mains. C'est ce que vous insinuez, Douglas ?

— Non, mais nous devons savoir ce...

— Je leur ai tout dit, d'accord ? J'ai oublié d'attendre le communiqué de presse pour savoir quelle réaction j'avais eue. Je leur ai dit que mon fils a été kidnappé. Je leur ai dit que Steve Patterson l'a enlevé dans une rue sombre il y a quatre mois, que nous ne savons pas où il est, comment il va...

Elle éclata en sanglots, se couvrit le visage de ses mains.

Doug se releva en soupirant :

— Il vaut mieux que j'appelle Ash sur le téléphone de sa voiture.

Dix minutes plus tard, il raccrochait, muni d'une liste d'autres appels à donner. Margo monta s'étendre, Campbell fit du café et Doug s'activa avec le téléphone jusqu'au moment où on sonna à la porte. L'assistant responsable du bureau local de Ramsay arriva le premier, suivi du procureur Ronald March et enfin de deux hommes qui montrèrent leur carte du FBI.

Doug les conduisit tous à la bibliothèque, s'assit derrière le bureau du sénateur.

— Bon, dit-il, joignant les mains devant lui, où en sommes-nous ?

Campbell s'installa dans un coin sans se faire remarquer tandis qu'un des agents du FBI commençait son rapport :

— La police locale de Baxter Bay a capté un message radio, sur la bande Urgences, à... dix-neuf heures trente-huit, dit-il après avoir consulté ses notes. Un adolescent se présentant comme James Ashton Ramsay III a déclaré qu'il était détenu sur l'île de Maristella depuis février par un nommé Steve Patterson, qui l'avait enlevé à Greenville, Delaware, le 20 février. Il a donné une adresse et un numéro de téléphone à Greenville : ceux d'ici.

Il tourna une page de son carnet, continua :

— Les policiers locaux ont transmis l'appel à notre bureau de Portland, qui a téléphoné ici. La première fois, la communication a été coupée. Nos collègues ont rappelé, ils ont parlé à une femme qui s'est présentée comme Mrs Ramsay et qui a confirmé. Tout à l'heure, juste avant trois heures, une vedette des gardes-côtes a emmené sur l'île deux de nos agents qui ont procédé à l'arrestation de Steven A. Patterson, trente-quatre ans. Ils ont également placé en détention protectrice un adolescent blanc qui a refusé de décliner son identité mais qu'on suppose être James Ashton Ramsay III...

— Refusé de donner son identité ? le coupa Doug. Qu'est-ce que ça veut dire ?

Ronald March tendit vers lui une main apaisante. Le dôme de son crâne, cerné d'une couronne de cheveux, luisait dans la lumière dure de la lampe.

— Est-ce que le garçon a confirmé que c'était lui qui avait envoyé le message à la radio ? demanda-t-il à l'agent.

— Non, monsieur. Il était, paraît-il, très perturbé. Mais nos agents ont entendu le suspect lui dire : « Calme-toi, Jamie, tout va bien, tout ira bien. »

— Où a-t-on trouvé le garçon ?

— Dans une chambre, en haut.

— La porte avait des verrous ?

— Une simple serrure, fermée de l'intérieur. Comme il refusait d'ouvrir, nos agents ont dû l'enfoncer.

March passa une main sur son cuir chevelu et fit observer :

— Il ne se comporte pas précisément en victime.

Doug émit un bruit de gorge dubitatif.

— C'est un gosse qui a élevé l'espièglerie au rang des beaux-arts...

— Ce sera tout pour le moment, signifia March aux

agents. Mais restez dans le coin, au cas où il y aurait du nouveau.

Ils hochèrent la tête et sortirent. Presque aussitôt, une voix tonitruante résonna dans le hall ; Doug se leva précipitamment, ouvrit la porte de la bibliothèque à Ash Ramsay.

— Vous avez réussi à joindre tout le monde ? demanda le sénateur en passant devant Doug pour prendre possession du siège que celui-ci venait de quitter.

— Votre attaché de presse est en route, tous les autres sont déjà ici.

Le regard de Ramsay fit le tour des occupants de la pièce, s'arrêta sur Campbell, assise dans son coin.

— Cam, vous voulez bien garder un œil sur la porte d'entrée ?

Il y avait déjà deux agents du FBI en faction dans le vestibule.

Elle se leva et quitta la pièce.

Assise dans l'escalier, les coudes sur les genoux et le menton entre les mains, Cam somnolait un moment, se réveillait quand la sonnerie de la porte ou du téléphone se faisait de nouveau entendre. L'attaché de presse de Ramsay arriva de Washington et fut aussitôt admis dans le saint des saints. Plus tard, l'un des collaborateurs de March se joignit aux délibérations et les deux agents du FBI furent requis pour un second rapport.

Un peu avant l'aube, des pas résonnèrent au premier étage. Cam leva les yeux, découvrit Margo sur le palier. Elle était habillée et avait attaché ses cheveux.

— Je peux vous apporter quelque chose, Mrs Ramsay ? dit Campbell en se mettant debout.

— Mon mari, je vous prie, répondit Margo, qui

descendit l'escalier. Dites-lui que je veux lui parler. Immédiatement.

Elle se dirigea vers le salon sans un regard en arrière. Cam frappa à la porte de la bibliothèque et entra.

— Sénateur ? fit-elle, la conversation s'arrêtant net dans la pièce. Mrs Ramsay voudrait vous parler.

Une brève lueur agacée traversa son regard avant qu'il gratifie Cam d'un sourire.

— Dites-lui que je la rejoins dans un instant.

— Excusez-moi, sénateur, elle veut vous voir tout de suite.

Le sourire disparut, remplacé par un pli dur de la bouche quand il se leva.

— Elle est là, dit Cam, qui le précéda dans le salon avant qu'il puisse la congédier de nouveau.

Margo se tenait juste derrière la porte. Ramsay entra, la prit par les épaules, et elle tressaillit quand il se pencha pour l'embrasser sur la joue.

— Eh bien, on dirait que notre garçon est sur le point de rentrer...

— De rentrer d'où ? De Suisse ?

— Tu ne m'as pas laissé une grande marge de manœuvre, tu sais.

— Désolée. Je ne savais pas quoi dire.

— Bien sûr. Je crois que nul d'entre nous ne s'attendait à ça.

— Ce qui signifie que nous nous sommes tous trompés, que Trey n'était pas bien du tout ! Il y avait une raison pour qu'il appelle à l'aide ?

— Peut-être. Je ne sais pas. J'ai renoncé à comprendre ce garçon.

Il se passa une main dans les cheveux, la laissa descendre jusqu'à son cou et se massa la nuque d'un geste las en s'approchant de la fenêtre.

Margo croisa les bras sur sa poitrine.

— Alors ? Qu'est-ce que tes conseillers t'ont conseillé ? Qu'est-ce que nous sommes censés dire de tout ça ?

— Je te le répète, nous n'avons guère le choix, répondit-il, le regard perdu dans la lumière grise du jardin. Il est trop tard maintenant pour tenter d'obtenir la coopération ou le silence de qui que ce soit. Tu as dit qu'il avait été kidnappé, bon, il a été kidnappé. Nous devons tout révéler publiquement, maintenant.

— Tout ? fit Margo d'une voix aiguë.

Ramsay se tourna vers elle, une repartie aux lèvres, mais il referma la bouche en constatant que Campbell se tenait encore sur le pas de la porte.

— Ne vous faites pas de souci, sénateur, dit-elle à mi-voix. Si c'est de Cynthia que vous parlez... j'ai assemblé les pièces du puzzle depuis des mois.

Margo s'effondra dans un fauteuil comme si elle se sentait brusquement mal, mais Ramsay considéra Cam avec curiosité.

— Je ne suis pas surpris que vous ayez compris, je m'étonne seulement que vous ayez gardé le secret aussi longtemps. Je dois dire que j'admire votre discrétion, jeune dame.

Elle secoua la tête pour refuser le compliment, si c'en était un.

— Tu vois, Margo ? enchaîna-t-il. Autant te résigner. D'une façon ou d'une autre, la vérité finira par éclater.

À sept heures, l'attaché de presse de Ramsay téléphona au directeur de la rédaction du *News Journal*, qui arriva dans l'heure et fut conduit à la salle de séjour avec le journaliste et le photographe qui l'accompagnaient. Margo et Ash, assis côte à côte sur un canapé Chesterfield sous un panneau de soie japonais, annoncèrent l'heureuse nouvelle : on avait retrouvé leur fils et arrêté son ravisseur.

Maintenant que Trey était en sécurité, ils pouvaient parler de leur terrible épreuve. Leur fille Cynthia, morte tragiquement dans un accident de voiture dix ans plus tôt, avait connu une autre tragédie quelques années auparavant : elle avait été mise enceinte par un individu qui l'avait abandonnée. Elle ne pouvait supporter l'idée de se séparer de son enfant, mais elle était très jeune, elle n'avait même pas fini ses études. Les Ramsay avaient donc adopté le bébé de leur fille et l'avaient élevé comme si c'était le leur. C'était la meilleure décision qu'ils aient jamais prise. Non seulement le garçon avait grandi dans un environnement stable, entouré de deux parents aimants, mais chaque jour de la vie de Trey avait enrichi la leur. Sans lui, ils auraient été inconsolables après avoir perdu leur fille.

Récemment, ils avaient vécu un cauchemar que trop de parents adoptifs ont à subir. L'homme qui avait abandonné leur fille était réapparu l'année précédente et avait menacé le sénateur et sa famille. Comme ils refusaient de discuter avec lui, il avait enlevé leur fils dans la rue et l'avait caché quelque part. Les recherches du FBI avaient été vaines ; le sénateur et sa femme n'avaient pu que prier et espérer.

Après quatre mois déchirants, ils avaient appris que Trey avait déjoué la surveillance de son ravisseur assez longtemps pour prendre contact avec les autorités. Le FBI l'avait retrouvé, il serait bientôt de retour parmi les siens.

Ronald March annonça que le ravisseur, un nommé Steven A. Patterson, était sous les verrous et serait inculpé conformément à la législation fédérale sur le kidnapping.

Un joyeux climat d'autosatisfaction s'installa dans la maison après le départ de la presse. L'un des collaborateurs de Ramsay fit des œufs brouillés, et tout le monde se serra autour de la table sur des chaises empruntées aux autres pièces. Le sénateur leva un verre de jus d'orange pour porter un toast à son « cabinet particulier » puis entama une série de poignées de main afin de remercier chacun de ses membres.

Il serra plus longuement la main de Ronald March et assura avec effusion :

— J'ai une dette envers vous, Ron.

— Cela faisait des années que je vous devais une faveur, sénateur. Il était temps que je vous la rende.

Ramsay monta prendre une douche et se changer avant de retourner à Washington, mais tous les autres restèrent à table. Ils étaient d'humeur à rire maintenant que le danger était écarté, que la tension était retombée. C'était comme s'ils venaient de désamorcer une bombe.

Le bureau de March appela et, tandis qu'il était au téléphone, Ramsay redescendit vêtu d'une chemise blanche propre, une cravate dénouée pendant autour de son cou.

— OK, merci, dit March avant de raccrocher. Sénateur, c'était Portland. Ils mettent Trey dans l'avion de onze heures. Il arrivera à Philadelphie à quinze heures cinq.

Le climat s'assombrit soudain dans la pièce. Pendant un moment personne ne dit mot, et le verre de Margo tinta dans le silence quand elle le reposa.

— Bien, finit par lâcher Ramsay.

Il alla dans le hall, se tint devant le miroir pour nouer sa cravate.

Prise de panique, Margo se leva et le suivit.

— Ash, tu ne peux pas partir maintenant !

— J'ai des audiences toute la journée, nous avons une liste interminable de témoins à entendre. Mais je serai de retour ce soir. Nous pourrons passer tout le week-end avec notre garçon.

— Il faut que tu sois là quand nous irons le chercher...

— Pour attirer l'attention de la presse ? Tu veux qu'on le mitraille de flashs à sa descente d'avion ?

— Non, répliqua-t-elle, piquée. Mais je veux avoir quelqu'un près de moi pour l'accueillir.

Ramsay se tourna vers Doug, qui but pensivement une gorgée de café et répondit :

— Ce serait avec plaisir, mais moi aussi je risque d'attirer l'attention. Et franchement, ce n'est pas le genre de publicité dont j'ai besoin avant une élection.

Choquée, honteuse, Campbell se mordit la lèvre.

— Non, vous avez raison, convint le sénateur.

Il serra son nœud de cravate, tendit la main vers sa veste de costume.

— Je pourrais envoyer deux agents, proposa March. De toute façon, il faudra prendre la déclaration de Trey.

Margo se tourna vers son mari.

— C'est comme ça que nous voulons accueillir notre fils ? gémit-elle. Avec des agents du FBI ?

Ramsay enfila sa veste ; Doug porta de nouveau sa tasse à ses lèvres ; March fit quelques pas indécis dans la pièce. Margo se tenait au milieu d'eux et fixait son mari d'un air à la fois furieux, frustré et impuissant.

Campbell hésitait au bord du groupe, son instinct lui criait de garder la bouche close et la tête baissée.

— J'irai, annonça-t-elle.

Tout le monde la regarda avec étonnement.

— Eh bien, voilà, Margo, dit le sénateur.

Cam rentra chez elle, s'efforça de dormir un peu avant qu'il soit l'heure de partir pour l'aéroport. Mais elle ne put trouver le sommeil, avec les images et les sons qui tournoyaient dans sa tête : un visage aux contours sombres se détournant dans la lumière de ses phares ; un corps raide de tension au bout d'un embarcadère, à huit cents kilomètres de là ; un rayon de soleil perçant la brume pour éclairer un homme et un jeune garçon riant ensemble.

Margo avait raison : il était arrivé quelque chose là-bas qui avait amené Trey à lancer son appel. Ce qui signifiait que Cam s'était trompée sur ce qu'elle avait cru voir entre eux sur l'île de Maristella. Autre erreur : ce qu'elle avait fait ensuite ce jour-là, ou plutôt ce qu'elle n'avait pas fait. Par deux fois elle avait gardé pour elle des informations dont la révélation aurait protégé Trey.

Quoi qu'il fût arrivé à Maristella, elle était aussi coupable que Steve Patterson.

L'avion avait été retardé à JFK, leur apprit-on à la porte de débarquement, l'arrivée était maintenant prévue pour trois heures et demie. Cam s'assit à côté de Margo et les deux femmes attendirent ensemble en silence. Margo pressait contre son giron un sac Chanel dont le cuir capitonné se marbrait sous la pellicule de transpiration laissée par ses doigts crispés.

Enfin la passerelle télescopique s'ouvrit, et elles regardèrent les passagers sortir dans le hall. C'était un petit appareil, qui se vida en quelques minutes. Elles virent passer des hommes d'affaires portant une housse à costume sur l'épaule, des pères ou des mères de famille se hâtant vers de joyeuses retrouvailles, enfin les membres de l'équipage en uniforme impeccable

309

tirant leur valise derrière eux. Penchées par-dessus la barrière, elles n'osèrent ni l'une ni l'autre reconnaître l'évidence jusqu'à ce qu'une voix féminine annonce dans les haut-parleurs : « La personne venue accueillir le passager Thomas Belber est priée de se présenter au comptoir des billets. »

Margo sursauta : c'était le nom sous lequel Trey voyageait.

— Ce n'est sans doute rien, la rassura Campbell. Une mesure de sécurité, probablement.

Elle s'approcha du comptoir.

— C'est nous. Pour Thomas Belber...

— J'espère que vous allez pouvoir nous aider, dit l'hôtesse d'un ton contrarié.

— Pardon ?

— Il faut nettoyer l'avion, il doit être à Pittsburgh dans trois heures. Je suis désolée, je ne voudrais pas faire appel aux services de sécurité.

— Pour quelle raison ?

L'hôtesse jeta à Cam un regard exaspéré.

— Il refuse de descendre de l'avion !

Margo porta une main à sa bouche en se laissant tomber dans le fauteuil le plus proche.

Cam suivit l'hôtesse à bord et inspecta les rangées de sièges vides jusqu'à ce qu'elle eût repéré Trey, avachi près d'un hublot, tout au fond de l'appareil.

— Laissez-moi lui parler seule, s'il vous plaît, dit-elle à l'hôtesse.

Elle descendit l'allée, s'arrêta devant la rangée de Trey, qui fixait rageusement son propre reflet dans le petit carré de Plexiglas.

— Salut, tu te souviens de moi ?

Il ne se retourna pas mais ses épaules se raidirent

quand l'image de Campbell apparut comme un fantôme au-dessus de la sienne.

— Cam Alexander ? La femme de Doug ?

Il ne réagit pas. La visière de sa casquette masquait ses yeux, ses cheveux pendaient, longs et mal peignés, sur ses épaules.

— On y va ? Ta grand-mère nous attend dans le hall.

Une fraction de seconde puis sa tête pivota brusquement.

— Ma grand-mère ? explosa-t-il. Alors, tout le monde sait ? Je suis le seul qu'on n'avait pas mis au courant ?

— Non, je n'ai été mise au courant qu'après ton départ. Doug sait, lui aussi, mais c'est tout.

Pour le moment, pensa-t-elle.

Il serra les mâchoires, détourna la tête.

Cam se percha sur le bras d'un fauteuil, de l'autre côté de l'allée. Un moment s'écoula sans que l'adolescent fît mine de se lever.

— Je te dois des excuses, je crois, dit-elle.

— Pourquoi ?

— Tu sais garder un secret ?

Il haussa une épaule.

— C'est un secret important, le prévint-elle.

— Ouais, n'importe.

— Après ta disparition, en février, tes grands-parents m'ont engagée pour te retrouver.

— Ça, je le savais déjà.

— Et je t'ai retrouvé.

Il la considéra, clignant des yeux.

— Nan, fit-il, la voix montant d'une octave.

— J'ai suivi ta piste jusqu'à Baxter Bay. Ou plutôt celle de Beth Whiteside. J'ai trouvé l'Explorer garé dans le parking du Bed and Breakfast de la Digue, j'ai loué un bateau pour aller à Maristella. C'était un jour brumeux, et très froid, mais vous travailliez dehors. Vous démontiez un appentis sur un côté de la maison, quelque chose comme ça.

Trey ne put s'empêcher de s'exclamer :

— Je me souviens ! Une dame est venue, mais elle a dit qu'elle s'était trompée, et elle est repartie.

— C'était moi. Et c'est à ce moment-là que je me suis vraiment trompée. En te laissant sur l'île. Mais... tu avais l'air si heureux.

Le visage du garçon devint écarlate.

— Je suis désolée, dit Cam, traversant l'allée pour s'asseoir à côté de lui. Tout est ma faute.

Il se détourna de nouveau et, dans le reflet du hublot, elle le vit fermer les yeux.

Un grondement hydraulique monta du ventre de l'avion, des murmures bourdonnèrent à l'avant, mais Cam demeura immobile et silencieuse près de Trey. Plusieurs minutes s'écoulèrent avant qu'il demande enfin :

— Vous êtes avocate, non ?

— Oui, répondit-elle, surprise.

— Je peux vous poser une question ?

— Vas-y.

— Comment ils peuvent parler d'enlèvement ? Ça veut dire qu'il n'est pas mon père ?

Un éclat de rire s'éleva dans la carlingue quand une équipe de nettoyage monta avec aspirateurs et bombes de détergent.

— Si. C'est ton père biologique, mais il a été déchu de ses droits parentaux. Cela se produit quand la loi ne reconnaît plus la relation parent-enfant. Théoriquement, *légalement,* le parent n'est plus un parent. Il devient un étranger pour l'enfant. C'est ce qui s'est passé pour toi. Et c'est pour ça que j'aurais dû appeler les flics, l'autre jour à Maristella.

Elle leva la main de l'accoudoir qui séparait leurs sièges et la posa sur le genou de Trey en ajoutant :

— Je n'aurais jamais dû te laisser là-bas.

Il fixa la main de Campbell en silence.

— Tu sais quoi ? Je retire ce que j'ai dit. Je n'aurais pas dû te demander de garder le secret. Tu peux en parler à qui tu veux. À toi de décider.

Il leva la tête, ses yeux croisèrent enfin ceux de Cam.

— Non, dit-il. Je n'en parlerai à personne.

Des voix s'élevaient à l'avant : elle ne pouvait retarder plus longtemps l'équipe de nettoyage.

— Viens, on s'arrache, dit-elle en se levant.

Elle résolut de ne pas regarder derrière elle en remontant l'allée, bien qu'elle pût voir, à l'expression de l'hôtesse, que Trey ne la suivait pas. D'un regard bref et dur, elle la prévint en passant de ne pas intervenir.

Cam se trouvait au milieu de la passerelle quand elle entendit des pas résonner derrière elle.

— Hé ! attendez-moi...

Elle ralentit, et il lui emboîta le pas.

20

C'étaient les bruits que Trey avait entendus tous les vendredis soir de sa vie : la porte d'entrée qui s'ouvre, les pas dans le vestibule, les sacs de voyage heurtant le sol, le calme de cinq jours brisé par la voix tonitruante du vieux.

Ce soir-là, le grondement fut suivi par des murmures, et il sut qu'on parlait de lui.

« Laissez-moi tranquille ! » avait-il envie de crier. Entre le moment où ils avaient enfoncé sa porte, la veille, et celui où il avait claqué celle de sa chambre, cet après-midi, il n'avait pas été seul une minute. Les agents du FBI, les hôtesses de l'air, les services de sécurité : il les avait eus constamment sur le dos. Pas une seconde il n'avait pu baisser sa garde. C'était sûrement pour cette raison qu'il se sentait épuisé. Outre le fait qu'il avait passé une trentaine d'heures sans dormir.

C'était la fatigue qui l'avait presque fait craquer dans l'avion avec Campbell Alexander, moment horrible où tout ce qu'il avait exilé de son esprit était revenu, avec la force d'une déferlante : le bois pourri s'effondrant sous ses pieds, la balustrade qui cède, son corps qui glisse sur le toit en pente et se retrouve suspendu à quinze mètres au-dessus de l'océan, le vent qui hurle, couvrant sa propre voix, ses appels au secours que personne n'entendrait jamais...

Non ! Serrant les dents, il chassa ses souvenirs. Il ne devait pas se souvenir ; pendant huit cents kilomètres, il avait tout fait pour cadenasser sa mémoire.

Déchu. C'était le mot que Campbell avait utilisé et qu'il retournait maintenant dans sa tête. Il évoquait le bruit d'un livre qui tombe et se referme. Quelque chose à quoi il n'aurait plus jamais à penser.

— Trey, mon chéri ? fit la voix tremblante de la vieille dans l'escalier. Ton père est rentré.

Ton père.

Il resta où il était, allongé sur le dos. Depuis deux heures, il se retournait sur son lit, tâchant d'y retrouver sa place. C'était le même lit qu'avant, il n'avait pas changé, rien dans la chambre n'avait changé non plus. Mais il avait le sentiment que quelque chose n'était plus à sa place, et c'était probablement lui.

Des murmures, encore, cette fois de l'autre côté de la porte. Il se redressa, s'assit en tailleur. Après quelques coups secs, la porte s'ouvrit et ils apparurent sur le seuil.

— Alors, te voilà, dit le vieux. De retour sain et sauf à la maison.

Trey leva les yeux vers lui. Il avait toujours eu les parents les plus âgés de l'école et cela ne l'avait jamais beaucoup préoccupé, mais soudain le vieux lui semblait en ruine. Les coins de ses yeux s'affaissaient, la peau de ses joues pendait en plis flasques. Il avait l'air d'une figurine en cire de lui-même qu'on aurait laissée trop longtemps au soleil.

La vieille se tenait à côté de lui avec un sourire forcé. Elle, elle s'était dégradée dans l'autre sens : on aurait dit que sa peau avait rétréci, que ses os avaient grossi jusqu'à ce qu'elle devienne tout en arêtes et en angles, avec des pommettes qui jetaient des ombres sur son visage, des clavicules si saillantes qu'on aurait pu verser de la soupe dans le creux qu'elles formaient.

Plantés dans l'encadrement de la porte, ils lui souriaient sans oser avancer, comme s'il était un animal sauvage qui, s'ils approchaient, risquait de prendre peur et de s'enfuir, voire de se retourner et charger.

— Il a grandi, tu ne trouves pas, Ash ?

— Ses cheveux ont poussé, en tout cas. Qu'est-ce que tu en dis, mon garçon ? Un petit tour chez le coiffeur dans un proche avenir ?

Il ne répondit pas.

La vieille se tordit les mains avec une expression affolée qui signifiait : « Oh ! mon Dieu, non, pas de scène ! »

— Trey chéri...

— M'appelle pas comme ça.

— Comment ? fit-elle, tournant vers le vieux des yeux déroutés.

— Trey, dit-il en roulant sur lui-même, avant de se

retrouver à l'autre bout du lit, les pieds par terre. Parce que tu sais ce que ça veut dire ? Trois. Comme dans « troisième génération de Ramsay. » Mais tu sais quoi, grand-mère ? Je suis pas le troisième, je suis le quatrième. Toute cette histoire n'est qu'un putain de mensonge depuis le début. Un mensonge !

Le mot vibra dans la pièce comme un diapason cependant que le vieux prenait une mine sévère, que la vieille portait une main à sa bouche.

— Comment nous sommes censés t'appeler, alors ? demanda enfin le vieux. James, Jim, Jimbo ?

Sidéré, Trey battit des paupières. C'était tout ? Ils ne diraient rien ? Puis il comprit : ils ne diraient rien parce qu'ils avaient peur de ce qu'il pouvait maintenant répondre. C'était la raison pour laquelle ils lui avaient caché la vérité pendant treize ans. Elle lui donnait barre sur eux.

— Jim, choisit-il.

— Va pour Jim.

Ils repartirent. Comme Trey se laissait de nouveau tomber sur le lit, une idée germa dans un coin de sa tête et s'insinua dans ses pensées : Steve aurait dit quelque chose, lui.

Non. Il ferma les yeux. Déchu, se rappela-t-il, et il répéta le mot à voix haute, comme une incantation.

À huit heures et demie, on sonna à la porte. Trey, qui rôdait sur le palier, vit Jesse traverser le hall en boitant pour aller ouvrir. Un type chauve avec un porte-documents entra, le vieux sortit de la bibliothèque pour l'accueillir.

— Merci de vous occuper de ça vous-même, Ron. Je vous en suis reconnaissant.

— De rien, sénateur. C'est un bon exercice pour moi que de m'y remettre de temps en temps.

Le vieux conduisit le visiteur dans la bibliothèque puis, sans même se retourner ni lever les yeux, il lança :

— Descends. Nous avons à parler.

Au bout d'une minute, Trey descendit à pas lents. Le chauve, jambes croisées, occupait l'un des fauteuils à oreillettes placés devant le bureau. La vieille était assise dans un coin, au fond de la pièce.

— Tu te souviens de Mr March ?

— Salut, Jim, fit le chauve avec un sourire. Content de te revoir.

Jim. Rapide, le mec.

— Assieds-toi, dit le vieux en indiquant l'autre fauteuil et en s'installant derrière son bureau. Ron aimerait voir certains points avec toi.

— À propos de quoi ?

— De ce qui t'est arrivé, Jim, répondit March. Crois-moi, personne ne tient à prolonger tes souffrances. Personne ne veut t'infliger le moindre désagrément. Mais nous devons savoir ce qui s'est passé. Et il faudra que tu témoignes au procès, si procès il y a.

— Il faudra que je témoigne, répéta Trey.

À l'autre bout de la pièce, la vieille soupira.

March leva une main conciliante.

— Simplement répondre à quelques questions. Ce ne sera pas long. Nous nous arrangerons pour que tu restes le moins de temps possible dans le box. Ensuite, nous oublierons toute cette histoire. C'est ce que tu veux, n'est-ce pas ?

Trey acquiesça de la tête, gigota sur son siège. Le cuir du fauteuil était glissant sous lui.

— Très bien, reprit March, qui ouvrit son porte-documents et en tira un bloc-notes. Revoyons maintenant certains détails. Le soir de février où...

— C'est enregistré ?

Le vieux eut un reniflement.

— Non, répondit March avec un rire surpris. Ce n'est pas la peine. Je veux simplement avoir une idée claire de ce qui s'est passé afin de te poser mes questions de la meilleure façon possible quand tu comparaîtras. D'accord ?

Trey haussa les épaules, glissa de l'autre côté du fauteuil.

— Raconte-nous ce qui s'est passé ce soir de février. Tout ce dont tu te souviens.

Trey concentra ses pensées sur le soir en question, se rappela les boîtes aux lettres vandalisées, le joint chapardé... L'idée le traversa soudain qu'ils lui tendaient peut-être un piège. Renversé sur son siège, le vieux l'observait par les fentes de ses paupières tombantes. March attendait, le stylo sur le bloc-notes, prêt à écrire.

— Je rentrais à la maison, commença Trey prudemment. Je revenais de chez mon copain Jason. Une camionnette s'est portée à ma hauteur, le chauffeur m'a fait : « Je te dépose quelque part ? » Et moi : « D'accord », et je suis monté à l'arrière...

Il jeta un coup d'œil au vieux. Aucune réaction, rien qu'une profonde fatigue.

— Le chauffeur était Steve Patterson ?

— Ouais. Il a fermé les portières à clef, il est parti dans une autre direction.

— Il a proposé de te conduire chez toi, et une fois que tu étais dans la camionnette, il a verrouillé les portes. C'est bien ça ?

— Ben, ça n'aurait pas servi à grand-chose de les fermer *avant*.

— Trey, intervint le vieux d'une voix lasse.

— Qu'est-ce qui s'est passé ensuite ?

— J'ai piqué une crise. J'ai secoué toutes les poignées, j'ai gueulé, j'ai tapé aux vitres...

La vieille plissa le front.

— Ash, est-ce vraiment indispensable ?

— Continuez, Ron.

— Bien, fit March d'un ton dubitatif. Il t'a emmené dans le Maine, c'est exact, Jim ?

— Ouais.

— Est-ce que tu as échappé à sa surveillance un seul instant pendant le voyage ?

— Non.

— Jusqu'à ce que vous soyez dans l'île ?

— Il ne m'a pas quitté un seul instant.

— Et là-bas, il y avait un moyen de repartir ?

— Un bateau.

— Tu y avais accès ?

Trey regarda March en fronçant les sourcils.

— Qu'est-ce que vous voulez dire ?

— Est-ce qu'il était possible que tu montes à bord de ce bateau et que tu partes seul ?

— Nan, il m'aurait tué si j'avais essayé.

March lui jeta un regard aigu.

— Tu ne veux quand même pas dire...

— Non, non. Je veux juste dire que j'y avais pas accès.

— Bien. Du 21 février au 4 juin, est-ce qu'il t'a laissé quitter l'île une seule fois ?

Trey secoua la tête.

— Au tribunal, tu devras fournir une réponse verbale, lui rappela le chauve.

— Non, je n'ai pas quitté l'île.

— Avez-vous eu de la visite ?

Trey pensa à Campbell Alexander, secoua de nouveau la tête.

— N'oublie pas, une réponse verb...

319

— Non.

— Vous aviez le téléphone ?

— Non.

— Mais il y avait un émetteur radio, exact ?

Question facile, réponse simple. *Oui.* Trey prit sa respiration mais le mot resta coincé dans sa gorge.

— C'est exact, Jim ?

Il était incapable d'acquiescer. Sa tête se mit à battre, si fort qu'il eut l'impression que les plaques de son crâne se resserraient et comprimaient son cerveau. *Déchu*, se dit-il, mais, cette fois, le mot n'effaça pas magiquement sa mémoire. Comment l'aurait-il pu, alors qu'ils le forçaient à se souvenir ? Il secoua la tête.

— Non, tu dois faire une réponse...

— Ash ! s'écria la vieille. Est-ce qu'il faut absolument qu'il en parle ? Tu vois bien qu'il est...

— Mais j'ai besoin de son..., argua March en même temps.

— Un instant, tous les deux, dit le vieux en se redressant dans son fauteuil et en posant sur Trey un regard d'acier. Tu devras bien finir par en parler, tu le sais, n'est-ce pas ?

Il hocha la tête.

— Ron, vous disposez du rapport sur le message qu'il a envoyé par radio ?

— Oui, mais...

— Bon. Alors, écoute-moi, Trey. Tu déposeras sous serment. Ce qui signifie que tu devras dire la vérité, sans finasseries, sans petits jeux. Tu comprends ?

— Ouais.

— C'est tout ce que tu auras à faire. Écouter attentivement les questions de Ron, t'assurer que tu les as comprises, et dire la vérité. Tu en es capable ?

— Bien sûr.

Le vieux joignit les mains devant lui.

320

— Alors, nous en avons terminé.

Ronald March remua sur son siège, l'air mécontent, mais au bout d'un moment il rangea son bloc. Trey se leva.

— Je peux partir ?

— Sauve-toi, répondit le vieux, le congédiant d'un geste de la main.

Il monta à la chambre où il n'était plus à sa place, se tint un long moment devant le miroir de sa salle de bains. Son visage aurait dû être différent mais il n'avait pas changé, en tout cas pas de manière perceptible. Il alla prendre une paire de ciseaux dans sa chambre, revint dans la salle de bains et entreprit de se couper les cheveux, à grands coups maladroits. Il les raccourcit d'abord au niveau du menton, puis des oreilles. Pas de changement. Il coupa plus court encore, ne laissant que quelques centimètres de longueur. Le lavabo et le sol étaient couverts de cheveux, mais son visage demeurait le même.

Il descendit le couloir, pénétra dans la salle de bains du vieux, prit son rasoir, s'enduisit le crâne de savon puis se rasa le crâne jusqu'à ce qu'il ne reste plus que la peau, blanche et tendre.

Il se regarda dans la glace. Maintenant il avait changé. Totalement.

Quelque chose avait pété dans le moteur du bateau, et Steve passa l'après-midi à le réparer tandis que Trey bûchait seul son examen à la maison. C'était un marché qu'ils avaient conclu : si Trey réussissait à l'examen, il aurait droit à tout un été de vacances, comme les autres gosses. Mais à mesure que le jour approchait, Trey commençait à le regretter. Il en avait marre de rester assis à son bureau, marre de faire les cent pas devant la fenêtre en attendant le retour de Steve, qui ne revenait pas le tirer de son ennui.

Finalement, c'était peut-être l'occasion qu'il attendait. Depuis trois mois, chaque fois qu'il s'allongeait dans son lit, la trappe menant au belvédère l'aguichait, lui remettait en mémoire le peu qu'il se rappelait de sa brève incursion là-haut. Trois mois, et Steve ne semblait toujours pas sur le point de changer les lattes du plancher ; trois mois, et, aux yeux de Trey, le belvédère ne semblait toujours pas sur le point de s'effondrer.

Un vent revigorant le gifla quand il se hissa par la trappe. Renversant la tête en arrière, il le laissa agiter ses cheveux et fouetter ses joues jusqu'à ce que tous ses sens soient en éveil, jusqu'à ce qu'il sente son corps revivre. Il pouvait voir à des kilomètres, à des centaines de kilomètres, et il tourna sur lui-même pour tout découvrir. Il sentit un léger affaissement sous ses pieds, à peine perceptible, comme s'il se tenait sur un gazon détrempé, mais, l'instant d'après, le gazon détrempé se transforma en sables mouvants et il tomba.

La balustrade céda quand il la saisit. Il glissa le long du toit jusqu'à ce que son pied droit, se prenant dans la gouttière, arrête sa chute. Il cria mais le vent hurlait, les vagues grondaient, et Steve se trouvait à huit cents mètres de là. Pressant son ventre contre les bardeaux, il tenta de s'agripper avec ses ongles mais les bardeaux étaient trop lisses et il recommença à glisser. Il s'accrocha jusqu'à ce qu'il ait les doigts engourdis, jusqu'à ce qu'il ne sente plus que le goût salé des embruns sur sa figure.

Tout à coup, il sentit la pression ferme de mains autour de ses poignets, la force tranquille de bras le tenant solidement. Il était de nouveau dans sa chambre et, à cet instant, il se sentit plus en sécurité qu'il ne l'avait jamais été.

Un sanglot s'échappa de ses lèvres. Il porta ses mains à son crâne rasé tandis que tout ce qu'il avait refoulé jaillissait enfin, et que huit cents kilomètres de larmes ruisselaient sur son visage.

21

Samedi soir au musée des Beaux-Arts du Delaware.

Meredith Winters se tenait à l'entrée dans une robe de cocktail noire, un téléphone portable à l'oreille. C'était une douce soirée de juin ; la nuit tombait, l'air vibrait de l'attente d'un grand événement. Une file régulière de voitures quittait la route pour décrire une boucle jusqu'à l'entrée du bâtiment, là où Meredith observait les arrivées. Tout se mettait tranquillement en place. À l'intérieur, les tables avaient été disposées dans le hall du premier étage : vingt tables rondes couvertes de nappes blanches empesées, une longue table d'honneur décorée des inévitables banderoles bleu, blanc, rouge. Les serveurs s'activaient dans la cuisine, le bar payant était déjà ouvert. Derrière Meredith, en contrebas, un groupe de trois musiciens accordait ses instruments pour la musique légère qui accueillerait les invités à leur entrée.

L'avant-garde du sénateur DeMedici venait d'arriver avec deux détecteurs de bombes et un labrador. DeMedici était presque aussi obsédé que Phil Sutherland par les questions de sécurité : cela semblait aller de pair avec les aspirations présidentielles. Mais Meredith était plus qu'encline à pardonner cette paranoïa, car la participation de DeMedici avait non seulement assuré la vente d'un bon tiers des billets, elle garantissait aussi une forte présence des médias. En ce moment même, les camions de télévision entamaient la boucle — CNN et les grandes chaînes — tandis qu'une douzaine de journalistes de la presse écrite montraient leur carte à la porte.

L'intérêt des médias provenait peut-être aussi de la petite crise familiale des Ramsay. À son arrivée en ville, ce matin, Meredith avait été accueillie par un titre qui beuglait : LE FILS DU SÉNATEUR RAMSAY ÉCHAPPE À SON KIDNAPPEUR ! Elle avait lu l'article, tous ses systèmes d'alarme prêts à se déclencher, mais, chose étonnante, le ton était favorable. Il y avait une photo d'un garçon au visage semé de taches de rousseur, une autre des Ramsay, l'air grave, et il fallait parcourir une cinquantaine de lignes avant d'apprendre que le ravisseur était le propre père biologique de l'enfant. Suivait un récit poignant de l'angoisse dans laquelle les Ramsay avaient vécu ces derniers mois en attendant des nouvelles de leur fils, de leur soulagement et de leur joie de le retrouver sain et sauf. Désireuse de rester auprès de lui ce soir, Mrs Ramsay ne participerait pas au dîner donné en l'honneur du candidat au Congrès des États-Unis, Doug Alexander. Le sénateur y assisterait toutefois comme prévu.

Meredith était satisfaite de la publicité faite à la soirée, mais le meilleur, c'était la phrase qui concluait l'article : *Le sénateur et Mrs Ramsay ont tous deux déclaré que Mr Alexander leur avait été d'un grand réconfort pendant leur épreuve.*

Parfait. Un papier bien orienté qui toucherait les électeurs lisant rarement les nouvelles politiques mais dévorant tous les scandales qu'ils pouvaient trouver dans les tabloïdes.

Ce qui était moins satisfaisant, c'était la façon évasive dont Norman Finn lui répondait au téléphone :

— Il nous faut un peu plus de temps, Meredith.

— Du temps ? Cela fait près de trois mois que Doug a annoncé sa candidature. Cela fait près de quatre mois que le Parti — votre parti, Finn, je vous le rappelle — l'a désigné. Combien de temps faut-il encore au gouverneur pour décider s'il soutient ou non le candidat de son propre parti ?

— C'est un peu plus compliqué que ça...

— Non, c'est parfaitement simple : il vient ce soir ou non ? Il vient, très bien, nous serons ravis de le voir, nous aurons quelques mots aimables sur sa personne. Mais s'il ne vient pas, alors, c'est fini, Finn. Nous nous présenterons contre lui comme nous le faisons contre Hadley Hayes.

— Avec Sam, les ultimatums, ça ne prend pas.

— Les arguments raisonnables et les supplications non plus, apparemment. Écoutez, s'il vise le siège de Hayes pour lui-même dans deux ans, dites-le.

— Il vise le siège de Hayes pour lui-même dans deux ans. Surprise, surprise, ricana Finn.

Meredith s'empourpra. Elle le savait depuis le début — tout le monde le savait — mais, tant que Davis les faisait lanterner, elle gardait espoir. Plus maintenant.

— Dites au gouverneur que j'espère qu'il passera une bonne soirée de détente à la maison. Parce qu'il n'en connaîtra pas beaucoup d'autres. Les choses vont prendre un tour désagréable pour lui.

— Hé ! vous feriez mieux d'en discuter avec votre candidat avant de faire des menaces comme ça !

— Hé, vous-même. J'ai dû le freiner, ces dernières semaines, mais maintenant, je vais lui lâcher la bride.

— Meredith...

Elle coupa la communication.

— Meredith ! piailla Maggie Heller en traversant le parvis au pas de charge. Comme je suis contente de vous voir ! Magnifique, ce temps ! Nous avons vraiment opté pour le bon soir, hein ?

Remarque qui laissait entendre que Maggie était pour quelque chose dans le choix de la date.

— Oui, un temps superbe, approuva Meredith en glissant son portable dans son sac à main.

— Vous connaissez le montant final de la recette ?

Cette fois, Maggie y était effectivement pour quelque chose, et Meredith leva vers elle des yeux pleins d'intérêt.

— Non, combien ?

— Deux cent dix !

Plus de deux cent mille dollars — presque assez pour payer ses propres factures en retard.

Une autre voiture s'arrêta devant l'entrée et Maggie poussa des cris aigus d'adolescente repérant Frank Sinatra.

— C'est Doug !

Il leur fit signe tandis que sa femme descendait de l'autre côté du véhicule. Conformément aux instructions, elle avait attaché ses cheveux et portait une robe bleu marine informe.

— Est-ce que Campbell n'est pas ravissante ? s'extasia Maggie.

— Oui. Elle rayonne positivement.

La tête de Maggie pivota.

— Vous ne voulez pas dire que...

— Oh ! je ne me permettrais pas ! répondit Meredith avec un sourire de sainte nitouche. Il faut respecter l'intimité d'un jeune couple, sans parler de son droit à annoncer lui-même le moment venu ce qui le concerne personnellement...

Tout excitée d'être mise dans le secret, Maggie Heller écarquilla les yeux. Meredith comptait bien qu'avant la fin de la soirée la rumeur de la grossesse de Campbell serait parvenue à une cinquantaine de personnes au moins. Doug répétait que Cam et lui y travaillaient, mais ils y travaillaient un peu trop lentement pour que cela profite à sa campagne. Aussi Meredith avait-elle décidé que c'était une de ces situations où il faut annoncer la nouvelle avant qu'elle soit avérée, et laisser la vérité rattraper ensuite son retard. Au pis, si Campbell ne tombait pas enceinte, la rumeur d'une tragique fausse couche opportunément lancée aurait quasiment les mêmes retombées positives.

Doug se fraya un chemin entre deux haies d'admirateurs et gravit les marches du perron.

— Des nouvelles de Davis ? murmura-t-il à Meredith.

— Désolée, Doug. Il se fait porter pâle.

— Bon Dieu ! fit-il entre ses dents. (Il sourit, salua la foule.) Mais vous avez laissé la porte ouverte, au moins ?

— Doug, nous étions tombés d'accord. Vous l'avez dit vous-même : « Maintenant, tu chies ou tu lèves tes fesses du pot. »

Il se tourna vivement vers elle.

— Alors, vous le laissez me chier dessus ? C'est ça ? C'est pour ça que je vous paie ? Pour laisser les gens me chier dessus ?

Derrière lui, sa femme blêmit en l'entendant exploser, mais Meredith avait l'habitude. Tous les candidats qu'elle avait connus finissaient tôt ou tard par révéler un tempérament féroce. On attribuait généralement cette réaction au stress d'une campagne qui vous expose continuellement aux regards, mais Meredith n'avalait pas cette explication. Pour elle, les candidats avaient cette férocité en eux dès le départ, elle était partie intégrante de l'arrogance congénitale qu'ils devaient posséder pour pouvoir s'imaginer en leaders.

— Doug, ça joue en votre faveur, déclara-t-elle. Quand vous aurez fait vos deux ans à la Chambre, la voie sera largement ouverte pour que vous vous lanciez vous-même à l'assaut du siège de Tauscher. Sam Davis ne sera plus là pour vous en empêcher, nous y veillerons.

Il considéra brièvement l'argument puis tourna de nouveau vers la foule un visage souriant.

Meredith les conduisit dans le hall du rez-de-chaussée et les posta à mi-chemin entre la porte et l'escalier, point stratégique pour accueillir les invités. L'atrium du niveau supérieur était entouré d'une galerie fermée par des panneaux de verre, et une douzaine de personnes arrivées tôt se pressaient déjà contre la vitre pour regarder leur candidat.

— Où est passé Nathan, bon Dieu ? grommela Doug.

— Je le trouverai.

Meredith s'engouffra dans le vestiaire, niché sous l'escalier, ressortit son téléphone cellulaire.

— « Alexander au Congrès », gazouilla une voix.

— Qui est-ce ?

— C'est Gillian, répondit la jeune fille d'une voix chantante.

Ah oui, une jeune de l'équipe de Maggie, la petite ingénue complètement folle de Doug.

— Où est Nathan ?

— Oh ! c'est vous, Miss Winters ? Nathan est parti pour le dîner mais il doit passer chez Mr Fletcher.

— Jonathan Fletcher ? Pourquoi ?

— Je ne sais pas. Il a reçu un coup de fil il y a un moment...

Étonnée, Meredith pensa subitement que Nathan était passé prendre le chèque du vieux millionnaire, probablement dans l'intention de mettre en scène sa remise spectaculaire au candidat, ce soir au dîner. Elle sourit en fermant son portable : Nathan commençait à faire preuve d'un talent certain pour ce boulot. Une fois qu'il aurait apporté le chèque, qui serait la personne la plus indiquée pour le remettre à Doug ? Ash Ramsay, bien sûr, la vaillante victime de l'heure. Il donnerait le chèque avec un petit discours qui tirerait des larmes aux dames et, avant la fin de la soirée, leurs maris mettraient de nouveau la main à la poche.

Quand elle sortit du vestiaire, une longue file d'invités attendait pour serrer la main de Doug. Elle remarqua parmi eux un homme d'allure distinguée, chevelure argentée et costume de bonne coupe. Il balayait le hall d'un regard attentif et, lorsqu'il repéra Meredith, il se détacha aussitôt de la queue pour se diriger vers elle.

— Ça alors, fit-elle. Si ce n'est pas une surprise... Gary Pfeiffer !

— J'espérais bien vous voir ici, dit-il, tirant à lui une femme terne à la taille épaisse. Vous vous souvenez d'Eileen ?

— Naturellement ! assura Meredith, bien que l'épouse de Pfeiffer fût si banale qu'elle l'aurait sans doute oubliée de nouveau avant la fin du dîner.

Pfeiffer désigna le candidat d'un mouvement de tête.

— Vous pourriez me présenter personnellement ?

Meredith débattit intérieurement pour savoir si Pfeiffer méritait qu'elle dispense ainsi ses faveurs, décida finalement que oui, si ce n'était pour Doug, à coup sûr pour un autre candidat dans une autre élection.

— J'en serai ravie.

Elle prit le lobbyiste et sa femme par le bras, les conduisit au héros de la soirée.

— Doug, je voudrais vous présenter de vieux amis à moi de Washington. Gary Pfeiffer et son épouse, Eileen.

— Enchanté, merci de votre soutien, récita Doug, encore sur pilote automatique. Ma femme, Campbell.

— Enchantée, dit Cam, qui tendit la main.

Pfeiffer hésita un instant à la prendre et demanda en examinant la jeune femme :

— Excusez-moi, est-ce que nous ne nous sommes pas déjà rencontrés ?

— Désolée, je ne vois pas...

— Gary est de Washington, répéta Meredith.

La remarque n'était pas destinée à Campbell, c'était la mémoire de Doug que Meredith cherchait à rafraîchir.

— Oh ! bien sûr ! fit-il. Les Avocats pour la justice ?

— C'est exact, répondit Pfeiffer, quittant enfin Campbell des yeux. J'étais impatient de faire votre connaissance. Quand vous aurez un moment de libre, j'aimerais vous parler.

Doug eut un hochement de tête qui ne l'engageait pas et se tourna vers les autres invités.

Lorsque Pfeiffer entraîna Meredith à l'écart, elle devina ce qui allait suivre : « Vous pourriez m'arranger cinq minutes en tête à tête avec lui ce soir ? » Étant donné la réaction de Doug, elle se prépara à lui adresser elle aussi un hochement de tête qui ne l'engagerait à rien. Au lieu de quoi, il demanda :

— C'est sa femme ?

— Oui. Campbell Smith. Pourquoi ?

— Je ne sais pas, répondit-il en regardant derrière lui. Son visage m'est familier.

Étrange, pensa Meredith. Phil Sutherland avait dit la même chose. Mais un général aux mâchoires d'acier et un lobbyiste à la langue de velours, ça faisait beaucoup

330

pour une seule fille, même si elle avait beaucoup roulé sa bosse.

Elle accompagna les Pfeiffer jusqu'au pied de l'escalier, retourna d'un pas nonchalant près du candidat.

— Qu'est-ce qu'il fait ici ? murmura Doug. Vous ne l'avez pas informé de ma position sur sa loi ?

— Bien sûr que si. Il est ici pour évaluer l'adversaire.

Il plissa les yeux.

— Vous devriez vous sentir flatté, Doug, poursuivit Meredith. Il a déboursé mille dollars rien que pour vous examiner de près.

— Merci de votre soutien, dit Doug, tendant la main à l'invité suivant.

Il y eut une certaine agitation dehors et Meredith, tournant la tête, vit une dizaine de photographes prendre position sur les marches.

— C'est Ramsay, dit-elle. Vous feriez mieux d'aller l'accueillir.

Doug s'élança aussitôt et il attendait déjà sur le perron quand le vieux break bleu s'arrêta et qu'Ash Ramsay en descendit. Ce fut une de ces scènes parfaites, Doug prenant la main de Ramsay en lui pressant le coude, Ramsay serrant la main de Doug entre les deux siennes et lui adressant un hochement de tête lourd de sens avant que les deux hommes ne montent le perron d'un même pas silencieux. Les caméras de télévision saisirent l'instant, les appareils photo d'une dizaine de journaux ne furent pas en reste.

Norman Finn arriva peu après, une cigarette aux lèvres et son petit moineau de femme en remorque. Il éteignit sa cigarette dans la jarre de sable placée près de la porte et abandonna sa femme deux mètres plus loin pour foncer droit sur Doug. Ils se saluèrent avec effusion, comme s'ils étaient de vieux alliés et non des ennemis de fraîche date. Meredith n'attendait rien de moins d'un pro comme Finn mais elle fut impressionnée par les progrès de Doug.

L'arrivée suivante fut celle qu'elle attendait vraiment. Nathan Vance franchit les portes et parcourut le hall d'un regard tendu tandis que Meredith se glissait derrière lui.

— Je crois savoir que vous avez une surprise pour moi, ronronna-t-elle.

Il se retourna, l'air circonspect.

— Comment vous savez ça ?

— *Ach*, nous afons nos méthodeees. Qu'est-ce que vous avez en tête ? Je pense que nous pourrions demander à Ramsay.

— Oui, nous aurons besoin de lui, je crois. Quelqu'un a mis Doug au courant ?

— Non. J'ai préféré vous laisser cet l'honneur.

— Merci du cadeau, marmonna-t-il. Rappelez-moi de vous renvoyer l'ascenseur un de ces jours...

Elle le regarda plus attentivement.

— Attendez. Il y a quelque chose qui m'échappe ?

— Il nous échappe tous quelque chose, rétorqua-t-il. Environ deux cent mille dollars.

— Quoi ?

Voyant Doug traverser le hall dans leur direction, Nathan regarda nerveusement autour de lui.

— Il n'y a pas un endroit où on pourrait parler ?

— Là-dedans, dit Meredith, qui entraîna les deux hommes dans le vestiaire.

— Qu'est-ce qu'il se passe ? voulut savoir Doug.

— Jonathan Fletcher est mort cet après-midi.

— Oh ! mon Dieu ! gémit-elle, fermant les yeux. Il n'a pas fait le chèque.

— Ni celui-là ni aucun autre, dit Vance. J'ai passé deux heures à fouiller dans ses papiers. Il n'a effectué aucun des versements, il n'a pas mis son engagement par écrit non plus.

— Mais il a promis cet argent ! argua-t-elle. Nous avons des témoins.

— On ne peut pas forcer ses héritiers à payer uniquement sur la base d'un engagement oral de faire une contribution à la campagne.

Doug gardait le silence. Meredith se tourna vers lui et vit plus que de la déception sur son visage. Une tempête s'annonçait.

— Faites venir Willoughby, dit-il, c'est lui qui a rédigé le testament de Fletcher. John Simons aussi, c'était son banquier. Et Ash, faites venir Ash !

Vance quitta la pièce avec soulagement ; Meredith se prépara à l'explosion et n'eut pas longtemps à attendre.

— C'est entièrement votre faute, lui assena-t-il, le visage soudain cramoisi et tordu de rage. Vous et votre manie de temporiser, de marcher sur des œufs. Vous m'avez fait perdre des semaines, dans cette campagne, et maintenant vous me faites perdre deux cent mille dollars. Qu'est-ce que je vais faire, hein ? Dites-le-moi. Qu'est-ce que je vais faire, bon Dieu ?

Elle réfléchit rapidement. Des accusations qu'il portait contre elle, elle pouvait aisément se disculper : elle n'était pas responsable de la collecte de fonds, du moins pas directement ; elle ne s'était pas occupée de solliciter Jonathan Fletcher, et de toute façon le vieil idiot avait toujours eu l'intention de donner son argent quand il le déciderait, et rien de ce qu'elle aurait pu dire ou faire n'aurait modifié son programme. Mais ce qui comptait réellement, ce n'était pas sa responsabilité. C'était l'argent.

— Je vais vous expliquer ce que vous allez faire,

333

répondit-elle. Gary Pfeiffer vous offre deux fois plus que ce que Fletcher vous avait promis.

— Pfeiffer ? cracha-t-il. Il représente une bande de chasseurs d'ambulance qui ont fait plus de mal à l'économie américaine que...

— Épargnez-moi le discours électoral, vous voulez ? Pfeiffer peut vous trouver deux cent cinquante donateurs prêts à lâcher chacun le maximum. Nous parlons de deux cent cinquante mille dollars, Doug. Directement injectés dans votre campagne. C'est mieux que l'argent que promettait Fletcher parce qu'il ne passe pas par le Parti. Finn et Davis ne mettront jamais leurs petites mains grasses dessus. Vous pouvez le dépenser comme bon vous semble, et vous n'avez pas non plus à vendre votre âme à Norman Finn pour le toucher.

Le sang redescendit lentement du visage de Doug, ses traits se détendirent.

— Deux cent cinquante mille ? répéta-t-il.

— Et ce n'est pas tout, reprit Meredith, l'adrénaline faisant son effet maintenant qu'elle avait ferré Doug. C'est aussi l'occasion de botter le cul de tous ces magnats qui saignent l'économie avec leurs salaires de plusieurs millions de dollars, tout en fermant les usines et en licenciant le personnel. Si la réforme sur la responsabilité pénale des firmes ne passe pas, ce sera une victoire pour les petits. Ceux dont vous vous souciez vraiment.

La porte du vestiaire s'ouvrit, Nathan entra avec Owen Willoughby et John Simons, qui expliquèrent ensemble que, selon le testament de Fletcher, toute sa fortune se transformerait en un trust grâce auquel plusieurs neveux et une douzaine d'œuvres charitables recevraient des versements réguliers au cours des vingt prochaines années.

— OK, dit Nathan d'une voix tendue. Alors, on

trouve qui sont les administrateurs et on les oblige à signer le chèque.

Simons coula un regard à Willoughby et s'éclaircit la voix.

— Vous en avez un devant vous.

Nathan partit d'un rire étonné.

— Pourquoi vous ne l'avez pas dit tout de suite ?

Le banquier détourna les yeux.

— Nathan, il ne peut pas vous aider, plaida Willoughby. Aucun des administrateurs ne le peut. Les œuvres charitables crieraient au tripotage si le trust faisait un don à un parti politique, et elles obtiendraient du procureur qu'il entame des poursuites en leur nom. Les administrateurs ne peuvent courir ce risque.

— Vous êtes administrateur vous aussi, Owen ? répliqua Vance, furieux. Ou vous faites simplement la pêche aux clients ?

Les yeux de Willoughby flamboyèrent.

— Espèce de...

— Nathan, Owen, intervint Doug. Tout va bien, nous nous débrouillerons sans l'argent de Fletcher. Nous nous débrouillerons parfaitement.

Vance le regarda, l'air ébahi, mais avant qu'il ait pu répondre quoi que ce soit, on frappa à la porte. Ash Ramsay et Norman Finn se glissèrent dans la pièce déjà bondée. Ils n'apportaient que leur commisération. Le sénateur semblait non seulement navré mais très embarrassé.

— Je suis désolé, dit-il, pressant l'épaule de Doug. Jon n'avait plus beaucoup de plaisirs dans l'existence. Le seul qu'il lui restait, c'était de forcer des types comme nous à être aux petits soins pour lui. Nous faire attendre, c'était la moitié du plaisir pour lui. Mais je n'aurais jamais dû le laisser vous faire mijoter aussi longtemps. Si j'avais su...

335

— Si vous aviez su, vous seriez l'homme le plus puissant au monde, Ash. Au lieu d'être seulement le quatrième ou le cinquième.

Ramsay s'esclaffa, les autres gloussèrent et, sur cette note optimiste, ils sortirent du vestiaire.

— Vous pouvez me dire comment vous avez fait ? murmura Vance à Meredith. Quand je suis parti chercher les autres, il était prêt à vous arracher la tête, et cinq minutes plus tard...

— Prenez-en de la graine, Nathan, dit-elle en s'éloignant avec grâce. Prenez-en de la graine.

Deux heures plus tard, on avait débarrassé les assiettes à dessert, les discours étaient terminés, et la dernière salve d'applaudissements commençait à retomber. Campbell savait ce que cela signifiait : retour au boulot. Elle connaissait parfaitement l'exercice. Pendant l'accueil des invités : sourire de bienvenue, brève poignée de main, « Quel plaisir de vous voir, Merci infiniment, je comptais beaucoup sur votre présence... ». Pendant le repas : petites bouchées, petites gorgées, deux minutes de conversation à droite, deux minutes de conversation à gauche. Pendant les discours : écoute polie, attentive, des allocutions de Ramsay et DeMedici ; expression ravie, adoratrice, pendant celle de Doug. Après le dîner : « Merci d'être venu, j'espère que nous nous reverrons... », une pause pensive, suivie d'un sourire resplendissant, « Oui, nous sommes tous très fiers... ». Après dix semaines de campagne, elle aurait pu exécuter la manœuvre en dormant.

Ce soir, elle n'avait toutefois pas donné sa meilleure représentation. Son attention s'était un peu égarée, son regard revenant sans cesse à la table où l'homme aux cheveux argentés était assis. Elle n'arrivait pas à se rappeler où elle l'avait déjà vu. Pfeiffer, avait dit Meredith, mais ce nom n'évoquait rien pour elle. Les Avocats pour la justice, avait dit Doug, ce qui signifiait qu'ils s'étaient probablement rencontrés dans une réunion du barreau. Curieux : d'habitude, Cam avait la mémoire des noms et des visages — il valait mieux, avec son passé —, mais on lui en avait trop présenté ces derniers mois, elle devait faire une overdose.

Quand les applaudissements cessèrent, Cam se leva de table pour recevoir de Doug un baiser de pure forme, puis, se tenant mutuellement par la taille, ils pivotèrent tous deux et saluèrent le public avant que Doug ne parte d'un côté et elle d'un autre.

Elle n'avait pas fait trois pas que le visage de Maggie Heller surgissait devant elle en gros plan.

— Oh ! Campbell, murmura-t-elle, je ne peux pas vous dire à quel point je suis heureuse ! Non, toute retournée.

— Merci.

— Ne vous en faites pas. Avec moi, votre secret est bien gardé !

— Pardon ?

Le regard de Maggie tomba sur quelqu'un d'autre et elle fila.

Quelques instants plus tard, Ash Ramsay se dirigea vers Campbell.

— Vous voilà, fit-il en la prenant par le bras. Je n'ai pas eu l'occasion de venir vous dire un mot.

— Merci de votre présence, sénateur.

— Avez-vous déjà visité les salles ? demanda-t-il. Nous avons la plus belle collection de préraphaélites anglais du pays. (Il la dirigea vers la partie galerie du bâtiment.) Vous connaissez les préraphaélites ? Rosetti, Holman Hunt ?

Elle secoua la tête.

Il lui fit quitter le hall pour une salle plus petite où des toiles brillaient comme des joyaux sur un fond de murs peints en rose et en vert. Quelques invités entrèrent derrière eux et, avant que Cam ait pu regarder un seul tableau, Ramsay l'entraîna dans une autre direction.

— Mais ce que vous devez absolument voir, c'est notre collection de Howard Pyle. Elle est là, à côté.

La salle suivante était vide. L'exposition s'intitulait « Aventures dans les mers du Sud » et se composait de scènes aux couleurs éclatantes comme celles qui illustraient autrefois, sur papier épais, les romans de Robert Louis Stevenson.

— Le père de l'illustration américaine, comme on l'appelle, dit Ramsay. Fondateur de l'école de Brandy-wine, et une influence majeure sur N.C. Wyeth, Max-field Parrish et les autres.

— Je ne connais vraiment pas grand-chose en art, bredouilla Cam.

Il se retourna. Personne ne les avait suivis.

— Campbell, je tenais à vous remercier personnelle-ment pour la façon dont vous nous avez aidés hier. Margo ne se serait jamais débrouillée sans vous.

— Comment va Trey ?

— Jim, vous voulez dire, fit le sénateur en roulant des yeux. Il semblerait que nous n'ayons plus le droit de l'appeler Trey. Il s'est rasé le crâne hier soir, ce petit crétin.

— Quoi ? s'exclama Cam. Pour quelle raison ?

— Dieu sait. Je me demande pourquoi il a voulu revenir chez nous si c'est pour se conduire comme ça.

Ils s'arrêtèrent devant un tableau ayant pour titre *Le boucanier était un personnage pittoresque*. Un pirate en longue cape rouge y prenait une pose avantageuse devant son butin.

— Mais, d'après Margo, il accepte de vous parler, à vous, dit-il, se remettant à marcher, et je vous en suis reconnaissant.

L'œuvre suivante s'intitulait *Le Hollandais volant*. Un homme se tenait sur le pont de son navire battu par la tempête, et, sous le bord de son chapeau, fixait le vide avec des yeux démoniaques, hantés.

— Sénateur, je sais que cela ne me regarde pas...

— Cela vous regarde, maintenant. Dites ce que vous pensez, jeune dame.

— Je me demande simplement..., commença-t-elle, en contemplant le personnage solitaire sur le bateau. Est-ce que ce ne serait pas moins dur pour lui s'il n'y avait pas de poursuites ?

— Je n'en doute pas.

— Alors, pourquoi... ?

— Eh bien, premièrement, je ne fais absolument pas confiance à Patterson, il serait bien capable de recommencer.

— Vous pourriez obtenir une ordonnance lui interdisant de...

— C'est déjà fait. Les avocats s'en sont occupés hier. Mais voyez-vous, Campbell, il y a des réalités politiques dont il faut tenir compte. Nous devons liquider cette histoire. Ou nous donnerons l'impression que nous y avons consenti.

— Si Patterson va en prison, j'ai peur que Trey ne se sente responsable...

— Il est responsable. Il a envoyé le message radio.

— Mais il n'avait sans doute pas mesuré les conséquences...

— Alors, il est grand temps qu'il apprenne.

La toile suivante, *La Sirène*, était une fantaisie

rêveuse en bleus profonds et blancs phosphorescents. Une sirène s'élevait d'une mer écumante vers le rocher où son amant mortel se penchait pour l'enlacer.

— Ash, tu as une seconde ? fit une voix dans le couloir.

— Excusez-moi, Campbell. On dirait que le président de mon parti a besoin de moi.

Tandis que Ramsay rejoignait Finn, Cam s'avança devant le tableau suivant, *Abandonné*. Au milieu d'une morne étendue, vaste et vide, de ciel et de sable jaunes, un pirate était assis, solitaire, les doigts entrelacés, la tête sur les genoux. L'océan n'était qu'une mince bande bleue au loin. Aucun secours en vue.

— Alors, vous avez trouvé ?

Elle se retourna et découvrit Gary Pfeiffer derrière elle.

— Parce que moi, oui, à l'instant.

Cam trouva aussi, dans la seconde qui suivit. L'image se mit en place : Gary et Derek, les deux hommes partageant une maison de style méditerranéen au bord de l'océan.

— Rehoboth Beach ?

Il acquiesça.

Elle se rappela comme il s'était montré aimable ce jour-là, la conviant à venir se sécher chez eux, lui offrant une tasse de thé près du feu. Son expression n'avait en ce moment rien d'aimable. Il avait un regard dur, des traits tendus.

— J'ai une proposition à vous faire, dit-il.

— Laquelle ?

— Je garde votre secret si vous gardez le mien.

— Je n'ai pas de secret, Mr Pfeiffer.

— Ah ! tiens ? Il y a trois mois, si je me souviens bien, vous vous appeliez Cammy Johnson, et vous aviez des problèmes sentimentaux avec un homme. Il semble maintenant que vous vous appeliez Campbell Alexander, et que l'homme en question soit candidat au Congrès.

— Laissez-moi vous expliquer, répondit-elle d'une voix calme. Je suis avocate. Ce jour-là, j'enquêtais pour un client. Je ne faisais rien d'illégal et je n'ai pas de secrets. Sauf, bien entendu, les confidences de mes clients. Désolée, conclut-elle avec un rire léger.

— Je suis désolé, moi aussi. Parce que si j'ai un secret et vous pas, il y a un grave déséquilibre entre nous.

Elle pâlit.

— Mr Pfeiffer, en ce qui me concerne, vous n'avez pas de secret non plus.

Avec une grimace, il eut un geste en direction du hall.

— Vous avez fait la connaissance de ma femme ?

Elle se rappela le corps mince et jeune de Derek, la façon dont les deux hommes s'appuyaient l'un à l'autre sur le sofa de suède.

— Ou celle des cinquante-six mille membres de l'organisation qui m'emploie ? Sans parler des milliers d'élus, au niveau local ou fédéral, à qui j'ai affaire dans mon travail ?

Campbell avala sa salive, leva le menton.

— Je ne vois pas pourquoi ces gens s'intéresseraient à votre vie privée. Moi je ne m'y intéresse pas, en tout cas. Si vous voulez bien m'excuser...

Elle s'éloigna d'un pas si rapide que ses talons claquèrent sur le parquet comme un message en morse.

Au bar, Meredith commandait une vodka-tonic. Il était presque dix heures, elle pouvait se mettre à boire pour de bon.

— Bourbon, sec, dit une voix à côté d'elle.

341

Elle leva les yeux, découvrit Gary Pfeiffer.

— Excellent, le discours de votre poulain, fit-il remarquer.

— Merci beaucoup, cher monsieur, répondit-elle, levant son verre dans sa direction.

— Je pense que nous pourrions travailler ensemble.

— Peut-être, dit-elle avant d'avaler une gorgée.

— Envoyez-moi son dossier de presse. Donnez-moi quelque chose à montrer à mon comité directeur.

— D'accord.

— Son programme, sa bio, etc.

— Entendu.

Le barman lui tendit son verre et Pfeiffer repartit vers la foule.

— Oh ! Meredith ! fit-il par-dessus son épaule. Une bio de sa femme, aussi.

— Promis ! lança-t-elle joyeusement.

22

Franchissant les portes du tribunal, la queue s'étirait dans King Street jusqu'au coin de la 4e. Campbell prit le bout de la file et baissa la tête lorsque les caméras de télévision filmèrent le plan incontournable de la façade du bâtiment. Les Ramsay ne seraient pas présents, les journaux lui avaient donné cette assurance, mais il y avait toujours le risque qu'un reporter la reconnaisse. C'était la raison pour laquelle elle portait aujourd'hui sa tenue de Philadelphie. Elle espérait qu'avec ses cheveux dénoués et les lunettes de soleil démesurées qui lui cachaient une partie du visage, elle garderait l'anonymat.

À l'entrée, deux policiers faisaient passer les gens par un détecteur de métal, confisquaient les téléphones portables et les magnétophones, remettaient un reçu en échange. Campbell regarda de nouveau sa montre. La mise en accusation était prévue pour dix heures, dans dix minutes.

Parvenue au début de la queue, elle plaça sa serviette sur le tapis roulant de la machine à rayons X, passa sous le portique sans déclencher de sonnerie.

— Troisième étage, salle B, récita le garde sans même lui demander où elle allait.

C'était inutile : tout le monde allait au même endroit.

Elle se glissa dans l'ascenseur avec une vingtaine d'autres personnes. Le sénateur Ramsay avait un bureau au deuxième étage du bâtiment et elle retint sa respiration quand le numéro 2 s'alluma et que la cabine s'arrêta. Mais, lorsque les portes coulissèrent, elle ne vit aucun collaborateur de Ramsay dans le couloir. Il n'y avait *personne* dans le couloir. Quelqu'un grogna et appuya sur un bouton pour refermer les portes.

Au troisième, Cam suivit la foule dans la salle d'audience et se faufila vers la dernière rangée. Le fauteuil du juge était encore vide, de même que la table de l'accusation, mais, de l'autre côté de l'allée centrale, une nuée de reporters entourait la table de la défense. Un homme se tenait au milieu, ses lunettes à la main. Il pérorait d'une voix vibrante d'émotion, fendant l'air de ses lunettes pour ponctuer ses mots.

C'était la première fois que Campbell voyait Bruce Benjamin, l'avocat de Wilmington qui représentait Steve Patterson. Grand, teint hâlé et cheveux grisonnants, il portait un costume bien coupé, et elle comprit le pourquoi de ce que les gens disaient de lui. Il émanait de sa personne une aura de puissance et d'agressivité si forte que, même à quinze mètres de distance, on avait l'impression de pouvoir la toucher. Elle avait lu quelque part que les avocats avaient un taux de testostérone supérieur de trente pour cent à la moyenne. Si c'était vrai, Benjamin en était l'exemple parfait. Combatif, aimant jouer pour la galerie, il était connu pour ses pointes dévastatrices, mais derrière les effets de manches, il y avait un juriste solide. De ceux que les procureurs redoutaient.

Campbell tendit l'oreille pour saisir ce qu'il disait aux journalistes mais il y avait trop de gens allant et venant dans la salle, trop de brouhaha, et elle n'osait pas prendre le risque de se faire remarquer en se rapprochant.

Elle n'aurait pas dû être là. Elle était censée être à son bureau de Philadelphie au lieu d'assister à une audience qui ne concernait ni elle-même si ses proches. Personne ne lui avait demandé de venir, personne ne serait content d'apprendre qu'elle était venue de son propre chef. Elle imaginait sa photo le lendemain dans le *Journal* avec cette légende : *La femme du candidat au Congrès, Doug Alexander, quittant le tribunal après la mise en accusation de Steve Patterson...* C'était précisément le genre de publicité dont Doug lui avait recommandé de se garder. Toute initiative qui soulevait plus de questions qu'elle ne fournissait de réponses devait être évitée à tout prix.

En particulier quand elle ne pouvait pas répondre elle-même à ces questions. Elle ne comprenait pas pourquoi elle s'intéressait à un adolescent qu'elle connaissait à peine, à un homme qu'elle n'avait vu que de loin. Mais depuis le coup de téléphone de Margo, le jeudi soir, elle ne pouvait les chasser de son esprit. Elle les revoyait sans cesse comme elle les avait découverts ensemble sur l'île, pris dans un rayon de soleil perçant

344

la brume. Elle ne comprenait pas comment le jeune garçon qu'elle avait vu sourire à son père ce jour-là pouvait être celui qui avait appelé les flics pour le faire arrêter le jeudi soir. Mais peut-être qu'elle le comprenait, au contraire, et que c'était la source de son obsession. Elle avait décelé quelque chose dans le regard de Trey lorsqu'elle s'était assise à côté de lui dans l'avion. De la colère, de la peur, des souvenirs à vif — tout cela, oui, mais il y avait quelque chose d'autre aussi, qui avait touché une corde au plus profond d'elle-même. Toute la semaine, cette corde avait vibré dans sa poitrine tel un écho douloureux.

Une porte s'ouvrit sur le devant de la salle, un adjoint sortit d'un air affairé du cabinet du juge et déposa le dossier sur le perchoir. Le sténographe s'installa devant sa machine puis les portes de derrière s'ouvrirent bruyamment et Ronald March pénétra dans la salle.

Cam se fit toute petite sur son siège. Elle avait présumé qu'un vague assistant se chargerait de la mise en accusation, pas le procureur en personne. Les journalistes le repérèrent dans l'allée, quittèrent Benjamin pour se ruer vers March.

— Pas d'interviews dans la salle d'audience, déclarat-il d'une voix forte, les écartant pour s'asseoir à la table de l'accusation. Vous devriez le savoir.

Benjamin lui jeta un regard de dédain amusé.

Une autre porte s'ouvrit et Steve Patterson entra, tenu au coude par un policier. Les mains prises dans des menottes derrière le dos, il avait une barbe noire d'une semaine qui lui donnait l'air d'un Clint Eastwood de grand chemin. Le policier le conduisit à sa place près de Benjamin et défit les menottes. Patterson secoua les bras, parcourut le public d'un regard rapide. Cam baissa la tête juste à temps.

Va-t'en, s'ordonna-t-elle. Maintenant, avant l'arrivée du juge.

Il était déjà trop tard. La porte du cabinet s'ouvrit et l'adjoint clama :

— Mesdames et messieurs, levez-vous. L'audience est ouverte, présidée par Son Honneur Nora Breitman.

C'était une femme d'une cinquantaine d'années avec une tignasse de cheveux roux flamboyant et une paire de lunettes bleues à demi-verres qui lui pinçait le bout du nez.

— Bonjour. Le ministère public contre Steven A. Patterson.

March et Benjamin se levèrent.

— Mr March, vos services ont ouvert une information contre le nommé Steve Patterson pour violation de l'article 26 USC paragraphe 1201 ?

— C'est exact, Votre Honneur.

— Quand présenterez-vous l'affaire au grand jury ?

— Mon client renonce à sa comparution devant le grand jury, lança Benjamin. Il renonce aussi à l'audience préliminaire. Et aux objections sur le lieu du jugement.

Le juge lui adressa un sourire sarcastique.

— Vous êtes très accommodant ce matin, maître. C'est bien vous, Mr Benjamin ?

Quand les rires retombèrent, l'avocat répondit :

— Ce sont les vœux de mon client.

Nora Breitman plissa les lèvres.

— C'est vrai, Mr Patterson ?

Patterson se leva. Avec son pantalon de toile kaki et sa chemise au col à pointes boutonnées, il ressemblait moins à un criminel qu'à un employé de bureau en tenue décontractée du vendredi.

— Mr Benjamin vous a-t-il expliqué que vous avez le droit de demander qu'un grand jury examine les

346

preuves retenues contre vous et décide s'il convient de procéder à une inculpation ?

— Oui, répondit-il d'une voix jeune et rauque, tendue.

— Vous a-t-il expliqué que vous avez droit à une audience préliminaire ? Où vous pourrez prendre connaissance du dossier de l'accusation ? Et où je devrai décider si les preuves sont suffisantes pour poursuivre ? Il vous a expliqué tout cela ?

— Oui.

— Comprenez-vous que vous renoncez à cette audience ?

— Je comprends.

— Et vous le faites de votre plein gré ?

À voix basse, Patterson répondit :

— Je le fais pour éviter à mon fils de témoigner.

— Votre Honneur ! tonna March. Mr Patterson n'a pas le droit d'appeler le garçon son fils. Il a renoncé par écrit à ses droits parentaux sur cet enfant, il y a quatorze ans. Il est un peu tard pour prétendre...

— Il est le père naturel du garçon, argua Benjamin. Comment est-ce qu'il devrait l'appeler ? Son cousin ?

— Sa victime, ça vous irait ? répliqua March.

— Cela suffit, tous les deux, fit sèchement Breitman. Mr March, votre intervention n'est pas de mise. J'essaie simplement d'entamer un dialogue avec l'accusé, vous n'avez aucune raison de soulever une objection. Compris ?

— Oui, Votre Honneur.

Elle se tourna vers l'avocat en fronçant les sourcils.

— Quant à vous, Mr Benjamin, depuis combien de temps fréquentez-vous ce tribunal ?

— Vingt-cinq ans, répondit-il d'un ton qui signifiait qu'il voyait où elle venait en venir mais refusait de faire amende honorable.

— Assez longtemps pour savoir que vous devez

347

adresser vos remarques à la cour et non à votre adversaire. Si vous recommencez, je vous ferai comparaître pour outrage à magistrat. Compris ?

— Parfaitement, Votre Honneur.

— Bien, grogna Breitman. (Elle secoua les épaules d'un air irrité, se renversa dans son fauteuil.) Mr Patterson. Vous voulez épargner au garçon d'avoir à témoigner. Mais vous rendez-vous compte que c'est vous qui êtes inculpé, pas lui ? Et que vous pourriez être condamné à... (Elle se tourna vers la table de l'accusation.) Que disent les directives ? Mr March ?

— De soixante-trois à soixante-dix-huit mois.

— Mr Patterson ? Vous comprenez que vous risquez d'être condamné et envoyé en prison pour plus de cinq ans ?

— Oui.

— Bien, fit-elle d'un ton incrédule. L'accusé renonce au grand jury et à l'audience préliminaire. Également aux objections sur le lieu du jugement, mais je crois qu'elles auraient été sans fondement, de toute façon. Procédons à la lecture des charges.

Elle tendit une feuille de papier à l'adjoint assis sous elle, qui se leva et entreprit de lire l'acte d'accusation d'un ton monotone. Après quoi, Breitman s'adressa à Patterson.

— Comment plaiderez-vous ?

— Non coupable, répondit Patterson.

Breitman le considéra attentivement.

— Mr Patterson, vous savez que s'il y a procès, l'enfant devra probablement témoigner ?

Il resta un moment silencieux, et le regard du juge se fit insistant, mais avant qu'elle pût ajouter quoi que ce soit, il répondit :

— Oui.

— Vous maintenez cependant votre choix ?

— Oui.

— D'autres points à examiner, maître ?

— L'accusé renouvelle sa demande de mise en liberté sous caution, répondit Benjamin. Il n'a jamais été condamné, il est architecte diplômé, il exerce depuis douze ans, il jouit d'une excellente réputation et peut faire état d'une longue liste de clients satisfaits.

— Votre Honneur, l'accusé n'a aucun lien dans cette communauté, il y a risque manifeste qu'il tente de se soustraire à la justice, fit valoir March.

— Aucun lien ? railla Benjamin. La seule personne au monde qui lui soit liée par le sang vit ici.

— Votre Honneur !

— Je n'ai pas prononcé le mot « fils » ! se défendit l'avocat en levant les mains.

Breitman baissa vers lui un regard courroucé.

— En tout cas, ce lien n'a pas suffi à le faire rester dans le district en février. Pourquoi suffirait-il maintenant ?

— Il ne partira pas sans le garçon.

— C'est justement ce qui nous préoccupe, non ? fit le juge d'un ton peiné. Qu'une fois libéré sous caution, il emmène de nouveau le garçon dans un autre État ?

— Exactement, approuva March, croisant les bras sur sa poitrine.

— Absolument pas, repartit Benjamin. Parce qu'une ordonnance lui interdit maintenant de s'approcher à moins de trois cents mètres du garçon.

Breitman roula des yeux.

— Il existait aussi en février une loi sur le kidnapping. Si elle n'a eu aucun effet dissuasif sur Mr Patterson, je ne placerais pas grand espoir dans une ordonnance. Votre requête est rejetée, Mr Benjamin. L'accusé restera en détention jusqu'au procès. Qui commencera... Voyons...

L'adjoint se leva, ouvrit le rôle sur le bureau, et tous deux, penchés au-dessus du registre, murmurèrent un moment puis Breitman hocha la tête.

— Lundi 27 juillet.

Tout le monde se mit debout quand le juge descendit de son perchoir et disparut par la porte de derrière.

Des rires éclatèrent, comme si les spectateurs étaient une bande d'élèves turbulents dont le professeur venait de quitter la classe. Les journalistes firent une autre tentative vers March, mais il les écarta de la main en déclarant :

— Hors de la salle, vous le savez bien.

Demeuré à la table de la défense, Steve Patterson fixait le perchoir déserté. Le policier revint avec les menottes et, à quinze mètres de distance, Cam les entendit se refermer sur ses poignets avec un claquement. Le 27 juillet, pensa-t-elle. Dans plus de six semaines. Encore six semaines de prison. Au moins.

Elle resta assise tandis que la foule passait devant elle en direction des portes de derrière. Elle ne vit pas Ronald March ranger ses dossiers dans sa serviette et serrer la main de Benjamin par-dessus l'allée ; elle ne le vit pas se tourner vers le fond de la salle et sourire tout à coup. Elle l'entendit seulement s'écrier :

— Campbell ? Campbell Alexander ?

Steve Patterson l'entendit lui aussi, et tourna vivement la tête. Ses yeux se posèrent sur elle, s'ouvrirent tout grands.

— Qu'est-ce qui vous amène ici ? demanda March.

— Je... Je passais dans le coin.

— Comment va votre mari ?

— Très bien, répondit-elle, regardant par-dessus l'épaule de March. Il est très occupé.

Le policier avait une main sur le coude de Patterson et le poussait vers la porte, mais le père de Trey secoua la tête et ne bougea pas. Il fixait Cam comme il l'avait fait sur le débarcadère de Maristella, l'hiver dernier. La même méfiance voilait ses yeux ; la même tension raidissait son corps, mais il y avait à présent de la confusion aussi dans son regard.

— Vous lui direz que j'ai demandé de ses nouvelles ?

— Oui, je n'y manquerai pas, merci.

Quand le policier entraîna son prisonnier vers la porte, Patterson lança à Cam un dernier regard abasourdi avant de disparaître.

Elle récupéra sa voiture au parking municipal, deux rues plus bas, et prit la direction de Philadelphie. Elle avait le soleil dans le visage, et ses yeux pleuraient comme s'ils avaient été brûlés, si bien que lorsqu'elle franchit les limites de la ville, l'éternelle question du panneau lui apparut brouillée. UNE BLESSURE QUI NE GUÉRIT PAS ? La même question, chaque jour.

Ce jour-là, elle la fit penser à Trey. Elle savait maintenant ce qu'elle avait vu dans ses yeux le vendredi, elle savait quelle en était la cause. Parce que, quoi qu'il ait pu se passer sur l'île, quoi qu'ait pu faire Steve Patterson, c'était Trey qui avait appelé la police et l'avait fait arrêter, c'était son témoignage qui l'enverrait en prison. Un sentiment de culpabilité aussi lourd serait écrasant pour n'importe qui ; pour un adolescent perturbé, il serait insupportable. Il serait comme une blessure inguérissable, la marque d'un Judas filial.

Elle passa l'après-midi dans une salle sans fenêtres à interroger un témoin qui ne lui livra guère plus que des regards mauvais et des bouffées exaspérées d'haleine fétide. C'était un ex-mari qui se dérobait à un accord

351

sur un partage des biens signé depuis si longtemps que Cam n'avait même jamais rencontré sa cliente. La femme avait déménagé et s'était remariée, et son ancien mari reportait maintenant toute son hostilité sur Cam. Jusque-là, elle avait réussi à lui soutirer plus d'un million de dollars mais il manquait encore deux cent mille dollars et il se battait avec acharnement pour ne pas les payer. Cam savait que les honoraires de son avocat excéderaient bientôt cette somme ; elle savait aussi qu'il préférait payer son avocat que son ex-femme.

Au bout de trois heures, elle ne lui avait rien fait dire qu'elle ne sût déjà et elle finit par le renvoyer avec la mise en garde habituelle : elle se réservait le droit de le rappeler en cas de découverte d'éléments nouveaux.

Helen avait quitté le bureau mais elle avait laissé un message collé au fauteuil de Cam. *Mrs Ramsay, chez elle, urgent.*

— Campbell, pardonnez-moi, mais je ne savais pas quoi faire, et Ash dit que vous êtes la seule à qui il accepte de parler.

— Le sénateur ? dit Cam, déroutée.

— Oui. Non ! Trey, je veux dire.

— Trey ? Pourquoi ? Il s'est passé quelque chose ?

— Oh ! quelle humiliation ! Il s'est fait arrêter cet après-midi. Pour avoir volé un T-shirt à vingt dollars au centre commercial. Vingt dollars ! Vous vous rendez compte ? Comme s'il n'en avait pas plein ses tiroirs à la maison ! Je ne sais pas ce qui lui a pris.

Cam tourna la tête vers le rayon de soleil pénétrant par la fenêtre de son bureau.

— Steve Patterson a été mis en accusation aujourd'hui, n'est-ce pas ?

Après un silence glacial, Margo répondit :

— Cela n'a rien à voir avec nous.

— Non, bien sûr. En quoi puis-je vous aider, Mrs Ramsay ? Vous avez besoin d'une recommandation d'avocat ?

— Non, Dieu merci. Jesse a parlé à quelques amis et tout arrangé. Mais je ne sais pas quoi faire de Trey. Je souhaiterais qu'il consulte un thérapeute, il ne veut pas en entendre parler. Alors, Ash a pensé, j'ai pensé aussi, que vous pourriez peut-être...

Jesse Lombard arrachait les mauvaises herbes des massifs devant le perron. Il se leva, se dirigea vers l'allée en boitant quand Cam se gara. Il portait une chemisette et, pour la première fois, elle remarqua l'insigne de la marine tatoué sur chacun de ses triceps. Quelle ironie cruelle, pensa-t-elle, survivre au Vietnam pour se faire cribler de balles dans les rues de Wilmington ! Mais le monde était ainsi : le danger venait trop souvent de sources inattendues.

— Il est là ? lui demanda-t-elle.

— Dans sa chambre.

Margo ouvrit la porte et la conduisit à l'escalier. Une minute plus tard, Campbell se tenait devant la porte de la chambre d'un garçon de treize ans qu'elle connaissait à peine. Elle frappa.

— Salut. C'est Cam Alexander.

Pas de réponse.

— Je sais : curieux, hein ? Moi-même je me sens gênée d'être là à t'embêter. Je m'en vais tout de suite si tu me le dis.

La porte s'ouvrit et Campbell entrevit un visage renfrogné avant que l'adolescent ne batte en retraite à l'autre bout de la chambre.

Elle entra. C'était une vaste chambre dont les meubles de bois sombre avaient probablement plus d'un siècle. Les fenêtres étaient tendues de rideaux de dentelle, et un couvre-lit assorti gisait en tas au pied du lit à colonnes. La pièce était belle, imposante, sans rien qui fît penser à une chambre d'enfant. Ash et Margo auraient aussi bien pu y dormir.

Trey était appuyé au mur du fond, les bras croisés, les mains sous les aisselles. Sa casquette, dont la visière rabattue cachait son visage, laissait à découvert une partie de la peau blanche, fantomatique de son crâne. Un tressaillement agitait son genou gauche.

— Tu veux que je m'en aille ?

Il ne répondit pas.

— Moche, ce qui est arrivé au centre commercial, hein ?

Il haussa les épaules.

— Tu veux en parler ?

Il émit une sorte de grognement, secoua la tête.

Margo avait peut-être raison. La mésaventure d'aujourd'hui n'avait peut-être rien à voir avec le père de Trey. Cam repensa à ce soir de février où il déglinguait les boîtes aux lettres avec sa meute de jeunes vandales. Manifestement, il avait des problèmes de comportement avant même que Steve Patterson ne fasse irruption dans sa vie.

— Tes grands-parents voudraient que tu voies un psy.

— Pour un malheureux T-shirt ? explosa-t-il.

— Peut-être, fit Cam en allant s'asseoir au pied du lit défait. Je dirais que ça dépend de la raison pour laquelle tu l'as pris. Si c'était uniquement pour épater tes copains, ou faire un bras d'honneur à tes grands-parents, alors, tu as probablement raison : ce n'est pas si grave.

Il gardait les yeux rivés au sol cependant qu'un spasme continuait à contracter les muscles de son genou.

— Mais... ?

— Je me demande si tu ne l'as pas pris parce que tu voulais te faire arrêter.

— Pourquoi j'aurais voulu aller en taule ?

— Parce qu'il y est, lui.

Il releva brusquement la tête, et la peine qu'elle vit dans ses yeux était infinie. Elle sut qu'elle ne s'était pas trompée.

— Si c'est le cas, reprit-elle, luttant pour chasser ce qui lui étranglait la gorge, ce serait peut-être bien d'en discuter avec quelqu'un. Quelquefois, ça aide à mettre de l'ordre dans ses pensées quand on peut les faire rebondir sur quelqu'un d'autre.

Il secoua la tête, détourna les yeux.

— Voici ce que je te propose, reprit Cam en se levant. Ou tu acceptes de voir un thérapeute, ou on se met d'accord sur un autre plan.

— Quoi, comme plan ? demanda-t-il d'un ton hésitant.

— Je sais pas. Je viens d'arriver. Tu as une idée, toi ?

Il secoua de nouveau la tête.

— Mmm, laisse-moi réfléchir... OK, voilà le plan. Je leur dirai que ton problème, c'est d'avoir trop de temps libre. Ce qu'il te faut, c'est un boulot.

— Ils accepteront jamais. En plus, je veux pas d'un boulot.

— Ah, dommage ! J'avais besoin d'un coup de main.

— Hein ?

— Pour mon jardin. J'ai du travail éreintant à me

taper. Passer un motoculteur, transplanter, couper, tailler. J'ai essayé de tout faire moi-même mais c'est trop. Je vais devoir engager un paysagiste.

Trey ne réagit pas.

— Ce jardin était un modèle du genre, autrefois, poursuivit-elle. Mais après tant d'années à l'abandon, ce n'est plus qu'un terrain vague. J'avais pourtant rêvé de le faire revivre. J'imagine très bien comment il pourrait être. Bon, tant pis. Mon rêve était probablement idiot, de toute façon. (Elle s'approcha de la porte.) Dis, si tu trouvais un plan, toi ? Moi, j'essaierai de te faire gagner quelques jours.

Elle franchissait le seuil quand il parla enfin :

— Vous voudriez que je commence quand ?

— Samedi matin, huit heures.

— C'est payé combien ?

Elle se retourna.

— Cinq dollars de l'heure, plus le déjeuner et tout le thé glacé que tu pourras boire.

Le genou gauche hésitait encore, mais Trey décroisa les bras et répondit :

— D'accord.

Elle commettait une erreur, elle en prit conscience avant d'arriver en bas de l'escalier. Ce « plan » était dangereux. Mais Margo l'attendait dans le vestibule avec des yeux anxieux. Ensemble, elles téléphonèrent au sénateur et lui soumirent la proposition. « Une sacrée bonne idée », entendirent-elles et l'affaire fut réglée.

Ce soir-là, Gary Pfeiffer se détendait dans son jardin avec un livre et un verre de vin quand il entendit la sonnette bourdonner à l'intérieur de la maison. Il inclina son livre sur le côté pour regarder sa montre. Dix heures moins dix.

— Tu vas voir, Eileen ? cria-t-il.

— J'y vais ! répondit sa femme.

Il but une autre gorgée de vin, tourna une page. Il était étendu sur une chaise longue en teck aux coussins épais de quinze centimètres et tendus de coutil blanc. Il avait une lampe en fer forgé près de lui, et le jardin était ponctué de points lumineux couleur ambre, provenant de lampes à faible voltage en cuivre martelé recouvert d'une patine vert-de-gris. À deux mètres de lui, une chute d'eau artificielle cascadait sur des rochers amenés d'une rivière, produisant un fond sonore musical qui étouffait tous les bruits de la capitale.

Les Pfeiffer vivaient dans une maison de deux étages derrière Embassy Row, la rue des ambassades. Le mur de derrière était percé de portes-fenêtres et, du jardin, il pouvait voir les surfaces de granite étincelantes de la cuisine, les étagères en chêne blanchi de sa bibliothèque. Une volée de marches larges descendait de la maison au jardin, entouré de murs de deux mètres recouverts de lierre. Un havre intime, un cadre d'une beauté et d'un calme sans pareils, et pourtant Pfeiffer brûlait d'envie d'être ailleurs.

À cause du dîner de Wilmington, le week-end dernier, il n'était pas allé à la villa depuis près de deux semaines et il devrait encore attendre deux jours pour y retourner. Rehoboth était magnifique à cette période de l'année, pendant les délicieuses premières semaines de l'été, avant les vacances scolaires et l'invasion des hordes de gosses. Aujourd'hui, le temps était idéal là-bas, lui avait dit Derek quand ils s'étaient parlé ce matin. Le ciel était bleu, l'océan plus bleu encore, mais les mots lui manquaient : Gary devait venir voir ça par lui-même.

« Je voudrais bien, avait-il soupiré.

— Je le sais. C'est la seule chose qui compte. »

357

Derek avait opté pour une vie de solitude mais se plaignait rarement. C'était Gary qui se plaignait, longuement et amèrement, tandis que Derek lui massait la nuque et lui disait qu'il avait pleinement confiance en lui. Encore deux ou trois bonnes années comme celle-là, et il pourrait quitter définitivement Washington, lui avait rappelé Derek.

— C'est un colis par coursier ! cria Eileen de la maison. À cette heure-ci, tu te rends compte...

— De qui ?

— Voyons... Portwell et Associés. Une adresse dans la rue K.

Meredith Winters. Gary se redressa, posa les pieds sur les dalles de pierre bleue. Il attendait ça depuis le début de la semaine.

Il prit le paquet des mains de sa femme, alla dans la bibliothèque avec son verre à moitié vide et s'assit à son bureau. La carte de Meredith était agrafée à la première feuille de la pile de documents. Il les feuilleta rapidement : coupures de presse, résultats de sondages, transcriptions de déclarations à la radio, positions sur divers sujets. Il passa aux documents suivants : il se fichait totalement des positions d'Alexander, et les membres de l'AAAJ aussi. La seule chose qui les intéressait, c'était de savoir s'il pouvait convaincre Ramsay de voter pour eux.

Enfin il arriva à la photo de l'éblouissante jeune femme d'Alexander.

Par quel coup du sort une inconnue qu'il avait amenée un jour chez lui s'était-elle transformée en l'épouse d'un candidat au Congrès ? Derek et lui étaient toujours si prudents : en trois ans, ils n'étaient pas sortis une fois ensemble. Pas une seule fois. Rehoboth Beach n'était pas surnommée pour rien « la Capitale estivale » : l'endroit grouillait de gens de Washington.

Alors Derek et Gary n'allaient jamais à la plage ensemble, ni dans les bars, ni dans la rue.

Mais cette fille, il ne l'avait pas rencontrée dans la rue. Elle s'était présentée à sa porte, pauvre gosse abandonnée sous la pluie et, comme un imbécile, il l'avait invitée à entrer.

Non, il ne l'avait pas invitée à entrer, elle s'était *introduite* chez eux. Cette garce avait usé d'un subterfuge pour pénétrer dans leur intimité, ce qui signifiait que tous les coups étaient permis, maintenant.

Il ouvrit le dossier de Campbell Smith Alexander, parcourut le rapport de l'enquêteur de Meredith Winters, qui n'avait rien trouvé, mais Gary disposait de moyens bien plus considérables. Les cinquante-six mille membres de l'ΛΛΑJ comptaient dans leurs rangs les plus éminents avocats du pays. Beaucoup d'entre eux avaient leur propre équipe d'enquêteurs et tous disposaient d'accès à l'information qu'ils n'hésiteraient pas à partager avec lui s'il le leur demandait. Il était leur principal lobbyiste et porte-parole, à Washington comme dans les capitales de tous les États du pays, et ils accéderaient à sa requête sans poser de questions. Après tout, il était Gary Pfeiffer, gardien de la vérité, de la justice, et d'un tiers des cotisations.

Il passa l'heure qui suivit à chercher dans le dossier une petite faute, une infime souillure, n'importe quoi lui permettant d'avoir barre sur Campbell Alexander.

Elle était née le 13 mars 1968 à l'hôpital général de Lancaster, de Matthew Samuel Smith et Alice Campbell Smith, photocopie du certificat de naissance jointe. Sa grand-mère paternelle, Hazel Smith, avait possédé une ferme d'une vingtaine d'hectares sur la commune de Mount Joy, photocopie de l'acte de propriété jointe. En juin 1970, Matthew et Alice étaient partis pour les Philippines, visas joints. En août, ils avaient été tués pendant une insurrection musulmane, rapport consulaire et coupures de journaux de Manille joints.

Le document suivant, établi quinze ans plus tard, consistait en un dossier médical où étaient notées les visites, en cabinet ou à domicile, de la patiente Hazel Smith. L'enquêteur de Meredith avait entouré en rouge : *Patiente totalement incontinente maintenant, mais la petite-fille s'en occupe.* Venaient ensuite le certificat de décès et les documents concernant la succession. Après quoi commençait le dossier personnel de Campbell Smith, mais il ne rassemblait que les jalons d'une vie ordinaire : un permis de conduire, une équivalence lui permettant d'entrer à l'université, une demande de bourse, des relevés de notes trimestriels, un formulaire d'adhésion au barreau de Pennsylvanie avec empreintes digitales et vérification du FBI dans ses fichiers informatisés : néant.

Gary se renversa dans son fauteuil, tendit la main vers son verre. Mais le vin était maintenant à la température de la pièce et il le recracha.

— Chéri ?

Eileen se tenait sur le seuil de la porte, prête pour se mettre au lit dans un pyjama de soie. Cinq ans plus tôt, il avait commis l'erreur de la complimenter sur le pyjama d'homme qu'elle portait et, depuis, elle ne mettait plus jamais rien d'autre pour dormir. Il n'était pas venu à l'idée d'Eileen que l'objet de son désir, c'était le pyjama, pas la femme qu'il recouvrait.

— Tu viens te coucher ? Il est tard.

— Vraiment ? fit-il en jetant un coup d'œil à sa montre. Je ne m'en étais pas rendu compte. Écoute, ne m'attends pas, j'en ai encore pour un moment.

Le visage d'Eileen prit la mine déçue qu'elle portait aussi souvent que le pyjama.

— Bonne nuit, murmura-t-elle.

360

Il revint au dossier. S'il ne trouvait rien sur la fille, il ne lui restait qu'à s'intéresser aux parents. Des chrétiens évangélistes, mais sait-on jamais ? Il prit son carnet d'adresses des membres de l'AAAJ, chercha un nom familier. Oui, en voilà un qu'il se rappelait. Wilson Minchoff, un avocat de Lancaster qui avait failli être condamné quelques années plus tôt pour sollicitation indue de victimes d'accidents. Mais l'AAAJ était intervenue et l'avait fait libérer sous caution. Aujourd'hui, il était en pleine forme et distribuait sa carte à tous les carrefours.

Gary ouvrit son ordinateur portable, tapa une note lui rappelant d'appeler Minchoff le lendemain matin. Comme il aurait besoin de lui communiquer les noms et prénoms complets des parents, il revint au certificat de naissance. Voilà : Matthew Samuel Smith, Alice Elizabeth Campbell...

Au moment où il se tournait de nouveau vers l'ordinateur, il eut l'impression qu'un mot du certificat lui sautait à la figure.

Masculin.

Il regarda de nouveau, pour vérifier. Tapé à la machine, le mot était presque illisible sous le sceau imprimé de l'État de Pennsylvanie, mais il y était bien. *Masculin.* Le 13 mars 1968, Alice Campbell Smith avait donné naissance à un garçon.

L'appel n'attendrait pas demain. Gary décrocha le téléphone et composa le numéro de Wilson Minchoff à son domicile.

23

Doug avait une réunion importante ce vendredi soir, le pique-nique et le tournoi de *softball* annuels du syndicat du bâtiment. Conduits au parc dans la Tahoe de Nathan, Doug et Cam furent accueillis par une haie de dirigeants syndicaux puis posèrent pour les photos pendant une dizaine de minutes avec divers syndicalistes. Une gorgée de limonade, une cuisse de poulet, et en route pour le terrain de softball où Doug prononcerait son discours.

La lumière du crépuscule blanchissait le ciel lorsque Nathan et Cam prirent place dans les gradins. La fanfare joua un prélude entraînant, le président du syndicat dit quelques mots tout aussi entraînants, et Doug se jucha sur le mont du lanceur, un micro baladeur à la main.

Comme Nathan avait déjà entendu le discours, il concentra son attention sur le public et indiqua à Campbell des gens qu'elle connaissait ou devrait connaître. Il y avait Norman Finn, qui « faisait » la tribune d'honneur. Il ne s'était pas montré à la plupart des derniers meetings, et Vance se demanda si sa présence ce soir signifiait qu'il voulait réintégrer l'équipe. De l'autre côté du terrain, il y avait Stan DiMineo, qui dirigeait le comité d'action politique du syndicat, et c'était sa réaction au discours de Doug qu'il fallait observer. Et là-bas, il y avait Gillian. Est-ce que Cam savait qu'elle avait renoncé au semestre d'automne de la fac pour devenir collaboratrice salariée de l'équipe ? C'était sa soirée libre mais elle était venue quand même ; on ne pouvait qu'admirer un dévouement pareil.

Campbell regarda dans la direction du doigt de Nathan et découvrit la jeune fille, ravissante et éthérée dans une robe bain de soleil à fleurs. Il la héla en agitant le bras. Elle sourit, parut un instant prête à lui rendre son salut mais détourna soudain la tête. Elle ne les avait peut-être pas vus, finalement.

Le discours de Doug s'acheva sous des applaudissements nourris. Il se rendit dans la cabine du commentateur cependant que les joueurs des deux meilleures équipes locales entraient sur le terrain au petit trot.

L'attention du public s'éveilla quand le match commença, et les souvenirs de Cam s'éveillèrent aussi, ranimés par l'odeur de bière et de saucisses grillées, le bruit sec de la batte et les cris des spectateurs. L'été dernier encore, elle jouait elle aussi dans la ligue mixte des grands cabinets juridiques de Philadelphie.

— Tu te rappelles notre dernier match contre Morgan Lewis ? dit Nathan.

— C'est drôle, j'y pensais, justement.

— Tu te rappelles quand tu as marqué un double...

— Ouais, au début du tour de batte. Ensuite, personne n'a réussi à frapper la balle pendant des heures, et j'étais là à attendre...

— En minishort et haut de bikini.

— C'était un soutien-gorge de jogging.

— N'empêche qu'aucun batteur de notre équipe n'arrivait à garder les yeux sur la balle.

— C'est faux, protesta-t-elle. Tu as fini par expédier le boulet qui m'a permis de finir le tour.

— Oui, mais moi, je garde toujours un œil sur la balle.

Il se leva quand la balle, frappée par le batteur, fila vers la partie gauche du terrain. L'*outfielder* trébucha, manqua la balle, le batteur courut jusqu'à la deuxième base.

— Oui, murmura Cam au bout d'un moment. Je sais.

Elle regarda ses mains posées sur son giron, ses

jambes allongées sur le siège libre, devant elle. Elles se terminaient par des savates de toile blanche qui n'avaient rien à voir avec ce qu'elle portait auparavant. C'était vrai aussi de sa blouse en coton écossais et de sa jupe en popeline raide qui lui descendait jusqu'aux genoux. Elle se sentait comme un corps étranger à elle-même.

Nathan remarqua son expression.

— Hé ! fit-il doucement. Allez, ce ne sera plus long, maintenant.

Elle hocha la tête. Plus que quatre mois avant l'élection, puis un an avant que la machine se remettre en branle pour la réélection. Ce ne serait qu'une année sur deux, pour le restant de ses jours.

Elle releva la tête au moment où un coureur se faisait mettre hors jeu à la troisième base.

Cette nuit-là, elle rêva de nouveau qu'elle nageait dans une mer houleuse pour atteindre une côte lointaine. Elle faisait ce rêve si souvent qu'il était devenu partie intégrante de son cycle de sommeil. Cette fois, pourtant, ce fut un peu différent. Elle respirait par des ouïes et ses jambes battaient l'eau derrière elle dans un chatoiement de bleu et de vert. Cette fois, elle s'éleva d'une mer écumante, des débris de coquillage et des morceaux de varech dans les cheveux. Cette fois, une silhouette marchait sur le rivage au clair de lune pour venir l'accueillir.

Campbell posa son sécateur quand le break bleu des Ramsay s'arrêta dans son allée, samedi matin. Elle était en tenue de jardinage : T-shirt ample, short en jean, cheveux noués en une lourde tresse.

— Bonjour, Jesse ! lança-t-elle à la vitre du chauffeur lorsque Trey descendit de l'autre côté de la voiture. Vous repassez le prendre à quatre heures ?

— Je suis censé attendre.

— Pas la peine. Je reste ici avec lui toute la journée. En plus, je suis sûre que Mrs Ramsay aura besoin de vous à la maison aujourd'hui.

Il réfléchit un moment, finit par repartir en marche arrière.

Cam tourna la tête vers Trey. Il portait plusieurs couches de T-shirts trop grands et un gros pantalon en toile qui tire-bouchonnait sur ses chevilles. Il expirerait probablement avant midi.

— Prêt pour le boulot ?

— Ouais, je crois.

— Alors, grimpe, dit-elle en montrant sa voiture.

Elle passa d'abord au magasin de location de matériel et examina les motoculteurs jusqu'à ce qu'elle trouve ce qu'elle voulait puis laissa des arrhes et son adresse pour qu'on lui livre l'engin dans la matinée. Ensuite, direction la pépinière, où elle commanda un plein camion de compost fumant. Elle acheta des sacs d'engrais que Trey porta dans le coffre de la voiture.

— Maintenant, le côté amusant, dit-elle. Tu prends un Caddie ?

Il poussa le chariot derrière elle tandis qu'elle parcourait les allées d'un étourdissant assortiment de fleurs annuelles. Le soleil cognait, le sol renvoyait sa chaleur et, avant qu'ils aient fait la moitié du magasin, Trey dut s'arrêter pour ôter deux couches de vêtements. Cam fit son choix, acheta autant de pots qu'ils purent en mettre sur la banquette arrière.

Il était dix heures quand ils rentrèrent et déchargèrent la voiture. Comme le motoculteur n'était pas encore arrivé, elle fit faire à Trey le tour du jardin, lui indiquant les limites des anciens massifs, et les lignes à la craie, sur l'herbe, où elle voulait en tracer de nouveaux. Elle lui montra un cornouiller mort qu'il faudrait abattre, mesura en pas les dimensions du bassin qu'elle espérait faire creuser un jour, et termina la visite par le jardin d'hiver.

Trey entra, grimpa l'escalier en colimaçon pour passer la tête par la fenêtre du premier étage.

— Qu'est-ce que c'est que ce truc ?

— On appelle ça une gloriette. Ou une folie. Parce que c'est une construction inutile, extravagante.

Il sauta en bas, ressortit. Elle voulut fermer mais la porte, gauchie, buta contre le chambranle. Cam renonça, se frotta les mains.

— Tu n'aurais pas une idée ?

— Une idée pour quoi faire ?

— S'en débarrasser. À part louer une boule de démolition...

— S'en débarrasser ? s'exclama-t-il.

— Bien sûr. Regarde, elle est en ruine. Et elle ne sert à rien.

— C'est un jardin, argua-t-il. Dans un jardin, rien ne sert à rien.

Elle s'esclaffa.

— D'ailleurs, elle sert à quelque chose, poursuivit Trey, reculant de plusieurs mètres. Elle sert de... comment on dit ? De point focal. Vous voyez ? Vous avez cette perspective, là. Il faut quelque chose au bout, sinon, vous regardez quoi ?

Elle le rejoignit, hocha pensivement la tête. Trey retourna à la gloriette, en fit rapidement le tour.

366

— Regardez, c'est un octogone. Et la forme est reprise par la petite fenêtre, en haut. Mortel, non ?

— Oui, mais le stuc s'écaille. Et les carreaux sont cassés. Et la porte ne ferme plus.

— Ça peut se réparer, tout ça.

— Peut-être, fit Cam d'un ton dubitatif.

— Réfléchissez-y, au moins.

— D'accord, capitula-t-elle avec réticence. Si tu évalues combien ça coûterait de la remettre en état.

— OK, je vous dirai ça.

Elle tourna la tête avant qu'il puisse la voir sourire.

À la fin de la journée, ils avaient préparé un massif d'un mètre sur quinze, amendé le sol et planté quatre rangées de fleurs annuelles, ce qui laissait encore un grand vide dans le massif mais leur procurait le sentiment d'avoir accompli quelque chose. Ils s'assirent à l'ombre du grand chêne pour finir le thé glacé en attendant Jesse. Trey vida son verre, ôta sa casquette pour essuyer la sueur de son front. Voyant le regard de Campbell se porter sur son crâne rasé, il remit vite son couvre-chef et se laissa tomber en arrière, les bras en croix.

— Fatigué ?

— Un peu.

— Moi aussi, gémit Cam. Rien qu'un peu.

Il éclata de rire.

Elle s'allongea dans l'herbe, moulue jusqu'aux os, mais contente. En une journée, ils avaient avancé plus qu'elle ne l'aurait fait seule en deux ou peut-être même trois jours. En partie parce que Trey s'était chargé des travaux les plus durs — passer le motoculteur, porter les sacs de compost —, mais peut-être aussi à cause de l'effet multiplicateur du travail partagé. C'était une surprise pour Campbell, qui avait toujours travaillé seule.

Les bras croisés sous la nuque, elle contemplait le feuillage. De l'allée, le chêne avait l'air d'une masse à peu près symétrique de feuilles autour d'un tronc trapu. Mais, allongée dessous, elle pouvait suivre des yeux le réseau des branches, la voie par laquelle la vie circulait dans l'arbre, de ses racines à l'extrémité des feuilles les plus hautes.

— Je peux vous demander quelque chose ?

— Mmm ? fit-elle d'une voix paresseuse.

— C'est encore une question de droit.

— D'accord.

— Cette histoire d'enlèvement : ça tient toujours pas debout, pour moi. Bon, le truc des droits parentaux, j'ai compris. Mais il devrait pas y avoir une demande de rançon pour que ce soit un kidnapping ?

Elle fit rouler sa tête sur le gazon pour regarder Trey.

— Bonne question. C'est ce qu'on pourrait croire, mais le Congrès n'a pas écrit la loi comme ça. C'est un crime de détenir quelqu'un pour une rançon, une récompense ou n'importe quelle autre raison. Ce qui supprime quasiment de l'équation le facteur mobile.

— Mais alors, tout peut être du kidnapping, dit Trey en se redressant. Par exemple, quand vous m'avez emmené au magasin ce matin, pourquoi ce serait pas du kidnapping ?

— *Excellente* question. Tu suis des cours de droit en cachette quand tout le monde a le dos tourné ?

Il rougit.

Elle se redressa elle aussi. Sa tresse s'était défaite et elle entreprit de la renouer.

— Pour qu'il y ait kidnapping, il faut qu'il y ait recours à la force ou à la tromperie. Le consentement valide de la victime exclut naturellement toute possibilité d'inculpation. Si l'on admet que nous sommes allés ce matin à la pépinière avec ton consentement, je ne suis pas coupable d'enlèvement.

Il passa les bras autour de ses jambes, appuya le menton sur ses genoux.

— Qu'est-ce que vous voulez dire par « valide » ?

— Informé, rationnel, émis par une personne parfaitement saine d'esprit, etc.

Il se tut, et Cam se rendit compte qu'une ouverture parfaite s'offrait à elle. « À moi de te poser une question », dirait-elle. Mais elle ne put s'y résoudre et laissa passer l'occasion.

— Voilà Jesse, annonça Trey, qui se leva en entendant un crissement de pneus dans l'allée.

Campbell grogna, tendit le bras. Avec un grand sourire, il lui prit la main et tira pour l'aider à se mettre debout. Brossant le fond de son short, elle lui demanda :

— Alors, prêt à te mettre encore sur les rotules la semaine prochaine ?

— Pourquoi pas demain ?

— Je peux pas. J'ai une espèce de déjeuner auquel je dois assister.

— Je pourrais venir quand même. Pour ratisser toutes les saletés derrière la rangée de houx dont on parlait tout à l'heure...

— Vraiment ? Ce serait sympa !

Il baissa la tête avec un bref sourire embarrassé.

24

Joan Truesdale ôta son chapeau et s'éventa le visage jusqu'à ce que les rayons brûlants l'obligent à le remettre. Elle ne supportait toujours pas le soleil des Bermudes, même au bout de vingt ans. Elle gardait la nostalgie du doux soleil de la Nouvelle-Angleterre sous lequel elle avait grandi, un soleil qui passait entre les hauts arbres toujours verts et dont la caresse lui semblait propre et sèche. Celui des Bermudes était moite, fétide, et lui touchait la peau comme une maladie contagieuse. La robe de Joan pendait sur son corps massif, collait en plaques humides à son dos et à ses aisselles.

Elle plissa les yeux avec lassitude pour regarder si son bus pour Devonshire n'apparaissait pas dans South Shore Road. Trois heures et demie, déjà, et Desmond devait prendre son médicament avant le thé. Elle souleva ses sacs à provisions et entreprit de rentrer à pied.

La route était étroite, sinueuse, construite, comme toutes celles des Bermudes, pour le passage occasionnel d'une charrette, mais accueillant maintenant des dizaines de milliers d'autobus, de voitures et de motos. Il n'y avait pas de trottoir, pas même de bas-côté où marcher, rien qu'une mince bande de terre entre la chaussée et la végétation tropicale qui poussait, épaisse et drue, en bordure de la route.

Le bus la dépassa dans un grondement, arrivant trop tard, la frôlant de trop près, traînant dans son sillage une file de touristes qui s'amusaient comme des fous sur leurs cyclomoteurs. Ils n'avaient pas conscience du danger, et tous les Bermudiens, d'un accord tacite, s'abstenaient de les mettre en garde. Les agences de location de cycles étaient débordées, de même que l'hôpital, où la plupart des gens se présentant aux urgences étaient des touristes à la peau arrachée. La « pelade de la route », disait-on comme s'il s'agissait d'une infection locale.

Quelques-uns des touristes agitaient des petits drapeaux américains qui lui rappelèrent soudain la date. Le 4 juillet. Ce n'était pas un jour férié dans la colonie britannique de la Grande Bermude, mais Joan s'était toujours efforcée de le fêter dans son cœur. Chaque mois de juillet, depuis dix ans, elle se faisait la promesse que pour la prochaine fête nationale, elle contemplerait le feu d'artifice de son sol natal. Cela n'était pas arrivé, bien sûr, mais après trente ans de mariage elle était tellement habituée aux promesses non tenues qu'elle n'y pensait pas, même quand la promesse venait d'elle.

Sur la droite se dressait une maison cossue dont l'entrée était marquée par un portail chinois en croissant de lune, arche familière qui ornait des centaines de bâtiments résidentiels ou commerciaux de l'île. Elle était censée porter bonheur : selon une superstition locale, le vœu que l'on faisait en passant dessous se réalisait. Joan avait en tête des dizaines de vœux non exaucés qui réfutaient cette croyance mais décida néanmoins, en l'honneur de la fête nationale, de faire une nouvelle tentative. Elle posa ses sacs, franchit l'arche de pierre en murmurant : « Je souhaite ne plus passer un autre 4 juillet sur cette île misérable. »

Elle reprit ses sacs et se remit à marcher, longeant les lotissements de cottages où les touristes les moins fortunés louaient des appartements. Au bout de la rue, en haut de la colline, se trouvait son propre cottage, bloc orange pâle, avec un toit blanc aveuglant en escalier, fait de pierre calcaire qui captait l'eau de pluie et l'entraînait vers la citerne souterraine. Un unique palmier se penchait nonchalamment sur un côté de la maison ; une paire de buissons d'hibiscus desséchés flanquaient la porte de devant. Ils avaient trop poussé et la griffèrent quand elle entra.

— Où tu étais ? beugla une voix dès que Joan eut franchi le seuil. J'avais besoin de toi !

— Je suis simplement allée au marché, Desmond ! cria-t-elle en direction de la chambre. Mais l'autobus n'arrivait pas, j'ai dû rentrer à pied.

— Tu as raté mon médicament de quatre heures ! rugit-il.

Toute la force qui avait déserté son corps semblait habiter maintenant sa voix, qui faisait parfois trembler les carreaux.

— De cinq minutes seulement, Des.

Elle alla dans la petite cuisine, mit la bouilloire à chauffer.

— Où tu es encore fourrée, maintenant ? Un homme attend tout l'après-midi que sa femme rentre, et elle ne vient même pas voir comment il va ?

Elle porta le plateau dans la chambre, renifla l'air en plissant le nez : il s'était encore souillé.

— Le bain avant le thé ? suggéra-t-elle.

Il fit rouler sa tête rapetissée sur l'oreiller taché de salive.

— Ha ! Ça te plairait, hein ? Me faire attendre encore plus longtemps.

— D'abord le thé, alors.

Elle approcha une chaise du lit et, tandis qu'elle alignait les pilules, il tira pour les recevoir une langue du même gris de cendre que son teint, et aussi flasque que ses bras et ses jambes.

— À la bonne heure, chantonna-t-elle quand il avala.

372

Elle tint la tasse devant la bouche de Desmond pour qu'il aspire une petite gorgée de thé.

— Je suppose que tu étais encore avec tes amis chic, maugréa-t-il. À danser, j'en suis sûr.

— Desmond, soupira Joan. Outre que je n'ai pas d'amis, chic ou non, je ne connais pas un endroit sur terre, sans parler de cette île, où on peut danser en milieu d'après-midi.

— Tu retrouves quelqu'un, je le sais.

— Je croyais que nous étions d'accord là-dessus depuis longtemps, Des. Personne à part toi ne s'est jamais intéressé à moi.

— C'est exact ! piailla-t-il. J'ai été le seul. Et regarde où ça m'a mené. Enchaîné à toi jour après jour ! Toi, toujours à me tirer vers le bas. J'aurais fait une belle carrière si je m'étais mieux marié ! J'aurais eu des promotions ! Je le tiens de deux de mes supérieurs.

— Tu me l'as déjà dit, chéri. Très souvent.

À force de cajoleries, elle réussit à le convaincre de finir son thé puis, tandis qu'il reposait, impassible, sur le lit, elle le déshabilla, le lava et emporta les draps salis.

Il somnolait quand elle revint et elle se laissa tomber sur la chaise à côté de lui. Desmond avait quatre-vingts ans et mourait depuis dix ans de diverses maladies. N'importe laquelle aurait pu l'achever, mais aucune ne l'avait fait jusqu'ici. Joan se disait parfois que Dieu les avait oubliés, ou perdus de vue tandis qu'ils passaient d'un poste à l'autre à travers le tiers-monde.

Elle prit leur photo de mariage sur la table de nuit. Impossible de croire qu'ils étaient une seule et même personne, le malade émacié étendu dans le lit et l'homme élégant de la photo. Laurence Olivier, le surnommaient les filles, et il y avait effectivement une ressemblance. Joan adorait alors sa façon de parler un peu brusque, son air presque pompeux, et quand il rechignait à parler de lui, elle y voyait une réserve toute britannique et aimait aussi cette pudeur.

Ce qu'elle aimait surtout, c'était qu'il fût à elle, Joan Landis. Les trois autres filles étaient ses meilleures amies, elle les aimait comme des sœurs, mais, à la vérité, elles l'éclipsaient, Abby par sa beauté, Gloria par son intelligence, Doris par sa personnalité pétillante. Les filles jeunes et jolies étaient invitées partout à Washington à cette époque, et ces trois-là trouvaient facilement leur place. Joan se rappelait les avoir observées à une soirée — probablement à une dizaine de soirées : Abby riant gaiement, la tête renversée pour mettre en valeur son cou gracile et ravissant ; Gloria lancée dans une discussion animée avec quelque haut responsable ; Doris portant des assiettes d'amuse-gueules à de séduisants jeunes gens pris au piège de la conversation d'un supérieur. Tandis que Joan, seule dans un coin, fixait le parquet en souhaitant être ailleurs.

C'était dans un de ces coins que Desmond l'avait trouvée. Elle lui avait parlé avec méfiance, non seulement parce qu'elle était timide, mais parce que les trois autres filles avaient déjà été *amorcées*. Cela s'était passé exactement comme on le leur avait prédit pendant les briefings de sécurité : un bel homme, parfois étranger, le plus souvent américain ; quelques verres, quelques invitations au restaurant qui menaient rapidement à une tornade d'amour ; puis l'Amorce. Politique s'il sentait en elle la moindre trace d'opposition à la guerre, et qui n'en nourrissait pas au moins un peu en 1968 ? Financière, si la fille lui semblait suffisamment cupide. Sentimentale, si elle avait le cœur assez tendre : il débitait l'histoire de la mère agonisante, du père soumis à

374

un chantage, ou n'importe quelle autre crise personnelle le contraignant à commettre ce petit acte de trahison.

Les secrétaires des services secrets étaient les cibles de prédilection de ces hommes, non seulement parce qu'elles étaient crédules et sous-payées, mais aussi parce que, pour leurs patrons, elles étaient invisibles. Ils les considéraient comme de simples fonctionnaires, agréables à regarder, peut-être, mais jamais comme un cerveau ou une paire d'yeux dont ils devaient se préoccuper. Il ne leur venait pas à l'esprit que leurs secrétaires pouvaient saisir la moindre des informations qui passaient par leurs mains manucurées.

Les trois autres filles avaient toutes survécu à leur amorçage. Elles l'avaient dûment rapporté et avaient pu en rire plus tard. Mais cela n'était pas encore arrivé à Joan, et quand Desmond Truesdale lui avait adressé la parole, à la soirée, elle n'avait su comment réagir.

Le lendemain matin, elle avait donné son nom au service de sécurité, dont elle avait reçu la réponse à temps pour leur premier rendez-vous, le vendredi suivant : irréprochable. C'était la seule question qu'elle avait posée, et elle devait le regretter toute sa vie. Si elle l'avait demandé, on lui aurait révélé l'âge véritable de Desmond, par exemple, et son rang exact ; son habitude de créer des problèmes dans le service, et les plans, déjà élaborés, pour le contraindre à prendre une retraite anticipée.

Il dormait profondément, maintenant. Joan regarda sa montre. Il n'était que cinq heures, elle pouvait encore aller à l'église.

Elle monta dans l'autobus en poussant le « Bonjour tout le monde » que réclamait l'étiquette des Bermudes.

Sur les banquettes s'entassaient des touristes à la peau écarlate et des Bermudiens à la peau noire. Un petit garçon était assis à l'avant et, dès que Joan s'avança dans l'allée, sa mère hurla, de l'arrière du véhicule, un tonitruant « Donne ta place à la dame ! ».

Autre règle de l'étiquette des Bermudes : respecter les personnes âgées. Le garçon obtempéra et Joan prit sa place, partagée entre la reconnaissance et l'apitoiement sur soi. Elle était vieillie avant l'âge, elle le savait. À cinquante et un ans, elle voyait chaque jour des femmes plus âgées qu'elle jouer au tennis, courir sur la plage vêtues de minuscules maillots de bain. Elles n'étaient pas encore vieilles. Joan l'était. Au début de son mariage, elle était gênée qu'on la prenne pour la fille de Desmond. Maintenant, elle était contrariée qu'on ne le fasse plus.

L'autobus fit le tour de Harrington Sound en passant par Bailey's Bay, traversa la digue, longea l'aéroport et prit Mullet Bay Road. Il lâchait ses passagers en chemin comme des miettes de pain et, quand il s'engagea dans les ruelles de Saint-George, il ne restait plus qu'une poignée de gens avec Joan à l'intérieur.

Elle avait bien choisi son heure : il n'y avait que quelques touristes dans Duke of York Street, et elle constata avec satisfaction que personne ne montait les marches de Saint-George. Ses prières requéraient de la solitude.

Joan commença comme toujours par se confesser.

Dieu miséricordieux, j'ai péché contre Vous en pensée, en paroles et en actes, par ce que j'ai fait et par ce que j'ai omis de faire. Je ne Vous ai pas aimé de tout mon cœur ; je n'ai pas aimé mon prochain comme moi-même...

Ils étaient mariés depuis deux mois et se rendaient au Soudan quand Desmond lui avait révélé son âge. Elle n'arrivait pas à y croire : il n'avait aucune ride. En riant, il avait expliqué qu'il y avait un portrait de lui, quelque part dans un grenier, qui vieillissait à sa place. Les yeux écarquillés, Joan avait répondu : « J'espère que ce sera toujours comme ça ! » Riant de nouveau, il lui avait dit qu'elle était une adorable petite chatte.

Elle avait passé les dix premières années de leur mariage à prier pour qu'il ne meure pas, les dix dernières à prier pour qu'il meure.

Je me repens humblement. Au nom de Votre fils Jésus-Christ, ayez pitié de moi et pardonnez-moi...

Des pas résonnèrent derrière elle. Jetant un coup d'œil par-dessus son épaule, elle découvrit un couple flânant dans l'église. Ils parurent gênés de l'avoir interrompue dans ses prières et se hâtèrent de sortir par la porte latérale donnant sur le cimetière.

... pour que je puisse accomplir Votre volonté et suivre Votre chemin pour la plus grande gloire de Votre nom...

Le portrait descendit du grenier le jour où le gouvernement anglais força Desmond à prendre sa retraite. Il avait acheté le cottage des années plus tôt dans la perspective d'y finir ses jours, mais cette fin lui avait été imposée trop tôt, et le cottage était devenu une prison. Il y était resté enfermé jour après jour, remâchant le passé comme une racine amère, vieillissant de dix ans en une année.

De nouveau des pas derrière elle, mais, quand elle se retourna, Joan vit aussitôt que cet homme n'était pas un touriste. Il s'agenouilla de l'autre côté de l'allée, joignit les mains devant lui dans une attitude de profond repentir. Un homme de Dieu, elle en était sûre.

Joan pressa ses propres mains avec plus de ferveur encore quand elle passa aux Prières pour les malades.

Père céleste qui donnez la vie et la santé, accordez réconfort et soulagement à Votre serviteur malade

Desmond (elle laissa de côté la partie concernant la guérison, en espérant qu'Il ne le remarquerait pas) afin qu'il soit revigoré dans sa faiblesse et ait confiance en Votre amour...

Elle jeta un autre coup d'œil à l'ecclésiastique agenouillé de l'autre côté de l'allée. Son visage rayonnait dans la prière comme celui de Moïse quand il était redescendu du Sinaï. Cela signifiait qu'il parlait à Dieu, et que Dieu l'écoutait.

Mais l'écoutait-Il, elle ? Elle baissa la tête, entama les Prières pour les agonisants.

Délivrez du mal Votre serviteur Desmond, libérez-le de toute entrave pour qu'il puisse reposer avec tous Vos saints dans les lieux éternels où, avec le Père et le Saint-Esprit, Vous vivez et régnez...

— Amen, fit une voix à son oreille.

Joan ouvrit les yeux. L'homme était près d'elle et la regardait avec un visage d'ange.

— Amen, répéta-t-elle, subjuguée.

Le coup lui fracassa l'arrière du crâne et elle tomba contre le prie-Dieu quand il s'abattit sur elle, terrible ange exterminateur envoyé pour la punir de ses paroles et de ses pensées coupables.

Seigneur, pardonnez-moi car je ne savais pas ce que je faisais...

Quand il lui écarta les jambes, elle vit une troupe de chérubins qui la regardaient du ciel. Quand il lui trancha la gorge, elle vit le visage de Dieu se détourner d'elle.

Enfin libérée de la chaleur perpétuelle des Bermudes, elle sentit un froid miraculeux monter de ses pieds vers son cœur. Le soleil aveuglant des Bermudes avait disparu lui aussi, remplacé par un profond puits de ténèbres qui s'apprêtait à engouffrer Joan. Seul un petit cercle de lumière brillait encore. C'était une arche, et elle se rappela le vœu qu'elle avait fait quelques heures plus tôt : « Je souhaite ne plus passer un autre 4 juillet sur cette île misérable. »

Son vœu était exaucé. Après une vie passée à faire des vœux, c'était celui-là qui lui était enfin accordé. Cette pensée la fit sourire.

Il y avait tellement longtemps qu'elle n'avait pas souri...

25

Réveillé en sursaut, Trey se redressa dans le noir. S'il avait fait un rêve, il n'arrivait pas à s'en souvenir. Il se souvenait seulement qu'aujourd'hui, c'était jeudi.

Son blazer et son pantalon kaki de l'école pendaient derrière la porte de son placard depuis dimanche soir, mais il ne s'était rien passé lundi, et il avait lu plus tard dans le journal qu'il avait fallu deux jours, lundi et mardi, rien que pour choisir les jurés. Trey avait passé une bonne partie de la veille à attendre dans sa chambre, mais toujours pas de coup de téléphone. Finalement, hier soir, il avait entendu les pas familiers dans le vestibule, les bruits du vendredi soir avec deux jours d'avance. Le vieux était rentré de Washington, ce qui avait appris à Trey tout ce qu'il avait besoin de savoir. Ce serait pour jeudi. Aujourd'hui.

Il ne faisait pas encore jour mais Trey était tellement tendu qu'il ne parvenait pas à se rendormir. Il ne pouvait même pas rester couché. Il sortit du lit, arpenta sa chambre. Il se sentait fragile, comme s'il risquait de se briser en mille morceaux si on le touchait. Il avait besoin de bouger, de se libérer de cette impression avant d'exploser.

Il enfila un short de gym, laça ses chaussures et descendit à pas de loup. Un brouillard gris recouvrait le jardin de devant et la route, aussi loin qu'il pût voir. Il plongea dedans, courant à fond, agitant bras et jambes, jusqu'à ce qu'il sente le vent sur son visage et la sueur dans son dos. Ce fut un cent mètres qui se prolongea sur deux kilomètres et ne s'acheva que lorsqu'il parvint à la maison de Cam.

Bien qu'il fût trop tôt pour qu'elle soit éveillée, il monta l'allée en courant, fit le tour de la maison. Le jardin s'étendait devant lui, mille explosions de couleurs fleurissaient dans la brume. Il avait investi là six semaines de sa vie mais il restait beaucoup à faire. Le bassin avait été tracé mais pas encore creusé — ils devaient pour ça attendre le plombier — et il fallait remettre la folie en état. Trey remarqua que, depuis la dernière fois qu'il était venu, on avait livré de nouveaux sacs de copeaux de bois, ce qui signifiait que son prochain travail consisterait à pailler le reste des massifs. Il aurait voulu commencer tout de suite.

Il pénétra dans la gloriette. En bas, les huit murs étaient couverts de dessins de lui que Cam y avait punaisés. Elle observait une sorte de petit rituel chaque fois qu'il lui en apportait un autre : elle déroulait la feuille, l'examinait avec un sourire naissant puis prenait un air solennel pour demander : « Je peux le garder ? » Comme si elle ignorait qu'il ne l'avait fait que pour elle.

Par l'escalier en colimaçon, il monta à la petite pièce dont il avait fait son repaire secret, et il y repassa son plan dans sa tête jusqu'à ce qu'il soit sûr de n'avoir rien oublié. Le soleil brillait maintenant à travers la vitre cassée de la petite fenêtre octogonale. Il se mit à genoux, regarda le jardin. La brume matinale se dissipait. Il était temps de partir.

Jesse les conduisit en ville, le vieux assis à l'avant, la vieille à l'arrière avec Trey. Un des collaborateurs locaux du sénateur les attendait derrière le tribunal. Il se mit au garde-à-vous quand ils descendirent de voiture et leur tint la porte lorsqu'ils entrèrent. Ils empruntèrent un couloir désert jusqu'à un ascenseur interdit au public, montèrent au troisième étage.

Ron March les accueillit lorsque la porte de la cabine coulissa.

— Bonjour à tous, dit-il, un sourire collé aux lèvres.

Il les précéda dans le couloir, leur fit franchir une paire de doubles portes pour entrer dans la salle d'audience.

Trey eut l'impression que ses jambes lui faisaient défaut. La salle était noire de monde : à droite, à gauche, devant lui. Le silence se fit, et il sentit ses cheveux se hérisser sur sa nuque quand tous les regards se tournèrent vers lui. Ses grands-parents s'assirent au premier rang tandis que March, debout dans l'allée, lui faisait signe. Trey s'avança, le cœur lui martelant la poitrine. Une femme le regardait du haut d'un bureau surélevé, et il lui fallut un moment pour comprendre que ce devait être la juge. Elle avait des cheveux d'un roux brillant, le genre de teinte qui faisait toujours dire à la vieille avec dédain : « Ça ne se trouve pas dans la nature. »

— Là-bas, dit March en indiquant le fauteuil des témoins.

Trey monta les deux marches mais, avant qu'il puisse

s'asseoir, une autre femme surgit devant lui en brandissant un livre.

— Levez la main droite, posez la main gauche sur la Bible, lui enjoignit-elle. (Il dut réfléchir une seconde avant de s'exécuter.) Jurez-vous solennellement de dire la vérité, toute la vérité, et rien que la vérité, que Dieu vous vienne en aide ?

— Ouais, dit-il. Enfin, oui.

— Prenez place.

Il s'assit, inspecta la salle. Le box du jury, à sa droite, était rempli d'inconnus qui le dévisageaient. March était assis à une table, devant ses grands-parents. De l'autre côté de l'allée, un homme à la peau bronzée et aux cheveux gris occupait une autre table. Trey le reconnut pour avoir vu sa photo dans les journaux. *L'avocat de la défense, Bruce Benjamin*, disait la légende. Steve était assis à côté de lui.

C'était la première fois que Trey voyait son père depuis la nuit où le bateau avait quitté Maristella. Soudain la gorge lui brûla, les yeux lui piquèrent. Il serra les poings. *Non, bon Dieu, pas maintenant.*

March se dirigea vers le pupitre installé au milieu de la salle.

— Bonjour, fit-il d'un ton chaleureux.

Trey s'éclaircit la voix.

— 'jour.

— Tu veux bien décliner ton identité pour le jury...

— James Ashton...

— Un peu plus près, l'interrompit la juge.

Il lui jeta un regard éberlué. Elle avait des lèvres couvertes d'un rouge orangé qu'elle étira pour lui sourire.

— Que nous puissions tous t'entendre.

— Oh ! Désolé. (Il tira le micro vers lui.) James Ashton Ramsay.

L'écho de sa propre voix le fit sursauter.

— On t'appelle Jim, n'est-ce pas ?

— Non. On m'appelle Jamie.

March fronça les sourcils, prit son stylo et griffonna quelque chose sur ses notes. Le regard de Trey quitta le procureur pour obliquer vers l'autre côté de l'allée. Steve portait un costume et arborait un sourire qu'il ne lui connaissait pas. Il avait l'air incertain, sur ses gardes.

— Jamie, donc. Où habites-tu ?

— Au 127 Martins Mill Road, Greenville, Delaware, 19807.

Quelqu'un ricana au fond de la salle. Merde, pensa Trey. Personne ne lui avait demandé le code postal.

— Avec qui vis-tu ?

— Le sénateur et Mrs Ash Ramsay.

March adressa un sourire au jury.

— Tes parents, n'est-ce pas ?

— Non. Mes grands-parents.

— Qui sont tes parents adoptifs. Exact ?

Du coin de l'œil, Trey vit Benjamin se pencher et murmurer quelques mots à l'oreille de Steve, mais celui-ci ne lui répondit pas et continua à regarder Trey.

— Je sais pas trop. Ils me l'ont jamais dit.

Les yeux du procureur bougèrent dans leurs orbites, un petit glissement vif semblable aux mouvements oculaires rapides du sommeil.

— C'est sans importance, le jury connaît déjà tous ces détails. Dis-nous quel âge tu as.

— Quatorze ans en septembre.

— Quel collège fréquentes-tu ?

— Tower Hill.

— Tu y étais aussi l'année dernière ?

— Ouais. Enfin jusqu'en février.

— Je voudrais justement que tu nous parles de ce qui

s'est passé en février. Le 20 février. Tu te souviens de ce jour, je suppose ?

Trey s'humecta les lèvres.

— Hmm, pas vraiment. Je veux dire, je suis pas sûr de la date. C'est quand Steve est venu me chercher ?

Un murmure parcourut la salle mais March s'accrocha à son sourire.

— Oui, Jamie. C'est le jour où tu as été kidnappé.

— Objection ! s'écria Benjamin.

— Retenue. Maître, vous n'êtes pas bête à ce point...

— Mes excuses, Votre Honneur, fit March, dont le sourire se crispa. Jamie, peux-tu expliquer au jury ce qui s'est passé ce vendredi-là ?

— OK, bon, je suis allé chez mon copain Jason, j'y suis resté jusqu'à neuf heures et demie, à peu près. Et puis je suis parti, j'ai descendu Sentry Bridge Road jusqu'au croisement de Chaboullaird Road.

March l'encouragea d'un hochement de tête.

— Oui. Et ensuite ?

— J'ai attendu que mon père vienne me chercher.

Le procureur battit des cils tandis qu'un murmure parcourait de nouveau la salle derrière lui.

— Le sénateur Ramsay ?

— Non, mon vrai père. Steve Patterson.

La vieille eut un hoquet audible. March se tourna vers le sénateur cependant que le murmure s'enflait, devenait grondement. March reporta son regard sur Trey.

— Tu ne veux quand même pas dire que tu savais qu'il viendrait ?

— Si, bien sûr. C'est moi qui lui avais demandé.

Steve se pencha vers son avocat, lui chuchota quelque chose à l'oreille. Benjamin secoua la tête sans même quitter des yeux le box des témoins.

— Votre Honneur, fit la voix de March par-dessus le brouhaha, je souhaiterais vous parler en particulier.

La juge fit rouler son fauteuil vers la droite, loin du témoin et des jurés. March et Benjamin s'approchèrent. Trey ne put entendre ce qu'ils disaient mais saisit la fébrilité du procureur, le calme dédaigneux de l'avocat. Steve le regardait avec une expression qu'il n'arrivait pas à interpréter. Il déchiffrait en revanche sans problème les réactions de l'autre côté de l'allée. La vieille se mordait les lèvres pour ne pas pleurer ; le vieux, bras croisés sur la poitrine, fronçait les sourcils d'un air menaçant.

Ayant fini de discuter, le trio de juristes se disloqua. March retourna derrière sa table et baissa la tête pour parler au vieux. Le sommet de son crâne luisait de sueur. Il retourna au pupitre et prononça trois mots dans le micro :

— Plus de questions.

Benjamin commençait à se lever mais la juge s'exclama :

— Moi, j'en ai, nom d'un chien !

L'avocat se rassit.

Breitman se pencha, posa sur Trey un regard aigu.

— Tu veux dire que tu as *demandé* à l'accusé de venir ?

La bouche sèche, l'adolescent aspira une goulée d'air et répondit :

— Je lui ai écrit une lettre, des tas de lettres. Je lui ai demandé de venir me chercher, je lui ai dit où me retrouver, à quelle heure...

— Attends. Tu as écrit à l'accusé ?

— L'accusé... c'est mon père ?

— Appelons-le Mr Patterson, d'accord ? répliqua-t-elle avec humeur. Tu correspondais avec Mr Patterson ?

— Ouais. Au début, il a envoyé des lettres à mes grands-parents mais ils les ont jetées. Sauf celle que j'ai trouvée. Comme j'étais pas sûr de comprendre ce qu'il leur disait, je lui ai écrit. Il m'a répondu, il m'a tout expliqué. On s'est écrit comme ça pendant deux, trois mois, jusqu'à ce que je lui demande s'il pouvait venir me chercher pour que je vive avec lui.

Les sourcils de la juge se haussèrent au-dessus des montures bleues de ses lunettes.

— Comment a-t-il réagi ?

— Il a refusé. Il a dit que ce serait pas bien, pas juste pour mes grands-parents. Il a dit qu'il fallait faire les choses légalement, passer devant le tribunal. Mais moi je savais qu'il était sûr de perdre contre mon grand-père. Alors, je l'ai supplié de venir me chercher, jusqu'à ce qu'il dise d'accord.

— Hm-hm, grogna Breitman, incrédule.

Trey fit passer son regard de l'autre côté de la salle. Steve l'observait avec dans les yeux un mélange de sentiments difficile à débrouiller.

— Jamie, reprit la juge, le fixant durement par-dessus ses lunettes, nous devons établir ce fait avec certitude : Mr Patterson t'a-t-il forcé à l'accompagner ?

— Non.

— Est-ce qu'il t'a trompé, d'une façon ou d'une autre ?

— Non.

— Tu l'as suivi de ton plein gré ?

— Je vous l'ai dit, c'était mon idée. J'ai dû le convaincre.

Breitman se renversa si lourdement dans son fauteuil qu'elle en fit grincer les ressorts.

— Mr March, j'ai bien peur que..., commença-t-elle d'une voix lente.

— Votre Honneur, puis-je poser quelques questions ?

Elle eut un geste en direction de Trey comme pour signifier : « Voyez ce que vous pouvez faire avec lui. »

— Trey, dit le procureur. La nuit du 4 juin, tu as envoyé un message radio de l'île de Maristella, tu t'en souviens ?

L'estomac de Trey se noua. Non, il ne s'en souvenait pas. Il l'avait enfoui si profondément dans son esprit qu'il avait oublié de lui trouver une explication.

— Non.

— Non, tu ne t'en souviens pas ou... ?

— Non, j'ai jamais envoyé de message.

— Pour appeler à l'aide, précisa March, élevant la voix. Tu disais que Steve Patterson t'avait kidnappé.

— Objection ! intervint Benjamin. Le procureur oriente la réponse du témoin...

— Maître, vous admettrez avec moi que les déclarations du témoin sont plus que surprenantes. Objection rejetée.

— Alors ? insista March. Est-il vrai que tu as appelé à l'aide par radio la nuit du 4 juin, en signalant que Steven Patterson t'avait enlevé ?

— Non, ce n'est pas vrai, répondit Trey, se tournant vers la juge. Qu'est-ce qu'il raconte ?

Breitman le fit taire de la main puis avertit March en agitant l'index.

— Si c'est une récusation que vous visez, j'espère que vous avez un témoin à sortir de votre poche.

Le visage du procureur se figea et Trey fut parcouru d'une onde de soulagement. Il n'y avait personne pour témoigner sur ce qu'il avait fait et dit dans le Maine. Croyant pouvoir obtenir de lui ce qu'il désirait, March n'avait pas pris la peine de convoquer un des agents du Maine.

— Encore une ou deux questions, Votre Honneur, sollicita le procureur.

— Ne nous faites pas perdre de temps, le prévint-elle.

March transperça Trey du regard.

— Le 4 juin, des agents du FBI sont venus sur l'île de Maristella, exact ?

— Oui.

— Ils ont arrêté Steve Patterson et ont arrangé ton retour dans le Delaware, n'est-ce pas ?

— Oui.

March marqua délibérément une pause avant de demander :

— Alors, qui les a fait venir ?

— Je sais pas.

— Approche le micro...

— Je sais pas ! cria Trey. Je dormais, c'était en pleine nuit. J'ai entendu des cris, je me suis réveillé, et puis j'ai entendu des pas dans l'escalier. Comme je savais pas qui c'était, j'ai fermé ma porte à clef. Ils ont frappé, frappé, et puis ils l'ont enfoncée à coups de pied. Des éclats de bois ont volé partout dans ma chambre. Ils m'ont empoigné, ils m'ont traîné en bas, et j'ai vu mon père avec des menottes dans le dos, alors j'ai demandé : « Qu'est-ce qui se passe ? » et il m'a dit : « Calme-toi, ça va aller. »

À bout de souffle, il se tut, prit sa respiration, remarqua que la salle était totalement silencieuse.

— Si ce n'est pas toi qui les as appelés, qui est-ce ?

— Qui voulez-vous que ce soit ? rétorqua Trey. Le sénateur Ash Ramsay !

Un brouhaha de voix s'éleva, des cris indignés se détachant de murmures excités, March braillant « Votre Honneur ! », tandis que Breitman abattait son marteau et réclamait le silence. Et, accompagnant ce tapage, une plainte sourde qui ne pouvait venir que de la vieille.

— Suffit ! rugit Breitman, qui donna du marteau jusqu'à ce que le tumulte s'apaise.

Elle se pencha, regarda Trey dans les yeux.

— Tu as juré de dire la vérité, tu l'as bien compris ?

— Oui.

— Et c'est ce que tu as fait ?

— Oui.

Plissant ses lèvres orangées, elle se laissa retomber en arrière, fit pivoter son siège vers l'autre partie de la salle.

— Je présume que vous avez une requête, maître ?

L'avocat se leva, l'air suffisant.

— En effet.

Elle soupira, fit tourner son fauteuil dans l'autre sens.

— Messieurs les jurés, ce moment convient aussi bien qu'un autre pour votre pause déjeuner. Nous avons à débattre de quelques problèmes juridiques pendant votre absence. Nous reprendrons, disons à deux heures, et nous verrons où nous en sommes.

Les jurés se levèrent, sortirent l'un après l'autre. Quand la porte se referma sur le dernier, Benjamin s'approcha du pupitre.

— Tu peux disposer, toi aussi, dit la juge distraitement à Trey.

L'adolescent descendit du box, parcourut l'allée, les jambes raides, et sortit de la salle. Il s'attendait à ce qu'un collaborateur quelconque l'attende à la porte avec pour instruction de l'emmener quelque part, mais le couloir était désert.

Pendant quelques minutes, il écouta ce qui se passait à l'intérieur. On eût dit un trio chantant sur des tons discordants un air revenant toujours au même refrain : l'obligation de la preuve incombe à l'accusation, il n'y a aucune preuve d'enlèvement, le consentement constitue une défense absolue, etc.

Personne ne venant pour l'emmener, il entrouvrit la porte, se coula à l'intérieur et s'assit au dernier rang.

— C'est au jury de décider s'il y a eu consentement, disait March. Nous sommes là face à un sérieux problème de crédibilité.

— Une fois de plus, Mr March, avez-vous un témoin pour réfuter la version de ce garçon ?

— Pas pour le moment, mais...

— Son témoignage est parfaitement compatible avec toutes les autres preuves que vous avez avancées. Franchement, je ne vois pas comment le jury pourrait le rejeter.

— Mais nous savons tous ce qui s'est passé ici aujourd'hui !

— Vraiment ? répliqua Breitman. Moi, je n'en suis pas si sûre.

— Votre Honneur, dit Benjamin. Nous avons une preuve irréfutable de consentement. La seule chose que nous puissions affirmer avec certitude, c'est que ce garçon a consenti à accompagner son p...

Il s'interrompit, roula des yeux puis reprit en articulant de manière exagérée :

— À accompagner l'accusé.

— Il faut que ce soit un consentement valide, objecta March. Un consentement informé, rationnel, volontaire. Que ce gosse de treize ans était manifestement incapable de donner.

— Pourquoi ? demanda la juge.

— Précisément parce qu'il n'avait que treize ans...

— Non. Je ne suis pas prête à accepter l'incapacité sur la seule base de l'âge. Donnez-moi une autre raison, Mr March. Donnez-moi une preuve de déficience mentale ou affective, n'importe quoi. Si vous avez quoi que ce soit allant dans ce sens, je rappelle le jury.

— Un moment, s'il vous plaît, Votre Honneur.

March retourna discuter avec le vieux. Trey se tordit le cou pour les voir. Le sénateur, le menton sur la

390

poitrine, secoua la tête. March ajouta quelque chose, le vieux secoua de nouveau la tête.

Le procureur se tourna vers la juge, prit le temps de remettre de l'ordre dans ses papiers avant de déclarer :

— Nous ne présenterons pas de telles preuves.

— Alors, la cause est entendue. Mr Benjamin, votre requête est acceptée. Mr Patterson, la cour prononce votre acquittement.

Breitman donna un dernier coup de marteau, lança un « L'audience est levée ! » puis fit tourner son fauteuil jusqu'à ce que son haut dossier la cache. Dans un bruissement de robe noire, elle disparut.

Des voix s'élevèrent, ricochèrent d'un bout à l'autre de la salle ; les spectateurs quittèrent leurs sièges et s'avancèrent dans l'allée, certains pour s'attarder dans la partie avant, d'autres pour se ruer vers les portes du fond et les cabines téléphoniques. Bruce Benjamin regagna sa table avec un sourire épanoui ; Steve lui serra la main avec le sourire nerveux qu'il avait arboré toute la matinée puis inspecta la salle jusqu'à ce qu'il eût repéré Trey. Contournant son avocat, il se dirigea vers l'allée embouteillée.

Trey voulut aller à sa rencontre mais l'un des collaborateurs du vieux apparut enfin devant lui et lui barra le passage.

— Tu dois venir avec moi, maintenant.

— Dégage.

Trey le bouscula mais l'homme le prit par le coude, l'un de ses collègues surgit et empoigna l'autre bras du garçon.

— Hé ! cria Trey.

Un troisième homme s'avança dans l'allée pour bloquer Steve en le prévenant :

— N'allez pas plus loin.

— Laissez-moi passer.

— Une ordonnance de la cour vous interdit d'approcher de ce garçon. Un pas de plus et vous la violez.

— Laissez-moi passer, répéta Steve.

L'homme fit un signe de la main, deux policiers fendirent la foule et saisirent Steve par les bras.

— Hé ! protesta Trey.

Les deux types qui le tenaient le firent se retourner et l'entraînèrent vers la porte. Il se débattit, donna des coups de pied mais ne réussit pas à se libérer. Ils le traînèrent dans le couloir, le poussèrent dans une petite pièce et ne le lâchèrent que lorsqu'ils eurent claqué la porte derrière eux.

— Qu'est-ce que vous foutez, bordel ? hurla Trey. Pourquoi vous m'enfermez ? J'ai rien fait !

Les deux hommes se tenaient épaule contre épaule, bloquant la porte sans rien dire.

L'explosion qu'il avait senti sur le point d'éclater à l'aube se produisit enfin, à midi quarante-cinq d'après la pendule accrochée au mur. Du pied, il écarta une chaise métallique de son chemin ; quand elle se renversa et tomba par terre, il continua à la frapper du pied, l'expédiant contre le mur, et comme cela ne suffisait pas, il fit tomber les trois autres chaises. Haletant, il empoigna la table, la souleva. Elle heurta le sol dallé avec un claquement.

Il sentit alors quelque chose, un changement dans la charge électrique de l'air qui fit se dresser les poils de sa nuque. Il se retourna. Les deux collaborateurs s'étaient écartés et le vieux occupait l'encadrement de la porte, avec l'expression impassible d'un masque de pierre.

— Je t'avais demandé une chose, aujourd'hui. Qu'est-ce que c'était ?

— Ash, je t'en prie, nous en parlerons à la maison, dit Margo en se glissant près de lui.

— Je crois qu'il a oublié ! lança le sénateur à la

cantonade. Il a oublié la seule et unique chose que je lui avais demandée aujourd'hui. Dire la vérité.

— J'ai rien oublié du tout.

— Ah bon ? Alors, c'est délibérément que tu m'as fait passer pour un imbécile ? Que tu m'as couvert de ridicule ?

Trey serra les mâchoires.

— Ou alors tu crois avoir fait œuvre de justice ? C'est ce que tu penses, mon garçon ?

Ronald March apparut derrière eux.

— Il vaudrait mieux fermer la porte, sénateur...

— Drôle de justice si elle nécessite un mensonge ! Tout ce que tu as fait aujourd'hui, c'est te parjurer. Tu as menti, tu as violé ton serment, et ce n'est pas dans *ma* maison que tu as appris à le faire ! C'est ce que tu as appris avec lui ? C'est le genre d'homme que tu viens de faire libérer ?

— Ash, je t'en supplie ! geignit sa femme, agrippée à son bras.

Il se dégagea, fixa Trey de ses yeux de granite.

— Laisse-moi te dire une chose : il fera froid en enfer avant que tu le revoies !

— Sénateur, je pourrais peut-être appeler votre chauffeur...

— Mais faites donc, Ron. Voyons si vous êtes au moins capable de ça.

March devint d'un rouge marbré de la racine du cou au sommet de sa tête chauve.

— Appelez Jesse ! aboya le vieux en ouvrant la porte. Dites-lui que je rentre directement à la maison.

Il descendit le couloir en faisant claquer ses talons sur le plancher comme des coups de fusil.

Titubant contre le chambranle, Margo demanda d'une voix faible :

— Quelqu'un pourrait m'apporter une chaise ?

393

Un des collaborateurs de Ramsay releva une de celles que Trey avait fait tomber.

— Vous devriez peut-être rattraper le sénateur, Mrs Ramsay, suggéra March. Pour que vous puissiez tous rentrer ensemble à la maison.

Elle eut un rire mêlé de larmes.

— Il ne parlait pas de Greenville, Ron, murmura-t-elle en se laissant tomber sur la chaise. Il parlait de Washington.

26

Campbell s'était bien gardée d'aller au tribunal mais elle n'avait pu éviter les reportages de la télévision et les articles des journaux. Quand elle comprit ce que Trey avait fait, elle se rendit compte de deux choses : c'était elle qui avait mis l'idée dans la tête du garçon — ce qui la rendait complice de son parjure — et elle en était contente.

Il ne vint pas travailler le lendemain. Elle attendit midi pour téléphoner et, obtenant le répondeur, laissa un message enjoué que tout le monde pouvait entendre, rappelant à Trey ce qu'ils avaient projeté et combien elle comptait sur son aide. Mais personne ne décrocha, personne ne la rappela.

Un article visant à limiter les dégâts parut dans le journal du dimanche matin. Selon une source de Washington « proche » des Ramsay, le sénateur et sa femme s'estimaient entièrement responsables de ce qui s'était passé au tribunal. Ils ne s'étaient pas rendu compte de la gravité du traumatisme subi par leur fils. Quand, après son retour, il avait refusé de voir un thérapeute, ils n'avaient pas insisté. Ils avaient maintenant conscience qu'un garçon de treize ans n'avait pu traverser une telle épreuve sans une souffrance et une confusion extrêmes. Ce qui était arrivé au tribunal était à l'évidence le résultat de cette confusion. Mais Trey recevait maintenant l'assistance professionnelle dont il avait besoin, et ils espéraient qu'avec leur amour et l'aide de Dieu il redeviendrait bientôt lui-même.

Meredith Winters lut le même article à son bureau le lundi matin et y reconnut la patte de Nick Kosmidis. Stratège en chef de Ramsay, Nick était doué pour les mea-culpa qui semblaient dégouliner de contrition et s'arrêtaient juste au bord d'une véritable reconnaissance de la faute.

Elle replia le journal, se renversa en arrière, les doigts joints sur l'arête de son nez. Une série noire pour Ash, toutes ces révélations : un fils qui se révèle être un petit-fils, une fille morte qui était une salope, un procès qui tourne au vinaigre. Il devait sacrément le sentir passer.

Enfin.

— Marcy ! lança-t-elle en direction du couloir. Appelez-moi Nick Kosmidis et le conseiller de Ramsay en matière juridique pour une téléconférence.

— Tout de suite, répondit la secrétaire.

Meredith consulta son agenda en attendant. Elle était surchargée de rendez-vous pour les deux semaines suivantes mais elle trouverait un moment. Rien n'était aussi important que cette affaire.

— Ils sont tous les deux en ligne, Miss Winters.

— Messieurs, quand pouvons-nous nous voir ? demanda-t-elle.

La chaleur d'août s'abattit sur la ville, et lorsque Campbell quitta son bureau de Philadelphie, le mardi soir, le trottoir était si chaud qu'elle le sentait à travers les semelles de ses chaussures. Elle marcha vers le parking à travers des ondes moites qui semblaient monter du macadam en oscillant et lui serrer la gorge. Quand sa voiture fut en vue, elle accéléra le pas et chercha ses clefs dans son sac.

— Campbell ?

Elle sursauta au son de la voix, puis tout se mit à tournoyer autour d'elle ; la chaleur enfla et l'aspira dans un trou noir.

— Campbell ?

Ses yeux s'ouvrirent. Elle avait dû perdre conscience, bien que cela ne lui fût jamais arrivé. Encore étourdie, elle titubait mais elle savait où elle était et à qui appartenait le bras qui la tenait par la taille pour l'empêcher de tomber.

— Je suis désolé, je ne voulais pas vous effrayer, dit-il.

— Non, c'est la chaleur...

— Attendez.

Il lui prit ses clefs, ouvrit la portière, la fit s'asseoir de côté sur le siège.

— Penchez-vous. Mettez la tête entre vos genoux.

Elle suivit ses conseils et se sentit soulagée rien que de pouvoir cacher son visage. Le sang revint à son cerveau ; lentement, le vertige passa.

— Je m'appelle Steve Patterson...

— Je sais qui vous êtes..., fit-elle en se redressant, tout en gardant la tête baissée. Vous ne devriez pas être ici.

— J'ai pensé que ce serait mieux que Wilmington.

— Oui, mais...

— Moi aussi, je sais qui vous êtes, OK ? Personne ne

me reconnaîtra ici et j'ai besoin de vous parler. Cinq minutes, c'est tout ce que je demande.

Elle leva les yeux et il était là, non pas une silhouette floue et lointaine mais un homme de chair et d'os qui se tenait à un mètre d'elle, avec un col défraîchi et un petit carré de barbe qu'il avait dû oublier sur son menton ce matin en se rasant.

— S'il vous plaît.

Il proposa de prendre un verre et elle suggéra un bar excentré de la 23e Rue. Il y faisait frais et sombre. Ils choisirent un box au fond de la salle, et en se glissant sur la banquette en vinyle Campbell commença à se sentir un peu plus calme. C'était la chaleur qui l'avait fait s'évanouir ; c'était cette façon inattendue de l'aborder qui l'avait fait sursauter.

— Qu'est-ce que vous voulez boire ? demanda-t-il quand un serveur se dirigea vers eux.

— Ça m'est égal. Comme vous.

Il demanda ce qu'il y avait à la pression, commanda puis se pencha vers Cam.

— Je tenais à vous remercier pour ce que vous avez fait l'hiver dernier. Je devrais plutôt dire pour ce que vous n'avez pas fait...

— Ça n'a servi à rien.

— Non, pas du tout. Nous avons eu trois mois ensemble. Si vous m'aviez dénoncé en février, il serait rentré chez les Ramsay et j'aurais juste été pour lui un type avec qui il avait passé une semaine. Ces trois mois ont tout changé. Ce que je ne comprends pas, c'est *pourquoi* vous l'avez fait...

Il se tut, attendant une explication, mais elle laissa le silence s'installer, sans le combler.

— En tout cas, merci, dit-il au bout d'un moment.

D'autres personnes entrèrent et s'assirent autour d'eux, des clients tranquilles en quête de doux narcotiques plutôt que de stimulants. Quand ils arrivaient, leurs corps cachaient les lumières fluorescentes de la vitrine et jetaient un kaléidoscope d'ombres dans le bar.

Le serveur revint, posa les bières sur la table. Cam enveloppa de ses mains la chope embuée dont la fraîcheur se communiqua à tout son corps par l'extrémité de ses doigts. Elle leva la chope, laissa la bière froide couler dans sa gorge.

— Je suppose que je dois vous dire « Félicitations ».

Il secoua la tête.

— Ça ne s'est pas passé comme je l'aurais voulu. J'aurais préféré prendre cette affaire de front : est-ce que j'avais le droit ou non de faire ce que j'ai fait ? Je ne tenais certainement pas à ce que mon fils de treize ans écope à ma place.

Elle haussa les épaules.

— Son plan a marché. Le vôtre aurait échoué.

— Vous parlez comme un avocat. Comme *mon* avocat, en fait.

— Désolée.

Elle détourna les yeux, affecta un ton détaché pour demander :

— Vous ne lui en voulez pas ? Pour ce qu'il vous a fait ?

— Bien sûr que non. C'est un gosse. *Mon* gosse.

— Oh ! fit-elle, étonnée.

— C'est de ça aussi que je voulais vous parler. Vous l'avez vu ? Vous savez comment il va ?

— Non. Il n'est pas venu travailler ce week-end.

— Travailler ?

— Pardon, vous n'êtes pas au courant. Je l'ai embauché pour jardiner. Il coupe l'herbe, il m'aide...

— C'est formidable !

— Mais il n'est pas venu ce week-end. J'ai essayé de le joindre...

Il se pencha en avant et son visage, soudain dans la lumière, se dessina nettement, pâle et tendu.

— Ils l'ont bouclé ?

— Assigné à résidence, je présume.

Elle examina le carré de barbe oublié sur son menton. Il avait une fossette à cet endroit et elle se demanda s'il échappait au rasoir chaque fois qu'il était distrait ou pressé.

— Cela vaut probablement mieux s'ils lui font vraiment consulter un thérapeute, dit-elle. Il aurait dû commencer tout de suite après cette histoire de vol à l'étalage. C'est ma faute s'il n'a pas...

— De vol ?

Elle grimaça en voyant l'expression qui apparut dans les yeux de Steve.

— Désolée. Vous n'étiez pas au courant de ça non plus.

Il pressa ses mains contre son front tandis qu'un ululement de rire s'élevait du box de derrière. Les doigts de Cam se crispèrent sur la chope où la buée, transformée en eau, coulait lentement.

— Il faut que je le voie.

Elle sentit la panique monter dans sa gorge.

— Non...

— Il est comme un baril de poudre. Il pourrait s'attirer de graves ennuis. Et s'il prend des drogues dures ? Et s'il pète les plombs ? S'il abat la moitié de son collège avec un fusil automatique ?

— Je ne crois pas qu'il puisse lui arriver une chose pareille...

— Personne n'y croit jamais avant que ça arrive.

Campbell, je vous en prie, il faut que je le voie. Une heure, c'est tout ce que je demande.

— Je ne peux pas ! Une ordonnance vous interdit...

— Vous croyez que je ne le sais pas ? explosa-t-il.

Plusieurs clients tournèrent la tête dans leur direction.

— Désolé, marmonna-t-il, adressant à la salle un vague hochement de tête d'excuse. Vous avez des enfants, Campbell ?

— Non.

— Alors, je ne suis pas certain de pouvoir vous expliquer. (Il but une gorgée de bière.) Ça ressemble au membre fantôme. Vous savez ce que c'est ? Les amputés qui sentent encore le bras ou la jambe qu'ils n'ont plus ? C'est un phénomène réel. Les récepteurs du cerveau se déclenchent sur une IRM. On dit que c'est parce que le cerveau est encore câblé pour le membre amputé. (Il regarda le fond de sa chope.) Moi, c'est pareil. Je suis encore câblé pour Trey. Je l'ai toujours été, je crois. Avant, je ne le savais pas ; je sentais seulement qu'il me manquait quelque chose. Quand on m'a repris Trey après les mois que nous avions passés ensemble, j'ai senti de nouveau ce manque. Mais cette fois, je savais ce que c'était.

Cam ne pouvait se résoudre à le regarder. Elle suivait des yeux le parcours des gouttes sur sa chope.

— Mais si vous n'avez pas d'enfants...

— Non, dit-elle, je ne peux pas comprendre.

— Réfléchissez-y au moins, plaida-t-il. Tenez...

Il tira un stylo de sa poche, nota quelque chose sur un morceau de papier.

— Mon téléphone. Si vous changez d'avis.

Elle regarda le morceau de papier posé sur la table, entre eux. Le numéro ne commençait pas par l'indicatif du Delaware.

— C'est où ?

— West Chester. J'ai loué un appartement là-bas.

Elle leva les yeux.

— En Pennsylvanie ?

— Ouais, je me suis dit qu'il valait mieux rester en dehors du territoire de Ramsay. Si tant est que ce soit possible.

Le visage de Steve était dans la lumière et luisait comme sous la lune phosphorescente du rêve de Campbell. Mais il n'était pas seulement l'homme des rochers, il était aussi l'homme du bas-côté de la route dont ses phares avaient éclairé l'expression dure, inquiétante, l'homme dont elle avait toujours su qu'il était un danger pour elle. Elle glissa au bout de la banquette et annonça brusquement :

— Il faut que je m'en aille.

L'air déçu, il baissa les yeux vers la table. Comme Cam ouvrait son sac, il murmura : « Non, c'est pour moi », mais elle ne cherchait pas son porte-monnaie. Elle tendit la main vers le morceau de papier et, quand elle le prit, il releva la tête, perplexe, et la regarda sortir du bar.

Elle refit le rêve, cette nuit-là. Elle nageait vers Maristella, battant l'eau de ses bras, remuant derrière elle sa lourde queue de sirène. Mais, cette fois, l'eau était chaude et visqueuse, et Cam avançait difficilement. Devant, sur les rochers, Steve se penchait vers elle dans la brume mais elle n'arrivait pas à le toucher. La mer agitée se refermait sur elle et la retenait.

Elle se réveilla, une flaque chaude et collante sous les hanches, et se rendit compte qu'elle avait eu ses règles dans la nuit. Elle se leva, alla à la salle de bains. Quand elle revint dans la chambre, Doug était debout

401

et regardait le lit. La preuve s'étalait sur le drap comme la tache d'encre d'un Rorschach.

— Alors, c'est encore raté, grommela-t-il. Après quoi ? Trois mois d'essais.

Elle le contourna pour défaire les draps.

— Nous sommes déjà en août. Même si tu tombais enceinte demain, ce serait trop tard.

Elle roula les draps en boule, les pressa contre elle.

— Oui, je sais.

— Alors, à quoi bon ?

La décision concernant l'affaire pour laquelle elle avait dépassé la date limite de dépôt de requête arriva au courrier du bureau le jeudi matin. Le tribunal acceptait son retard et — Cam le constata en parcourant rapidement les feuillets — il se prononçait aussi en sa faveur. Elle avait gagné le procès, qu'elle l'ait mérité ou non.

Après quelques tentatives maladroites, elle parvint à rédiger une lettre d'accompagnement à son client dans laquelle elle faisait son propre éloge, et alla la porter à Helen. Elle revint à son bureau pour inscrire les sept dixièmes d'heure que le client aurait à payer pour quelques phrases d'autosatisfaction. En ouvrant un tiroir pour y prendre un nouveau bloc de formulaires, elle eut la surprise de voir Gloria Lipton qui la regardait.

Il lui fallut une seconde pour reconnaître le livret que le cabinet avait fait imprimer à l'occasion de la cérémonie à la mémoire de la secrétaire, en mars. Elle avait dû le glisser machinalement dans le tiroir ce jour-là, sans même le regarder. Cette fois elle l'ouvrit, le feuilleta : photos de Gloria enfant, adolescente, étudiante... Puis Campbell tourna une page et découvrit une photo de sa propre mère.

402

La carrière de Gloria commença en 1966 avec un emploi top-secret à Washington ! disait la légende. *La voici avec trois de ses collègues.*

C'était une photo en noir et blanc de quatre jeunes femmes se tenant par la taille et avançant à la rencontre du monde. Gloria était reconnaissable, sur la gauche, avec son œil déjà perçant. À côté d'elle se tenait une brune au visage rond, près d'une blonde évanescente. Et, tout à droite, une jeune fille aux yeux étincelants, au sourire lumineux, un sourire que Campbell n'avait vu que rarement mais qui était indubitablement celui de sa mère.

D'un pas mal assuré, elle sortit dans le couloir, le livret à la main, et demanda à sa secrétaire, avec un tremblement dans la voix :

— Helen, vous avez participé à la rédaction du livret de Gloria, je crois ?

— Oui, pourquoi ?

— Je me demandais où vous aviez trouvé ces vieilles photos...

— Elles étaient dans le bureau de Gloria. Vous vous rappelez, j'ai gardé un carton rempli d'affaires à elle pendant plusieurs semaines.

— Oui, en effet. Qu'est-ce qu'il est devenu, ce carton ?

— Nous l'avons jeté. Comme nous ne trouvions personne à qui le remettre... Pourquoi vous me demandez ça ?

— Oh ! je ne sais pas ! répondit Cam, s'efforçant de maîtriser sa voix. Vous voyez cette femme ? fit-elle en montrant la brune à côté de Gloria sur la photo. Son visage me dit quelque chose. Je pensais qu'en fouillant dans le carton, je retrouverais peut-être son nom...

— Désolée... Mais je lui ai parlé, ajouta Helen d'un

403

ton ragaillardi. Enfin, à l'une d'elles, je ne sais pas laquelle.

Le livret glissa des mains de Campbell et tomba par terre. Elle se baissa pour le ramasser, colla un masque de sérénité sur son visage avant de se redresser.

— Vous vous rappelez son nom ? Celui de celle à qui vous avez parlé ?

— Mon Dieu, plus je vieillis, moins je retiens les noms. Attendez, ils étaient écrits au dos de la photo, et j'en ai trouvé un dans son carnet d'adresses. J'ai appelé — un triste coup de fil ! Elle n'était pas au courant, elle a été toute chamboulée. (Helen soupira.) Quel malheur ! La pauvre Gloria.

— Quel était le nom de l'agence pour laquelle elle travaillait ? Elle vous l'avait dit ?

La secrétaire secoua la tête.

— Mais vous savez quoi ? Gloria m'avait raconté que c'était une agence tellement secrète que même son nom était classé secret. Vous vous rendez compte ?

— Waoh !

Cam retourna dans son bureau, scruta le visage de la jeune fille si pleine de vie sur la photo. Se pouvait-il que Helen lui ait vraiment parlé ? Non, ce devait être une des deux autres. Si Cam, après tant d'années de recherches, avec toutes les ressources dont elle disposait, n'avait pas réussi à retrouver sa mère, Helen n'avait pu y parvenir uniquement avec une vieille photo.

Elle avait cependant parlé à quelqu'un. Cam composa le numéro donnant accès à l'administrateur de système du téléphone du cabinet et réclama la liste de tous les appels longue distance donnés par Helen depuis février.

Elle rentra chez elle dans un état de grande fébrilité, se torturant l'esprit pour savoir ce qu'elle devait faire, et se rongeant les sangs parce qu'elle savait qu'il n'y avait *rien* à faire. Ses mains sur le volant étaient moites, et elle sentait sur sa nuque un picotement qui la faisait regarder sans arrêt dans le rétroviseur. Mais il n'y avait derrière elle que les milliers de voitures de l'heure de pointe.

Elle se rabattit brusquement vers une station-service, s'enferma dans la cabine téléphonique située au bord du parking.

— Garage Johnson...

— Charlene, c'est moi.

— Oh ! mon Dieu !

— Ne prononce pas mon...

— Oui, je sais, t'inquiète pas.

— Je ne peux pas te parler, mais j'ai besoin de savoir... Est-ce que tu as reçu des nouvelles de Mary Mack, dernièrement ?

— Hein ? Mary qui ? Ah ! tu veux dire...

— C'est ça, Mary Mack. Une lettre, un colis, quelque chose ?

— Non, j'crois pas. Mon anniversaire est pas avant novembre.

— Tu te souviens de l'avoir entendue parler de ses vieilles amies ?

La réponse fut couverte par le rugissement d'un semi-remorque. Campbell plaqua la main sur son autre oreille.

— Quoi ? Je n'ai pas entendu.

— Je disais « non ». Des amis, je pense pas qu'elle en a jamais eu.

— Les gens avec qui elle travaillait, peut-être.

— P'pa saurait peut-être.

— Il est là ?

405

— Non, il a réunion, ce soir.

Cam se retourna d'un bond quand une lumière vive l'enveloppa, mais ce n'était qu'une voiture allumant ses phares à la tombée de la nuit.

— Cammy, reprit sa sœur timidement, j'ai vu ta photo dans le journal. Avec ton mari.

Campbell cessa de respirer : Charlene avait dit son nom, elle avait parlé de Doug ; si un agent du FBI les écoutait, il devait être en train de faire signe à son coéquipier en ce moment même.

— Il a l'air drôlement gentil...

Cam raccrocha et jeta un regard désespéré en direction de la route.

C'était devant une route différente, près de vingt ans plus tôt, un mois d'août aussi — une journée torride et poussiéreuse de la fin de l'été —, que Cam avait tenu la main de sa petite sœur en regardant la camionnette s'éloigner et disparaître. Charlene pleurait encore, elle pleurait depuis que les plaintes de leur mère les avaient réveillées, à l'aube, et Cammy s'était retournée pour la prendre dans ses bras.

« Pleure pas, je vais m'occuper de toi. »

Elle l'avait ramenée au mobile home, avait passé le tablier de sa mère pour préparer le petit déjeuner puis avait installé Charlene devant le poste de télévision et avait fait la vaisselle, les lits, le ménage. Sa mère serait très contente quand elle rentrerait. « Cammy, qu'est-ce que je ferais sans toi ? » dirait-elle.

Plus tard dans la matinée, entendant le gravier crisser, les deux enfants s'étaient précipitées vers la fenêtre dans l'espoir de découvrir la camionnette de leur père, mais c'était une voiture, une voiture noire et brillante qu'elles n'avaient jamais vue auparavant. La portière s'ouvrit, Charlene se remit à pleurer quand un homme en costume sombre et lunettes noires descendit.

« Retourne dans la chambre de maman, avait dit Cammy. Je m'en occupe. »

Charlene fila vers le fond du mobile home tandis que l'homme montait les marches. Cammy l'examina à travers les lames du store du panneau vitré de la porte et, quand il ôta ses lunettes, elle se rendit compte que ce n'était pas un inconnu. Il était déjà venu une ou deux fois lorsqu'elle était petite. Elle se rappela que sa mère lui avait servi un café, qu'elle avait été tendue, nerveuse, comme lorsque le pasteur leur rendait visite.

Elle avait ouvert la porte, l'homme avait passé la tête à l'intérieur, regardé autour de lui.

« Bonjour, petite. Ta maman est là ?

— Non, elle est à l'hôpital, elle va avoir un bébé.

— Un bébé ? Ça, alors. Félicitations !

— Je dois lui dire que vous êtes passé ? demanda-t-elle alors, affichant ses bonnes manières.

— Il y a quelqu'un d'autre avec toi ? »

Elle avait pensé à sa petite sœur, recroquevillée de peur dans la chambre, et elle avait secoué la tête.

« Alors, je vais devoir laisser un mot à ta maman. Tu n'aurais pas une feuille de papier ?

— Si. Vous voulez vous asseoir ? »

Il s'était installé à la table cependant qu'elle courait prendre le cartable qu'elle avait soigneusement préparé pour la rentrée des classes, la semaine suivante. Elle en avait tiré un bloc-notes tout neuf et un crayon rose brillant, les avait tendus au visiteur.

« Vous voulez un verre d'eau ?

— Oh ! merci. C'est très gentil de ta part. »

Cammy s'était hissée sur le comptoir pour ouvrir l'élément du haut où l'on rangeait les vrais verres, en avait pris un, l'avait rempli d'eau glacée et l'avait posé sur la table.

« Tu n'aurais pas une enveloppe ? » avait-il demandé sans cesser d'écrire.

Elle avait plongé sous le siège où sa mère rangeait ses livres de comptes, en était ressortie avec une enveloppe commerciale portant les mots *Garage Johnson* imprimés dans le coin supérieur gauche. L'homme termina son mot, détacha la feuille du bloc, la plia et la glissa dans l'enveloppe. Puis il ouvrit son portefeuille et y prit cinq billets craquants de cent dollars qu'il mit aussi dans l'enveloppe avant de la fermer.

« Tu donneras ça à ta maman quand elle rentrera de l'hôpital, n'est-ce pas, ma chérie ?

— Oui. N'oubliez pas votre eau. »

Il avait souri, vidé le verre.

Cammy resta sur le perron jusqu'à ce que la voiture disparaisse et retourna vite à l'intérieur noter le numéro d'immatriculation avant de l'oublier. *Virginie, RYW-694.* Puis elle posa la mine de son crayon de biais sur la première feuille du bloc et frotta afin de faire apparaître en creux ce que l'homme avait écrit sur la feuille détachée. Elle alla dans le placard à jouets, y prit le code secret et la trousse à empreintes digitales d'Harriet l'Espionne.

« Cammy ? avait appelé de la chambre une voix hésitante. Je peux sortir maintenant ?

— Pas encore. »

Elle saupoudra le verre de poudre magique, l'enveloppa de papier à développement, plongea de nouveau sous le siège et ressortit avec une grande enveloppe. Elle y glissa le frottis de la note, le numéro d'immatriculation et le papier à empreintes. Plus tard elle réfléchirait au contenu de la note, beaucoup plus tard encore elle en comprendrait le sens. Pour le moment, elle fourrait l'enveloppe sous son matelas et criait :

« C'est bon, Charlene, tu peux venir ! »

Leur père rentra à l'heure du dîner avec du poulet frit et de mauvaises nouvelles. Le bébé n'était pas tout à fait bien formé et, quand Dieu avait constaté Son erreur, Il l'avait aussitôt rappelé à Lui. Personne ne savait vraiment pourquoi tout cela était arrivé, mais il fallait toujours se rappeler que c'était mieux ainsi.

À son retour, le lendemain, leur mère ne parut pas de cet avis. Elle s'allongea sur le lit, le visage tourné vers le mur. Elle ne pleura pas mais ne parla pas non plus et, lorsque les filles s'approchèrent d'elle sur la pointe des pieds, elle les regarda fixement de ses yeux enfoncés.

Cammy croyait savoir ce qui la réconforterait. Le lendemain, après que son père fut parti ouvrir la station et que Charlene fut sortie jouer, elle avait apporté l'enveloppe à sa mère.

« Un homme est passé et a laissé ça pour toi pendant que tu étais à l'hôpital. »

Le regard de la mère s'était porté sur l'enveloppe, puis à nouveau vers le mur.

« C'est un mot et de l'argent », avait insisté Cammy.

La mère avait pris l'enveloppe d'un air indifférent mais, quand elle avait découvert les dollars à l'intérieur, elle s'était redressée et avait lu le mot.

« Il a dit quelque chose ?

— Oui. Il a dit "Félicitations". »

Sa mère avait porté l'argent à son visage et sangloté jusqu'à ce que les billets soient mouillés de ses larmes.

Lorsqu'il se mit au lit, ce soir-là, Doug ne prit pas Campbell dans ses bras comme il l'avait fait la veille. Une fois qu'il fut endormi, elle se pressa contre son dos et s'efforça de régler sa respiration sur la sienne, inspirant puis expirant lentement, profondément, dans l'espoir de trouver le sommeil. Par la fenêtre ouverte, elle entendait les grillons chanter et le vent agiter la cime des arbres. Il faisait chaud, trop chaud pour être allongés l'un contre l'autre. Une couche de transpiration poisseuse se formait entre eux.

En bas, l'horloge mesurait les heures dans la nuit. Après qu'elle eut sonné deux fois, le vent se mit à gémir. Le tonnerre gronda, et Cam compta les secondes avant qu'un éclair illumine le ciel. Cinq secondes, puis quatre, puis trois. Les craquelures en toile d'araignée du plafond tremblèrent quand l'orage se rapprocha et qu'enfin les nuages éclatèrent en une pluie lourde qui crépita sur le toit.

Campbell se leva et alla placer un seau sous la fuite dans la chambre de derrière puis courut à travers la maison pour fermer les fenêtres. Le temps qu'elle arrive à la salle de séjour, de grosses gouttes roulaient sur le parquet comme du mercure. Un autre coup de tonnerre craqua et, pendant une seconde, le jardin s'illumina comme si des projecteurs l'éclairaient. Cam appuya le front au carreau. L'herbe trop haute se penchait, les arbres se tordaient dans le vent.

Soudain, l'air de la maison lui parut suffocant. Elle ouvrit la porte de devant, sortit pieds nus sur la véranda, se tint un moment immobile, laissant le vent soulever ses cheveux et agiter sa chemise de nuit, puis descendit les marches et s'élança sous l'orage. Elle tournoya sur le gazon, enfonçant ses orteils dans la terre gorgée d'eau, le visage levé vers le ciel, la bouche grande ouverte. Sa chemise de nuit collait à sa peau ; la pluie plaquait ses cheveux sur son crâne, ruisselait le long de son dos et sur ses hanches pour former une flaque à ses pieds. Le tonnerre gronda de nouveau, le ciel s'ouvrit sur un éclair déchiqueté. Cam leva les bras, sentit le vent s'engouffrer en elle et ressortir en hurlant.

Le ciel s'obscurcit, l'orage se déchaîna au-dessus de Cam qui demeurait sous l'averse, trempée, stupide et toujours en vie.

Elle était devenue la Folle de Greenville, finalement. Si misérable et abandonnée de tous qu'elle pouvait même flirter avec la mort sans que celle-ci s'intéresse à elle.

27

— Bienvenue à votre premier déjeuner d'affaires, dit Meredith.

Nathan Vance tendit le bras derrière elle pour ouvrir la porte.

— Nous avons aussi des déjeuners d'affaires là d'où je viens, vous savez.

— Ha ! fit Meredith, passant devant lui pour entrer dans le restaurant. Quel genre d'affaires on peut bien négocier autour d'une table à Wilmington ? Un prêt bancaire pour un centre commercial ? Un amendement au plan d'occupation des sols ? Comparez un peu à ce que nous allons régler ici aujourd'hui.

— Ce que nous *espérons* régler.

— S'il vous plaît. Un peu d'optimisme.

Le hall était décoré de portraits des Présidents, d'un côté, et des Premières Dames, de l'autre, ce qui faisait tourner la tête à la plupart des gens qu'elle emmenait dans ce restaurant. Mais Nathan traversa le hall sans paraître impressionné. Ce n'était pas un péquenaud, celui-là : elle l'aurait fait entrer en douce dans une réunion des chefs d'état-major qu'il se serait comporté comme si de rien n'était.

Le vacarme de cent conversations palpitantes les assaillit quand ils pénétrèrent dans la salle au plafond haut. Dans une semaine, le Président témoignerait devant un grand jury, et Washington était devenu un marais malsain de rumeurs et de spéculations. Elle avait toujours été une ville de factions, mais les oppositions y étaient plus polarisées que jamais cependant qu'on portait attaques et contre-attaques, accusations et menaces de révélations.

Tout cela était bon pour les affaires, dont une grande partie se traitait en ce lieu même.

— Bonjour, Miss Winters, la salua le maître d'hôtel. Une table pour deux ?

— Trois. Nous attendons quelqu'un.

Il les conduisit à la table préférée de Meredith, approcha sa chaise quand elle s'assit puis se retira avec une petite courbette.

Elle inspecta rapidement la salle. D'habitude, les lobbyistes et les parlementaires constituaient l'appariement type, mais c'était la saison des journalistes et des avocats, et elle repéra quelques « couples » remarquables.

— Nathan, regardez là-bas, Betsey Wright.

— Ah oui ? fit-il sans lever les yeux du menu.

— La responsable de l'équipe de Clinton à Little Rock. Elle s'occupe maintenant de lobbying et elle réussit très bien.

— Je sais qui c'est, affirma-t-il.

Son aplomb l'exaspérait.

— Vous savez, dit-elle en ouvrant son menu, on peut

412

parfaitement se laisser aller à admirer les célébrités dans un endroit comme celui-ci.

— Il n'y a qu'un lobbyiste que j'aie envie d'admirer aujourd'hui.

— Alors, allez-y, dit-elle avec un geste désinvolte de la main. Parce que le voilà.

Vance se leva, Meredith fit les présentations :

— Nathan Vance, Gary Pfeiffer.

Elle indiqua à Pfeiffer la chaise voisine de celle de Nathan, de façon à pouvoir les regarder tous les deux en même temps.

— Enchanté, assura Vance.

— Moi de même.

Pfeiffer prit le siège qu'on lui avait assigné mais le tira au bout de la table, d'où il pourrait les voir tous les deux. Son idée de la triangulation, supposa-t-elle.

Un serveur vint prendre les commandes : l'habituel soda pour Meredith, l'habituel bourbon pour Gary, et un thé glacé pour Nathan.

— Vous êtes ici pour la journée seulement ? s'enquit le lobbyiste.

— Et la nuit.

— Dans quel hôtel êtes-vous descendus ?

— Ici même, au Willard.

— Un endroit merveilleux. Chargé d'histoire. Vous savez que c'est de lui que nous vient le mot « lobbyiste » ?

— Vraiment ?

— Les gens désirant rencontrer les hommes politiques traînaient toujours dans le hall du Willard. Un jour, le président Grant a parlé d'eux comme de « ces fichus lobbyistes[1] », et le mot est resté.

On apporta les boissons et ils choisirent leurs plats,

_____

1. *Lobby* : hall d'hôtel. *(N.d.T.)*

signal que le moment était venu de mettre fin à la conversation polie pour passer aux choses sérieuses. Mais, enfreignant le protocole, Gary relança l'échange de menus propos :

— Vous êtes avocat, je crois ?

— Oui, répondit Vance. Mon candidat aussi.

— Sa femme également, non ?

— Oui. En fait, Cam et moi avons fait nos études de droit ensemble.

— Où ça ?

— Michigan University.

— Curieux, deux anciens de Michigan qui se retrouvent à Wilmington...

— Avec une étape intermédiaire à Philadelphie. Ce n'est pas si curieux : nous venions tous deux de Pennsylvanie.

— Quelqu'un m'a dit qu'elle a perdu ses parents très jeune ?

Meredith lui lança un coup d'œil. « Quelqu'un m'a dit ? » Elle lui avait envoyé le dossier complet de Campbell.

— C'est exact.

— Étonnante jeune femme. Surmonter une pareille épreuve, faire des études, devenir avocate...

— Et faire un brillant mariage, ne l'oubliez pas.

— C'est peut-être lui qui a fait un brillant mariage.

Meredith se retint de rouler des yeux. Seigneur ! c'était donc ça ? Gary Pfeiffer entiché de Cam Alexander ? On aurait mauvaise grâce à le lui reprocher, avec la femme insipide qu'il avait épousée.

— Bien sûr, intervint-elle. Doug n'a jamais fait quoi que ce soit qui ne soit pas brillant. Y compris nous réunir ici tous les trois aujourd'hui.

La transition était à peu près aussi subtile qu'un fer à souder, mais elle ramena les deux hommes à l'essentiel.

414

— Oui, où en sommes-nous ? dit Gary en dépliant sa serviette. Je pense que je peux encore arranger un accord, pas au même niveau que celui que nous envisagions en juin, naturellement. Cinquante, peut-être ? À supposer que vous ayez convaincu le sénateur.

— Vous savez, Gary..., commença Meredith. (Comme le serveur sortait de la cuisine avec leurs plats, elle le regarda approcher et synchronisa la suite en conséquence :) Autant nous aimerions empocher votre argent, autant cela nous mettrait mal à l'aise. Vous le gaspilleriez, et qui, en bonne conscience, pourrait vous laisser faire ça ?

Pfeiffer plissa les yeux ; elle le laissa mijoter tandis que le garçon posait les assiettes.

— Les membres de mon association ne considèrent pas que ce serait de l'argent gaspillé, répondit-il après le départ du serveur. C'est un investissement dans les rouages de la démocratie, en ce qui nous concerne.

Elle prit ses couverts, découpa un petit morceau d'espadon grillé.

— Mais qui voudrait investir dans une machine qu'on s'apprête à jeter à la ferraille ?

— Je suppose que vous ne parlez pas de votre candidat ?

— Vous, alors ! fit-elle, lui assenant une tape sur le coude avec un petit rire. Je parle de l'opposition de l'AAAJ à la réforme sur la responsabilité pénale des entreprises. Dépenser de l'argent là-dessus, c'est comme investir dans Betamax. Vous vous rappelez Betamax ?

— Je ne sais pas de quoi vous parlez. La dernière fois, nous avons fait capoter cette loi.

— Oui, mais le rapport de forces a changé depuis, fit observer Nathan. Et surtout, il a changé depuis la fois où vous et Meredith avez discuté, au printemps.

415

— Le Président ne mettra pas son veto, cette fois, Gary, dit-elle. Il n'a plus besoin de votre argent.

— Tout ce qu'il vous fallait la dernière fois, c'était assez de voix pour empêcher le Congrès de passer outre au veto du Président, enchaîna Vance. Cette fois-ci, il vous faut plus que trente-quatre pour cent dans chaque Chambre ; il vous faut cinquante et un pour cent.

— Et vous ne les avez pas, rappela Meredith.

Nathan se pencha au-dessus de la table.

— Mais tout ça, vous le savez. C'est la raison pour laquelle le demi-million du printemps dernier s'est réduit à cinquante mille dollars. Vous êtes obligé de distribuer plus d'argent que prévu ici et là. En même temps, les membres de votre association commencent à se décourager et referment leur carnet de chèques.

Pfeiffer coupa son steak avec la concentration d'un chirurgien, mâcha lentement avant de reprendre la parole :

— Admettons, par pure hypothèse, que vous ayez raison. Je ne vois pas quel avantage votre candidat aurait à me rejeter. Vous voulez dire qu'il aime mieux refuser mon argent que parier sur un cheval perdant ?

Meredith ouvrit de grands yeux.

— Il ne le refuse pas.

— Il en réclame simplement beaucoup plus, ajouta Nathan.

Pfeiffer eut un rire embarrassé.

— Là, il va falloir me prendre par la main...

— Gary, vous ne pouvez pas vous permettre un vote sur la réforme de la responsabilité pénale des entreprises. Ni sur le plan financier, ni sur aucun autre plan.

— Vous devez enterrer le projet de loi avant qu'il soit soumis au vote, dit Vance.

Le lobbyiste lança à Meredith un regard interrogateur.

— Report anonyme, traduisit-elle.

Il se redressa brusquement.

— Une tradition séculaire, par laquelle un seul sénateur peut retarder indéfiniment l'adoption d'une loi, précisa Vance.

— Mais elle s'applique uniquement quand il ne peut se déplacer pour participer au vote, ou au débat précédant le vote, objecta Gary. Ce n'est qu'un report temporaire.

— Généralement, convint Meredith.

— Avec de notables exceptions, que nous avons rassemblées ici, déclara Nathan en posant un dossier sur la table. Historique complet de chaque loi, avec tous les détails... sauf le nom du sénateur réclamant le report.

Pfeiffer écoutait, parfaitement immobile.

— Songez comme ce serait beaucoup plus facile pour vous si vous pouviez faire reporter le vote à la prochaine législature, suggéra Meredith. Pas la peine de me communiquer les résultats de vos sondages, je sais qu'ils disent la même chose que les miens. Après les élections, vous aurez une chance de gagner cette guerre, veto ou pas.

— Vous croyez que Ramsay serait d'accord ? finit par demander Pfeiffer.

— Disons les choses de cette façon : il aimera mieux bloquer la réforme par un report anonyme que s'y opposer par un vote public.

— Mais il faut que ça vaille le coup pour lui, souligna Vance. Donc pour nous.

— Songez à ce que cela signifierait pour votre budget, Gary, argua Meredith. Vous n'auriez pas à distribuer votre argent aux élus minables de tous les bleds perdus. Avec nous, vous faites vos courses en une seule fois.

Pfeiffer regarda Nathan.

417

— Combien ?

— Un million.

Il avala sa salive mais ne broncha pas.

— Cela fait cinq cents membres de votre association à deux mille dollars par tête, calcula Meredith. Faisable, Gary. Tout à fait faisable.

— Nous pouvons même vous faciliter encore les choses, avança Nathan. Sept cent cinquante pour nous, le reste pour l'organisation du Parti dans notre État.

Meredith jeta un coup d'œil à Vance puis s'absorba dans la dissection de ses feuilles de salade.

Pfeiffer réfléchit, finit par lâcher :

— J'attends un signe des collaborateurs de Ramsay. Nous pourrons peut-être nous entendre.

— Qu'est-ce que c'est que cette histoire ? s'énerva Meredith dans le taxi les ramenant rue K. Pourquoi refiler notre argent au Parti ?

— Parce qu'il est temps de rafistoler nos défenses, voilà pourquoi, répondit Nathan J'ai travaillé Norman Finn au corps, il commence à voir la lumière. Un quart de million devrait lui faire sortir les yeux de la tête.

— Pourquoi s'embêter avec ça ? Nous avons déjà prouvé que nous n'avons pas besoin d'eux.

— Doug n'a peut-être pas besoin d'eux. Mais vous et moi ?

Elle le regarda, bouche bée.

— Prenez-en de la graine, Meredith, dit Nathan. Prenez-en de la graine.

En rentrant du bureau, le vendredi soir, Campbell fut accueillie par une odeur d'herbe fraîchement coupée. Son regard balaya la pelouse de devant. Après deux semaines de négligence, on avait enfin passé la tondeuse. Elle descendit de voiture, passa sous la tonnelle pour gagner le jardin de derrière. Là aussi on avait coupé l'herbe.

Cam s'assit sur le banc de pierre avec un soupir. Elle avait remis à plus tard de tondre la pelouse dans l'espoir que Trey finirait par revenir, mais Doug, fatigué de voir l'herbe trop haute, avait sans doute embauché quelqu'un d'autre. Ou il avait demandé à Nathan d'embaucher quelqu'un d'autre. Quel que soit le nouveau jardinier, il avait fait du bon travail. L'herbe coupée avait été ramassée, les bordures des massifs dégagées comme elle l'aimait.

Quelque chose semblait cependant ne pas être à sa place. Elle se leva, marcha jusqu'à la folie. C'était bizarre : la porte était parfaitement jointive, alors que depuis des années elle ne rentrait plus dans l'encadrement. Cam tourna la poignée, et la porte tourna facilement sur ses gonds ; quand elle la poussa de nouveau, elle se ferma avec un *clic* net.

— Je l'ai rabotée et j'ai installé une nouvelle serrure.

Elle se retourna, découvrit Trey derrière elle et fut si heureuse de le voir qu'elle le saisit et le serra impulsivement contre elle. À sa surprise, il se laissa faire et souriait encore quand elle se recula.

— Tu m'as manqué ! Je veux dire, l'herbe était trop haute.

— Ouais, ça m'a pris des heures pour la couper. J'arrêtais pas de vider le sac.

— Comment tu as fait pour sortir la tondeuse ? La remise était fermée à clef.

— Doug était là quand je suis venu.

— Ah bon ? Tu m'as vraiment manqué, tu sais.

Il fourra les mains dans ses poches.

— Je suis venu dès que j'ai pu.

— Comment tu t'es débrouillé ?

— J'ai fait la grève de la faim, et finalement le psy a dit que j'avais trop de temps libre.

Il riait mais Cam se rappela l'impression qu'elle avait eue en le tenant dans ses bras. Il était trop maigre.

Elle le prit par la main, l'entraîna vers sa voiture.

— Viens. On va manger quelque chose.

Elle le fit prévenir chez lui avec le téléphone de la voiture puis l'emmena dans une pizzeria et le regarda engloutir une grande pizza à la saucisse avec supplément de fromage. Elle le conduisit ensuite dans un Dairy Queen et lui offrit un Blizzard, et comme il semblait avoir toujours faim après avoir avalé près d'un kilo de crème glacée, elle lui commanda aussi une portion de frites. Assise en face de lui, le menton appuyé sur les jointures, elle le regardait manger. Il ralentissait maintenant et transformait le repas en rite, trempant chaque frite dans le ketchup et la léchant avant de la fourrer dans sa bouche.

— Je n'arrive pas à croire que tu aies eu le temps de tondre l'herbe et de t'occuper en plus de la gloriette...

— Seulement de la porte. Je dois encore remplacer le carreau cassé. Et trouver un moyen de retaper le stuc. Mais ce n'est peut-être pas ce qu'il faut faire. On doit peut-être tout faire sauter. Je sais pas, j'aimerais pouvoir...

Il s'interrompit.

— Tu aimerais pouvoir demander à Steve ?

Il déglutit, détourna les yeux.

— Désolée, murmura-t-elle.

— Pas grave.

— Comment ça se passe, chez toi ?

Trey haussa les épaules.

— Il part demain pour une tournée dans le Pacifique. Moi aussi, je pars bientôt.

— Quoi ?

— Je commence les cours dans un bahut du Connecticut le mois prochain. Il a dû tirer un tas de ficelles pour me faire inscrire. D'après le psy, c'est plein de gosses comme moi. (Il repoussa son assiette de frites). Ça doit être mortel, comme boîte.

— Oh ! Trey.

Par la fenêtre, il regardait les voitures filer sur la route. Ses doigts glissèrent dans la poche de sa chemise, y prirent une cigarette qu'il planta entre ses lèvres. Il cherchait des allumettes dans une autre poche quand Cam lui prit la cigarette de la bouche.

— Non. Je t'aime trop pour te regarder te tuer avec cette saleté.

Les yeux de Trey flamboyèrent de rage.

— Excuse-moi, mais je parle sérieusement, ajouta-t-elle en laissant tomber la cigarette dans une flaque de ketchup.

La colère fit lentement place à une gêne boudeuse.

Cam, que sa propre réaction avait surprise, se hâta de changer de sujet :

— Je voudrais commencer le bassin ce week-end. Essayer de détacher le gazon en plaques et le mettre le long du garage, du côté où l'herbe refuse de pousser.

Il hocha la tête.

— Ensuite, nous pourrons nous mettre à creuser.

— Super.

— Alors, qu'est-ce que tu en dis ? demanda-t-elle en repoussant sa chaise. Tu peux être là demain matin à huit heures ?

— OK.

Il se leva, commença à s'éloigner de la table mais se ravisa et tendit la main vers l'assiette.

— Hé !

— Quoi ? fit-il, l'air innocent, avant de fourrer une dernière frite dans sa bouche.

Doug était dans le séjour avec quelques membres de son équipe lorsque Campbell rentra, mais il s'interrompit au milieu d'une phrase pour venir la prendre dans ses bras et l'embrasser.

— Comment s'est passée la journée ? Chaud, hein ?

— Mmm.

— Tu veux te joindre à nous ? On essaie d'élaborer le programme pour le reste du mois d'août.

— Ça te dérange si je prends d'abord une douche ?

— Vas-y. Je te prépare un thé glacé.

Elle monta au premier, laissa l'eau ruisseler sur elle jusqu'à faire disparaître toute la transpiration de la journée puis noua une serviette autour de ses cheveux et passa dans la chambre. Doug avait fait le lit — pas très bien, mais l'effort était louable.

Comme était louable l'effort qu'il avait fait pour lui témoigner de l'affection devant ses collaborateurs, l'instant d'avant. Elle s'étira sur le jeté de lit. Une minute de repos et elle serait en état de descendre et de faire elle aussi l'effort qu'on attendait d'elle.

Elle changea de position : il y avait une bosse sous son épaule, probablement un pli du drap. Elle passa une main dessus pour le lisser mais la bosse était dure. Cam plongea le bras sous les couvertures, ramena un bandeau. Un bandeau de soie blanche, pure et douce comme la jeune fille à qui il appartenait.

— Chérie ? appela Doug. Tes glaçons sont en train de fondre.

Elle poussa le bandeau au fond du lit.

— J'arrive.

422

La chaleur aurait dû dissuader les gens de se risquer dans un parc floral un après-midi d'août, mais, ce dimanche, de longues files de visiteurs se pressaient devant les portes de Longwood Gardens avant de se disperser sur ses cinq cents hectares. Il y avait des parents excédés tâchant de garder leur progéniture en laisse, des couples âgés marchant clopin-clopant, de jeunes couples poussant des landaus, et une femme de trente ans en short, accompagnée d'un garçon de presque quatorze ans vêtu de plusieurs T-shirts trop grands, d'un pantalon informe et de lourdes bottes. Trey avait si chaud que Cam dut s'arrêter pour lui acheter quelque chose à boire avant qu'ils aient fait cent mètres dans le parc.

La plupart des visiteurs prenaient l'allée centrale menant aux serres, en haut de la colline, mais Campbell tourna à droite et conduisit Trey le long d'un mur de brique bordé d'exubérantes fleurs annuelles regroupées par couleurs : les roses près des pourpres, puis les rouges, les orange et les jaunes s'estompant vers les blancs. Derrière les massifs poussaient les hauts cannas aux grandes fleurs pour lesquels Longwood était célèbre. Elle le fit s'approcher pour les admirer, mais il se contentait d'aspirer son soda avec une expression d'ennui.

— Je croyais qu'on était venus voir les fontaines...

Elle regarda sa montre et, au bout d'un moment, hocha la tête. Ils prirent une autre allée, traversèrent le bois et longèrent le lac jusqu'à ce qu'un bruit d'eau jaillissante se fasse entendre devant eux. Trey pressa le pas et ils arrivèrent sur le pont enjambant le jardin aquatique. Des dizaines de fontaines projetaient leurs arcs au-dessus d'un long arrangement géométrique de bassins. Elles palpitaient avec un grondement irrégulier, emplissant l'air d'une bruine fraîche.

Trey appuya les coudes sur le parapet.

— C'est ça que tu devrais faire dans ton jardin, dit-il. Laisse tomber les fleurs. Tu creuses partout, tu installes quelque chose comme ça.

Elle acquiesça distraitement de la tête.

— Mais en plus profond, poursuivit-il. Pour qu'on puisse plonger dedans quand on en a marre de regarder.

Elle ne répondit pas. Par-dessus l'épaule de Trey, elle inspectait l'allée menant à l'arboretum.

— Cam ? fit-il, inclinant la tête. Allô, planète Terre à Cam, répondez, s'il vous plaît.

Elle se tourna vers lui.

— Qu'est-ce qui va pas ? demanda-t-il.

— J'ai fait quelque chose... J'espère que tu ne seras pas fâché.

Le visage de Trey perdit toute couleur. Il se redressa, de la peur dans les yeux. On lui avait fait trop de surprises, ces derniers temps.

— Je suis restée en contact avec Steve. Il veut te voir et je me suis arrangée pour que ce soit possible.

Il écarquilla les yeux.

— Tu lui as parlé ? Où il est ?

— Oui, répondit Cam, il est... (Elle dut s'interrompre pour s'éclaircir la gorge.) Il est juste derrière toi.

Trey se retourna. Pendant une demi-seconde, son père et lui se tinrent sans bouger, à trois mètres l'un de l'autre. Puis Steve ouvrit les bras, Trey s'élança vers lui et Campbell tourna la tête pour endiguer le flot d'émotion qui l'envahissait.

Elle contempla les marbrures du soleil sur les bassins, les prismes de lumière réfractée dans les jets des fontaines. C'était presque hypnotique, la pulsation de l'eau, le murmure de leurs voix derrière elle, le doux grondement de leurs rires. Elle ne bougea pas avant d'entendre leurs voix s'estomper et de se rendre compte qu'ils s'éloignaient.

— Hé ! attendez ! les rappela-t-elle. Vous me promettez de ne pas disparaître ? Si je ne ramène pas Trey chez lui ce soir...

Ils se retournèrent.

— Je crois comprendre ce qui l'inquiète, dit Steve à Trey d'un air amusé.

Le garçon éclata de rire.

— Non, je ne voulais pas dire...

— Venez avec nous, proposa Steve.

— Ouais, approuva Trey. On fait juste une petite balade. Viens.

Elle recula.

— Non, non, allez-y, je vous retrouve plus tard.

Steve posa la main sur l'épaule de son fils, qui se laissa aller contre lui, tranquille et détendu. Elle les regarda s'éloigner, perplexe. Elle ne savait pas qui pardonnait qui, ni de quoi, mais ce qui s'était passé entre eux, quoi que ce pût être, était manifestement pardonné. Elle-même n'avait pas connu ce genre de pardon et elle n'en avait jamais soupçonné la force. C'était comme une trombe de millions de litres d'eau, qui effaçait tout.

Deux heures plus tard, Steve se tenait à l'endroit convenu mais Trey n'était pas en vue.

— Il est aux toilettes, expliqua-t-il en voyant Campbell presser le pas.

— Oh !

Elle le rejoignit devant la porte *Hommes* et se sentit aussitôt mal à l'aise : la distance qui les séparait était trop courte. Elle dansa d'un pied sur l'autre, regarda sa

425

montre en fronçant les sourcils. Maintenant que c'était fini, elle avait hâte de quitter cet endroit, cet homme.

— Il n'a pas arrêté de parler de vous, dit Steve. Je crois qu'il est un peu amoureux.

— Non, fit-elle, sidérée.

— Pourquoi ça devrait vous étonner ?

Elle se sentit rougir.

— Il m'a raconté que vous avez une gloriette, une folie.

— Oui. Enfin, ce qu'il en reste.

— C'est ce qu'il m'a dit. Je pourrais y jeter un coup d'œil, voir ce que je pourrais faire.

Les yeux de Campbell étincelèrent.

— Non ! Pour l'amour du ciel, elle est dans mon jardin, cette gloriette... !

— Oui, mais...

— Vous oubliez qui je suis ? Qui est mon mari ?

— Je comprends. Je voulais simplement vous remercier de tout ce que vous avez fait.

Elle sentit un picotement dans ses yeux, détourna la tête.

— Je ne peux pas être mêlée à cette histoire, lâcha-t-elle d'une voix tendue.

— Vous ne le serez pas. Si Trey travaille dans votre jardin et que je passe quand il n'y a personne...

— Et si quelqu'un vient ? Si mon mari débarque un après-midi avec la moitié de son comité de campagne ?

— Ça ne vous retomberait pas forcément dessus.

— Mais si !

Il se tut. Cam regarda de nouveau sa montre puis la porte des toilettes.

— Il faut que je récupère mon fils, déclara-t-il d'un ton catégorique.

— Faites-le par la voie légale, la prochaine fois.

— Vous croyez que je n'essaie pas ? Je me suis

426

adressé à presque tous les avocats de Wilmington, et ils me répondent tous la même chose. Peu importe que j'aie consenti ou non à l'adoption. Peu importe que je sois ou non légalement déchu de mes droits parentaux. Parce que toute irrégularité éventuelle dans l'acte d'adoption est considérée comme prescrite. Le document est inattaquable.

— C'est exact.

— Maintenant, c'est *tous* les avocats de Wilmington, marmonna Steve.

— Qu'est-ce que cela peut vous faire que l'acte soit inattaquable ou pas ?

— Il faut que je le fasse annuler pour obtenir la garde.

— Non.

— Cam..., fit-il en se plantant devant elle, la forçant à le regarder dans les yeux. Qu'est-ce que vous dites ?

— Simplement que vous n'avez pas besoin de faire annuler l'adoption pour obtenir la garde. N'importe qui peut réclamer la garde. La seule chose qui compte, c'est l'intérêt de l'enfant. Si la cour estime que vivre avec les Ramsay n'est pas ce qu'il y a de mieux pour Trey, peu importe leur statut légal. Ils pourraient être ses vrais parents que vous obtiendriez quand même la garde.

— Bon Dieu ! fit-il au bout d'un moment, pourquoi les autres avocats ne m'ont pas expliqué ça ?

— Vous ne leur posiez probablement pas la bonne question.

Le regard de Campbell passa par-dessus l'épaule de Steve quand Trey sortit des toilettes, les épaules voûtées, la casquette rabattue sur le visage.

— Il ne veut pas retourner là-bas, murmura Steve. Il vaut mieux que je vous raccompagne à votre voiture. Pour m'assurer qu'il ne tente pas quelque chose.

Elle hocha la tête, mais avant qu'ils prennent la direction du parking, elle lui pressa l'avant-bras.

— Je peux vous demander une faveur ?

— Bien sûr.

— Si vous parlez de cette affaire à n'importe qui, à l'un des autres avocats, par exemple, ne dites pas que le conseil vient de moi, d'accord ? Nous ne nous sommes jamais rencontrés.

— C'est facile, répondit-il en la dévisageant. Je ne sais même pas qui vous êtes.

28

Une semaine après l'avoir demandée, Campbell reçut par le courrier interne la liste des appels interurbains de Helen. Elle s'étalait sur quinze feuillets donnant chacun des numéros appelés depuis le poste de la secrétaire au cours des six derniers mois mais ne précisant que la ville et l'État. Cam aurait voulu pouvoir demander à Helen de cocher pour elle son coup de téléphone à l'amie de Gloria, mais elle ne parvenait pas à imaginer une histoire qui n'éveillerait pas ses soupçons.

Elle entreprit donc de trouver elle-même les noms correspondant à chaque numéro grâce à l'annuaire inversé puis de mener une recherche sur chacun d'eux. Plusieurs se révélèrent être des clients, rapidement éliminés ; d'autres — greffiers, imprimeurs, services de messagerie — furent eux aussi rayés. Cam dénicha une piste intéressante en Virginie avec une nommée Doris Palumbo, mais, quand elle composa le numéro, une voix enregistrée lui apprit qu'il n'était plus attribué.

Il était près de midi lorsqu'elle termina : près d'une demi-journée perdue. Affalée dans son fauteuil, elle fixait son ordinateur avec un sentiment de frustration. Voilà où les possibilités tant vantées des recherches informatiques l'avaient conduite : nulle part. Complètement inutile, cet appareil. Elle avait envie d'appeler le service Matériel pour le faire envoyer là où était sa place : au rancart. Sauf que le service ne le ferait pas. Il l'affecterait à l'un des nouveaux avocats arrivant le mois prochain. Dans ce cabinet, les vieux ordinateurs ne mouraient jamais ; ils passaient à un membre du personnel placé plus bas sur l'échelle hiérarchique.

Cam se redressa. L'ordinateur de Gloria. L'appareil qui était resté des semaines dans le bureau de Helen. Celui que Gloria avait dû utiliser pour rédiger une correspondance méticuleuse, dont le disque dur gardait la trace.

À dix heures ce soir-là, Cam sortit de la cage d'escalier au cinquantième étage. Hormis les veilleuses signalant les coins des couloirs, tout était dans l'obscurité. Elle resta sans bouger, tendit l'oreille, n'entendit que le bourdonnement des ordinateurs, semblable au respirateur artificiel d'un malade dans le coma. Elle longea lentement la rangée de bureaux, s'arrêtant devant chaque porte fermée, retenant son souffle pour capter des voix, un ronflement, un bruit de pages feuilletées. Rien.

Elle ouvrit sa serviette devant l'antichambre du bureau de Clifford Austin. Cela lui avait pris deux heures dans l'après-midi — avec l'aide de Joe Healy lui indiquant la manœuvre par téléphone —, mais elle avait finalement réussi à s'introduire dans les fichiers Matériel du cabinet et à remonter la piste de l'ancien ordinateur de Gloria Lipton jusqu'à sa nouvelle affectation : là, en toute logique, sur le bureau de la nouvelle secrétaire d'Austin.

Elle prit une torche, l'alluma. L'unité centrale se trouvait par terre, sous la table, et Cam rampa derrière pour éclairer le panneau arrière et déchiffrer le numéro de série. Oui, ça collait. Elle se releva, alluma l'écran, et quand une lueur verte repoussa l'obscurité, elle fit apparaître le répertoire du disque dur. Aucun des fichiers ne portait une date de création antérieure au 20 février, ce qui signifiait que tous ceux de Gloria avaient été effacés.

Elle éteignit l'ordinateur, consulta les instructions que Joe lui avait expédiées par e-mail. D'abord, débrancher le fil le reliant au secteur. Fait. Elle retourna l'unité centrale et, tournevis en main, torche coincée sous le menton, dévissa et souleva le capot. Après un autre coup d'œil aux instructions de Joe, elle débrancha les câbles données et alimentation, dévissa les supports latéraux et fit glisser le disque dur hors de son logement.

Elle remit l'unité centrale à sa place, la rebrancha sur le secteur, bien que ce fût inutile. À neuf heures demain matin, la secrétaire d'Austin découvrirait qu'elle n'avait plus de disque dur, et tout le monde supposerait le pire. Clifford Austin n'était pas seulement un brillant avocat s'occupant de grosses affaires, il était aussi le président du cabinet. On soupçonnerait un vol d'informations financières importantes, ou de dossiers confidentiels. Le cabinet ferait venir la police, qui relèverait les empreintes digitales.

Cam rangea le disque dur dans sa serviette avec la lampe et le tournevis, défit ses gants de caoutchouc et les y jeta aussi.

Elle prit la voie express pour sortir de la ville par le nord-ouest et se rendre au Denny's ouvert toute la nuit, situé au bord de la bretelle de Valley Forge. Elle repéra la camionnette Grateful Dead sur le parking, se gara à côté et se dirigea vers l'entrée du restaurant. À travers la vitrine, elle découvrit Joe dans un box avec quelques autres jeunes penchés au-dessus de leurs tasses de café. Elle tapa sur la paroi de verre, il leva la tête, sourit et sortit.

— Mission accomplie ?

— Jusqu'ici, répondit-elle.

Il alla à sa camionnette. Au moment où il ouvrait les portières arrière, une voiture s'engagea dans le parking et les prit dans la lumière aveuglante de ses phares. Ils se retournèrent, se baissèrent vivement comme deux truands évadés, un ado enfreignant le couvre-feu, une femme violant une douzaine d'autres lois. Mais les phares passèrent, l'obscurité revint, et Cam tendit le disque dur à Joe.

— Il me faudra un moment, prévint-il. J'ai plein de boulot en retard.

Il attendit qu'elle insiste, comme d'habitude, pour une livraison en vingt-quatre heures, et se prépara au petit numéro qu'il faisait toujours avant qu'ils finissent par tomber d'accord. Il ne savait pas que cette fois c'était différent et qu'un délai d'une semaine ou deux n'avait aucune importance pour une histoire vieille de quatorze ans.

— Bon, dit-elle.

Le vendredi suivant, dans son bureau de Wilmington, Campbell écrivait un mot de remerciement sur des cartes de correspondance en relief à toutes les personnes qui avaient organisé chez elles un thé ou un cocktail pour la campagne au cours des dernières semaines. La règle était claire : pas de texte imprimé ni même dactylographié. Il fallait d'élégantes cartes écrites à la main, comme si Cam était une dame de la haute société et non la fille trop instruite de moins-que-rien vivant dans un mobile home.

Le téléphone sonna et elle décrocha avant que sa secrétaire — toute symbolique — de Wilmington ait le temps de la devancer.

— Campbell ? (La voix de Cliff Austin la fit sursauter de terreur coupable.) Vous pourriez nous rejoindre pour une brève réunion ?

— Euh... d'accord. Je pars tout de suite, je devrais arriver vers...

— Regardez l'écran de votre appareil. Je suis en bas dans le hall.

Elle ne put se rappeler quand le grand patron était venu pour la dernière fois dans les bureaux de Wilmington. En descendant le couloir vers la grande salle de réunion, elle se demanda comment on avait découvert que c'était elle qui avait volé le disque. Pas grâce aux empreintes digitales, et il ne s'était pas écoulé assez de temps pour qu'on ait procédé à des tests d'ADN sur les cheveux ou les cellules de peau morte qu'elle aurait laissés derrière elle, à supposer qu'on pratique ce genre d'analyse pour un simple vol. Quoi, alors ? Une caméra cachée ? Ou la simple vérification du registre signé à la sortie de l'immeuble par le personnel ? Se pouvait-il qu'elle ait été la seule à rester tard dans les locaux ce soir-là ? Impossible : un grand cabinet juridique ne ferme jamais ; il y a toujours quelqu'un qui travaille quelque part.

Lorsqu'elle ouvrit la porte, elle fut momentanément aveuglée par le soleil pénétrant par la baie vitrée donnant sur Rodney Square. À Wilmington, les salles de réunion n'étaient pas dépourvues de fenêtres comme celles de Philadelphie. À Wilmington, on voyait tout. La première chose qu'elle vit, ce fut Cliff Austin assis au haut bout de la table.

— Bonjour, Campbell.

— Bonjour, répondit-elle prudemment.

— Bonjour, chérie.

La tête de Cam se tourna vers l'autre bout de la table, où son mari était assis en compagnie de Nathan Vance.

— Quelle surprise ! fit-elle.

Doug s'esclaffa.

Non, ça ne tenait pas debout. Quel que soit l'état de leur couple, cette mésaventure ne l'aurait pas fait rire. L'arrestation de son épouse pour espionnage industriel ou Dieu sait quoi aurait eu un effet dévastateur sur sa campagne.

— Je vous en prie, asseyez-vous, dit Austin.

Elle fit le tour de la table pour échapper au mur de lumière, s'installa à égale distance de Doug et d'Austin. C'était dans cette même salle qu'elle avait travaillé tard un soir d'été et que Doug lui avait apporté à manger. Le soir où il lui avait ensuite raconté l'histoire de Caesar Rodney parcourant cent cinquante kilomètres à cheval dans la tempête pour signer la Déclaration d'indépendance. Elle avait appris récemment que ce n'était pas tout à fait exact : Rodney avait en fait voyagé en voiture couverte.

— Doug nous a mis au courant de l'enquête que vous avez menée l'hiver dernier pour le sénateur Ramsay, attaqua Austin.

Elle le regarda sans comprendre.

— Une tâche qui fait de vous la personne idéale pour s'occuper de la phase suivante.

— La phase suivante ?

Il prit une liasse de feuilles agrafées.

433

— J'ai là une demande de garde déposée mercredi au tribunal des litiges familiaux de l'État du Delaware pour le comté de New Castle intitulée « Steven A. Patterson, requérant, contre James Ashton Ramsay Jr et conjointe, défendeurs ». Nous avons été retenus pour représenter les défendeurs dans cette affaire. Ou plus exactement..., fit-il en levant les yeux, vous l'avez été.

Cam le regarda, hébétée. Elle était entrée dans cette salle en s'attendant à être accusée d'un crime. C'était pire.

— C'est un grand honneur, reprit Austin. Pour vous comme pour le cabinet. Je suis très content, Campbell.

N'importe quel membre du cabinet aurait tué pour entendre de tels mots dans la bouche du patron.

— Qui a déposé la demande ?

— Bruce Benjamin.

— Oh ! fit-elle, soulagée. Alors, je ne peux pas me charger de cette affaire. Il est bien trop fort pour moi.

— Ce n'est pas vrai. Il n'est même pas spécialiste du droit familial, comme vous. Et vous aurez à votre disposition toutes les ressources de votre service. Benjamin ne peut avoir une puissance de feu supérieure à celle de Jackson, Rieders & Clark.

— Oui, mais quand on en viendra à l'essentiel, ça se passera uniquement entre lui et moi, argua-t-elle. Je ne peux pas. Pas contre Benjamin. Pas avec un sénateur des États-Unis comme client.

Austin fronça les sourcils, regarda vers l'autre bout de la table.

— Cam, fit Doug.

Elle laissa s'écouler une ou deux secondes avant de se tourner vers lui.

— Ash le demande comme une faveur personnelle.

Elle le dévisagea. Je ne connais pas cet homme. Il

434

n'était plus celui qui lui avait apporté à manger ce soir-là et l'avait raccompagnée à l'hôtel. Cet homme n'existait plus, n'avait peut-être même jamais existé. Elle avait vu en lui ce soir-là ce qu'elle avait envie de voir et fait disparaître le reste.

— Cam, répéta-t-il.

— Ramsay peut s'offrir n'importe quel avocat, dit-elle. Pourquoi moi ? Qu'est-ce que ça changerait ?

— Allons, fit Doug, d'un ton soudain agacé. Tu es la seule à qui Trey veut avoir affaire. Tu le sais. Cela fait de toi la seule qui puisse avoir prise sur lui. Ash ne veut surtout pas d'une répétition de ce qui s'est produit le mois dernier au tribunal pénal.

La logique de l'engrenage coupa le souffle de Cam. Involontairement, elle avait conseillé Trey sur son témoignage, elle avait conseillé Steve sur sa stratégie juridique, et cela lui retombait dessus.

— Mais c'est précisément pourquoi je ne peux pas m'occuper de cette affaire, fit-elle valoir. Trey et moi sommes devenus amis. J'aurais le sentiment de le trahir...

— C'est un gosse ! cracha Doug avec dégoût. Un petit vaurien déboussolé qui n'a pas la moindre idée de ce qui est dans son intérêt ! Et toi non plus, ajouterai-je.

— Je ne suis pas de cet avis, répliqua Campbell. Et je n'accepterai pas.

Le regard de Doug se détacha d'elle avec un déplaisir non dissimulé.

— Cliff ? Vous pourriez nous laisser une minute ?

— Certainement.

Austin se leva avec raideur, quitta la table. Cam s'attendait à ce que Nathan l'imite, mais il resta où il était. Quand la porte se referma, Doug inclina sa chaise en arrière et étudia le plafond. Ce fut Vance qui se pencha en avant :

435

— Je t'explique le marché, Cam. Pour une raison ou une autre, cette affaire met Ramsay dans tous ses états. Il veut que tu t'en occupes. Il y tient suffisamment pour nous rendre en échange un service important.

— Qu'est-ce qu'il pourrait bien faire de plus ?

— Il pourrait intervenir sur un projet de loi auquel certains de nos donateurs potentiels s'intéressent.

— La réforme de la responsabilité pénale ? devina-t-elle.

Vance hocha la tête.

— C'est capital, Cam. Tu t'occupes de cette affaire pour Ramsay, il donne aux donateurs ce qu'ils demandent, et les donateurs nous donnent ce que nous demandons.

— À savoir ?

— Un million de dollars.

Elle ouvrit de grands yeux avant d'éclater de rire.

— Et moi qui craignais de ne jamais devenir une avocate de haute volée. Voilà que je vaux un million de dollars ! Qui aurait cru ça, hein, Nathan ? Je dois être la *dream team* à moi toute seule...

— Arrête ! lui lança Doug en redressant sa chaise. Il ne s'agit que d'une affaire, Cam. Un léger désagrément, tout au plus. En échange d'un million de dollars. Tu m'entends ? Il y a un million de dollars en jeu. Tout mon avenir est en jeu. Je ne pense pas que ce soit trop te demander.

— Moi si, répondit-elle d'une voix calme.

Il abattit son poing sur la table.

— Bon Dieu ! Tu sais ce que tu as apporté à cette campagne ? Quasiment rien. Non, attends... (Il leva une main.) Je retire ce que j'ai dit. Grâce à toi, nous vivons dans la peur constante de voir tes photos pornos publiées dans le *Penthouse* du mois prochain !

Cam jeta un coup d'œil à Vance, mais, voyant qu'il ne

changeait pas d'expression, elle tourna vers Doug un regard accusateur.

— Tu lui as dit ?

— Hé ! fit Vance d'un ton conciliant, quel sorte de directeur de campagne je serais si je n'étais pas au courant de tous les sales trucs ? Il était bien obligé de me le dire.

— Naturellement, approuva Cam, hochant la tête. Mais je me demande s'il t'a bien dit *tous* les sales trucs. Par exemple, il a mentionné qu'il baise Gillian ?

Nathan regarda Doug, dont le visage avoua tout avant qu'il ne l'enfouisse dans ses mains.

— Nom de Dieu ! gémit Nathan.

— C'est sa faute, bredouilla Doug derrière ses doigts. Si seulement elle m'encourageait un peu... Bon sang, Cam, tu te conduis quelquefois comme si tu n'avais même plus un peu d'affection pour moi...

— Parce que c'est seulement ça que tu cherches ? Quelqu'un qui a un peu d'affection pour toi ? Ou plutôt quelqu'un qui vénère la trace de tes pas ?

Nathan se leva.

— OK, vous arrêtez, tous les deux, avant de dire quelque chose de vraiment terrible.

Mais il n'y avait plus rien à dire. Campbell parcourut la pièce des yeux, les fenêtres donnant sur la statue de Caesar Rodney, la longue table ovale qui, le soir de leur première rencontre, était encombrée d'un millier de feuilles de dossiers, de centaines de volumes de jurisprudence, l'interrupteur sur lequel Doug avait appuyé par erreur, la plongeant dans le noir. Maintenant, la salle était baignée de lumière, et Cam sut que leur histoire venait de finir. Dans la pièce même où elle avait commencé.

Nathan mit les mains dans les poches, se balança sur la plante des pieds.

437

— Bon, écoutez-moi. On va dire que tout ça, c'est à cause de la tension de la campagne. Il reste trente-deux jours avant la primaire, quatre-vingts avant l'élection. Nous nous rapprochons du but, nous sommes tous un peu nerveux. Mais nous allons nous ressaisir, et nous allons gagner.

— Pas sans l'argent de l'AAAJ, déclara Doug. Non.

Cam le regarda. Elle n'arrivait pas à croire que c'était le même homme. Mais il devait penser la même chose d'elle, et elle devait reconnaître qu'il ne se trompait pas.

— Bon, j'accepte, murmura-t-elle d'une voix aussi amère que celle de son mari. Je m'occuperai de cette affaire. Mais c'est tout. Dans quatre-vingts jours, c'est fini. Fini nous deux.

— D'accord, répondit Doug.

— Arrêtez, enfin, intervint Nathan. Vous êtes les deux personnes au monde qui comptez le plus pour moi, je ne vous laisserai pas saccager votre couple sur le coup de l'émotion. Alors écoutez-moi, parce que c'est comme ça que ça va se passer. (Il pointa un doigt vers Cam.) Tu t'occupes de l'affaire, boulot impec, comme d'habitude. OK ? (Il se tourna vers Doug.) Toi, tu gardes les yeux sur l'objectif et les mains ailleurs que sur les collaboratrices. Compris ?

Doug fixait la table, le visage écarlate.

— Moi, je m'arrangerai pour que tu ne voies plus jamais cette fille, continua Vance. Après l'élection, je vous envoie faire un beau petit voyage dans les îles ; vous pourrez vous détendre, vous regarder longuement et voir où vous en êtes. Mais pas avant. D'accord ? Nous sommes tous sur la même longueur d'onde ?

Doug se mit debout, l'air humble et peiné.

— Merci, Nathan, dit-il d'une voix épaisse avant de le serrer contre lui. Tu es un ami.

Ils se tournèrent ensemble vers Cam, qui regarda Nathan. C'était son seul ami, elle n'aurait pu supporter de le perdre aujourd'hui lui aussi. Quand il tendit la main vers elle, elle se leva et se blottit dans ses bras. Au bout d'un moment, il s'écarta et tira Doug vers Campbell pour qu'il la prenne à son tour dans ses bras.

— Je suis désolé, Cam.

— Ouais, dit-elle. Moi aussi.

Sur le chemin du retour, ce soir-là, elle s'arrêta à la cabine de la station-service et, le cœur battant, écouta le téléphone sonner jusqu'à ce que Steve décroche.

— C'est moi, annonça-t-elle.

Dans le silence, elle l'imagina les mâchoires serrées, les doigts aux jointures blanches crispés sur l'appareil.

— Benjamin vous a mis au courant, je présume.

Le silence se prolongea.

— Steve, je n'ai pas eu le choix.

Elle attendit qu'il discute sur les choix qu'elle avait réellement eus mais, apparemment, il ne lui donnerait même pas ça.

— Trey vient travailler, demain, reprit-elle, et Doug sera absent. Si vous vous garez dans Chaboullaird, vous pourrez couper par les bois, personne ne vous verra.

Elle raccrocha.

Une série de rendez-vous, une réunion de deux heures avec Ramsay participant par téléphone de Bora Bora, une poignée de main finale pendant le dîner au Morton, et le marché fut conclu.

Meredith commanda de nouvelles affiches pour la campagne, des autocollants, des badges et des T-shirts.

Elle doubla le nombre de lignes téléphoniques du QG, embaucha trois autres collaborateurs. Elle versa à l'institut de sondage l'avance qu'il réclamait avant d'entamer la première de ses enquêtes téléphoniques. Elle programma une kyrielle d'apparitions en public du candidat d'un bout à l'autre de l'État : l'inauguration d'une usine à Milford, un meeting à l'université, un concert Hall and Oates au stade. Elle commanda des spots à la radio et à la télévision, acheta du temps d'antenne sur les marchés de Philadelphie et de Baltimore — initiative sans précédent pour une élection parlementaire dans le Delaware, mais personne n'avait jamais disposé d'un tel magot. Tous les spots se terminaient par ces mots de James Earl Jones en voix off : *Doug Alexander. Il remettra l'Amérique au travail.*

Quand le chèque arriva, la dernière semaine d'août — ou plutôt les chèques : il y en avait un joli paquet —, Meredith régla toutes les factures et il lui resta encore de quoi s'accorder une augmentation.

29

Campbell se présenta au tribunal et montra sa carte d'avocate au gardien. L'homme vérifia sur une liste, lui fit signe de passer. Elle prit l'ascenseur pour le deuxième étage, déclina une seconde fois son identité puis alla s'asseoir dans la salle d'attente.

Une douzaine de personnes y attendaient aussi. Une ou deux avaient l'air d'avocats, les autres étaient pour la plupart noirs et pauvres, probablement parties ou témoins dans une procédure quelconque : divorce, négligence, refus d'entretien, viol. Une coupe transversale de presque tout ce qui pouvait arriver de mal dans une famille.

Bruce Benjamin sortit de l'ascenseur et se présenta lui aussi au guichet, parcourut la pièce des yeux avant de prendre position contre le mur. Il avait forcément reconnu Cam mais feignait de ne pas l'avoir remarquée, parce que c'est la façon dont les grands avocats se conduisent avec les membres subalternes d'un cabinet. C'était à elle de se lever et de l'aborder.

— Bonjour, Mr Benjamin. Cam Alexander.

Il lui tendit la main sans rien dire.

Elle resta debout près de lui en se demandant ce qu'il savait au juste. Savait-il qu'elle avait violé les règles de la profession en parlant à son client à lui une demi-douzaine de fois depuis l'ouverture du dossier ? Que ce client avait violé l'ordonnance du juge en rencontrant son fils une ou deux fois par semaine au moins depuis un mois ? Et que c'était elle qui arrangeait ces rencontres ?

Non, Benjamin ne savait rien de tout cela, elle le devinait à son attitude indifférente envers elle. En outre, Steve ressemblait à Cam : comme il ne savait à qui faire confiance, il ne faisait confiance à personne.

L'huissier s'avança, appela leurs noms. Ils franchirent à sa suite la porte de sécurité puis empruntèrent un couloir menant au cabinet du juge. À leur entrée, le juge Miller se leva derrière son bureau, gratifia chacun d'eux d'une poignée de main et d'un sourire nerveux.

— Patterson contre Ramsay, récita-t-il, avant de se rasseoir avec un soupir.

C'était un homme au visage rond, avec de petites lunettes rondes et un gros corps rond. Jusqu'à ces derniers temps, il avait réussi à maintenir une clientèle privée de pauvres diables à Newark, mais à présent, grâce au gouverneur Davis, il était en poste pour douze ans, avec un salaire modeste mais garanti.

— Je dois admettre que je n'ai jamais eu à m'occuper d'une affaire comme celle-ci, dit-il en tapotant le dossier. Une demande de garde présentée par un non-parent contre les parents. Et il s'avère que le non-parent est en réalité le parent, et que les parents sont les non-parents. Tout est sens dessus dessous, non ?

— Pas aux yeux de la loi, fit observer Cam.

— Non. Pas aux yeux de la loi, reconnut Miller. (Il fit passer un regard plein d'espoir d'un avocat à l'autre.) Je présume qu'il n'y a aucune chance de parvenir à un compromis ? Garde partagée, ou quelque chose comme ça...

— Aucune, répondirent en chœur Cam et Benjamin.

— Alors, nous avons quelques points à...

Benjamin se pencha en avant, les muscles raidis pour l'attaque, la voix assez forte pour faire résonner une salle d'audience :

— Monsieur le Juge, avant de commencer, je voudrais attirer l'attention de la cour sur une question grave.

— Laquelle ?

— Dès que la demande de garde est déposée, une injonction interdit automatiquement aux deux parties de faire sortir le mineur hors de cette juridiction.

— Oui ?

— Nous avons été informés que les défendeurs s'apprêtent à envoyer l'enfant dans le Connecticut. S'ils ne l'ont pas déjà fait.

Miller regarda Cam, qui écarta les mains.

— J'avoue que je suis perdue. Si Mr Benjamin pouvait développer...

Ce qu'il fit, avec une certaine brusquerie :

— Les Ramsay ont inscrit le garçon dans un pensionnat du Connecticut. Monsieur le Juge, c'est une violation flagrante de l'injonction automatique. Je demande que des sanctions soient prises et que le garçon revienne immédiatement dans cette juridiction.

— J'ignore où Mr Benjamin est allé pêcher cette idée, dit Cam, prenant un air étonné. L'enfant est inscrit au collège Tower Hill, ici, à Wilmington, où il est scolarisé depuis la maternelle. En fait..., fit-elle en regardant sa montre, il devrait être en ce moment même en cours d'anglais.

Benjamin leva le menton et regarda Cam de ses yeux étrécis. Comme il ignorait la provenance des informations de son client, il ne pouvait savoir qu'elles dataient de trois jours.

— Si vous ne me croyez pas, téléphonez au collège pour avoir confirmation, proposa-t-elle. Je vous en prie.

Les lèvres plissées, Benjamin laissait deux sentiments s'affronter en lui. Il était venu et avait tiré son missile, aussitôt intercepté par celui d'Alexander. Une défaite. Mais son client serait satisfait de la nouvelle. Une victoire.

— Il semble que mes informations étaient inexactes, monsieur le Juge, finit-il par reconnaître. Je m'en excuse.

— Ce n'est pas grave, dit Cam.

Miller feuilleta de nouveau le dossier.

— J'ai là une requête des défendeurs demandant le rejet de la demande d'adoption...

Au tour de Campbell de faire feu :

— Votre Honneur, vous l'avez souligné vous-même : ce n'est pas une affaire classique, des parents en instance de divorce pouvant alléguer un même droit à la garde de l'enfant. Il s'agit d'un litige entre, d'une part,

443

des parents dont le couple demeure uni et, de l'autre, un parfait étranger...

— Étranger ? répéta Benjamin d'un ton sarcastique.

— Aux yeux de la loi. Votre Honneur, imaginez que vous et votre femme soyez soudain poursuivis en justice par un inconnu qui réclame la garde de vos enfants, suggéra Campbell. (Elle avait bûché : Miller était père de trois enfants.) Pourquoi devriez-vous vous défendre d'une attaque qui ne repose en fait que sur une demande de garde éhontée ?

— La loi autorise clairement à confier la garde à une personne étrangère s'il n'est pas dans l'intérêt de l'enfant de rester avec les parents, contra Benjamin. Et à ce propos...

Lui aussi avait bûché : il tendit au juge la transcription du témoignage de Trey au procès, un emploi du temps du sénateur Ramsay indiquant qu'il avait passé peu de temps chez lui l'année précédente, des bulletins scolaires de Trey montrant de mauvais résultats et des problèmes de discipline, enfin un témoignage du directeur du GAP local déclarant avoir surpris Trey en train de voler dans son magasin au mois de juin précédent. Selon Benjamin, ces documents tendaient à prouver que l'adolescent avait des problèmes d'adaptation dans son foyer, dans son collège, dans sa communauté. À tout le moins, ils justifiaient une audience plénière au cours de laquelle la cour pourrait déterminer où était l'intérêt de l'enfant.

— Vous opposez-vous à ce que je reçoive et considère ces documents ? demanda le juge à Campbell.

Elle s'interrogeait encore sur le témoignage du directeur du GAP. C'était elle qui avait révélé l'épisode du vol à Steve, mais les détails — où, quand — ne pouvaient venir que de Trey. Il en allait de même pour ses bulletins scolaires.

— Pas d'objection, répondit-elle.

Miller parut soulagé d'avoir évité une escarmouche, au moins sur ce point. D'un ton hésitant, il rejeta la requête de Cam en attendant qu'un expert désigné par la cour pût déterminer s'il était ou non dans l'intérêt de l'enfant d'être soustrait à la garde des défendeurs. Si oui, il entendrait la demande de Mr Patterson ; dans le cas contraire, il accéderait à la requête de rejet de la demande de garde.

Le juge mit sa décision par écrit : l'évaluation devrait être faite dans les vingt jours, des copies du rapport seraient remises à la cour et aux deux parties, et l'audience commencerait le 5 octobre.

À la fin de la journée, Cam joignit Ramsay à Washington et lui fit son rapport.

— Excellent, approuva le sénateur, excellent. Vous avez fait du bon travail, Campbell. Nous ne doutions pas de vos compétences.

Il rentrait de sa tournée d'un mois dans le Pacifique Sud, d'humeur plus conciliante que lors de leur discussion téléphonique sur l'inscription de Trey, la semaine précédente. Ramsay ne voyait pas le problème : les parents envoyaient fréquemment leurs enfants en pension — lui-même y avait été —, d'ailleurs, il n'y avait plus moyen de faire obéir Trey, et l'internat se chargerait de lui mieux que Margo et Jesse ne pouvaient le faire. Mais Cam avait fini par obtenir gain de cause. Le nom de Trey avait été rayé des effectifs du collège du Connecticut, et le matin même, Jesse avait conduit l'adolescent à Tower Hill et remis en même temps le chèque couvrant ses frais de scolarité.

C'était, pensa Cam, la seule véritable réussite de toute sa carrière de spécialiste en droit de la famille.

Gary Pfeiffer éprouvait un profond sentiment de réussite quand il partit pour la côte à la fin de la semaine. Avant les vacances parlementaires du mois d'août, le projet S.4 semblait s'acheminer inexorablement vers un vote du Sénat. Les rapports de la commission avaient été soumis ; le projet avait été inscrit à l'ordre du jour. Prochaines étapes inéluctables : le débat, le vote, le renvoi devant la Chambre. Mais, cette semaine, la marche de S.4 avait soudain été stoppée, événement uniquement expliqué par cette précision dans l'appel nominatif : la loi était bloquée à la demande d'un membre du Sénat.

Pfeiffer avait travaillé fiévreusement pour ces quelques mots. Il avait fallu donner des centaines de coups de téléphone, accorder ici une faveur, exercer là une pression, conclure des arrangements et des compromis si complexes et si subtils qu'il lui aurait fallu un ordinogramme pour rendre compte de tous. Mais enfin, il avait réussi. L'argent avait été collecté puis remis, et jusqu'ici Ash Ramsay avait tenu sa parole.

C'était là le hic, bien sûr, le petit souci qui lui donnait un léger sentiment de malaise dans son sentiment général de réussite. Meredith Winters avait raison : un report anonyme était préférable à un vote public pour de nombreuses raisons, la principale étant que quiconque essaierait de remonter la piste des fonds de l'AAAJ se heurterait au mur d'anonymat du Sénat. Mais il était pire qu'un vote public pour d'autres raisons, la principale étant que Ramsay pouvait à tout instant revenir sur sa parole.

Gary était cependant résolu à ne pas se tourmenter ce week-end. Il traversa le Bay Bridge à Annapolis, le soleil sur la nuque, les cheveux dans le vent, et quand il parvint de l'autre côté, il éprouva un petit moment de bonheur à la simple idée de se trouver sur la même péninsule que Rehoboth Beach. Septembre après la fête du Travail[1] était sa période préférée à la plage. Les familles tapageuses avaient fait leurs bagages et étaient parties, mais l'eau était encore tiède, le soleil encore chaud, l'air avait une sorte de langueur délicieuse. Et surtout, comme toujours, il y avait Derek.

Il attendait près de la porte de devant, et ils s'enlacèrent aussitôt, se pressant l'un contre l'autre dans le hall, s'embrassant avidement, riant du simple plaisir d'être de nouveau ensemble.

— Je t'ai manqué ?

— Un peu, répondit Gary. Tu as été sage ?

— Bien sûr, dit Derek, qui se recula, l'œil malicieux. Il n'y a qu'avec toi que je suis un vilain garçon.

Il se retourna et passa le premier dans l'escalier avec un charmant petit balancement des hanches.

À la tombée de la nuit, ils s'installèrent sur la terrasse enclose et regardèrent les étoiles s'allumer au-dessus de l'océan. Des ombres furtives bougeaient de l'autre côté des dunes et, de temps à autre, ils entendaient la douce cascade d'un rire, mais ils se sentaient isolés derrière les murs de la terrasse. À l'abri. Étendus sur leurs chaises longues, ils se tenaient par la main, caressés par un léger vent salé, revigorant et propre.

— Les voisins sont venus, cette semaine, dit Derek indiquant du menton la villa aux bardeaux. Tu te souviens ? Les Westover ?

Gary hocha la tête et songea qu'il évoluait dans un curieux monde circulaire. Apparemment, l'architecte qui avait refait la villa était l'homme qui, en intentant un procès à Ramsay, avait permis la conclusion d'un

1. Premier lundi de septembre dans la plupart des États. *(N.d.T.)*

447

accord avec Doug Alexander. Non seulement ce type avait embelli la vue qu'ils avaient de la terrasse mais il avait donné à l'AAAJ sa victoire sur le projet de réforme. Gary leva son verre de vin et porta un toast silencieux à l'architecte inconnu.

Au bout d'un moment, le vent tourna cependant, et Gary éprouva de nouveau ce fichu sentiment de malaise. Que se passerait-il après le procès ? Et si Ramsay le gagnait ? Quel moyen de pression aurait-il alors sur le sénateur ?

— Qu'est-ce qui te tracasse ? demanda doucement Derek en lui pressant la main.

Gary lui sourit.

— Quand je suis ici avec toi ? Rien au monde ne peut me tracasser.

On sonna à la porte ; Derek enfila son peignoir et rentra pour aller ouvrir. À son retour, il portait un paquet à bout de bras et le lorgnait avec une méfiance comique.

— C'est d'Eileen, par porteur, geignit-il. Tu crois que c'est une bombe ?

— J'en doute, répondit Gary en reposant son verre. Ce genre de chose demande un peu d'imagination.

Derek pouffa, donna le paquet à Gary, qui lut le mot hâtivement griffonné, glissé dans l'enveloppe agrafée au paquet : *Gary, c'est arrivé après ton départ. J'ai pensé que c'était peut-être important. Baisers, E.*

Il trouva dans le paquet le rapport sur Campbell Alexander longtemps retardé. Quelques semaines plus tôt — en juillet —, les enquêteurs avaient fait état de « pistes inattendues » nécessitant un délai supplémentaire, sans parler d'argent. Gary avait payé et laissé l'enquête se poursuivre. À présent, elle ne lui semblait plus si importante. Trois mois s'étaient écoulés depuis qu'il avait rencontré la fille au banquet de collecte de fonds :

si elle avait eu l'intention de le dénoncer, elle l'aurait déjà fait. Pourtant, l'idée était séduisante : l'épouse d'un parlementaire menant une double vie...

— Désolé, chéri, dit-il à Derek en se levant. J'ai besoin d'une heure.

— Pas de problème. Ça me laisse le temps de concocter quelque chose de délicieux pour le dîner.

Pfeiffer emporta le paquet dans son bureau, posa ses pieds nus sur sa table de travail et se renversa dans son fauteuil pour lire le rapport sur la mystérieuse Mrs Alexander.

Il y avait d'abord le registre d'état civil du comté de Lancaster confirmant que l'enfant né de Matthew et Alice Smith le 13 mars 1968 était bien un garçon. Interrogés, plusieurs membres de la société missionnaire dont les Smith avaient été membres déclaraient que l'enfant, inscrit sur le passeport de sa mère, était parti pour les Philippines avec ses parents et qu'il y était probablement mort avec eux.

L'enquête s'était ensuite poursuivie à Philadelphie, où une équipe avait pris le sujet en filature. Les détectives avaient placé la jeune femme sous surveillance ininterrompue du 22 au 26 juin sans obtenir de résultats puis avaient poursuivi la surveillance sporadiquement jusqu'au 6 août. Ce jour-là, le sujet était entré dans la cabine téléphonique d'une station-service ; le numéro qu'elle avait composé avait été relevé grâce à une observation à la jumelle : c'était celui d'une autre station-service, à Shawville, Pennsylvanie.

Le dossier avait été transmis à Pittsburgh, où une autre équipe avait procédé à des recherches supplémentaires qui, estimait-on, avaient établi l'identité du sujet : *Camille Nicole Johnson, alias Cammy Johnson, alias Cammy Smith, alias Campbell Smith, alias Campbell Smith Alexander. Née le 8 juin 1969.* Un an de moins que dans sa bio officielle, remarqua Gary. Cela ne se voyait pas fréquemment, une femme qui mentait sur son âge dans ce sens. *Parents : Charles A. Johnson et Abigail Zodtner Johnson, mariés le 15 janvier 1969.* Manifestement, on avait un peu batifolé avant le mariage, mais bon, c'était en 1969, l'époque de « Faites l'amour pas la guerre ». *Une sœur, Charlene, née en 1971. Profession du père : propriétaire du garage Johnson, Shawville, Pennsylvanie. Profession de la mère : ménagère, employée/dactylographe de juillet 1966 à janvier 1969 au Bureau national de reconnaissance, Washington, D.C.*

Gary ouvrit de grands yeux. Le BNR ? Le BNR était un service secret, si secret que son existence même n'avait été révélée qu'en 1992. Il avait été conjointement créé au début des années 1960 par la CIA et l'US Air Force pour diriger CORONA, le programme de satellites espions.

Pfeiffer continua à feuilleter le dossier. Des bulletins scolaires, une hypothèque sur le garage Johnson, des rapports fiscaux, des rapports de police... Il s'arrêta net.

Déclaration de Charles A. Johnson, le 5 novembre 1984, concernant sa fille Camille, disparue depuis le 3 novembre. Âgée de 15 ans, un mètre soixante-deux, cinquante-huit kilos. Deuxième déclaration de Charles A. Johnson le 8 novembre 1984, concernant son épouse Abigail, disparue depuis le 6 novembre. Âgée de 36 ans, un mètre soixante-deux, soixante-dix kilos. Dossier transmis au FBI, service de CE...

Les pieds de Gary retombèrent bruyamment sur le sol.

— Nom de Dieu ! s'écria-t-il.

Le Contre-Espionnage, le service du FBI traquant les espions nationaux.

— Tu m'as appelé ? fit Derek.

450

— Non, pardon. Je me parlais à moi-même.

— Tant que tu ne commences pas à te répondre...

Finalement, l'enquête s'était conclue à Washington.

Selon certaines sources (c'était la raison du retard : les informations qui suivaient étaient sans doute le résultat d'obscures tractations), *le 5 novembre 1984, un mandat fédéral a été émis pour l'arrestation d'Abigail Zodtner Johnson, soupçonnée d'espionnage et de complot en vue d'espionnage...*

Le lendemain, elle disparaissait et personne ne l'avait revue depuis.

Les sources en question n'ont pas voulu révéler la nature de l'espionnage mais n'ont pas nié qu'il pourrait avoir un lien avec l'interception par l'ennemi d'une capsule de satellite du programme CORONA.

Une note en bas de page lui fournit quelques détails : le 11 janvier 1969, une flottille de patrouilleurs de l'US Navy qui remontait le Mekong avec pour mission de couper les lignes de ravitaillement viêt-cong avait été attaquée par une importante force ennemie. Les pertes furent énormes, et l'incident donna lieu à de nombreuses interrogations car le Viêt-cong n'aurait jamais pu suivre les mouvements de la flottille sans renseignements fournis par un satellite espion. Toutefois, l'enquête officielle du BNR n'aboutit à aucune conclusion.

Gary referma le dossier, demeura un long moment à fixer le mur. Campbell Alexander, fille d'une Mata-Hari ? S'il avait disposé de cette information dix jours plus tôt, il aurait évité de dépenser un million de dollars. Mais non, c'était mieux comme ça. Plus propre. Il avait arrêté S.4 légalement, par la voie démocratique.

L'information lui apportait en outre la paix de l'esprit à laquelle il n'était pas parvenu jusqu'ici, parce qu'il était impossible que l'équipe d'Alexander prenne le risque de le doubler avec un squelette de cette taille dans leur placard.

Pfeiffer enferma le dossier dans un tiroir de son bureau et, quand Derek l'appela, il vint à table sans le moindre sentiment de malaise pour gâcher leur plaisir d'être ensemble.

30

Les primaires se déroulèrent le samedi 12 septembre dans le Delaware et le mardi suivant dans le Maryland, ce qui imposa à Meredith Winters une semaine de travail infernale. Il fallait une heure et demie en voiture pour aller de Wilmington à Baltimore, et, le samedi, elle fit quatre fois le trajet. Un bref entretien avec Doug Alexander au début de la journée, puis retour à Baltimore pour un rassemblement au port. Elle était revenue à Wilmington le soir pour le discours de Marge Kenneally reconnaissant la victoire de Doug, et était repartie pour le Maryland afin d'assister à la prise de parole de Sutherland devant l'Urban League[1].

La date de la primaire du Delaware constitua cependant une aubaine inattendue. C'était la première élection depuis que le Président avait reconnu sa coupable liaison, et tous les hommes politiques, tous les experts du pays la suivaient attentivement afin d'évaluer les retombées de l'affaire Lewinsky. Sur ce point, les résultats ne furent pas concluants, bien sûr, mais il suffisait à Meredith que le monde eût les yeux braqués sur

1. Organisation professionnelle de Noirs et de Blancs visant à régler les problèmes sociaux des Noirs. (N.d.T.)

Wilmington. Si la participation au scrutin se réduisit à trente mille voix, Doug en rafla quatre-vingt-quinze pour cent et, à la fin de la soirée, elle avait convaincu trois rédacteurs en chef de parler de raz de marée.

Le mardi fut une autre journée épouvantable mais, au moins, Meredith put la passer entièrement à Baltimore. Bien que, à neuf heures du soir, Sutherland apparût comme le vainqueur probable, son adversaire, qui nourrissait de vieilles rancœurs, refusa de reconnaître sa défaite avant minuit. À minuit et quart, le général prononça un discours de victoire sous un tonnerre d'acclamations puis serra les mains de ses collaborateurs et les invita à faire la fête sans lui : il ramenait sa femme à la maison pour une longue sieste automnale.

Meredith rentra elle aussi, affalée sur la banquette arrière de la limousine, exténuée et curieusement insatisfaite. Une autre journée, une autre victoire, mais qu'est-ce que cela signifiait, en fin de compte ? Uniquement que les enjeux seraient plus élevés en novembre, et qu'elle devrait bosser plus dur encore dans les deux mois qui venaient. Elle était l'un des plus jeunes stratèges de la profession, mais elle se sentait déjà trop vieille pour cette vie.

Avec un soupir, elle laissa sa tête rouler sur le cuir du siège. C'était simplement l'adrénaline qui refluait. Ou peut-être les hormones : ce serait bientôt la période de ses règles.

Non, elle savait parfaitement d'où lui venaient ces idées noires. D'un article publié la semaine dernière dans les pages Métropole, trois paragraphes signalant que Dean McIverson, ancien reporter au *Washington*

Post, avait été retrouvé mort à son domicile d'Annandale près d'une grande bouteille d'alcool à 90° vide.

Côté répercussions politiques, tout allait pour le mieux. La plupart des gens avaient oublié le battage du printemps dernier sur de prétendues fuites au Pentagone, et pour ceux qui s'en souvenaient encore, la façon dont McIverson avait fini ne faisait que confirmer qu'il avait été un ivrogne irresponsable. Sa mort n'en pesait pas moins sur la conscience de Meredith. Un jour, McIverson avait été la coqueluche de Washington, le lendemain un paria. Certes, trente ans séparaient en fait ces deux jours mais cette rectification chronologique ne la réconfortait pas car tout arrivait aujourd'hui beaucoup plus vite. Aujourd'hui, Washington était capable de vous mâcher et de vous recracher en un seul cycle d'actualité.

Une chose la réconfortait, cependant. Depuis un quart d'heure, Bret la suivait dans sa Corvet. Ils s'étaient à peine adressé la parole de la journée, mais, en fin de soirée, ils avaient échangé un regard, et cela leur suffisait, désormais. Un regard et ils se comprenaient : elle l'emmenait chez lui, elle le fourrait au lit, et elle ne l'en laisserait pas sortir avant une semaine.

Réveillée à sept heures du matin, elle passa une heure absorbée dans la contemplation du plafond. À côté d'elle, Bret dormait du sommeil de l'innocent. Il avait l'air d'un petit garçon, étendu là, la main sous le visage, ses longs cils descendant vers la courbe de sa joue. Vingt-quatre ans seulement : le pire de sa vie était encore à venir. Elle ne supportait pas de penser à ce que cette ville lui ferait subir avant d'en avoir terminé avec lui, à la cruauté que prendraient les ragots quand il aurait quarante ou cinquante ans et n'aurait pas réussi à se montrer digne de l'héritage de son père. C'était une malédiction d'avoir pour père un homme comme le général Phil Sutherland, et, malédiction plus grande encore, Bret n'y verrait jamais rien d'autre qu'une bénédiction.

Le cœur serré, elle se pencha pour effleurer son visage de ses lèvres.

Il remua, se nicha plus étroitement contre elle.

— Pourquoi t'es réveillée ? marmonna-t-il. Je croyais qu'on devait dormir toute la journée...

— Désolée, murmura-t-elle, relevant d'une caresse les cheveux tombés sur le front de Bret. Rendors-toi.

Il se redressa sur un coude.

— Pas sans toi. Qu'est-ce qui se passe ?

— Je ne peux pas m'empêcher de penser à Mc-Iverson.

— Oh ! fit-il, soudain grave. Et tu penses la même chose que moi ? Que ce n'était pas un accident ?

Elle acquiesça de la tête.

— Il avait beau être soûl, s'il était capable d'ouvrir une bouteille d'alcool à 90°, il était assez conscient pour savoir que ça le tuerait.

Bret prit une main de Meredith entre les siennes.

— Il avait plus de soixante-dix ans. Sa carrière s'était terminée trente ans plus tôt et son organisme était complètement délabré. Il avait le droit d'en finir s'il en avait envie.

— Mais qu'est-ce qui lui avait donné envie de mourir ? Qu'est-ce qui l'avait poussé à se remettre à boire ? Moi.

— Tu n'es pas seule, dans ce coup-là, tu sais.

— Ah oui, l'absolution par le nombre, fit-elle, sarcastique. Le fondement de la politique.

455

— Viens, dit Bret, l'entraînant hors du lit. Viens regarder à la fenêtre.

Il ouvrit les doubles rideaux, révélant le jardin, les toits des maisons voisines, les arbres encore vêtus du vert éclatant de l'été.

— Qu'est-ce que je dois regarder ?

Il se plaça derrière elle, posa les doigts sur les paupières de Meredith.

— Ferme les yeux. Tu sais dans quelle direction tu es tournée ? Vers l'ouest. C'est la vue ouest. Au-delà du Potomac, au-delà du périphérique, jusqu'à la Virginie et les Blue Ridge Mountains...

— Si loin ? Et moi qui croyais avoir payé cette maison trop cher...

— Chh. Écoute. Nous sommes au sommet des Blue Ridge, nous regardons le monde comme peuvent le faire les anges. Tout n'est que montagnes bleues et vallées vertes. Regarde, tu vois ce ruban argenté qui serpente là-bas ? La Shenandoah.

Elle répéta le nom dont les syllabes étaient comme une caresse dans sa bouche :

— Shenandoah...

— Ces montagnes, plus loin, ce sont les Massanutten. Et plus loin encore, les Allegheny.

— Et plus loin ?

Bret l'embrassa dans le cou avant de répondre :

— Le reste du monde.

Oscillant contre lui, elle s'efforçait d'imaginer la vue ouest, loin des villes surpeuplées du littoral, loin de leurs machinations, de leurs intrigues et de leurs commérages. Soudain, il n'y eut plus qu'une stupéfiante étendue de terre et de ciel. Elle prit sa respiration, crut sentir une odeur de pin et de feuilles moisies.

— Tu vois ? demanda Bret. Comme c'est beau et sauvage ?

— Mmm, répondit-elle avec un petit sourire, si captivée par sa vision qu'il lui fallut un moment pour s'apercevoir qu'il promenait ses mains sur elle.

Elle ouvrit brusquement les yeux.

— Hé ! qu'est-ce que tu fais ?

— Je montre à la vue comme nous sommes beaux et sauvages.

— Bret, pas ici. Les voisins...

— Mais nous ne sommes pas ici, murmura-t-il. Nous sommes loin, au bord du monde.

Meredith ferma les yeux quand il la pénétra. Il bougea en elle avec des mouvements longs et lents, et elle put voir le soleil jouer sur les pentes, l'ombre des nuages traverser le fond de la vallée. Sauvages et beaux, pensa-t-elle. Deux créatures s'accouplant dans la forêt.

Elle jouit avec un cri primitif qui se répercuta dans les montagnes de son esprit.

— Épouse-moi.

Ils étaient étendus sur le lit, enchevêtrés, à demi endormis, et sa propre voix la fit sursauter. Les mots lui avaient échappé comme son cri de plaisir quelques instants plus tôt.

— Tout de suite, répondit Bret. Aujourd'hui, si tu veux. Quand tu voudras.

— Le 4 novembre ?

Il sourit.

— D'accord. Je note le rendez-vous.

Elle attira sa tête vers elle, l'embrassa.

— Des enfants ? demanda-t-il après un silence.

— Peut-être. Si on se dépêche.

— Un petit garçon et une petite fille, réclama-t-il dans un bâillement.

Elle sourit. Elle avait déjà tout ce qu'elle désirait

comme petit garçon avec Bret. Alors, une fille, peut-être. Ce n'était peut-être pas trop tard.

— Nous partirons, dit-elle d'une voix rêveuse.

— Où tu veux.

— Dans l'Ouest. À Denver, par exemple. Nous pourrions vivre à la montagne. Tu ferais du snowboard toute la journée. Moi, je redeviendrais journaliste.

— Hein ?

— Quand nous serons mariés. Notre nouvelle vie ensemble, loin de Washington. Très loin.

— Meredith... (Il se releva sur un coude et la regarda d'un air inquiet.) Nous ne pouvons pas partir.

— Après les élections, j'ai dit.

— Mais après les élections, papa sera au Sénat. Il aura besoin de moi plus que jamais.

Par-dessus l'épaule de Bret, elle regarda vers la fenêtre. Un vent froid agitait la cime des arbres, dehors.

— Bien sûr, dit-elle.

Soulagé, il sourit, se laissa retomber en arrière.

— Je pense que nous pouvons lui annoncer la nouvelle, maintenant, non ?

— Non, pas encore. Après les élections.

— OK, acquiesça Bret. (Il bâilla encore, se lova contre elle.) Il sera drôlement surpris.

— Drôlement, oui.

La tête nichée entre les seins de Meredith, il sombra à nouveau dans le sommeil de l'innocent.

En rentrant, le mercredi soir, Campbell alla directement au jardin. Chaque jour une nouvelle surprise l'y attendait, mais, contrairement à celles du printemps, les surprises de l'été ne surgissaient pas du sol. La semaine précédente, elle avait découvert la folie couverte d'une nouvelle couche de stuc d'un blanc crémeux. On avait changé la porte, installé de nouvelles fenêtres, refait l'escalier, sablé et verni le plancher. Aujourd'hui, en passant sous la tonnelle, elle vit que le bassin avait été creusé.

Cela avait dû être un travail énorme, creuser un rectangle de treize mètres sur trois, déblayer toute la terre. Impossible que Trey ait fait ça tout seul, même en séchant le collège toute la journée. Pourtant, il sauvegarderait les apparences, tout comme elle. Elle téléphonerait à Trey pour le remercier et discuter de la suite des travaux, et il lui transmettrait ce que Steve lui avait demandé de dire. Ni l'un ni l'autre ne prononceraient son nom. Ils ne l'avaient pas fait depuis Longwood Gardens.

Doug et elle sauvegardaient aussi les apparences. Ils se croisaient dans la maison en évitant de se toucher mais sans s'écarter ostensiblement l'un de l'autre ; ils se traitaient avec une considération polie et faisaient chambre à part.

Assise sur le banc de pierre, elle laissa son regard parcourir toute la longueur du jardin, passer sur le futur bassin, sur les bordures où les asters violets et les sedums roses commençaient à fleurir. Quand viendraient les premières gelées, en novembre, la rénovation du jardin serait terminée. Cam ne reverrait peut-être jamais une autre saison s'y déployer, mais ce serait fini.

Quand l'obscurité commença à s'insinuer dans les ombres, Campbell rentra, réchauffa des restes pour le dîner. Doug ne serait pas à la maison ce soir ; après sa victoire à la primaire, il faisait une tournée dans le sud de l'État et pousserait ensuite jusqu'à Washington. Ce soir, la chambre de commerce donnait une réception en son honneur ; demain, il rencontrerait au parlement la direction du Parti puis participerait à une réunion au siège national. Sa victoire lui ouvrait toutes les portes, bien qu'elle eût été remportée sur une adversaire de pure forme qui n'avait pas collecté de fonds et n'avait pas fait campagne.

Après le repas, Cam s'installa devant son ordinateur et explora de nouveau le disque dur de Gloria Lipton. Joe Healy lui avait remis une disquette contenant tout ce qu'il avait pu récupérer, mais cela se présentait sous une forme très fragmentée : un fatras de bribes de documents, un paragraphe de plaidoirie, un en-tête de lettre, un extrait de facture. Joe n'avait pas réussi à mettre de l'ordre dans ce chaos et Cam s'efforçait de le faire chaque fois qu'elle avait un moment libre.

Ce soir, elle passait au crible la correspondance. Ce n'était pas une tâche facile que d'isoler les notes et les lettres de Cliff Austin de la correspondance privée de Gloria, car ses lettres personnelles avaient tendance à être aussi guindées que les missives adressées à la partie adverse. Et souvent plus dures. Cam tomba par exemple sur ce passage d'une lettre : *Cela ne te fait pas honneur, Joan, te complaire ainsi dans l'apitoiement sur toi. Ce qui t'est arrivé, tu l'as bien cherché, tu sais.* Et puis il y avait la correspondance citoyenne de Gloria : des lettres qui tançaient les juges pour leurs verdicts erronés, qui dénonçaient les mobiles cachés derrière les votes des parlementaires, qui critiquaient le maire, le gouverneur, le Président. *Comment osez-vous ?* avait-elle écrit à un dirigeant non identifié. *Vous avez peut-être oublié votre passé, mais d'autres n'ont pas oublié, et vous ne pouvez compter que nous garderons éternellement le silence.*

Cam se rappela la plaisanterie que quelqu'un avait faite, lors de la cérémonie à la mémoire de Gloria, sur les conseils qu'elle n'aurait pas manqué d'adresser à un certain candidat au Congrès si elle avait encore été en vie. Elle se demanda quelle forme les remontrances de la secrétaire auraient pu prendre. « Comment osez-vous ? » à Doug, et « Tu l'as bien cherché » à Cam ?

Elle reprit ses recherches le lendemain matin sur l'ordinateur de son bureau à Philadelphie. Elle fit lentement défiler le contenu de la disquette, parcourut des notes laconiques demandant aux associés de venir toucher leurs créances, des mots de remerciements un peu secs pour un cadeau de Noël. Cam tomba sur l'adresse d'une Mrs Joan Truesdale, à Devonshire, Bermudes, et se demanda s'il s'agissait de la Joan qui se complaisait dans l'apitoiement sur soi. Elle procéda à une recherche informatique puis appela les renseignements aux Bermudes : les deux tentatives échouèrent.

Elle ouvrit le tiroir supérieur de son bureau, examina longuement la photographie en noir et blanc, Gloria d'un côté, sa mère de l'autre, séparées par deux inconnues. Il y avait peu de chances pour que l'une d'elles soit Joan Truesdale, moins encore pour qu'elle sache ce qu'était devenue sa vieille amie Abby, mais, pour le moment, Cam n'avait pas d'autre coup à tenter. Elle tapa une lettre demandant à Joan Truesdale de lui téléphoner pour discuter de diverses questions liées à la mort de Gloria. Se renversant en arrière, elle considéra un moment le texte inscrit sur l'écran puis ajouta une ligne sur des fonds non réclamés de l'héritage de Gloria, au cas où il s'agirait bien de la Joan se complaisant dans l'apitoiement sur soi.

Après avoir mis la lettre au courrier, Campbell revint à la disquette de Joe et pataugea dans l'un des longs mémos de Cliff Austin sur productivité et inefficacité. Elle faillit en rire, elle qui passait sa matinée à être aussi improductive et inefficace que possible. Mais au milieu du mémo apparut soudain un bloc de texte qui semblait appartenir à la correspondance personnelle de Gloria : *Après tout, ce n'est pas comme si l'une d'entre nous avait obtenu de la vie ce que nous en attendions toutes à l'époque. Regarde cette pauvre Doris, qui a été obligée d'élever ses enfants seule, et qui doit maintenant recommencer avec ses petits-enfants. Mais jamais tu ne l'entendras se plaindre.*

Doris. Cam ouvrit un autre tiroir, y prit la liste des appels interurbains de Helen. Elle avait inscrit les noms dans la marge, à côté des numéros, et trouva rapidement celui qu'elle cherchait : *Doris Palumbo*, domiciliée à Staunton, Virginie.

Là encore les chances étaient minces mais elle composa le numéro, et quand une voix enregistrée lui annonça qu'il n'était plus attribué, Cam se souvint qu'elle avait déjà essayé et renoncé. Cette fois, elle appela l'agence locale de la compagnie du téléphone, donna le numéro qu'elle n'arrivait pas à joindre.

— On me dit qu'il n'est plus attribué. Mrs Palumbo a déménagé, elle a changé de numéro ou quoi ?

— Son abonnement a été résilié.

— Vraiment ? Pourquoi elle ferait une chose pareille ? Se passer de téléphone, je veux dire.

— Il a été résilié par l'exécuteur testamentaire.

— Elle est morte ?

— Je peux pas vous dire.

Cam essaya une autre recherche informatique, mais les registres d'état civil du comté d'Augusta n'étaient pas accessibles on-line. Elle trouva le nom et le numéro du journal local de Staunton, appela et demanda les archives.

— Bonjour, je cherche la notice nécrologique d'une personne récemment décédée dans votre ville. Vous avez ça dans vos dossiers ?

— Ouais, répondit l'employée. Mais nos archives ne sont pas informatisées, alors il faudrait compter des frais pour les recherches. Si vous me donnez la date du décès, je pourrais vous la faire parvenir d'ici deux, trois jours...

— Je ne connais pas la date exacte. Disons... (Cam chercha la date du coup de téléphone de Helen) ces six ou sept derniers mois.

Un rire incrédule s'éleva à l'autre bout du fil mais Campbell insista :

— Elle s'appelait Doris Palumbo, elle habitait au 3703...

— Attendez. Vous avez dit Doris Palumbo ?

— Oui.

— Je n'ai même pas besoin de chercher, je m'en souviens parfaitement. La pauvre femme a été tuée sur la grand-route l'hiver dernier.

— Un accident de voiture ?

— Non, elle a été violée sur le bas-côté puis égorgée d'une oreille à l'autre. Un crime épouvantable ! Et on n'a toujours pas retrouvé celui qui l'a commis !

Un frisson parcourut Campbell, de la main qui tenait le téléphone à la pointe de ses pieds.

— Allô ? fit l'employée. Vous êtes toujours là ?

— Oui.

— Vous voulez que je vous envoie la notice ?

— Oui, merci. Vous pourriez ajouter les articles sur le meurtre et m'envoyer le tout par fax ?

Après estimation du coût et règlement par carte bancaire, Campbell reçut une épaisse liasse d'articles relatant le viol et l'assassinat ignominieux de Doris Palumbo. *Le Meurtre de la station de pesage*, l'avait surnommé le journal.

Tard dans la soirée du 13 mars, un agent de la police de l'État patrouillant sur la grand-route avait remarqué un véhicule dans la station de pesage fermée. Il s'était arrêté, avait découvert trois jeunes enfants dans la voiture et, sur le sol, le corps de Doris Palumbo, âgée de cinquante et un ans. La mort était due à une hémorragie résultant d'une plaie béante au cou. On avait retrouvé sur le corps du liquide séminal, des poils et des fibres textiles, mais, faute de témoins, d'empreintes digitales et d'arme du crime, la police n'avait aucun suspect, aucune piste à suivre.

Les coupures de presse incluaient la photo d'une femme d'âge mûr, aux cheveux bruns et aux joues pleines. Cam prit le livret dans le tiroir, examina la brune au visage rond qui se tenait près de Gloria. C'était la même femme.

Deux meurtres identiques de deux femmes de cinquante et un ans, qui avaient toutes deux travaillé pour la même agence trente ans plus tôt. Une agence où la mère de Cam avait elle aussi été employée...

Non, ne panique pas, garde ton calme. Gloria et Doris étaient restées amies pendant trente ans et avaient forcément partagé des expériences, des connaissances qui n'avaient rien à voir avec le BNR de la fin des années 1960. Elles étaient peut-être sorties avec le même psychopathe, qui les avait retrouvées et tuées toutes les deux. L'une d'elles avait peut-être été mêlée à une affaire quelconque, elle s'était confiée à son amie, et l'assassin les avait supprimées. Il y avait des dizaines de liens possibles entre les deux femmes.

Mais pour le moment, le seul lien, c'était Cam.

Ce soir-là, quand les bureaux furent déserts et silencieux, Campbell enfila une paire de gants en caoutchouc et adressa une enveloppe de papier bulle au reporter du *Philadelphia Inquirer* qui avait signé tous les articles sur « l'Affaire de la secrétaire de Center City ». Elle prit les articles sur « le Meurtre de la station de pesage », coupa la bande imprimée du fax en haut de chaque feuillet, fit des photocopies et les glissa dans l'enveloppe puis glissa l'enveloppe dans un classeur. Elle sortit de l'immeuble en emportant le classeur, fit halte au coin de la rue pour déposer l'enveloppe dans la boîte aux lettres et repartit.

Il fallut attendre une semaine pour que l'affaire éclate mais elle fit la une : L'ASSASSINAT DE LA SECRÉTAIRE DE CENTER CITY LIÉ À UN MEURTRE COMMIS EN VIRGINIE.

Les similitudes entre les deux affaires étaient soulignées dans un encadré en page 5. Gloria Lipton, célibataire, cinquante et un ans, profession secrétaire. Doris Palumbo, divorcée, cinquante et un ans, ancienne secrétaire. Gloria Lipton morte le 20 février. Doris Palumbo morte le 13 mars. Résultats de l'autopsie pour Gloria Lipton : arrière du crâne fracturé par un objet contondant ; viol ; hémorragie de l'artère carotide causée par une unique blessure au cou. Résultats de l'autopsie pour Doris Palumbo : identiques. Arme du crime présumée dans les deux cas : couteau à découper.

Un autre lien entre les deux femmes n'apparaissait pas dans l'encadré mais figurait dans le premier paragraphe de l'article : les deux femmes avaient été amies pendant trente ans. Selon la famille de Doris Palumbo, elles avaient encore pris leurs vacances ensemble à Reno, Nevada, en juin dernier.

L'affaire eut encore droit à la première page le lundi, avec un article selon lequel les premières constatations du laboratoire suggéraient une similitude entre les indices retrouvés sur les deux cadavres.

Le mardi, elle envahit les ondes. Dans une conférence

de presse télévisée, le maire, flanqué du district attorney et du directeur de la police, annonça que le meurtre de Gloria Lipton n'était plus considéré comme un crime commis au hasard. Les enquêteurs pensaient au contraire que son assassin était délibérément venu à Philadelphie pour la tuer et qu'elle le connaissait probablement. Il avait sans doute quitté la ville après le meurtre. Message sous-jacent : « Mesdames, vous pouvez de nouveau vous promener en toute sécurité dans les rues de Center City. »

Le mercredi, le FBI annonça la création d'un détachement spécial regroupant des membres des forces de police locales et d'État de Pennsylvanie et de Virginie, sous la direction du VICAP, programme du FBI pour l'appréhension des criminels violents. Le jeudi, douze membres du détachement prirent l'avion pour Reno avec pour mission de reconstituer l'emploi du temps des deux victimes durant leur séjour au Nevada l'année précédente. Par ailleurs, le VICAP recherchait dans ses dossiers informatisés d'autres meurtres non élucidés présentant des ressemblances avec les deux crimes.

Trey se trouvait sur la véranda de derrière quand Cam rentra chez elle, le vendredi. Il ferma son carnet de croquis et descendit précipitamment les marches à sa rencontre en criant, les joues rouges d'excitation :

— Viens ! Il faut que tu voies ça !

Elle posa sa serviette, le suivit sous la tonnelle et dans le jardin. Il devait être venu directement après ses cours car il portait encore sa chemise blanche et son pantalon kaki. Ses cheveux avaient repoussé et présentaient une longueur uniforme de cinq centimètres qui lui donnait l'air d'un élève d'un collège collet monté — si l'on faisait abstraction du clou d'or piqué dans le lobe de son oreille gauche. Son corps aussi avait poussé pendant l'été ; quatre mois de dur labeur dans le jardin avaient élargi ses épaules et musclé ses bras. Sa gaucherie adolescente avait presque disparu, comme s'il avait soudain grandi dans sa peau, et que tout avait finalement trouvé sa place. Il avait quatorze ans maintenant, se rappela Campbell, il était sur le point de devenir un homme.

Il se retourna de manière théâtrale quand ils arrivèrent au bassin, dont le fond, couvert de planches la veille encore, était à présent constitué d'une surface lisse et dure, teinte en noir pour refléter la lumière.

— Oh ! fit Cam, s'arrêtant au bord, on a coulé le béton !

— C'est de la gunite, rectifia Trey. Et ça se coule pas, ça se pulvérise.

— Ah, d'accord.

— Il faut le laisser sécher quelques jours, mais ensuite on pourra le remplir : il suffit d'appuyer sur un bouton dans le garage pour mettre la pompe en route.

La fraîcheur d'octobre se glissait dans l'air du soir, et Cam s'étreignit les coudes en contemplant le bassin puis les bordures de plantes vivaces qui l'entouraient. Des touffes de feuillage mort commençaient à se répandre dans l'allée, et les fleurs qui restaient encore disparaissaient rapidement. La saison tirait à sa fin.

— Cam ? fit Trey, qui l'observait, une ombre dans le regard. Quelque chose qui ne va pas ?

— Non ! C'est beau. C'est tellement beau que j'en reste sans voix.

Ils longèrent le bassin sous la conduite de l'adolescent, qui en soulignait les détails : la pierre bleue qui entourait les bords, le tuyau de remplissage sur l'un des flancs, celui d'évacuation au fond.

— J'ai autre chose à te montrer...

Il entraîna Campbell vers la folie, ouvrit la porte et la fit entrer.

— Oh ! s'exclama-t-elle, portant ses mains à son visage.

À l'intérieur, les murs avaient été plâtrés et passés au lait de chaux. Près de la fenêtre, une petite table ronde et deux chaises de bistrot faisaient penser à un café français. Campbell tourna lentement sur elle-même dans la petite pièce. Tous les dessins et aquarelles de Trey avaient été encadrés et accrochés de nouveau aux murs — mais pas par lui, elle en était sûre.

— Quand je pense que j'ai failli la faire démolir...

— Une chance que je t'en aie dissuadée.

— Une chance, en effet, reconnut-elle. C'est comment, en haut ?

Elle grimpa quelques marches de l'escalier en colimaçon, passa la tête par l'ouverture. Là aussi, les murs avaient été plâtrés et blanchis, et un futon occupait une bonne partie du plancher.

— J'espère que ça te dérange pas, dit Trey. J'aime traîner là-haut, de temps en temps. Pour lire, rêvasser...

— Ça ne me dérange absolument pas, assura-t-elle. C'est la tanière parfaite.

Elle redescendit, alla à la porte pour admirer de nouveau le jardin.

— Tout est parfait. Je n'aurais jamais cru qu'on puisse faire autant de choses en un seul été. Je n'y serais jamais arrivée sans ton aide, bien sûr.

Trey tira une chaise à lui et se laissa tomber dessus, l'air satisfait.

— Je suis si contente que tu sois passé aujourd'hui, dit-elle. C'est une merveilleuse surprise.

Il la regarda, perplexe.

— Mais c'est toi qui me l'as demandé.

— Quoi ?

— Tu as téléphoné, non ? Du moins, c'est ce qu'on m'a dit : tu voulais que je vienne chez toi. Pour me parler du procès.

— Oh ! fit Cam, dont le visage se ferma. Exact.

C'était la raison pour laquelle Ramsay l'avait engagée. Le garçon l'écouterait, avait-il dit, ce qui signifiait que son travail consisterait à lui parler, plus précisément à faire l'éloge d'Ash et Margo, à souligner les avantages dont Trey profitait en vivant chez eux, à veiller à ce qu'il fasse bonne impression au psychologue qui procéderait à l'évaluation, et plus tard au juge, si on en venait là. C'était l'unique raison pour laquelle Ramsay l'avait engagée, et elle avait pris un malin plaisir à n'en rien faire. Elle avait fait tout ce qu'il fallait pour préparer l'audience : elle avait disséqué les rapports des psychologues et étudié la jurisprudence, convoqué des témoins, amassé un plein dossier d'arguments et de contre-arguments. Mais pas une seule fois elle n'avait discuté de l'affaire avec Trey.

Elle s'assit en face de lui et lui demanda au bout d'un moment :

— Tu sais garder un secret ?

Il lui lança un regard peiné.

— Pardon, tu l'as déjà prouvé. Celui-là me concerne. À quinze ans, quand j'étais juste un peu plus âgée que toi, je me suis enfuie de chez moi.

— Ah ? fit-il avec une expression d'intérêt poli.

L'idée qu'il se faisait d'une fugue, c'était sortir en claquant la porte, passer la nuit chez un copain et rentrer le lendemain avec une mine boudeuse. Il ne pouvait imaginer l'autre sorte de fugue, celle qui vous conduit à faire le tapin au coin des rues et à mourir d'une overdose dans une ruelle.

— J'étais à la croisée des chemins, tu comprends.

L'âge où tout est possible, où l'on peut prendre aussi bien une direction qu'une autre. À peu près l'âge que tu as maintenant.

Leurs regards se nouèrent brièvement avant qu'il détourne la tête.

— Il peut arriver des tas de choses moches à cet âge-là, et très souvent, on n'y peut rien. Mais le pire qui puisse arriver, c'est de prendre le mauvais chemin, et là, c'est toi qui choisis.

Elle pressa la main qu'il avait posée sur la table.

— Je ne sais pas comment finira cette affaire, Trey. Peut-être dans le sens que tu souhaites, peut-être pas. Mais quoi qu'il arrive... (elle dut s'interrompre, la gorge serrée par l'émotion), j'aurais le cœur brisé si le jugement te rendait dur et amer.

Il eut lui aussi du mal à déglutir.

— T'en fais pas pour moi. Comment ça se finira, ça m'est complètement égal.

— Trey, tu n'as pas à faire semblant de...

— Non, sérieux. La décision du juge, je m'en fous. De toute façon, je partirai avec Steve quand ce sera terminé. Légal ou pas, c'est la même chose pour moi. Nous...

Campbell écarquilla les yeux. Était-ce là le plan de Steve ? Respecter la légalité jusqu'à ce qu'il perde et l'enfreindre après ?

— Non, ne me dis pas, le coupa-t-elle sèchement. N'ajoute pas un mot.

Il recula, étonné par la dureté du ton.

— Trey, je suis d'accord pour qu'on se parle, mais tu vois, si je sais certaines choses, je pourrais être dans l'obligation...

— De leur répéter ce que j'ai dit.

— Je suis désolée...

— Non, je comprends.

470

— Comment tu pourrais comprendre ? dit-elle d'une voix triste. Moi-même j'y arrive à peine.

Il haussa les épaules.

— J'ai grandi dans la maison d'un sénateur. Les accords, les compromis et ce qu'il appelle les « alliances temporaires », je connais. Tu sais ce qu'il aime répéter ? il faut danser avec le diable si c'est lui qui paie les violons. Tu peux me croire, on ne parle que de ces trucs-là, chez moi, à table.

Il jeta un coup d'œil à sa montre, recula sa chaise.

— Il vaut mieux que j'y aille. Mais je te vois demain matin, d'accord ?

Elle confirma de la tête. Trey se leva, hésita sur le pas de la porte.

— Cam, ce que tu as fait quand t'avais quinze ans... Tu dois pas te torturer pour ça. Après tout, tu n'étais qu'une gosse, non ?

Il se tourna et partit en courant à travers le jardin.

Comment peux-tu comprendre ça ? pensa-t-elle. Je n'y arrive pas moi-même.

Au bout de quelques minutes, elle gravit l'escalier en colimaçon et s'étendit sur le futon. C'était celui qu'elle avait vu par la fenêtre dans la maison de Lake Drive, en février. Steve avait dû le récupérer et le faire venir ici, dans la gloriette.

Elle roula sur elle-même, pressa sa joue contre l'épais coton de la couverture. Il sentait les copeaux de bois, les aiguilles de pin et le sel marin. Il sentait comme ses rêves de l'île de Maristella.

Est-ce l'odeur de Steve ? se demanda Cam. Elle n'en savait rien mais elle la respira jusqu'à la tombée de la nuit.

31

Elle retrouva les Ramsay à la porte de derrière du bâtiment du tribunal, où un huissier attendait pour les conduire à l'ascenseur privé du juge puis, par un couloir également privé, à la salle d'audience. Campbell se fit vaguement la réflexion qu'on avait donné des coups de téléphone, tiré des ficelles, conclu des arrangements. « C'est comme ça que ça se passera, désormais », lui avait prédit Doug un matin d'hiver. Plus question d'attendre ni de faire la queue. S'ils organisaient un brunch chez eux, quelqu'un d'autre ferait les courses et la cuisine. S'ils laissaient l'appartement en désordre, quelqu'un nettoierait derrière eux.

Ils arrivèrent les premiers et prirent place. La salle était petite, pas plus de cinq mètres sur six ; elle n'avait ni box de jurés ni rangées de sièges pour le public, rien qu'un bureau surélevé pour le juge et, devant, deux tables pour les parties en litige et leurs avocats. Il n'y avait pas non plus de sténographe, mais un simple magnétophone posé sur le bureau de l'huissier. Le box des témoins se trouvait au fond, entre les deux tables, et était tourné vers l'avant, tandis que le pupitre d'où l'avocat posait ses questions occupait, à l'avant, la place du box des témoins dans n'importe quelle autre salle d'audience. Il y avait une raison à cela : dans ce genre de procédure, le juge était le seul qui eût pour tâche d'établir les faits, le seul dont l'opinion comptât.

La porte du couloir public s'ouvrit et l'huissier entra, suivi de Bruce Benjamin et de Steve Patterson. Ils s'installèrent à leur table et, par-dessus l'allée, Cam adressa à voix basse des salutations à Benjamin, qui lui répondit par un grognement. Assis sur la chaise la plus éloignée d'elle, Steve regardait droit devant lui.

Le juge Miller franchit la porte du couloir privé, et Benjamin demeura debout après que le magistrat eut grimpé sur son perchoir.

— Bonjour, Votre Honneur. Nous sommes ici aujourd'hui à la demande de Steven A. Patterson...

— Je sais pourquoi vous êtes là.

— Si je puis me permettre une brève déclaration d'ouverture...

— Vous pouvez vous asseoir, Mr Benjamin, et me laisser diriger l'audience à ma manière.

Cam échangea un regard avec son adversaire, qui pensait probablement la même chose qu'elle : le petit homme si timide en manches de chemise dans son cabinet se révélait tyrannique une fois qu'il avait enfilé sa robe noire.

— Certainement, dit Benjamin avec raideur.

Dans un silence gêné, tout le monde attendit que Miller feuillette le dossier. Cam coula un regard à l'autre table, où Steve, le visage sans expression, fixait un point au-dessus de la tête du juge.

— Bon, grogna Miller, allons-y.

Benjamin se leva de nouveau.

— Le premier témoin du requérant...

— Le premier témoin que moi, je souhaite entendre, c'est Barbara Lawson, coupa le juge.

— Mais nous avons tous une copie de son rapport d'évaluation de foyer. Il n'est pas nécessaire de gaspiller le temps de la cour...

— J'utilise mon temps comme bon me semble, rétorqua Miller, mais je ne vous laisserai pas le gaspiller en interruptions incessantes.

L'huissier introduisit Barbara Lawson. C'était une grande Noire aux traits anguleux, nantie d'un diplôme de psychologie et de douze ans d'expérience dans les évaluations de foyer, le plus souvent dans des familles

473

à bas revenu pour des affaires de garde d'enfant ou de déchéance de droits parentaux. Elle s'assit dans le fauteuil du témoin, leva la main pour prêter serment puis attendit les questions du juge.

Suivit un interrogatoire extravagant, le juge reprenant ligne par ligne avec le témoin un rapport que chacun avait devant soi. Cam eut l'impression de regarder un film anglais avec des sous-titres anglais. Laborieusement, le juge fit décliner au témoin son identité et ses qualifications puis la fit se prononcer sur divers documents du dossier. Une demi-heure s'écoula avant qu'il ne lui demande de relater sa visite au foyer du sénateur et de Mrs Ramsay.

Rien dans son expérience des grands ensembles de Wilmington ne préparait Barbara Lawson à une visite chez Margo Vaughn Ramsay. Celle-ci l'avait accueillie à la porte, lui avait fait faire le tour de la maison puis avait coiffé un chapeau à large bord pour l'emmener dans le jardin. Elle l'avait ensuite ramenée à l'intérieur, fait asseoir sur une causeuse tendue de brocart, et lui avait offert du thé et des scones dans un service en argent appartenant à la famille Vaughn depuis quatre générations. Elle lui avait montré des tableaux de famille et des coussins en tapisserie à l'aiguille ; elle lui avait montré des photos du sénateur Ramsay posant avec des chefs d'État ; elle lui avait montré le portrait de Cynthia et avait versé des larmes silencieuses en lui racontant la vie brève et tragique de sa fille.

Mrs Lawson avait inspecté la chambre de l'adolescent, qu'elle avait trouvée spacieuse et confortable. Il avait un bureau pour faire ses devoirs, un grand jardin pour les activités de plein air, un vélo en bon état avec lequel il parcourait les routes du voisinage. Le quartier était tranquille et résidentiel, avec très peu de circulation. Au total, un environnement très sûr.

Elle avait eu un bref entretien avec l'enfant quand il était rentré du collège dans l'après-midi, et il lui avait fait l'impression d'un adolescent éveillé et bien nourri. Il s'était montré évasif dans ses réponses, et peu communicatif, mais cela n'avait rien d'anormal pour un garçon de cet âge dans ces circonstances particulières. Les bulletins scolaires des années antérieures faisaient état de faiblesses dans diverses matières et d'incidents disciplinaires, mais, précisément, ils concernaient une période antérieure. Depuis son retour chez les Ramsay, en juin, ses notes s'étaient sensiblement améliorées, et il n'y avait plus eu d'entorses à la discipline. Mrs Lawson n'avait jamais eu l'occasion de visiter le collège de Tower Hill, mais elle le connaissait de réputation. Une réputation qu'elle estimait amplement méritée.

Comme le sénateur se trouvait à Washington au moment de sa visite, Mrs Lawson s'était entretenue avec lui par téléphone. Il s'était montré coopératif, concerné, et avait confirmé toutes les informations recueillies.

Elle avait également parlé au téléphone avec la psychiatre qui suivait l'enfant depuis juillet et selon qui il faisait des progrès.

Aux yeux de Mrs Lawson, l'enfant avait tout le nécessaire en termes de nourriture, logement, habillement, soins médicaux. Il recevait un enseignement de haute qualité, et les défendeurs assuraient la continuité requise en matière d'éducation, vie de quartier, relations avec des enfants de son âge, comme ils le faisaient depuis quatorze ans.

Le lendemain, Mrs Lawson avait procédé à une évaluation du foyer du requérant Steve A. Patterson dans son appartement meublé de West Chester, Pennsylvanie. Cordial, coopératif, il l'avait invitée à inspecter les lieux tout en précisant qu'il n'avait pas l'intention d'y accueillir l'enfant puisqu'il n'y avait qu'une chambre. Quand elle lui demanda quelles étaient ses intentions, le requérant avait fait une réponse vague. Il n'avait pas, il n'avait jamais eu de véritable foyer ; il travaillait irrégulièrement comme architecte/entrepreneur, se déplaçant d'un chantier à un autre, restant parfois un an, parfois pas plus d'une saison au même endroit. Actuellement, il ne travaillait pas.

Les parents du requérant étaient décédés, il n'avait ni frère ni sœur, pas de relation sentimentale pour le moment bien qu'il eût connu plusieurs phases de cohabitation à court terme avec diverses femmes par le passé. Il reconnaissait d'ailleurs avoir cohabité avec l'une de ces femmes pendant une partie du temps où le garçon avait aussi vécu avec lui. L'enfant n'avait pas fréquenté d'école pendant cette période. Le requérant assurait lui avoir servi de professeur, mais aucune preuve ne venait étayer cette affirmation.

Le requérant semblait en parfaite santé physique et mentale. Il était, selon lui, lié à l'enfant par des liens affectifs très forts mais Mrs Lawson n'avait pas eu la possibilité d'observer leur comportement ensemble, le requérant faisant l'objet d'une ordonnance l'enjoignant de demeurer à cent cinquante mètres au moins du mineur.

Mrs Lawson estimait que le requérant ne pouvait assurer aucune continuité au garçon en matière d'éducation, vie de quartier ou relations avec des enfants de son âge. Continuité essentielle, selon elle, à ce stade de la vie. Le garçon avait subi récemment un certain nombre de changements, la puberté étant le principal. Changer aussi de situation familiale pourrait lui être préjudiciable, en particulier si sa nouvelle situation était empreinte de l'instabilité du mode de vie du requérant.

Deux heures s'écoulèrent avant que le juge ne permette au témoin d'énoncer la conclusion inscrite à la dernière page de son rapport : il était dans l'intérêt du mineur de rester sous la garde des défendeurs.

La suspension pour le déjeuner prit deux heures de plus, puis Benjamin alla se placer derrière le pupitre pour poser « simplement quelques questions ».

Bien qu'il eût, Cam le savait, plaidé plusieurs affaires devant cette cour, il était taillé pour une autre arène. Sa voix était trop forte, ses mouvements trop amples pour l'échelle réduite et plus intime de cette salle d'audience.

— Mrs Lawson, vous procédez à des évaluations familiales depuis douze ans, est-ce exact ?

— C'est exact.

— Vos services ont élaboré une liste des points à observer ?

— Oui.

— Vous vous efforcez de la suivre ?

— Autant que les circonstances le permettent.

— Le second point de cette liste recommande : « Il conviendra d'observer et d'évaluer la façon dont l'enfant se comporte envers les parents, pris individuellement ou ensemble. » Cela vous dit quelque chose ?

— Bien sûr. C'est un moyen essentiel pour évaluer l'attachement du mineur à ses parents.

Une pause spectaculaire, une inclinaison du buste, un coude sur le pupitre, et la question fusa dans un sifflement :

— Alors pourquoi ne l'avez-vous pas utilisé cette fois-ci ?

— Je l'ai expliqué. Une ordonnance empêche...

Interruption tonitruante :

— Je ne parle pas de Steve Patterson ! Je parle des gens chez qui le garçon vit actuellement. Ceux dont vous semblez penser qu'ils doivent conserver la garde.

— Je l'ai expliqué aussi. Le sénateur Ramsay était à Washington.

— Vous avez donc recommandé de maintenir la garde à un homme que vous n'avez jamais rencontré ?

— Non, j'ai rencontré le sénateur Ramsay de nombreuses fois.

Une autre pause, un redressement du corps et un pas en arrière, un œil torve sur le témoin.

— Ah ? En quelles occasions ?

— Au cours de réceptions, de réunions, de cérémonies publiques.

— À caractère politique ?

— Oui, je suppose qu'on peut les qualifier de politiques.

— Au cours de ces réunions, vous êtes-vous forgé une impression favorable à son sujet ?

— Oui, en effet.

— Assez favorable pour lui donner votre voix aux dernières élections ?

Cam avait commencé à se lever avant même que le coude de Ramsay s'enfonce dans ses côtes.

— Objection. Nous votons encore à bulletin secret dans ce pays.

— Nous bénéficions du secret dans un grand nombre de domaines, repartit Benjamin. Mais ce privilège tombe quand un témoin chargé d'émettre une évaluation d'expert semble nourrir une opinion préconçue.

— À moins que la cour ne transfère l'audience dans un autre État ou un autre pays, il n'y a aucun moyen d'éviter cette prétendue « opinion préconçue », riposta

Cam. Dans le Delaware, tout le monde a voté pour ou contre le sénateur Ramsay.

Le juge parut un instant séduit par l'idée de transmettre l'affaire à un autre tribunal, loin, très loin de sa juridiction, mais il la chassa et se tourna vers le témoin.

— Mrs Lawson, vos opinions politiques vous ont-elles influencée en quoi que ce soit dans cette affaire ?

— Bien sûr que non. J'ai procédé à cette évaluation comme pour n'importe quelle autre affaire.

— Objection retenue. Poursuivez, Mr Benjamin.

Ce qu'il fit. Quel était l'âge des défendeurs ? Soixante-huit et cinquante-neuf ans. Avait-elle pris ce fait en considération ? Oui, mais c'étaient des personnes actives, en bonne santé ; leur âge ne constituait pas un argument contre eux. Le sénateur était-il souvent à Washington ? Généralement du lundi matin au vendredi soir, lui avait-on dit. Avait-elle cherché à en obtenir confirmation ? Avait-elle joint les bureaux du sénateur pour demander une copie de son emploi du temps ? Savait-elle que le sénateur avait en fait passé dix-huit week-ends à Washington l'année précédente ? Savait-elle que le mineur ne lui avait jamais rendu visite là-bas, qu'il n'avait jamais vu son appartement là-bas ? Savait-elle que, cet été, le sénateur avait passé quatre semaines en mission dans le Pacifique Sud ? Sans sa famille ?

— Serez-vous étonnée d'apprendre que, l'année dernière, le sénateur Ramsay n'a passé que quarante nuits dans la même maison que le garçon ?

Barbara Lawson, qui s'était ressaisie, répondit :

— Pas du tout, puisque le garçon a passé un tiers de l'année dans un lieu inconnu des Ramsay.

Le sénateur rit sous cape à côté de Campbell.

— Venons-en aux relations entre le garçon et

Mrs Ramsay, enchaîna Benjamin. Qu'avez-vous observé ?

— J'ai observé un comportement adolescent typique. Il est rentré de l'école, il est venu dans la salle de séjour quand Mrs Ramsay l'a appelé. Elle nous a présentés l'un à l'autre et a annoncé que je souhaitais lui parler en particulier d'ici à quelques minutes, qu'en attendant, il pouvait aller manger quelque chose dans la cuisine. Il a hoché la tête et il a quitté la pièce.

Benjamin laissa un long moment s'écouler en silence.

— C'est tout ? C'est là toutes les interactions que vous avez observées ?

— Oui, mais je dois vous expliquer... Pour un enfant plus jeune, nous observons le temps de jeu, ou le rituel du coucher. Chez un adolescent, il n'est pas rare que l'interaction se limite à un échange de salutations en passant.

— « Un échange de salutations en passant », répéta l'avocat. Eh bien, examinons la qualité de ces salutations, voulez-vous ? Ils se sont embrassés ?

— Non.

— Ils se sont serrés l'un contre l'autre ?

— Non.

— Ils se sont touché la main, tapoté l'épaule ?

— Non.

— Est-ce que le garçon lui a dit quoi que ce soit ?

Le témoin consulta ses notes.

— Pas que je me souvienne.

— Mrs Lawson... (nouvelle pause, un coude sur le pupitre), est-ce qu'il a au moins échangé un regard avec elle ?

— Je n'étais pas en mesure de l'observer.

— Mais n'était-ce pas précisément le but de votre visite ? Observer ? Ou étiez-vous simplement venue prendre le thé avec une femme de sénateur ?

Cam n'eut pas besoin d'élever une objection. Le juge tournait déjà vers Benjamin un visage furieux.

— Tout à fait déplacé ! Mrs Lawson s'acquitte parfaitement de sa tâche et n'a pas à subir vos insultes !

— Je m'excuse, dit Benjamin, nullement décontenancé. (Il feuilleta un instant ses notes, posa sur le témoin un regard perplexe.) Je ne trouve pas vos commentaires sur les relations du mineur avec l'autre membre de la maisonnée.

— Il n'y en a pas, répondit Barbara Lawson, déconcertée.

— Non ? Et que faites-vous de Jesse Lombard ?

Elle s'apprêtait à secouer la tête, se ravisa.

— Attendez. Vous voulez dire le chauffeur ?

— C'est en ces termes qu'on vous a parlé de lui ?

— Personne ne m'a parlé de lui. J'ai simplement deviné.

— Personne ne vous a dit que c'est surtout lui qui s'occupe du garçon ?

Cam, debout, contestait que la question eût un fondement quelconque. Benjamin répliqua qu'il appellerait ultérieurement Mr Lombard à témoigner, ce à quoi le juge répondit qu'il mettait la charrue avant les bœufs.

— En ce cas, laissez-moi poser la question de cette manière. Quelqu'un vous a-t-il dit que Jesse Lombard passe plus d'heures par jour avec le garçon que l'un ou l'autre des défendeurs ?

— Non. Je n'étais pas du tout au courant de ça.

— Cela aurait-il modifié en quoi que ce soit votre évaluation ?

— Je ne sais pas. Probablement pas. Nous nous intéressons généralement plus à la qualité qu'à la quantité de temps accordé.

— Ah oui ! Par exemple la qualité des salutations que vous avez observées. Pas un mot, pas un regard.

481

— Votre Honneur..., intervint Cam d'un ton peiné.

— Je retire cette remarque, dit Benjamin. Venons-en à un autre élément important des relations parents-enfant : la communication. Estimez-vous comme moi, Mrs Lawson, qu'une bonne communication est importante ?

— Tout à fait.

— Comment qualifieriez-vous le fait que les défendeurs n'aient pas révélé au garçon qu'il avait été adopté ? Vous savez qu'ils ne le lui ont jamais dit ?

— Oui, mais Mrs Ramsay s'en est expliquée. Ils avaient l'intention de le lui dire quand il serait en âge de comprendre. Quatre ou cinq ans, pensaient-ils, ce qui est généralement l'âge de l'enfant quand les parents adoptifs commencent à aborder le sujet. Mais Trey n'avait que trois ans quand sa mère biologique est morte. Il croyait que c'était sa sœur. Ils ont craint qu'apprendre que sa sœur morte était en réalité sa mère n'ait sur lui un effet dévastateur. Alors, ils ont gardé cette information pour eux.

— Mais tous les experts de votre branche ne considèrent-ils pas que c'est une erreur ?

— Si.

— Ne pensent-ils pas que l'effet est encore plus dévastateur si l'enfant le découvre par lui-même ?

— Je ne dis pas que j'approuve la décision des Ramsay. Seulement que je la comprends.

Benjamin passa ensuite à l'entretien du témoin avec le conseiller pédagogique du garçon et à ses résultats scolaires. Quelles étaient ses notes en cinquième ? Essentiellement des C, répondit-elle. En quatrième ? La même chose. Combien d'incidents disciplinaires en cinquième ? Cinq. En quatrième ? Cinq aussi, mais sur une période plus courte puisqu'il n'avait pas fréquenté l'établissement de février à juin.

— Il redouble donc sa quatrième ?

— Non. Il est en troisième, cette année.

— Attendez, fit Benjamin, feignant la confusion. Il a manqué près de la moitié de la quatrième et on l'a quand même admis en troisième ?

— Oui.

— Et jusqu'ici, il se maintient dans les A ?

— C'est exact.

— Et vous soutenez toujours qu'il n'y a aucune preuve que Steve Patterson lui ait servi de professeur ?

— Euh... pas de preuves claires, en tout cas.

— Ça ne peut être plus clair, non ?

— Il y a d'autres explications possibles, répondit-elle d'un ton pincé.

— Ah ! bon ? Citez-m'en une.

— Le dossier indique que le mineur avait quelques difficultés d'ordre affectif avec son environnement familial et scolaire. Tout à coup, il a été tiré de cet environnement, dont il a été privé pendant trois ou quatre mois. À son retour, sa situation lui a peut-être paru bien meilleure. Il s'est peut-être rendu compte qu'il avait une vie facile à Wilmington. Et cette prise de conscience lui a peut-être permis de s'atteler sérieusement à son travail scolaire et à ne plus s'attirer d'ennuis.

Benjamin la regarda avec insistance.

— C'est votre théorie ?

— C'est une explication possible.

— Étayée par des preuves claires ?

— C'est une hypothèse.

— N'y a-t-il pas au contraire des faits qui la réfutent clairement ?

— Je ne vois pas à quoi vous vous référez...

— En étudiant le dossier de l'affaire, n'avez-vous pas trouvé le témoignage d'un directeur de magasin ?

— Oh ! si, j'ai vu ça !

483

— Une semaine après son retour, le garçon commet un vol à l'étalage, et vous y voyez la preuve qu'il est ravi de se retrouver chez lui ?

— Je n'ai pas tenu compte de cette déclaration, Mr Benjamin. Il n'y a eu ni arrestation ni inculpation, et, d'après mon expérience, il n'est pas rare que des malentendus surgissent entre directeurs de magasin et jeunes traînant dans un centre commercial.

— Toujours dans le dossier, n'avez-vous pas trouvé également le témoignage du garçon au procès de Mr Patterson ?

— Si. Mais là encore je n'en ai pas tenu compte.

— Les déclarations faites sous serment n'ont aucun poids pour vous ?

— Votre Honneur..., commença Campbell.

— Mr Benjamin, répliqua sèchement le témoin, mon travail consiste à percevoir ce que les gens sentent vraiment à travers ce qu'ils disent. Pour moi, il était patent que Trey était troublé et en pleine confusion quand il a fait ce témoignage.

— Attendez. Je croyais qu'il était ravi de se retrouver chez lui...

— C'est vous qui avez dit ça. Pas moi. Je pense personnellement que le processus de guérison a pris plus longtemps. Il dure encore, en fait.

— Vous vous référez à la thérapie qu'il suit avec le Dr Imperato ?

— Oui.

— Pour quoi exactement le traite-t-elle ?

— Elle n'était pas autorisée à me le dire. Elle a simplement déclaré qu'il faisait des progrès.

— Pourquoi n'était-elle pas autorisée à vous répondre ?

— Secret professionnel.

484

— Que le patient est en droit de lever. Ou, en l'occurrence, que ses parents ont le droit de lever pour lui.

— Oui, mais ils ont préféré de ne pas le faire.

— Ça ne vous préoccupe pas ? Ils vous cachent certaines informations et ça ne vous préoccupe pas ?

Il y eut un craquement sonore quand le juge fit tourner son fauteuil vers le pupitre.

— Assez, Mr Benjamin ! Vous avez harcelé le témoin tout l'après-midi, cela suffit.

— Je retire ma question, avec mes excuses à la cour et à Mrs Lawson. Avec votre permission, Votre Honneur, encore une dernière série de questions et j'en aurai terminé.

— Pas trop tôt, grogna Miller.

— Mrs Lawson, lorsque vous avez interrogé le garçon, lui avez-vous demandé sous la garde de qui il préférerait être ?

— Oui, bien sûr.

— Qu'a-t-il répondu ?

Le sénateur Ramsay lança un regard appuyé à Cam, qui se leva.

— Objection. Ouï-dire.

Une autre escarmouche s'ensuivit. La théorie des preuves n'était pas strictement appliquée dans un tribunal de la famille, argua Benjamin ; en outre, tout ce que le témoin avait déjà déclaré reposait quasiment sur des ouï-dire.

— Non, je retiens quand même l'objection, trancha Miller. Quand je voudrai connaître les préférences du mineur, je le ferai venir ici pour lui poser moi-même la question, en tête à tête.

— Excellente suggestion, Votre Honneur, approuva Benjamin. En ce cas, je n'ai plus qu'une question. Mrs Lawson, avez-vous interrogé le garçon sur ses liens affectifs avec les deux parties ?

— Oui, mais il ne faut pas tenir compte de sa réponse. Mr Patterson est jeune, il a beaucoup de prestance, il voyage, il construit des choses. Pour un jeune garçon impressionnable, c'est une personnalité très séduisante. L'adolescent sera naturellement attiré par la solution la plus fascinante.

— Je vois. Comme vous avez été vous-même attirée par les Ramsay ?

Cam était à nouveau debout, le juge frappait de son marteau. Benjamin leva les bras en signe de capitulation et retourna s'asseoir en retenant mal un petit sourire.

À côté de l'avocat, Steve continuait à regarder droit devant lui.

Ce fut le tour de Campbell. Elle alla au pupitre, mena un contre-interrogatoire peu inspiré, reprenant et soulignant tous les commentaires favorables que Barbara Lawson avait émis sur les Ramsay. Ils étaient mariés depuis trente-six ans, ils avaient toujours habité la même maison. Trey fréquentait le même établissement scolaire depuis la maternelle et y avait encore de nombreux amis. Si l'on admettait que Jesse Lombard s'occupait de lui, c'était un argument de plus en faveur du maintien de la garde puisqu'il assurait une présence masculine dans la vie de l'enfant quand le sénateur devait s'absenter. En tout cas, trois personnes que le garçon connaissait depuis toujours valaient forcément mieux qu'une seule dont il avait fait la connaissance cette année seulement. Quant au secret concernant la thérapie, les Ramsay n'avaient-ils pas préféré ne pas le lever par respect pour la vie privée de leur fils, ou pour qu'il se sente complètement libre de se confier à sa thérapeute ? Oui, répondit Mrs Lawson, soulagée, cela semblait probable, et c'était le choix le plus avisé.

Campbell retourna à sa table mais resta debout tandis que le témoin regagnait sa place.

— Votre Honneur, puis-je présenter une requête ?

Miller, qui s'attendait à cette demande, hocha la tête.

— Les défendeurs réitèrent respectueusement leur requête de rejet de la demande du requérant au motif que les conditions requises dans l'article 721 n'ont pas été remplies, à savoir qu'il n'y a aucune preuve qu'il n'est pas dans l'intérêt de l'enfant de rester sous la garde de ses parents.

Bruce Benjamin était debout lui aussi, à présent, et attendait de se faire entendre. Le juge les considéra tous deux d'un air renfrogné puis leva les yeux vers la pendule. Il n'était que quatre heures, trop tôt pour ajourner l'audience, bien qu'il en eût fortement envie.

— La cour pourrait peut-être permettre aux deux parties de se retirer, suggéra Cam. Le sénateur Ramsay doit téléphoner à son bureau de Washington avant l'heure de fermeture et, en tout cas, il n'y a aucune raison pour que les parties soient présentes pendant la discussion juridique.

Miller approuva de la tête.

— Les parties peuvent disposer pour aujourd'hui au moins. Les avocats sont priés de se présenter à mon cabinet dans dix minutes pour discuter de la requête des défendeurs.

Il descendit de son perchoir et Ramsay sortit immédiatement derrière lui par la même porte, cependant que Benjamin accompagnait son client dans le couloir public. En commençant à rassembler ses affaires, Campbell s'aperçut que Margo n'avait pas bougé.

— Mrs Ramsay, voulez-vous que j'appelle quelqu'un pour vous ?

487

— Non. Je suis sûre que Jesse attend en bas.

— Voulez-vous que je descende avec vous ?

La femme du sénateur déclina d'un signe de tête. Cam ferma sa serviette, jeta un coup d'œil à la pendule. Elle avait encore cinq minutes, le temps de passer aux toilettes.

— C'est vrai, vous savez, murmura Margo en regardant ses mains.

— Quoi ?

— Ce qu'il a dit... Sur moi et Trey. Franchement, je ne me rappelle pas la dernière fois où il m'a embrassée ou prise dans ses bras. Je n'avais jamais songé à ce que cela signifie.

— Cela ne signifie pas forcément quelque chose, dit Cam.

Margo se leva en lui demandant :

— Comment vous sentiriez-vous, Campbell, si votre propre enfant ne vous accordait même pas un regard ?

Miller était de nouveau en manches de chemise, et l'ours tyrannique s'était métamorphosé en souris timide. Cam exposa calmement sa requête en abordant tous les arguments pertinents mais sans mettre de vigueur dans aucun. Elle avait réservé toute sa véhémence pour le texte écrit. La loi était claire, arguait-elle : on ne pouvait accorder la garde à un non-parent sans établir d'abord qu'il était contraire à l'intérêt de l'enfant de demeurer sous la garde des parents. Non seulement l'évaluation de Barbara Lawson n'allait pas dans ce sens, mais elle avait conclu au contraire que la garde devait rester telle qu'elle était. La jurisprudence invitait la cour à accorder à cette opinion toute la considération qui lui était due. En outre, la question n'était pas de comparer simplement le requérant aux défendeurs et de choisir. Pour répondre au texte de la loi, la cour devait établir que l'intérêt de l'enfant serait mieux servi *n'importe où* qu'avec ses parents. En d'autres termes, sa situation chez eux devait être si néfaste pour lui que la cour jugeait préférable de le placer dans un foyer d'adoption que de le laisser avec sa famille. Or, il n'y avait pas l'ombre d'une preuve pour justifier une telle décision dans cette affaire.

Bien que l'arène de Bruce Benjamin se fût encore rétrécie, il n'atténua ni sa voix ni ses manières pour s'y adapter. Le rapport de Barbara Lawson ne méritait aucune « considération », déclama-t-il. Le premier objectif d'une évaluation de foyer est d'observer les relations entre parents et enfant, et elle n'avait absolument pas observé les relations entre le mineur et deux des trois membres de la maisonnée. De plus, elle n'avait pas tenu compte des aspects négatifs du comportement de l'enfant envers Mrs Ramsay. Elle n'avait pas pris en considération la conduite délictueuse du garçon ni les autres symptômes de son inadaptation à son milieu au cours des deux dernières années. Elle n'avait retenu qu'un mois de bons résultats et de bonne conduite au collège dont elle avait accordé tout le mérite aux Ramsay, alors qu'il était bien plus probable qu'il revenait à Steve Patterson. Elle n'avait pas cherché à connaître la nature des problèmes psychologiques du mineur ni celle de son traitement. Elle n'avait pas analysé le refus des Ramsay de lever le secret professionnel patient-médecin, elle avait excusé l'erreur énorme qu'ils avaient commise en omettant d'informer le garçon sur son passé. Enfin, elle n'avait pas tenu compte des liens affectifs et des préférences de l'adolescent bien qu'il eût quatorze ans et fût en droit de se faire entendre. Tous ces faits, s'ajoutant au refus antérieur de la cour de

laisser l'expert du requérant procéder à sa propre évaluation, justifieraient l'annulation du jugement par une
cour d'appel au cas où le juge Miller rejetterait la
demande du requérant à ce stade. En particulier à la
lumière du préjugé favorable manifeste du témoin
envers le sénateur Ramsay.

Campbell avait de meilleurs arguments mais Benjamin avait plus de fougue, et cela suffit à ébranler un
juge timoré craignant d'être lui-même accusé de préjugé favorable.

— J'ai bien peur qu'il n'ait raison, dit Miller en tournant vers Cam un regard nerveux. Je ne peux déterminer quel est l'intérêt de l'enfant sur la base de ces
éléments. Mais écoutez, je ne rejette pas votre requête.
Nous la mettons de côté en attendant de connaître le
reste du dossier.

Prévoyant une objection, il se raidit mais Cam se
contenta de hocher la tête en silence.

— Bien, dit-il. Alors nous reprendrons demain à neuf
heures et demie et Mr Benjamin appellera son premier témoin.

32

— Steven Patterson.

Il s'assit à un mètre de l'épaule droite de Campbell,
si près qu'elle sentait la tension qui émanait de lui,
comme un crépitement électrique dans l'air. Il gardait
les yeux sur Benjamin, et elle fit de même, mais, à côté
d'elle, Ash Ramsay recula sa chaise et se tourna vers le
témoin. Derrière lui, Margo se tenait immobile, les
mains jointes sur la table devant elle. Ses cheveux gris

acier étaient tirés en arrière en un chignon si serré qu'elle avait la peau tendue au coin des yeux.

Les préliminaires furent expédiés en une minute. Il était Steven Patterson, trente-quatre ans, présentement domicilié à West Chester, Pennsylvanie, père biologique de James Ashton Ramsay III, et requérant dans la procédure.

— D'où êtes-vous originaire, Steve ? demanda Benjamin.

La voix était toujours trop forte pour les dimensions réduites de la salle d'audience, mais il avait au moins adopté le ton de la conversation.

— De Carlinville, Illinois.

— Que faisaient vos parents ?

— Ma mère était secrétaire, mon père menuisier. Il travaillait sur des chantiers, généralement à Saint Louis ou dans les environs.

— Vous en parlez au passé ?

— Mon père est mort en 1990, ma mère l'année dernière.

— Où avez-vous fait vos études ?

— Au lycée de Carlinville. Puis à Cornell.

L'avocat haussa les sourcils comme s'il entendait ce détail pour la première fois.

— Prestigieuse université, dit-il, impressionné.

Le témoin haussa les épaules.

— J'ai bénéficié d'une aide financière.

— Qu'avez-vous étudié là-bas ?

— L'architecture.

— Vous êtes aujourd'hui architecte diplômé ?

— Oui.

— Dans quelle branche exercez-vous ?

— Habitation.

— Vous gagnez bien votre vie ?

— Assez bien.

491

— Quels ont été vos revenus, disons, ces cinq dernières années ?

— Environ cent, cent cinquante mille dollars par an.

Benjamin avait des pièces à l'appui : des photocopies de ses avis d'imposition pour les cinq dernières années, et une déclaration détaillant sa situation financière.

— Vous travaillez sur un projet quelconque, en ce moment ?

— Pas depuis juin. Mais j'ai un chantier qui m'attend dans le Maine, et un autre ensuite à East Hampton.

— Vous avez fait la connaissance de Cynthia Ramsay à Cornell ?

Benjamin avait posé la question sur le même ton anodin, et il fallut un moment à Cam pour se rendre compte que l'atmosphère avait changé. Elle jeta un coup d'œil à Ramsay, qui fusillait quasiment le témoin des yeux, et à Margo, dont les lèvres avaient blanchi quand on avait prononcé le nom de sa fille.

— Oui, répondit Steve.

Il était en seconde année, expliqua-t-il, et il se faisait de l'argent de poche en servant de guide aux nouveaux pour la visite des lieux. Cynthia Ramsay avait participé à l'une de ces visites et, avant qu'elle fût terminée, ils avaient échangé noms de dortoir et numéros de chambre. Au bout de quelques semaines, ils sortaient ensemble régulièrement.

— Aviez-vous des rapports intimes ?

Il déglutit péniblement avant de répondre :

— Non, pas avant décembre, juste avant de rentrer à la maison pour les vacances de Noël. Nous étions déchirés à l'idée d'être séparés pendant quatre semaines. Vous savez ce que c'est quand on est adolescent : tout prend des proportions démesurées. Cette nuit-là, avant de partir, nos rapports sont devenus... intimes.

Un petit bruit s'échappa de la gorge de Margo, comme le battement d'aile d'un oiseau blessé.

— Que s'est-il passé à la rentrée ?

— Nous avons repris là où nous en étions restés, mais de manière plus... plus réfléchie, dirais-je. Nous faisions attention, désormais. Bien que ce fût sans importance.

— Pourquoi, « sans importance » ?

— Nous ne le savions pas encore, mais Cindy était déjà enceinte.

Cindy, pensa Cam. Jamais les Ramsay ne l'avaient appelée par ce nom.

— Quand l'avez-vous appris ?

— Elle me l'a annoncé après les vacances de printemps, début avril.

— Que vous a-t-elle dit ?

— Qu'elle avait vu un docteur et qu'elle était enceinte. De trois mois, déjà.

— Comment avez-vous réagi ?

Cam l'entendit expirer bruyamment.

— Pas très bien. Je devrais plutôt dire, d'une façon pas très mûre. En gros, j'ai paniqué. J'étais sidéré, j'avais peur et j'étais furieux.

— Prenons les trois réactions une par une. Pourquoi étiez-vous sidéré ?

— Parce qu'il n'y avait qu'une seule fois où ça avait pu arriver. Et comme tous les autres jeunes, je n'avais pas vraiment compris qu'une seule fois suffit.

— Pourquoi aviez-vous peur ?

— Je ne savais pas quoi faire. Je ne subvenais déjà pas à mes propres besoins, je ne voyais pas comment j'aurais pu faire vivre une femme, un enfant.

— Et pourquoi furieux ?

— Parce que ça me semblait tellement injuste que ça

493

nous arrive à nous. Je crois que j'en voulais aussi à Cindy de m'avoir caché la vérité aussi longtemps.

— Vous en avez discuté avec elle ?

— Nous ne parlions plus que de cela : comment ça avait pu arriver, ce que nous allions faire.

— Vous avez envisagé un avortement ?

— Nous en avons parlé. Mais avant que nous ayons pu prendre un rendez-vous chez le docteur, elle a senti le bébé bouger. Et peu de temps après, je l'ai senti moi aussi. Après ça, c'était impossible.

— Pourquoi ?

— Parce que ce n'était plus une idée immatérielle, c'était devenu un bébé. Alors, nous avons décidé de nous marier.

— Et vos études ? Et vos inquiétudes sur le plan financier ?

— Cindy a pris la décision d'abandonner ses études et de les reprendre plus tard, quand le bébé serait plus grand. Moi j'ai passé le reste du semestre à aligner les petits boulots, à demander des bourses, à chercher un appartement pas cher. J'ai fini par trouver du travail pour tout l'été, un chantier d'usine de dessalement dans les îles Vierges. Je gagnerais dix mille dollars en trois mois.

— Le bébé devait naître quand ?

— À la mi-septembre.

— Qu'est-ce que Cindy ferait pendant que vous seriez dans les îles Vierges ?

— Elle resterait chez ses parents jusqu'à mon retour, espérions-nous. Ensuite, je l'emmènerais à Ithaca pour la naissance du bébé. Mais les choses se sont... compliquées.

— De quelle façon ?

— Nous étions en 1984. L'année où son père s'est présenté au Sénat.

494

— Je ne comprends pas. En quoi cela pouvait-il contrarier vos plans d'épouser Cindy et de pourvoir aux besoins de votre famille ?

— Je ne suis pas certain de pouvoir répondre à cette question. Tout ce que je sais, c'est que Cindy pensait que ça changeait tout. Elle a dit qu'elle devait rentrer à la fin du semestre pour en discuter avec ses parents. Je suis rentré moi aussi passer une semaine dans ma famille avant de commencer à travailler. Nous avions projeté de nous retrouver à Philadelphie et de nous marier là-bas avant que je parte pour les îles. Mais j'étais encore dans l'Illinois quand Cindy m'a téléphoné pour m'annoncer qu'elle devait aller en Europe avec sa mère.

— Elle vous a expliqué pourquoi ?

— Le Delaware était un État trop petit pour qu'elle s'y promène enceinte pendant que son père faisait campagne. Que nous soyons mariés ou non n'y changeait rien : tout le monde pouvait faire le calcul. Alors nous nous sommes rabattus sur un autre plan : dès que j'aurais fini de travailler, je la retrouverais en Europe et nous nous marierions là-bas.

— Ce qui ne s'est jamais fait, n'est-ce pas ?

Il prit une longue inspiration.

— Non.

— Pourquoi ?

— Elle m'a écrit pour me dire qu'elle avait changé d'avis.

— Écrit d'où ?

— De Genève, d'après le cachet de la poste.

— Où étiez-vous quand vous avez reçu la lettre ?

— Sur le chantier, dans l'île. Il y avait un dortoir et une cantine pour l'équipe ; le courrier était distribué chaque soir avant le dîner. Je me souviens, j'ai ouvert la lettre à table, avant de commencer à manger, je me suis levé, je suis sorti et je suis resté assis sur la plage jusqu'à ce que la cloche du petit déjeuner sonne, le lendemain matin.

— Que disait-elle dans sa lettre ?

— Qu'elle n'était pas prête pour les responsabilités du mariage et de la maternité. Elle voulait finir ses études. Elle refusait qu'une seule erreur gâche toute sa vie. Le bébé serait plus heureux avec de vrais parents qu'avec une paire de gosses qui n'auraient fait que jouer un rôle. Elle était prête à l'abandonner pour qu'il soit adopté.

— Quelle a été votre réaction ?

— À nouveau la stupeur et la colère. J'ai eu l'impression qu'elle n'avait pas pris cette décision seule, pas après tous les projets que nous avions faits.

— Vous lui en avez parlé ?

— Je ne savais pas où elle était. Chez ses parents, personne ne répondait au téléphone, et quand j'appelais le QG de la campagne, personne ne voulait me passer son père. J'ai écrit à Cindy, en notant sur l'enveloppe *Prière de transmettre*. Je lui ai écrit tous les jours en lui demandant de me téléphoner ou de me dire où elle était, pour que nous puissions parler de tout ça.

— Vous avez reçu une réponse ?

— La seule réponse que j'aie eue, c'est le jour où, en rentrant au dortoir à la fin de la journée, j'ai trouvé un homme qui m'attendait, assis sur ma couchette.

— Qui était-ce ?

— Le père de Cindy. Ash Ramsay.

— Le sénateur Ramsay s'est rendu aux îles Vierges pour vous voir ?

— Il n'était pas encore sénateur. Oui, il est venu.

— Qu'est-ce qu'il a dit ?

— Que Cindy ne voulait plus me voir ni entendre parler de moi. Elle souhaitait oublier cette histoire et continuer sa vie. Il avait amené des papiers pour que je les signe, et il m'a montré que Cindy avait déjà signé un autre jeu des mêmes documents. Je devais signer aussi, pour que l'adoption soit possible et que Cindy puisse continuer sa vie.

— Vous avez signé ?

— Oui.

— Votre Honneur, je prie la cour d'examiner la pièce 6 du requérant.

Miller tendit une main, attendit qu'on y mette le document. Il lui accorda un coup d'œil et un signe de tête, puis Benjamin le transmit à son client et en remit une copie à Campbell. Elle parcourut rapidement les feuillets. C'était le document qu'elle avait trouvé en février dans le dossier d'adoption : Patterson renonçait à ses droits parentaux et consentait à l'adoption.

— C'est votre signature, au bas de la deuxième page ? demanda Benjamin en retournant au pupitre.

— Oui, répondit Steve.

— Et c'est le document que vous avez signé ce jour-là ?

— Non. Il est différent.

Cam leva les yeux vers lui ; c'était la première fois de la matinée qu'elle laissait son regard se poser sur lui. Il continuait à fixer son avocat.

— En quoi est-il différent ?

— Une grande partie de celui que j'ai signé était en blanc. Tous les détails ont été ajoutés par la suite.

Ramsay se pencha et murmura à Cam d'émettre une objection, mais elle secoua la tête en levant une main pour le faire taire.

— Précisez pour la cour quels détails ne figuraient pas dans le document que vous avez signé.

— Il était bien marqué « père biologique » mais pas « d'un enfant de sexe masculin né à Genève, Suisse, le

16 septembre 1985 ». Parce que j'ai signé en août et qu'il n'était pas encore né. Ensuite, sur la page suivante, là où il est écrit « consent à l'adoption dudit enfant par... » il y avait un blanc après ça.

Benjamin afficha une expression étonnée.

— Vous voulez dire que le document ne précisait pas que Mr et Mrs Ramsay seraient les parents adoptifs ?

— C'est ça.

— Mais Mr Ramsay vous en avait sûrement informé ?

— Il m'avait dit qu'on laissait un blanc parce que la procédure d'adoption devait passer par un organisme, qui examinerait probablement un millier de candidats avant de faire un choix.

— Vous voulez dire, répéta l'avocat, élevant la voix d'incrédulité, qu'on vous a fait croire que le bébé serait confié à des inconnus ?

— Objection, intervint Cam. La question suggère la réponse.

— Retenue.

Benjamin haussa les épaules.

— Auriez-vous signé le document si tous les blancs avaient été remplis ?

— Jamais de la vie.

— Pourquoi ?

— J'ai accepté uniquement parce que je croyais que Cindy voulait laisser toute cette histoire derrière elle. Si j'avais su que le bébé resterait dans sa vie, j'aurais voulu qu'il reste aussi dans la mienne.

— Quand avez-vous appris la vérité ?

— En automne 1996. Je m'étais installé à Rehoboth Beach pour refaire une maison. Un jour, j'ai vu une affiche électorale du sénateur Ramsay. Et dessus, au milieu, il y avait mon fils.

— Vous ne le saviez pas, bien sûr.

498

— Je l'ai su en le voyant. Je l'ai reconnu avant de reconnaître le sénateur Ramsay.

— Mais comment... ?

— Je ne l'explique pas. J'ai su que c'était lui, tout simplement.

— Qu'avez-vous fait ?

— J'ai procédé à des recherches dans la presse pour reconstituer ce qui s'était passé. Puis j'ai consulté un avocat — plusieurs, en fait. Ils m'ont tous dit la même chose : je ne pouvais pas faire annuler l'adoption. Même si on m'avait trompé pour m'amener à signer les papiers. S'il s'était agi d'argent ou de biens — si, par exemple, ils m'avaient volé dix mille dollars et que je ne m'en sois aperçu que douze ans après —, j'aurais pu faire quelque chose. Mais c'est mon fils qu'ils m'avaient volé, je ne pouvais rien faire.

La respiration d'Ash Ramsay sifflait dans sa gorge, et Cam lui pressa le bras pour l'empêcher d'intervenir à voix haute.

— J'ai essayé ensuite l'approche directe. J'ai écrit aux Ramsay, je leur ai dit que je savais qu'ils avaient mon fils, que je voulais le reprendre. Ils n'ont pas répondu. J'ai écrit de nouveau, je leur ai demandé de me rencontrer, moi ou mon avocat, pour négocier un arrangement. Mais ils n'ont pas répondu non plus à cette lettre, ni aux suivantes.

— Qu'avez-vous décidé ?

— Je me suis dit que j'avais trois options possibles. Premièrement, alerter la presse et provoquer un scandale. Mais je ne voulais pas imposer ça à mon fils et je ne voyais pas à quoi cela m'avancerait vraiment.

» Deuxièmement, renoncer et l'oublier. C'est ce que j'ai essayé de faire un moment. Je me concentrais sur mon travail à Rehoboth Beach, je m'efforçais de ne pas penser à lui. Mais il était déjà devenu dans mon esprit plus qu'une silhouette sur une affiche électorale. J'avais découvert quel collège il fréquentait et j'avais pris l'habitude de passer dans le coin, juste pour le voir.

— Et lui, il vous a vu ?

— Non. Personne ne m'a remarqué. Cela m'a préoccupé, d'ailleurs : il n'y avait aucune sécurité, n'importe qui aurait pu l'enlever. Un jour, je me suis rendu compte que j'étais celui qui pouvait l'enlever. Et c'est devenu ma troisième option.

— Steve, le 20 février de cette année, qu'avez-vous fait ?

— J'ai pris mon fils. Je l'ai suivi, lui et ses amis ; je l'ai fait monter dans une camionnette et je l'ai emmené.

— Vous n'aviez pas conscience que beaucoup de gens y verraient un acte criminel ?

— Si, mais comme j'ai dit, je n'avais que trois options, et celle-là me semblait la meilleure.

— Vous ne vous souciiez pas des conséquences ?

— Ce qui m'inquiétait, c'était de l'effrayer, alors, dès que j'ai pu, je lui ai révélé qui j'étais. Pas un instant je n'ai pensé qu'il ne saurait pas déjà qui il était, lui. Mais personne ne lui avait dit qu'il était un enfant adopté. Il a appris toute l'histoire par moi.

— Si vous aviez su ça... ?

— Je ne l'aurais pas fait... Pas comme ça, en tout cas. Vous comprenez, je croyais qu'il savait qu'il avait un père quelque part. J'espérais même qu'il s'attendait à demi à ce que je vienne le chercher un jour.

— Au cours de votre procès, n'a-t-il pas déclaré que non seulement il vous attendait ce soir-là mais que l'idée était de lui ?

— Si.

— Mais ce n'était pas vrai.

— Non.

500

— Alors, pourquoi l'a-t-il dit ?

— Objection, intervint Campbell. Appel à spéculation.

— Je retire ma question, dit Benjamin. La cour pourra peut-être interroger directement le garçon plus tard.

— Peut-être, marmonna le juge d'un ton grincheux. Pourriez-vous avancer un peu plus vite, Mr Benjamin ? Nous approchons de l'heure du déjeuner.

L'avocat baissa à demi les paupières.

— Avançons donc et venons-en à l'île de Maristella. Steve, pourriez-vous la décrire pour la cour ?

Il pouvait faire mieux que la décrire. Il avait amené un portfolio avec des dessins de Trey représentant l'île, et chacun d'eux fut dûment enregistré comme pièce à l'appui. Il y avait des croquis de la vieille maison accrochée au bord de la falaise, de la prairie et du bosquet d'épicéas descendant vers le quai. Il y avait des mouettes agitant leurs ailes dans le ciel et des phoques prenant le soleil sur une plage rocheuse. Il y avait un portrait au fusain de Steve devant une table à dessin.

— Racontez-nous une journée typique sur l'île.

Là encore, Steve pouvait faire mieux que ça. Il montra des photocopies de l'emploi du temps scolaire de Trey, les manuels qu'ils avaient utilisés pour l'histoire, les maths et les sciences, une liste des livres qu'il avait lus ; il avait un classeur contenant les rédactions que le garçon avait écrites, des devoirs d'algèbre et des photos de la catapulte qu'il avait construite comme T.P. de physique. Il fit de même pour les loisirs, avec des photos de Trey pagayant dans un kayak, glissant le long de la pente de la prairie ou faisant chauffer une marmite de soupe sur la cuisinière. Cam examina chaque document puis les passa au sénateur, qui ne leur

accorda qu'un coup d'œil. Margo les contempla longuement, caressa du bout des doigts le visage de Trey sur
l'une des photos.

— Steve, quels sont vos plans si votre demande est
acceptée et qu'on vous confie la garde de l'enfant ?

— D'abord, nous retournerons à Maristella, pour
que je puisse finir ce que j'ai commencé là-bas.

— Combien de temps cela vous prendra, d'après
vous ?

— Probablement jusqu'à la fin de l'été.

— Vous continuerez à servir de professeur à Trey ?

— Oui, mais j'ai cherché un ou deux compléments.
Je vais me débrouiller pour avoir Internet sur l'île et j'ai
trouvé un prof de Baxter Bay qui lui donnera des cours
un ou deux jours par semaine si je conduis Trey là-bas.
Ensuite, si nous nous installons dans les Hamptons à
la fin de l'été, il pourra commencer le lycée là-bas. Je
pense que je pourrai trouver assez de travail dans la
région pour trois ans, ce qui lui permettra de finir ses
études secondaires là-bas aussi.

— Pouvez-vous subvenir aux besoins de votre fils en
matière de nourriture, logement, habillement, soins
médicaux ?

— Oui.

— Pouvez-vous assurer son équilibre sur le plan
affectif ?

— Oui. Nous avons réellement établi de bons
contacts quand nous étions ensemble. Dès le premier
jour, le courant a passé entre nous.

— Pouvez-vous lui assurer une continuité en matière
d'éducation, de vie de quartier, de relations avec d'autres adolescents ?

— Pas à court terme, évidemment. Mais une fois que
nous serons aux Hamptons, je pense que oui. Je sais
que ce n'est pas parfait, mais ce n'est pas différent de

ce que vivent beaucoup d'enfants quand leurs parents doivent déménager.

— Vous reconnaissez qu'il y aura rupture en ce qui concerne la situation présente de l'enfant, ses études, ses amitiés, etc. ?

— Oui, mais je ne suis pas certain que ce soit une mauvaise chose. En février, il fréquentait une sale bande, il avait de mauvais résultats scolaires : il s'acheminait peut-être vers des ennuis graves.

— Qu'entendez-vous par « une sale bande » ?

— C'étaient peut-être de bons gosses individuellement, je ne sais pas, mais ensemble, ils faisaient beaucoup de dégâts. Taillader des pneus, démolir des boîtes aux lettres, fumer des joints. Des choses de ce genre.

— Objection, souffla Ramsay à Cam.

— Ouï-dire, intervint-elle.

— Je l'ai vu de mes yeux, répondit Steve. Le soir où je l'ai repris. En fait, c'est ce qui m'a donné le courage d'aller jusqu'au bout.

— Pourquoi ?

— Parce que j'ai vu combien il avait besoin de moi.

Ramsay se laissa retomber si lourdement en arrière que le bois de sa chaise craqua.

— Ce soir-là, dit Margo tandis que, sorties du tribunal, elles se dirigeaient vers le bureau de Campbell dans King Street, vous nous avez rapporté qu'ils faisaient quelque chose qu'ils n'auraient pas dû faire, c'était ça ?

— Oui. J'ai vu la même chose que Patterson.

Ramsay marchait à grandes enjambées, un pas devant elles, et il n'ouvrit pas la bouche avant qu'un passant lui lance de l'autre trottoir :

— Bonjour, sénateur ! Comment ça va ?

— Très bien. Content de vous voir ! répondit-il, agitant machinalement le bras.

Ils franchirent encore une dizaine de mètres avant que Ramsay ne décide que finalement, il ne retournerait pas au bureau de Cam mais passerait plutôt au bâtiment fédéral pour voir où en était son équipe.

— Mais, sénateur, le déjeuner nous attend...

— Je mangerai quelque chose là-bas.

— Je dois préparer mon contre...

— Oui, très bien, dit-il, se détachant déjà d'elles pour se diriger vers le bâtiment.

— Ash ! lui cria un homme de la porte, Ramsay obliquant aussitôt vers lui.

Comme les deux femmes continuaient à remonter la rue, Margo murmura :

— Il n'est pas du tout comme je pensais.

Étonnée, Cam se retourna vers l'homme qui se tenait sur le seuil et finit par comprendre que Margo parlait de Steve Patterson.

L'après-midi, Cam alla au pupitre et prit sa respiration avant de se tourner vers le témoin. Elle avait l'impression que depuis le soir de Martins Mill Road, elle roulait vers l'accident, et que c'était là, dans la salle d'audience du juge Miller, que la collision allait se produire.

— Mr Patterson, quand êtes-vous revenu des vacances de Noël pendant votre deuxième année à Cornell ?

Steve agrippait les bras de son fauteuil et maintenait son regard sur le devant du pupitre, un mètre en dessous des yeux de Cam.

— À la mi-janvier.

504

— Sans que vous le sachiez, Cynthia Ramsay était déjà enceinte d'un mois à ce moment-là ?

— Oui.

— Les vacances de printemps sont tombées quand, cette année-là ?

— La dernière semaine de mars, je crois.

— De la mi-janvier à la fin mars, combien de fois avez-vous eu des rapports sexuels avec Miss Ramsay ?

Il tourna la tête vers son avocat, qui s'exclama :

— Objection ! En quoi une question aussi indiscrète se justifie-t-elle ?

Campbell adressa sa réponse au juge :

— Il s'agit d'estimer si le requérant était au courant ou non de la grossesse de Miss Ramsay.

— Objection rejetée. Répondez à la question, Mr Patterson.

Il tendit les mains au-dessus de la table, les joignit.

— Très souvent. J'avais dix-neuf ans.

— Trois fois par semaine ? Ou trois fois par jour ?

— Toutes les nuits, je pense.

— Donc pendant plus de deux mois, vous avez vu le corps dénudé de Miss Ramsay tous les jours, et pourtant, vous ne vous êtes absolument pas douté qu'elle était enceinte ?

— Écoutez, je n'avais que dix-neuf ans. Je ne connaissais pas suffisamment le corps féminin pour reconnaître les signes de grossesse. D'ailleurs, elle était seulement enceinte de trois mois à la fin de cette période.

— Vous avez quand même dû vous rendre compte que Miss Ramsay n'avait pas ses règles ?

Il appuya le menton sur les jointures de ses mains crispées.

— Je n'ai pas fait le rapport.

— Pas avant qu'elle vous annonce la nouvelle, au retour des vacances de printemps ?

— Exact.

— Et c'est alors que vous avez été sidéré, effrayé et furieux...

— Oui.

— Effrayé parce que vous ne voyiez pas comment vous pourriez faire vivre une femme et un enfant.

— Oui.

Cam tourna une page de ses notes posées sur le pupitre.

— Voyons... D'après votre témoignage de ce matin, quand vous avez reçu la lettre de Miss Ramsay aux îles Vierges, vous étiez stupéfait et en colère.

— C'est ça.

— Mais plus effrayé ?

— Je...

— Parce que voyons les chose en face, c'était un gros fardeau en moins pour vous.

— Non, j'avais dépassé ce genre de réaction. Je voulais épouser Cindy.

— Alors, pourquoi ne l'avez-vous pas fait ?

— J'ai expliqué...

— Vous avez expliqué pourquoi vous ne vous êtes pas mariés à Philadelphie ni en Europe. Mais pourquoi ne l'avez-vous pas fait à Ithaca ?

— Eh bien...

— Avril et mai, Mr Patterson. Vous auriez pu vous marier au printemps, c'est charmant. Pourquoi ne l'avez-vous pas fait ?

— Cindy voulait en parler d'abord à ses parents.

— Elle ne pouvait pas le faire avant ? Le temps passait, non ? Son ventre devait s'arrondir tous les jours.

— Nous voulions d'abord tout régler. Pour qu'ils ne nous opposent pas d'objections d'ordre pratique.

— Mais si vous vous attendiez à une opposition de leur part, le mieux n'aurait-il pas été de vous marier d'abord et de les prévenir ensuite ?

— Rétrospectivement, oui.

— Qu'est-ce que vous attendiez ? Que les Ramsay vous installent dans une petite maison ? Qu'ils vous obtiennent un poste de fonctionnaire, peut-être ?

— Je ne voulais rien des Ramsay. Nous n'avions pas besoin d'eux.

— Parce que vous aviez tout réglé ?

— Oui, exactement, répliqua-t-il sur un ton de défi.

— Quelle était l'adresse de l'appartement que vous aviez loué pour votre femme et votre bébé à Ithaca ?

— J'ai visité pas mal de logements dans le centre...

— Oui, mais lequel avez-vous finalement loué ?

— Je ne suis pas allé jusque-là.

— Attendez, je suis perdue. Vous avez quitté Cornell en mai dans l'intention d'y revenir en septembre avec votre femme. Mais vous n'aviez en fait aucun endroit où retourner ?

— Il aurait fallu déposer une caution, payer deux mois de loyer. En mai, je n'avais pas l'argent. J'avais prévu de m'en occuper avant la fin de l'été.

— Après avoir touché les dix mille dollars de votre travail aux îles Vierges ?

— Oui.

— Qu'est-ce que vous avez fait de cet argent, finalement ?

— J'ai payé ma troisième année de fac.

Cam prit de nouveau une expression déroutée.

— Mais comment l'auriez-vous payée si vous aviez dépensé cet argent pour l'appartement, votre femme, le bébé...

Steve laissa son front tomber sur sa main.

— Je pensais toucher une bourse, mais ça n'a pas marché.

— Quand l'avez-vous appris ?

— Pendant l'été.

— Une raison de plus d'être secrètement soulagé de la décision de Cynthia ?

— Non, je vous l'ai dit. J'avais l'intention de l'épouser.

— Qu'est-ce que vos propres parents pensaient de ce projet ?

— Je n'ai pas eu le temps de leur en parler.

— De début avril à la fin du semestre, vous n'avez pas téléphoné à vos parents ? Vous ne leur avez pas écrit ?

— Ce n'est pas le genre de choses qu'un adolescent peut annoncer au téléphone : « Hé ! ma copine est enceinte, on va se marier... »

— Vous préfériez le leur apprendre de vive voix ?

— Oui.

— Mais vous avez passé une semaine chez eux avant de partir pour les îles Vierges, non ? Cela vous serait-il sorti de la mémoire ?

— Objection, Votre Honneur. Ces remarques sarcastiques...

— J'avais peur, d'accord ? explosa Steve. J'étais leur grand espoir. Ils avaient mis leurs rêves en moi et je devais leur annoncer que j'avais tout foutu en l'air. Ils allaient avoir le cœur brisé, et j'étais trop lâche pour voir ça. J'avais décidé de leur en parler juste avant de prendre l'avion pour Philadelphie. Mais Cindy a appelé la veille pour me dire qu'il fallait changer nos plans, alors je ne leur en ai jamais parlé.

— Jamais ? s'exclama Cam. Vous voulez dire qu'ils n'ont jamais su qu'ils avaient un petit-fils ?

Il baissa les yeux.

— Oui.

Cam marqua une pause, feignit de feuilleter ses notes, s'éclaircit la gorge.

— Quand vous avez reçu la lettre de Cynthia aux îles Vierges, pourquoi n'êtes-vous pas venu à Wilmington frapper aux portes jusqu'à ce quelqu'un vous apprenne où elle était ?

— Je devais encore six semaines de travail à l'entreprise.

— Et que deviez-vous à votre amie, à votre enfant à naître ? Rien ?

— J'aurais fini par aller la chercher... Mais son père est venu me voir avant.

— Ah oui. Et il vous a apporté ces papiers à signer.

— Oui.

— Avec tous ces passages importants laissés en blanc.

— Oui.

— Mais vous avez signé quand même.

— Je ne savais pas ce que je faisais.

— Ah ! bon ? (Elle prit dans son classeur un document qu'elle tendit au juge.) Pièce à l'appui A des défendeurs, Votre Honneur.

Miller hocha la tête. Elle en remit une copie à Bruce Benjamin puis, avec précaution, à Steve Patterson.

— Pouvez-vous identifier la pièce A ?

Il l'examina d'un œil perplexe.

— C'est mon dossier de fac.

— Ce qui m'intéresse, c'est un cours que vous avez suivi au second semestre de deuxième année. Celui qui s'intitule « Éléments de base sur les contrats ».

— Il s'agissait de contrats de construction. Nous avons étudié les formulaires types de l'AIA[1] pour les

1. Institut américain des experts-comptables. (N.d.T.)

soumissions, les sous-traitants, les fournisseurs. Cela n'avait rien à voir avec ce genre de documents.

— Après avoir suivi ce cours, auriez-vous signé un contrat de construction sans savoir qui était l'autre partie, quand les travaux seraient faits ni combien ils coûteraient ?

— Non.

— Vous compreniez, malgré votre âge tendre, que ces détails, si je puis dire, devaient être précisés.

— Ceux-là, oui.

— Mais l'identité des gens adoptant votre bébé ne vous semblait pas aussi importante que le coût d'un bâtiment ?

— Ramsay m'avait dit que personne ne la connaissait ! J'ai pensé que c'était la façon normale de procéder.

— Vous avez continué à le croire pendant les douze années qui ont suivi ? Jusqu'à l'automne 1996 ?

— Oui.

— Vous saviez que votre enfant vivait dans une famille ?

— Oui.

— Mais vous avez attendu de découvrir l'identité de cette famille pour faire quelque chose ?

— Qu'est-ce que j'aurais pu faire ? Je ne savais pas où il était.

— Avez-vous jamais envisagé d'engager un détective pour retrouver les gens chez qui votre enfant avait été placé ?

— Je pensais que la loi s'y opposait.

— Avez-vous consulté un avocat ?

— Non, pas à ce moment-là, non.

— Pas avant de découvrir que les Ramsay étaient les parents adoptifs ?

Steve entrelaça de nouveau ses doigts, se massa les tempes avec ses pouces.

— Exact.

— Quand avez-vous parlé pour la dernière fois à Cynthia Ramsay ?

— La veille de mon départ pour les îles Vierges.

— Vous ne lui avez pas parlé après la naissance du bébé ? Ne serait-ce que pour savoir comment elle se sentait ?

— Je ne pouvais pas. Je ne savais pas où elle était.

— Pourquoi n'avez-vous pas demandé à ses parents ?

— Ils ne m'auraient jamais répondu. Son père m'avait fait comprendre clairement que je n'avais plus rien à faire dans la vie de Cindy.

— Mais vous n'avez pas posé la question ?

— Je n'en voyais pas l'intérêt.

— C'était la femme que vous aimiez, Mr Patterson, la mère de votre seul enfant, et vous n'avez *jamais* essayé de la revoir ou de lui parler ?

Il serra les mâchoires.

— Écoutez, si vous cherchez à me faire dire que j'étais un jeune blanc-bec, je le reconnais volontiers. J'ai renoncé, j'ai repris mes études, j'ai essayé de m'occuper aussi de ma propre vie...

— Mais en 1996, après douze ans d'inaction, vous avez vu l'affiche électorale et un feu s'est allumé en vous. Vous avez fait des recherches dans les journaux et les magazines, vous avez consulté plusieurs avocats, vous avez écrit des lettres, vous êtes venu voir Trey à la sortie de son collège. Tout à coup, vous êtes devenu très actif, vous ne trouvez pas ?

— Tout à coup, je savais où il était.

— Et chez qui il vivait.

— Oui.

— Cela a dû vous ulcérer de voir le bras du sénateur

511

Ramsay autour des épaules de votre fils, sur cette affiche.

— Cela m'a choqué.

— C'est tout ? Après le tour qu'il vous avait joué aux îles Vierges pour vous faire signer ces documents ? Après ses mensonges sur leurs intentions ? Vous n'avez été que choqué ?

— Furieux, aussi.

Cam chercha la phrase dans ses notes.

— Parce que, comme vous dites, ils vous avaient volé votre fils.

Il leva la tête et leurs yeux se croisèrent enfin.

— Oui, c'est vrai. Ils m'ont volé la plus grande partie de son enfance, et je ne la retrouverai jamais, quoi qu'il arrive. Il a quatorze ans, maintenant. Il ne me prendra jamais la main pour traverser la rue ; je ne le tiendrai jamais sur mes genoux, je ne nouerai jamais ses lacets, je ne lui raconterai jamais d'histoires à l'heure d'aller au lit. Ces années sont enfuies à jamais. Ils me les ont volées.

Cam garda les yeux baissés sur le pupitre pendant qu'il parlait, et quand elle les leva enfin, ce fut pour regarder Bruce Benjamin, qui était assis à sa table, les bras croisés sur la poitrine, puis, de l'autre côté de l'allée, l'expression outragée du visage de Ramsay, et enfin Margo, assise à côté de son mari, une main plaquée sur sa bouche.

— Vous vouliez vous venger, n'est-ce pas, Mr Patterson ?

— Non. Je ne voulais que reprendre mon fils.

— Vous l'avez enlevé parce que trois options seulement s'offraient à vous, et que celle-là vous semblait la meilleure ?

— Oui.

— Simple hasard si c'était précisément celle qui ferait le plus de mal aux Ramsay ?

— C'était inévitable.

— Surtout si la vengeance était votre principal objectif.

— Je vous l'ai dit, je voulais uniquement être avec mon fils.

— Vraiment ? Et s'il avait été adopté par de parfaits inconnus, comme vous le pensiez à l'origine ? Voulez-vous nous faire croire que vous l'auriez enlevé quand même ?

— Je ne sais pas.

— Et si Cynthia vivait encore ? Si c'était elle que l'enlèvement de l'enfant aurait plongée dans la terreur et le chagrin ? Vous l'auriez enlevé quand même ?

Les yeux de Steve étincelèrent de rage, ses lèvres ébauchèrent une réplique puis une expression passa sur son visage comme une ombre.

Bruce Benjamin l'observait en attendant une réponse mais, constatant qu'aucune ne venait, il brama :

— Objection ! La question incite à des spéculations extravagantes sur une série d'hypothèses si éloignées de la réalité que personne ne pourrait savoir comment il se serait comporté...

— S'il ne le sait pas, il peut le dire, fit remarquer Miller.

— Votre Honneur, ce contre-interrogatoire est totalement impropre, sans aucun rapport avec l'interrogatoire...

— Comme vous vous plaisez à le souligner, coupa le juge, les règles de la preuve ne s'appliquent pas...

— Mais les règles du fair-play le devraient !

Cam garda le silence pendant que la bataille faisait rage autour d'elle ; quand ce fut terminé, elle n'aurait su dire quelle avait été la décision du juge et elle s'en moquait.

— Non, répondit Steve d'une voix rauque. Je crois que je ne l'aurais pas fait.

Elle referma son carnet de notes avec un claquement sourd.

— Plus de questions.

Ses mains tremblaient sur le volant quand elle rentra chez elle ce soir-là. Un mur de nuages noirs traversait le ciel au nord. Il pleuvra cette nuit, pensa-t-elle, au moment où une rafale de vent faisait courir une traînée de feuilles mortes en travers de la route. Une averse qui entraînerait paillis et terre végétale, enfoncerait les tendres plantations dans la boue. Mais il était trop tard dans la saison pour les couvrir ; il n'y avait rien qu'elle pût faire maintenant pour les protéger.

Le téléphone de sa voiture sonna et elle répondit d'un ton monocorde.

— Salut, ma biche ! (Derrière la voix de Nathan, elle pouvait entendre le grondement sourd du QG de la campagne. L'endroit était animé comme une ruche, ces temps-ci.) Écoute, nous avons eu un changement de programme, nous devons partir pour Washington ce soir. Retour jeudi.

— Très bien.

— Ça va ? Tu as l'air drôle.

— La fatigue, je suppose.

— Ouais, on est tous crevés. Ne quitte pas, le grand chef veut te parler.

— Cam ? fit Doug une minute plus tard. Tu es rentrée ?

— Non.

— Attends de voir ça. Le plombier a dû passer, le

bassin est rempli et la fontaine fonctionne. C'est fabuleux. Tout le jardin est fabuleux. Tu as fait un boulot extraordinaire.

Des nuages roulaient dans le ciel comme des touffes d'amarante poussées par le vent. Elle eut envie de tourner la voiture dans leur direction et de les suivre, où qu'ils aillent.

— Tu sais, j'ai pensé à une chose, poursuivait Doug. Nous pourrions déplacer une ou deux des réunions de la semaine prochaine pour les tenir à la maison. Faire un peu d'épate avec le jardin.

— D'accord.

Le brouhaha du bureau cessa soudain : Doug avait dû fermer une porte.

— Ash me dit que tu fais aussi un boulot extraordinaire sur cette affaire. Il t'en est reconnaissant, et moi également. J'espère pouvoir te montrer à quel point, quand tout sera terminé.

Ne pouvant plus supporter le son de sa voix, elle appuya sur le bouton du téléphone pour le faire taire.

Une fois rentrée, elle se déshabilla et enfila un peignoir. Comme elle n'avait pas envie de manger, elle ne trouva rien d'autre à faire que passer d'une fenêtre à l'autre en regardant l'orage approcher. Quand la nuit commença à tomber, le vent redoubla et fouetta l'eau du bassin, soulevant de petites langues qui léchaient les bords en pierre. Les arbres pliaient l'échine ; la lune monta dans le ciel derrière la cavalcade des nuages. Blanche et glacée, elle traçait des pointillés phosphorescents à la surface agitée du bassin.

Cam s'assit dans le living, feuilleta son encyclopédie du jardinage, mais il n'y avait plus rien pour elle dans l'ouvrage et elle se releva bientôt. Le tonnerre gronda au loin. Elle alla dans la cuisine prendre un pot qu'elle plaça sous la fuite du plafond, au premier, s'approcha de la fenêtre de derrière au moment où le tonnerre craquait de nouveau.

Lorsque la lumière vive de l'éclair illumina le jardin, Cam sursauta. La peau parcourue de picotements, elle agrippa l'appui de fenêtre, pressa son front contre le carreau. Un autre éclair lui montra de nouveau la silhouette au bord du bassin.

Elle se tourna vivement, descendit l'escalier, sortit les pieds nus, les cheveux et les pans de son peignoir s'agitant derrière elle. Le vent mourut soudain quand elle arriva au jardin — le calme avant l'orage — et, dans l'eau du bassin à présent immobile, elle put voir leurs reflets flottant à la surface, celui de Steve à un bout, le sien à l'autre. Elle était de nouveau dans son rêve et avançait lentement vers lui, mais cette fois il marchait à sa rencontre.

— Je suis passé voir ce que donnait le bassin, dit-il d'une voix tendue.

Leurs reflets s'arrêtèrent, incertains, à deux mètres l'un de l'autre.

— C'est magnifique, assura-t-elle.

— Oui, répondit-il, sans regarder le bassin lui non plus.

Il n'y avait pas une étoile dans le ciel, rien que les ombres mouvantes de la lune, et la lourdeur de l'orage dans l'air.

— Steve, je suis désolée.

— Non, tout était vrai. Jusqu'au dernier mot.

Il combla la distance qui les séparait, prit le visage de Campbell dans ses mains et le leva vers le sien. Il hésita une seconde, se pencha et embrassa sa bouche, avec précaution d'abord, puis sauvagement, à perdre

516

halcine. Ils s'écartèrent l'un de l'autre et elle pressa la joue contre la poitrine de Steve, là où battait son cœur.

— Alors, vous éprouvez la même chose, murmura-t-il.

Elle hocha la tête.

Nouveau grondement de tonnerre, suivi cette fois de très près par un éclair. Le ciel finit par crever et la pluie tomba à torrents. Saisissant la main de Cam, Steve l'entraîna vers la folie ; quand la porte se referma derrière eux, il la prit dans ses bras et l'embrassa de nouveau.

Elle se pencha en arrière pour le regarder dans l'obscurité tandis que l'eau ruisselait sur leurs corps et formait une flaque à leurs pieds.

— Viens.

Elle le précéda dans l'escalier en colimaçon. Agenouillés sur le futon, ils se déshabillèrent l'un l'autre cependant que l'averse criblait le toit de la gloriette avec un crépitement étouffé. La lune les observa à la dérobée par la fenêtre quand Steve embrassa les yeux de Cam, sa bouche, ses seins. Elle s'allongea, l'attira vers elle, et l'odeur d'aiguilles de pin, de sel marin et de copeaux de bois les enveloppa.

— J'étais là, sur des charbons ardents, contraint à avouer toutes les mauvaises actions, tous les choix stupides que j'avais faits, dit-il plus tard, alors qu'ils demeuraient enlacés sur le futon. On me disséquait, on découpait ma vie en tranches, et moi je ne pensais qu'à trouver un moyen de te voir ce soir.

— Steve, je suis désolée, répéta-t-elle.

Il lui toucha les lèvres.

— Non, ne dis pas ça. Dis plutôt que tu ressens la même chose que moi.

— Je ressens la même chose.

Il sourit, l'embrassa sur le front.

— Maintenant, dis-moi que tu es contente de ce qui vient d'arriver.

Il tonna de nouveau mais, cette fois, l'éclair hésita avant d'illuminer le ciel. L'orage s'éloignait. Elle tourna les yeux vers la fenêtre : il n'y avait qu'un mur de ténèbres, dehors.

— Cam ?

D'un seul coup, elle avait violé les vœux du mariage ainsi que les règles de la profession, mais ce n'était pas cela qui avait déclenché les sirènes d'alarme dans son cerveau. Steve était un danger pour elle, elle l'avait toujours su. Maintenant, le danger était plus proche que jamais.

— C'est compliqué, soupira-t-elle.

Il roula lourdement sur le dos et, pendant un moment, on n'entendit plus dans leur petit refuge que le rythme saccadé de sa respiration.

— Tu ne le quitteras pas.

— Je l'ai déjà quitté, de toutes les façons qui comptent.

L'expression de Steve montra qu'il avait compris, mais il dit cependant :

— Pas de toutes les façons qui comptent à mes yeux.

Elle tendit le bras, caressa sa joue hérissée de barbe, passa le pouce sur la fossette du menton. Les bras de Steve l'entourèrent et la firent s'allonger près de lui. Ils restèrent étendus, immobiles et silencieux tandis que la pluie, morne crachin à présent, pianotait sur le toit.

Le lendemain matin, le soleil brillait. Le jardin tout humide étincelait et résonnait de chants d'oiseaux.

— Qu'est-ce qui se passe, maintenant ? demanda Steve comme ils descendaient l'escalier de la gloriette.

Sur le pas de la porte, elle se tourna vers lui. Le ululement des sirènes d'alarme couvrait le chant des oiseaux.

— Comment pourrions-nous faire des plans ?

— Comment pourrions-nous ne pas en faire ?

Elle secoua la tête.

— Avant que les élections soient passées...

— Combien de temps encore ?

Elle leva les yeux vers lui, étonnée puis ravie qu'il ne le sût pas.

— Quatre semaines... non, vingt-sept jours.

— Et d'ici là ?

Elle n'hésita qu'une fraction de seconde.

— Tu me retrouves ici ce soir ?

Un sourire éclaira le visage de Steve, chassant jusqu'à l'ombre dans ses yeux.

33

Bruce Benjamin appela trois témoins mercredi matin. Le premier fut le Dr Philomena Imperato, la psychothérapeute qui suivait Trey. Comparaissant manifestement contre son gré, elle répondit à toutes les questions préliminaires sur elle-même, ses études, sa formation, sa pratique, mais invoqua ensuite le secret professionnel pour rejeter les questions concernant Trey. Son propre avocat attendait dans le couloir avec un dossier plein d'affaires où ce secret avait été défini et respecté, mais ni lui ni son dossier ne furent requis. Le juge soutint la demande du témoin et l'autorisa à quitter l'audience.

Le témoin suivant fut le conseiller pédagogique de

Trey, qui leur infligea la longue et ennuyeuse énumération des résultats scolaires du garçon depuis la maternelle, y compris tous les manquements à la discipline et les punitions, tous les retards et absences injustifiés.

Campbell n'eut pas de questions à poser.

Le dernier témoin de la matinée fut le directeur du magasin GAP du centre commercial Concord, qui déclara que, le 11 juin 1998, il avait vu James Ashton Ramsay III prendre un T-shirt à une poche sur un rayon et le fourrer sous le devant de son pantalon. Il avait intercepté l'adolescent alors qu'il se dirigeait vers la sortie, avait récupéré la marchandise et appelé la police, qui avait emmené le jeune au poste. Plus tard dans la journée, le directeur avait reçu un coup de téléphone d'un certain capitaine Broward qui lui avait demandé, comme une faveur personnelle, de ne pas porter plainte contre le garçon. Ne voulant pas se mettre mal avec la police, le directeur avait accepté.

Le contre-interrogatoire de Cam fut bref. Avait-il remarqué si Trey se trouvait avec un groupe avant l'incident ? Oui, il y avait quatre ou cinq autres jeunes qui avaient déguerpi quand il avait intercepté le suspect. Avait-il souvent assisté à des incidents similaires ? Trop souvent ; c'était presque, semblait-il, une sorte de rite de passage pour les jeunes de cette banlieue.

Après la pause déjeuner, Bruce Benjamin se leva et appela Jesse Lombard. L'huissier sortit dans le couloir, revint avec Jesse qui le suivait en claudiquant. Il plaça sa main droite sur la bible, parvint péniblement à lever la gauche assez haut pour prêter serment.

— Veuillez décliner votre identité.

— Jesse Lombard.

— Où habitez-vous ?

— 127 Martins Mill Road, Greenville.

— Chez le sénateur et Mrs Ramsay ?

— J'ai une chambre au-dessus de leur garage.

— Vous travaillez pour qui ?

— Pour la Commission judiciaire du Sénat.

— Le Sénat des États-Unis ? À Washington, D.C. ?

— Oui, monsieur le Juge.

— Mais vous vivez dans le Delaware ?

— Oui, monsieur.

— En moyenne, Mr Lombard, combien de temps passez-vous par jour en compagnie de James Ashton Ramsay troisième du nom ?

— Quelques heures, sûrement.

— Pouvez-vous nous donner des détails ?

— Je le conduis au collège en voiture et je le ramène. Les soirs de semaine, on dîne généralement ensemble. On regarde un peu la télé.

— Rien que vous deux ?

— Mrs Ramsay n'est pas toujours là.

— Et le sénateur ?

— La semaine, il est à Washington. Mais le weekend, maintenant, c'est différent. Il est tout le temps là.

— Avant de travailler pour le Sénat des États-Unis, quelle profession exerciez-vous ?

— J'ai fait partie de la police de l'État du Delaware, pendant près de quinze ans.

— Vous avez été blessé pendant le service, non ?

— J'ai reçu une balle dans la tête en 1985, répondit Jesse, montrant la balafre sur son cuir chevelu.

— Vous en est-il resté une infirmité permanente ?

— Permanente ? Je ne sais pas. Ça va, ça vient.

— Qu'est-ce qui va et vient ?

D'un geste vague, Jesse indiqua la partie gauche de son corps.

— Une sorte d'engourdissement, de temps à autre. Les muscles ne marchent pas toujours bien.

— Cela vous gêne dans l'exercice de vos fonctions ?

— Non, monsieur.

— En quoi consistent-elles exactement ?

— Ça s'appelle « agent de liaison avec les forces de l'ordre »...

— C'est-à-dire ?

— J'assure le contact avec la police locale, je la tiens au courant des travaux de la Commission, je note ce que les policiers en pensent.

— Vous adressez des rapports à la Commission ?

— Non, monsieur. C'est pas aussi formel.

— Alors comment la Commission est-elle informée de ce que vous faites ?

— J'en parle au sénateur Ramsay.

— Il est membre de la Commission ?

— Oui, monsieur. Depuis 1991.

— Êtes-vous agent de liaison avec les forces de l'ordre depuis 1991 ?

Cam se leva.

— Votre Honneur, je proteste contre l'orientation de ces questions. Les affaires du gouvernement n'ont rien à voir avec la nôtre. Si Mr Benjamin a l'intention de révéler des anomalies dans le fonctionnement de la commission judiciaire, je lui suggère de trouver un forum plus approprié.

— Ma seule intention est de révéler des anomalies dans le fonctionnement de la famille Ramsay, répliqua Benjamin. Et mes questions suivantes devraient y parvenir.

— Alors, pourquoi n'y venez-vous pas ? repartit le juge.

L'avocat se tourna de nouveau vers Jesse.

— Pour qui travailliez-vous avant la Commission judiciaire ?

— Pour la Commission sénatoriale des anciens combattants.

— Que faisiez-vous ?

— J'étais agent de liaison avec les anciens combattants du Vietnam.

— Vous avez vous-même combattu là-bas ?

— Oui, monsieur.

— Où et quand ?

Campbell se leva de nouveau avec une expression agacée.

— Nous sommes encore plus loin de notre affaire. Quel rapport peut-elle avoir avec les états de service de Mr Lombard ?

— Objection retenue. Passez à un autre sujet, maître. Tout de suite.

Sans se laisser démonter, Benjamin haussa un sourcil.

— Mr Lombard, est-il exact que vous souffrez d'un grave syndrome de stress post-traumatique consécutif à ce que vous avez enduré au Vietnam ?

Cam lança au témoin un regard stupéfait avant de se lever une troisième fois.

— Objection ! C'est le même sujet...

Miller la fit taire de la main.

— Il me semble un peu différent. Voyons où cela nous mène.

Cam resta debout.

— J'objecte aussi parce que la question nécessiterait l'avis d'un expert. Un profane ne peut émettre un diagnostic psychiatrique.

— Il le peut s'il a été informé de ce diagnostic, contra Benjamin. Et s'il s'agit d'un mal pour lequel il est traité.

523

S'il ne le peut pas, il conviendrait peut-être de faire comparaître son psychiatre ?

Cam tourna vers ses clients un visage interrogateur mais Margo enfouit sa tête derrière ses mains et Ramsay, au bout d'un moment, secoua la sienne.

— Je retire mon objection, dit-elle.

— Mr Lombard ?

— J'ai pas rencontré un seul ancien du Vietnam qui souffre pas de stress post-traumatique, à un degré ou à un autre.

— Concentrons-nous sur le degré du vôtre. Vous êtes suivi par un psychiatre ?

— Je la vois de temps en temps.

— C'est le Dr Philomena Imperato ?

— Oui.

Le juge adressa un regard surpris au témoin puis aux Ramsay.

Cam serra les mâchoires.

— Vous avez vécu au Vietnam un épisode particulièrement traumatisant, n'est-ce pas, Mr Lombard ?

— Comme tout le monde. Je vois pas comment je pourrais dire que ça a été pire pour moi.

— Mais vous avez survécu à l'un des plus terribles massacres de troupes américaines de toute la guerre. Est-ce exact ?

Un muscle tressautait sur la face de Jesse comme un petit animal.

— Oui, répondit-il d'une voix voilée.

— Dites à la cour ce qui est arrivé ce jour-là.

Jesse fixait la table devant lui.

— On s'est fait encercler. Ils nous ont virés de la flotte à coups de bombes.

— « Nous », c'est-à-dire le détachement 118. Surnommé « la marine des Eaux-Brunes », n'est-ce pas ?

— Oui, monsieur.

— Quelles ont été les pertes américaines dans cet engagement ?

— On a été que dix à s'en sortir.

— Et plusieurs centaines d'hommes y sont restés...

— Oui.

— Cet épisode vous donne encore des cauchemars, n'est-ce pas, Mr Lombard ?

— Ça arrive.

— Vous criez, parfois ?

— Je crois, oui.

— Vous marchez en dormant ?

— Oui.

— Vous vous réveillez, vous constatez que vous vous êtes blessé ?

— C'est arrivé deux ou trois fois, c'est tout.

Benjamin tourna une page de son bloc-notes et Cam sentit le soulagement des Ramsay.

— À l'une de ces occasions, vous vous êtes réveillé les mains autour de la gorge de Trey ?

Le sénateur et sa femme se raidirent de nouveau sur leurs chaises.

— Je lui ai jamais fait mal ! s'écria Jesse. Après ça, ils m'ont installé au-dessus du garage. Je lui ai jamais fait mal !

— Après cet incident, les Ramsay ont continué à vous laisser seul avec le garçon ?

— Ils savaient que je lui ferais aucun mal !

— Quelles mesures ont-ils prises pour s'en assurer ?

Jesse s'agita dans son fauteuil et son bras gauche glissa de la table. Il grimaça dans son effort pour le relever, s'aida finalement de sa main droite.

— Mr Lombard, fit Benjamin, haussant la voix, voulez-vous répondre à la question, s'il vous plaît.

Jesse le regardait avec des yeux remplis d'incompréhension et de terreur.

De l'autre côté de l'allée, quelqu'un toussota avec insistance. Benjamin se retourna et, quand ses yeux se posèrent sur son client, celui-ci secoua brièvement la tête.

— Plus de questions, dit l'avocat.

Le juge pivota vers Cam.

— Pas de questions, se hâta-t-elle de répondre avant que Ramsay lui murmure quelque chose.

— Mr Lombard, vous pouvez vous retirer. L'audience est suspendue pour dix minutes.

Tout le monde quitta la salle, à l'exception de Campbell et de Margo, qui restèrent à leur table. Après un silence tendu, Cam dit à voix basse :

— Vous auriez dû m'en informer.

— C'est arrivé il y a si longtemps ! Jamais je n'aurais cru qu'on ressortirait cette histoire. Je ne vois pas comment ils l'ont appris.

— Trey a dû lui en parler.

— À Bruce Benjamin ? fit Margo, déconcertée.

— À Steve Patterson. Dans le Maine.

— Ils parlaient de choses comme ça ? fit-elle, abasourdie, en secouant la tête. Trey ne parle jamais de choses comme ça.

Ramsay revint, inspecta rapidement la salle pour s'assurer qu'ils étaient seuls.

— Campbell, dit-il en se dirigeant vers leur table d'un pas vif. Au retour du juge, arrangez-vous pour obtenir un report. Je dois rentrer à Washington ce soir.

— Sénateur... Nous avions réservé ces dates ensemble il y a des semaines.

— Je n'y peux rien. Un contretemps.

— Mais cette affaire...

— Je crois que les affaires du Sénat passent avant, vous ne pensez pas ?

Cam se mordit la lèvre et détourna la tête.

Lorsque le juge reprit place derrière son perchoir, un quart d'heure plus tard, les deux avocats attendaient debout pour s'entretenir avec lui. Benjamin expliqua que l'interrogatoire de Mr Lombard s'était terminé plus tôt que prévu et que son témoin suivant — le dernier — était un expert qui n'avait pu se rendre disponible avant le lendemain.

Campbell expliqua à son tour que le sénateur Ramsay était réclamé d'urgence à Washington et qu'elle sollicitait un ajournement jusqu'à la semaine prochaine. Benjamin protesta avec indignation contre un retard aussi inconcevable, mais Miller retourna l'argument contre lui :

— Très bien. Pas d'ajournement. Appelez votre témoin suivant, Mr Benjamin.

L'audience fut reportée à la semaine suivante.

À la tombée de la nuit, Steve vint à la folie où Campbell l'attendait avec un dîner froid disposé sur la petite table de bistrot. Il avait apporté une bouteille de vin et deux gobelets en plastique dont il se débarrassa pour la prendre dans ses bras. Ils se tinrent un long moment enlacés.

— Tu vas bien ? demanda-t-il en lui relevant le menton.

Elle haussa les épaules.

— C'était si violent, ce qui est arrivé aujourd'hui.

— Jesse ? Je sais. C'est ma faute, j'aurais dû y mettre fin avant.

— Non, ce n'est pas ta faute. Je voudrais que ce soit terminé.

— Bientôt. Nous n'avons plus qu'un témoin, puis l'entretien de Miller avec Trey.

Elle leva vers lui des yeux maussades.

— Nous avons encore nos témoins, lui rappela-t-elle.

— Oh ! c'est vrai ! fit-il avec une grimace.

Elle sentit la tension dans les muscles du dos de Steve. Il brûlait de lui poser la question mais savait qu'il n'en avait pas le droit. Il l'embrassa et ils s'écartèrent gauchement l'un de l'autre, s'assirent à la table, mangèrent et burent en silence. Cam montra peu d'appétit et fut contente de pousser son assiette sur le côté quand il eut terminé.

En haut, elle avait ajouté au futon des oreillers et une courtepointe et allumé des bougies qui scintillaient comme de minuscules étoiles autour de la pièce. Steve tourna lentement sur lui-même pour tout examiner puis prit Cam par les épaules et la fit tomber avec lui sur le lit.

— Je t'aime, murmura-t-il après.

Cette déclaration inopinée la fit sursauter.

— C'est impossible, dit-elle d'un ton morne. Tu ne me connais même pas.

— Mais si. Grâce à Trey. Je vois ton comportement avec lui, le bien que tu lui fais. Je te vois comme il te voit, dit-il en suivant du pouce le contour de la joue de Cam, la courbe de ses lèvres. Et ne me dis pas que ce n'est pas la vraie toi, parce que je sais que si.

Elle secoua tristement la tête.

— Une partie seulement. Et le reste ? La partie qui t'a soumis au troisième degré hier à l'audience ? C'est moi aussi, tu sais.

— Cam, dit-il, passant ses bras autour d'elle. Cesse de te torturer pour ça. Tu n'as rien fait qu'un autre avocat n'aurait fait à ta place. En fait, tu ne m'as même pas posé la question que je craignais le plus.

— Ah ! (Elle resta un instant silencieuse.) Tu veux dire... Ce qui est arrivé sur l'île qui a incité Trey à appeler la police par radio ?

— Oui. C'est de celle-là que j'avais peur.

— Je peux... je peux te la poser, maintenant ?

— Ouais. Dieu sait ce que tu vas penser de moi, soupira-t-il. Je ne me suis pas précisément distingué par mon intelligence.

Il roula sur le dos, croisa les bras derrière sa tête.

— Il y avait un vieux belvédère sur la maison, là-bas. Tu l'as peut-être remarqué ? Il était complètement pourri. J'aurais dû le démolir dès mon arrivée. Au lieu de quoi, j'ai simplement dit à Trey que c'était un endroit dangereux et qu'il ne devait pas y mettre les pieds. Ce qui n'a fait que rendre l'expédition plus tentante, je présume. Je l'ai surpris là-haut un jour, je l'ai sermonné et — idiot que j'étais — j'ai pensé que c'était fini. Mais il y est remonté et, cette fois, le pire est arrivé. Le bois a cédé, tout le belvédère s'est effondré.

— Mon Dieu !

— Je travaillais sur le quai mais je l'ai entendu crier, ou j'ai senti quelque chose et j'ai cru l'entendre. J'ai couru, et il était là, accroché au bord du toit. J'ai cru que mon cœur s'arrêtait de battre. Quelques centimètres de plus, quelques minutes de plus, il tombait de trente mètres de haut sur les rochers.

Incapable de poursuivre, il déglutit et Cam lui caressa la joue. Il reprit son récit :

— C'est un miracle que je sois arrivé à temps. Je l'ai hissé à l'intérieur, je l'ai serré contre moi. Je ne pensais qu'à une chose : il avait failli mourir, ce petit crétin. Et j'ai complètement perdu les pédales.

— Qu'est-ce que tu as fait ?

— Je lui ai donné une fessée.

Les yeux écarquillés, Cam le regarda à la lueur des bougies.

— Je sais, murmura-t-il. Tu te rends compte ? Sur mon genou, une vraie fessée. Quel imbécile j'ai été ! J'ai compris mon erreur dès que j'ai arrêté mais j'étais encore trop secoué et trop furieux pour m'excuser. Je l'ai laissé se calmer dans sa chambre et je suis descendu pour me calmer moi-même.

— Et c'est là qu'il a envoyé le message radio.

— S'il avait été ailleurs que dans une île, il se serait sauvé. N'importe quel gosse aurait fait une fugue. *Moi*, je l'aurais fait. Mais il n'avait pas cette possibilité. Il était coincé sur Maristella. La seule chose qu'il pouvait faire, c'était appeler la police par radio.

Cam sentit un froid peser sur sa poitrine.

— Et tu lui as pardonné ?

— Bien sûr.

— Après tout ce que tu as subi...

— Personne n'a souffert plus que lui.

Elle se redressa soudain, se détourna.

— Cam ?

Elle ramena les genoux contre sa poitrine et courba le dos, faisant saillir ses omoplates comme l'extrémité des ailes d'un oiseau coureur. Elle tressaillit quand il la toucha.

— J'avais raison, fit-il d'une voix sombre. Je savais que tu aurais moins bonne opinion de moi.

— Non, fit-elle, la gorge nouée. C'est toi qui auras moins bonne opinion de moi.

— Pourquoi ?

Elle prit sa respiration avec un sifflement si fort qu'on aurait pu croire qu'un couteau lui avait percé un poumon.

— Je dois te dire quelque chose. Sur moi. La vérité

530

sur moi. La raison pour laquelle tu ne pourras jamais m'aimer, Steve.

— Non, Campbell...

— Je ne suis pas Campbell ! cria-t-elle. Je ne suis pas ce que tu crois. Je m'appelle Camille Johnson, mes parents n'ont pas été tués quand j'étais bébé. Mon père est vivant, il tient une station-service, et ma mère, si elle vit encore, tient surtout à échapper au FBI.

— Pourquoi ?

— Parce qu'à quinze ans je suis tombée enceinte...

Darryl attendait dans sa voiture, le moteur tournant au ralenti, quand elle était sortie de la clinique.

« N'oubliez pas, avait dit l'infirmière en aidant Cam à s'asseoir sur le siège du passager, prévenez-nous si les saignements se prolongent au-delà de dix jours.

— Entendu.

— Et pas de rapports pendant un mois », avait ajouté l'infirmière, avec un regard noir pour Darryl.

Gênée par le gros pansement qu'elle avait entre les cuisses, Cam s'était s'appuyée précautionneusement au dossier tandis que Darryl sortait du parking.

« Alors, comment tu te sens ?

— Ne me parle pas.

— J'demandais juste...

— Ne me demande rien. Tu as payé la moitié, tu m'as conduite ici, c'est tout ce que je voulais de toi. »

Les mâchoires contractées, il regardait droit devant lui à travers le pare-brise.

« Écoute, je suis désolé, j'te l'ai dit, d'accord ? Jamais ça m'était arrivé avant.

— À moi non plus. Et ça ne m'arrivera plus jamais. En tout cas, pas avec toi.

— Connasse. »

Elle était descendue de voiture, le laissant repartir seul pour prendre son service au garage. Il travaillait déjà aux pompes quand elle passa devant, ses manuels sous le bras. Elle adressa un signe de la main à son père, appuya ses bouquins sur son autre hanche et entama la montée vers le mobile home.

Elle était à mi-chemin quand elle s'aperçut qu'elle avait oublié son sac à la clinique. Elle chercha qui pourrait le lui rapporter, ne trouva personne et se résigna à sa perte. Ce n'était rien comparé à tout ce qu'elle avait perdu aujourd'hui.

Elle grimpa les marches du perron, poussa la porte d'un coup d'épaule. Sa mère, qui venait de raccrocher le téléphone, tourna vers elle un visage figé par une expression terrible. Cam pensa d'abord que quelqu'un était mort, peut-être. Puis elle pensa que quelqu'un était mort, en effet, et que sa mère le savait aussi.

« C'était l'infirmière, avait dit Abigail Johnson, remuant des lèvres blanches. Elle espère que tu vas bien, et ne t'en fais pas pour ton sac, elle l'a retrouvé, elle l'a mis en sûreté dans son bureau... »

Son visage s'était tordu soudain, enlaidi par le chagrin et la rage.

« M'man... »

Elle s'était jetée sur sa fille avec un gémissement, frappant des deux mains. Cam avait lâché ses livres, levé les bras pour se protéger la figure.

« M'man, attends !

— Traînée ! Sale petite traînée ! Comment tu as pu faire ça ? Comment tu as pu gâcher ta vie ainsi ? Tu avais tout, je t'ai donné tout ce que je pouvais ! Et toi, qu'est-ce que tu as fait à part écarter les jambes pour le premier venu ? Sale petite garce ! »

Les cris de Cam s'étranglaient dans sa gorge et les

gifles continuèrent à pleuvoir, sur son crâne, sur ses épaules, sur son dos, jusqu'à ce qu'elle tombe à genoux.

« M'man ! sanglotait-elle, se protégeant la tête de ses mains. Arrête ! Laisse-moi t'expliquer !

— C'est Darryl, hein ? hurlait la mère. Je le tuerai ! Je le jure devant Dieu, je le tuerai ! »

La porte se referma derrière elle avec un claquement.

Au bout d'une minute, Cam se releva, gagna sa chambre en titubant. Elle chercha dans les boîtes empilées en bas de son placard les vieux cahiers de rédaction qui contenaient ses dossiers de Harriet l'Espionne. Elle fit tomber la poussière accumulée pendant cinq ans, feuilleta les pages jusqu'à ce qu'elle eût trouvé ce qu'elle voulait. Elle fourra ensuite dans un sac ce qu'elle se sentait capable de porter et sortit du mobile home pour la dernière fois.

En ville, elle s'arrêta à la première boîte aux lettres et y jeta une grande enveloppe adressée au FBI. Dedans, il y avait, de sa plus belle écriture d'enfant de dix ans, le nom de sa mère et son numéro de Sécurité sociale, les dates de sa période d'emploi au Bureau national de reconnaissance ; des détails concernant ce qu'elle savait des satellites espions, des capsules éjectées et des procédures de récupération ; ainsi que le signalement de son mystérieux visiteur, le frottis au crayon reproduisant la note qu'il avait laissée pour sa mère, le montant de la somme glissée dans l'enveloppe, le numéro d'immatriculation de sa voiture et ses empreintes digitales.

Deux semaines plus tard, quand elle appela d'une cabine d'Elizabethtown, ce fut Charlene qui répondit et l'informa de ce qu'elle avait compris. Leur mère avait disparu trois jours seulement après elle, un jour avant que cinq voitures bourrées d'agents du FBI montent la colline en rugissant et encerclent le mobile home. Ils avaient des pistolets, des fusils, des carabines, et un mandat d'arrêt au nom d'Abigail Zodtner Johnson, soupçonnée d'espionnage.

— C-cam, bredouilla Steve, atterré.

Agenouillé derrière elle, il essaya de la faire se tourner vers lui mais elle se dégagea et se réfugia plus profondément en elle-même.

— Cam, je ne peux supporter l'idée que tu as vécu avec ce poids pendant tant d'années...

— Moi ? Et ma mère ? Comment est-ce qu'elle a vécu, elle ? À supposer qu'elle vive encore.

— Elle vit, assura-t-il. Tu aurais eu des nouvelles, si elle était morte.

Cam réfléchit un moment, eut un bref hochement de tête pour reconnaître la logique de la remarque puis se redressa avec un long soupir. Il l'attira en arrière jusqu'à ce que sa tête se niche au creux de son cou.

— Tu as fini par apprendre ce que c'était ? Ce qu'elle a fait ?

— Non. Tous les documents sont classés secrets. Mais ça se passait en 1968, l'année où les jeunes faisaient sauter les conseils de révision. Ma mère a livré à l'ennemi des photos prises par satellite. Je suppose que c'était sa façon de faire une déclaration politique contre la guerre.

— Et son mystérieux visiteur ? Qu'est-ce qu'il avait à voir là-dedans ?

— Je ne sais pas. J'ai cru d'abord qu'il était son complice, mais, autant que je sache, il n'a jamais été arrêté, et on n'a jamais lancé de mandat d'arrêt contre lui. Je ne sais pas. C'était peut-être un de ces révolutionnaires clandestins qui aidaient les personnes recherchées.

Elle ferma les yeux quand une autre vrille de douleur la transperça.

— Ce n'est pas tout. Il n'y a pas que le FBI qui la recherche. (Cam pivota sur ses genoux pour faire face à Steve.) Deux des autres femmes qui travaillaient au BNR ont été assassinées cette année, par le même meurtrier.

— Quoi ? fit-il. Qui ?

— Personne ne le sait, et les flics suivent toutes les mauvaises pistes. Ils n'envisagent même pas la possibilité d'une affaire d'espionnage. Le pire, c'est que ma mère ignore qu'elle est en danger, et il est impossible de la prévenir, parce que personne ne sait où elle est.

Dans un murmure amer et honteux, elle ajouta :

— Grâce à moi.

— Cam..., fit Steve, la serrant contre lui, caressant ses cheveux sur toute leur longueur. C'est ce qui t'empêche de venir vers moi, n'est-ce pas ? Ce n'est ni ton mari ni l'affaire. C'est ce sentiment de culpabilité.

— C'est moi. C'est ce que je suis.

— Non, c'est seulement ce que tu as fait. Un acte inconsidéré commis à la moitié de ta vie. Tu ne peux porter ce poids éternellement.

— J'ai dénoncé ma propre mère.

— Tu n'étais qu'une adolescente aux sentiments à vif. N'importe qui te comprendrait et te pardonnerait. Ce n'est pas comme si tu avais inventé cette histoire. Ta mère a bien livré les photos. Cam, c'est la même chose que moi et Trey. Je ne lui en veux pas, et je ne peux pas croire que ta mère t'en veuille.

— Je ne peux pas croire qu'elle ne m'en veuille pas.

— Il y a des années qu'elle t'a pardonnée. Elle t'aime.

— Comment peux-tu le savoir ?

De son pouce, il essuya les larmes de Cam puis lécha doucement leurs traces.

— Parce que je t'aime.

Elle se pencha en arrière, scruta son visage à la lueur des bougies. Elle n'arrivait pas non plus à le croire. Elle le voulait, pourtant.

Ils parlèrent et somnolèrent tout à tour pendant des heures jusqu'à ce que la nuit prenne la texture d'un rêve et que Cam ne parvienne plus à distinguer entre ce qu'elle lui disait et ce qu'elle imaginait. Un peu avant l'aube, il demanda :

— Qu'est-ce qu'il est devenu ce type, Darryl ?

— D'après Charlene, maman s'est jetée sur lui avec un démonte-pneu. Il a fallu mon père et deux routiers pour l'empêcher de lui fracasser le crâne. On a quand même dû lui faire dix points de suture au cuir chevelu, et personne ne l'a plus jamais revu au garage.

Après un silence, Steve partit d'un petit rire endormi.

— Ce doit être quelqu'un, ta mère.

— Mmm ?

— Elle s'est battue comme une ourse qui protège son petit. (Il bâilla, roula sur le côté.) Ça me plaît, marmonna-t-il, la voix sombrant dans le sommeil.

Doug revint à Wilmington le jeudi après-midi et fit rapidement le tour des bureaux de Jackson, Rieders & Clark pour s'offrir un bain de foule, serrer les mains de ses collègues avant de regagner son QG de campagne. De son bureau, Cam suivait sa progression dans les couloirs au bruit des voix et des rires. Il se rapprochait du coin, à cinq portes de celle de Cam, et quand elle l'entendit s'éloigner dans l'autre sens, elle eut un frisson de soulagement.

Nathan Vance passa la tête dans la pièce.

— Comment ça va ?

— Ramsay s'est débiné au milieu de l'audience. À part ça, ça se passe lamentablement.

— Oui, c'est ce qu'on m'a dit.

— Dans quel camp ?

— Les deux, en fait. Mais ne t'en fais pas.

— Que je ne m'en fasse pas ? Je pensais que tout l'avenir de Doug reposait sur ma victoire dans cette affaire.

— C'était le mois dernier. Écoute, nous serons coincés le reste de la journée pour préparer le débat de dimanche. Alors ne t'attends pas à voir Doug avant tard ce soir.

— Je n'attends rien du tout.

Nathan plissa les yeux mais Doug l'appelait du bout du couloir et il partit.

Plus tard dans la journée, Steve téléphona.

— Tu vas bien ? s'enquit-il sans s'identifier, comme ils en étaient convenus.

Elle fit tourner son fauteuil, contempla les rues de Wilmington. L'érable du carrefour était devenu vermillon pendant la nuit.

— Il est rentré, dit-elle.

— Je m'en doutais. Viens chez moi ce soir.

— Et je donne quoi comme explication ?

— Alors, viens maintenant. Cet après-midi.

— Je ne peux pas. J'ai un rendez-vous.

— Accorde-m'en un aussi. Choisis l'heure et l'endroit.

— Je ne peux pas. Pas aujourd'hui.

Il garda un moment le silence.

— Ne me fuis pas, Cam.

— Je ne te fuis pas. Mais...

Elle s'interrompit, se mordit la lèvre.

— Mais tu m'as laissé approcher plus près que tu ne le voulais et maintenant, tu me repousses.

— Non. Simplement, aujourd'hui n'est pas le bon jour...

— Demain, alors.

— Il faut que je sois au bureau de Philadelphie, demain.

Comme il demeurait de nouveau silencieux, elle prit peur.

— Steve ?

— Tu sais, Cam, le problème n'est pas que j'en sache trop sur toi. Le problème, c'est que tu n'en sais pas assez sur toi-même.

— Ça ne veut rien dire.

— Si. Prends quelques jours. Appelle-moi quand tu auras compris.

Cam avait bien un rendez-vous cet après-midi-là. Avec Margo Ramsay.

Margo vint ouvrir elle-même. Elle portait un kimono vert pomme et tenait à la main un verre de sherry.

— Jesse est allé chercher Trey ? demanda Cam en la suivant dans la salle de séjour.

— Mmm ? fit Margo, qui vacillait et dut se tenir au bras du sofa en s'asseyant. Non. Pauvre Jesse. Il n'a pas quitté sa chambre depuis que nous sommes rentrés du tribunal, hier. (Elle avala une gorgée, regarda son verre avec surprise.) Pardonnez-moi, Campbell, j'ai oublié de vous offrir quelque chose à boire.

— Rien pour moi, merci, répondit Cam. Le sénateur a suggéré que je profite du report afin de vous préparer pour votre témoignage, la semaine prochaine.

— Une tasse de thé, alors ? Ou un café ?

— Non, ça va comme ça.

— Je vous offrirais bien du sherry, mais je sais que les filles de votre âge n'aiment pas trop ça.

— Je n'ai envie de rien, merci. J'ai là quelques points que nous pourrions...

— Vous devriez y prendre goût, pourtant.

— À quoi ?

— Au sherry. (Margo tint son verre à la lumière, plissa les yeux pour regarder à travers.) Vous devrez participer à tant de réceptions l'année prochaine, et vous savez, le sherry est encore le seul alcool acceptable qu'une dame peut boire dans l'après-midi.

— Je tâcherai de m'en souvenir. Désolée d'être un peu brusque, mais pourrions-nous en venir à l'affaire ?

— L'affaire. (Margo leva son verre, le vida.) Il est en train de gagner, n'est-ce pas ?

— Il est encore trop tôt pour...

— Non, c'est déjà clair.

— Hier a été une mauvaise journée pour nous, concéda Cam. Je ne sais pas, cela se serait peut-être mieux passé si j'avais été au courant.

L'épouse du sénateur alla remplir son verre.

— Il y a autre chose qu'il vaut mieux que vous sachiez. Croyez-le ou non..., fit-elle avant de s'interrompre pour boire une gorgée, Ash lui a dit la vérité ce jour-là aux îles Vierges.

C'était un des points abordés dans le témoignage du mardi, et il fallut une seconde à Campbell pour retrouver le fil.

— Vous voulez parler du désir de Cynthia de tourner la page ? Ou de la procédure d'adoption ?

— Les deux, répondit Margo en se rasseyant. Quand Ash est allé là-bas, c'était l'intention de tout le monde de faire adopter le bébé par l'intermédiaire d'un organisme.

— Tout le monde sauf Cynthia ?

— Cynthia la première. Elle n'a pas hésité un instant à signer les papiers. Elle n'avait aucun désir d'être mère célibataire. Si elle ne pouvait pas avoir Steve Patterson — et Ash avait été clair là-dessus —, elle ne voulait pas non plus de quoi que ce soit qui le lui rappellerait.

— Qu'est-ce qui l'a fait changer d'avis ?

— Campbell, c'est ce que j'essaie de vous expliquer. Elle n'a pas changé d'avis.

— Je ne comprends pas...

Margo soupira.

— Cette année-là, Cynth était partie pour Cornell. Changement brutal : nous avions toujours été très proches, j'étais complètement perdue. Je ne savais pas quoi faire de moi-même, seule dans cette vieille maison. Je me sentais inutile. Et plus dépendante d'Ash que jamais. Il n'avait jamais été d'une compagnie très agréable mais au moins, c'était une compagnie. (Elle porta de nouveau le verre à ses lèvres.) Et puis il m'a annoncé qu'il se présentait au Sénat, qu'il s'installait à Washington et que je devais rester ici, toute seule, pour entretenir la fiction qu'il restait un Delawarien de cœur. Je ne savais pas comment je tiendrais.

Cam la dévisagea.

— C'est vous qui avez eu l'idée de garder le bébé ?

— Dès que je l'ai vu, j'ai pensé : Voilà ce dont j'ai besoin. Le second enfant que je n'avais pas eu la chance d'avoir m'était donné vingt ans plus tard.

— Le sénateur a accepté ?

— Il n'avait pas le choix. Il avait besoin de mon argent pour financer sa campagne.

— Mon Dieu ! lâcha Cam, qui enfonça ses ongles dans ses paumes pour s'empêcher d'en dire plus.

Un projet de loi, un nouveau-né : tout servait de monnaie d'échange dans le jeu politicien.

— Je sais ce que vous pensez. (Les doigts de Margo voletèrent vers son front tandis que ses yeux se fermaient.) Un acte d'un égoïsme colossal. Ma pauvre Cynth. Elle n'est pas retournée à l'université, cet automne-là, bien qu'Ash eût réussi à la faire transférer à Penn. Elle est restée ici, contrainte de vivre chaque jour avec le bébé dont elle ne voulait pas. Elle le regardait, le visage ruisselant de larmes...

La porte d'entrée s'ouvrit ; Margo cligna des yeux, se redressa.

— Trey, chéri ! s'écria-t-elle. Tu es rentré ? Comment ça s'est passé aujourd'hui à l'école ?

Elle n'obtint pour toute réponse qu'un bruit de pas dans l'escalier et demeura un long moment prostrée sur le sofa. Cam rangea ses notes.

— Nous verrons ça une autre fois, Mrs Ramsay ?

Margo hocha la tête sans répondre. Cam se leva, se dirigea vers la porte.

— Curieux, non ? dit Margo d'une voix lointaine. Puisque c'est moi qui ai décidé de le garder, on pourrait croire que c'est à moi de le laisser partir, maintenant.

— Peut-être, répondit Cam du pas de la porte.

Mrs Ramsay baissa les yeux et secoua la tête.

Ce soir-là, Campbell était au lit quand elle entendit la voix de Doug, en bas dans le hall, entourée d'un chœur d'autres voix. Il n'était plus jamais seul : depuis huit mois, des gens demeuraient collés à lui tels des rémoras espérant quelques miettes de la proie du requin. Non, la relation était plus symbiotique que ça : Doug avait autant besoin d'eux qu'ils avaient besoin de lui.

Le brouhaha s'estompa lentement et, à minuit, elle

entendit son mari monter l'escalier. Il y eut une hésitation quand il traversa le palier, une sorte de hoquet dans son pas devant la porte fermée de la chambre de Cam. Mais il passa sans s'arrêter.

Elle se retourna dans son lit, le cœur gonflé de pensées de Steve. Au bord du sommeil, l'idée lui vint que si la seule chose qu'elle pouvait avoir de lui était un bébé, elle le prendrait et y verrait un cadeau plus beau qu'elle ne le méritait.

Le vendredi, Helen lui apporta une semaine de courrier, une liasse de formulaires horaires et un paquet.

— Ça, ça vient d'arriver par porteur, précisa la secrétaire.

C'était un petit paquet enveloppé d'un épais papier marron. Le nom inscrit dans le coin supérieur gauche, *Pat Stevens*, ne disait rien à Cam, pas plus que l'adresse. Elle ouvrit le paquet, écarta plusieurs couches de mouchoirs en papier pour découvrir un livre. Un vieux bouquin sans jaquette, la reliure en lambeaux. Les ouvrages de droit qu'elle recevait étaient généralement flambant neufs, entourés d'un triple emballage de plastique. Intriguée, elle tourna le livre, déchiffra les lettres dorées sur le dos. Louise Fitzhugh, *Harriet l'Espionne*.

Retenant son souffle, elle l'ouvrit. Sur la page de garde, une main ferme avait écrit à l'encre bleue : *Cam, je t'aime pour tout ce que tu as fait, pour tout ce que tu seras, pour tout ce que tu as été, y compris Harriet l'Espionne. Steve.*

Les larmes lui montèrent aux yeux. Il avait dû fouiner chez tous les bouquinistes à cent kilomètres à la ronde pour le trouver. Elle fit courir ses doigts sur le papier épais. C'était autrefois son livre préféré ; il le serait resté si ses propres actes n'avaient sali son

542

souvenir. Elle tourna les pages jusqu'au début du premier chapitre et tout lui revint d'un coup : la scène d'ouverture avec Harriet racontant des histoires sur le perron de sa maison, sa nounou, tendre et ronchonne, lui criant par une fenêtre du deuxième étage de ne pas se rouler dans la poussière, Harriet affirmant : « Je ne suis pas dans la poussière » et la nounou d'ordonner : « Harriet M. Welsch, levez-vous immédiatement ! »

Cam se leva lentement. *Harriet M. Welsch.* Le nom familier dont elle ne se rappelait pas où elle l'avait déjà entendu. La fondation pour orphelines qui tenait tellement à ce qu'elle devienne membre de son conseil d'administration qu'elle lui avait adressé trois lettres avant de renoncer.

Et Cam les avait jetées toutes les trois à la corbeille.

Elle se rassit, se tourna vers son ordinateur, les doigts tremblant si fort qu'elle dut s'y reprendre à trois fois pour taper l'objet de sa recherche sans faire d'erreur.

N'a pu être trouvé.

L'en-tête comportait une adresse de Philadelphie, elle se souvenait au moins de ça. Elle composa le numéro des renseignements, mais au bout d'une minute l'ordinateur de la compagnie Bell Atlantic lui fit la même réponse que le sien.

Helen était dans le bureau, et Cam, vaguement consciente que la secrétaire lui avait parlé, leva les yeux vers elle.

— Vos formulaires horaires, je disais. Si vous pouviez les signer aujourd'hui...

— Ah oui !

— Quelque chose qui ne va pas ?

— Non. Non, pas du tout, répondit Cam, qui ajouta avant que Helen ressorte : Vous vous rappelez cette fondation qui voulait à tout prix que je fasse partie de son conseil d'administration ?

543

— Oui. La fondation pour les orphelines ?

— Vous vous rappelez où elle avait son siège ?

— Dans cette ville, non ?

— J'essaie de me rappeler l'adresse.

— Désolée, dit Helen en quittant le bureau.

Cam sentit le couteau froid du désespoir la poignarder. Elle se tourna de nouveau vers l'ordinateur, plaça ses mains au-dessus du clavier mais rien ne lui vint. Elle avait utilisé toutes les possibilités de recherche.

— Voilà, je l'ai, annonça Helen en revenant avec une feuille de papier. J'en avais gardé une photocopie. Je savais que ça vous intéresserait un jour.

C'était la première des trois lettres de la fondation Harriet M. Welsch, dont l'adresse était inscrite en haut.

— Helen, merci ! s'écria Campbell.

Elle se leva et serra Helen dans ses bras avec une vigueur qui laissa la vieille secrétaire bredouillante de surprise et de plaisir.

34

L'adresse se trouvait dans un pâté de maisons attenantes, à trois rues de Roosevelt Boulevard, dans la partie nord-est de Philadelphie. Il y avait une épicerie à l'ancienne au coin de la rue, un terrain de jeux délimité par des chaînes en face, une rangée de voitures vieilles de dix ans garées pare-chocs contre pare-chocs le long du trottoir. Les maisons formaient un seul bloc massif dans lequel chaque unité avait une porte et une fenêtre en bas, deux fenêtres à l'étage, un carré de gazon devant un perron en béton. Pauvre mais propre, morne mais respectable, une rue dans une partie de la ville qui en comptait des centaines d'autres à peu près semblables. Un bon endroit où se cacher.

— Vous êtes sûre de l'adresse ? demanda le chauffeur de taxi d'un ton dubitatif en ralentissant.

Ce n'était pas la destination à laquelle il s'attendait quand il avait chargé devant le Ritz-Carlton cette jeune femme bien habillée portant un sac frappé du logo Burberry.

Cam feignit de déchiffrer les numéros des maisons. Pas de têtes dans les voitures, pas de volutes de fumée ni de flaques révélatrices près du trottoir. Si quelqu'un surveillait la maison, il était invisible.

— Je crois, oui.

Elle régla la course, rajusta son foulard et ses lunettes noires avant de descendre. Elle attendit que le taxi ait tourné le coin de la rue pour se diriger vers la maison. Le rideau de la fenêtre s'écarta lorsqu'elle sonna puis la porte s'ouvrit.

Les espoirs de Cam s'anéantirent quand elle découvrit un homme de soixante-cinq ou soixante-dix ans aux cheveux blond grisonnant et au visage marqué.

— Ouais ?

— Excusez-moi, j'ai dû me tromper d'adresse.

— Vous cherchiez qui ?

Elle ôta ses lunettes noires.

— Harriet M. Welsch ?

Le visage ravagé prit une expression interdite.

— Ça, alors ! lâcha l'homme au bout d'un moment. Je viens de paumer cent dollars.

— Pardon ?

— J'avais dit que vous trouveriez jamais. Mais Abby... Elle, elle était sûre que vous finiriez par comprendre.

Cam prit sa respiration si vivement qu'on eût dit un sanglot résonnant dans sa gorge.

— Entrez donc, dit l'homme, qui ouvrit grand la porte. Elle est là-bas. (D'un mouvement du pouce il indiqua l'arrière de la maison et s'assit dans un fauteuil à dossier inclinable.) Vous pouvez pas la rater.

Dans une sorte de transe, Cam traversa le petit séjour, la salle à manger, entra dans la cuisine. Une marmite de soupe mijotait sur la cuisinière ; des fioles de médicaments occupaient les alvéoles d'un plateau tournant sur la table de cuisine. Cam posa son sac, défit son foulard, s'approcha de la porte de derrière.

Dehors, l'air avait une odeur forte et propre de fleurs printanières, bien que le sol fût jonché de feuilles mortes. Deux cordes à linge s'étiraient sur toute la largeur du petit jardin, et les draps blancs qui y étaient accrochés claquaient et se gonflaient au vent comme des voiles. L'un d'eux se plaqua sur le corps d'une femme qui se tenait de l'autre côté de la corde, l'enveloppant comme les bandelettes d'une momie avant de s'écarter. Cam fit lentement le tour tandis que la femme se penchait vers le panier à linge. Elle se redressa, une serviette de toilette dans les mains, une pince à linge dans la bouche.

Elle laissa tomber les deux en découvrant Cam. Une question passa dans ses yeux, les laissant brillants de larmes ; ses mains se portèrent à son visage et ses lèvres remuèrent, articulant silencieusement *Cammy*.

— Maman ?

— Cammy ! s'écria-t-elle à pleine voix avant de la serrer dans ses bras humides. Tu es là ! Mon bébé ! Seigneur ! j'ai prié pour que tu viennes un jour... Dieu merci, tu es venue !

— Mais pourquoi tu n'es pas venue, toi ? Il devait bien y avoir un moyen sûr de...

546

— Je ne voulais pas m'imposer à toi, Cammy. Je voulais seulement que tu me cherches si tu en avais envie.

— Envie ? Maman, j'ai essayé de te trouver par tous les moyens. J'ai essayé si fort...

— Tu voulais me retrouver ? fit-elle en prenant sa fille par les épaules et en sondant son regard. Après ce que je t'ai fait ?

— Non, dit Cam en pleurant. Après ce que *moi* je t'ai fait.

Les yeux de sa mère se fermèrent comme si on venait de tirer un coup de canon.

— Je t'en prie, dis-moi que cette pensée ne t'a pas hantée pendant toutes ces années.

Cam pressa les lèvres pour les empêcher de trembler.

— Oh ! mon pauvre bébé ! gémit sa mère, l'enlaçant de nouveau. Ce n'était pas ta faute, tu m'entends ? Ce n'était absolument pas ta faute !

Cam se laissa aller contre sa mère tandis que quatorze années de sentiment de culpabilité et d'envie d'amour s'échappaient d'elle. Elle se sentait étourdie, désorientée, comme un enfant qui a trop tourné sur lui-même.

De la porte de derrière leur parvint un toussotement et elles se retournèrent.

— Abby, fit l'homme dans l'encadrement de la porte grillagée, tu vas rester là toute la journée ? Après quatorze ans, tu pourrais au moins l'inviter à entrer et à s'asseoir.

Il s'appelait Pete. Abby et lui vivaient comme mari et femme depuis huit ans et il savait tout ce qu'il y avait à savoir. Au bout de cinq minutes de conversation anodine, il déclara cependant qu'il passait voir Joe, au bout de la rue.

— N'oublie pas ta veste. Sinon, tu vas attraper la mort avec ce froid.

Il roula des yeux mais enfila sa veste et déposa un bécot sur la joue d'Abby.

— Cent dollars, soupira-t-il tristement en partant.

— Tu devrais au moins annuler le pari, dit Cam après que la porte d'entrée se fut refermée. Il a raison. Je n'aurais jamais trouvé toute seule.

— Mais si, dit sa mère, radieuse. Puisque tu es là.

— Uniquement parce qu'un ami m'a envoyé le livre ce matin. Je l'ai ouvert et la réponse était là : Harriet M. Welsch.

Abby sourit, tendit le bras par-dessus la table de la cuisine pour tapoter la main de Cam.

— Un ami très cher, on dirait.

— Mais comment tu m'as retrouvée, toi ? J'ai changé de nom, et mon numéro de Sécurité sociale...

— J'ai vu ta photo dans le journal. Pour ton mariage.

— Elle a paru seulement dans le journal de Wilmington.

— Je lisais tous les journaux. Tous ceux que je pouvais me procurer, du moins. Tous les dimanches, j'allais à la bibliothèque et je feuilletais les journaux de la semaine.

— Toutes les semaines ? Pendant toutes ces années ?

— Non, seulement jusqu'en février, quand j'ai appris ton nom, où tu travaillais et tout. C'est là que j'ai eu l'idée de t'écrire. Pete travaillait dans une imprimerie et il a demandé à ses anciens collègues de tirer ce papier à en-tête pour moi. (Elle s'esclaffa.) J'en ai encore une boîte pleine en haut. Mais après la troisième lettre, j'ai pensé qu'il valait mieux que j'arrête. J'ai simplement prié pour que tu aies envie de venir. (Elle se renversa en arrière, adressa à sa fille un sourire épanoui.) Et tu en as eu envie.

— Bien sûr, maman. Mais... (Cam se pencha en avant.) Il fallait que je te voie pour une autre raison. Tu n'es pas en sécurité. Gloria Lipton a été assassinée l'hiver dernier.

— Je sais ! J'ai été bouleversée en lisant la nouvelle. D'abord qu'elle s'était fait tuer, ensuite qu'elle travaillait dans le même cabinet que toi. Je me suis dit, le monde est petit, et tout de suite après, j'ai pensé, mon Dieu ! Cammy aurait pu marcher dans la rue ce soir-là. J'ai eu tellement peur pour toi...

— C'est toi qui es en danger. Il a tué Doris Palumbo aussi.

— Je sais. Pauvre Doris.

— Tu pourrais être la prochaine.

Abby secoua la tête.

— Oh non ! Je n'ai rien à voir là-dedans, fit-elle en se levant pour aller prendre la cafetière. C'est une affaire qui ne concernait qu'elles deux.

— Maman, fit Cam d'un ton sévère, elles travaillaient au BNR quand la capsule a été interceptée. Ce ne peut pas être une coïncidence.

Un masque sur le visage, Abby revint à la table et remplit leurs tasses.

— Je ne dis pas que c'en est une. Mais je sais que ça n'a aucun rapport avec le BNR.

— Comment peux-tu en être sûre ?

— Parce que... (Elle posa la cafetière et se laissa tomber sur la chaise.) Parce que ceux qui connaissent cette affaire et savent que j'étais impliquée savent forcément aussi que Gloria et Doris ne l'étaient pas.

— Oh ! fit Cam en baissant les yeux vers sa tasse, avant de regarder de nouveau sa mère. Je me demandais...

— Quoi ?

— Si elles faisaient partie du mouvement aussi.

— Quel mouvement ?

— Le mouvement contre la guerre, ou je ne sais quoi.

Abby reposa sa tasse si brusquement que du café se répandit dans la soucoupe.

— C'est ce que tu as cru pendant toutes ces années ? Que j'étais une sorte de militante ? Que je me sacrifiais pour une noble cause ?

— Je ne voyais pas d'autre...

— Je ne sais pas combien d'affreuses vérités tu peux encaisser en une fois, mais je ne peux pas te laisser penser ça. Cammy, mon trésor, je l'ai fait pour l'argent.

Campbell resta bouche bée.

— Vingt mille dollars. C'était quelque chose en 1968.

— Mais... pourquoi ?

— C'était ce dont Bud avait besoin pour acheter le garage, et je ne voyais pas d'autre moyen de me procurer cette somme. Tout ce que j'avais à faire, c'était envoyer les coordonnées à un contact à Oslo, et modifier les coordonnées dans le câble adressé à nos propres agents. Ça ne me paraissait pas très grave, à l'époque. (Abby fixa la table.) Pas assez en tout cas pour causer la mort de tant de soldats.

— Tu l'as fait pour papa ? fit Cam, stupéfaite.

Sa mère leva vers elle des yeux noyés de larmes.

— C'était le prix qu'il demandait pour m'épouser et te donner un nom.

Cam eut l'impression de distinguer soudain la forme cachée dans une illusion d'optique qu'elle avait regardée toute sa vie. Bien sûr, je le savais inconsciemment. Tous les autres morceaux du puzzle se mirent en place, tout ce qui, dans son enfance, la rendait perplexe, toutes les interrogations sur des rapports familiaux embrouillés prenaient enfin sens.

— Oh ! mon Dieu ! murmura sa mère. Tu ne savais pas ?

— Si. D'une certaine façon, je le savais. Simplement, je n'ai jamais pris la peine de le formuler en mots. C'est drôle, il était toujours tellement gentil avec moi...

— C'est un homme bon. On ne peut pas lui reprocher de n'avoir pas voulu élever l'enfant d'un autre sans une compensation.

— Mais alors, qui... ?

— Je lui ai juré de ne jamais le révéler à personne, et j'ai tenu parole. Mais j'ai toujours pensé que tu trouverais toute seule, une fille intelligente comme toi. Je n'arrive pas à croire que les gens ne l'aient pas remarqué : tu lui ressembles tellement.

— C'était un homme politique.

— Il l'est encore. À l'époque, il venait juste d'entrer au Congrès. Et il était marié, bien sûr. Le scandale aurait ruiné sa carrière. Mais c'était un homme merveilleux, et quand je te regarde maintenant, je retrouve en toi toute sa bonté.

Cam sentit que sa mère était toute disposée à enfreindre maintenant sa promesse. Il aurait suffi qu'elle lui pose la question. Mais en buvant lentement une gorgée de café, elle se rendit compte qu'elle n'avait pas besoin d'en savoir plus. Elle reposa sa tasse avec un sourire.

— Retournons finir de pendre le linge.

En aidant sa mère, Cam lui soutira des détails sur ce qu'avait été sa vie ces quatorze dernières années. Abby avait vécu en faisant des ménages. Pendant son temps libre, elle avait participé comme bénévole à des programmes d'assistance aux anciens combattants du Vietnam. C'est là qu'elle avait fait la connaissance de

Pete. Un soir d'hiver, ils avaient parcouru la ville dans la même camionnette, cherchant leurs « clients » parmi les sans-abri endormis sur les grilles de ventilation de Center City. Quelque chose avait accroché en eux ce premier soir, mais il avait fallu beaucoup de temps et de persévérance de la part de Pete pour qu'elle le laisse entrer dans sa vie.

— J'ai une proposition à te faire, dit Cam quand elles revinrent dans la cuisine. Laisse-moi te trouver un avocat, le meilleur qui soit, pour négocier ta reddition et assurer ta défense. Je sais que c'est risqué, mais je serai auprès de toi tout le temps.

Sa mère sourit.

— C'est une merveilleuse proposition, chérie. J'y ai pensé un millier de fois et j'ai failli le faire. Pour t'avoir près de moi, je serais prête à courir le risque. S'il n'y avait pas Pete.

— Pourquoi ?

— Il a un cancer du poumon. On lui a enlevé tout ce qu'on a pu, on lui a fait toute la chimio et tous les rayons qu'il pouvait supporter. Mais rien à faire. Il lui reste peut-être un an à vivre.

— Oh ! maman, je suis désolée !

— C'est un homme bon, Cammy. Trop bon pour moi. Le moins que je puisse faire, c'est rester avec lui jusqu'au bout. Après, je pourrai me livrer à la justice.

Ce sera trop tard, pensa Campbell.

— Alors, j'ai une autre proposition. Je vous aiderai à quitter le pays. Je vous mettrai en sécurité quelque part.

Abby s'esclaffa.

— Pete me dit tout le temps la même chose. Il n'arrête pas d'étaler ces brochures touristiques sur la table. Mais comment je ferais pour partir ? Je n'ai pas de passeport, je ne peux pas en demander un. En plus... (Elle

552

sourit, pressa la main de Cam.) Je n'ai plus envie de partir, maintenant que je t'ai retrouvée. Je suis si fière ! Une fille magnifique, avocate, mariée à un homme important...

Cam ne répondit pas mais son expression dut être révélatrice parce que sa mère l'attira contre elle et murmura :

— Dis-moi ce qui ne va pas.

Elles passèrent dans le séjour et, pendant l'heure qui suivit, Campbell avoua tous ses échecs, tous les mauvais choix qu'elle avait faits pour de mauvaises raisons. Sa mère hochait la tête en répondant qu'elle n'avait pas échoué, qu'elle avait raison de vouloir plus, qu'elle méritait tout le bonheur de la vie.

— Comment pourrais-je mériter d'être heureuse après ce que je t'ai fait ? Je t'ai séparée de ta famille, je t'ai forcée à te cacher...

— C'est moi qui me suis fait tout ça.

— Mais si je n'avais pas renseigné le FBI, aujourd'hui tu...

— Quoi ? coupa Abby. Je me cacherais du monde dans ce mobile home avec un homme à qui je ne pourrais pas parler ? Ce n'est pas pire maintenant. Au moins j'ai Pete, et pas un jour ne passe sans que je remercie le ciel de l'avoir trouvé. Tu parles de mériter le bonheur. Je ne méritais pas Pete mais j'ai saisi l'occasion quand même, et je ne le regrette absolument pas.

Abby prit sa fille dans ses bras et dit avec douceur :

— Je veux que tu penses à ce qui te rend heureuse. Je veux que tu le saisisses et que tu ne regardes jamais en arrière.

553

Pete rentra en fin d'après-midi, et la soupe qui devait être le déjeuner pour deux devint le dîner pour trois. À la fin du repas, lorsque Cam se leva pour aider sa mère à débarrasser, Pete alluma une cigarette. Abby remarqua l'expression de sa fille et secoua la tête.

— Je n'arrive pas à le faire arrêter. La dernière fois qu'il est allé à l'hôpital, il a déclenché le système d'alarme en fumant dans les toilettes.

— Y a deux choses que je supporte pas, dit Pete, soufflant des ronds de fumée vers le plafond. Les pêcheurs repentis et les anciens fumeurs.

Cam regarda sa mère.

— Tu as arrêté, toi ?

— Il y a quatorze ans. Ils recherchaient une fumeuse, j'étais bien obligée d'arrêter. Tu vois, encore une bonne chose qui est sortie de tout ça, ajouta Abby en souriant.

Quand vint enfin pour Cam le moment de partir, Pete leur dit bonsoir et les laissa seules. Après être convenues d'un code pour le téléphone et d'un endroit où se retrouver, elles s'embrassèrent une dernière fois à la porte.

— Tu lui diras merci de ma part, hein ? fit la mère.

— À qui ?

— À l'homme qui t'a offert le livre ce matin.

— Comment tu as deviné ?

— Oh ! Cammy. Tu t'es toujours prise pour une bonne menteuse, mais la plupart du temps, je voyais tout ce qui se passait en toi.

Cam prit l'autobus pour retourner à Center City, récupéra sa voiture au parking et se rendit à West

Chester. À huit heures, elle frappait à la porte de l'appartement de Steve.

Il vint ouvrir les pieds nus, en jean et chemise déboutonnée, avec une expression de curiosité qui se transforma vite en surprise hésitante.

— Me voilà, dit-elle simplement. Si tu veux de moi.

La surprise fit place à un sourire lent à s'épanouir.

— Et à propos, je t'aime, ajouta-t-elle comme il l'attirait à l'intérieur. Je t'aime et je veux passer le reste de ma vie avec toi.

— D'accord sur toute la ligne, répondit-il en fermant la porte.

À neuf heures ce soir-là, le Sénat procéda au dernier vote de sa session et Gary Pfeiffer y assista de la galerie. Il y demeura longtemps dans une sorte d'hébétude, et la salle était presque vide quand il se leva enfin pour sortir.

Un million de dollars, une année de travail partis en fumée. Non, qui croyait-il tromper ? C'était toute une vie de travail qu'il avait perdue ce soir. L'AAAJ le virerait dans la semaine et personne ne se précipiterait pour la remplacer sur la liste de ses clients. Il était devenu la risée d'une ville à la mémoire courte et à l'humour féroce. Ses plans soigneusement conçus, ses heures de travail acharné — tout s'était écroulé. Et son solde bancaire le refléterait avant longtemps. Que pouvait-il faire maintenant ? Vendre la villa, s'installer dans une cabane avec Derek, mais il était bien obligé de se demander si leur couple durerait beaucoup plus longtemps que son argent. Ou alors rester avec Eileen et ses confortables revenus, se laisser entretenir par elle jusqu'à ce qu'il reprenne pied.

Ce choix n'en était pas un, en fait. Derek, la maison

de Rehoboth Beach : on le dépouillait de tout ce qu'il aimait, et une haine brûlante contre les responsables s'accumulait en lui.

Il accéléra le pas et traversa bientôt la Rotonde en direction de la Chambre des représentants, ses pas claquant comme un glas sur les dalles du sol. Il appela un jeune huissier, griffonna une note puis attendit près de la porte.

Ce ne fut pas long. La porte s'ouvrit, Hadley Hayes sortit, le mot à la main.

— Bonsoir, monsieur le représentant. Je vous offre un verre pour célébrer la clôture de la 105e session ? proposa Gary.

Le parlementaire lui montra la note.

— Vous dites que vous avez des informations sur Alexander ?

— En effet, répondit Pfeiffer en le précédant vers la buvette. En effet.

35

Le dimanche se déroula le premier et unique débat de la campagne, sponsorisé et dirigé par la ligue des électrices, diffusé en direct dans tout le Delaware depuis les studios de Channel 2 à New Castle.

Meredith Winters et Norman Finn attendaient quand Doug et sa suite arrivèrent. Finn serra des mains à la ronde, mais Meredith n'avait d'yeux que pour Doug. Des yeux critiques.

— Maquillage ! s'écria-t-elle en l'entraînant à l'écart.

Cam dut passer elle aussi le contrôle coiffure et maquillage avant d'être introduite dans un salon pour attendre son tour d'entrer en scène. Elle y sirota un café en feuilletant un exemplaire du *Post* abandonné sur une table. Un article passait en revue les lois les plus importantes adoptées dans les derniers jours de la 105e session. Cam le survola et allait passer à autre chose quand une phrase retint son attention : *adoption de la réforme de la responsabilité pénale.*

Elle relut l'article. Le Sénat avait enfin débattu du projet S.4, longtemps reporté, et avait voté pour avec une marge confortable. La Chambre l'ayant déjà approuvé, le projet avait été soumis au Président qui, cette fois, avait décidé de ne pas réitérer son veto. Le samedi matin, sa signature en avait fait une loi.

— Dans dix minutes, Cam, la prévint Nathan, passant la tête par la porte.

— Tu peux m'en accorder une ?

— Bien sûr. Quoi de neuf ?

Elle montra le journal.

— La réforme sur la responsabilité pénale, apparemment.

— Je sais. C'est pour ça qu'on a été convoqués ici la semaine dernière. La direction souhaitait qu'elle fasse l'objet d'un vote.

— Mais vous aviez un accord avec Ramsay...

— Il se faisait tirer dessus de partout, alors on a décidé de laisser tomber. De toute façon, Doug n'était pas très heureux de se retrouver au lit avec l'AAAJ...

— Assez pour prendre son argent, quand même.

Vance regarda par-dessus son épaule, entra et ferma la porte.

— Bon, avant que tu montes sur tes grands chevaux pour si peu...

— Si peu ? fit Cam en jetant le journal sur la table. Conclure un marché et ne pas le respecter ?

557

— Nous avions besoin de cet argent, Cam. Il n'y avait pas d'autre solution.

— Bien sûr que si. Vous en passer.

— Et perdre l'élection ? Laisser Hadley Hayes en place ? Entre deux maux...

— Comment peux-tu justifier une chose pareille ?

— Facile. Doug est un grand homme, il fera de grandes choses pour ce pays. Peu importe que nous soyons obligés de commettre quelques petites bavures pour le faire élire. Ce n'est pas cher payé.

— Un grand homme, répéta Cam. Il y a huit mois, c'était un moyen pour toi de dégoter un fauteuil de juge fédéral et maintenant c'est un grand homme ? C'est quoi, ça ? Le filtre cognitif à l'œuvre ? Ou alors tu t'es mis à croire à tes propres slogans ?

— Tu es trop proche de lui pour t'en rendre compte. Ou pas assez, je ne sais pas. Mais il apportera vraiment du neuf. Pense à Abraham Lincoln, à Franklin Roosevelt. Tu ne crois pas que ça aurait valu la peine d'enfreindre quelques règles pour les faire élire ?

Elle le fixa, secoua la tête.

— Personne n'est assez grand pour passer avant l'honnêteté et la morale élémentaires.

— Ton problème, Cam, c'est que tu ne crois pas aux grands hommes.

— Je pense que tu as raison. Je crois seulement aux hommes bons.

Il la regarda un moment avec irritation, puis son expression changea.

— Nom de Dieu ! Tu as rencontré quelqu'un.

Elle détourna la tête.

Il se dirigea vers la porte, s'arrêta, la main sur la poignée.

— Nous sommes près du but, dit-il sans se tourner

vers elle. Nous pouvons vraiment gagner. Alors, s'il te plaît : pas de bêtises. Je sais que vous allez vous séparer après les élections. D'accord, c'est ta vie. Mais laisse Doug vivre la sienne aussi. Si ce n'est pas pour lui, fais-le pour moi. Ne bousille pas tout.

Elle ne lui répondit pas, il ne se retourna pas pour réclamer une réponse. Il ouvrit la porte et sortit.

Le lendemain matin, le *News Journal* déclara Alexander vainqueur du débat, et le sondage réalisé dans la soirée leur donna la poussée sur laquelle ils comptaient tous. Doug grimpa de cinq points : il n'en avait plus que huit de retard.

Le lundi, Columbus Day, les tribunaux ne siégeaient pas. Campbell alla au bureau de Wilmington, annonça qu'elle passerait la journée à celui de Philadelphie, repartit, laissa sa voiture où elle l'avait garée et descendit à pied jusqu'au parking de la station Amtrak, trois rues plus bas, où Steve l'attendait dans l'Explorer.

— Tu as parlé à ta mère, hier soir ? demanda-t-il en prenant la direction du sud.

— Mouais. Ça n'a servi à rien, elle ne veut toujours pas partir. Je n'arrive pas à la convaincre qu'il y a un rapport.

— Alors, espérons qu'il n'y en a pas.

— Et toi ? Tu as parlé à Trey, hier ?

Il secoua la tête.

— J'ai traîné dans le jardin tout l'après-midi, mais il n'est pas venu.

Voyant à quel point il était déçu, elle s'efforça de le réconforter :

— Il n'était pas prévu qu'il vienne, rappelle-toi. Il n'y a aucune raison de s'inquiéter.

— Je sais, mais je voudrais lui parler de nous. Il faut le mettre au courant.

— Ce n'est peut-être pas ce qu'il a le plus besoin d'apprendre en ce moment, argua-t-elle avec embarras.

Steve tendit le bras, lui caressa la nuque.

— Nous sommes sur le point de commencer une nouvelle vie ensemble, tous les trois. Il a le droit de savoir, lui aussi.

Elle prit sa main dans les siennes et tâcha d'être aussi optimiste que lui.

Ils allèrent à Lewes, où mouillait à présent le bateau de Steve, et après que Cam eut enfilé un jean et un sweater à l'arrière de l'Explorer, ils embarquèrent et quittèrent la marina pour la baie.

C'était un jour d'automne parfait, avec un ciel bleu et clair, un vent juste assez frais pour leur picoter les joues. Ils longèrent la côte autour de Cape Henlopen et, une fois dans l'Atlantique, cinglèrent vers le sud le long de Rehoboth Beach. Campbell se tourna face au vent, dénoua ses cheveux et les laissa flotter derrière elle comme un drapeau.

Steve la regardait avec un sourire. Il réduisit les gaz jusqu'à ce que le moteur s'arrête.

— C'est de ça que je suis tombé amoureux. Quand tu es repartie de Maristella, les cheveux au vent. Je te regardais t'éloigner, sachant que tu étais l'ennemi, espérant quand même que tu te retournerais pour me regarder encore une fois.

— Ton ennemie, jamais, murmura-t-elle.

Le bateau se balançait sur l'eau, les vagues léchaient

doucement sa coque. Steve prit la main de Cam, déposa un baiser au creux de sa paume.

— Je le sais, maintenant.

Elle se pencha et l'embrassa, posa son menton sur son épaule et contempla la côte.

— Tu sais quand je suis tombée amoureuse de toi, moi ?

— Tu me l'as déjà dit. Quand la brume s'est écartée et que tu nous as vus travailler dehors.

— C'est ce que je croyais. Mais je viens de me rendre compte que je me trompais. Retourne-toi.

Il tordit le cou pour regarder vers la côte. Ils dérivaient devant la maison de George Westover dans Lake Drive. Steve émit un rire surpris, porta une main en visière au-dessus de ses yeux pour étudier la villa sous cet angle nouveau.

— C'est arrivé quand j'ai vu la maison, dit-elle. Je l'ai trouvée plus belle que tout ce que l'homme avait jamais construit, et je me suis dit que son architecte devait être l'homme le plus merveilleux au monde.

Les yeux pétillants, elle ajouta :

— Et c'était avant que je ne découvre que tu étais en plus beau comme un dieu.

Il sourit, considéra cependant d'un œil critique les lignes de la maison.

— Oui, c'est pas mal, finalement.

— Grand modeste, le taquina-t-elle. Si je pouvais être aussi fière de mon travail, je le crierais sur les toits.

— Tu devrais. Tu es très bonne dans ta partie.

— C'est de ce que je fais que je ne suis pas fière, soupira Cam.

Elle ouvrit le panier de pique-nique, tendit à Steve un sandwich et une canette, en décapsula une autre qu'elle porta à sa bouche.

— Mon problème, c'est que je suis devenue avocate pour de mauvaises raisons.

— Tu voulais retrouver ta mère. Il n'y a rien de mal à cela.

— Pas seulement. Je croyais que la loi serait une sorte de bouclier, que je serais en sécurité si je pouvais m'accroupir derrière.

— Et ce n'était pas ça ?

— En définitive, c'était plutôt un coussin qu'un bouclier. Mince protection, et assez étouffante, à la longue.

Il passa les doigts dans les cheveux emmêlés de Cam.

— Ce qui signifie, j'espère, que tu n'auras aucun regret en quittant le cabinet quand nous nous installerons dans le Maine.

— Aucun.

Il mastiqua un moment son sandwich d'un air songeur avant de reprendre :

— Tu sais en quoi tu es vraiment bonne ?

Elle lui jeta un regard malicieux.

— Monsieur, si c'est une proposition malhonnête, la réponse est : pas ici.

— Non, sérieusement. En paysagisme. Tu as fait un boulot formidable sur ton jardin. Je crois que tu es vraiment douée pour ça.

— Vraiment ? fit Cam, gênée par le plaisir qu'elle éprouvait.

— Je pensais... Pendant l'année où tu seras coincée sur l'île avec moi, tu pourrais peut-être te faire la main en dessinant quelque chose, pour le terrain, là-bas...

— Tu plaisantes ? s'exclama-t-elle. Steve, j'adorerais ça !

Son visage rayonnait et il le prit entre ses mains comme un soleil.

— Tu sais ce que j'adore, moi ?

— Dis-le-moi, murmura-t-elle.

Malgré ce qu'elle avait déclaré l'instant d'avant, elle le laissa aussi le lui montrer.

Le mardi matin, tout le monde se retrouva au tribunal et Bruce Benjamin appela son dernier témoin, une psychiatre de Philadelphie qui enseignait à Penn et avait publié plusieurs articles sur les troubles de l'adolescence. Elle avait étudié tous les témoignages, toutes les pièces de l'affaire, et sur cette base elle s'était formé une opinion — avec un degré raisonnable de certitude médicale — sur l'intérêt de l'enfant en matière de garde.

— Docteur, à votre avis, est-il dans l'intérêt de l'enfant de rester sous la garde du sénateur et de Mrs Ramsay ?

— Non.

— Pourquoi ?

— Il est en isolement affectif par rapport à eux. Ils sont coupés de lui sur tous les plans. Sur le plan physique, dans le cas du sénateur Ramsay — en ce qui le concerne, on ne peut parler de « garde » au sens réel du mot —, sur le plan affectif dans le cas de Mrs Ramsay. La personne qui s'occupe le plus de lui et qui lui tient compagnie est un homme qui a mis la vie de l'enfant en danger. Ces facteurs incitent fortement à retirer le mineur de cet environnement.

— Saleté de mercenaire, grogna Ramsay à la fin de l'interrogatoire.

Cam se leva pour procéder au contre-interrogatoire. La psychiatre reconnut qu'elle était payée pour son témoignage, une somme qu'elle n'avait pas encore calculée, mais son tarif horaire s'élevait à trois cents dollars pour les recherches et cinq cents pour le témoignage lui-même. Elle admit qu'elle ne s'était entretenue ni avec l'enfant ni avec ses parents, ni avec aucun des témoins qui l'avaient précédée. En fait, les seules informations en sa possession étaient celles que le juge avait déjà entendues, mais, à la différence de Miller, elle n'avait pu observer le comportement des témoins et évaluer leur crédibilité. Son témoignage n'apportait donc aucun fait nouveau.

Ne faisait-elle pas, en fait, que donner son avis sur un sujet pour lequel le juge pouvait se forger facilement sa propre opinion ? demanda Cam.

— Pas du tout, protesta le médecin.

— Quelle est la différence ? dit Cam, tendant son piège.

— Mon opinion est celle d'une personne compétente et informée.

Le juge plissa brièvement le front et autorisa la psychiatre à se retirer.

Benjamin se leva après le départ de son témoin.

— Votre Honneur, c'est terminé pour le requérant, à ceci près que nous demandons respectueusement à la cour d'interroger le mineur.

Cam s'y opposa avec tous les arguments attendus mais, finalement, Miller ne put faire autrement qu'accéder à la requête de Benjamin.

— Je suppose que le garçon est au collège à cette heure-ci, Mrs Ramsay ?

Margo parut déconcertée qu'on s'adresse directement à elle.

— Euh, o-oui.

— Alors, l'audience est suspendue jusqu'à demain matin. Mrs Alexander, vous nous amènerez l'enfant à neuf heures trente, s'il vous plaît.

Cam acquiesça de la tête et, de l'autre côté de l'allée, Benjamin tourna vers son client un visage triomphant.

Trey dormit d'un sommeil agité cette nuit-là. À quatre heures du matin, totalement réveillé, il renonça à essayer de retrouver le sommeil. Il sentait s'agiter en lui la même énergie explosive que la veille de son témoignage au procès du kidnapping. Mais ce n'était cette fois ni de la peur ni de la nervosité ; c'était de l'excitation pure.

Il ne s'attendait cependant pas à ce que le juge l'écoute plus que sa psy. Elle lui avait déclaré un jour : « Ta vie n'est pas une démocratie, tu n'as pas droit au vote. » Trey savait ce que cela signifiait : tant que le vieux la payait, c'était lui qui fixait les règles. Il n'attendait pas grand-chose d'autre du juge : d'une façon ou d'une autre, le vieux le payait lui aussi.

Non, il était excité parce que c'était bientôt la fin. Tout serait terminé dans quelques jours. C'était la raison pour laquelle il était parfaitement éveillé et en hyperventilation à quatre heures du matin.

Il se leva, enfila son short et ses chaussures de course, descendit silencieusement l'escalier et sortit. Jesse avait creusé deux citrouilles pour la véranda, mais à cause du tremblement de ses mains, elles ressemblaient à des goules démoniaques. Trey se demanda s'il serait encore là pour Halloween, dans deux semaines.

L'air était frais et une demi-lune brillait faiblement dans le ciel quand il s'élança sur la route. Ses pieds frappaient en cadence le macadam noir et dur. Tout semblait différent dans l'obscurité. Distinguant diverses nuances de noir, il songea au tableau qu'il ne s'était jamais décidé à peindre, *Greenville la nuit*. Bientôt il pourrait peindre *Maristella la nuit*. Il imagina le scintillement de la silice du sable, le clair de lune sur les rochers. Ouais, il arriverait à rendre ça.

Rapidement, il ne sentit plus le froid. Un filet de sueur se forma entre ses omoplates et coula au creux de ses reins quand il tourna dans l'allée. La maison était plongée dans l'obscurité et il passa à la marche pour ne pas réveiller Cam du martèlement de ses foulées. Il fit le tour par-derrière, entra dans le jardin.

Trey se tint un moment au bord du bassin où se reflétait la demi-lune et tenta de se voir dans l'eau noire. Mais il n'était qu'une tache floue, une ombre imprécise passant sur le flux incessant.

Avançant en posant d'abord la pointe du pied, il longea le bassin, entra dans la folie. Tout était calme et silencieux ; le clair de lune pénétrait juste assez à l'intérieur pour lui permettre de distinguer les marches de l'escalier en colimaçon. Il monta, passa la tête par l'ouverture au moment où une autre tête se levait du matelas.

— Cam ?

Elle se redressa. Elle avait les épaules et les bras nus au-dessus des couvertures.

— Je-je suis désolé, bégaya-t-il. Je me doutais pas que tu serais...

Une tête apparut près de celle de Cam. La lune éclairait assez la pièce pour que Trey reconnaisse son père et s'aperçoive qu'il était nu, lui aussi.

Pendant une seconde, tout resta suspendu, comme un arrêt sur image dans une vidéo, puis tout se mit à tourbillonner comme si Trey avait dans la tête un kaléidoscope. Il s'entendit marmonner quelque chose, des mots confus, incompréhensibles, puis il dévala les marches, se précipita dehors et traversa le jardin en courant.

— Jamie, attends !

Au coin de la rue, il coupa par le jardin du voisin. Il fallait qu'il s'arrête, il allait vomir. Il sauta par-dessus un massif de fleurs, se prit le pied dans un tuyau d'arrosage de l'autre côté et s'étala dans l'herbe.

— Jamie... Trey, attends !

Il se releva à demi mais Steve l'empoigna avant qu'il puisse se remettre à courir.

— Attends ! Laisse-moi t'expliquer.

— Qu'est-ce qu'il y a à expliquer ? Tu baises Cam !

— Je voulais te le dire. Elle viendra avec nous quand nous irons...

— J'irai nulle part avec toi ! Je ne veux plus jamais te voir !

Steve se recula vivement, comme si son fils l'avait giflé, et Trey en profita pour se libérer. Il s'élança dans Martins Mill, ses pieds frappant la chaussée si fort et si vite que ses dents semblaient trembler dans sa bouche. Il courut dans le noir jusqu'à ce qu'un cercle de lumière apparût soudain devant lui.

C'était sa maison, toutes les lumières extérieures allumées. Il s'arrêta au bord des buissons, battit des cils pour chasser la transpiration coulant dans ses yeux. Une voiture de police était garée dans l'allée, et Jesse discutait avec deux flics sur la véranda. Ils avaient dû découvrir son absence, ils avaient dû croire qu'il faisait une fugue.

Sa gorge se serra quand il entendit Steve arriver derrière lui. Il regarda par-dessus son épaule, se tourna de nouveau vers le cercle de lumière entourant la maison et s'engagea dans l'allée.

— Le voilà ! s'écria Jesse. Où tu étais ? On t'a cherché partout...

Trey courut vers le perron, monta sur la véranda et regarda de nouveau derrière lui. Steve s'était arrêté au bord de la lumière, là où personne d'autre que Trey ne pouvait le voir dans l'obscurité.

— Ça va, t'as rien ? s'inquiéta Jesse. Où t'étais ?

Trey ne répondit pas ; il regardait Steve.

— Bon, alors, tout va bien, conclut l'un des flics.

— J'ai l'impression, répondit Jesse. Merci d'être venus.

De l'endroit où il se trouvait, Steve fixait Trey. Au moment où les policiers descendirent de la véranda et se dirigèrent vers leur voiture, il pénétra dans le cercle de lumière.

— Hé, il est là ! beugla Jesse. Je le savais ! Vous le voyez ?

Les policiers s'écartèrent l'un de l'autre et, la main sur l'étui de leur arme, marchèrent sur Steve. Mais il ne les regardait pas. Il continua à avancer, les yeux rivés sur son fils, jusqu'à ce que celui-ci se réfugie dans la maison et claque la porte derrière lui.

36

Le juge Miller entra dans la salle d'audience le lendemain matin, sa robe noire bouillonnant derrière lui comme un nuage toxique. Il s'assit, considéra d'un œil torve les deux avocats qui se tenaient au garde-à-vous devant lui.

— L'huissier me dit qu'il y a du nouveau ?

— Oui, Votre Honneur, répondirent-ils ensemble.

— Cela signifie que vous êtes parvenus à un accord, j'espère.

— Pas exactement, marmonna Benjamin.

Le juge regarda la chaise vide à côté de l'avocat.

— Où est votre client, maître ?

D'une voix basse, enfin appropriée aux dimensions de la salle, Benjamin expliqua :

— Mr Patterson n'a pas pu venir, Votre Honneur. Il est en détention à la prison de Gander Hill.

Les yeux du juge saillirent dans leurs orbites.

— Sous quelle inculpation ?

— Violation d'une ordonnance de la cour.

— Pas celle concernant le jeune Ramsay ?

— Si, Votre Honneur.

Miller se tourna vers Campbell.

— Vous êtes au courant ?

— Oui, monsieur le Juge.

— Racontez-moi ce qui s'est passé.

Elle jeta un coup d'œil à ses clients. Ramsay, bras croisés, arborait une expression de colère légitime.

— Je crois savoir qu'on s'est aperçu ce matin vers quatre heures que Trey n'était pas dans son lit, dit-elle d'une voix aussi mesurée que celle de Benjamin. La police a été prévenue, mais avant même qu'elle entame des recherches, le garçon est rentré, à pied. Mr Patterson le suivait, et comme les policiers avaient l'impression qu'il se trouvait à moins de cent cinquante mètres de Trey, ils l'ont arrêté sur-le-champ.

— Qu'est-ce que le garçon dit de tout ça ?

— Rien, Votre Honneur.

Miller relâcha sa respiration et regarda de l'autre côté de l'allée.

— Mr Benjamin, il me paraît évident que votre client a tenté de fausser la procédure.

— Votre Honneur...

— Il savait que j'avais l'intention d'interroger le garçon ce matin, il l'a rencontré en secret pour tenter de l'influencer.

— Rien ne l'indique, Votre Honneur. Si nous pouvions simplement reporter cette question jusqu'à ce que Mr Patterson ait été remis en liberté, il pourrait expliquer...

— Vous savez combien de dossiers s'accumulent sur mon bureau ? Combien de citoyens respectueux des lois attendent de passer devant ce tribunal pendant que votre client fait ce qui lui chante ? Cela suffit comme ça. Mrs Alexander, j'accède à votre requête. La demande du requérant est rejetée. L'audience est levée.

Pourquoi il a fait ça ?

La question résonnait dans la tête de Campbell depuis qu'elle était passée en voiture devant la maison des Ramsay et avait vu la fin de la scène : Ash et Jesse sur la véranda, la voiture de police garée dans l'allée, les flics entraînant Steve vers le véhicule, le poussant à l'intérieur.

Elle dut attendre trente-six heures avant de pouvoir la poser.

Cam attendait au parking le jeudi après-midi quand Steve descendit d'un taxi devant la porte de son immeuble. Elle le rejoignit et ils se tinrent un long moment enlacés et silencieux.

— Qu'est-ce qui s'est passé ? demanda-t-elle comme ils pénétraient dans le hall.

— Benjamin a conclu un accord. Une nuit en prison et mille dollars d'amende. En échange, j'accepte une modification de l'ordonnance. Désormais, je n'ai plus le droit de me trouver à moins de trois cents mètres de Trey, de son collège, de sa maison et — devine — de *ta* maison, au cas où il viendrait y travailler. Je ne peux même plus te retrouver dans la folie.

— C'est moi qui viendrai te voir.

— Formidable, mais lui, est-ce qu'il viendra ? s'interrogea Steve en ouvrant la porte de son appartement. Quand tout a été terminé, Benjamin m'a prié de chercher un autre avocat. Je crois qu'il en a assez de moi. (Il alla à la fenêtre du living, l'ouvrit pour aérer la pièce.) Je ne le lui reproche pas, d'ailleurs.

— Steve, pourquoi tu as fait ça ?

Il s'assit sur le sofa, se passa la main sur la mâchoire. Avec sa barbe de deux jours, il avait de nouveau l'air d'un bandit de grand chemin.

— Pourquoi tu ne t'es pas arrêté quand tu as vu Jesse et les flics devant la maison ? Tu devais savoir ce qui allait arriver.

— Ce serait arrivé, de toute façon.

— Que veux-tu dire ?

— Je savais ce qui arriverait si Trey était obligé de se présenter au tribunal — quoi, cinq heures après nous avoir vus au lit ensemble ? Je savais ce qu'il dirait au juge. Il a été drôlement secoué, Cam.

Elle ferma les yeux quand la scène lui revint. Cent fois, depuis, elle s'était reproché de ne pas être allée plutôt chez Steve. C'était sa faute : elle savait que la gloriette servait de tanière à Trey ; elle aurait dû penser qu'il y avait un risque qu'il les y découvre.

Steve appuya la tête contre le dossier du sofa et contempla le plafond.

— Hier, en prison, j'ai passé la journée à réfléchir à cette histoire, et je vois maintenant quel imbécile j'ai été. Après ce qui s'était passé avec Beth, l'hiver dernier... Il a fait tout ce qu'il a pu pour se débarrasser d'elle. Ça n'a pas été un grand sacrifice pour moi, notre liaison ne menait à rien, de toute façon, mais j'aurais dû comprendre ce qui se passait dans la tête de Trey. Il me voulait pour lui seul, ou, du moins, il ne voulait pas me partager avec une femme. Ajoute à ça les hormones qui se déchaînent en lui, et son gros béguin pour toi. Pas étonnant qu'il ait été sonné : son père en train de faire l'amour avec la femme sur laquelle il fantasme lui-même.

Campbell se fit toute petite sur le sofa.

— Je savais que s'il allait au tribunal, il dirait des

choses qu'il regretterait plus tard, continua Steve. Comme le message radio en juin. Je n'ai pas voulu lui imposer de nouveau cette épreuve. Si je devais perdre le procès — et voyons les choses en face, c'était fatal —, je préférais en porter la responsabilité.

Il se leva, alla à la fenêtre, regarda le parking. Cam s'approcha derrière lui, le prit dans ses bras.

— Je ne sais pas si ça t'aidera, mais je te le dis quand même. Je t'aime. Encore plus qu'avant.

Il se retourna avec un petit sourire triste.

— Ça aide toujours, fit-il en la serrant contre lui.

Elle pressa sa joue contre son épaule, la gorge brûlée par les larmes.

— Il finira par s'en remettre, je le sais, dit Steve. Une fois que nous serons ensemble tous les trois. Mais bon Dieu... Je ne sais pas comment nous y arriverons. Benjamin prétend que je ne peux pas refaire une demande sans être en mesure d'alléguer des faits nouveaux.

— C'est vrai mais...

— Quoi ? Tu connais un moyen de contourner aussi cet obstacle ?

— Non, il n'y en a pas. J'allais dire... je croyais que tu avais l'intention d'emmener Trey quelle que soit la décision du juge.

Il secoua la tête.

— C'était son idée, pas la mienne. Je n'ai pas eu le cœur de lui dire que ça ne marcherait pas. Jamais Ramsay ne nous laissera partir, cette fois. Maintenant qu'il n'a plus rien à cacher...

Cam releva soudain la tête.

— Et s'il acceptait ?

— Quoi ?

— De vous laisser tranquilles. Suppose qu'il ait autre chose à cacher, un secret pire encore ? Qu'est-ce que tu ferais ?

— Tu sais quelque chose sur lui ?

Elle hocha la tête.

— Assez grave pour nous donner ce genre de moyen de pression ?

Elle acquiesça de nouveau.

— Tu ferais ça pour nous ?

Elle le regarda. Après qu'elle eut passé sa vie à amasser des informations et à garder des secrets, la rédemption venait enfin.

Enfin quelque chose qui en valait la peine.

— Sans la moindre hésitation, répondit-elle.

Onze jours plus tard, elle se tenait au bord du terrain de football de Tower Hill. C'était la semaine de Halloween et tout l'extérieur du collège était décoré de citrouilles et d'épouvantails. Dans les tribunes des visiteurs, les élèves portaient tous des masques de monstres témoignant d'un curieux esprit d'équipe. Pour sa part, Campbell s'était habillée de façon à passer inaperçue, jean et blazer, comme les mamans des joueurs, bien qu'elle fût plus jeune qu'elles, et que cela lui valût des regards curieux malgré ses efforts.

Pas de la part de Trey. Il ne tourna même pas les yeux dans sa direction quand il passa devant elle en traversant le terrain.

Près de deux semaines s'étaient écoulées depuis l'incident de la folie, et quoique Trey n'eût pas cherché à les joindre, Steve s'était persuadé qu'ils pouvaient maintenant essayer de reprendre contact avec lui. Cam avait sur elle une lettre de Steve, trois pages d'explications et de supplications qu'il avait mis près d'une semaine à rédiger. C'était sa conclusion que Cam avait lue avec un pincement de cœur. *Je t'aime, papa.* Trois mots simples, mais lourds de tout un monde de souhaits.

Dessous, elle avait ajouté une note brève :

Cher Trey,
Je suis profondément désolée de ce qui est arrivé. Nous n'avons pas voulu te faire de mal ni te bouleverser. Nous sommes tombés amoureux par hasard, nous en avons été les premiers surpris. D'autant que la seule chose que nous ayons en commun, c'est notre amour pour toi.
Ton père est tout au monde pour moi, et tu es tout au monde pour lui. Cela signifie que ce qui compte avant tout pour moi, c'est que vous soyez à nouveau réunis. Il a fait un grand sacrifice pour toi l'autre soir, et c'est peut-être mon tour d'en faire un pour lui. Si tu as besoin que je m'efface, je le ferai.
Appelle-le. Je t'en prie.

Le match se termina et, tandis que les visiteurs effectuaient une danse de victoire macabre avec leurs masques, Trey alla s'asseoir sur le banc de son équipe et se versa le contenu d'une bouteille d'eau sur la tête.

Cam fit un pas hésitant vers lui, attendit qu'il manifeste d'une façon ou d'une autre qu'il avait remarqué sa présence. Quand l'un de ses coéquipiers lui dit quelque chose, Trey secoua la tête et quitta le terrain en courant. Il avait perdu sa gaucherie et semblait maintenant tendu et maître de lui, comme s'il s'efforçait de se contrôler intérieurement.

Le coéquipier tourna la tête vers Cam, qui s'aperçut qu'il s'agissait de Jason Dunn, le garçon dont elle avait fait la connaissance à Noël, celui qu'elle avait sorti du lit le soir où Trey avait disparu.

— Jason ? appela-t-elle.

Il s'approcha d'elle d'un pas bondissant, elle lui tendit l'enveloppe.

— Tu pourrais me rendre un service en donnant ça à Trey ?

Il lorgna longuement le corps de Cam avant de prendre l'enveloppe mais c'était peu cher payé pour la livraison. Jason partit en courant vers les vestiaires ; Cam se retourna, faillit télescoper Jesse Lombard.

— Oh ! fit-elle, reculant. Désolée, je ne vous avais pas vu.

Jesse inspecta la file de garçons pénétrant dans les vestiaires.

— Qu'est-ce que vous faites ici ?

— J'avais des papiers à remettre à Mary Ann Dunn, et comme je passais dans le coin, je les ai confiés à Jason.

— Des papiers pour Mrs Dunn ?

— C'est une de mes clientes, prétendit Cam. Je ne peux pas vous en dire plus : secret professionnel.

Lorsqu'elle rentra chez elle, il y avait un homme sur la véranda et une voiture inconnue dans l'allée. Elle examina l'homme en se garant, le vit mettre ses mains en coupe devant son visage pour allumer une cigarette.

— Bonjour, Finn, lui lança-t-elle en se dirigeant vers le perron. Je crois que Doug n'est pas encore rentré.

— C'est vous que je viens voir.

— Ah ?

Elle monta les marches, chercha sa clef dans son sac, ouvrit la porte.

— Je vous offre quelque chose à boire ?

Il agita la cassette vidéo qu'il tenait à la main.

— Dites-moi seulement où est le magnétoscope, j'ai quelque chose à vous montrer.

Elle le conduisit au poste de télévision, s'assit sur le canapé en cuir tandis que Finn glissait la cassette dans l'appareil et le mettait en route. Il demeura debout, boîtier de télécommande à la main ; après quelques secondes de noir et de crépitements, une image en noir et blanc apparut sur l'écran.

Cam plissa les yeux pour distinguer les silhouettes. On aurait dit des combattants dans une jungle quelconque. Curieux, pensa-t-elle. Les questions militaires étaient bien le dernier sujet que Doug cherchait à aborder dans la campagne, pour ne pas faire le jeu de Hayes.

« Le 11 janvier 1969, fit une voix off, le détachement 118, connu aussi sous le nom de "marine des Eaux-Brunes", remontait le Mékong à la recherche des lignes de ravitaillement ennemies. »

Elle leva les yeux vers Finn mais, impassible, il fumait et regardait l'écran.

Une carte montra la route suivie par les patrouilleurs du fleuve, puis la caméra fit un zoom sur les visages jeunes et pleins d'ardeur des marins. Soudain, le noir et blanc s'embrasa de couleurs quand des boules de feu illuminèrent le ciel et que les bateaux explosèrent. Retour au noir et blanc pour l'image suivante, une photographie d'Abby Zodtner à dix-neuf ans.

Cam était debout et reculait, comme terrifiée par le poste.

Finn appuya sur un bouton de la télécommande.

— Attendez, vous n'avez peut-être pas bien vu. On va repasser la bande.

— Qu'est-ce que c'est ? geignit-elle. D'où ça vient ?

— Du comité pour la réélection de Hadley Hayes. Cinquante mille électeurs du Delaware en ont trouvé une copie dans leur boîte aux lettres aujourd'hui.

Finn lança la télécommande sur un fauteuil, s'approcha de Cam.

— Vous vous rendez compte ? continua-t-il. Cinquante mille. C'est plus que le nombre de soldats que votre communiste de mère a réussi à faire tuer pendant la guerre.

Cam fit un nouveau pas en arrière tandis que la voix off reprenait : « Doug Alexander pense que la défense nationale est une plaisanterie ? » L'enregistrement montra Doug et Cam ensemble sur une estrade, souriants, saluant la foule. « Nous pensons, nous, que c'est une tragédie. » La photo d'Abby Zodtner vint s'insérer entre Doug et Cam, transformant le couple en un étrange trio. « Une tragédie familiale. »

Finn continua à avancer jusqu'à ce que le dos de Cam heurte le mur.

— Vous avez une idée de ce que ça nous coûte, petite roulure ?

— Arrêtez. Je vous en prie. Arrêtez.

Les mains plaquées contre le mur, elle entendit un grésillement quand la bande parvint à la fin de l'enregistrement.

— Vous nous avez ramenés vingt ans en arrière, lui assena Finn. Non, trente. Vous avez foutu en l'air des années de travail acharné. Maintenant, nous sommes le parti des traîtres et des espions. À cause de vous, grinça-t-il en se penchant vers Cam avec une expression menaçante. Il a fallu que vous vous immisciez dans nos affaires, sale petite garce ! Vous...

On sonna à la porte. Cam vida ses poumons en hoquetant, contourna Finn pour aller ouvrir.

Deux hommes en costume sombre se tenaient devant elle, une plaque du FBI à la main.

Ils l'emmenèrent au bâtiment fédéral et la mirent dans une pièce de trois mètres carrés, sans fenêtre si l'on exceptait le miroir fumé s'étirant sur l'un des murs. Ils lui indiquèrent une chaise, lui demandèrent si elle souhaitait la présence de son avocat. Quand elle eut décliné leur proposition, ils lui firent signer un formulaire confirmant son refus puis un autre par lequel elle consentait à leur livrer des échantillons de ses empreintes digitales et de son écriture. Ils lui offrirent ensuite une tasse de café et la laissèrent seule.

Une heure s'écoula avant que la porte ne s'ouvre à nouveau. Deux techniciens enduisirent d'encre les extrémités de ses doigts et les pressèrent sur une carte. Un troisième leur succéda, remit à Cam un crayon, un papier et un texte à recopier. Elle eut droit à une deuxième tasse de café et on la laissa de nouveau seule.

Une autre heure s'écoula. Cam regarda sa montre, se demanda si elle était passée aux informations locales de dix-huit heures, ou peut-être même sur une chaîne nationale à dix-huit heures trente. Elle l'espérait, elle espérait aussi que sa mère avait regardé la télévision. Il n'y avait plus d'autre moyen de la prévenir, maintenant. Tous les codes et lieux de rendez-vous dont elles étaient convenues étaient inutilisables.

Si près, pensa-t-elle distraitement. Si près du but. Les élections auraient lieu dans une semaine seulement. Une semaine de plus et elle aurait été loin de tout ça. Elle posa la tête sur la table comme une écolière fatiguée.

La porte s'ouvrit au bout d'une troisième heure d'attente, un homme entra. Mince, il avait une épaisse chevelure grise qui ondulait autour d'un visage aux traits délicats.

— Désolé dc vous avoir fait attendre, dit-il, je suis tombé sur des bouchons en venant de Washington.

Il se présenta mais Cam ne retint qu'« agent spécial, service de contre-espionnage ». Il tendit la main à Cam, qui la fixa sans paraître la voir jusqu'à ce qu'il la retire.

— Vous me pardonnerez si j'ai l'air un peu excité, dit-il en s'asseyant. C'est un jour très important pour moi. Voyez-vous, cela fait quatorze ans que j'attends de faire votre connaissance, Cammy Johnson.

Il savait tout. Il était sur l'affaire depuis que la lettre de Cam était arrivée au FBI ; il connaissait les dates clés, la liste de tous les personnages. Il savait même où vivait Darryl Pollack et quel genre de balafre il avait sur le crâne. La seule chose qu'il ignorait et qu'il n'avait pas réussi à découvrir, c'était ce que Cam était devenue après avoir quitté la maison. Grâce à un tuyau anonyme reçu par Hadley Hayes, il le savait, maintenant.

Il ne restait qu'un blanc : Où se trouvait Abby Zodtner ?

Pendant les cinq heures qui suivirent, il s'efforça opiniâtrement d'arracher cette information à Cam.

Pour résister à l'interrogatoire, elle eut recours à un subterfuge mental, une sorte de voyage dans le temps autohypnotique par lequel elle se replongea dans l'état d'esprit qui était le sien une semaine plus tôt. Elle lui dit tout ce qu'elle savait le jeudi précédent, avec autant de détails qu'elle put en exhumer. Bien qu'elle n'eût jamais confié cette histoire à personne avant Steve, elle la débita à l'agent d'un ton monocorde, comme si elle l'avait racontée des milliers de fois. Elle évoqua ses efforts pour retrouver sa mère, les recherches qu'elle avait faites par ordinateur, les banques de données qu'elle avait explorées. Elle parla même de Gloria

Lipton et de Doris Palumbo, révéla que c'était elle qui avait indiqué à la presse que leurs meurtres étaient liés et donna le nom du reporter pour qu'on puisse vérifier.

À deux heures du matin, l'agent referma son carnet.

— Je reviens dans quelques minutes, dit-il, la laissant de nouveau seule.

Les minutes s'étirèrent en une heure. Cam avait les paupières de plus en plus lourdes, elle craignait que sa fatigue n'entame sa vigilance. Elle craignait aussi de s'endormir et, soudain réveillée, de lâcher le mot qu'il n'aurait pas fallu prononcer. Elle se força à se tenir bien droite, prit de rapides inspirations pour continuer à alimenter son cerveau en oxygène, et était presque en hyperventilation quand l'agent revint.

— Merci de votre temps et de votre coopération, Mrs Alexander, dit-il. Vous pouvez partir, maintenant.

Cam cligna des yeux, se leva péniblement. Il ouvrit la porte et, presque courtoisement, s'écarta pour la laisser passer.

Elle s'arrêta près de lui.

— Je peux vous demander quelque chose ?

— Vous pouvez toujours poser la question.

— L'homme — son complice, ou ce que vous voudrez — vous l'avez identifié ?

Il secoua la tête avec une expression de regret.

— Pour une gamine de dix ans, vous avez fait un travail de renseignement remarquable. Mais ça ne nous a pas fourni une base suffisante. Les empreintes digitales n'ont pas tenu ; le numéro de la voiture nous a conduits à une agence de location à laquelle il avait fourni une fausse identité. Tout ce que nous avons, c'est son écriture. Mais si nous retrouvons votre mère et si elle le dénonce, la note devrait nous suffire pour épingler ce type. Auquel cas, nous vous serions à nouveau très reconnaissants.

Cam baissa la tête et sortit. Les bureaux étaient plongés dans l'obscurité mais elle distingua des silhouettes dans l'encadrement des portes tout au long du couloir : les autres agents et les techniciens, qui la regardèrent passer, immobiles et silencieux.

Parvenue devant l'ascenseur, elle appuya sur le bouton d'appel, s'avança dans la cabine d'un pas lent quand les portes s'ouvrirent.

— Cam, attends ! cria une voix.

Nathan s'engouffra dans l'ascenseur derrière elle, pressa le bouton du sous-sol.

— Les journalistes attendent dehors, expliqua-t-il.

— À trois heures du matin ?

— Ils campent devant le bâtiment depuis hier soir.

— Mon Dieu, gémit Cam.

— Allez, ma caille. Tu as résisté à huit heures d'interrogatoire du FBI. Ça devrait être facile, maintenant.

— Tu étais là, dit-elle, surprise. Derrière le miroir.

— Pas tout le temps.

— Doug aussi ?

Vance secoua la tête. Quand l'ascenseur arriva au rez-de-chaussée, il appuya sur le bouton pour fermer les portes et ils descendirent jusqu'au sous-sol.

— Ça fait quoi, Cam ? Huit ans que nous sommes amis ? demanda-t-il quand ils parvinrent à la porte de derrière du tribunal.

— Oui.

— Après tant d'années, tu aurais pu m'en parler, non ?

La ruelle était déserte, mais un cri s'éleva au coin du bâtiment et, avant qu'ils aient fait dix mètres, une meute de journalistes s'élançait vers eux. Nathan passa un bras autour des épaules de Campbell et la guida en déclarant :

— Pas de commentaires, les gars.

Il la fit asseoir à l'avant d'une voiture qu'elle ne connaissait pas, fit le tour en courant, se glissa au volant et démarra. Quelques minutes plus tard, ils avaient une file de voitures derrière eux.

— Où est Doug ? demanda-t-elle.

— Chez vous.

Il jeta un coup d'œil dans le rétroviseur, tourna dans Pennsylvania Avenue et prit la direction de Greenville. Derrière, la file de voitures suivait.

— Il vaudrait peut-être mieux que j'aille ailleurs.

— Nous y avons pensé. Mais nous avons décidé de choisir plutôt l'image de la famille-unie-contre-l'adversité.

Elle enfouit son visage dans ses mains.

— Qu'est-ce que Doug a dit de tout ça ?

— Rien de sensé. Il a simplement piqué une crise.

Une crise. Le mot aurait dû effrayer Cam, mais elle était trop fatiguée pour avoir peur.

Il n'y avait de circulation que derrière eux et ils arrivèrent à Greenville en quelques minutes. Nathan ralentit à l'approche de la maison. Une douzaine d'hommes et de femmes se tenaient sur la pelouse du jardin d'en face. Ils avaient un air de vigilance anxieuse, comme si, voisins inquiets, ils regardaient brûler la maison des Alexander. Au moment où Nathan tournait dans l'allée, un homme au corps massif vêtu d'un costume noir s'avança pour lui barrer le passage.

— Nous avons engagé des vigiles, expliqua Nathan.

Il baissa sa vitre, cria « Vance ! » et l'homme s'écarta.

Cinq ou six voitures étaient garées en haut de l'allée, deux d'entre elles sur les fleurs que Cam avait plantées.

— Il y a qui ? demanda-t-elle.

— Demande plutôt qui n'y est pas.

582

À l'intérieur, toutes les lumières étaient allumées, et on entendait le bourdonnement d'une douzaine de voix harassées. Des gens allaient et venaient. Une Maggie Heller épuisée faisait du café dans la cuisine, Norman Finn fumait dans le séjour ; des visages à peine familiers évitèrent soigneusement de croiser le regard de Campbell quand Nathan la fit entrer dans le bureau.

Debout au milieu de la pièce, Meredith Winters parlait alternativement dans le téléphone du bureau et dans son portable. Elle jeta un coup d'œil à Cam puis se tourna à demi et dit dans l'un des appareils :

— Non, pas en direct. Pas question. Si nous ne pouvons pas visionner d'abord l'enregistrement, il n'y aura pas d'interview.

— Qui est-ce ? lui demanda Nathan.

Meredith articula un nom en silence.

Comme le fauteuil du bureau était complètement tourné, on ne voyait que son haut dossier. Cam interrogea Nathan du regard. Il confirma d'un signe de tête.

Cam fit lentement le tour du bureau, s'arrêta à deux mètres de Doug. Il était affalé sur le siège, les mains jointes sur l'estomac, les yeux grands ouverts et vides.

Une tragédie familiale, avait commenté la voix off. Mais la vraie tragédie, Cam le savait, était seulement pour Doug. Il avait attendu cette élection toute sa vie, il la voulait plus que tout au monde et, à cause d'elle, il allait perdre de la façon la plus ignoble qui fût. À cause d'elle. Il avait lancé son gant dans l'arène et elle l'avait laissé faire ; quand il avait raillé Hayes à propos des problèmes de défense, elle avait gardé le silence ; il s'était exposé au mépris, aux moqueries, et elle n'avait pensé qu'à elle.

— Doug, je sais que rien de ce que je pourrais dire...

— C'est trop tard, en effet. Un an plus tôt, cela aurait été gentil de ta part.

— Je sais. Je suis navrée.

— Navrée, répéta-t-il avec un rire dur. Ça ne suffit pas, Campbell. Ou devrais-je peut-être dire Camille ?

Elle entendait Meredith et Nathan négocier chacun de leur côté derrière elle, elle entendait le brouhaha d'une douzaine d'autres voix dans le reste de la maison. Mais personne ne l'écoutait, personne ne se souciait de ce qu'elle pouvait bien dire.

— Doug, j'ai essayé de t'en empêcher.

— Ah oui. Les photos. Comme si le porno arrivait à la cheville de la trahison. Une belle paire de nichons contre des centaines de marins morts.

— Je partirai, déclara-t-elle. Je quitterai la maison dès ce soir.

— Oh non ! répliqua-t-il en se redressant. Tu ne vas pas me laisser tomber maintenant. Tu resteras jusqu'au bout. Tu me dois au moins ça, tu ne crois pas ?

Elle baissa la tête, acquiesça.

— Mais le 4 novembre, reprit-il, quand ce sera terminé...

Gardant la tête baissée, elle attendit la suite.

— Je ne veux même pas te revoir.

C'était la propre devise de Cam : Cherchez la femme. Et c'était exactement ce que Hadley Hayes, Gary Pfeiffer et tous les médias politiques avaient fait.

La maison se transforma en citadelle assiégée. Au lieu de la Folle de Greenville, Cam devint la Prisonnière de Greenville. L'armée de reporters installée de l'autre côté de la rue ne leva pas le camp, et les vigiles restèrent constamment en faction dans l'allée, arrêtant chaque véhicule, examinant ses occupants. La camionnette d'un traiteur apportait trois fois par jour les repas pour les personnes assurant la défense du fort ; les plateaux étaient soigneusement inspectés — pour détecter d'éventuels micros cachés — avant d'être portés à l'intérieur de la maison.

Les voisins d'en face, moyennant une compensation financière, partirent pour la Floride, laissant leur maison aux techniciens d'une des chaînes de télévision, et le jardin à toutes les autres. Des caméras demeuraient braquées en permanence sur la maison des Alexander. Pendant les jours qui suivirent, ce fut le visage de Nathan qui apparut le plus souvent dans les reportages en direct puisqu'il faisait de fréquentes excursions hors du fortin. Pour occuper l'antenne entre ses apparitions, les producteurs des émissions d'information retrouvèrent l'enregistrement sur lequel Doug annonçait sa candidature devant les grilles de l'usine, et ils le repassèrent jusqu'à ce que le tailleur rose de Cam devienne aussi familier aux téléspectateurs que le béret de Monica Lewinsky. Et si ce béret avait fait l'objet de plaisanteries grasses, elles n'étaient pas pires que celles qu'alimenta la couleur rose de la tenue de Cam. « Un choix regrettable, rétrospectivement », entendit-on soupirer Meredith Winters.

Meredith effectuait d'incessants aller et retour. Elle opérait depuis sa suite habituelle à l'hôtel DuPont mais dirigeait aussi un groupe de discussion dans un lieu non révélé proche de l'université. Elle arrivait cependant chaque matin avec les résultats du sondage de la veille. Doug perdit vingt points le premier soir, douze de plus le jour suivant. Seule lueur positive, la cote de Hadley Hayes ne montait pas : tous les points perdus par Doug passaient dans la colonne des indécis.

Cam restait en haut, généralement dans sa chambre, d'où elle pouvait contempler le feuillage jaunissant de son jardin. Le mercredi matin, quelqu'un lui apporta le courrier qu'elle avait reçu au bureau et elle le mit de côté sans l'ouvrir. Plus tard, un des membres de l'équipe frappa à sa porte et lui annonça qu'un client nommé Stevens la demandait au téléphone, voulait-elle lui parler ? Non, répondit-elle, et elle entendit les pas du collaborateur s'éloigner.

Ce même après-midi, Nathan monta lui dire qu'on avait besoin d'elle en bas.

La salle de séjour avait été aménagée en centre des opérations. On avait apporté une longue table de réunion autour de laquelle une demi-douzaine de collaborateurs étaient assis, ordinateur portable ouvert devant eux, téléphone cellulaire à l'oreille. Nathan toussota et, en trente secondes, ils terminèrent tous leurs conversations et sortirent.

— Installe-toi, dit-il à Cam, je vais chercher les autres.

Pendant qu'il traversait le hall en direction du bureau, elle s'assit à la table et attendit. Elle savait depuis le lundi soir qu'on lui demanderait quelque chose ; elle allait maintenant savoir quoi.

La porte du bureau s'ouvrit. Doug, Nathan et Meredith étaient lancés dans une discussion animée qu'ils prolongèrent dans le séjour.

— Dimanche, c'est trop tard, bon sang, fulminait Doug en s'asseyant. Regardez les points que je perds : une vraie hémorragie !

— Nous commencerons à remonter avec les premières fuites.

— Mais pourquoi pas *Primetime Live* ? On fonce, on crève l'abcès ce soir.

— Parce que *Primetime Live*, c'est cinq millions de

téléspectateurs en moins, argua Meredith. Avec ma proposition, nous faisons les gros titres lundi matin, et l'émission sera encore fraîche dans les mémoires quand les gens iront voter, mardi.

Nathan regarda Cam, au bout de la table.

— Tu passes à *60 Minutes* dimanche, lui annonça-t-il.

Elle sentit un nœud se former dans sa gorge.

— Nous enregistrons ici samedi après-midi...

— Ici ? coupa Doug.

— C'est ce que veut Don Hewitt, et c'est bon pour nous aussi. Le foyer heureux, etc.

— D'accord, mais dans le jardin, alors. En expliquant que c'est son passe-temps, qu'elle a tout fait elle-même. Et arrange-toi pour qu'elle soit au soleil.

— Effet de halo, ça me plaît, dit Meredith. On consulte la météo.

— Je m'en occupe, dit Nathan.

— En attendant, on lance les fuites, reprit-elle. D'abord le *Times*, pour que les journaux du Delaware puissent écrire : « Selon le *Times*... »

— Des fuites à quel sujet ? demanda Cam.

— Sur ce que tu as fait, répondit Nathan. Ta décision, douloureuse mais inévitable, de choisir ton pays contre ta mère.

Le cœur de Cam sauta un battement.

— Quoi ? fit-elle.

— Nous avons quelques gars du FBI qui sont prêts à replacer l'affaire dans son contexte. Nous refilons leurs noms au *Times* et les fuites commencent à la fin de la semaine.

— Ensuite, le plat de résistance avec *60 Minutes*, dimanche, enchaîna Meredith. Vous et Doug vous tenant par la main pendant qu'il fait le numéro du mari-au-côté-de-sa-femme. (Elle se tourna vers Nathan.) Je

587

le sens bien, ce coup-là. Je pense que, finalement, nous en sortirons avec une image meilleure que la semaine dernière.

Doug lança au plafond un regard dégoûté.

— Ouais, c'est ça. Le type qui tombe amoureux d'une traînée qui n'a qu'à remuer ses miches devant lui pour qu'il soit tellement excité qu'il en oublie de l'interroger sur son passé et de lui faire dire que sa mère était une espionne. Ouais, elle sera vraiment bonne, mon image...

— Elle le sera si vous êtes solidaire de votre femme, repartit Meredith. C'est de votre performance que tout dépend, Doug. Si vous la traitez comme une traînée, votre image sera déplorable. Si vous la traitez comme la femme que vous adorez, le résultat sera exactement inverse.

— Oui, je vous suis, maugréa-t-il.

Meredith porta son attention à l'autre bout de la table.

— Quant à vous, Cam, vous restez sans rien dire, avec le même air commotionné que maintenant. Personne n'attend autre chose de vous.

— Ce qui veut dire que Doug devra raconter l'histoire de Cam, souligna Nathan.

— Exact.

— Quelle histoire ? murmura Cam.

Doug parcourut ses notes.

— « Ma femme n'avait que quinze ans quand elle a découvert la vérité sur sa mère, récita-t-il. Mais déjà à l'époque, elle avait conscience de son devoir envers son pays. Elle savait qu'un crime aussi affreux ne devait pas rester ignoré et impuni. Bien que cela signifiât un immense sacrifice pour elle et sa famille, elle a révélé au FBI tout ce qu'elle savait. Grâce à elle... »

— Non, dit Cam, les lèvres exsangues. Non, je t'en prie.

De l'autre bout de la table, Doug lui adressa un regard froid.

— Je t'en prie, reprit-elle, les larmes aux yeux. Traite-moi de garce si tu veux. Ou accuse-moi aussi de trahison, je m'en moque. Mais ne dis pas ça, je t'en supplie.

— C'est la vérité, intervint Nathan.

— Toujours plus facile avec la vérité, rappela Meredith.

Cam chassa les autres de son esprit, ne regarda que Doug.

— Je t'en prie. Si tu as jamais éprouvé quoi que ce soit pour moi, ne fais pas ça.

— Cam, tu ne comprends pas, dit Nathan. Tu deviens l'héroïne de cette histoire.

— C'est vous qui ne comprenez pas ! s'écria-t-elle en se levant. Le plus honteux, ce n'est pas que ma mère ait trahi, c'est que c'est *moi* qui l'ai livrée !

Ils la regardèrent tous en silence. Au bout d'un moment, Meredith secoua la tête.

— Non. Je ne peux pas travailler sur cette base.

Cam sortit de la pièce en refoulant un sanglot.

— Ah, Mrs Alexander ! l'appela un des collaborateurs. Un message laissé par un de vos clients.

Elle prit la feuille de papier et la roula en boule au creux de sa main en montant l'escalier quatre à quatre.

La journée s'achevait quand elle lissa enfin le mot pour le lire. *Pat Stevens voudrait faire le point sur sa requête.*

Elle ne connaissait pas le numéro de Greenville

inscrit sous le message mais elle reconnut la voix rauque qui répondit.

— Mr Stevens ? Campbell Alexander à l'appareil.

— Oui, dit-il, tendu.

— Je n'étais pas sûre d'avoir le bon numéro. Vous avez déménagé ?

— J'avais besoin de me rapprocher de mes intérêts commerciaux. Je suis près, maintenant. Tout près.

— Je vois.

— Je vous ai appelée pour savoir comment vous vous débrouillez... avec ma requête.

— La situation est plutôt indécise, j'en ai peur. Nous devons nous attendre au pire de la part de nos adversaires.

— Je comprends.

— Vous vous rappelez que nous comptions sur l'intervention d'un tiers en votre faveur. Je n'ai pas eu de ses nouvelles. Et vous ?

— Moi non plus, répondit-il d'une voix sombre.

Cela signifiait que Trey rejetait leurs supplications, ou qu'il refusait de les lire, ou qu'il ne les avait pas même reçues. Cam ne savait laquelle des trois hypothèses était la pire.

— Je tenais à vous faire savoir que, malgré toutes ces incertitudes, je suis toujours décidé, déclara Steve. Je veux continuer. Et j'ai besoin de savoir que vous aussi vous le voulez.

Elle ferma les yeux.

— Moi aussi.

— Bon. Écoutez, je m'occupe d'arranger les choses avec la tierce personne. Si de votre côté vous pouviez régler tous les autres problèmes...

— Ce sera fait. D'une manière ou d'une autre. Dans la semaine.

— S'il y a quoi que ce soit de nouveau, vous savez où me joindre.

— Oui. Merci d'avoir appelé, Mr Stevens.

Une équipe de jardiniers se présenta le jeudi matin pour ratisser le jardin et tailler le feuillage mort. Un camion arriva peu après avec divers modèles de meubles de jardin qui furent installés et photographiés afin de procéder ultérieurement à un choix. Dans l'après-midi, les conseillers en image personnelle de Meredith arrivèrent avec un portant chargé de robes et s'enfermèrent dans la chambre avec Cam. Depuis six mois, ils s'efforçaient de la vieillir, mais à présent le consensus semblait s'être fait sur « plus elle paraîtra jeune, mieux ce sera ». Ils optèrent finalement pour un pantalon de laine grise avec une blouse blanche à col Peter Pan et décidèrent qu'elle devait laisser ses cheveux tomber sur son dos et les attacher au niveau de la nuque avec un ruban noir. Quand ils en eurent terminé avec elle, elle ressemblait à une écolière mâtinée de novice.

— Parfait, décréta Meredith.

Le vendredi matin, l'équipe préparatoire de *60 Minutes* débarqua et, pendant que les techniciens examinaient le jardin, le producteur du sujet procéda à des interviews de Nathan Vance et de Norman Finn. Ash Ramsay refusa d'être filmé ou même cité et envoya à Doug un bref mot d'excuse expliquant pourquoi il ne pouvait se permettre de compromettre son image dans cette histoire.

Pour vive que fût la déception suscitée par la défection du sénateur, elle fut rapidement oubliée quand leur parvint la nouvelle retentissante du jour : l'agent qui avait interrogé Cam pendant cinq heures était autorisé par le FBI à parler devant les caméras des informations cruciales, fournies par une courageuse petite fille, qui avaient permis au Bureau de résoudre l'une des plus graves affaires d'espionnage depuis la Seconde Guerre mondiale.

Un autre paquet de courrier en provenance du bureau fut déposé ce vendredi à la porte de la chambre de Cam. Elle le feuilleta, remarqua une lettre des Bermudes. L'enveloppe portait l'inscription *Conseil d'administration de l'hôpital des Bermudes* et, dessous, le nom et l'adresse de Cam écrits par une main féminine. Elle contenait une lettre de la même écriture.

Chère Mrs Alexander,
Je vous écris à la demande de Mr Desmond Truesdale, que je soigne depuis sa dernière maladie. Il a pris connaissance de la lettre que vous avez adressée le 17 septembre 1998 à sa femme Joan, décédée. Mr Truesdale souhaite vous informer qu'il est son seul héritier, et que toute somme léguée par Gloria Lipton à Mrs Truesdale lui revient de droit.
Je me permets d'ajouter ma voix à la sienne. Mr Truesdale est infirme, quasiment sans ressources, et toute aide financière serait la bienvenue, en particulier après les tragiques événements qui se sont abattus sur lui dernièrement. Mrs Truesdale est morte dans des circonstances horribles : assassinée alors qu'elle priait à Saint-George, violée, la gorge tranchée sur les dalles de l'église. Comme vous pouvez l'imaginer, le choc a été terrible pour Mr Truesdale...

La lettre glissa des doigts de Campbell et voleta jusqu'au sol. Joan Truesdale, la dernière des quatre, tuée exactement comme Gloria et Doris. Plus personne ne pouvait parler de coïncidence, maintenant. Il n'y avait pas de vacances à Reno pour expliquer leur mort, pas d'autre explication que celle-ci, incontournable : quelqu'un traquait et exécutait les secrétaires travaillant au BNR en 1968.

Cam colla l'oreille à la porte de sa chambre. Quand elle jugea que la voie était libre, elle se glissa dans la chambre de Doug, se tint hors de vue derrière les rideaux de la fenêtre de devant. La horde de reporters était toujours en bas. Les fuites servies en amuse-gueules n'avaient fait qu'aiguiser leur appétit. Les gardes bloquaient toujours l'allée et patrouillaient dans le jardin. Pas moyen d'échapper aux uns et aux autres.

De retour dans sa chambre, elle fixa désespérément le téléphone de la table de chevet. Sa ligne était probablement sur écoute ; appeler sa mère reviendrait à la livrer au FBI.

Mais c'était peut-être la seule solution : trahir sa mère une seconde fois, révéler sa cachette au FBI pour qu'elle soit en sécurité dans une cellule. Même si elle devait y rester vingt ans, ne serait-ce pas mieux que l'éternité de la mort ?

Renonçant à débattre plus longtemps du dilemme, elle décrocha, composa lentement un numéro.

— Allô ?

— Mr Stevens ? Cam Alexander, de Jackson, Rieders & Clark.

— Oui.

— Mr Stevens, j'ai votre lettre sous les yeux, et je dois vous avertir que ce serait de la folie d'essayer d'obtenir maintenant un droit de visite. Dans dix mois, la situation sera peut-être différente. Mais aujourd'hui, ce serait de la folie. Dix fois plus risqué que tout ce que vous avez tenté jusqu'ici. Vous me comprenez ?

— Je crois que oui, répondit-il après un silence étonné. Nous en avions discuté il y a dix mois, c'est ça ?

— Oui ? Parce que, aujourd'hui, ce serait de la folie.

— Je comprends.

À dix heures du soir, Cam descendit furtivement l'escalier, alla à la porte de la cuisine et regarda à travers le panneau de verre jusqu'à ce que la camionnette de la pizzeria s'engage dans l'allée. Le vigile posté sur le trottoir interrogea le chauffeur et, une minute plus tard, son collègue en faction sur la véranda de derrière le rejoignit au petit trot, comme tous les soirs.

Elle ouvrit la porte, descendit silencieusement les marches du perron, passa sous la tonnelle donnant accès au jardin. Elle longea les haies, sa silhouette se fondant, noir sur noir, dans les arbustes, et prit soin de marcher là où la terre meuble étoufferait le bruit de ses pas. Accroupie entre deux rhododendrons, elle attendit l'arrivée du troisième vigile effectuant sa ronde. Il apparut brièvement dans la lumière reflétée par le bassin et, lorsqu'il entama le tour du garage, elle traversa la pelouse en courant et se précipita dans la gloriette. La folie.

Le dos contre la porte, elle écouta. Ce ne fut pas le bruit de la respiration de Steve mais l'odeur de copeaux de bois de son corps qui lui apprit qu'il était là.

— Steve ? chuchota-t-elle.

Quand ses bras la trouvèrent dans l'obscurité, elle se laissa aller contre lui avec soulagement.

— Dieu merci. Je n'étais pas sûre que tu avais compris.

— Je n'étais pas sûr non plus. Mais ça valait la peine de prendre le risque de s'être trompé.

Cam le pressa contre elle.

— Tu veux partir cette nuit ? C'est pour ça que tu m'as appelé ?

Elle secoua la tête.

— Steve, c'est pour ma mère.

Ils s'accroupirent sur le plancher et elle lui rapporta ce qu'elle avait appris concernant Joan Truesdale.

— Il faut mettre ta mère en sûreté, dit-il.

— Oui, mais où ? Elle n'a pas de passeport, et de toute façon on la reconnaîtrait dans n'importe quel aéroport ou gare du pays.

Après un long silence, Steve demanda :

— Tu crois qu'elle accepterait de se teindre les cheveux ?

— Quoi ?

— J'ai encore le passeport de ma mère. Elle avait des cheveux bruns et des lunettes. Ça ne devrait pas être trop compliqué d'arriver à ce que ta mère lui ressemble.

— Steve, c'est... je ne...

— Tiens, fit-il en sortant de sa poche un stylo et un morceau de papier. Écris un mot à ta mère. Explique-lui qui je suis, dis-lui qu'elle et Pete doivent me faire confiance.

— Qu'est-ce que tu veux faire ?

— Les emmener dans le Sud avec mon bateau.

— Non, c'est trop dangereux.

— Cam, j'ai refait des villas sur toute la côte atlantique. Je la connais par cœur et j'ai des amis là où il faut. Nous partirons pour les îles, je leur trouverai un endroit où ils seront en sécurité. Le passeport de ma mère devrait suffire aux autorités locales.

— Steve, fit-elle, trop bouleversée pour en dire plus.

— Écris.

595

Meredith regarda par la vitre quand son taxi entra dans Georgetown. Un petite troupe de quémandeurs d'Halloween occupait le coin de la rue, les enfants tenant des sacs à friandises presque vides, les parents scrutant les rues obscures en quête d'un signe d'habitation. Vous ne risquez pas d'en trouver, pensa-t-elle quand le taxi passa devant eux. C'était peut-être Halloween mais c'était aussi le dernier samedi soir avant les élections, et Washington était une ville fantôme.

Même sa propre maison semblait inhabitée, songea-t-elle quand le taxi s'arrêta devant. Elle l'était, bien sûr, depuis que la grenade vidéo lancée par Hadley Hayes avait explosé. Les jours qui s'étaient écoulés depuis se fondaient en une tache floue, tous les détails de la semaine ayant déteint l'un sur l'autre pour ne plus former qu'une mixture boueuse dans son esprit. Seuls deux faits se détachaient clairement : c'était le pire cauchemar politique qu'elle eût jamais connu, et son plus grand triomphe. Un troisième aussi, peut-être : elle était exténuée.

Cet après-midi, après l'enregistrement, elle avait pris le premier train pour Washington car il sautait déjà aux yeux que son triomphe était total. L'interview s'était déroulée dans un cadre idyllique : couleurs éteintes de l'automne, doux murmure de la fontaine, éclat velouté du soleil baignant Doug et Cam. Doug avait été merveilleux, racontant l'histoire de sa courageuse petite femme d'une voix ferme et cependant empreinte d'émotion.

C'était toutefois la performance de Campbell qui avait été renversante. Sans avoir été préparée par quiconque, elle avait déclaré à Morley Safer que c'était l'amour de Doug pour son pays qui l'avait d'abord attirée vers lui. « Je sentais que je devais m'acquitter d'une dette, avait-elle dit à mi-voix, les yeux baissés. Essayer de réparer le mal que ma mère avait fait.

Quand j'ai rencontré Doug, que j'ai compris son désir d'œuvrer pour l'Amérique, de se battre pour elle, j'ai su que j'avais trouvé la réponse : travailler à ses côtés, le soutenir de mon mieux dans tous les domaines. Faire pénitence pour ma mère à travers le travail de Doug. » En prononçant ces derniers mots, elle avait levé vers lui un regard d'adoration.

Derrière les caméras, les membres de l'équipe étaient encore bouche bée quand Safer avait posé la question suivante : « Que diriez-vous à votre mère si vous pouviez lui parler aujourd'hui ? Si elle vous regarde en ce moment ? »

Relevant le menton, Campbell s'était adressée directement à la caméra. « Maman ? Maman, je t'aime mais il faut que tu sortes de l'ombre et que tu paies le prix pour ce que tu as fait. Tu ne connaîtras la paix qu'à cette condition. C'est ce que tu m'as appris, souviens-toi. Tu te rappelles le livre que tu me lisais, *Sam le Cogneur* ? Ce garçon qui casse un carreau des voisins avec une balle de base-ball, qui refuse de le reconnaître, et qui ne réussit plus un seul coup de batte avant d'avouer ? C'était mon livre préféré, ça l'est toujours. Alors, je t'en supplie, maman. Mets fin à tes tourments. Livre-toi. »

« Je ne sais pas comment elle a fait ça ! » s'était étonné Nathan à la fin de l'interview. Meredith, elle, pensait comprendre. Campbell n'avait plus qu'une courte peine à purger, aussi bien pour la campagne que pour son couple. Elle avait souhaité quitter la partie dès le premier soir, au pied de l'escalier, chez les Ramsay, et maintenant que la fin était si clairement en vue, elle avait accompli la brillante performance qu'ils espéraient tous.

D'un pas lent, Meredith se dirigea vers la porte, entra. Le même raisonnement expliquait sa propre performance éblouissante de ces derniers jours, car ce serait son ultime campagne. Elle alluma la douce lumière des lampes du vestibule, jeta autour d'elle un regard approbateur. L'immobilier était à la hausse en ce moment, elle tirerait un bon prix de la maison. Elle redeviendrait journaliste dans la presse écrite, couvrirait les séances du conseil municipal sur le plan d'occupation des sols, les réunions de conseils d'école. Elle attendrait que Bret mûrisse et la rejoigne ; si elle était trop âgée à ce moment-là pour avoir la petite fille qu'ils souhaitaient, eh bien, ils en trouveraient une à adopter. De quelque façon que se conclurait la campagne, elle abandonnait la politique pour de bon.

C'était le double jeu sur la réforme de la responsabilité pénale qui l'avait décidée. Doug semblait convaincu qu'il pouvait empocher l'argent et s'enfuir. Non, pas s'enfuir, se promener les mains dans les poches en sifflotant. Sa duplicité n'avait d'égale dans l'ignominieux que la vengeance immédiate et sidérante de Pfeiffer.

Elle se tenait au milieu de ce champ de bataille, éclaboussée du sang de sa propre boucherie.

Elle monta lentement l'escalier, fit couler un bain et venait de se glisser dans la mousse quand le téléphone de la salle de bains sonna.

Non, se dit-elle en fixant l'appareil. Une soirée tranquille, c'est tout ce qu'elle demandait.

Rien à faire, le téléphone s'obstinait. Toute la semaine, elle avait négligé Sutherland en faveur d'Alexander ; elle savait qu'elle devrait accorder une compensation au général et elle savait comment.

— Je suis en bas, dit-il quand elle répondit.

— J'arrive, une minute.

Elle sortit lourdement de l'eau comme une vache marine, descendit l'escalier à pas lents en s'enveloppant dans son peignoir.

— Pas trop tôt, grogna-t-il une fois entré.

— Désolée.

Il l'embrassa avec fougue.

— Tu as vu les sondages, hier soir ?

— Bien sûr. Tu as six points d'avance.

— Avec une marge d'erreur de cinq points. Bon Dieu, Meredith, si je n'ai qu'un point d'avance...

— Phil ! Il est plus probable que tu en as onze.

Sutherland fut radouci par un verre dans le séjour et un petit coup rapide dans la chambre. Après l'amour, alors qu'elle l'aurait vu avec plaisir rouler sur le côté et s'endormir, comme il le faisait généralement, il devint d'humeur bavarde.

— Une sacrée semaine que tu as eue dans le Delaware, hein ?

— Bonne, finalement.

— Personne ne se doutait de cette histoire ?

— Non. Elle gardait ses confidences pour elle, cette Campbell. Cam, je devrais dire. Il faut que j'arrête de l'appeler Campbell.

Elle se redressa dans le lit : une idée vague qui lui avait trotté dans la tête toute la semaine venait soudain de lui apparaître clairement.

— C'est pour ça que son visage te paraissait familier, non ?

Les yeux de Sutherland brillèrent étrangement dans le noir.

— Comment ça ?

— Tu as dû connaître sa mère. Tu étais au Pentagone

599

à l'époque où elle travaillait au BNR. Vos chemins ont dû se croiser un jour...

Il se raidit à côté d'elle.

— Phil ?

— Chh.

Il se glissa hors du lit, tendit la main vers son pistolet, posé sur la table de chevet.

— Phil, qu'est-ce que... ?

— Il y a quelqu'un en bas.

— Oh ! mon Dieu...

Les yeux écarquillés dans le noir, Meredith écouta mais n'entendit que le bruit de la circulation, et le grondement de la chaudière, au sous-sol.

Sutherland traversa la chambre, l'arme à la main, jeta un coup d'œil dans le couloir, sortit, fit un pas vers l'escalier.

— Attends ! chuchota-t-elle.

Elle enfila son peignoir, se précipita derrière lui.

— Tu ne peux pas descendre ! Et si on te reconnaît ?

Il lui lança un regard cinglant.

— Je ne crois pas qu'un cambrioleur serait en position de me montrer du doigt.

— Mais un journaliste pourrait le faire parler, qu'il soit en prison ou non ! Ou alors imagine qu'il te tire dessus et que je doive appeler une ambulance ? Ce serait pire que pour Nelson Rockefeller.

Il eut un bref hochement de tête, tendit l'arme à sa maîtresse.

— Alors, vas-y, toi.

— *Moi ?* fit-elle, criant presque.

— Qu'est-ce que tu veux qu'on fasse d'autre ? On ne peut pas appeler les flics, ils insisteraient pour fouiller toute la maison. Tu préfères rester ici et attendre que ce type monte ?

— D'accord, capitula-t-elle. Donne-moi le pistolet.

— Le cran de sûreté est enlevé, dit-il en lui mettant l'arme dans la main. Tu n'as qu'à viser et presser la détente.

Elle inspira une goulée d'air, la rejeta lentement, descendit l'escalier en silence. Parvenue dans le hall, elle perçut ce que Phil avait entendu. Un bruissement, en provenance du bureau.

Elle tourna le coin. Le canon du pistolet lui effleura la cuisse et elle se rappela soudain de le tenir braqué devant elle. Elle fit un autre pas en avant, maudit la soie de son peignoir : quand elle bougeait, le tissu murmurait comme un palmier dans la brise. Une flaque de lumière brillait faiblement dans la pièce. La respiration sifflante, Meredith s'avança.

— Oh mon Dieu ! lâcha-t-elle quand Bret leva la tête du classeur.

— Meredith ! Je ne savais pas que tu étais rentrée...

Elle alluma la lumière du plafond.

— Qu'est-ce que tu fais ici ? Tu m'as flanqué une de ces trouilles !

Se rendant compte qu'elle tenait encore le pistolet, elle le posa sur le coin du bureau.

— Je suis désolé, dit-il. J'avais besoin de consulter ce dossier, je pensais que tu rentrerais beaucoup plus tard.

— Quel dossier ? Comment oses-tu... ?

Le regard de Bret obliqua vers la porte et Meredith, en se retournant, découvrit Phil Sutherland en pantalon et chemise déboutonnée.

— Oh non ! fit-elle à voix basse, comme pour chasser le cauchemar qui s'ouvrait devant elle.

— Papa ? fit Bret, interdit.

— J'espère que tu as une bonne explication, mon garçon.

— J-je, je... J'avais besoin du dossier sur Campbell

Alexander. Il fallait absolument que j'y jette un coup d'œil ce soir...

Sa voix mourut.

— Pourquoi ? Elle n'est rien pour toi, cette fille.

— J'ai lu dans le journal que sa mère était l'espionne du BNR. Avant, je ne savais pas laquelle c'était. J'ai d'abord cru que c'était la première, celle qui t'avait envoyé la lettre de menaces. Mais comme je n'en étais pas sûr, j'ai dû les chercher toutes les quatre. Il n'y a que celle-là que je n'ai pas réussi à retrouver. Abby Zodtner. J'ai pensé que son adresse serait peut-être dans le dossier...

Son regard égaré fit de nouveau le tour de la pièce avant de se poser sur les pieds nus de Meredith, à côté de ceux de son père. Il leva vers elle des yeux débordant d'une angoisse animale.

— Je ne comprends pas...

Elle se retourna, le poing devant la bouche.

— Moi, c'est toi que je ne comprends pas ! tonna Sutherland. De quoi tu parles ? Quelle lettre ?

— Celle de Gloria Lipton. Elle nous a envoyé une lettre juste après que tu as annoncé ta candidature au Sénat. Tu te rappelles ? *Comment osez-vous ? Vous avez peut-être oublié votre passé, mais d'autres n'ont pas oublié, et vous ne pouvez compter que nous garderons éternellement le silence.* J'ai enquêté sur elle, j'ai découvert qu'elle avait travaillé au BNR et après avoir deviné de quoi elle parlait, j'ai compris qu'elle avait raison. Nous ne pouvions pas compter qu'elles garderaient éternellement le silence. Ce silence, nous devions nous en assurer...

— Imbécile ! cracha Sutherland. Gloria parlait de ma vie privée. Des femmes avec qui je sortais il y a trente ans, elle notamment. C'est tout.

602

— Mais..., fit Bret, battant des cils. Le BNR, le satellite espion, la capsule interceptée... C'est toi qui as tout organisé...

— Tais-toi, idiot !

— Pas de problème, papa, je sais pourquoi tu l'as fait.

— Qu-quoi ? bredouilla Meredith. Phil, qu'est-ce qu'il raconte ?

— Rien ! Il doit être soûl.

— Mon père s'est conduit en héros, expliqua Bret. C'était la seule façon d'obliger le gouvernement à cesser la désescalade de la guerre. Il fallait de lourdes pertes dans nos rangs pour réveiller les gens.

Sutherland saisit la chemise de son fils à deux mains.

— Tu vas la fermer, nom de Dieu ?

— Phil, lâche-le...

— Toi, remonte dans la chambre ! ordonna-t-il à Meredith.

— Dans la chambre ? murmura Bret, levant vers son père un regard sidéré. Papa ? Meredith et toi...

Son visage parut imploser. Il ferma les yeux et, quand il les rouvrit, tout avait changé.

— Bret..., gémit Meredith.

Il ne tourna pas la tête vers elle, il ne regardait que son père.

— Gloria Lipton. Doris Palumbo, énonça-t-il lentement. Joan Truesdale... celle-là, j'ai dû aller aux Bermudes pour l'avoir. Dean McIverson. John Rocco... je parie que tu ne te rappelles même pas qui c'était.

— De quoi tu parles ?

— L'ancien combattant de Virginie, tu te souviens ? Il a essayé de te faire chanter, alors il fallait qu'il disparaisse. Comme ces pauvres femmes et ce vieil ivrogne de McIverson...

Sutherland lâcha la chemise de Bret, recula en chancelant.

— Seigneur Dieu, mon garçon, murmura-t-il. Qu'est-ce que tu racontes ?

— J'ai tué pour toi, papa. Je les ai tous tués.

Un cri jaillit de la gorge de Meredith.

Paralysé, Sutherland fixa un moment son fils avant de se ruer hors du bureau.

— J'appelle quelqu'un, un hôpital, haleta-t-il en se dirigeant vers le téléphone de la salle de séjour. Nous le ferons interner. Personne ne doit savoir. Bon Dieu, ne reste pas plantée là ! Apporte-moi l'annuaire, ou quelque chose, bon Dieu !

Elle demeura figée de stupeur tandis qu'il s'effondrait dans un fauteuil. Bret sortit du bureau, quelque chose à la main. Sutherland leva les yeux vers son fils, qui traversait le living dans sa direction.

— Bret, mon garçon..., commença-t-il.

Un cratère s'ouvrit dans son visage et le dessus de sa tête éclaboussa le mur blanc.

Le cri de Meredith retentit, aussi perçant que la détonation. Bret se tourna vers elle, roulant follement des yeux, agitant le pistolet devant lui.

— Bret, non !

— Je t'aimais, toi aussi, dit-il.

Un sourire éclaira son visage avant que l'arme le cache en partie.

— Bret... *non !*

Il bascula en avant et le tapis de sisal but son sang comme du papier buvard. La tache s'étendit, rapide et silencieuse, jusqu'aux pieds de Meredith.

Elle criait encore quand la police arriva.

37

Ils allaient en meute, cinq cents hommes et femmes fiévreux et tendus, tandis que des nuages de ballons de baudruche montaient vers le plafond de la salle de bal et que des rugissements de triomphe sortaient de leurs bouches. Ils avaient abandonné les tables et le buffet pour se ruer vers l'estrade, aiguillonnés par la rumeur qui parcourait la salle. Dix minutes seulement s'étaient écoulées depuis le coup de téléphone reçu dans la suite, au premier étage, mais la nouvelle s'était répandue comme un feu de prairie jusqu'aux militants qui attendaient dans la salle. Hadley Hayes avait reconnu sa défaite.

Une demi-heure plus tôt, ABC News avait annoncé le résultat. Après dépouillement de dix-huit pour cent des bulletins, Doug Alexander était donné vainqueur avec dix points d'avance sur Hayes. Déjà les experts soulignaient que cela ne serait jamais arrivé sans le scandale de la semaine précédente. Non seulement Alexander en était sorti comme une figure héroïque, mais, de l'avis général, Hayes avait surestimé ses atouts, il s'était tiré une balle dans le pied, il avait été trop gourmand — autant de clichés pour expliquer sa déroute.

Doug lui-même en émit quelques-uns quand ils quittèrent la suite pour descendre à la salle de bal.

— Cam, je sais que cette campagne a été éprouvante pour toi, elle l'a été pour nous tous. Nous sommes tous un peu fatigués, mais aussi un peu plus sages, non ? Parce que je sais maintenant que ce que nous avons vaut la peine qu'on se batte. Tu ne penses pas ?

Elle ne répondit pas. Marchant devant lui d'un pas vif, elle fut la première à rejoindre Ash Ramsay sur le podium.

— Et les voilà ! clama-t-il dans le micro. Le couple qui a conquis vos cœurs et le mien. Cam et Doug Alexander !

La foule entra en éruption, l'orchestre se mit à jouer, ajoutant à la cacophonie. Un sourire vissé aux lèvres, Cam regardait les têtes qui s'agitaient frénétiquement sous elle. Maggie Heller, au premier rang, tortillait le buste sans pouvoir maîtriser son excitation. Norman Finn passait de l'un à l'autre en distribuant force tapes dans le dos. Jesse Lombard se tenait près de la sortie, les bras croisés, et dans les coulisses Gillian, vêtue d'une robe bleu ciel, souriait d'un air malheureux.

Seule absence notable, celle de Meredith Winters. Elle était, disait-on, encore sous traitement dans un hôpital de Bethesda après le traumatisme dû au meurtre et au suicide advenus chez elle le samedi soir. Les experts parlaient aussi de ça et s'accordaient pour estimer que les campagnes électorales actuelles n'étaient plus maîtrisées. Les pressions financières, les spots publicitaires dénigrant l'adversaire, les coups tordus : le stress était devenu tel qu'il n'était pas étonnant que le jeune Sutherland ait craqué.

Le bras de Doug s'écarta de la taille de Cam, signe qu'elle devait commencer à serrer les mains qui applaudissaient sous eux. Il alla à un bout de l'estrade, elle à l'autre. Au moment où elle se baissait vers le bord de la scène, elle vit Steve entrer par la porte latérale.

Elle le regarda par-dessus les têtes des cinq cents braillards et, quand il lui adressa un signe et un petit sourire, un sentiment de soulagement l'inonda comme une source chaude.

Doug approcha du micro. Aussitôt la musique s'arrêta, les acclamations cessèrent.

— Mes amis, dit-il, la voix résonnant artificiellement

dans la salle. Je viens d'avoir l'honneur de recevoir les félicitations de Hadley Hayes...

Dans l'explosion d'applaudissements qui suivit, Cam descendit de l'estrade et se faufila entre les corps comprimés de la foule. Personne ne la remarqua : ils ne voyaient que Doug.

Elle parvint à Steve, leurs mains se trouvèrent et se joignirent.

— Prête ? murmura-t-il.

Il n'y avait pas assez de mots pour répondre à cette question. Elle hocha la tête.

Il ouvrit la porte derrière lui, entraîna Cam dans le couloir de service menant aux cuisines. Quand la porte se referma derrière eux, le bruit de la foule se réduisit à un faible grondement semblable au bruit de la circulation sur une route, derrière une colline.

— Comment ça s'est passé ? Ils vont bien ? demanda-t-elle tandis qu'ils descendaient rapidement le couloir.

— Quand je les ai quittés, Pete pêchait sur la plage et ta mère, dans la cuisine, apprenait à nettoyer une conque.

Elle lui pressa la main.

— Steve, merci.

La porte s'ouvrit, une voix s'enfonça dans le couloir à leur poursuite :

— Cam ?

Elle se retourna, fit un pas de côté pour se placer devant Steve comme pour le protéger.

— Qu'est-ce que tu veux ?

Nathan s'approcha, jeta un coup d'œil à Steve avant de poser les yeux sur Cam.

— Je crois que je veux simplement te dire... je ne sais pas, bonne chance ?

— Je te souhaite la même chose. Je te l'ai toujours souhaité.

607

Il sourit.

— Je finirai peut-être par en avoir, moi aussi.

Steve tira Cam par la main ; elle se laissa entraîner, mais s'arrêta soudain.

— Tu pourrais transmettre un message pour moi ?

— D'accord, répondit Nathan.

— À Ramsay.

— À Ramsay ? fit-il, surpris. Je t'écoute.

— Dis-lui que je sais tout sur Kitty Ronaldo. Je sais où elle vit, je sais que son loyer est payé avec des fonds électoraux. S'il ennuie Steve, s'il fait quoi que ce soit pour le séparer de Trey, le reste du monde apprendra ses frasques, à commencer par le Comité d'éthique du Sénat et le *Washington Post*.

La maison était dans l'obscurité et ils durent se fier à la lumière des étoiles pour monter les marches. Cam indiqua le linteau au-dessus de la porte de devant, Steve tendit le bras, promena les doigts le long du bord jusqu'à ce qu'il trouve la clef. Il ouvrit la porte. Cam appuya sur l'interrupteur et les deux appliques en fer forgé flanquant l'entrée s'allumèrent, projetant des ombres ambrées dans le vestibule.

— En haut, murmura-t-elle. Première porte à gauche.

Il hésita.

— Tu ne viens pas ?

— Ça doit se passer entre vous deux, Steve.

Elle le suivit des yeux jusqu'à ce que sa silhouette disparaisse dans l'escalier. Des bruits de vieille bâtisse — grincements, craquements — rompaient le silence, mais Cam pensait à un soir d'hiver où la maison résonnait de rires et de voix aiguës, un soir où nul n'était ce qu'il semblait être, à commencer par elle-même. Elle se

608

rappela s'être tenue au pied de cet escalier et y avoir vu ses rêves de sécurité s'écrouler ; elle se rappela combien elle avait bataillé pour en arriver là, pour ajouter une autre couche protectrice à son identité en devenant Mrs Douglas Alexander de Greenville, Delaware.

Toutes ces couches étaient tombées, à présent, elle n'était plus que Cam, sans nom de famille qui eût vraiment un sens pour elle. Elle leva les yeux vers l'étage en songeant que si le verdict lui était défavorable quand Steve et Trey redescendraient, elle aurait le cœur brisé mais cela ne changerait pas son identité. Elle resterait Cam et, d'une façon ou d'une autre, elle survivrait.

Les minutes s'égrenaient lentement. À mesure que la nuit s'épaississait, les étoiles devenaient plus brillantes, projetant à travers les fenêtres une lumière blanche et pure sur la lueur voilée des appliques. Par-dessus les soupirs et les grognements de la vieille maison, Cam entendit un échange coléreux au premier étage puis un pas de plomb dans l'escalier.

Sa main se porta à sa bouche quand Steve apparut, seul. Il la regarda, secoua la tête avec une tristesse ineffable. Le cœur de Cam cognait dans son ventre, lui laissant une impression de vide douloureuse. Steve descendit une marche, puis une autre...

— Attends, fit la voix de Trey derrière lui.

Steve ferma les yeux sans se retourner.

— Pour quoi faire ?

Le garçon ne répondit pas mais surgit de l'obscurité et se tint en haut des marches.

— Je sais ce que tu veux, dit Steve. Tu veux que je t'emmène comme je l'ai fait l'autre fois. Comme ça, ce n'est pas toi qui choisis et tu es libre de bouder et de faire ton numéro chaque fois que tu en as envie. Ça ne

marche pas. Cette fois, il faut que ce soit *ta* décision.
Parce que, cette fois, tu sais ce que tu choisis.

Il attendit, mais, comme Trey ne répondait toujours
pas, il descendit encore une marche.

— Attends, répéta l'adolescent.

— À toi de décider, mon vieux.

Cam retint sa respiration quand Steve descendit une
autre marche.

— OK, je viens.

Elle laissa l'air s'échapper de ses poumons. Avec une
expression de soulagement, Steve fit demi-tour et
remonta. Quand il revint, il avait une valise dans une
main et pressait de l'autre l'épaule de Trey.

— Alors, c'est le moment des adieux, je suppose ?

Ils sursautèrent tous les trois au son de la voix de
Margo. Elle se tenait dans la pénombre du living-room,
un verre à la main, les larmes aux yeux. Regardant Trey,
elle demanda :

— Je peux te serrer dans mes bras une dernière fois ?

Il jeta un coup d'œil à son père, avala sa salive puis
s'approcha de Margo pour une embrassade rapide et
embarrassée. Quand ils s'écartèrent l'un de l'autre, elle
lui caressa le visage et dit :

— Souviens-toi de ta mère, mon chéri. Ne pense que
du bien d'elle.

— Laquelle ? dit-il, dérouté.

— Eh bien, les deux, répondit Margo. (Ses yeux
firent le tour du vestibule, se posèrent sur Cam.) Non.
Toutes tes mères.

Trey regarda Cam, revint sur Margo et hocha la tête.

Dehors, Cam fit halte près de la voiture. Le ciel de
novembre était semé d'étoiles, si brillantes qu'on eût dit
des points lumineux sur une carte d'état-major.

— Regardez comme le ciel est clair, ce soir, murmura-t-elle. N'est-ce pas magnifique ?

Trey leva brièvement les yeux avant de se glisser sur la banquette arrière de l'Explorer.

— Attends d'avoir vu les étoiles de Maristella. C'est là-bas qu'elles sont extraordinaires.

— Je meurs d'impatience, dit Cam en montant à l'avant.

Steve s'installa derrière le volant.

— C'est laquelle, l'étoile du Nord ? lui demanda-t-il.

Elle scruta le ciel à travers le pare-brise.

— Là-bas, dit-elle quand elle l'eut repérée. Tu vois la plus brillante ? C'est l'étoile polaire.

Il démarra et dirigea la voiture dans cette direction.

Remerciements

J'exprime ma reconnaissance à Arthur G. Collony Jr, qui m'a guidée à travers les tribunaux du Delaware et m'a présentée à l'honorable Barbara D. Crowell. Toute ma gratitude au juge Crowell, qui m'a révélé les coulisses du tribunal de la famille du comté de New Castle et m'a permis de l'observer dans ses fonctions, tant sur son perchoir que dans son cabinet. Elle m'a servi de modèle de tempérament judiciaire, et son homologue imaginaire n'est que cela. Au fil des années, j'ai croisé un bon nombre de juges et d'élus du Delaware, et je peux affirmer qu'aucun des personnages de ce roman ne ressemble à l'un d'eux.

Je remercie également deux de mes plus proches amis : l'adjointe au district attorney Barbara E. Kittay, qui m'a conseillée sur la procédure criminelle fédérale et les us et coutumes de Washington, ainsi que Nathan Van Wooten, qui, en plus d'une bonne partie de son nom, m'a prêté des éléments de sa personnalité.

Comme toujours, merci à Joe Blades, qui a habilement corrigé mon manuscrit, à Jean Naggar et à ses collègues, pour tout ce qu'ils ont fait.

Un dernier mot : toutes les mesures de réforme de la responsabilité pénale soumises au 105e Congrès furent rejetées, de même que toutes les tentatives pour modifier le financement des campagnes électorales. En été 1998, des membres des deux partis ont essayé de mettre fin à la pratique du « report anonyme » au Sénat. Ils ont échoué.

Composition et mise en pages réalisées
par ÉTIANNE COMPOSITION
à Neuilly-sur-Seine

Achevé d'imprimer sur les presses de

LTV

LA TIPOGRAFICA VARESE
Società per Azioni
Italie
en Janvier 2001
pour le compte de France Loisirs
Paris

Dépôt légal : Février 2001
N° éditeur : 34691